CW01667323

目录

## 第1222章 潜龙在渊

一道道金色的仙道符文，密密麻麻地覆盖在李牧的体表，并随着黑天灾风的每一次席卷，金色的光斑就越发明亮，好像是刚刚点着的篝火，火焰逐渐高涨。

黑天灾风的每一次侵袭，否如同风扑烈火，非但不能扑灭火势，反而让烈火越发高炽，都会让李牧体表的金色光焰，骤然变化，增亮一分。

李牧的身体，仿佛是在燃烧。

这个过程，需要大的能量。

曾经在升级【诛仙】剑的时候，吸收了所有的仙晶之力，储存在体内的仙道力量，也被一一炼化。

李牧可以清晰地感觉到，自己的身体在发生变化。

似是与体内的仙道真元，正在逐渐融合为一一样。

体质强度，在以一种肉眼可见的速度增强。

黑天灾风呼啸，吹拂而过。

李牧身体中，散发出来的光辉，越来越璀璨。

他犹如一轮小太阳一样，悬浮在神嚎崖之下的虚空之中。

【大日仙体】的修炼，要比想象之中的还快。

“按照【观沧海日月求仙诀】中描述，【大日仙体】修炼到小成，即可以肉身之力，硬抗金仙全力一击，我如今距离小成，也已经很近了。”

李牧内视己身。

体内的大日真火之力，犹如铜炉一般，熊熊燃烧。

“体如炉，内元如火，神为炭，道为大丹……”

李牧有所领悟。

一枚枚金色的仙道光纹，被直接连入到了肌肤血肉骨骼之中，体内的仙道真元，尽数转化为了大日真火。

以火之道入仙境，李牧至此，才算是真正的火道仙人。

亦在此时，他一念转动，瞬间境界突破，直入真仙巅峰。

量变引起质变。

李牧斩杀魏羡山、梁振、赵忆秋等人，后又连战东玄仙门数大金仙，一番厮杀，累积了大量的仙道战斗经验，这一次闭关，也是恰逢其时。

李牧心念一动。

他变成了一尊火人。

身体可以在大日真火和肉身两种不同的物质形态之间，不断地转化。

火焰可以是虚无。

肉身则是实在。

虚实之间的转化，在战斗之中，运用巧妙的话，可以发挥出巨大的破坏力。

勉强进入到了【大日仙体】状态，李牧不断地体悟着。

但是这样的威力，和【观沧海日月求仙诀】中的描述，依旧还有差距。

体会片刻之后，李牧就意识到了真正的原因。

“看起来，不是我体悟不到家，而是境界太弱，大日仙体小成的话，需要修为最低达到金仙境界，我需要抓紧时间，提升修为。”

他直接在虚空之中，布置下了阵法，以仙晶镶嵌其中，开始汲取仙道之力。

没有办法。

仙晶多，就是可以这么铺张。

传说之中的有钱任性。

源源不绝的仙道灵力，涌入到李牧的体内。

在黑天灾风的外部压力之下，李牧在脑海之中，全力观想大日经空的画面，修炼大日一脉的心法，不断地吸收仙力，提升修为。

时间飞快地流逝。

转眼之间，半年时间飞逝。

这一日，两道神光，自神嚎渊之中骤然冲天而起，爆射出去，宛如两道神剑一般，割破了黑天灾风的风潮，刺入到了天穹之上。

一团大日真火，在神嚎崖之下的虚空之中，宛如流光一般，不断地闪烁，变换着位置。

时而是一颗恒星般的熊熊火球。

时而散做漫天的飞星闪烁。

当火球那璀璨夺目的光辉逐渐收敛，最终李牧的身形显现出来。

“金仙境，大日仙体小成。”

他脸上，露出了满意的笑容。

来到仙界两年零一个月，潜入神嚎崖之下总共六个月二十一天，实力终于有了质的飞跃。

金仙！

在州府之地，也算是一放大佬了。

而且有【大日仙体】在身，【诛仙】在手，李牧一身战力，直逼仙将，就算是遇到仙将级的强者，也有一战之力。

至于金仙境界之内，李牧有信心，直接斩之。

“半年时间，也不知道外界战况，发展到了什么程度。”

李牧心念一动，直接召唤袁吼。

片刻之后，袁吼来到了神嚎崖之下。

“公子，您……又有突破了？”

看到李牧，袁吼的表情中，充满了震惊之色，他感觉到，一股前所未有的压力，扑面而来，令他情不自禁地产生了一种脊梁就要被压弯的错觉。

李牧笑着点点头。

袁吼的实力，亦有大增长，已经进入到了真仙中阶。

自从来到了仙界之后，袁吼的体内，仿佛是有什么禁锢被打破了一样，修炼速度，快的不可思议，且是同时精修沧海、大日和阴月三大流派，丝毫不落后。

从进度上来，也就仅仅只是落后于李牧而已。

但从旁人的眼中看来，只怕是已经有些惊世骇俗了。

“外界情况如何？”李牧道。

袁吼道：“公子您自禁神嚎崖之后，皇极崖和东玄仙门之间的战争，逐步扩大，之后一剑宗、甘霖山、炼妖阁、东幻神朝、九鼎宗等大宗门，也都先后加入，到如今，已经演变成为了月川府和曹川府两大州府大小数百势力之间的战争，局面已经彻底失控了。”

李牧闻言，脸上露出喜色。

演变成为了州府大战了吗？

很好。

这个进度，要比他想象之中的进度，快了数倍。

原本李牧还打算，在晋入金仙之后就出关，不管皇极崖皇帝如何想法，一定要将这场大战推动到州府大战的程度，没想到不用自己出手，局面已经是完美。

不过，这样的战争程度，还不够啊。

若是能够掀起大洲之战，让那些顶级的仙门，都沦陷进来，到时候，仙界才算是真正的陷入混乱，就无暇再顾及入侵下界，也无暇再去寻找老神棍以及太玄书院众人的下落了。

只有那样，紫薇星域，地球等下界星域修炼世界，才能真正的保住。

所以，还需努力啊。

不过，既然州府大战已起，那接下来，就是真正向皇极崖、一剑宗、东玄仙门展开复仇的时候了。

“小九和烂仔，一直都在各处打探消息，同时按照公子所说，刺杀嫁祸的事情，做了不少，不过，真正让连两大州府彻底陷入了无法逆转战乱，却还是另有其人。”袁吼又道。

“哦？”李牧惊讶，道：“是谁？”

“极乐仙子夏静。”袁吼道。

这个女人？

李牧一怔。

在皇极崖的这段时间，仔细算起来，真正给李牧留下最深印象的人，不是肖啸，不是周可夫，也不是昔日的八皇子如今的皇帝。

而是夏静。

当然，这种印象和那日在黄龙阁看到的‘春宫’并无什么关系。

而是李牧有点儿看不懂这个女人。

任何人做任何事，都是有核心诉求的。

有人想要升官。

有人想要发财。

有人想到得到更好的功法。

但这个夏静，在皇极崖的目的，到底是为了什么呢？

“【极乐仙子】如今已经取代肖啸，成为了皇极崖的左中丞，深受皇帝的信任，表面上，她以铁血手段，在国内征兵，力主大战，配合东煌神朝、炼妖阁，为神朝的利益尽职尽责呕心沥血，但我们无意中发现，夏静在暗中，做了不少的事情，不断地激化两大州府势力阵营的矛盾，曾经有数次停战的契机，都被夏静以极为高明的手段，给破坏掉了，如今，月川府和曹川府两大州府中的诸大势力，仇恨彻底被引爆，再也无法和谈了。”

袁吼将自己知道的事情，都详细地说了一遍。

李牧道：“如今哪方占优？”

袁吼道：“皇极崖损失了三分之二的军队，陨落了七尊金仙，东玄仙门三代以下弟子皆尽战死，损失十五尊金仙，不过这两大势力，已经不是战争的主导，月川府境内三大势力，炼妖阁与东煌神朝联合，而玄感宗保持中立，曹川府境内的大仙门，则以甘霖山、九鼎宗为主，一剑宗也被卷入，半年时间，总计院落金仙六十八尊……”

李牧听完，突然觉得，貌似还不到自己出关的时候？

如今战争正是疯狂的时候，双方打出来了真火，各种手段，都会层出不群，这个时候出去，表现的稍微强势一点，只怕是会成为各方的靶子，吸引到太多的仇恨值，反而不美。

“你回去之后，告诉小九和烂仔，让他们接下来的时间，不要再做任何事情了，你自己也无需再调查和打听消息，都潜伏下来，千万不要暴露身份，等到两大州府的各大势力，打个七零八落之后，再来找我。”

李牧道。

袁吼道：“我明白了。”

他转身朝外走去。

李牧突然又想起什么，道：“安置好小九和那头地球流氓虎，你也潜入这神嚎渊，此间适合你的修炼，你可在【观沧海日月求仙诀】三大派系中，选择一种仙体进行修炼。”

“是。”

袁吼离去。

李牧于是在这神嚎崖之中继续修炼。

转眼，又一年时间过去。

李牧手中的各种修炼资源，也基本上都被消耗完毕。

他的境界，从金仙初阶，直接到了金仙巅峰。

而【大日仙体】也到了中成境界。

袁吼则是原则修炼了【琉璃月光仙体】，小成境界，修为也终于踏入金仙境初阶大圆满。

这时，小九带来了消息。

“皇极崖皇城沦陷在即，就要覆灭了。”

## 第1223章 救驾

“黄图霸业，终究不过是黄粱一梦啊。”

皇级殿中。

皇帝衣衫不整，浑身酒气，头发撒乱，步履跌跌撞撞，形容枯槁，仿佛是丢失了魂魄一样，长声悲戚，没有了丝毫身为皇者的威严。

而昔日金碧辉煌的皇级殿，此时也空荡荡一片，没有大臣，只有三五个侍卫，看着皇帝如此颓唐，却不敢上前安慰。

曾经口口声声忠心耿耿的大臣们，此时却是一个都不见。

皇室硕果仅存的三位金仙级供奉，也都不知所踪。

炮火的轰鸣声和厮杀的惨叫声，时隐时现，从四方城墙传来，昭示着这座具有数千年历史的皇城，距离被攻克，也只剩下了时间而已。

败了。

皇极崖败了。

皇帝从未想过，野心勃勃，一心想要将皇极崖振兴，成为月川府第一大势力的他，竟然有朝一日，会面对这样大厦将倾的局面。

祖宗的数千年基业，就要断送在他的手中了。

“炼妖阁，东煌神朝，我便是做鬼，也绝对不会放过你们，我诅咒你们……”

皇帝竭斯底里地愤怒咆哮。

月川府和曹川府两大势力集团的战争，并未真正分出胜负，但是，月川府的势力集团，却是在这个时候，因为一些不可告人的原因，直接放弃了皇极崖。

如果是因为战败，死在敌人的手中，皇帝觉得自己不冤。

但却是因为之前信誓旦旦表态绝对会支持皇极崖的诸多势力，突然背信弃义，放弃了对于皇极崖西线的支持，并且暗中出卖了一些信息，导致东玄仙门和甘霖山的大军骤然袭击，全歼了皇极崖硕果仅存的西征军，导致皇极崖全线溃败。

这一口气，实在是咽不下去啊。

之前皇极崖付出了那么大的代价，死伤无数仙道强者，为整个月川府集团，撑住了西线，为整个月川府宗门联盟，做出了巨大的贡献。

但是一转身，就被无情地卖掉了。

“唉，可惜朕当年，听信了谗言，将木牧统领，放逐进入了神嚎崖……否则，若是有他在朕的身边，何至于今日啊。”

皇帝流涕叹息。

这一年多时间里，他曾不止一次地想念李牧。

自从他成为皇极崖的皇帝之后，皇极崖在军政上，取得的最光辉的战绩，便是木统统领西征军，数日之间，攻入东玄仙门境内的时期。

那时候，皇极崖的兵锋，何其之盛？

两大州府都被震动。

局势一片大好。

可惜他却听信了肖啸等人的谗言，将木牧从前线召回，后续委派的军政官员，不管是柯轶伦还是后续其他，都未能再现当时的辉煌。

而那些深受皇恩，被他所信任的大臣们，也都各怀鬼胎。

大难临头各自飞。

到了今天，大臣们已经一个都找不到。

有人投敌。

有人逃亡。

还有人甚至开始在城中策反，捕杀皇室成员，准备要与外面的敌人里应外合了。

皇帝已经管不了这些了。

和这些人比起来，木牧才是真的忠心耿耿啊。

木牧从来不在嘴上表忠心，从来都是用实际行动来说话，一心一意为他考虑，甚至不惜多次以身犯险。

可惜了，一切都回不去了。

大殿外，传来了脚步声。

“肖大人，你们……啊，你们干什么……”

殿外仅存的一些忠心侍卫们的惨叫声响起。

大群的杀气腾腾的兵马死士，涌进了皇级殿。

为首之人，却正是当年从龙第一功臣，曾经高居左中丞之位的肖啸。

“呵呵，陛下，我们又见面了。”

肖啸的脸上，挂着诡异的笑容，嘴角微翘，带着一丝嘲讽。

“肖啸！”皇帝将手中的酒杯，掷在地上摔的粉碎，厉声道：“你还敢来见朕？”

肖啸淡淡地笑着，道：“为何不敢？毕竟，你我曾经有一段君臣之情。”

皇帝冷笑道：“呸，你这奸贼，还好意思提君臣情，这一年来，你做过什么事情，自己心里不清楚吗？”

肖啸淡淡地道：“我做过的一切事情，都是为了自保啊，陛下难道不应该反思一下，为什么会让我这样一个忠臣，也不得不背弃你……当初陛下寒微之时，我可真的是一心一意地辅佐陛下啊。”

皇帝不屑地道：“荒谬……你此时还敢自称忠臣，呸，你比木牧差远了。”

一次次地听到木牧这个名字，肖啸脸上，浮现出一丝黯然之色，旋即变得阴冷起来。

“木牧木牧，你的心中，永远就只知道木牧，我为你做了那么多的事情，你都忘了吗？呵呵，如今你已经是孤家寡人，败亡在即，木牧又在哪里呢？他只怕是在已经在神壕崖之下，化作枯骨了吧，呵呵，既然你这么思念他，那就去九泉之下陪木牧吧，做一对忠臣贤君，哈哈哈，上！”

他一挥手。

数百仙道甲士，宛如潮水，朝着皇帝扑杀过去。

“你竟敢弑君？”

皇帝大怒，厉声大喝。

肖啸道：“君待臣如手足，臣视君如父母，君待臣如草芥，臣视君如仇寇……你我君臣之义早绝，就算是没有木牧，连夏静那个贱人，都能去带我，呵呵呵，今日我杀你，不算弑君。”

大殿之内，喊杀声响起。

仙道皇朝的皇帝，都是身负绝学的强者。

八皇子昔年的实力就不低，天赋修为，都是一时之选，成为皇帝之后，得到了皇室秘密传承灌注，实力大增，已经是半步金仙级的境界。

哪怕是因为境界并非自己修炼而来，真实战力并不匹配，但面对着涌来的甲士，他依旧有一战之力。

轰隆隆！

可怕的战斗爆发。

足足一个时辰之后。

“啊……”

刀剑突然洞穿了皇帝的身躯。

血流如注。

“你……你竟敢对朕下毒？”

皇帝挥剑将刺中自己的死士斩碎，拄剑踉跄后退，怒目圆睁，看着肖啸。

他本来可以赢。

但是站至酣时，体内骤然有一股阴毒发作，令他修为骤降，仙元凝滞，竟是反应不及，瞬间重伤。

肖啸大笑了起来，不无嘲讽地：“陛下错了，臣已经有一年时间，不得陛下信任，怎么有能力在陛下膳食中下毒，呵呵，其实这一切，多亏了黎公公啊，呵呵呵呵。”

大殿里，微光一闪。

大宦官黎苏出现，白眉白发，无须，笑眯眯地道：“陛下，您错怪肖大人了，是奴才给您下的毒。”

“你……为何？朕对你不薄，你……你为何勾结肖啸……”皇帝背靠龙椅，面色晦暗下来，难以置信地看着黎苏。

这是他一直以来，都依为心腹的人啊。

竟也背叛了自己。

难道自己这个皇帝，做的就这么失败吗？

众叛亲离。

大宦官笑眯眯地道：“陛下待奴才不薄，但有人待奴才更厚啊，出卖你，只需要利益足够就可以，难道要奴才为皇极崖陪葬吗？”

肖啸道：“呵呵，陛下，不要心存幻想了，上路吧，我还需要陛下的头颅，去向皇极崖魏羡水长老请功呢，你我君臣一场，你就帮我这最后一次，如何？”

潮水般的死士，朝着皇帝涌去。

皇帝怒目圆睁，厉声道：“你……朕悔不当初，听信你的谗言，坐视木牧自我放逐而未加以阻止，若是他还在朕身边，你这毒蛇，怎敢如此待朕。”

肖啸冷笑道：“说这么多，后会又如何？难道木牧还能从天而降，再救你一次不成？给我先斩断这狗皇帝的手脚，我要亲自割下这他的脑袋……”

皇帝只觉得体内毒素发作，全身上下，竟是再也提不起丝毫的力量。

我命休矣。

他闭目等死。

却在这时——

“陛下。”

一个陌生却又熟悉的声音，在耳边响起。

皇帝以为出现了幻觉。

“陛下恕罪，臣救驾来迟。”

这声音近在耳边。

皇帝难以置信地睁开眼睛。

那个无比熟悉的人影，竟然是真的出现在了眼前。

“木牧？”他以为是幻觉，道：“木卿……真的是你？你还活着？”

出现在他眼前的人，正是李牧。

李牧接到小九的消息，出了神嚎崖，见到整个皇城，都处于一片混乱之中，等赶到皇宫时，却见到肖啸带人弑君。

略作思忖之后，李牧决定现身救人。

这个皇帝，对他来说，还有作用。

“陛下，是我。”李牧道：“陛下先不要说话，微臣为陛下祛毒疗伤。”说着，一只手掌，按在了皇帝胸前的伤口上。

“小心。”皇帝大声地提醒。

因为李牧背后，数位肖啸的死士，正悄无声息地出手，偷袭冲杀过来。

李牧淡淡一笑。

那十几名死士，才刚刚靠近李牧十米之内，骤然自燃，惨叫都来不及发出，就当空化作了飞灰飘散，真真正正地灰飞烟灭了。

同一时间，皇帝体内的仙道剧毒，也被一股炙热炎力，顺着经脉一扫，大半被扫掉，终于是稳住了伤势，不再有性命之忧。

“陛下且先稍等，微臣来诛除叛逆。”

李牧转身，看向肖啸等人。

肖啸心中，生出一丝不妙之感。

但一想到自己手中的底牌，脸上复又露出一丝狰狞狠戾之色，成功在此一战，身后已经无有退路。

他咬牙切齿地道：“木牧，没想到你还活着，太好了，当年我引狼入室，被你害得我在陛下面前失宠，不得不行此下侧，我今日的一切，都是拜你所赐，只好亲手斩掉你的头颅，送你与这狗皇帝，一起上路。”

## 第1224章 他是谁

肖啸的手中，淡青色的光华闪烁。

一个玉石小剑，悬浮起来。

小剑样式古朴肥厚，周围环状的符文光环流转。

一缕强大犀利的剑意，从这只有小儿巴掌大小的玉石小剑之中，爆发出来，让整个皇级殿都开始颤栗，摇摇欲坠。

高阶金仙的气息。

“呵呵，没有想到吧，我早有准备。”

肖啸面带得意地冷笑着。

“这本是为了狗皇帝准备的，原本以为，他就算是再落魄，身边也有一两个忠心耿耿的金仙供奉，谁知道竟是真正的众叛亲离，呵呵，真是可怜啊……木牧，既然你木牧要出头，那就和这狗皇帝，一起去死，为他陪葬吧。”

他在玉色小剑中，注入仙元。

顿时剑光闪烁。

一道青色犀利剑意，破空袭来，仿佛是要将这天地，瞬间一起都要被斩碎剖开。

强大到令人窒息的剑气。

“哇哈哈哈哈……”

伴随着剑气的是肖啸张狂的大笑声。

但这笑声，下一瞬间，戛然而止。

因为他看到了不可思议的一幕。

木牧只是抬手一夹。

随意。

也写意。

两根手指就将玉色小剑直接夹住。

那足以瞬间秒杀一尊中阶大圆满剑仙的小剑，骤然就像是遇到了猫的老鼠一样，发出了微微悲鸣颤抖，挣扎不脱，难以再有存进。

“这不可能。”

肖啸尖叫。

他不顾一切地疯狂催动仙元。

但却得不到玉色小剑的任何回馈。

李牧两指微微发力。

咔嚓。

玉色小剑如干枯草芥一样裂成两段，坠落在地。

“你也许忘了。”李牧道：“一年多之前，我曾在落日城上，万众之中，秒杀了金仙级的东玄仙门金仙级的长老魏羡山，所以，你这点儿手段，竟然想要威胁到我？你说你蠢不蠢？”

肖啸的面色，瞬间变得惨白了起来。

最大的底牌失效了。

木牧的强大，宛如一座无法翻越的山峦一样，令他绝望。

“上……杀了他，给我上。”

肖啸如挨了一刀的野猪一样尖叫着，强令死士冲向李牧。

而他自己，则如丧家之犬一样，化作闪电，转身就逃。

但以李牧如今的实力，肖啸怎么逃得掉。

咻咻咻！

诛仙所化的飞刀，附着着大日真火，在虚空中，划出黄金色的轨迹弧度。

数百死士，瞬间就被斩过身躯，化作了飞灰。

下一瞬间，李牧身形一动，飞出大殿。

再返回时，他的手中已经捏着肖啸的后颈。

生擒。

“不，木牧，放了我，饶了我吧。”

肖啸面如土色，大声地哀嚎。

李牧道：“昔日你向陛下举荐我，今日我不杀你，你的命运，就由陛下来裁决吧。”

“不，你把我交给狗皇帝，我必死，木牧，你若是念在昔日情分上，放我走。”肖啸大声地道：“以你的实力，只要投靠东玄仙门，必有重赏，如今皇极崖已经是危如累卵，何必再效愚忠。”

李牧懒得理会他。

噗通。

被封印了修为的肖啸，丢在了皇帝的面前。

一起被瞬间擒拿的，还有大宦官黎荪。

“陛下饶命啊陛下，奴才是被逼的……”

黎荪痛哭流涕，一副追悔莫及的样子，磕头如同小鸡啄米一样。

皇帝缓缓地站起来。

他看着这两个关键时刻，背叛谋害自己的昔日忠臣，眼中涌动着毫不掩饰的杀意。

形势逆转。

任凭两人如何哀嚎挣扎求饶，皇帝都没有丝毫的心软。

剑光闪烁。

皇帝亲自出手，斩下了两人的头颅，同时更是破灭了两人的元神，令其永世不得超生。

手刃叛逆之后，皇帝目光复杂地看着李牧。

“木卿，朕……”

他似是有千言万语，但却又不知道该说什么。

“唉，一切都迟了啊。”

皇帝凄凉地叹息着。

神朝破灭在即。

一切都已经回天乏术。

他甚至感觉到，自己体内还未清除的毒素，依旧在作祟，不断地侵蚀着自己的生机。

木牧，回来的太晚了啊。

“木卿，你走吧，以你的实力，突围应该是无虞，从此之后，隐姓埋名，不要再以真名示人，否则，东玄仙门不会放过你，是皇极崖拖累了你啊。”

鸟之将亡，其鸣也哀。

人之将死，其言也善。

皇帝这时候，终于是说了一句有温暖有温度的话。

李牧这个时候，当然不能走。

“陛下，还不到最后的时刻。”

他指了指城门方向，大声地道：“有陛下在，有臣在，皇极崖就不会灭，不管在任何时候，陛下都不应该放弃，身为君王，当始终心存斗志，哪怕是战至一兵一卒，也要挺直脊梁，无所畏惧。”

皇帝抬头看了一眼李牧，脸上浮现出一丝自嘲之色，道：“朕已经无力回天，愧对列祖列宗啊。”

李牧才发现，这位昔日野心勃勃的皇帝，此时，心中的斗志，已经彻底的冰消瓦解，抱着破罐子破摔的心态，已经很难激励起来。

果然是个废物。

死鸡儿扶不上架。

烂泥扶不上墙。

但为了接下来的计划，还是得扶一扶。

李牧想了想，道：“既然如此，陛下何不与臣登上城门，拼死一战？陛下请听，那些忠于皇极崖的将士，还在城门之上，与敌人做最后的战斗，哪怕是死，也要死得其所，陛下难道连这些普通的兵将都不如吗？”

皇帝看了看李牧，道：“我知道木卿的意思，但是……呵呵，也罢，既然木卿不愿意独走，那朕就陪木卿登上城楼一战。”

最终，在李牧的要求和激将之下，皇帝与他一起，出了皇级殿，朝着城门飞射而去。

……

皇城外。

曹川府联军虚空大营。

仙乐阵阵。

气氛悠闲。

东玄仙门太上长老魏羡水，魏羡鱼，魏羡虫三人，坐在巨型玄舸之上，正在与甘霖山大长老周崇饮酒赏舞。

“想当初，羡山大哥，死于皇极崖木牧之手，我就曾发誓，一定要踏平皇极崖都城，将那个木牧，碎尸万段，只是可惜了，今日皇城覆灭在即，木牧却是死在了神嚎崖之下，不能亲手杀他，为羡山大哥复仇。”

魏羡水无限惋惜地道。

魏羡鱼道：“大哥当年一心沉醉于权势，架不住那几个小辈的挑唆，带兵出征，死于木牧之手，实在是可惜，当初，他的天赋，是我们四人之中最好的，可实力却是我们之中最弱的一个，唉，这也是时运使然。”

魏羡水举杯向甘霖山大长老周崇敬酒，道：“这一次，还得多谢甘霖仙宗的鼎力支持，感谢周长老对我们兄弟的抬爱，我们才能出这一口气，周长老，我敬您一杯，城破之后，这城中的所有财富、人口、资源，尽归您所有，我东玄仙门，不拿分毫。”

“哈哈哈哈，好说，好说。”

周崇表面上看起来三十多岁，身形矮胖，圆脸小眼，嘴角两撇鼠须，看起猥琐阴险，笑起来的时候，仿佛是一只凶恶的老鼠成精一样。

“听说皇极崖的第一美人【极乐仙子】夏静，落到了你们兄弟的手中，等待大战结束，派人送过来吧。”

他不动声色地道。

魏羡水等三人，心中暗骂了一声MMP。

这消息是谁透露出去的，本来还准备此间事了，自己内部消化享受一番呢，谁知道消息竟然是泄露出去了。

三人的心中，自是万千个不愿意。

皇极崖第一美人，传闻还是皇帝暗中的禁脔，谁不想狠狠地蹂躏一番，发泄心中的仇恨。

而周崇可是一个辣手摧花的变态，但凡是落在他手中的女人，到最后，没有一个不被玩惨的，被他用过之后，哪怕是金仙也得变形。

“怎么？不愿意？”

周崇眼睛微微一眯。

魏羡水第一个反应过来，道：“哈哈哈，当然愿意，我们本来就准备将这个女人，献给周长老，呵呵，原本是准备给周长老一个惊喜，不想您竟然已经知道了，呵呵，来人啊，去将夏静带来。”

还能怎么办？

当然是选择屈服了。

东玄仙门依靠甘霖山才能打赢这一战。

而周崇更是半步先将级别的强者，心狠手辣，睚眦必报，得罪了此人，后患无穷。

正说话之间，突然远处皇极崖皇城上，传来一片欢呼之声。

紧接着，是一阵紧促而又充满了奇异威严韵律的战鼓之声，响彻整个皇极崖皇城上空，放眼看去，原本已经处于分崩离析状态的守城军，竟然又爆发出了狂躁的战斗力。

“报……皇极崖皇帝，亲自登城参战。”

一名负责传讯的东玄仙门谪仙弟子，飞快而来，落在玄舸舰艏，单膝跪地大声地汇报道。

哦？

皇帝亲自登城？

哈哈哈，看来真的是黔驴技穷了。

魏羡水等三人，连同周崇，都一起来到了玄舸舰艏，朝着远处的城门看去。

就看一个身穿着明黄色仙甲战袍的年轻人，出现在了城门敌楼。

那便是皇极崖的年轻皇帝，即将诞生的亡国之君了吧？

的确是一副好皮囊。

可惜太过昏庸天真，以至于有今日灭国之灾。

在这位‘亡国之君’的身边，一位一袭白衣，短发英俊的年轻人随侍。

不知道为什么，这皇帝明明是战场上的视线中心，理所应当地享受最后的注目光辉，但是不只是魏羡山三兄弟，就连半步先将级修为的周崇，一下子，不由自主地都将目光，将聚焦在了那个白衣短发年轻人的身上。

一种很奇怪的感觉。

仿佛那白衣短发年轻人，才是今日真正的主角一样。

他是谁？

## 第1225章 不讲道理的强

城头上。

已经频临崩溃的皇家最后的近卫军团，在看到了皇帝陛下亲自登城参战之后，瞬间爆发出了巨大的欢呼声。

皇极崖乃是数千年的大势力。

灭顶之灾前，终究还是有一些死忠死士的。

被将士们的热忱感染，皇帝不禁热泪涌动。

原来当走出那高高在上的皇级殿之后，才会发现，依旧是有人忠于自己的。

可惜，发现的太迟了。

一切都迟了。

“诸位，今日，朕随你们一起战死。”

他大喝，然后挥剑欲冲。

身边的李牧，一把拉住了他。

“陛下，让臣来。”

李牧道。

不等皇帝再说什么，李牧掌心一展。

咻咻咻！

一百二十柄燃烧着黄金火焰的飞剑，呼啸而出。

剑光宛如闪动着黄金翅膀的飞鸟一般，阵阵凤鸣之声，响彻天地之间，黄金色的刀线轨迹，掠过城头，掠过低空，掠过整个战场，似是一道道肉眼可见的太阳光线。

下一瞬间，惊呼声响起。

正在殊死奋战的皇极崖禁卫军，无比惊讶地发现，正在与自己鏖战的敌人，突然燃烧了起来，黄金色的焰光闪烁，然后就化作了飞灰，消散在了眼前。

一个两个……

数百，上千……

到最后，登上西城门城头的曹川府联军，一瞬间，死了数万。

整个西城门数十里之内的城墙战场，瞬间一空。

咻咻咻！

凤鸣声不断。

黄金火焰剑光不断地流转，掠过天空。

一个个曹川府联军的仙道强者，不管是奴仙、飞仙，还是谪仙谪仙，被那黄金刀线像是穿冰糖葫芦一样，一个个洞穿。

黄金刀线蔓延虚空，所过之处，无坚不摧。

一团团黄金色的火焰，在天空，在地面，在城墙，在玄舸上，直接燃烧爆燃开来。

就仿佛是一朵朵绽放在白昼的黄金烟火，唯美璀璨，夺目绚烂。

天空中，铺开了令人惊心动魄的美丽画卷。

但所有人都知道，每一朵绽放的黄金烟火，都代表着有一尊仙道高手的陨落。

“什么？”

皇帝睁大了眼睛，难以置信地看着天空中的黄金画卷。

“什么？”

玄舸上，魏羡水等人，还有半步仙将级的周崇，也都惊呼出声。

这一幕实在是太惊悚了。

那黄金剑光太恐怖。

无差别的收割每一个仙道强者的生命。

没有什么东西，可以挡住它们。

不过是数十息时间而已，围攻皇极崖皇城的曹川府联军，就被这黄金剑光，斩杀了一半多。

而剩下的，已经被吓破了胆。

刚才木牧表现出了的实力，的确是很惊人。

但也只是金仙级而已。

强的超乎预料，但也在可控范围之内。

怪不得当日，此人可以斩杀修为稀松的大哥魏羡山。

但是，他们三个人，每一个的实力，都要比魏羡山强很多。

而且，谁说在这样的时候，要单独对敌来着？

“哈哈，周长老说的是，机会来了，待我们兄弟出手，将这个木牧的人头割下来，祭奠我的兄长。”魏羡鱼大笑了起来。

嗖嗖嗖。

三道身影，化作三道流光，直袭天空之中的李牧。

三大顶级金仙，一出手便是全力以赴。

恐怖的金仙级威压，宛如汪洋一般澎湃。

魏羡水背后一柄蓝色的仙剑浮现，身边便似是有无尽狂潮涌动一般，一剑斩出，漫天涛涛浊浪，似是要将这一方天地都直接湮灭。

魏羡鱼和魏羡虫，亦是祭出各自的本命兵器，都是四品仙剑，仙光色泽不一，但威力强大，乃是东玄仙门之中的重宝，平日里蕴养在东玄太液池中，战时才拿出来对敌。

三柄仙剑，割裂天地，斩向李牧。

“何人？”

李牧屹立虚空，手中的化作凤鸣神剑状的诛仙神兵，随手一圈，清风徐来，日光氤氲，一道剑光荡漾开去，就将这三柄仙剑，统统都挡住。

“东玄仙门魏羡水。”

“魏羡鱼。”

“东玄仙门魏羡虫。”

三人齐齐开口道。

李牧一听，心中便明白了一些缘由。

定是魏羡山的同胞兄弟。

“木牧，你这卑鄙无耻的狗贼，曾经暗算偷袭我大哥魏羡山，之后畏罪潜逃，罪该万死，今日，我们三兄弟为大哥复仇，不和你讲什么仙道规矩，你就不要做无谓挣扎，痛快受死吧。”

魏羡水冷笑着道。

这是在为三人联手袭杀李牧铺台阶。

李牧简直无语。

这东玄仙门三兄弟，还真的是又要做婊子又要立牌坊啊，联手就联手吧，还找这么拙劣的借口。

不过，都无所谓了。

“你们一起上吧，送你们去见魏羡山。”

李牧说罢，直接出手。

他一剑在手，宛如神魔，一步踏出，筋斗云奥义施展，如同时空瞬移一般，便到了魏羡鱼的身前，一剑刺出。

嗤！

撕裂布帛的轻响出现。

‘凤鸣神剑’轻而易举地就撕裂了魏羡鱼的金仙级防御，接着就如刺穿一截朽木一样，洞穿了魏羡鱼的眉心，剑尖从后脑勺中穿透出来。

嘭！

大日真火爆发。

所谓的东玄仙门金仙级太上长老，最终也不过是一朵金色的烟花而已。

“汪。”

小九欢快地呼叫着，化作一道流光，瞬息而来，将魏羡鱼身上掉落的储物仙器以及各种宝物，都衔在了嘴里，又呼啸而去。

“什么？”

诸天修士，皆尽失色。

一招秒杀？

这是什么见鬼的战斗啊。

而这时，李牧身形再度一闪，出现在了魏羡水的身边，同样是一剑刺出。

魏羡水怒喝狂呼，一身金仙级巅峰修为，运转到了顶点，同时，身上诸多保命仙器，流光溢彩，流转飞舞，将自己保护在其中。

但是——

嗤！

已经是一声轻响。

长剑刺穿了魏羡水的咽喉。

滴血的剑尖，从后颈洞穿出来。

李牧拔剑。

嘭！

又一团美丽璀璨的致命金色烟花绽放。

魏羡水，死。

小九再度呼啸而至，衔宝而归。

“不……”

最后仅存的魏羡虫惊恐欲绝，睚眦欲裂。

他简直不敢相信自己看到的。

两位实力与自己相仿的兄长，被木牧举手投足之间，宛如杀猪屠狗一样，就给刺杀了。

看李牧那闲庭信步，出手随意的神态，他根本就没有出全力。

这个家伙，怎么会这么强？

没有道理的强。

巨大的恐惧宛如爆发的狂潮一样，将魏羡虫淹没。

他再无勇气战斗，转身化作一道流光，疯狂就逃。

但是再快的速度，在李牧如今修为程度下催动的筋斗云奥义面前，都苍白无力。

身影一闪。

李牧追上魏羡虫，一剑刺出。

嗤！

第三声撕裂布帛一般的轻响出现。

‘凤鸣神剑’的剑尖，从魏羡虫的前胸透出来。

“我……你……我不甘心，我……”

长剑撤去。

魏羡虫艰难地扭转身躯。

他难以置信地看着李牧，但命运已经注定，轰地一声，他的身躯也被大日真火彻底点燃，瞬间在虚空中，化作了一朵唯美璀璨的金色烟火。

李牧屈指一弹。

剑身微震。

弹去剑刃血迹。

然后没有半分停留。

他在虚空之中，倒拖着长剑，带着秒杀东玄仙门三大顶级金仙的神威，朝着曹川府联军虚空大营中，那艘高悬着帅旗的巨大玄舸走去。

## 第1226章 角色互换

谁都没有想到，三大顶级金仙，陨落的如此之快。

事实上，在所有人的预想之中，化做尸体的，应该是被三大金仙围攻的木牧。

周崇的眼中，精芒闪烁。

李牧的强大，令他感觉到震惊。

但并不足以让他恐惧。

因为李牧做到的，他也可以做到。

半步将级，亦可以碾压三大顶级金仙。

这是质上的碾压和差距。

其实魏羡水等人的死，对于周崇背后的甘霖山来说，是一件好事。

这场战争，本质上来说，就是一场大鱼吃小鱼，小鱼吃虾米的游戏，不管是盟友还是敌人，谁先支撑不住，在游戏中衰弱下来，等待着他的命运，就只有被吞噬和消灭。

魏羡水等三人，是东玄仙门的顶级战力。

他们三个一死，就意味着东玄仙门的注定衰落。

甘霖山虽然支持东玄仙门，但若是东玄仙门被外力所灭，那他们不介意取而代之，将其吞并。

身为盟友，这么做更是名正言顺。

所以，死得好。

将这个木牧斩杀，灭掉皇极崖，转手回去就可以再将东玄仙门灭掉。

这样一来，曹川府和月川府的两个大势力，都将成为甘霖山崛起的踏脚石，所有的地盘、仙民人口和矿产资源，都将归甘霖山所有。

周崇眯着眼睛，看了一眼身边的夏静。

“你似乎是在期待他来救你？”他眯着眼睛笑道：“木牧是你的老相好？呵呵，那就更有意思了，我会让你亲眼看着，我把他一点一点地撕碎。”

夏静神色没有丝毫的变化，依旧是嘴角噙笑。

周崇大笑一声，身形浮空而起。

“木牧是吗？很好，你很强。”

他主动朝着李牧迎上去。

“但是，你很快就会明白，金仙境和仙将境之间不可跨越的鸿沟天堑，在此之前，你只有你一次机会，那就是跪下来，像我效忠，我会给你一个活命的机会。”

恐怖的仙将级气息，从周崇的身体里流转出来。

天空突然阴暗下来。

大片大片的阴云从四面八方汇集而来，瞬间就将整个天空都笼罩，暗青色的云雾涌动，似是要将天与地之间的空间，完全填满一样。

淅淅沥沥的小雨下了起来。

这是甘霖山的仙术。

将级强者，已经可以掌控仙道法则，一念之间，令天地变色。

皇帝站在城头。

对于包括他在内的所有皇极崖仙道修士高手来说，每一滴雨，就像是一颗星辰坠落下来，带着毁灭般的威压。

相信这是因为周崇略有收敛的原因。

否则，这一场淅淅沥沥的小雨，就可以将皇城之内的修士，全部都屠灭杀死。

木牧，他能是周崇的对手吗？

这个问题，在所有人的心中浮现。

而答案很快就出现。

李牧拖着‘凤鸣神剑’的身形，越来越快，下一瞬间，化作一道金色流光，破空声响起的瞬间，他就已经来到了周崇的近前，一剑刺出。

“呵呵，愚蠢……”

周崇冷笑着用右手双指去夹‘凤鸣神剑’的剑尖。

一派高人风采。

但是——

嗤！

熟悉的轻响声。

血光崩现。

‘凤鸣神剑’直接削掉了他的食指和无名指，然后刺穿了他的右手和右臂。

周崇脸上的笑意瞬间凝固。

“啊……”

他发出惨叫。

不管内心多么震惊和难以接受，不管大脑多么空白难以做出反应，但仙将级的修为和身体的本能，还是先他的大脑一步做出了反应，急速后撤。

但论速度，李牧从来都不输其他人。

剑光闪烁。

如影随形。

一个逃。

一个追。

宛如两道流光，在天空之中，化作弧形流光，不断地闪烁。

‘凤鸣神剑’的剑尖，直指周崇的眉心。

距离，越来越近。

越来越近。

周崇甚至都可以感受到，眉心那宛如针扎一般的剑芒刺痛。

内心的震撼，这个时候，终于如翻江倒海一样席卷而来。

为什么？

为什么这个明明只有金仙境的小家伙，剑法威力这么强？

按道理来说，这种程度的修士，别说伤及自己，应该是连自己的防都破不了才是啊。

死亡的阴影，从未有一刻如此时一般，距离周崇这么近过。

嗖嗖嗖！

周崇的体内，一道道流光射出。

这是他身上携带的各种仙器保命法宝，有飞刀，仙剑，盾牌，流星锤，锁链，玉如意，捆仙绳等等，层出不群，就仿佛是一座人形仙器藏宝库一样。

每一件保命仙器，都不是凡品。

品秩最低，也都有三品。

三品以下，如何入得了身为半步仙将级大长老的周崇的眼？

“啊啊啊，本座杀了你。”

他愤怒的低喝着，元神催动法宝，不要钱一样疯狂地朝着李牧砸去。

李牧只是挥剑。

砰砰砰！

金色剑光一闪。

袭来的仙器，如同朽木瓦砾一样不堪一击，被剑尖一挑，便是一件件的炸裂，破碎，崩散。

根本无法伤及李牧。

其中有一面五品仙器的盾牌，最擅长防御，周崇刚祭出来，就被剑光流转之间，斩为四五块碎片。

“啊……不要毁我宝贝。”

小九发出撕心裂肺的尖叫声，呼啸而至。

这一下，不等李牧出手，小九便如狗叼绣球一样，将周崇祭出的种种仙器，全部都吞进到了肚子里，又呼啸而去。

周崇懵了。

自己所有的保命底牌，被一只狗给叼走了？

接下来怎么办？

刷刷！

剑光闪烁。

周崇的另一只手臂也飞起。

李牧根本不会给他太多的机会。

此时的李牧，金仙级初阶的修为，战力直逼仙将级中高阶，逆行伐仙、跨境碾压一直都是他最拿手最擅长的事情。

之前在急退联军大军时，他展现出来的力量，让魏羡水三兄弟以为自己可以获胜，结果被瞬间秒杀，而在秒杀魏羡水三兄弟时，李牧表现出来的力量，又并不足以惊退周崇，反而让他主动出击，自以为胜券在握。

整个过程，都在李牧的掌控之中。

“啊，不……”

周崇亡魂大冒。

巨大的痛苦和死亡危机，令他的意志在这一瞬间，彻底崩溃。

他直接跪在了虚空之中，大声地哀求，道：“饶了我，你不能杀我，否则，甘霖山……”不久之前，他还说，要让李牧下跪求饶，可以饶李牧不死。

但是现在，角色互换。

何其嘲讽。

然李牧不会有丝毫的怜悯。

噗！

剑光一闪。

‘凤鸣神剑’的剑尖，洞穿了他的眉心。

黄金色的大日仙火，瞬间爆发流转出来。

开战以来，最璀璨最唯美最大最惊心动魄的黄金烟花，在这一瞬间，照印半空，令漫天的阴云瞬间消散，万里天空为之一晴。

无数人的神智，被这一抹金色夺走。

风声萧瑟，天地肃静。

雨后一弯彩虹，带着淡淡的金色，挂在天空。

李牧依旧拎剑而立。

缓缓收剑。

拭去剑上血。

然后，他才抬眼，缓缓地看向曹川府联军大营。

看向那艘高悬着帅旗的巨大玄舸。

玄舸上，东玄仙门以及甘霖山的强者，宛如石化一样。

直到现在，他们依旧无法相信自己看到的一切为真，恍惚中觉得这是一场噩梦幻觉而已，只要用力从噩梦中清醒，睁开眼睛，仿佛就会发现一切都是假的。

先将级啊。

仙将级的大长老周崇啊。

就算是在整个甘霖山，仙将级的强者，一只手都数的过来。

损失一尊仙将，对于任何一个州府霸主级的宗门来说，都是巨大的打击，如倒塌了一根撑天支柱一般。

哪怕是对李牧抱有信心如夏静，也不禁瞠目结舌。

这个美丽女人处于震惊之中的表情，依旧是祸水级风华绝代。

那双不知道迷倒了多少人的眸子里，迸发出难以用语言形容的色彩。

她出生在这浊世之中，为了心中的力量和组织的使命，不惜牺牲一切，自我沉沦放逐。

她这一生，见到了太多形形色色的天才和王侯，见过了太多桀骜睥睨的巨擘和风云人物，也听过太多的甜言蜜语和壮志豪言，更得到过无数的许诺和海誓山盟。

## 第1227章 要死了

没有人会忘记那一剑的威力。

就好像没有词语能够形容那一剑的风华。

宛如从太阳上降临的审判一样，金色的巨剑，剖开了天地，剖开了世界，斩碎了荡漾着涟漪开启的时空隧道，也展开了巨大的玄舸。

原本已经半边身体扎入到了虚空之中的甘霖山玄舸，就像是一头即将逃入海中的大鱼一样，却在最后的关头，被从天而降的‘鱼叉’击中，斩开。

甲板齐刷刷地裂开。

缝隙处冒着焦黑色的炙热气息。

这艘以各种仙道金属打造，加持了成千上万仙道阵法的巨型玄舸，从尾到头，左右分为两半。

在这一道中分线上的仙道强者，瞬间就被炙热的大日仙火焚化气化，尸骨无存。

玄舸哀鸣着，颤抖着，巨大的身躯裂开，内里还因为一些阵法的能量泄露而产生了爆炸，各色的烟火迸射。

像是一场盛大的烟火表演。

皇城之上，包括皇帝在内的所有人，都呆呆地看着虚空战场。

这是他们有生之年，再也无法看到的一幕。

这是他们在之前不算短暂的生命之中，从未看到过的一幕。

金仙和仙将，像是猪狗一样被屠杀。

一艘便可以匹敌一个一流州府宗门的玄舸，像是柴禾一样被劈开。

传说之中，顶级的仙道强者，一人之力，便可以匹敌一座宗门。

但那只是传说而已。

遥不可及。

只有今天，在看到了这个叫做木牧的男人的表演之后，他们才明白，原来传说并不遥远。

原来这个世界上，真的有人，可以强横到这种程度。

沉浸在巨大的震撼之中的他们，都已经失声，也失去了思维的能力。

每一个看到这一幕的人，都有一种跪地顶礼膜拜的冲动。

皇帝，亦是如此。

当然，同样处于巨大惊骇之中的，还有夏静。

当李牧聚剑为一，斩向玄舸的时候，夏静从之前的震撼之中清醒过来，只有一句话想说——

“我还在船上呢。”

还有一个俘虏在穿上呢。

木牧这个无情的家伙，这样一剑批下来，老娘岂不是也被你劈死了。

还好夏静的运气，比想象中好了很多。

巨大的黄金剑气擦着她所在舰艏位置约百米的距离斩过，恐怖的炙热气息，将周围无数的仙道强者都瞬间焚烧为飞灰，而夏静却毫发无损。

剖为两片的玄舸朝下坠落。

轰鸣的爆炸声响彻天空。

夏静的修为被封禁，在这样的情况下，极为被动，一旦运气不好，就有可能被破碎的阵法能量乱流卷重，到时候，也有生命危险。

就在这时，一道流光闪烁。

小九呼啸而来。

狗嘴叼着夏静的后颈，无形的力量波动逸散出去，将周围的爆炸隔绝，也带着夏静飞离了爆炸区域。

天空中。

李牧没有再追杀甘霖山和东玄仙门的普通仙人。

已经是一群丧家之犬而已，没有威胁。

哪怕是他们慌乱之后，聚在一起卷土重来，也没有威胁。

何况，玄舸爆炸，曹川府联军大营被卷入到了爆炸圈之中，仙人死伤无数。

李牧回到皇城的城门之上。

所有人都下意识地看着他，却不敢发出任何的声音。

“陛下，幸不辱命。”

李牧拱手道。

“啊？哦……木……木卿，你立下了盖世功勋，朕……朕……”皇帝说话，竟然有些结结巴巴。

面对着李牧，他感受到了前所未有的压力。

仿佛是他此时面对着的是一尊主宰万千生灵命运的神魔。

而不是他的臣子。

他下意识地想要说，朕有重赏，但话到嘴边，却不知道该赏什么。

他能够拿出的东西，真的可以入木牧的法眼吗？

最多也就是一些仙晶吧。

但就算是把皇极崖数千年以来积累的仙晶，全部都献给木牧，好像都无法与木牧今日里下来的盖世功勋相匹配吧。

至于官爵？

就算是自己把皇帝之位让出来，也未必在木牧眼中吧。

一时之间，皇帝也不知道是高兴还是失落。

“这些都是臣应该做的。”李牧脸上，没有丝毫居功的表情，对于皇帝依旧显得颇为尊敬，道：“战事还未结束，陛下当整顿军务，安抚民心，东玄仙门和甘霖山应当为他们的所作所为，付出代价。”

“啊，对对对，你说得对。”

皇帝如梦初醒，连声地道。

这时，小九呼啸俯冲而至。

狗嘴一松。

啪嗒。

皇极崖第一美人【极乐仙子】夏静就极为狼狈地掉落在城门楼下，摔了一个狗吃屎，脸先着地。

夏静差点儿气死。

这只蠢狗。

活该单身。

好在虽然被封印了修为，但好歹也是一身仙骨之躯，不算是什么重伤。

李牧看到这一幕，不由得笑了笑。

这一笑，好似是天神突然变成了凡人一样。

周围的众人，骤然觉得，李牧是一个有血有肉活生生的人，而不是高高在上不可触摸的偶像。

……

距离皇城大战已经过去三日时间。

一场酣畅淋漓史诗般的大胜，让皇城中的仙民们，终于松了一口气，可以睡几个安稳觉。

当日李牧斩金仙，戮仙将，劈玄舸，所有人都看在眼里，所以也不存在什么战报谬传或者是小胜大报，大部分的人的心里，都踏实的很。

有这样一尊无双强者守护皇城，东玄仙门之流的，想要再轰破皇城，那简直就是痴人做梦，就连甘霖山这种大势力，也啃不下来吧？

简直比任何的仙阵、大军的守护，更加令人放心。

当然，也有人如临末日。

那些在大难之前，选择了背叛的大臣们，简直就是如坐针毡，曹川府联军的顷刻间溃败，导致他们根本就没有得到敌人之前允诺的各种好处，也根本来不及从皇城中撤出去。

皇帝对于这些人的清洗，是毫不留情的冷酷。

三日之间，斩杀的叛逆、投敌叛徒，超过数千，算上株连九族的话，已经过万。

东市门口的人头，堆积如山。

同时，李牧被加封为护国太上国师，地位超然。

另外，私底下皇帝已经与李牧称兄道弟。

曾经在李牧还未拜入皇极崖的时候，当时还是八皇子的皇帝，就称呼李牧为兄弟，也曾提议与李牧结尾异性兄弟，只是后来当了皇帝之后，就不再提这件事情。

如今，旧事重提。

但局势已经完全不同。

对此，李牧并未拒绝。

他如今需要一个在皇极崖中的超然地位，来进行下一步的计划。

三天时间，也足够皇城之战的战果，传遍整个月川府和曹川府。

东玄仙门经此一战，几乎算是名存实亡。

甘霖山也是损失惨重，元气大伤。

两大宗门分别扬言要报仇，但并未在短期之内发起进攻。

他们也需要进行一些权衡。

但李牧却不会这么善罢甘休。

他在当日之战中，只表现出来了金仙初级的修为，并未全部爆发实力，就是为了隐藏一些底牌。

三日之后，李牧一人一剑，西进曹川府。

在各方势力都还未反应过来之前，他直接一剑攻破了东玄仙门，‘凤鸣神剑’斩杀了东玄仙门的当代宗主和数十位长老，攻破山门，将太玄仙宗数千年以来的底蕴和积淀，一扫而空，这才满载而归。

消息传出，各方震动。

以一人之力，破灭一大仙宗。

这种事情，已经很长很长的时间，未曾发生过了。

太玄仙门不算是曹川府中超一流的宗门，但也是一流顶级的那一拨，结果就被李牧一剑横扫，可以说是跌入了悬崖深渊，自此便从州府一流势力之中彻底消失除名了。

事情再不断地发酵着。

据说东玄仙门的上代宗门，侥幸逃过一命之后，前往万仙盟的仙庭分部去哭诉控诉，请求仙庭派出天兵天将，将破坏规矩的木牧直接擒拿。

但被仙庭拒绝了。

因为这是东玄仙门与皇极崖之间的争端。

木牧乃是皇极崖大臣，国师，同时又是皇极崖皇帝的义弟，于情于理，都有资格，有力场，有理由攻击东玄仙门。

毕竟，东玄仙门与甘霖山的联军，之前差点儿就灭了皇极崖，仙庭也未曾出面干涉。

在一些原则性的问题上，仙庭还是要保持一个相对公正的形象和力场。

东玄仙门哭诉无门。

而皇极崖的失地，则因为李牧的存在，强大的威慑力之下，很快就又收复回来，诸多的矿产、城池和仙民人口，也得到了补充。

如果不是因为之前的大败，伤及了元气和根本，皇极崖以李牧一人之威，甚至完全都可以将东玄仙门吞并消化。

对于皇极崖来说，形势一片大好。

但皇帝连接数日的时间，心情都很低落。

因为他发现了一件很可怕的事情。

自己体内的毒，并未完全清除。

当日大宦官黎荪下在他体内的剧毒，经过了李牧的清理，只祛除了一部分，还有一部分，潜藏的极深，等到他发现的时候，竟是已经深入元神，到了无药可医的程度。

“局面方兴未艾，而朕竟然要死了。”

皇帝一个人，孤零零地坐在光线昏暗的皇级殿中，久久地发呆。

## 第1228章 辰皇子

皇帝是半步金仙级的修为，虽然这个境界是以各种资源和秘术强行催灌出来的，但毕竟境界够了。

半步金仙的寿元，可达五千年以上。

所以皇帝从未想过，自己竟然这么快，就要直面死亡。

“真是……不甘心啊。”

他脸上苦笑，内心里深深地叹息。

但终究还是要面对现实。

如今要考虑的最大问题，是自己死了之后，皇极崖的皇位，该由谁来继承。

他登基为帝才不过两年多时间，因为勤于政务，加上太过于年轻，所以根本就没有考虑过皇位传承的事情。

后宫之中，不过只有一妻两妃而已。

这三个女人，都不是他的真爱，乃是为了利益结盟而已，所以并未有子嗣。

唯一一个儿子，今年才只有九岁，是他还身为八皇子的时候，一次意外，与当时一位王府侍女一夜春宵所生。

虽然是长子，但只能算是庶出，资质平庸，外貌与他也相差极大，所以同样一直并不受宠，哪怕是皇帝即位以后，这个庶子，也一直都在昔日的郡王府中，地位低下，鲜为人知。

“看起来，没有什么其他的选择了。”

皇帝又苦笑。

这几日以来，时不时的苦笑，似乎已经成为了一个习惯动作，整个人，一下子苍老了好多岁。

“来人，传朕旨意，接辰皇子进宫。”

……

返回皇城之后，李牧一直都在【逍遥居】。

这是当年皇帝还是八皇子的时候，赏赐给李牧的居所，麻雀虽小，五脏俱全，后被李牧略微加以改造，成为了他的长住场所。

这几日以来，各方人士，都纷纷前来拜见李牧，目的不一。

就连炼妖阁，东煌神朝，乃至于素来低调玄感宗，都派人前来求见，但都被李牧拒之门外了。

这些大门大派，被拒之后，一般都会退走。

但也有一些人，如牛皮糖一样，黏在门口，就堵着门等着。

后来李牧被堵的烦躁，直接关门放狗，将小九拍出去清场，终于是将逍遥居附近的人都干了个精光。

当然，小九也落下了一个‘地狱恶犬’的凶名。

但它根本就不在意。

李牧在逍遥居中，其实也没有闭关修炼。

他出关不久，需要放松一下。

文武之道，一张一弛。

逍遥居中的花园景色秀丽，李牧一时兴起，就让袁吼买来一些东西，在后花园的大门口，一颗老树下面，自娱自乐地进行BBQ，大多数的厨具，都是李牧自己打造的。

也不管好不好吃，反正图的就是一个心情放松。

当初的八皇子，为了方便来拜访李牧，所以后花园的大门之外，便是郡王府——逍遥居本来就是郡王府的一部分。

李牧烧烤的时候，烤肉香味弥漫。

旁侧的一个偏僻的小柴院里，不知道何时，木门悄悄地推开，门缝里露出一张脸。

是一个八九岁的瘦弱少年。

这少年黑色的眼睛，黑色长发，只是发育有点儿不良，比同龄人瘦弱许多，有点儿怯生生地看着李牧。

准确的说，是在看着李牧手中的烤肉。

“想吃？”

李牧笑了笑。

小家伙吞咽着口水，看了一眼李牧，没有说话，反而往后退了一两步。

“别害怕，给你。”

袁吼说着，站起来，拿了几块烤好的肉，交给小家伙。

他对袁吼，似是并不陌生，犹豫了一下，拿过烤肉，深深地向袁吼和李牧鞠了躬，然后转身就跑进了来时的小院落。

“隔壁院子的小孩，母亲是王府中的一个侍女，听说是当今皇帝的儿子，不过因为庶出，不受重视，皇帝也不怎么放在心上，宫中的几个妃子，对这侍女，多有嫉妒，王府上的下人们，为了讨好主子欢心，隔三岔五就故意为难，克扣例钱是轻的，动辄大骂，所以母子两个，过的很艰苦，平日里连吃饱肚子，都成问题……”

袁吼解释道。

他曾经有一段时间，住在逍遥居，对于这个小男孩的来历，还算是比较清楚的。

李牧听完，摇摇头。

这种戏码，在地球的各种宫斗剧中，见得实在是太多太多了。

他刚才也看出来了，小男孩体质一般，天赋愚钝，并不适合修炼，也许是因为庶出被排挤的原因，到了九岁，竟是什么功法都没有修炼，比之一般仙民之家的子女还不如，也算是可怜。

按理来说，这个小家伙，也是皇帝的亲骨肉，不管天赋如何，都应该修炼皇室功法，但却没有，足见他的不受宠程度。

生在帝王家，还不如普通人家好。

可以想象，等到未来皇后或者是其他正妃有了子嗣，那这个小家伙，不仅是地位堪忧，只怕是连保命都很难了吧。

不过，仙界的仙人们，容貌大多古怪，各色头发体征都有，像是刚才那个小男孩，黑眼睛黑头发，一下子，竟是让李牧有一种看到了地球中国小孩的错觉。

正想着呢，突然远处传来了一连串急促的脚步声。

就看一个深色慌张的侍女，带着一群皇宫侍卫，还有十几名宦官，从远处而来，朝着那木门小院落走去。

前面领路的侍女，看起来摸约二十多岁的样子，身形窈窕，穿着郡王府中等级最低的奴婢的粗布服，五官极为精致，皮肤晶莹如玉，修为不高，半步奴仙而已，相貌清丽秀气，给人一种柔弱如风中飘摆的小白花一样的感觉。

她的脸上，还有泪痕，正在小心翼翼地向那位领头的宦官首领，说着什么。

但宦官首领昂着头，正眼都不瞧一下侍女。

突然，宦官首领似是感应到了李牧的目光，朝着这边看来。

然后，他认出来了李牧的身份。

下一瞬间，那张原本倨傲的白面无须的脸上，立刻露出了无比谄媚阿谀的笑容，弯着腰，屁颠屁颠地走过来，噗通一声跪在地上，万分恭敬地道："奴才拜见木亲王。"

是的。

李牧如今的身份，是皇极崖国师，也是皇帝的异性兄弟，外界都称之为木亲王。

李牧没有说话，只是摆摆手。

"奴才告退。"

大宦官首领这才起身，弓着腰，倒退出去二十米，才转身，领着其他人，推开那道木门，鱼贯而入。

……

偏僻窄小的院子里，黑眸黑发的小男孩，略显吃力，额头上冒着汗，正在认证地打扫庭院，清洗衣物，劈柴。

门被推开的一瞬间，小男孩条件反射一样，脸上露出了笑容，道："娘，你回来了？辰儿今天特别乖，没有出去乱跑……隔壁的袁叔叔给了我两块烤肉，好香呢，辰儿没有吃，等着妈妈回来一起……"

就像是一只被圈养在家里的小狗，终于等到了主人回家一样兴奋。

但是他一转身，看到了从木门中进来的大宦官一群人，一下子，笑容凝固，脸上怯意流露。

他冲过去，扑到年轻侍女的怀里，紧紧地抱着，一句话也不敢说。

"就是他？"大宦官问道。

年轻侍女的脸上，带着哀求之色，道：“大人，他还小，不能修炼，什么都不懂，能不能……”

“闭嘴。”大宦官道：“是陛下要待他入宫，你难道敢抗旨？”

侍女满脸的泪痕，惶恐万分，却不知道该说什么。

“娘？”小男孩一脸疑惑地看着自己的娘亲。

侍女抱紧孩子，扭头又问道：“大人，陛下想要辰儿入宫，到底是为了……”

大宦官面无表情地道：“这种事情，我怎么知道？也许是想要栽培辰皇子吧。”说到最后一个字，他的嘴角，翘起一丝讥诮的弧度。

其他人的脸上，也都露出心照不宣的轻蔑笑容。

当今陛下，对于这个小皇子，根本不放在心上，这事众所周知。

与一个低贱的侍女，生下儿子，这在当时，乃是令皇室蒙羞的事情，据说先皇曾经多次因此而训斥过，若不是因为杀了这一对母女，会让皇室的形象蒙羞的话，说不定这一对母子，根本活不到今天。

最近皇极崖国内形势大好。

木牧亲王横扫四方无敌手。

陛下大概是心情突然好了起来，一时好奇，想要见见这个儿子。

但就以辰皇子的天赋，修为和智力，想要打动皇帝？

不可能的。

表面上看起来，这对于辰皇子母子来说，是一次得见天颜的机会，但实际上，反而会让后宫的皇后以及妃子们，心生警惕，更加容不下这对母子。

“那……我……我也陪辰儿一起去。”年轻侍女哀求着道。

大宦官摇摇头，道：“陛下只说请辰皇子，并未提及你，你还是老老实实地在这里待着吧。”

“可是……”年轻侍女还想要再说什么。

大宦官的表情，一下子变得怒耐烦且凌厉了起来，阴阴一笑，道：“守点儿规矩，不要自己找死。”

侍女顿时手脚冰凉。

小男孩似乎是明白了什么，连忙安慰道："娘亲，辰儿一个人去，娘亲放心，辰儿会乖乖的听话的，一定早去早回。"

最终，小男孩被大宦官和侍卫们，强行带走。

年轻侍女被勒令留在小院子里，不许出去，等待消息。

泪水打湿了她的粗布裙。

这么多年以来，她战战兢兢如履薄冰地在王府中艰辛生存，为了保护这个儿子，什么苦都吃过，什么屈辱都受过，她从来都不奢求儿子可以继承皇位，或者是能够得到封赏，只希望他可以健健康康平平安安地成长。

为此，她将儿子关在这个小院子里，鲜少让他出去。

生怕遇到心有不轨的人，或者是儿子不懂事，闯下什么祸。

可如今，儿子还是被带走了。

那种担惊受怕却又无能为力的感觉，宛如心肺被掏掉，只有当过父母的人，才能真正体会。

## 第1229章 通天剑神

一直到傍晚，小男孩都没有回来。

年轻侍女数次想要去打听消息，但是却被守在柴院门口的皇宫近卫给无情地拦住了。

她一直到，自己被幽禁了。

这更让这位年轻侍女惊恐。

到底发生了什么事情？

辰儿去宫中，到底会面临着什么样可怕的事情？

皇后和贵妃们，不会对他下毒手吧？

陛下为何会突然召辰儿入宫？

她心中惊惶地猜测着，泪水宛如泉涌一样，根本无法控制。

这是一个母亲对于儿子的爱。

卑微而又伟大的爱。

双膝跪在院子里，她抬头看着天上逐渐落下的昊日，看着已经升起的银色圆月，流着泪，默默地用生灵和灵魂祈祷。

“辰儿，一定要安全回来啊。”

“在宫中，一定要听话乖巧，也要机灵一点啊。”

“没有了你，娘就没有法活了啊。”

……

烧烤完毕，晒完太阳，李牧又舒舒服服地洗了一个澡。

夜幕降临时，【极乐仙子】夏静又来拜访。

“这个女人，偏偏要在入夜的时候前来，倒是真的一点儿都不顾忌啊。”

李牧想了想，让袁吼带夏静到了前院客厅。

客厅是敞开式的，宛如一座大型凉亭，四面无壁，以四根神木朱红柱子支撑，左右有万年香木雕琢的白金色镂空屏风，淡淡的香气，常年不散，布局典雅隐逸，颇为契合李牧如今在皇极崖中的身份地位。

“嘻嘻，想要见一面亲王大人，真的是好难啊。”

夏静颇为自来熟地坐下来，笑语盈盈地看着李牧。

李牧道：“再难，你不也是见到了？说吧，找我什么事情。”

听袁吼说过这个女人在曹川府和月川府的大战中扮演的一些暗中角色之后，李牧对于这个女人的身份力场，就颇为好奇了。

这也是为什么，当日剑斩玄舸之后，李牧让小九去救她的原因之一。

“亲王大人还是真的是直接呢。”

夏静笑着眨了眨眼睛，风情万种的魅力，自然而然地流露出来，只是一个很简单的动作而已，顿时令整个客厅里，都充斥着一种暧昧的桃色气息。

李牧道：“早就说过了，这种手段，对我没有什么作用。”

夏静双手撑着下巴，撑在桌案上，明媚的眸子，委屈巴巴地看着李牧，道：“亲王就这么讨厌奴家吗？莫不是因为，那日在黄龙阁中，看到了奴家的身体和工作，所以觉得奴家的身子肮脏？”

李牧面无表情，道：“机会只有一次，如果你再不说自己的来历，那我就要送客了，以后你在进入逍遥居的机会，只怕是微乎其微。”

夏静顿时一副‘真被你打败了’的表情，道：“有时候，我真的怀疑，你到底是不是一个男人……好吧，说正事，我来拜访亲王阁下，的确是有一件事情，要与密谈。”

李牧一副洗耳恭听的样子。

夏静道：“你可知道，为何这数日时间里，东玄仙门余孽，还有甘霖山、一剑宗等仙门，为何没有对皇极崖，对你展开报复性的反攻？”

李牧微微一怔。

“难道不是自知不敌吗？”他道。

夏静一脸无语的表情，道：“你在皇城之战，以及后来的东玄仙门山门之战中，表现出来的实力，的确是震惊四方，但却还没有到让州府顶级宗门避而不战的程度，尤其是，你的战绩，相当于是在打脸曹川府联盟，他们就算是不正面与你邀战，但应该采取一些暗地里的措施，找回脸面，这才是他们的行事风格，但这数日以来，他们悄无声息，你不觉得奇怪吗？”

李牧的神色，渐渐严肃了起来。

有意思。

谈话开始变得有营养。

“的确奇怪，是为了什么呢？”李牧道。

夏静道：“那是因为，在曹川府与月川府交界处的四明山中，有一处仙崩时代之前的仙府遗址被发现了，不只是两大州府的仙门，便是附近其他一些州府的势力，也都开始闻讯而来，准备挖掘这一处仙府遗址了。”

哦？

李牧的眼睛，眯了起来。

当年的仙崩，让整个仙界，处于一片灾难之中，很多的大宗门、势力，以及诸多的仙道强者，在这样的灾难中破灭毁灭，所以留下了诸多失落的遗址。

如李牧初到仙界时，遇到的沧海派的遗址，就是其中代表。

这些失落的仙界遗址，宛如一个个未知的宝库，吸引着无数的仙界强者和宗门，前仆后继地搜寻探索。

曾有普通飞仙，因为得到仙崩之前强者的传承，突然一飞冲天，成为州府巨擘，也有频临灭绝的小宗门，得到了失落仙府传承，一跃成为当世大派。

如今东圣洲的数大超一流顶级宗门中，以仙剑杀伐闻名天下的飞剑神殿，便是得到了当年仙崩之前东圣洲第一剑道宗门‘玄天剑门’的传承，才有今日之辉煌。

“这一次在四明山发现的仙府，传闻乃是当年【四明仙王】薛三诺的仙府，这是一位仙崩之前的老仙王，曾经纵横东圣洲东方十二州府，所向无敌，鼎盛时期，一己之力统治者包括月川府、曹川府、青峰府等六个州府，巅峰仙王境界，传闻一只脚，都已经踏入到了仙君之境，后来陨落于仙崩之中，传闻他的仙府里，不但有昔年传承，大量修炼资源，甚至还有一瓶【仙髓】，引得无数人疯狂。”

夏静神色认真地道。

然则李牧根本不知道，仙髓的价值。

“所以说，这些宗门，现在根本没有精力来对付我，都在准备这开垦四明仙府？”李牧道。

夏静大笑着点头。

李牧摸着下巴，道：“那么问题来了，厦仙子为什么要告诉我这些呢？”

夏静道：“这还用问，当然是希望你也去争夺四明仙府的传承啊。”

李牧笑道：“就算是我争到手，对于夏仙子又有什么好处呢？”

“呵呵，男人。”夏静淡淡一笑，道：“难道没有好处的事情，我不会做吗？”

李牧不置可否，只是静静地看着她。

夏静如少女般莞尔一笑，道：“好吧，如果你非得要一个理由的话，那我说我爱上你了，算不算？”

李牧笑了起来：“那我更愿意相信，你的确是一时想不开，在做一件没有好处的事情。”

夏静努努嘴，撒娇一般哼道：“亲王殿下，避我如避蛇蝎啊，奴家就这么让你害怕吗？”

李牧摇摇头：“道不同，不相为谋而已。”

夏静道：“那如果我说，我们的道，也许相同呢？”

李牧喝了一口眼前桌案上的茶水，道：“夏仙子这一两年所做的事情，到底是为了什么呢？别用生存之类的字眼来敷衍我，我知道你做的很多事情，都另有目的。”

夏静微微一笑，道：“我也没有想着隐瞒亲王殿下呢，我的确是来自于另外一个组织，我来到皇极崖的目的，就是要将月川府和曹川府的水搅浑，让这边乱起来。”

哦？

李牧心中一动。

虽然不算是志同，但这还真的有点儿道合的架势了。

“什么组织？”李牧问道。

夏静笑了笑，道：“其实一直以来，奴家都有一个深深的困惑，看在奴家为你带来如此重要的消息的份上，不知道亲王殿下能不能为奴家解惑呢？”

避而不答。

李牧浅尝辄止，不准备打破砂锅问到底。

毕竟每个人都有属于自己的秘密。

“你问吧。”李牧道。

夏静认真脸地问道：“以你的天赋、实力和心胸，就算是开宗立派，也必成月川府一大顶级势力，若是想要投靠仙门，有的是比皇极崖更好的选择，为何偏偏要效忠于皇极崖呢？”

李牧仔细地想了想，道：“名不正则言不顺。”

夏静的眼中，一抹微不可察的亮晶晶闪过。

虽然不是特别满意，但已经窥视到了这个男人内心的一些端倪。

夏静站了起来，道：“说话也不说痛快了，遮遮掩掩，算什么男人……我走了。”

转身走了几步，突然想起什么，腰肢旋转，回头嫣然一笑，道：“如果我说，其实我的身子，一直都是清白的，你信不信？”

李牧一怔。

“嘻嘻……”

夏静看到李牧脸上错愕的表情，顿时得意地笑了起来。

她再度转身，朝看大门的方向走去。

走到大门口的时候，她似是又想起什么，二度转身。

“听说五大洲中，中央混沌区域的叛军，也派人来争夺这一次的【四明仙府】，为首一人，乃是乱军三大擎天柱之一的刀剑神皇的家伙麾下第一猛将方天翼，号称【仙界剑神】，你也是以剑术称雄，不想去看看这位剑神的神通吗？”

夏静笑靥如花地抛了一个眼神。

……

皇级殿。

“陛下三思啊。”

一位老臣，苦口婆心度劝道。

“是啊，陛下，立储之事，事关重大，切不可操之过急啊。”

“辰皇子他……难堪大任啊。”

“陛下如今，正直春秋鼎盛，只要愿意，完全可以诞下嫡出龙子，且不说辰皇子天赋修为如何，就论他的母亲，出身卑微，血统不纯，怎么可以成为储君？”

大殿里，群臣纷纷进言。

本以为这一次，皇帝召集群臣，乃是为了商讨征伐东玄仙门的大事，谁知道，皇帝竟然提到了立储君之事，言谈之间，竟是颇有将储君，定位辰皇子的意思。

这令群臣大惊，纷纷反对。

## 第1230章 刺杀

皇帝坐在九五之尊的宝座上，有些疲倦。

他中毒的事情，并未向外透露。

所以到现在，并未有人知道。

可毒素正在疯狂地侵蚀着他的身躯，以至于他的精力衰退的厉害，整个人时时刻刻就都感觉到极为疲倦。

大臣们耳朵争吵声，在耳边似近又似很远。

手足无措的辰皇子，被大宦官领着，站在龙椅的一侧。

八九岁的小男孩，第一次走出那个小小的院落，脸上充满了惶恐之色，怯生生地，就像是一只身陷狼群的小山羊一样，不知所措，低着头，扭着衣角，连大气都不敢出。

这副模样，落在群臣的眼中，更是不堪大任的样子。

“陛下有意立储君，乃是大事，不可仓促而为，或许应该在早朝之上，令百官共议，毕竟储君之位，兹事体大啊。”叫做郑沅的大臣，朗声地道。

此人是当朝郑皇后一脉的外戚，官居一品，在朝中，颇有地位。

“正是如此。”另一位叫做杨嘉的大臣也道。

他是后宫杨贵妃的弟弟，在军中颇有一些能量。

其他众人，也都是这样的论调。

皇帝渐渐觉得，有些力不从心，眼前甚至都有些发黑，心中更累，于是摆了摆手，道：“你们都退下吧，明日早朝再议。”

几位大臣，躬身告退。

等到出了皇级殿，数个不同的官员团体，一下子泾渭分明了起来。

“陛下何以这么着急立储君？”

“难道是龙体有恙？”

“慎言。”

“那贫民贱女之子，无才无德，如何可以成为储君？”

“只是陛下膝下，并无其他子嗣啊。”

“听闻皇后身边，有一养子……”

“帝国还有其他亲王皇子，可以继位，也是皇室血统……”

一众大臣，议论纷纷。

郑沅面色淡漠，快步走出皇宫，立刻招来身边的心腹，令其再入宫求见皇后娘娘，自己心中也在盘算着，如何在这件事情中，让郑家的利益最大化。

不论如何，那个贱女所生的孽种，是绝对不能成为皇帝的。

杨贵妃之弟杨嘉，也是相同的想法。

还有一位高贵妃的叔父高盛威，当朝一品大员，皇极崖四大家族之中的高家的家主，一离开皇宫之后，立刻就开始布置。

大殿里，皇帝坐在龙椅上，昏昏欲睡。

他强打精神，扭头看了一眼辰皇子。

黑色头发和黑色的眼睛，与他并不像，胆怯懦弱的表情，更是与他心目之中的太子形象相差太远。

难堪大任啊。

“难道真的要把朕这一脉的皇位，传给其他人吗？”

皇帝心中叹息。

“来人，将辰皇子待下去吧，命高迎远看管，明日早朝时，带来一起参加朝会，传朕旨意，明日早朝议题，便是确定储君之位的人选，不议其他。”

他声音低沉地道。

旁边的大宦官道：“遵旨。”

然后便带着辰皇子下去了。

不够态度好了一些，不管怎么说，这位庶出的平民皇子，都有了继承皇位的可能，虽然这种可能微乎其微，但不怕一万，就怕万一。

辰皇子离开时，扭头怯生生地看了一眼皇帝。

眼神清澈，带着淡淡的担忧。

他虽然年少愚钝，但并非是痴傻，隐约明白了，这个坐在龙椅上一脸疲倦的男子，就是自己的父亲。

自从出生之后，父亲的形象，在他的记忆之中，是完全模糊的，可以记事起，就从未见过这位高高在上的父亲，而娘亲总是告诉他，父亲太忙，操心家国大事，不能来见他。

小孩子的心中，不会有太多的怨恨，只有期待。

所以当他隐约感觉到，坐在龙椅上的父亲，非常疲倦，这种疲倦中，流露出一种暮气沉沉的气息，令这个小男孩，有些担忧。

但很快，他就在大宦官的引领下离开。

只有皇帝注意到了小男孩回头一瞥的那种眼神。

不知道为什么，他的心，被狠狠地触动了一下。

那是他从别人的身上，从来都未见到过的眼神。

“也许是个好孩子，可惜了。”

皇帝忍不住又苦笑。

他强打精神站起来，取出纸笔，写了一封信，换来一个绝对信任的心腹，道：“你悄悄出宫一趟，将这封信，交给木亲王看看。”

“遵旨。”

小宦官举着信出去了。

……

李牧躺在前院客厅的躺椅上，看着星空。

来到仙界，已经两年多时间，他的修为得到了巨大的提升，如今纵横州府之间，已经问题不大，而他的身份人设，也逐渐立住了。

在他原来的计划中，接下来是要继续进行州府大战，将东玄仙门、一剑宗、落云宗等当时参与了屠戮混沌世界生灵的先遣三十六部的宗门，一一灭绝。

皇极崖也不例外。

只是夏静突然带来的消息，打破了他的计划。

“一尊巅峰仙王的传承仙府，值得冒险。”

“当然，更关键的是，有刀剑神皇丁浩的线索了。”

“当年，诗雨在守护阵法通道大战中，直去仙界，应该就与丁浩有关，如果能够搭上这条线的话，那不但可以找到王诗雨，此后应该不会再是孤军作战了。”

李牧的心里，渐渐已经有了决定。

他要去参与【四明仙府】的争夺战。

在夏静离开之后，他查阅了一些资料，从中得知，在仙崩时代之后，仙界共分为五大洲，分别是南天洲、东圣洲、西镜洲、北乱洲和中央混沌破碎区域。

前四大洲，如今都在万仙盟仙庭的势力控制范围。

而中央区域，乃是昔年仙界之中，最为灵秀丰美之地，疆域也最大，曾经是昔日仙界之主的领地，后来仙崩发生，这片区域乃是那场大爆炸的中心，于是这片曾经最丰美的地方，就变成了到处都充满着危险、死亡和杀机的绝地禁地。

据说这片区域，被混沌湮灭风暴所笼罩，失控的时空裂缝足以在一瞬间，撕碎一尊仙王，就连仙君、仙皇都不愿意进入其中。

而反抗万仙盟仙庭统治的诸多仙道势力和强者们，生命力顽强的就像是蟑螂和老鼠一样，躲入了这片区域。

这些人，被统称为叛军。

叛军将这个危险无比的区域，当成了自己的大本营，在付出了巨大的代价之后，找到了一些安全区域，驻扎其中，不断地和仙庭征讨大军打游击。

而竖起刀剑神皇大旗的神皇军一脉，是叛军中最大的三支之一。

另外两支叛军，则是御天军和人皇军。

“三大最强乱军，应该就是老神棍口中的丁浩，叶青羽和孙飞三大强者所属的军队了……原来他们早就来到了仙界。”

李牧此时，对于仙界的格局，终于有了一个清晰的了解。

他自己的身份，也算是乱军。

“要尽快和乱军接头。”

而这一次【四明仙府】的争夺，则是一个千载难逢的好机会。

正想着，袁吼领着一位小宦官进来。

“陛下的亲笔信，让奴才亲手交给亲王。”

在名震四方的木亲王面前，小宦官显然是有些敬畏，姿态谦恭到了极点。

“哦？”

李牧站起来，神色肃穆地接过信笺，很快看完，陷入了沉思之中。

片刻，他点点头，对小宦官道：“你去回复陛下，明日早朝，我会准时前去。”

“奴才告辞。”

小宦官从逍遥居出来，浑身衣衫都湿透。

虽然木亲王并未为难他，但那种绝巅强者自然而然释放出来的威压，就已经令他浑身冷汗，怪不得木亲王可以横扫东玄仙门无敌，真的是可怕，深不可测啊。

李牧在大厅里，重新又回到了躺椅上。

“皇帝体内余毒，竟然发展到了这种程度，元神都被侵蚀，竟是已经时日无多，这可是意料之外的事情。”

李牧颇为惊讶。

他之前未曾看出这一点。

如果皇帝死了，那对于李牧的计划来说，有一定的影响。

皇位的继承问题，变得有些微妙。

李牧沉思着。

突然，他的神色微微一动。

“有几只小老鼠，混进来了。”

他的眼中，一抹精芒跳跃。

……

柴院中。

“过往神灵，列祖列宗，请一定保佑辰儿，平安回来，小女子尹萍儿，愿意付出任何代价。”

年轻清丽的侍女，依旧跪在地上，双手合十，面对着月亮，虔诚地祈祷着。

突然，一道身影，快如闪电，越院墙而进，一道剑光，直刺这个可怜的侍女。

侍女仓促之下，做出了一些反应，贴着地面翻滚，躲过了这一剑。

她毕竟是还有奴仙境的修为。

前来刺杀她的人，实力也不高，只是奴仙巅峰而已。

“你是谁？为什么杀我？”

小侍女向后退却，大声地喝问。

声音传出去，那些守在外面门口的侍卫，一定可以听到冲进来吧。

月影下，一个全身都笼罩在黑袍中的蒙面黑衣人，手中握剑，缓缓逼近。

“呵呵，不用白费心思了，外面的人，不会管你死活的。”黑衣杀手冷笑着，剑光在月下闪烁着森寒的冷光，杀机流转。

小侍女的心，沉向冰窟中。

“我的儿子……他怎么样了？他还活着，对不对？”

生死关头，她第一反应不是自己的安危，而是儿子的生死。

“呵呵，不用着急，也别担心，等你死了，很快就可以见到你儿子了……你们母子，很快就可以团聚了。”

黑衣杀手阴冷地道。

这句话，让小侍女心神大乱，骤入惶恐。

就是这一刻。

黑衣杀手再度出剑。

他以言语刺激小侍女，等的就是它方寸大乱的瞬间，要一击毙敌，以免拖延下去，毕竟这里是昔日王府，更靠近逍遥居，是木亲王住所附近，闹出太大的动静有可能会节外生枝。

这也是为什么，上面会派遣他一个小小的奴仙巅峰，而不是其他飞仙、谪仙级的强者来执行任务的原因之一。

## 第1231章 朝会（1）

寒芒闪烁。

一剑夺命。

眼看着利剑就要刺入年轻侍女的眉心。

就在这时，异变突生。

突然空间和时间像是凝固了一样，黑衣刺客发现自己的仙剑，竟是再也难以递进分毫。

怎么回事？

他心中大惊。

然而下一瞬间——

叮！

剑身不可思议地崩断，化作无数碎屑。

剑尖倒飞回去，穿透了黑衣刺客的咽喉。

在鲜血还未飙射出来之前，他的身体迸发出一团黄金火焰，旋即化作飞灰，消散在了空中。

小侍女惊魂未定地看着眼前的一切。

刚才那一瞬间，她以为自己必死无疑。

结果死的却是刺客。

是谁救了我？

她惊恐地喘息着，四下打量。

夜色安静，微风习习，仿若是一切都没有发生过。

柴院大门口的皇宫近卫依旧没有任何反应。

她睁大了眼睛，旋即又猛地意识到，自己的儿子会有危险，冲到门口时，发现大门外已经被锁住，整个柴院，也都笼罩在阵法之中，根本无法出去。

“辰儿……”

年轻侍女的泪水，再一次涌下。

在过去漫长的悲苦岁月里，她以为自己已经习惯了这种被无数人轻慢和讥讽的生活，但当儿子被带离之后，她才发现，原来生活之中，还有很多的苦难，是你再坚强也无法承受的。

刺客的话，让她意识到，儿子虽然没有死，但会有危险。

可是她自己，似乎已经没有能力改变什么了。

谁能救救他们母子呢？

悲从中来的她，看着天空中的圆月，思路突然逐渐清晰了起来。

因为她猛然意识到，在这个已经空荡荡的王府之中，能够从刚才那黑衣刺客的手中，将他救下的人，只有一个。

她眼中，骤然涌出了期冀亮光。

如果那个人，既然出手救她，那也许也愿意出手救儿子？

要是那个人愿意出手的话，那一切问题，都可以迎刃而解。

年轻侍女无法从柴院中走出去，她只好从朝着【逍遥居】的方向，长长地跪下，双手合十，以最最虔诚的姿态，高声地哀求了起来。

“木亲王殿下，是您救了我吗？”

“求求您，大发慈悲，救一救辰儿，他还是个孩子，什么都不懂，我们母子不求大富大贵，只要他能活着，无论是什么代价，奴婢都愿意付出……”

“求求您。”

“亲王殿下，求您了……”

但不管她如何哀求，逍遥居那边，都并未有丝毫的反应。

年轻侍女依旧跪着。

他抱着心中万分之一的侥幸，祈祷，哀求。

泪水将她身前的地面打湿。

她磕头，额头磕破，出血。

鲜血混着泪水，沾满了那张清秀温柔的白玉脸庞。

……

夜已深。

郑府。

庭院深深。

国长郑沅脸上的震惊，在昏暗的灯光下，逐渐地隐去，化作一种前所未有的凝重，缓缓地问道：“确定吗？”

跪在地上的一尊谪仙侍卫长，恭敬地道：“接应的人来回报，刺客死时，金色仙火焚烧身躯，瞬间化作飞灰，如那日皇城之战一般，除了那位出手，想不到其他解释。”

郑沅的身形晃了晃。

这是个坏的不能再坏的消息。

他强行让自己冷静着，脑海中，快速地分析着各种情况的可能性。

难道是那位要保这一对母子？

如果是那样的话，别说是他们郑家，就算是皇城四大家族联合起来，也抵不住那位的一根手指头啊。

“不对，那位未必要保这对母子。”

郑沅想着想着，突然注意到了另外一件事情。

派人刺杀那个低贱的侍女，除了刺客之外，还有其他数位郑国丈府的高手，在外接应，同时还有皇后派出的一些侍卫，在一边配合。

如果哪位要保辰皇子母子，死的就不只是刺客。

那些在外面目睹了刺客死亡方式的接应高手，以及守住柴院的十几名皇宫侍卫，在那位的震怒之下，一个都活不了。

毕竟，那位的手段，可狠辣着呢。

当日的曹川府联军，在皇城之下，血流成河，何其可怕？

“只有一个解释。”

“柴院距离【逍遥居】太近，刺客出手，打扰了那位的清净，所以被杀！”

“这在情理之中，是我之前，急功近利，考虑不周，仓促在【逍遥居】附近杀人，等于是在打那位的脸，出手杀掉刺客，只是一个信号而已。”

郑沅心念电转，逐渐冷静了下来。

一开始，他听到这个消息，的确是被那位的威名，给吓傻了。

此时仔细分析，才觉得，情况没有坏到那种程度。

“你下去吧。”

郑沅摆摆手。

侍卫长退下。

片刻，郑沅对着昏暗房间里的阴影处，缓缓地问道：“消息可打探清楚了吗？陛下为何急于立储？”

黑暗中。

“种种迹象判断，陛卜龙体抱恙，只怕是……维持不了多久了。”

一个阴翳的声音传来。

这一次，郑沅那张并不苍老但是布满了刀纹刻痕一般的清癯的脸上，并未如之前一样，出现太过于震惊的表情。

他盯着眼前明灭不定的灯光，看了半晌，才道：“怪不得，怪不得……此事，是否和那位有关呢？”

黑暗中，那阴翳的声音沉默了半晌，才继续道：“那位对于当今圣上，忠诚无双，当不至于做这种事情，怕是当初大宦官黎苏在陛下体内所种的剧毒，此时发作，连那位都已经无计可施了。”

“唉。”

郑沅叹了一口气。

顿了顿，他又似是自言自语地道：“有时候，真希望当初我郑家，也派人去参加了铸剑阁的那次赏剑大会……陛下此生能够遇到那位，也算是把这一声的福运，都消耗完了。”

黑暗中，那阴翳声音沉默着。

郑沅深深地吸了一口气，然后又缓缓地呼出。

下一瞬间，他整个人一下子，变得犀利起来，仿佛是一柄原本藏在剑鞘中的利剑，骤然出鞘，锋芒毕露，整个密室，都有一种骤然光亮了的感觉。

“呵呵，既然他忠心于陛下，那就最好，不管实力如何，他毕竟只是一个臣子，又能僭越到哪里去。”

郑沅站起来，微笑着道：“我们的机会来了，吩咐下去，按照计划进行。”

……

几乎是相同的时间。

四大家族之一的高府，机密大厅中，家主高盛威，也收到了黑衣刺客之死的消息。

高府的消息网，极为高明。

在与门客们的一番讨论之中，也得出了与郑沅相似的结论。

而关于皇帝命不久矣的迹象，他也察觉到了。

“明日朝会，才是重中之重。木牧虽然贵为亲王，但毕竟只是一个外姓，资历太浅，当无资格参与到立储君之事中，呵呵，他姓木的，不是一直都自称忠心耿耿吗？这个时候，就更不应该乱说话了。”

高晟威自信地笑道。

这个世界上，有很多人，不管他们的本事多大，却始终都受制于人，困于心中的理和法。

就比如木牧，一身天大的本事，却愚忠于皇帝。

这种人，本事多大，都不足提。

只需要一些手腕，就可以将他玩弄于股掌之间。

……

四大家族之一的杨府。

杨嘉听完手下的汇报，陷入到了久久的沉默中。

“计划取消。”

他美美地申了一个懒腰，又打了个哈欠，才懒洋洋地道：“派人去告诉我那位好吃懒做的姐姐，这一次的事情，他千万不要插手，老老实实地做他的贵妃就好了。”

手下退了出去。

“啊呜……先补个觉，明日朝会上，缩起头来看热闹就好了……嘻嘻，美人儿，夫君我来了。”

他光着膀子，披着外衣，前往后院中去了。

……

一直到天明。

天快亮的时候，柴院外的大门打开了。

一个身穿黄金明光仙铠的魁梧男子，威风十足，带着十几名侍卫进来，看到跪在地上，满脸鲜血的年轻侍女，顿时吃了一惊。

“怎么回事？”

他回头看向身后的皇宫近卫。

“这……属下等不敢进入院子，所以……”几个守在大门外的侍卫，唯唯诺诺，头也不敢抬。

“混账，滚下去，自己到查天监领二十鞭子。”

魁梧男子喝道。

那几名侍卫，连忙退了出去。

魁梧男子走过去，低头行礼，道：“尹夫人，下官皇宫近卫长高迎远，奉陛下之名，迎接夫人入宫。”

已经祈求了一夜，没有得到【逍遥居】丝毫回答的年轻侍女，扭头看向高迎远，忽地站起来，顾不上其他，只是颤声道：“辰儿他……还活着吗？”

高迎远道：“辰皇子由下官照顾，安然无恙，尹夫人，请您整理妆容，随下官一起入宫面圣，参加朝会吧。”

尹侍女一愣：“参加朝会？”

她一个身份卑微的小小侍女，有什么资格，参加朝会？

“到底是……发生了什么事情？”她问道。

高迎远道：“下官不知，夫人去了，自然就知道了……来人，帮尹夫人梳妆打扮。”

柴院外，有宫中的侍女应声进来。

四名手脚麻利的宫女，将早就准备好的简单宫装带进来，侍候着手忙脚乱的尹侍女穿好，又略微画了一个淡妆，很快就整理完毕。

这倒不是说，宫中对尹侍女有多好。

任何一个臣子，参加朝会，都是要注重仪表，以免影响皇家威仪。

既然皇帝有旨，尹侍女也要参加朝会，那自然是得提前打扮打扮，例行公事而已。

至于尹侍女磕头一夜，磕破的面容，略微运转功法，气血再生之后，就恢复了——她毕竟是有一身奴仙修为。

约半个时辰之后。

通过了重重关卡和守卫盘查之后，尹侍女被带到了皇级殿。

她从未来过这座象征着皇极崖神朝最高权力的大殿。

就连这里的空气，都带着令她窒息的力量。

她整个人紧张地发抖。

尤其是进入大殿之中，当殿中那些威仪万千、气势逼人的大臣们，向她看来的时候，那目光就仿佛是一柄柄的利剑，要将她万剑穿透一样。

在高迎远的带领下，尹侍女浑浑噩噩地进入到皇级殿。

“娘……”

一个无比惊喜的童声响起。

尹侍女条件反射一般地抬头，就看到，在几个宦官的‘拱卫’下，自己的儿子，换了一身干净好看的衣服，正站在龙椅下方右手边的台阶上，看到了她，忍不住发声。

## 第1232章 朝会（2）

“辰儿！”

尹侍女被巨大的惊喜填满胸膛，下意识地就冲过去，将小男孩抱在怀里。

“娘，你也来了……娘，我见到爹了。”

小男孩欣喜地钻到了尹侍女的怀里。

他的第一句话，与父母有关。

但大殿里，清晰可见地响起了诸多嗤笑声。

虽然没有人说什么，但那意思很明显，‘爹’这个词，也是你叫的？

尹侍女却是没有理会那么多。

在见到儿子的瞬间，她的心中，再无丝毫的紧张和惊恐，将儿子牢牢地抱在怀里，她的整个生命和灵魂，此时唯一的念头，就是不惜一切代价，保护儿子。

“勿要喧哗，站在一边。”

大宦官开口呵斥道。

小男孩于是紧紧地闭上嘴巴。

他愚钝，没有见过什么世面，但这并不代表他不懂得分辨眼前的局面。

从很小很小的时候，娘亲就一直教导他，不该说话的时候，不要说话，不该开口的时候，不要开口，不该拿的不要拿，不该看的不要看。

他不想连累娘亲。

所以他表现的非常非常乖。

哪怕是昨日进宫以来，任何时候，他都绝对乖巧，不多说，不多问，不多看。

这个小家伙，资质一般，但是在某些方面，却比同龄人早熟太多太多。

“赐座吧。”

高高在上的龙椅上，一个略显疲倦的声音响起。

今日的皇帝，气色更差。

他脸上有无法掩饰地苍白，眼窝深陷，带着乌青，一种暮气和死气，缠绕着这个人的身躯，哪怕是再笨的人，都看得出来，这位皇极崖至高无上的主宰，此时已经是病入膏肓，药石罔治了。

“一个身份不明的下人而已，站着就行了，赐什么座。”

略显刻薄的清脆女声响起。

坐在皇帝身边的郑皇后，有着一张姣美的面孔，飞凤眼，柳叶刀眉，五官贵气，只是眼神超乎寻常地凌厉，给人不太好相处的感觉。

放在平日，皇后当然不敢反驳皇帝的意志。

只是如今的皇帝么……似乎也没有力气，和皇后计较这些了。

于是那大宦官便真的没有给尹侍女和辰皇子赐座。

殿内的臣子，表情也是各不相同，值得玩味。

昨日皇帝下旨，今日早朝，只议立储君之事，很多人都嗅到了风声，也有人专门把皇帝时日无多的消息放出去，今日到殿，就看到竟然连皇后也在，就意识到，事情更不寻常。

皇后的手边，站着一位十五六岁左右的少年。

这少年面目俊朗，眉宇之间，透露着一股子灵气，年纪轻轻，修为气息已经是颇为不俗，只是眉宇之间，略有阴鸷之色，鹰钩鼻高耸，表面上一副谦恭之态，但伪装的太过稚嫩，实则顾盼之间，倨傲尽显。

这少年便是皇后的养子震皇子。

震皇子是皇帝昔年早夭的二哥，也就是昔日二皇子的遗孤，二皇子与皇帝是同父异母的兄弟，早夭，只留下一子，出生不到一个月，就被皇后收养，体内流淌着的，也是皇室血脉。

皇后一系，今日的目标，就是将这个少年，推上储君之位。

大殿之中的群臣已经到齐。

“陛下，时候差不多了，可以开始朝会了。”

群臣之首的郑沅出列，缓缓地开口道。

皇帝气息微喘，眼睛似闭似睁，慢慢地道：“不急，等木亲王到了，再开始。”

皇后连同群臣，面色都是微微一变。

木亲王也来？

平日朝会，木亲王是从来都不参加的。

从不针对朝政之事发言。

所有人都知道，这位威震天下的绝世人物，大部分的时间，都在修炼之上，对于这种朝政琐事，从来都不怎么在意。

怎么今日竟然例外了？

这时，众人才明白，原来龙椅左首下侧的台阶上，那个空着的镶银宝座，竟是为木亲王所留。

“木亲王既是要参加朝会，竟然迟到，架子未免有点儿大了。”高盛威声音不大不小地议论，恰好够周围众人听到。

这句话没错。

皇帝召集朝会，身为臣子的，岂可迟到？

此乃是大不敬。

木亲王功劳虽大，但也不能就此得意忘形啊。

这是在削弱木亲王在朝政中的印象分。

但也就在这时，一个声音，在那白银宝座边响起：“本王已经来了，陛下，朝会可以开始了。”

众人只觉得眼前一花。

不知道何时，那白银宝座前面，竟然是已经站着一个人。

白衣如玉，黑色短发，丰神俊朗。

不是名满天下、仙威无双的木亲王，又是何人？

整个大殿里，瞬间为之安静。

高盛威的面色大变，迅速低下头。

“见过木亲王。”

郑沅则是面带着微笑，朝着李牧拱手行礼。

然而李牧的眼神，根本就没有落在他的身上，看都未曾看他一眼。

郑沅表面上并无丝毫反应，但眼眸深处，闪过一丝阴毒怨恨，隐藏的很好。

李牧的出现，让整个皇级殿中，气氛骤然不同。

一种用语言难以形容的压力，在每一个大臣的心中，蔓延开来，那个白色身影仿佛是一座大山，压在每一个人的心中。

皇后也不例外。

李牧曾经是皇宫近卫大统领，在宫中当值，曾经与皇后照面过几次，但那时的皇后，并不怎么将真仙级修为的李牧放在眼里，只是当做普通的侍卫来看待而已。

她到现在，怎么也想不通，为什么这个木牧，去了一趟神嚎崖之后，实力突然就如此可怕。

皇帝暗淡的眼神中，骤然闪过一丝光亮。

李牧的出现，给他已经病入膏肓的身体里，注入了一道精神力量，令他仿佛突然一下子，浑身都变得轻松了起来。

不知道从什么时候开始，他对于李牧的依赖，已经无法祛除，很多时候，不管做出任何决定，有这个男人在场，他才会更加顺心和自信。

“木兄弟，坐。”

皇帝抬手道。

“谢陛下。”

李牧行礼，然后坐在了银色宝座上。

“今日召集众卿来此所为何事，相信众卿都已经知道了，朕今日要立下储君，然则朕之血脉凋零，膝下唯有一子，名曰辰，朕有意，立辰皇子为储君，众卿以为如何？”

大殿之中，议论之声骤起。

虽然知道今日朝会，乃是确定储君，也知道辰皇子的存在，但皇帝如此直接地提出了自己的人选，却还是让诸多大臣，都有一些意料之外。

辰皇子么，一个地位卑贱的侍女所生的杂种而已。

过去的九年时间里，所有人都已经淡忘了他的存在。

就连皇帝自己，也都完全不将这个皇子放在心上，是死是活，从来都不过问，视作污点，怎么现在一下子，在皇帝心目中的地位，天翻地覆，就要立为储君了？

皇后的眉毛，紧紧地皱起。

她身边那个小皇子，亦是用阴狠的目光，看向如同受惊的山雀一样躲在母亲怀里的辰皇子。

那是一种不应该属于少年人的狠辣目光。

尹侍女呆在当场。

她抱着怀中的儿子，被皇帝的话，震的几乎失去了意识。

这个消息，不啻于惊雷一般。

陛下要立儿子为太子？

先是一喜。

喜的是，儿子的父亲，似乎终于愿意承认这个儿子了？

但下一瞬间，巨大的恐惧，又袭来。

就算是陛下愿意立辰儿为太子，那些大臣，会认同吗？四大家族，军中的将领，还有后宫的皇后和嫔妃们……他们会饶过辰儿吗？

自己的辰儿，无依无靠，弱小愚钝，犹如生长在御花园中的野草杂草，只靠自然风雨勉强生存着，只需要一点点的阳光，就已经足够。

若是一下子，把所有的日照都给辰儿，非但不能让他们成长为参天大树，反而会把他给活活晒死。

尹侍女用充满了恐惧的眼神，看向皇帝。

皇帝的目光，则是看向了李牧。

昨夜的信中，他已经说得很清楚。

这个时候，他需要李牧的表态。

殿中大臣们的目光，也都看向李牧。

李牧没有开口之前，没有人敢开口。

因为谁都明白，此事，只要有皇帝的意志，加上木亲王的赞同的话，那就是铁板钉钉，别人如何反对，都是无用功而已。

“木兄弟，你以为如何？”

皇帝开口问道。

李牧坐在白银宝座上假寐，闻言，淡淡地道：“此乃陛下家事，外臣不便多言，自是由陛下，省心独裁即可。”

皇帝的脸上，顿时浮现出一丝失望之色。

他本以为，木牧会支持辰皇子。

而皇后，以及其他众多大臣，脸上则是如释重负的狂喜。

“木卿不愧是陛下忠臣，所言甚是啊。”

皇后微笑着开口，看向李牧的眼神中，就多了几分赞赏，突然觉得这个木亲王，其实也很识时务。

皇级殿里的气氛，一下子，似是活了一样。

“陛下，皇后膝下的震皇子，亦是皇室血脉，血统纯正，聪慧多智，天赋绝佳，恭孝勤俭，年龄也更为适合，老臣斗胆，提议立震皇子为太子。”

郑沅出列，开口道。

“臣附议。”

“臣也附议。”

“郑大人言之有理啊。”

约有十几位重臣，都不约而同地站出来，支持郑沅的提议。

郑沅淡淡地笑了笑，然后面色一变，语气凌厉了起来，又道：“陛下，臣还查出一件大事，不得不向陛下汇报，原来这辰皇子，并非是陛下亲子，当年尹侍女曾与王府中，一位侍卫有染，才生下了这辰皇子，这也正是为何辰皇子相貌，与陛下完全不同的原因，望陛下明察。”

这话一出，皇级殿里，顿时一片惊呼。

就连杨嘉，脸上都露出了惊色。

好你个郑沅，玩的这么绝吗？

不但要将震皇子推上位，还要将辰皇子母子，直接置之死地啊，这是要借着这次朝会，直接斩草除根，盖棺论定啊。

皇后一系的胆子，竟然大到了这种程度吗？

## 第1233章 朝会（3）

大殿里的其他群臣，听到这样的话，也不由得用震惊的目光，看向郑沅。

所谓辰皇子是野种，这种事情，早不爆，晚不爆，这个时候爆出来，用心在何？

况且，是真是假，还不一定呢。

在如此重要的朝会中，说出这样的话，等于是当众在打皇帝的脸，将皇帝的威仪，踩在地上摩擦。

好大的胆子。

一边的尹侍女闻言，面色狂变，连连摇头，争辩道："不，不是这样的，辰儿是陛下的孩子……"

在刚才皇帝有意立辰皇子储君的时候，她就隐约地意识到，这是一个危险的信号，宫廷的诡谲阴暗，不是她一个小侍女所能抵御。

但没想到，污蔑和危险，来的这么快，这么直接。

皇帝的脸上，闪烁着怒意，盯着郑沅。

郑沅却怡然无惧。

一只快要病死的老虎，已经无法恐吓住鬣狗了。

皇后在一边，冷哼着道："竟然有这种事情？郑大人，这种事情，不是你随便说的，你可有什么证据？"

"臣当然有证据，来人，带那位侍卫。"郑沅大声地道。

大殿外早就候着的皇宫侍卫，就带着一个年轻英俊的黑发侍卫走进来。

"此人名叫张扬，乃是昔日王府中一位护卫，正是他，与尹侍女有染，陛下不信，可以仔细看看，这张扬黑发黑眸，与辰皇子几乎一模一样，难道这还不能说明问题吗？"

郑沅大声地道。

"臣……愧对陛下，臣有罪。"那叫做张扬的侍卫，跪在地上，浑身颤抖，道："是尹侍女勾引臣，臣一时失控……臣万死。"

说着，他抬头，又看了一眼辰皇子，惨淡一笑，道："孩子，爹对不起你，爹其实也很想你，只是怕连累你，所以……孩子，对不住了。"

话音落下。

张扬嘴角溢出一律鲜血。

他直接自尽了。

旁边押着他的侍卫，象征性地阻拦了一下，没有拦住。

等众人反应过来的时候，张扬就已经彻底死透了。

郑沅冷笑道："哼，竟是畏罪自杀……陛下，他刚才的话，您应该都听到了，这尹侍女，竟然欺君罔上，冒充龙种，实在是罪大恶极，臣请陛下，将这贱婢和她的野种，凌迟处死，以儆效尤。"

"不……你胡说，你这是陷害……"尹侍女已经吓得面无人色，将儿子牢牢地抱在怀里，苍白无力地争辩着。

龙椅上。

皇帝的喘息声，极为剧烈。

他的眼中，迸射出凌厉的杀意，盯着郑沅。

辰皇子到底是不是皇室血脉，皇帝自己心中，犹如明镜一般，郑沅的这种把戏，在他的心中，简直可笑。

让皇帝出离愤怒的是，郑沅竟然用如此低级、明显和漏洞百出的方式，来强行否定他的意志——不，这根本就是在丑化他的形象。

巨大的愤怒，让皇帝的眼前一阵阵发黑。

"原来是一个野种，我还以为他是弟弟。"震皇子轻蔑地笑着。

而不等皇帝发话，皇后站起来，抢先厉声喝道："来人，将这恬不知耻的尹侍女，还有他的野种，给我拖出去，直接杖毙。"

外面立刻有皇家侍卫冲进来，就要将尹侍女母子二人拖走。

"不，不，辰儿是陛下的孩子，我根本不认识那个什么张侍卫……冤枉，冤枉啊，"尹侍女大哭，朝着皇帝跪下，大声地道："陛下，辰儿他虽然愚钝粗陋，但他真的是您的儿子啊。陛下，辰儿不想当太子，辰儿只想活着啊，陛下，求求您，救救他，他真的是您的儿子啊……"

"娘亲。"

辰皇子紧紧地抱着尹侍女。

这个时候，小男孩隐约又明白了什么。

他抬头看着那个高高坐在龙椅上的男人，看着他剧烈地喘息，突然之间觉得，这个人，这个本该是自己父亲的人，好可怜啊。

“放肆。”

皇帝终于怒喝出声。

“郑沅，你……你居心……何在？”皇帝颤巍巍地站起来，死死地盯着郑沅，道：“你……你当……当朕死了吗？”

郑沅淡淡地道：“臣不敢。臣只是协助陛下，处理家务事而已。免得陛下被一些奸佞小人给蒙蔽了。”

这时，高家的家主高晟威，也站出来，道：“陛下，郑大人素来老成持重，既然他查出尹侍女之子并非陛下子嗣，那应该不会错，还请陛下明察秋毫。”

杨嘉闻言，微微一怔。

嗯？

高家和郑家，竟然联合在了一起？

他看向那个坐在银色宝座上的男人。

朝会正式开始之后，这个最有分量的男人只说了一句话，就不再搀和立储之事，一直都闭着眼睛假寐，显然是对朝堂上的一切，都漠不关心。

皇帝怒视高晟威，刚想要说话，却觉得体内剧毒，一阵阵骤然发作，可怕的痛楚宛如潮水一般袭来，让他竟然难以再吐出任何一个字来。

前所未有的无力感，排山倒海地袭来。

局面失去了掌控。

自己的意志无法贯彻。

不但无法给亲儿子皇帝之位，还将他推向了死亡的深渊。

他的身躯，摇晃着。

却没有人过来扶他。

皇后冷笑了起来。

震皇子突然往前一步，大声地喝地道："侍卫，还愣着干什么？将尹侍女这个贱女人，还有她的野种，给我拖出去，即刻杖毙，悬尸城头，暴晒十日……"

如狼似虎的侍卫们，冲进来，将尹侍女和辰皇子拖住。

郑沅的脸上，流露出一丝淡淡微笑。

震皇子的脸上，更是几分得意。

其他大臣，也都对于这一对可怜母子的命运，毫不关心，一张张冷漠的面孔，对于这类事件，仿佛是已经司空见惯习以为常。

尹侍女挣扎，看向皇帝，看向其他几位大臣。

她大声地哀求每一个大臣。

但都没有人理会她。

眼看着母子两个人，就要被拖出大殿。

就在这时，一个声音响起——

"等一等。"

晴朗的声音，并算是响亮，但是却在整个皇级殿中的每一个人耳边响起。

这声音，有一种不可思议的魔力。

皇级殿中的人，一下子面色剧变，却没有人敢开口呵斥。

那拖拽着尹侍女母子的侍卫，也都第一时间停下，不敢再动分毫。

整个大殿之中，唯有一个人，说话有这种份量。

那就是李牧。

无数道目光，瞬间齐刷刷地朝着那个坐在白银宝座上的男人看去。

皇帝剧烈颤抖的身体，猛然平静了下来。

皇后、郑沅等人，脸上的表情，一下子都不安了起来。

李牧坐在白银宝座上。

他终究还是心软了。

“小家伙，你过来。”

李牧朝着辰皇子招了招手。

“娘？”辰皇子用询问的眼神，看向自己最信任的人。

尹侍女想到昨夜自己面向逍遥居，跪地磕头恳求了一夜，磕头头破血流，都未曾得到丝毫的回应，所以之前不敢向李牧恳求，生怕引起这位大人物的反感，反而是适得其反。

没想到此时，木亲王竟然主动开口。

不管这位帝国之神抱着什么样的立场，但这似乎是最后唯一的尝试了，否则，一旦自己和儿子被拖出这个大殿，就再无任何幸免的可能了。

“快过去。”

尹侍女颤声道。

辰皇子于是怯生生地来到了李牧的身前。

李牧看着他，脸上露出一丝微笑，道：“愿意拜我为师吗？”

这话一出，皇级殿顿时一片倒吸冷气的声音。

皇帝怔住。

皇后，郑沅，高盛威、杨嘉以及诸多大臣，都呆住。

而其中最为狂喜莫名的人，自然是尹侍女。

李牧的话，短短七个字，但却不啻于是她这一生，听到过的最天籁的声音。

木亲王竟然要收自己的儿子为徒？

这是真的吗？

不会是自己在做梦吧？

尹侍女简直难以相信自己的眼睛。

所有的目光，一下子，都聚焦在了辰皇子的身上。

辰皇子仔细思考了几息时间，抬头，黑色的大眼睛看着李牧，问道："你能救我娘吗？"

李牧笑着点了点头。

"徒儿拜见师父。"

他当场就跪下，认认真真地磕头。

"好孩子，起来吧。"

李牧摸了摸他的头。

一股暖意涌入辰皇子的体内，将他所有的疲倦、伤痛、饥渴以及恐惧，瞬间都清扫一空。

皇后的身躯，开始缓缓地颤抖。

巨大的愤怒、不甘和恐惧，在这一瞬间，几乎击溃了这个自以为高贵的女人。

她颤抖着努力控制自己的情绪。

因为她生怕自己脱口而出的质问或者是其他什么带着此时情绪的话，而惹怒了绝对不能惹怒的人。

郑沅的胸膛，也在剧烈地起伏着。

他双拳紧紧地握住，直接几乎戳破掌心。

"凭什么？你凭什么收这样一个野种为徒？"震皇子愤怒地吼了起来，指着李牧，满脸的质问。

他虽然年幼，但却也知道，一旦木亲王收辰皇子为徒弟的话，意味着什么。

李牧淡淡地看向郑皇后。

后者这才如梦初醒，下意识地想要将震皇子拉回来。

"别碰我。"震皇子一脸恼怒之色，推开了皇后的手。

然后，他站在龙椅边，居高临下地指着李牧，怒吼着道："姓木的，你不过是我们皇极崖养的一条狗而已，今日竟敢这么羞辱我？你想要收这个小贱种为徒，你通过我皇极崖皇室的同意了吗？你算什么东西，啊？"

## 第1234章 朝会（4）

李牧笑了笑。

弹弹手指。

咻。

一道金色流光闪过。

竭斯底里咆哮着的震皇子，声音戛然而止，双手捂着脖子，一抹鲜血沁出，旋即是金色的火焰，从身体里喷出来。

“你……你敢杀我？”

他难以置信地看着李牧，最终化作了一蓬飞灰。

大殿里，瞬间死一般的寂静。

可怕的画面，虽然已经结束，但余波却依旧像是飓风一样，还一遍遍疯狂地冲击着所有人的神经。

木亲王竟然真的出手杀人了？

他竟然真的出手了？

就在这大殿之上，杀了一位身体里流淌着皇室血脉的皇子？

他敢。

他真的敢。

所有大臣都觉得身体冰冷，如坠冰窟，如三九寒冬。

在此之前，每一个人都知道，木亲王的实力非常恐怖，足以横扫如今的皇极崖，但因为李牧之前的表现，所以让大家理所当然地觉得，身为臣子的木亲王，不管实力多强，都只是一个臣子而已。

这是游戏的规则。

而木亲王似乎是一个守规则的人。

但是现在，随着震皇子的死，一个残酷而又赤裸的事实，展现在了每一个大臣的眼前——

木亲王，并不完全讲规则。

当一个具有撕裂规则的存在，突然不按照游戏规则出牌的时候，破坏性是巨大的，以至于大臣们根本想不出有什么办法，来制止李牧。

而且这个事实，更加残酷的地方在于，一旦木亲王不按照规则行事的话，不只是震皇子，他们每一个人，随时都有可能化作一团飞灰。

郑沅的身体，因为恐惧而剧烈地颤抖。

同样表现的还有高盛威。

他们两个无比惊恐地发现，自己似乎是错误判断了局势。

皇后站起来，身形一个趔趄，也不知道是想逃，还是想要说什么，但终究不敢动，一句话都没有说出来，坐也不是，站也不是。

辰皇子无比惊讶地看着自己的师父。

他暂时还无法理清楚师父抬手之间斩杀震皇子意味着什么，但毫无疑问，师父身上散发出来的气息，令他感觉到无比安全。

前所未有的安全。

大殿门口，尹侍女的脑海一片空白。

当惊喜来的太过于巨大和突然的时候，很多人都会如这个可怜的母亲一样，一时之间，反应不过来，脑海中产生出一种不真实之感。

以至于在亲眼看到了震皇子之死的时候，她才从上一个事件的震撼之中清醒过来——木亲王真的收自己的儿子为徒弟了。

大殿里的空气，有那么数十息的时间，仿佛是凝固了。

静。

寂静。

死一般的寂静。

没有人敢打破的死一般的寂静。

整个大殿中的画面，就仿佛是一幕播放到了一半的电影画面，突然被人按下了暂停键。

一直到李牧缓缓地从白银宝座上站起来。

静止的画面被打破。

所有人下意识地看向李牧。

而李牧眼眸里的神采，突然变得凛冽犀利了起来。

他朝着皇帝拱手，朗声道："陛下，你刚才问我如何看待立辰皇子为储君之事，臣想了想，突然觉得，木皇子天性醇厚真良，孝悌守理，是一个合适的储君，因为臣赞同陛下的决议，当立辰皇子为储君。"

一股强势无比的威压，弥漫整个皇级殿。

之前，李牧未曾开口时，每一个大臣的心中，都像是压着一座山峦一般沉重。

他们以为，这便已经是来自于顶级强者的威压。

但此时，他们才明白，原来刚才木亲王根本就没有释放丝毫的压力，而现在，整个大殿之中令人窒息一般的可怕气氛，才是真正的顶级强者的威压。

皇帝缓缓地坐在龙椅上。

他终于长长地出了一口气。

体内的毒素依旧在蔓延。

他勉强可以说话了。

"木兄弟……好，就立辰皇子为储君，朕驾崩之日，便是辰皇子登基之时，朕……"他大口大口地喘息着，说话已经变得非常艰难，顿了顿，才又道："朕身体不适，今日……朝会，由木亲王来主持……木亲王的话，即朕之旨意。"

一口气说完这么长一段话，皇帝已经是累的眼前发黑。

"陛下的意思，臣明白了。"

李牧拱手。

他转身，站在龙椅旁边，俯瞰着下方大殿里的群臣。

"郑沅，你有何话说？"

李牧的目光，第一个盯住了郑沅。

郑沅心中一颤，连忙恭敬地道：“殿下，臣不明白您的意思。”

李牧道：“你捏造尹夫人与侍卫张扬的事情，污蔑辰皇子的血脉，用心险恶，还不认罪吗？”

“这……臣冤枉，臣不敢。”郑沅哀声道。

李牧冷冷一笑：“你不敢？你的胆子，可大的很啊。”

郑沅道：“臣惶恐。”

李牧道：“这么说来，你不承认？我劝你，这个回答，想好了再说。”

郑沅的内心是崩溃的。

面对强势的木亲王，他根本没有任何对招的资格。

硬撑？

那是找死。

承认自己捏造诬陷辰皇子母子？

也是死。

这他妈的还怎么玩啊。

郑沅非常委屈。

如果早知道木亲王是这个立场的话，那早就乖乖地尊从圣意了，哪里还有这么一出？这不是主动跳出来送人头吗？

他简直想要哭泣流泪。

这时，李牧冷笑一声，又道：“二皇子的遗孤震皇子，早就在十五年前，被皇后收养的当日，被杀，刚才死于本王剑下的是一个姓郑的，体内流淌着外姓之血的冒牌货而已。”

李牧的这一句话，就石破天惊。

大殿里的群臣，一下子都心惊肉跳起来。

这话中背后的含义，不只是要处理郑沅，正是要将郑家和皇后都往死里锤啊。

斩尽杀绝？

郑沅的身体一颤，大恐，下意识地想要开口辩解什么。

李牧直接道：“经我详查，背后主谋乃是郑沅与皇后，二人合谋，试图以郑家来取代皇室血脉，李代桃僵，颠覆皇朝，用心险恶，其罪难赎。”

这一下子，直接挑明了。

无数道目光，齐刷刷地看向郑沅。

郑沅再也忍不住，道：“污蔑，信口雌黄，这是诬陷，木亲王，我与你无冤无仇，你为何如此诬陷于我，陛下，臣冤枉，臣冤枉啊……”

他的内心，简直是崩溃抓狂的。

因为他很清楚，被杀的那位震皇子，并非是伪作，而是实实在在的昔年皇极崖二皇子的遗孤，根本不存在什么冒名顶替。

但，人已经死了。

化作了飞灰。

如何证明？

李牧冷冷地看着郑沅。

他刚才是信口胡诌的。

这种滋味，刚才你诬陷尹侍女与侍卫张扬通奸时，就应该能想象到，同样的事情发生在自己的身上，才知道可怕了吗？

己所不欲，勿施于人。

对于这种阴谋家，李牧也没有太大的同情心。

“来人，将皇后打入冷宫，高迎远，带人去抄了郑沅大人的家，若有反抗，格杀勿论。”

李牧道。

“不……”郑沅发出绝望的呐喊，看向皇帝，大声地道：“陛下，救我，救我……”

他冲向皇帝。

李牧一抬手。

咻。

一道金色剑光闪过，直接将郑沅斩杀在当场。

皇后一见，再也不敢反抗，只是哀嚎着求饶。

但皇帝根本就没有丝毫的表示。

很快，皇后就被彻底封印了修为，被如狼似虎的皇宫侍卫拉了出去。

哀嚎声远远地传来，让皇级殿中的群臣们，不寒而栗。

李牧又看向高盛威。

后者腿一软，噗通一声，直接跪在了地上。

“高盛威勾结郑沅，有负皇恩，斩立决，禁卫军查抄高家，如有反抗，格杀勿论。”

李牧的声音，宛如审判，在大殿里响起。

没有质疑。

没有反抗。

没有非议。

不仅仅是因为皇帝说过李牧的意志就是他的旨意，更在于李牧当朝无敌的恐怖实力。

这种状态下的李牧，简直要比之前健康状态之中的皇帝，更加令群臣颤栗和服从。

一连串命令下去。

高盛威直接被拉出去斩杀。

高家和郑家，算是彻底完了。

没有任何人，敢为这两家说话。

“孩子，过来。”

李牧向辰皇子招手。

小男孩顺从地来到李牧的身边。

“去，将你的娘亲带过来。”李牧道。

小男孩的脸上，立刻就浮现出了喜色，奔跑着冲过去，将尹侍女抱住，然后牵着妈妈的手，带着她，来到了李牧的跟前。

“多谢大人，亲王殿下的救命之恩，小女子永世难忘。”尹侍女充满感激地向李牧行礼。

李牧摇摇头，道：“不用谢我，这都是陛下的旨意。陛下昨夜曾派人秘密向我传旨，我所做的一切，都是按照陛下的意志进行。”

大殿里，一阵沸水般的议论声。

很多大臣，一瞬间恍然大悟。

原来如此。

怪不得素来对于朝政之事毫无兴趣的木亲王，今日突然一改常态，不仅收了辰皇子为徒，更是一语决断，将辰皇子推上了储君之位。

原来这都是皇帝的旨意。

木亲王不过是按照皇帝的旨意行事而已。

这就很合理了。

木亲王一直以来，都唯皇帝马首是瞻，自然时不管什么时候，都会站在皇帝的一边，哪怕是皇帝如今已经是时日无多了，也不会有丝毫的动摇。

在李牧的引领之下，尹侍女坐在了之前皇后坐过的地方。

而辰皇子则是坐在了皇帝的身边。

皇帝很费劲地抬手，轻轻地握住小男孩的手掌。

一种无比奇妙的血脉相连的感觉传来。

这就是自己的亲儿子啊。

人之将死其言也善，皇帝此时，对于这个儿子，内心里充满了愧疚和亏欠，尤其是今日，他几乎要失去对局势的控制，几乎就要眼睁睁地看着亲儿子被杀。

好在，他还有一个结拜义弟木牧。

力挽狂澜。

很快，一切尘埃落定。

皇帝坐在龙椅上，极度的疲倦，隐约感觉到了死亡的降临。

他看着李牧，半晌，勉强开口道：“木……兄弟，辰儿愚钝，未必是明主，日后若是贤明，你可辅之，若是昏庸，你可以取而代之。”

## 第1235章 仙髓

嗯哼？

似曾相识的一幕啊。

李牧一下子，想起了传说之中的刘皇叔白帝城托孤。

可惜皇帝不是刘皇叔。

而李牧也不是诸葛孔明。

李牧淡淡地道：“陛下放心，臣可以立下道誓，终生不染指皇极崖的皇权。”

“咳咳咳……”皇帝咳嗽了起来，连忙道：“朕……朕并非是用话架你，朕……乱世中，没有实力，早晚……早晚是死……灭顶之灾……木兄弟你若是为帝，或可……保住我一丝血脉，我……”

李牧道：“陛下的意思，臣明白，但臣的话，依旧一样，永远都不会染指皇拳，辰皇子会是一个明君。”

皇帝叹了一口气，道：“朕明白了……都……都退下……木兄弟，朕还有话，对你说。”

皇级殿之内，所有人都退了出去。

只剩下了李牧和皇帝两个人。

皇帝气喘吁吁，极为疲倦的样子。

李牧弹指，一缕大日真元注入其体内。

皇帝瞬间觉得轻松了一些。

但他也明白，这无法彻底祛除体内的剧毒，只是回光返照而已。

“朕昨日的信中，并未提及郑沅与皇后都等人的事。”皇帝看着李牧道。

李牧道：“郑沅和皇后，沆瀣一气，辱及陛下名声，欲杀陛下血脉亲子，罪该万死，不除掉他们，辰皇子日后得位，也难以完全施展抱负，所以，臣自作主张。”

“高家曾经在朕即位时，出过大力。”皇帝又道。

李牧道：“高家就是下一个郑家，高盛威对于陛下不敬，已经展露的淋漓尽致。”

“震皇子，真的是郑氏的后裔吗？”皇帝又问道。

李牧道：“也许吧。”

皇气：“……”

他心里没明白，也就不再问了。

恍惚中，皇帝想起了曾经军中大元帅周可夫的死。

当时的木牧，也是如此果决果断，代替他做决定。

他已经无法判断，木牧到底是对自己忠心，还是只是在实践他自己心中的某种理想准则。

但不管如何，他都非常感谢木牧。

因为正是这个人的存在，让皇极崖在灭亡之时得以重生，也是这个人，让他在身为皇帝的尊严受到侮辱时有能力报复回来，没有被钉在耻辱柱上。

“突然觉得好累啊。”

皇帝淡淡地道。

然后他就依靠着龙椅上，似乎是要睡着了。

“木牧，朕并不后悔遇见你。”

皇帝迷迷糊糊地道。

李牧心无波澜，一直安静地在旁边站着。

一直到大约一炷香时间之后，皇帝停止了呼吸。

病入膏肓，毒入元神。

当初大宦官黎荪下的剧毒，来自于甘霖山，毒杀金仙易如反掌，皇帝能够支撑到此时，已经算是奇迹了，整个朝会他都在用最后的意志力死撑，现在风雨已过，不用再撑了。

精神一放松，死亡随即而来。

李牧静立片刻，转身离开了皇级殿。

大殿的门口，群臣都在焦躁中等待着。

看到李牧出来，一下子，所有的目光，都聚焦在了他的身上。

“陛下驾崩了。”

李牧道。

顿时皇级殿外，哭声一片。

大臣们一个个都捶胸顿足哀嚎，哀痛无比，仿佛是死了亲爹一样。

尹侍女的神色有点儿茫然。

那个影响了她命运的男人突然就这么死了，她也无法理清楚自己到底是个什么样的心情。

但可以肯定的是，不是爱。

没有悲伤。

只是觉得……依旧是和以前一样的无所适从吧。

毕竟这么多年以来，那个男人是活着还是死了，对于她来说，好像并没有太大的区别。

辰皇子怔怔地站着。

他的心情，与娘亲类似，却又有点淡淡的悲伤。

李牧看向人群中的大臣杨嘉。

杨嘉心中一颤，连忙低头。

今日李牧三言两语之间，就将郑沅、将高盛威，将四大家族之中的高家和郑家，从皇极崖的版图上直接抹去，展现出来的杀气和决断，已经令所有大臣都胆战心惊。

包括杨嘉。

现在杨嘉唯一庆幸的一点，是昨夜他并未派出刺客去刺杀尹侍女，也并未联合高家、郑家试图抢夺皇位，否则，只怕是杨家也和高家、郑家一样了吧。

“杨大人来负责新皇登基事宜吧。”

李牧道。

杨嘉一怔，旋即暗自欣喜，连忙道：“臣遵旨。”

负责新皇登基，算是顾命大臣之一了，只要表现的好，日后必定是新皇的心腹，这也算是攀上木亲王这个高枝了吧。

不，以后不能称之为木亲王了。

得叫帝师。

当今皇帝之师。

……

新皇登基的过程，繁琐而又冗长。

在老皇帝发丧入殓下葬之后不久，九岁的辰皇子登基为帝，被称之为辰皇，其母尹侍女被封为尹太后，坐镇皇宫。

而李牧也正式从木亲王晋级为帝师。

也正是因为有李牧这个师父的存在，辰皇的即位非常顺利，根本没有人敢阳奉阴违，所有大臣都在第一时间，表达了自己的忠诚。

不过，辰皇毕竟年幼，且从小疏于教导，不但实力低，修为普通，在处理朝政方面，根本就是一无所知，连表面上做做样子，都很难。

这个时候，杨嘉的作用就体现了出来。

其姐是先皇妃，在后宫之中，地位不低，主动交好尹侍女，各方面帮衬，而杨嘉自己，则是将顾命大臣的作用，发挥的淋漓尽致，与朝中其他诸位老臣一起，协助辰皇打理政事，并负责教导这个年轻的小皇帝。

皇极崖井然有序地运转着。

小皇帝每日会到议政殿中坐链两个时辰，学习处理政事，然后其他的时间，都跟随在李牧的身边，修炼仙术。

李牧传授教导他的，是皇极崖的皇室功法【皇级九重仙导诀】，理论上的仙将级功法，但有一些残缺，所以实际上只可以达到金仙级巅峰。

一晃十多天时间过去。

这一日，【极乐仙子】夏静又来找李牧。

“四明仙府遗址外的混沌杀雾再有十日就散去了，各大势力的探索队，都已经到了遗址之外，蓄势待发，你也应该出发了吧。”

夏静道。

李牧算算时间，从皇极崖出发到四明山脉，也就三天时间，不急于一时，又想起一事，问道：“这种仙府遗址，是什么人都可以进入探索的吗？”

夏静闻言，娇笑着道：“怎么可能？必须是万仙盟的成员宗门的弟子，或者是得到了万仙盟认同的散修，才有资格进入，所谓普天之下，莫非王土，率土之滨，莫非王臣，万仙盟对于这一点，极为重视，整个仙界的各种遗址和矿藏，名义上，都属于万仙盟，普通的散修和一些身份不明的人，根本就没有资格开采发掘。”

李牧有些明白了。

不过，这事难不住他。

因为他现在是皇极崖的帝师。

而皇极崖则正是万仙盟的一员。

以他如今的身份，弄到进入遗址的资格，应当不难。

“你之前说，刀剑神皇麾下，剑神方天翼也要进入遗址，但此人乃是叛军身份，如何进得去？”李牧又问道。

夏静咯咯笑着道：“你以为，万仙盟中，就没有叛军的渗透吗？一些宗门表面上是万仙盟的成员，暗地里是叛军的分支，那方天翼化身万千，神龙见首不见尾，只要他想要去，有的是办法。”

卧槽。

原来叛军这么厉害吗？

李牧还以为，什么三大派系叛军等等，都不过是一群躲在中央破碎混沌区域中的苦哈哈呢，没想到触手竟然伸了这么长。

“那方天翼，是什么境界的修为了？”李牧问道。

夏静想了想，道：“万仙盟这些年，花费无数的精力，派遣出数尊仙君，都不能将他围捕击杀，你觉得他应该是什么样的修为境界？”

李牧又吸了一口冷气。

干。

这么强的吗？

他突然觉得，自己好像是对于刀剑神皇丁浩的实力定位，有点儿太低了。

方天翼不过是丁浩麾下一员大将，就有连仙君都奈何不了的修为，那丁浩自己，岂不是秒杀仙君？

强大到难以置信啊。

“不对，方天翼的实力，如此惊人的话，对四明仙府应该没有兴趣才对，毕竟当年的四明仙王，传说中最巅峰的战力，也不过是半步仙君而已，还不如方天翼。”

李牧皱眉，敏锐地察觉到了问题所在。

夏静咯咯咯地笑了起来，道：“四明仙府保存完好，有当年四明仙王无数年统治州府搜刮所得，是一大笔巨额财富，连曹川府、月川府、清江府等十几大州府仙庭的小仙主都动了心，方天翼自己不需要，但叛军其他人需要啊。”

李牧点点头，有点儿明白了。

修为再高，也是个人的事情。

一旦涉及到‘养家糊口’，那就得想办法做几票大的。

毕竟中央破碎混沌区域，穷山恶水，叛军要提升实力，也需要各种资源，也需要粮饷，大家不能不吃不喝，只凭理想就没日没夜996地拼死奋战啊。

夏静又挤了挤眼睛，懒洋洋地笑着，道：“何况，根据一些小道消息，四明仙府之中，有一瓶顶级仙髓，传闻乃是当年仙崩时代之前，一位仙界共主陨落后，从其脊髓中炼制出来的精髓，这可是至宝级别的资源，只需一滴，便可以让一位仙皇之下的任何人，修为直接提升一个大境界，你觉得，方天翼会连这种至宝，都不在乎吗？”

甘梨娘！

还有这种宝物？

李牧这才意识到，所谓的仙髓，何其逆天。

怪不得上一次谈话时，夏静专门把仙髓拎出来重点说了一嘴，可惜当时，李牧并未捕捉到这个细节。

## 第1236章 仙庭的拉拢

李牧如今的修为，在金仙巅峰，战力可斩先将。

若是得到一滴仙髓，瞬间便可跃入仙将巅峰，到时候，就算是面对仙王，也可以战而胜之，别说是横行各大州府，就算是整个东圣洲，天地之大，也大可去得。

那时候，找王诗雨、花想容等人，才能如鱼得水。

一念及此，李牧对于这仙髓，立刻变得向往了起来。

“一滴仙髓，一个大境界，那一瓶仙髓都吞服下去，岂不是直接飙入仙皇、仙帝乃至于仙主境界了？”李牧道。

夏静一怔，旋即咯咯咯笑了起来。

“没想到，堂堂帝师，竟是如此幽默。”

这位皇极崖第一美女，笑的花枝乱颤，道：“仙髓虽好，但若是多服，那就是送命了，易被反噬，且就算是可以扛过反噬，第二滴的效果大打折扣，没有那么神奇了，这个道理，仙界的很多人都知道啊。”

哦？

李牧一听，就知道自己多言了。

看来这个仙髓，像是抗生素一样，效果虽好，但也容易产生耐药性。

就算是如此，那也是至宝啊。

“对了，还有一事，因为剑神方天翼入场的消息传出，所以这一次，万仙盟仙庭对于四明仙府遗址的入场资格筛选条件，变得比以前严格了，以我们皇极崖在万仙盟中的地位，只有皇帝亲自参加，才有资格带四名护卫进去。”

夏静道。

嗯？

李牧一怔。

这是新说法。

莫非要带着辰皇一起去，不过是一个毫无修为的九岁小男孩而已，去那种危险的地方的话……会是一个累赘啊。

“好了，消息我带到了，帝师大人得赶紧准备了，不过，我先声明，我需要一个进入四明仙府的名额。”夏静站起来，舒舒服服地伸了一个懒腰，风情无限，当真是美丽到了极点。

李牧看着她。

夏静笑着道：“如果不是我费尽心思打听到这个消息，皇极崖估计都不会知道这事，而且，名额的办理，还需要我出手，怎么样，这个要求不过分吧？”

李牧点点头，道：“可以。”

“好，那我去办了。”夏静转身离开。

李牧也没有送。

他的心中，还在琢磨着这件事情。

四明仙府他肯定是要去的。

皇帝随身只能带四名侍卫，去掉夏静一个名额，在去掉李牧自己，还剩下两个名额，也就是说，袁吼、小九和地球流氓虎之间，得留下一个。

留下谁呢？

咚咚。

敲门声。

袁吼进来，道：“公子，外面有一位自称是来自于月川府仙庭分部的人求见。”

李牧眼中，精芒一闪。

月川府仙庭分部？

万仙盟的力量，终于要主动来接触了吗？

“带到前院客厅，我马上到。”

李牧道。

片刻后。

李牧收敛了自己的气息，在前院的开放式客厅中，见到了仙庭分部的来人。

是一位身形修长，白发白须的老者。

一袭白色仙衣，容貌清癯，额头一颗金色星辰印记，鹤发童颜，一看便是得道高人的那种风采，令人望之便生好感。

“呵呵，木小友，老夫鹤辰子，月川府天庭分布礼府天师，久闻小友大名，只是公务繁忙，今日终于才能抽出时间，来拜访小友，勿怪，勿怪，哈哈哈哈！”

鹤辰子热情地笑着，没有丝毫架子。

李牧脸上，也堆起笑容，道：“鹤天师客气了，当是我主动登门拜谒，只是皇极崖事物繁忙，抽不开身，一直未能如愿，快请坐。”

主客落座。

略微礼节性的寒暄。

“不知道鹤天师尊驾莅临，有何指教？”李牧直接问道。

鹤天师微微一笑，道：“老夫就不绕弯子了，正要恭喜小友，我家小仙主大人，听闻了小友的事迹，大为欣赏，有意招小友进入仙庭，为万仙盟效力，不知道小友意下如何？”

哦？

李牧倒是真的感到惊讶了。

仙庭竟然主动招揽自己？

他略微沉吟，道：“可是我如今，还在皇极崖任职，且承诺过先皇，要照顾好年幼的当今陛下，暂时无法离开皇极崖。”

鹤辰子道：“呵呵，小友不用担心，皇极崖与仙庭的职位，都可以兼任，各处仙庭分部都是如此，像是月川府的玄感宗，炼妖阁和东煌神朝，都有顶级强者，在天庭分部之中，担任职务，并不冲突。”

哦？

还有这事？

李牧道：“这倒是第一次听说，不知道小仙主想要我在仙庭分部中，但任何职呢？”

鹤辰子微微一笑，道：“仙庭分部之中，共有六府，分别是刑、礼、户、兵、吏、工，仙主看重小友，许以兵府牙将一职，小友不要小看这牙将之位，一旦接任，从此之后，你便是万仙盟的人，有种种便利，切莫错过机会啊。”

李牧难以置信地看着鹤辰子。

甘梨娘。

你在和我开玩笑的吧。

小小的牙将？

“小友莫非是觉得职位太低？”鹤辰子微微一笑。

李牧心道，感情你也知道职位太低啊。

鹤辰子见李牧不说话，又道：“小友还是低估了仙庭职位的重要性啊，一般的金仙，别说是成为牙将，就算是想要成为兵府的一员小兵，都千难万难，小友你一加入仙庭，便是牙将，起步已经很高了，等到过几年，立下一些功勋，再升偏将，升佐将，主将，元帅，都是水到渠成的事情，莫非是小友对自己的实力和手段，没有信心？”

李牧看着眼前这张‘太白金星脸’，心中冷笑。

我信你个鬼。

你个糟老头子坏得很。

我又不是没有见过世面的孙猴子，被你一个‘弼马温’的官衔就骗去仙庭养马，可能吗？

一个小小的公务员编制，就想要骗我青春骗我肉体？

“送客。”

李牧怫然不悦，没有丝毫的伪装，直接起身离开。

袁吼进来，目光不善地看着鹤辰子。

白胡子老头脸色尴尬。

自己以前屡试不爽的手段，今天怎么就失效了呢？

难道这个木牧，竟然是一个铁憨憨，根本不懂得仙庭编制的厉害吗？

还是说，他的野心太大？

年轻人啊，真是不知道轻重。

鹤辰子最后只好尴尬地离开。

一想到自己来皇极崖之前，曾经拍着胸脯大包大揽地表示，一定可以将木牧招纳到兵府，结果现在……嗯，这特么的就相当尴尬了啊。

五日之后。

夏静拿到了名额许可证。

李牧一行，轻装简行，朝着四明山脉出发。

再有两日，便到了四明山脉之中。

一片山清水秀之地，数万米高的雄峰，巍然屹立。

瀑布随处可见。

仙雾氤氲弥漫，如梦似幻。

这是当年四明仙王选择的这里作为‘根据地’，自然是景色绝佳，仙气充裕，哪怕是仙崩时代之后，这片山脉，也算是一片福地。

只不过据说山中，有一个兽王坐镇，领着一群吞天兽，横行肆虐，曾有数个宗门在这里开辟山门，结果被这群吞天兽骚扰的不胜其烦，损失惨重，最终黯然撤场。

久而久之，这里就再也没有宗门选址了。

成为了仙兽们的乐园。

一直到四明仙府遗址被发现。

遗址在四名山脉中间的第一高峰都灵峰之上。

都灵峰高十多万米，在整个东圣洲也是可以排进前十的雄峰，插入天穹，气势雄浑，无数江河瀑布，宛如天河一般，从山顶呼啸而下，数百米高的古木森森，枝叶茂密，各种药草遍布，有的已经成精，撒丫子在密林之中奔跑，一闪即逝。

据说都灵峰之高，可以连接天上的星辰。

山势越往上就越是陡峭，自然而然形成的天地威压，无所不在，一般真仙级修为以下的仙人，别说是争夺遗址宝藏，就算是爬山，都爬不上去。

李牧带着夏静，袁吼和小九，冲天而起，花费了一个时辰，才登上了山顶。

山顶地势倒是平缓了许多。

一眼看不到边，乃是一片平塬，景色秀丽，草木丰盛，亦有河流呼啸，水流湍急。

在这平塬的最中央，地势最高处，有一团团彩色的迷雾笼罩，随着时间的流逝，正在逐渐稀薄，便是守护者四明仙府的混沌迷雾了。

透过迷雾的边缘，隐约可以看到一些宫宇楼阁的轮廓，时隐时现，让人心热。

“站住，何方势力？”

喝问声传来。

却是一位身穿着仙甲战袍的仙庭战将，带着二十仙兵，阻住了李牧等人的去路。

“朕乃皇极崖皇帝。”

辰皇子上去，出示了玉玺。

这是经过了万仙盟认证的信物，不可能仿造，那仙将检查了玉玺之后，目光在几人的身上一扫，在夏静的身上停留的最久，然后又盯着李牧，冷声道：“你便是皇极崖的那什么帝师木牧？”

李牧道：“正是。”

“呵呵，本事不大，架子不小。”仙将轻蔑地扫过李牧，然后冷笑道：“进去吧，做事收敛着点。”

李牧心中隐约明白，这仙将的态度，估计与鹤辰子前来拉拢失败有关。

等到四人来到了平塬中央，才发现，已经有数十波大大小小的势力，集聚于此，一百多尊金仙，以及一些深藏不漏的老怪物，浑身涌动着的气息，令人心悸。

很多人都遮掩去了面目，隐藏真容。

方圆十几个州府的顶级强者，都聚集于此。

还有一些隐藏在暗中的顶级存在。

没有争端，没有喧闹。

非常安静。

所有人都在静静地等待着迷雾散去，四明仙府彻底现世。

## 第1237章 怎么不早说

皇极崖在月川府中，只能算得上是第二梯队的势力。

第一梯队是玄感宗、炼妖阁和东煌神朝。

但因为李牧前段时间，大开杀戒，几乎覆灭了整个东玄仙门，就连甘霖山的大长老都给宰掉了，所以他们的到来，还是引起了各方侧目。

其中数道目光，饱含敌意。

“木牧小贼，还人的老夫否？”一个面如黑铁的老者，用杀人一般的目光，死死地盯着李牧，忍不住出声喝道。

“漏网之鱼而已。”

李牧淡淡地道。

这人乃是东玄仙门的上上代宗主魏铁心，当日李牧征伐东玄仙门，此人恰好不在宗门，逃得一命。

“破宗之仇，不共戴天。”魏铁心呀呀切齿地道。

李牧不再理会他。

这种货色，在月川府其他一些势力的眼中，或许是巨擘，但在如今的李牧眼中，不过是小角色而已，随时都可以捏死，不急于一时。

魏铁心身边，还有五人，都是东玄仙门的弟子。

其中一人，遮掩了面目，此时看着李牧，心中震动，悄悄地低下了头。

“你就是那疯狂杀人戮仙的木牧？”

另一个冷森的声音响起。

却是一位身形微胖的中年人，锦袍仙衣在身，白面无须，圆乎乎的脸看起来似是和善，嘴角始终微翘像是在笑，但眯起的眼睛里，却是精芒流转，看着李牧的眼神中，也带着毫不掩饰的杀意。

“此人是甘霖山的当代山主周云海。”

夏静凑到李牧耳边轻声地道。

李牧心中了然。

“哼，狗男女，很快就让你们不得好死。”周云海身后，一个鹰钩鼻阔嘴的年轻人，看到夏静和李牧似是很亲密的样子，表情阴沉地道。

夏静淡淡一笑，如百花盛开，看的那年轻人瞬间如同醉了一样，失魂落魄的样子，夏静柔声问道：“你叫什么名字啊？”

“周济，我……”年轻人失魂落魄地说了名字，突然猛地一震，反应过来，顿时面色大变，一脸戒意警惕地看着夏静，怒喝道：“妖女，竟敢以魅术惑我？”

叫做周济甘霖山年轻人，无意中出了个大丑。

夏静只是咯咯一笑，再不说话。

这个妖女，当真是风华绝代，一笑一颦，都容易让男人迷醉，哪怕是周济这种甘霖山年轻一代翘楚天才，也在不知不觉中，吃了一亏。

小九耸动着鼻子，四下打量周围的景色，颇有一副急不可耐的架势。

探宝什么的，他最喜欢了。

袁吼则是忠心耿耿地跟在李牧的身边，一边暗中观察周围各方势力的人数，面孔，一边保护着辰皇。

李牧看向甘霖山主周云海，面无表情地道：“杀人者，人恒杀之，我杀的人，都是咎由自取，周山主若是不服，可以试一试。”

“你……”周云海冷笑，道：“年纪轻轻，就不知道尊重前辈，呵呵，伶牙俐齿有何用？等时机一到，自有你求饶的时候。”

李牧呵呵一声，不再理会。

周围各大势力，诸多目光，都在李牧的身上流转。

诸大州府之中，近些年出了不少的少年天才，年轻天骄，光芒璀璨，但如木牧这般，骤然崛起，如彗星一般划过天空，几乎是遮掩了所有同龄人的目光，却是很少年。

而李牧刚才强势的表现，也让各方咋舌。

果然是一个狂人。

“呵呵，木小友当真是初生牛犊不怕虎啊。”一个身披蟒龙袍，紫色轻甲覆身的魁梧中年人微笑着向李牧打招呼。

“东煌神朝镇南王孔刃。”

夏静似是故意一般，凑到李牧耳边，吐气如兰地道。

李牧看了孔刃一眼，只是淡淡一瞥，并未接话。

东煌神朝和炼妖阁都层算是皇极崖的盟友，却在关键时刻，抛弃了皇极崖，导致皇极崖几乎灭亡，同盟关系名存实亡，皇极崖对于这两个昔日盟友的仇恨，甚至更甚于东玄仙门和甘霖山等仇人。

李牧如今的身份是帝师。

维持人设。

李牧对孔刃自然不会有好脸色。

孔刃见状，只是淡淡一笑，不再说话。

炼妖阁的阁主，一位穿着道袍，背负长幡的阴阳脸道士，浑身煞气，看着李牧，只是冷冷一笑，也没有再说什么，但不屑鄙夷之意，却彰显的淋漓尽致。

月川府另外一大巨头级势力玄感宗，这一次来参加四明仙府开荒的是宗主顾武义，以及其他五位玄感宗强者。

这个宗门始终对外保持着一种超然的姿态，自始至终，如没有看到李牧一般，远远地调息打坐，调整状态。

之前，李牧攻破东玄仙门后，回到皇极崖皇城住地，各大势力都有来拜访，却被李牧一一拒之，冷淡的态度显露无遗，因此，此时也并没有其他势力上来搭话。

李牧也懒得与这些人虚与委蛇。

他的眼神，在四周人群中巡视，想要寻找方天翼的踪迹。

但并未有丝毫的线索和端倪。

这也正常。

方天翼化身而来，定是准备的非常妥当，身份绝无疏漏，若是连李牧都能看出来，只怕是早就被万仙盟天庭发现围攻了。

时间一分一秒地流逝。

李牧干脆在原地运功调息，收神调整状态。

夏静却是主动去与各大势力攀谈。

她的交游范围，本来就不限于皇极崖，极为广阔，加之又是罕见的大美人，魅力无边，很快就与很多人打成一片，左右逢源，堪称一朵明艳四射的交际花。

都灵峰之巅的天地压制之力消失，环境宜人，辰皇子乖乖地站在李牧的身边，一双黑色的眼睛，好奇地四下打量。

他从小生活在一个狭窄的小院子里，如同被圈养的小动物一样，如今，终于可以走到外面看世界，对于周围的一切，都保持着纯真的好奇。

时间流逝。

转眼四个时辰过去。

日色渐昏。

笼罩在四明仙府之外的混沌迷雾越发稀薄，站在千米之外，肉眼就可以看清楚，一大片犹如林海般的琼楼玉宇，在平塬的最中央，隐隐有各色宝光，从其中放射出来。

终于，午夜子时，月正圆。

最后一缕混沌迷雾消散。

银色的月光笼罩在一片宫墙城阙之上，一座巍巍的仙府之门，出现在了所有人的视线中。

轰隆隆！

月光照射在仙门上，银色的光线照亮了其上的一座阵法，似是出动了某种机关一样，大门轰鸣着开启。

一股幽蓝的寒气，从大门后面冒出来。

“走。”

“冲，先到先得。”

“哈哈，机会就在眼前。”

守在外面的各路高手强者，一下子都沸腾了，化作一道道流光，嗖嗖嗖地朝着大门中冲去。

“我们也走。”

李牧带着小辰皇，小九，袁吼和夏静，直接冲了进去。

越过仙府的瞬间，空气中一道水波涟漪闪烁。

仙门之后，果然是一个小世界。

小世界的时间，与外界一样，也是午夜月明时分。

月光如水照宫阙，视线之中的一切，都披上了一层淡淡的银辉，似是覆盖着一层薄雪一样。

小世界里面面积极大，宫阙林立于一片青山绿水之中。

但不知道是不是因为与世隔绝的时间太久了，所以导致里面毫无生机，除了闯入的探索者们之外，并无丝毫生命活动的迹象，月夜下给人一种阴森和危险重重的错觉。

李牧身形凝滞在半空，四下打量。

宫阙重重，也不知道哪方才是真正的藏宝之处。

“嗅嗅……”

小九耸动着鼻头，在空气中嗅了起来，片刻，一本正经地道：“人宠，我觉得西面可能有绝世珍宝……”

李牧心中一动。

想到这些年，小九对于寻宝探索之事的极度热衷，以及在这方面的天赋收获……也许这一次，该听一听它的？

毕竟狗鼻子停灵啊。

“好，往西。”

他瞬间出发。

夏静想要说什么。

李牧道：“放心，不会错的。”

片刻之后，来到了一处似是花园一样的地方。

小九狂喜地冲向花园正中央，将几株长势惊人的药王拔出来嚼萝卜一样啃掉，然后小心翼翼地取出花园中蕴含着土灵精华的一些灵土，收集了起来。

“汪哈哈，果然是找到了宝贝。”

它将灵土放进了自己的栽种那株牵牛花的花盆里。

那株牵牛花，如今被它照料培养的长势极好，蔓延出去一米多长的藤蔓，宛如冰种翡翠雕琢一般，透亮发光，一层绿莹莹的氤氲缭绕流转，似是仙器宝光一样。

而且，已经开出了一朵牵牛花，淡淡的白色，花蕊带紫，似是一个穿着白裙的含羞小姑娘一样，会扭动着腰肢，花朵朝着小九轻轻地点头。

“哈哈哈，这可是万年的老灵土，绝对霸道，灵儿用不了多久，就可以恢复真身啦。”

小九兴奋地摇着尾巴，宛如一只舔狗。

李牧揉了揉额头。

感情这就是小九说的绝世珍宝？

一堆灵土？

夏静拿出一张地图，交给李牧，道：“这是四明仙府的地形图，储藏宝物和仙髓的地方，在图上标注的几个藏宝殿中，我们只需要按图索骥就行了。”

李牧：“……”

怎么不早说？

## 第1238章 请君入瓮

“我以为它会发现什么地图上没有的宝物。”

夏静耸耸肩，指了指小九。

蠢狗不满地道：“汪，女人你什么意思？这难道不是宝物吗？”它用爪子指了指花盆里的灵土，道：“在汪的眼中，这是绝世无敌的宝贝。”

夏静笑而不语。

小九怒道：“愚蠢的雌性生物，收起你不屑的眼神，告诉你，你想要睡我的人宠，就对汪好一点，以前好几个和人宠交配过的女人，都是从汪这打开突破口的。”

夏静一怔，旋即冲着李牧风情万种地笑了起来。

李牧面无表情。

“走吧，按照地图所示，疑似藏有仙髓的地方，分别是埋剑林，提刀岭，捉笔山和太皇殿，要去这四个地方，都需要通过神隐小道，而那些仙晶之类的寻常宝藏，或许就在神隐小道周围的坟冢之中……我们先去神隐小道。”

李牧在前头带路。

夏静跟在后面，看着李牧，心里呵呵。

这家伙，原来不是不仅女色，竟然曾经也有过女人。

没看出来啊，好几个交配过的。

花心大萝卜。

小辰皇坐在袁吼的肩头。

一行人原路返回，往东而行，通过一条漫长的廊道，一路上，已经遇到了一些死去的尸体，看样子是为了争夺宝物而自相残杀，也有死于仙府之中机关的倒霉蛋。

四明仙王当年纵横各大州府的时候，也是一个出了名的心狠手辣的主，杀戮无算，因此这仙府之中，通往神隐小道的方向，处处都布满了机关阵法，一步一杀机，非常危险。

等李牧等人来到神隐小道的之前时，一路上已经遇到了十几具尸体，都是金仙级的修为。

不过，死去的都是陌生面孔。

“这就是神隐小道了。”

夏静指着前面一条幽静的小路。

路的两侧是密林，一种不知名的黑色巨树，密密麻麻地生长在路边，树干紧紧相连，似是密不透风的栅栏，又似是黑色的悬崖峭壁一样，树叶也是黑色，宛如某种凶兽的鳞片，闪烁着冷森的光芒。

一股奇异诡谲的幽静，在小道上弥漫。

“走。”

李牧走在前面。

他也不托大，二十柄大日金火灌注的飞刀，缭绕在众人的周围。

“我嗅到了血腥的气息。”

小九说着，将原本捧在手中的花盆，直接张口吞掉，保存在了它胃里的次元袋中。

这盆花，是它的命根子。

神隐小道极长。

道中有奇异的仙道阵法压制。

仙崩时代之前的阵法，极为高明，以李牧的如今的修为，也只能是低空低速飞行。

半个时辰。

前进了数千里。

“血腥味越发浓郁了。”

小九后肢着地，两条腿像是风火轮一样奔跑。

果然，前方出现了一片狼藉的战场，残肢断臂洒落在小道上，刺鼻的血腥气味扑面而来，空气里残留着金仙级强者的战斗余波。

“死的是仙庭的人。”

李牧走近了，看到小道上的尸体，都是穿着仙庭战部的甲胄，心中颇为惊讶。

什么人，竟敢动万仙盟仙庭的人？

仔细看了看，死去的仙庭高手，总共有十个人，几乎是被同时斩杀，尸体化作了碎块，残缺不全，空气中弥漫着一种令李牧也感觉到心惊的凌厉剑气。

这十个仙庭仙道高手，被一位仙道剑术强者，一招之间全部秒杀。

好可怕的剑道。

莫非是剑神方天翼出手？

李牧心中猜测着。

也只有方天翼这种乱军巨擘，才敢出手直接斩杀万仙盟仙庭的人吧。

“继续走。”

李牧心中惦记着仙髓，急忙赶路。

不过，才走出不足千米，就遇到了一位‘熟人’。

“呵呵，木小友，我们又见面了。”

东煌神朝镇南王孔刃带着无名侍卫，似是在等待李牧一样，看到李牧出现，主动上来打招呼，态度颇为热情。

李牧看了他一眼，没有说话。

孔刃面色尴尬，道：“我知道，木小友和整个皇极崖，都对我东煌神朝有意见，这我完全能理解，当初若不是我们退让，将皇极崖皇城暴露在曹川府联军兵锋之下，也不至于发生后来的事情……”

李牧看着他。

孔刃面露惭愧之色，道：“今日本王在这里等待辰皇和木小友，就是特意来道歉的，如今我东煌神朝之中，也是奸臣当道，挟持圣意，才有当初的昏聩之举，本王当时力阻，奈何人微言轻……唉。”

他长长地叹息了一声，道：“希望小友勿怪，本王愿意做出补偿，这一次四明仙府遗址开荒，我东煌神朝知道的秘密，应该比你皇极崖更多一些，本王愿意消息分享，也愿意出让一些利益，作为对当初之事的赔偿。”

这个魁梧高大的汉子，说的情真意切。

李牧终于缓缓地开口，道：“如今皇极崖式微，不复当年之盛，孔王爷何必如此费心思，过去的事情，过去不就行了吗？我皇极崖怎么当得起王爷如此心意？”

孔刃坦然一笑，道："若是皇极崖没有木小友，本王自然也不怎么放在心上，但有了木小友，自是又不同，未来可期，所以本王做一些弥补，算是结一个善缘，木小友日后一人得道，皇极崖鸡犬升天，我东煌神朝不求可以得利，但求不被木小友清算即可。"

李牧心中一动。

这一番话，倒是颇为坦诚诚恳。

也说得通。

这个孔刃，看起来不像是一个心机狡诈之辈。

李牧看向夏静。

后者微微点头。

"好吧，我接受你的道歉。"

李牧道。

孔刃的脸上，浮现出一丝如释重负的表情，道："多谢小友，我东煌神朝得知，神隐小道末端，有一处隐蔽藏宝点，打开之后，藏有大量的仙晶和仙金，是一大笔战略资源，我愿意带几位前去，将这一处藏宝点的资源，全部转赠皇极崖。"

李牧笑了笑，道："既如此，请带路吧。"

孔刃大喜，道："木小友快人快语，请。"

李牧跟随在孔刃身后。

夏静走在最末尾。

她微微地低下头，嘴唇微微开合，似乎是在说着什么，但并未发出声音。

又半个时辰过去。

众人来到了神隐小道的末端。

一路上，有见到了数个火拼场地，都有惨尸体，不过皆没有李牧认识的宗门势力的强者死去。

"到了。"

孔刃突然道。

他的眼睛里，突然泛动五彩光华，左眼中，出现了第二个瞳仁，与原本的瞳仁，似是一日一月一样，伴随而生。

一道奇特的神光，自这个重瞳的眼眸里射出来。

嗖！

神光射在一颗略粗一寸的黑色巨树上。

这棵树与周围其他的树，几乎一模一样，不仔细辨别，根本看不出来差别，但随着神光设在三尺三寸三高的树神上之后，便有一道裂纹，在树身上出现，张开，形成了一道黑色的门。

门口有浮光。

“仙晶和仙金，便都在这里面了。”

孔刃说着，为了表示诚意，主动带着东煌神朝的高手在前面开路。

李牧看了袁吼一眼。

袁吼心中雪亮，表面上不动声色，心中却是也警惕了起来。

李牧走在众人前面。

进了浮光树门，其后一个百米长的黑色甬道，通过甬道之后，便是一个巨大的石殿，数百颗玄龟丹宛如夜明珠一样，悬浮在穹顶，将整个大殿，照射的纤毫毕现。

地面上，堆积着犹如山峦一般的仙晶，整整齐齐，宛如砖石一般，一行行，一列列，闪烁着梦幻般的色彩，粗略估计，便足有十万斤左右。

之后又是十个仙矿仙金堆。

各种珍罕的铸器仙金，堆得阵阵齐齐，足有百万斤左右，闪烁着不同的仙光，内蕴浓郁的灵气，一看便是铸造各种仙器的绝佳材料。

孔刃说的没错，这个隐蔽藏宝点里的宝物，对于他在绝巅的仙道强者来说，也许只是锦上添花般的财富积累，但是对于一个像是皇极崖这样的仙道势力来说，的确是足以增加百年底蕴的战略资源。

“这些仙金仙晶，便是我东煌神朝的心意。”

孔刃豪爽地哈哈大笑着。

李牧目光一扫，点了点头，道：“如此，多谢镇南王了。”

孔刃道：“哈哈哈，不用谢，不用客气，哈哈哈，说起来，我还要好好谢谢你呢，若是没有你，我也见不到这一笔战略财富啊。”

这话突然有点儿不太对味了。

李牧面色平静地看着他。

孔刃哈哈大笑着，道：“把木小友请过来，还真的是不容易，我有几位朋友，也想要与木小友亲近亲近……呵呵，诸位，出来吧。”

石殿里，光华闪烁。

“木牧小贼，还记得我否？”

东玄仙门上上代宗主魏铁心面带厉笑，现出身形。

“呵呵，请君入瓮还颇不容易啊。”

身形微胖的甘霖山山主周云海也出现了。

“无量寿佛。炼妖，斩妖，天下无妖不可杀。”背负长幡的阴阳脸瘦道士，也出现了。

“呵呵，贪心致死境，怨己不怨人。”

玄感宗宗主顾武义也现身了。

一个个身影，重重叠叠，足有二十人左右，还有几个，是李牧不认识的生面孔，算上东煌神朝的孔刃，月川府三大顶级势力，以及几个其他州府的强者，四面散开来，将李牧几人，包围在了其中。

夏静面色，微微一变，道：“你们这是什么意思？”

“哈哈，贱人，现在知道害怕了吗？”甘霖山周济舔着嘴唇，眼中闪着阴狠的光芒，阴阴一笑道：“嘿嘿，不过，别紧张，我还舍不得杀你，嘿嘿，以后，我会让你知道，什么叫做欲仙欲死。”

## 第1239章 三叹、一棍、九棍

夏静的眼眸中，一丝轻蔑，一闪而逝。

李牧看向孔刃，道：“这就是你所谓的赔礼？”

孔刃笑道：“在获得你的友谊和让你永远消失之间，我选择了后者，毕竟你这样一个不可控的存在，对于整个月川府的格局，有着怎么样的影响，谁也不知道，东煌神朝不想冒险，也不想有朝一日，被皇极崖所取代。”

李牧摇摇头：“错误的选择。”

孔刃自信而又淡淡地笑着，道：“很遗憾本王并不这么认为，今天出现在这里的人，都想要你死，这个局，在四明仙府的遗址出现之后，就已经开始为你准备了。”

李牧也颇为遗憾地道：“本以为浓眉大眼身形魁梧的人值得信奈，你将我的这一观念，彻底打碎了。”

孔刃哈哈大笑：“所以伴随着失望绝望死去，也是一个不错的结局，木牧帝师。”

李牧叹了一口气。

他转而看向玄感宗宗主顾武义，问道：“所以顾宗主出现在这里，意味着超然不群的玄感宗，选择与这些人沆瀣一气吗？”

顾武义面无表情，并不回答李牧任何话。

在他的眼中，和一个注定死去的秩序破坏者，做口舌之争，并没有什么意义。

李牧又道：“其实我对玄感宗并无任何敌意。”

顾武义冷淡地笑笑，看着李牧，嘴角带着一丝嘲讽。

李牧叹了第二口气，道：“那就真的很遗憾了。”

自己这算是仁至义尽了吧。

李牧看向甘霖山主周云海，道：“其实，一开始我本不想与甘霖山结怨。”

周佛海冷笑了起来，无比嘲讽地道：“呵呵？之前在仙府之外的时候，不是还很硬气吗？现在求饶？如一条断了伎俩的恶狗？呵呵呵，真是可怜啊，已经晚了。”

其他几个甘霖山的强者，也都笑了起来。

所有人看向李牧的眼神中，都带着戏谑和残忍。

如同猎手在看着已经穷途末路的猎人一样。

李牧又看向炼妖阁那位背负长幡的阴阳脸道士，道："这位道长，也要杀我？"

"无量寿佛。"道士的脸，一边白如敷粉，一边黑如涂墨，看起来狰狞丑陋，淡淡地道："世间之妖，皆须杀，除妖卫道，我辈天职。"

李牧道："何为妖？"

道士冷漠地道："道士说谁是妖，谁便是妖，木小友，你身上妖气冲天，若是有一丝悲悯，就当主动伏诛，以免祸害苍生。"

李牧叹了第三口气，摇摇头。

他不再与这些人对话，目光，在其他人的脸上掠过，神色平静地道："我与你们大部分人，都无冤无仇，今日你们设计伏杀我，便是生死大仇，现在退出，还来得及，否则，一切就都迟了。"

"哈哈哈。"

"没错，今日就是要杀你。"

"老子这辈子，仇人数不清，多你一个算什么？"

周围一片哄笑之声。

很多人都将李牧刚才的一番话，看做是临死前最后的徒劳而又无用的挣扎。

周济更是大声地嘲讽道："呵呵，你还想着日后？实话不怕告诉你，你没有日后了，逃也逃不掉，这座石殿，不但有当初四明仙王加持的禁制阵法，还有今日到场的诸多宗门强者，共同加持的封印，已经是天罗地网，就算是仙王到此，也别想着冲出去，何况是你？"

"哦？"

李牧看了看周围石殿殿壁。

果然是有各种不同的阵法手段加持封印，层层叠叠，足有数层，就算是其中一个被解开，剩下的其他阵法，也会继续生效，就像是加了五六层保险一样。

"怎么样？死心吧。"

周济狞笑着。

他乃是甘霖山主周云海的亲儿子，一向眼高于顶，自命不凡，见到李牧比自己年轻却名气更大，早就妒火中烧。

再加之他垂涎的夏静，在李牧身边乖巧顺从的像是一只小狗，更是让他看李牧百般不顺眼。

“谢谢。”

李牧道。

？？？

众人都一愣。

李牧道：“谢谢你们主动送上门来，还是一次性打包上门，省去了我很多的功夫……老袁。”

他看向袁吼。

袁吼与李牧，简直是心灵相通，会意将小辰皇从肩膀上取下来，放在了李牧的身边。

李牧牵着小辰皇的手，道：“好好看着，不用怕。”

小辰皇努力地点点头：“嗯。”

袁吼低吼一声。

浑身有黄金色的火焰弥漫出来。

双手在虚空之中一拉。

一柄黄金战棍就出现在手中。

“你们谁先来。”

袁吼看着各大宗门的仙道强者。

对面，众人的眼神有点儿愕然。

什么意思？

木牧这幅做派，摆明了是并不打算亲自出手，而是要让他身边这个仆人动手？

这么自大？

他疯了吧。

“不知所谓的小虫子，你以为你是谁，老夫送你上路。”

东玄仙门上上代掌门魏铁心厉喝一声，一柄四品仙剑祭出来，剑光流光，剑意激荡宛如狂风飓浪一样，无差别地朝着李牧和袁吼等人负压而来。

袁吼的嘴角，划出一丝冷冽的弧度。

他站在原地不动，一直等到魏铁心持剑攻来的身形，到了一米以内的瞬间，猛然间一棍击出。

这是简简单单的一招泰山压顶招法。

普通的不能再普通。

噗！

似是西瓜被砸烂的声音。

魏铁心手中的四品仙剑直接被砸断，然后是他的脑袋，就瞬间被砸扁，再然后是他的身躯，就像是一个挨了一铁棍的西红柿一样，鲜红的血浆爆裂开来。

漫天血雾。

袁吼收棍而立。

仿佛是做了一件微不足道的事情。

但，一尊巅峰金仙，却从石殿中永恒地消失了。

“不堪一击。”袁吼淡淡地撇嘴，然后看向其他人，道：“现在知道我是谁了吧……下一个，谁来？”

各大仙门的强者们，面色微变。

世人只知道木牧是一个棘手的角色，却没有想到，此人身边一个面貌平平无奇的侍卫，竟然也如此强悍。

一击毙杀一尊巅峰金仙，这是什么力量？

“你，骗子，可敢与我一战？”

袁吼手中，沾血的金棍，指向了东煌神朝镇南王孔刃。

孔刃脸上的表情，已经迅速地平静了下来。

他看了看李牧，道："这就是你的依仗吗？可惜，并不能改变什么……"又看向袁吼，道："有点儿道行，可惜……"

嗖！

棍影如金雷。

袁吼已经不耐烦地出手："要打就打，废话真多。"

孔刃身前，浮现两柄暗金色的仙纹鬼头刀。

轰！

刀滚相交，爆音如雷。

火星四溅。

"什么？"

孔空面上骤现惊色。

因为难以形容的可怕力量，排山倒海一样从刀柄传来，阵如到他的身体之中，瞬间双手指骨之中，已经出现了一道道骨裂缝隙，生出麻痹之感。

力量不是对手。

孔刃心中的震骇，简直难以言表。

东煌神朝乃是巨灵一脉后裔，体内有仙古时代巨神的血脉，最擅长的便是以力压人，可以说单纯力量的较量，在月川府和曹川府中，还未有哪个势力，能够与东煌神朝相抗。

但与袁吼一交手，他立刻意识到，自己不是对手。

而此时，袁吼的第二次攻击，已经到了。

依旧是泰山压顶一般的当头一棍。

速度太快。

孔刃根本无法闪避，只能招架。

举火烧天。

双刀交叉，夹在头顶。

轰！

又是暴雷般的声音。

孔刃的膝盖，微微一弯，身躯下沉。

轰！

又是当头一棍。

他只能再架。

轰轰轰！

架架架！

一瞬之间，袁吼连续轰出九棍。

而孔刃只能硬生生地架了九棍。

九棍一过，袁吼不再出手。

孔刃身形佝偻，几乎是要半跪在地上。

手中的一对鬼头刀仙器，刃身已经卷起一层层。

他双手青筋爆出，一道道血管从皮肤之下凸出来，似是青红色的怪蟒一样，缠绕在他的手背，手腕和小臂……

“你……”

孔刃缓缓地站直了身躯，动作有些机械僵硬，死死地盯着袁吼，厉声道：“你……到底……是谁？”

袁吼想了想，自己好像并未选定一个好听的尊号，于是淡淡地道：“你不配知道。”

“我……我……错……错了。”

孔刃七窍流血，艰难地扭头看向李牧。

话音未落。

噗噗噗！

一道道的血线，从孔空的身体之中，猛然迸发喷射出来。

他手中的鬼头刀仙器嘭一声化作了粉末飘散，身躯也一块一块地炸裂开来，最终如同垮塌了的积木一样，化作了一摊肉泥，倒在了原地。

“什么？”

“死了？”

“被震成了肉泥，元神粉碎。”

大殿里，一片难以置信的惊呼愕然。

各大仙道宗门的强者们，惊讶地长大了嘴巴。

孔刃可是仙将中阶强者啊，不是魏铁心这种金仙可比，但却被木牧的侍卫，一棍一棍，活生生地给震死了。

九棍，震死一尊仙将！

这仆人，到底是谁？

如此凶悍彪勇之辈，何以籍籍无名，此前从未听说过？

皇极崖就算是没有李牧，有此人，便也是月川府的一流势力了啊。

众人渐渐觉得，事情和他们想象的似乎不一样。

就连夏静，也都无比震惊。

她见过很多次袁吼。

只不过是逍遥居中一个沉默寡言的仆人而已，木牧的侍从，貌不惊人，平平无奇，每一次见面，都是那张波澜不惊的脸，就好像是很多人身边的侍从一样，毫无特色。

她做梦都没有想过，这个侍从，实力竟然如此可怕。

仙将级！

一个仙将级的侍从。

那他的主人？

夏静觉得，自己好像是也判断错了一些什么。

## 第1240章 一个不留

在东煌神朝，镇南王孔刃，乃是第一强者。

这也是为什么，这一次的四明仙府之争，东煌神朝会派遣孔刃，而不是皇帝亲自带人来参加的原因。

但就是这样东煌神朝的第一强者，却被木牧的侍从，九棍就给活活震死，震成了一团烂泥。

何其可怕。

一股寒意，在石殿之中弥漫。

袁吼手中的黄金棍，又指向了甘霖山山主周云海，道："你，胖字，刚才不是很嚣张吗？可敢与我一战？"

周云海的面色，阴沉宛如毒蛇。

"诸位，和这种丧心病狂的家伙，没有什么道义可讲，大家一起出手，除魔卫道。"周云海大声喝道。

炼妖阁阴阳脸道士也点头道："正是如此。"

玄感宗顾武义背后双剑仓啷出鞘，化作一黑一白两道剑光，漫天杀气流转，直接朝着袁吼绞杀过来。

袁吼的强大，让所有人都感觉到了威胁。

没有必要再单打独斗。

数大州府级巅峰强者，同时出手。

袁吼大笑一声，怡然不惧，浑身战意爆发。

他反手拔下脑后几根毫毛，在掌心中一吹，黄金微光闪烁，原地竟是瞬间出现了十几个与他一模一样的身影，气息强悍，主动赢了上去。

八九玄功，身外化身。

每一个袁吼的手中，都拿着黄金战棍，实力恐怖。

"这是什么功法？"

“化身？”

“哼，我就不信，化身能够有本尊的修为，给我打杀了。”

原本周云海等人准备群殴，结果现在变成了被群殴的一方，一时之间，都是又惊又怒。

李牧的眼睛，也是微微一亮。

袁吼这些日子的苦修，真是收获不小。

他对于八九玄功的修炼和领悟，已经超越了李牧，这种身外化身施展出来，每一个化身，都有八成的本尊修为战力。

他的本尊，乃是金仙中阶的修为，战力可斩仙将中阶，分身的八成战力，亦可匹敌初阶巅峰的仙将。

三尊分身战一位州府顶级强者，丝毫不罗下风。

炼妖阁阴阳脸道士，甘霖山周云海，玄感宗顾武义等三大顶级州府强者，也不过是与孔刃在伯仲之间，有高有低，高不到哪里去，低也低不了多少。

此时交手，瞬间就被压制。

何况还有袁吼本尊这个九棍击杀孔刃的煞星？

“还不出手助我？”周云海大喝。

甘霖山的其他几名强者，顿时也都祭出仙器，加入战圈。

而玄感宗，炼妖阁的其他强者，亦是不约而同地加入战场。

袁吼分身的人数优势，眼看着要被消弭。

李牧踢了踢小九的屁股。

小九扭头看了一眼李牧。

“臭猴子搞得定。”它懒洋洋地道。

李牧道：“我们得快点解决这些人。”

“那你自己出手啊。”小九道：“我和这臭猴子，关系又不是很好，为什么帮他？”

“在这里浪费时间，不想要仙髓了吗？”李牧道。

在这无名石殿中，耽误太多的时间，说不定传说中的仙髓，会被其他势力的人捷足先登。

小九顿时一副如梦初醒的表情，道：“对呀。”

它扭头看向场中，发出一声怒吼：“卑鄙无耻，这么多人围攻我最亲密的袁吼兄弟，真当义薄云天的本汪，是吃素的？”

狗影闪烁。

他加入到了战圈中。

一边的夏静，简直无力吐槽。

之前不是说和臭猴子关系不好吗？

转眼就变成了最亲密的袁吼兄弟。

这条狗，简直和‘不近女色’的木牧一样虚伪。

等等？

臭猴子？

夏静猛然看向袁吼。

所以说，这个实力深不可测，令人惊艳的侍者，其实是一只猴妖？

随身带着一条狗，一只猴子，留在皇极崖的好像还有一只老虎……木牧曾经说自己是一个驯兽师，难道还真的是？

夏静的心里，想到了很多。

而此时，石殿中的战局，已经发生了根本性的变化。

小九虽然表面上不靠谱，但是架不住它实力强啊。

一张嘴，啊呜一声，就能吞掉一尊金仙以下的任何仙道强者。

狗影闪烁之间，已经有七八尊的巅峰金仙级仙道强者，被他吞进了肚子里。

是一条狠狗。

夏静看的简直头皮发麻。

这哪里是狗？

这分明是一只披着狗皮的饕餮吧？

“怎么会这样？”周济惊恐欲绝地不断后退。

他虽然实力不是在场众人中绝巅，但却也看得出来，己方要输了。

麻烦大了。

这个木牧的身边，怎么会有如此之多的强者？

周济不断地后退，不知不觉，后背都抵住了石殿的墙壁。

然后他的心，就如坠冰窟一样，彻底凉了。

没有后路。

根本逃不掉。

因为这座石殿，被加持了太多的封印禁制。

之前设伏时，众人最怕的就是木牧手段诡异，拼死从石殿中逃出去，会后患无穷，所以直接就将整个石殿都层层封住，连他们自己，想要出去，都得花费小半炷香的时间。

然而现在？

作茧自缚了。

“你这个猥琐小崽子，之前不是跳的很欢吗？”

小九目光幽幽，盯住了周济。

周济顿时亡魂大冒，转身就逃。

“不要跑，快到我的嘴里来。”小九如影随形般急追，转眼之间，狗嘴都已经靠到了周济的后背。

“不，父亲，救我……”周济尖叫着。

一边，被四尊袁吼分身围攻的周云海，已经是手忙脚乱，应付不暇，勉强抵挡而已，闻言，看到儿子身处险境，目龇欲裂，吼道：“该死，住手……”

但这一分心——

嘭！

一道黄金棍，就狠狠地砸在了他的背后。

咔嚓咔嚓。

数道骨头段磊的声音。

周云海只觉得剧痛难忍，眼前一阵阵发黑，脚步踉跄，瞬间就失去了章法。

砰砰砰。

乱棍如雨。

高手之争，只在一线之间。

失了先机，就是败亡。

周云海瞬间全身的骨头，都仿佛是被打断，连连呕血，瘫软在地，再无还手之力。

而一边的周济，看到这一幕，更是绝望。

“不，不要吃我……”

“救命。”

“我错了啊啊啊……”

“木牧爷爷，饶我。”

“夏仙子，求你……”

尖叫声回荡在石殿中，但很快戛然而止。

小九吧唧吧唧地咀嚼着什么，将露在嘴角的一条腿吞进去，道：“吵死了，还难吃……”

这一下子，其他各大势力的仙道强者，几乎都崩溃了。

太凶残了。

好狠一条狗。

而另一边，玄感宗顾武义和炼妖阁的阴阳脸道士，也是袁吼打的浑身是血，丧失了战斗力，在各自宗门高手的保护下，缓缓后退……

“住手，快住手。”

阴阳脸道士大喝道。

“可以停手了。”玄感宗顾武义也终于开口。

李牧摆摆手。

袁吼收棍后退。

他的分身也都瞬间齐刷刷停手，后撤。

战局胜负已分。

各大仙宗的强者们，还剩下三分之一左右。

他们一个个脸色就像是吃了屎一样难堪，做梦都想不到，自己费尽心机设伏，以为毫无疏漏，手到擒来的一场猎杀，竟然会损失如此惨重。

谁是猎物？

谁是猎人？

角色颠倒了。

李牧目光冰冷，看着众人。

“你赢了。”玄感宗顾武义缓缓地开口，道：“从今以后，玄感宗承认你和皇极崖的地位，今日之事，就此结束，日后，我玄感宗也绝对不会再追究。”

李牧：“？？？”

就此结束？

“你脑子是不是有问题？”李牧看着顾武义，像是看着一个白痴：“你说结束就结束？还日后不追究？你说你妈呢，来杀人，就要做好被杀的准备，今天，你们谁也别想活着离开。”

“够了。”顾武义淡淡地道：“口舌之快并不能解决问题，言语恐吓也毫无意义，我承认，玄感宗以前小看了你，但是今天，你得到了玄感宗的认同，就此结束，两相安好，别把路走死了。”

李牧瞪大了眼睛。

他简直被气乐了。

这个人的脑回路，那种莫名其妙的居高临下的优越感是怎么回事？

他真的不是在卖萌吗？

这时，炼妖阁那位阴阳脸道士，也开口道：“这次伏杀，是我等失误，但是，得饶人处且饶人，木牧，你赢了，掌握了话语权，日后皇极崖可以与我炼妖阁、玄感宗并驾齐驱，你的目的达到了，就此休战吧。”

李牧张了张嘴。

简直时无法克说。

得饶人处且饶人这样的话，从这些人的口中说出来，李牧觉得自己这么多年以来养成的是非恩怨观念，被彻底的颠覆了。

他们到底是……哪里来的这样的逻辑啊？

算了，不说了。

和这样的人对话，李牧觉得简直就是一种罪无可赦的愚蠢。

“都杀了，一个不留。”

李牧道。

袁吼和小九同时出手。

“什么？”

“木牧，你敢……”

顾武义和炼妖阁阴阳脸道士瞬间都是面色大变。

“木牧，你疯了？我炼妖阁乃是东圣洲顶级仙门【镇妖阁】的分支，你若杀我，到时候都天教主亲至，将你打的魂飞魄散……”阴阳脸道士大吼道。

李牧面无表情。

求求你他吗的闭嘴吧。

老子还三大乱军背后之神的亲密好友呢？我炫耀了吗？我骄傲了吗？你一个小小的洲际顶级大宗分支，有什么可说的？

“杀，全杀了，一个不留。”

李牧这个时候，绝对不会有妇人之仁。

## 第1241章 杀人灭口

和这些脑不好的人讲道理，完全就是浪费时间。

李牧就闭嘴不言。

噗！

一名东煌神朝强者的人头飞起，身形湮灭。

“啊……”

惨叫声中，一位炼妖阁的道士，直接被小九张口吞掉，嚼了嚼，吐出两只靴子。

“李牧，你怎敢……”

周云海惊怒连连，厉声大喝。

但很快，就被袁吼亲自出手，将其直接轰杀为血雾弥漫。

袁吼同修‘观沧海’、‘大日’和‘阴月’三大体系的仙法，因此也掌握着大日仙火的力量，黄金战棍中蕴含着仙火之力，直接灭杀元神。

甘霖山的山主，就此陨落。

曹川府的顶级宗门之主，死于石殿之中。

剩下的其他人，也都岌岌可危。

顾武义一见情况不对，最终大声地道：“木牧，你难道真的要赶尽杀绝吗？”

话音未落。

噗！

袁吼真身再度出手，燃烧着黄金之火的金棍，直接又是泰山压顶一样的一棍，直接将顾武义的双剑震飞，一棍轰在了他的天灵盖。

顾武义一句话还未说完，整个头颅就直接被轰入到了胸腔之中，然后整个人直接被这一股力劈，最终化作了一团火焰，燃烧成为灰烬。

月川府三大顶级宗门之一的玄感宗之主，陨落。

“木牧……”炼妖阁掌教，那位阴阳脸导师浑身冰寒，颤栗者怒吼道：“你这个卑鄙无耻的贱种，可敢与我公平一战？”

哈？

公平一战？

公平？

李牧听了，简直以为自己听错了。

仙界还有这种恬不知耻的人？

设计伏杀别人，眼看锤不过了，就要求公平一战？

“木牧，我明白了，我终于明白了，你之所以有如此名气和战绩，完全就是依靠手下的这两尊仙兽战宠，你自己的实力，其实很弱，哈哈哈，本座现在也是重伤之身，你可敢与我正面一战？”

阴阳脸倒是依旧在不断地嘲讽着。

他想要激怒木牧。

毕竟木牧也只是一个年轻人而已。

且连来四明仙府这种地方，都带着【极乐仙子】夏静，足见是一个好色之徒。

在女人面前，这种男人一般都会有好强逞强之心，只要激怒木牧，让他喝退仙兽，亲自出手，那他就还有机会。

当然，这一切，都建立在李牧的偌大名气和战绩其实都是依靠战兽而来的判断之上。

但是，李牧却并未有亲自出手之意。

“你，还不配。”

李牧用怜悯鄙夷的目光，看着他。

袁吼凶威无双，再度出手。

最终，阴阳脸道士背后的长幡，被直接轰断，他整个人，也被轰杀为飞灰飘散。

“镇妖阁不会放过你的……”

道士临死前，发出了凄厉的诅咒。

但对于李牧来说，没有任何的威慑力。

因为他的身份和来历，注定迟早要和镇妖阁这样的洲际顶级仙道实力冲突，双方之间，从一开始就是敌对关系。

叮当。

一个银色的手环，从阴阳脸道士的碎幡中坠落出来，掉在了地上。

“嗯？”

李牧眼神骤然一动。

他掌心一引，那银色手环落在掌心。

仔细一看，李牧的眼神，瞬间大变。

不对，这个手环他见过。

是老神棍身上的东西。

不仅仅是相似。

根本就是同一个东西。

这东西，怎么会在这阴阳脸道士的身上？

李牧心中浮现出天大的疑问，但阴阳脸道士已死，没有留下活口，连同随行的其他炼妖阁道士，也都死光了，想要问，却是都无法问了。

“刚才那道士说，炼妖阁乃是镇妖阁的分支，怕是与镇妖阁有关系……等到四明仙府事了，一定要打探清楚。”

李牧心中有了计较。

对于老神棍，他是极为关心的。

石殿中，此时一场大战已经完全落幕。

设计伏杀李牧的各方仙道势力，尽墨，无一幸存。

各种战利品，除了小九吞掉的之外，其他的都由袁吼暂时统一保存——包括这座石殿之中，原本就有的巨额仙晶和仙金，都归属李牧了。

粗略算下来，大丰收。

几大州府顶级势力的掌教宗主，身上储藏的宝物，加起来，并不比这个石殿中的储藏逊色多少。

双倍回报。

“没想到还有这样的好事，希望接下来能再多遇到一些。”

小九由衷地感叹。

夏静在一边暗中无语。

这是好事？

也就是木牧几个，实力强大的突破了想象极限，让孔刃等人弄巧成拙，作茧自缚，偷鸡不成蚀把米。

若是换作别人，实力不够，在孔刃和周云海等人的合围伏杀之下，只怕是早就死的连骨头渣子都不剩了吧。

这个木牧，身上实在是有太多太多的秘密。

他的来历，绝对不简单。

夏静的心中，这么想着，突然觉得一道火辣辣的目光，定定地盯着自己，本以为是李牧，谁知道仔细看过去，却是那只蠢狗，正在看自己。

“人宠，这娘们要不要也灭口了？”小九跃跃欲试地道。

今日连杀各大宗门掌教，可以说是干了一票大的，传出去足以捅破天，对于皇极崖不利，所以一定要暂时保密。

李牧、小九和袁吼是一条战线上的。

剩下的人，小辰皇相对好控制。

而这个夏静嘛，来历不明，暂时是盟友，谁知道以后会不会反水。

“嗯……”李牧沉吟着看向夏静。

夏静这么多年什么风浪没有见过，此时也不禁被气的差点儿背过气去。

有这么当面商量灭口的吗？

这只蠢狗，一点儿怜香惜玉都不懂吗？

而且木牧这个混蛋，什么反应，竟然犹豫？

难道是真的要杀人灭口？

还好李牧最后否决了小九的提议，道："我们现在还是盟友，怎么能杀害盟友呢？就算是要灭口，也要等到同盟关系破裂了再说啊。"

小九鄙夷地道："反正你也不打算和她交配，留着作甚？"

袁吼哼了一声，看着小九。

小九心中一凛，对于这只臭猴子，狗子现在是有点儿忌惮的，于是道："好啦好啦，留着就留着呗……反正这种小事，人宠你自己做主就好了。"

夏静在一边听得简直是啼笑皆非。

她看向李牧，道："你刚才犹豫，是不是觉得，我也是今日设计伏杀你的一员？"

李牧人畜无害地笑了起来："怎么会呢。"

但实际上，他考虑过这种可能。

因为地图是她提供的，孔刃发出邀请的时候，李牧用眼神询问夏静，她也暗示了孔刃可以信任，然后再来到了这个石殿。

甚至在刚才战斗还未结束的某几个瞬间，李牧在猜测，就站在自己身侧靠后位置的夏静，会不会突然出手，突袭自己。

而最终没有出手的原因，仅仅只是并无把握得手。

当然，只是猜测而已。

夏静洞悉人心的本事很强，隐约感觉到了一些，道："你放心，我卖过很多人，但不会卖你，因为我发现你真的是浑身藏宝，宝藏男子啊，呵呵，暂时还没有人，能够出得起价钱。"

收拾打扫战场。

所有的一切尸体都以大日仙火焚烧。

李牧将石殿内的各种禁制，全部都破掉，然后走出了这个隐蔽石殿，回到了神隐小道上。

那颗铁树恢复了原来的形状，浮光之门关闭。

“走吧，得赶时间了。”

李牧道。

一行人加快速度。

一个时辰之后，走出了神隐小道。

小道的尽头，是一片树林。

远看着不大，但进入其中，才发现郁郁苍苍，幽静无声，林荫的昏暗仿佛是可以吞噬一切光芒，目光无法穿透密林，行走在其中，很容易迷失方向，要比远看起来大了数倍。

树林中的树木，与之前神隐小道的铁木又有不同，是一种李牧从未见过的怪树，树皮光华宛如金属面，枝干似是刀剑一般，直来直去，暗青色的树叶倒垂下来，仿佛是一柄柄到悬在指头的小剑一般。

“这里便是埋剑林了。”

夏静道。

李牧点头，若有所思。

按照地图上的信息所示，埋剑林也是四明仙府之中一个极为重要的埋藏宝物地点，疑似藏有仙髓。

李牧抬脚踢了踢小九的屁股，道：“动起来。”

小九汪地叫起来，反嘴就朝着李牧的脚踝一口咬去，没咬到，这才不甘心地耸动鼻头，在空气中嗅了起来。

袁吼反手又拔了一把自己身上的毫毛，掌心一吹，便变化出来数百只猿猴分身，每一尊实力约有他真身的一二成，灵活无比地在这片树林里搜寻了起来。

李牧眉心一道竖眼开启，无形的法眼之光，扫视这片森林。

他总觉得，这些数，非常怪异。

埋剑林，顾名思义，此处应当是当年四明仙王埋剑之地，或许是时间太长，深埋在地下的仙剑，剑气外泄，导致这片树林里的树木吸收剑气产生了变异，所以应该称之为……恩，剑树？

李牧如今表面上的身份，是一个剑修。

他掌心一引。

嗖嗖嗖。

数百片小剑一般的树叶，飞射而来，悬在掌心上空，真如仙剑一般，呼啸纵横，稍微注入大日黄金剑意，便有铮铮剑鸣之声响起，金戈血煞气息流转，无尽杀意弥漫。

再多注入大日黄金剑意，越一成左右的时候，这些树叶就无法承受，嘭地一声，燃烧起来，化作火光弥散在空中。

“有意思。”

李牧的脸上，浮现出了笑意。

能够承受他如今的一成剑意，这已经算是次一品仙器了吧？

这个树林中，这么多的树，这么多的树叶，若是剑道强者在其中，足以发挥出其他地方数倍的威力。

“公子，右前方，百里外，有战斗，似是仙庭的人，正在围剿几个难缠的对手。”

袁吼突然开口。

他随时可以切换分身的视角，发现了动静之后，第一时间汇报。

李牧心中一动。

莫非是方天翼的身份被发现了？

“走，去看看。”

一行人极速前进。

## 第1242章 方天翼

等李牧等人赶到的时候，地面上，已经是一地尸体。

死的都是万仙盟仙庭的人。

从衣着上可以判断出来。

这些死者，李牧在四明仙府之外并未见过。

“看起来，事情并不简单。”李牧道：“这些仙庭强者，应该是秘密潜入，很显然，在我们眼睛看到的之外，还有暗流涌动。”

夏静看了李牧一眼，道：“看来万仙盟仙庭对于方剑身的重视程度，要比想象中更大……不过，刚才与这些仙庭强者交手的，应该不是方剑神。”

“哦？说说理由。”

李牧道。

此时，战场周围的虚空之中，还涌动着一种极为可怕的剑道气息，显然刚才杀人的，乃是一位剑道强者。

这剑道气息，乃是李牧生平仅见，和沧海派的剑道相比，也是丝毫不逊色。

李牧本以为，这便是剑神方天翼的剑道。

夏静道：“我见过方剑神出手，剑道气息，似是昊日烈阳，最为刚猛，一往无前，而此地残存的剑道气息，阴阳调和，刚柔相济，虽然也是一种不亚于方剑神的剑道神通，但却截然相反。”

李牧想起夏静说过，她乃是乱军出身，不由心中好奇，难道这个女人，与方天翼乃是同一脉？

正思忖之间，突然远处数道强大气息，席卷而来。

嗖嗖嗖！

数十道人影落下，第一时间，四面一包，将李牧几人，包围在了其中。

“乱军贼子，还不束手就擒？”

一声大喝。

一尊身穿着仙庭甲胄的神将，目光如刀似剑，先将巅峰级别的威压，扑面而来，令这片剑木树林，都震荡了起来。

其他数十人，皆是甲胄在身，天兵天将的打扮。

万仙盟仙庭的人。

“在下月川府皇极崖木牧。”李牧面色平静，行礼道：“这位大人，是不是误会了什么，我们几个，也是刚到。”

“嗯？你就是木牧？”那仙将面色稍微一缓，上下打量李牧，道：“本座月川府仙庭仙主梁书情，你何以在此？”

李牧闻言，心中一震。

此人便是月川府的仙庭小仙主？

东圣洲共有三十六府，每一府都有万仙盟的仙庭分部，掌管分部者，被称之为小仙主，那是州府之内，身份地位最高之人，如皇帝一般，高高在上。

在月川府之中，虽然有玄感宗，东煌神朝和炼妖阁这样的三大巨头，堪称府内顶级，但是和仙庭分部比起来，那还是差得远。

州府内，顶级势力是土皇帝。

而小仙主则是真皇帝。

当年皇极崖与东玄仙门大战，李牧反攻进入到了东玄仙门境内，东玄仙门还曾向仙庭哭诉，要严惩李牧，如向家长告状的小孩子一样。

这便是仙庭分部的地位。

它可以确定很多事情，是否合法。

李牧不是没有听说过月川府仙庭分部的小仙主。

但今天还是第一次见。

“原来是仙主大人，木牧见过大人。”李牧拱手行礼。

夏静也行礼。

梁书情看着李牧，冷冷一笑，道：“怎么？到本座麾下，当已经牙将，还屈待你了？”

之前他派鹤辰子招揽李牧，许以兵府牙将的职位，结果被李牧拒绝，鹤辰子招揽失败，回到仙庭之后，为了推卸责任，大致上说了李牧桀骜难驯，目无仙庭仙主之类的话，所以这位小仙主，对于李牧，就没有什么好感了。

李牧闻言，淡淡一笑，也不反驳，道："是的。"

梁书情："？？？"

他简直以为自己听错了。

这么直接？

其他仙庭分部的战将，也都一愣。

鹤辰子说这个木牧桀骜，今日一见，哪里是桀骜，原来竟是一个不知道天高地厚的愣头青。

梁书情一愣之后，不由得又仔细打量了李牧几眼。

李牧淡淡地道："大人日后便会知道，木牧的本事，当得上更高的职位。"

梁书情哼了一声，不置可否，目光一转，扫视一圈周围战场中狼藉的尸体。

一位神将早就将这里仔细检查了一遍，道："大人，曹川府那位和麾下的神将，尽墨于此处了。"

"曹锦文自命不凡，和本座斗法多年，这一次他却是赢了，走在了本座的前面，呵呵呵。"月川府小仙主梁书情淡淡地道。

他越过李牧，来到了战场遗迹中央，仔细感应了片刻。

月川府和曹川府相邻，两大仙庭分部之间，算是同僚，但也有彼此之间的明争暗斗。

听到同僚的死讯，他心中并无多少悲恸。

死了一个竞争对手而已。

仔细观察现场片刻之后，梁书情的注意力，又回到了李牧的身上，道："很强大的剑道气息，的确是令人侧目……对了，木牧帝师，我记得，你也是一个剑道强者吧。"

李牧道："仙主大人觉得，我有实力斩杀这么多仙庭的强者而不留活口吗？"

梁书情冷淡地笑了："这一次，你倒是没有过于狂妄。"

李牧道："我从来不觉得自己狂妄，我只说我能做的，只做我说过的。"

“但是，谁知道你有没有隐藏实力？”梁书情面色骤然阴冷起来。

无形的杀气，瞬间从每一个仙庭兵将的眼神中散发出来。

这一次执行的任务，非常危险，所以梁书情带来的人，都是月川府天庭分部中最为精锐强横的兵将，也最为忠心耿耿，他的一句话，都足以让这些兵将，做出最正确的反应。

李牧道：“大人莫不是想要试试？”

怂个屁啊。

李牧不介意再收割一波。

“哈哈哈，好，有胆气。”梁书情突然大笑了起来，道：“不错，如今的年轻人中，很少出现这样有胆气的人了，我很欣赏。”

喜怒无常。

仙府兵将们的杀气，瞬间消失。

李牧面无表情。

梁书情又道：“接下来，你就跟着本座身边吧，只要你能表现出来足够的本事，那本座就算是给你一个兵府主将之位，也不是不可能。”

李牧心中冷笑。

跟在他的身边，还如何争夺宝贝？

仙髓到手，不得让这个小仙主分一杯羹？

总不能再杀人灭口吧。

那也太丧心病狂了。

而且，所谓的在身边跟随，摆明了是还不完全信任自己，所以才要随时随地监视……这个月川府的小仙主，是一个老阴逼。

不过李牧如今大有底气，当然不会被他拿捏住。

“抱歉，在下另有要事，恕不能相随。”李牧毫不犹豫地直接拒绝。

“你敢拒绝我？”梁书情惊中带怒。

李牧道：“在下并非是妖庭天将，就算是拒绝大人，也不为罪。”

梁书情这才认认真真地打量李牧，沉声道：“你知不知道，得罪本座的后果是什么？”

李牧此时，心中也渐不耐起来。

今日在这里，耽误的时间已经够多了。

找仙髓要紧。

“拭目以待。”

李牧丢下一句话，身形一闪，带着夏静等人，直接离开，其他仙庭兵将，根本来不及反应阻拦，李牧已经消失不见了。

“简直找死。”

梁书情几乎是从牙齿缝里崩出这四个字。

自从他成为月川府仙庭小仙主之后，有多久时间，没有被人如此顶撞过了？何况还是一个月川府境内的小势力中人。

他的表情，逐渐舒缓下来。

但心中的杀意，却是前所未有的炙热。

梁书情下定决心，此间事了，一定要让这个狂妄的蠢货，付出血与泪的代价，让他后悔的捶胸顿足，下跪乞饶。

……

“大人，这里是一处疑穴，其中并无仙髓。”

一名身形瘦高的彪悍年轻人，恭敬地道。

他汇报的对象，是一位剑眉星目的年轻人。

这年轻人看起来似乎只有十八九岁，一袭白衫，素洁如雪，不染丝毫的尘埃，身形修长，身线优美，腰间悬着一柄白玉长剑，造型古朴，脸上不怒自威，带着一种温润气息，但却不知不觉之间，令人生畏。

“呵呵，是疑穴也正常，毕竟四明仙王当年，也是出了名的狡兔三窟。”年轻人从容不迫地道：“既然来了，就慢慢找，我方天翼有的是时间和耐心。”

仙界剑神方天翼。

这年轻英俊的有些过分的白衣人，便是令整个万仙盟仙庭都头疼棘手的乱军支柱之一的剑神方天翼。

他的身边，跟随着八个同样年轻的侍卫，四男四女，彪悍精勇，表面上看起来不过是金仙，但真正的实力深不可测。

“大人，好像又有人靠近过来了。”

一位耳朵比正常人大了一倍的护卫，耳尖耸动，道：“是仙庭的人。”

方天翼淡淡一笑，道：“流苏，你去吧，给我杀了。”

四名女护卫中一位身形高挑的清秀女子点头，道：“遵命。”

她身形飘飞而出。

片刻之后返还，道：“是英星府天庭兵府统帅庄不用和麾下的十大主将，都已经伏诛了。”

方天翼点点头，道：“这个庄不用，双手沾满了我们兄弟姐妹的鲜血，这一次，想必是听说我来到了四明仙府，所以才带人赶来，想要立功……呵呵，苍耳，夜明，你们两个留下来，把这埋剑林都搜一遍，遇到天庭的人，只要是镇压我们卖力的，都杀了，送上门来的生意，不做白不做。”

那耳朵巨大的男护卫，和另外一名眼睛中闪烁着晶石光芒的女护卫，异口同声地道：“遵命。”

## 第1243章 似曾相识的人形巨像

接下来的两日多时间里，李牧等人，走遍了埋剑林、提刀岭和捉笔山，先后寻到了不少的仙晶和仙矿，数量并不比在神隐小道那个隐蔽石殿之所得少，也算是发了横财。

但真正的至宝仙髓，却是并未找到。

不但是李牧等人未曾找到，其他各方势力，都没有发现。

四明仙府的内部世界不小，但对于各方仙道强者们来说，却依旧不算是什么，两日时间，足够所有人将四明仙府除了太皇殿之外的地方，都地毯式地搜索了一遍。

这期间，不同势力之间，又爆发了数次的战斗。

虽然大体上各方都很克制，但因为一旦涉及到夺宝，再理性的人都很容易失控，所以还是有一些仙道强者，在夺宝战斗之中牺牲。

至于暗中涌动的波涛和刺杀，就更是难以计数。

两日时间里，进入四明仙府的各方仙道强者，折损了至少一半左右的人数。

这其中，李牧贡献颇大。

死在他手中的仙道强者，占了三分之一。

当然，都是低调完成。

李牧每次都是能不出手就不出手，一旦出手，绝不留活口。

所以到现在，各大势力的强者们，实际上还并不知道，他们以为是混进狼群的那只‘哈士奇’，实际上是一头吃人不吐骨头的真正的史前巨鳄。

再过一日。

除了太皇殿之外的所有地方，都被近乎于挖地三尺一样地探索了数十遍，所有的仙境、甲胄、仙器和仙金等藏宝，都被搜了个精光，各归其主。

所有人都确定了一件事情——

仙髓，必定就是在太皇殿中。

太皇帝是四明仙府最后一处禁地。

也是四明仙府的核心之地。

之所以一直都没有人进去，是因为在太皇殿外围，此时依旧弥漫着一层层的仙道迷雾。

这种迷雾极为可怕，不是四明仙王所造，而是许多年代久远的遗址之中，自然出现的雾霾，传闻就连仙君及的强者，一旦陷入其中，也会迷失神智发狂而死。

混沌迷雾霾气，是遗址探索开荒的最大障碍。

不管实力多高，也无法破开。

如今，约有近百名的仙道强者，如等待骨头的鬣狗一样，都等待在太皇殿外围，等待仙道迷雾散去。

其中就有李牧一行。

很多人看到李牧时的目光，是颇为惊讶的。

因为皇极崖小皇帝和李牧这种组合，不论从哪个方面来说，都弱爆了，是诸多势力组合之中，作为弱势的一方，且还有东玄仙门，甘霖山等虎视眈眈的仇敌，按理来说，早就该被无声无息地‘处理’掉了才是。

但竟然活了下来。

看起来还获得不错。

运气真好。

各方都在心里叹了这么一句。

一直到月川府仙庭小仙主梁书情到来，看了一眼李牧，呵呵笑道：“木帝师还真的是好手段啊，孔刃，周云海，炼妖阁主都拿你没有办法，至今还未现身，怕是被你除掉了吧。”

其他众人闻言，心中陡然一惊。

经过梁书情提醒，他们也猛然意识到了，自己之前的想法，有点儿不对。

如此恶劣凶险的环境之中，能够存活下来，岂是易与之辈？

难道甘霖山、东玄仙门、东煌神朝、炼妖阁，玄感宗这些大宗，都栽在了木牧的手中？

匪夷所思。

但却细思极恐。

李牧看了梁书情一眼，知道此人睚眦必报，这是在故意把焦点往他的身上引。

但李牧并不怎么在乎。

也不搭理。

梁书情淡淡一笑，道："我听随从说，你们收到了好几个隐蔽藏宝点，得了不少的宝贝？呵呵，少年人意气奋发，连气运都眷顾着呢，这一次四明仙府之行，就算是没有得到仙髓，木帝师也是发了一笔横财吧，令本座，也都有些羡慕呢。"

诸大仙道势力强者们的眼神一亮，看向李牧的目光中，就有了几分炙热。

这个皇极崖的小帝师，真的发了财？

极有可能。

如此这般突然爆发的后辈，运气所钟，往往在寻宝过程中，会有奇遇，也许此时木牧等人的身上，真的有巨额财宝？

李牧扭头看了一眼梁书情，在心里为此人大大地写了一个死字，然后不再说话。

一天之后，太皇殿之外的仙道迷雾霾气，逐渐消散。

李牧在人群中找了一圈，也未见到疑似方天翼的人影。

轰隆隆！

一阵低沉雷鸣般的声音响起。

露出了庐山真面目的太皇殿，大门缓缓地朝外掀开。

淡蓝色的寒气，从其中喷发出来。

几个心急的金仙级仙道强者，靠的太近了一点，没有来得及反应，就被这寒潮喷中，直接变成了冰雕，肉身和元神，同时被灭杀。

所有人都是大惊。

等到这淡蓝色寒气喷发殆尽之后，人影如流光，纷纷朝着太皇殿中冲去。

小九嗷嗷叫着，也要冲，结果尾巴被李牧一脚踩住了，怒吼一声，回头就朝着李牧的脚踝咬去。

李牧捏住小九的嘴巴，道：“不着急，看看情况再说。”

小九嘴巴没有办法张开，呜呜咽咽地怒吼：“仙髓……被人……抢……”

李牧道：“万一殿中有杀阵禁制呢？四明仙王不是一个善茬，何况，仙髓这种宝物，不是随便什么阿猫阿狗就可以得到的，万一被人抢了，我们堵在门口，再抢回来就好了。”

小九突然觉得李牧说的很有道理：“好吧，就听你的……”

李牧送开口。

小九嗖地一声，化作一道流光冲进了太皇殿。

李牧：“卧槽？”

这只贪婪的死狗。

夏静却是不动声色地距离李牧远了一点。

这段时间的接触，李牧的言行，简直彻底颠覆了她之前对于李牧的判断。

这个男人，可不是什么纯良有原则的仙道隐世。

根本就是一个腹黑狡诈的狼人。

嗖嗖嗖！

一道道人影，冲向太皇殿。

前期冲进去的十多人已经深入，并未有什么杀阵禁制爆发，暂时看起来是安全的，之前一些心存警惕的人，也忍不住了。

“走。”

李牧带着夏静和小辰皇，进入了太皇殿。

这座大殿的外观，足有数千米高，似是巨人居住的神殿一样，大殿内部并无空间之类的阵法，空旷无比，似是一个巨大的广场。

暗红色的石柱宛如撑天一般，将千米之上的穹顶撑住。

人走在柱子旁边，渺小宛如蝼蚁一样。

太皇宫太过于巨大，似不是为正常人准备。

一尊尊奇异的雕像，在大殿之内耸立，都是握剑持戟的武士形象，颇为威严，分列在暗红色巨柱之下，仿佛是两行忠诚的卫兵一样。

太皇殿是封闭式的，并无窗户和侧门，穹顶亦密不透风。

但里面的光线，非常璀璨。

太阳一般的光线，从大殿深处发射出来，极为刺目。

“是仙髓的气息。”

夏静脸上带着惊喜道。

整个太皇殿中，弥漫着仙髓的气息。

这种气息太特别了，与仙晶、仙器、仙矿和仙金等宝物既然不同，而是一种富有生命气息的、浩瀚恢弘的仙道气息，令人心醉神迷。

下一瞬间，李牧等人，已经来到了大殿中央。

一尊千米之高的巨大雕像，矗立在最中央。

之前进来的所有人，包括小九，也都站在这尊巨型人像之下。

一种强大而又骇人的气息，萦绕在这巨像周围。

肉眼可见的一层银色光罩，时隐时现。

之前已经有仙道强者尝试过，破开这一层光罩，但失败了。

整个大殿之中，除了这尊巨型雕像之外，其他地方，都是空荡荡，没有什么特别之处。

尤其是，仙髓的力量，正是从这雕像的体内散发出来，所以几乎可以肯定，这巨型人像，与仙髓有关系。

李牧走过来，仔细观察。

这是一位面目英俊，身形修长魁梧的男子的雕像，通体以一块罕见的巨大琼仙暖玉雕琢而成，晶莹温润，惟妙惟肖，栩栩如生，尤其是他的双眸，绽放出璀璨神光，整个太皇殿的光明，正是从这尊巨大雕像的双眸中释放出来。

李牧仰望这雕像，心中略微古怪。

似是在哪里见到过？

面目有些熟悉。

再仔细看时，突然想起来。

自己初至仙界，误入沧海宗的遗址，在遗址的中央神殿之前，看到了一块完整的万仙图，图中有五位仙人，位列一起，接受万仙顶礼膜拜，而站在C位的那位核心男子，与这太皇殿的巨大雕像，岂不是一模一样？

绝对是同一个人。

突然——

银色光散淡去了。

力场消失。

“仙髓在那里……”

一尊半步仙将级强者，惊呼着，飞射而起，疯狂地朝着巨型雕像的眼睛部位飞去。

而李牧这时也已经看出来，这尊雕像绽放神光的璀璨双眸，瞳仁部位，镶嵌的便是两团仙髓。

那璀璨刺目的光明，正是这两团仙髓释放出来。

轰轰！

血雾暴起。

那几乎已经飞到了巨像眼睛前的仙道强者，被同时袭来的十几道流光击中，粉身碎骨，当场陨落。

而下一瞬间，又有无数道流光，疯狂地朝着巨像瞳孔冲去。

仙髓近在眼前，谁人不动心？

小九亦冲射过去。

李牧也正要出手，突然，异变骤生。

IG的冠军皮肤出来了，想作为礼物赠送一些兄弟，具体怎么抽奖，还在思索中，有兄弟感兴趣吗？或者是复联四的电影票？

## 第1244章 十大

那巨型人像突然活了一样，啪地一掌拍下来，像是拍苍蝇一样，就将十几个仙道强者，直接拍飞出去，狠狠地撞在了远处的巨型石柱上。

轰！

其中一个金仙巅峰强者，当场就被拍成了肉饼，元神离体而出，一脸惊骇懵逼。

其他几个，也都是瞬间就重伤。

不对。

李牧也感觉到了危机。

他第一时间拉着夏静和小辰皇后退。

袁吼和小九也是反应极快地躲开。

那巨型人像一脚踩在了几人之前站着的位置，又有一名仙道强者，猝不及防之下，直接被踩成了一摊血泥，也只剩下了元神逃逸出来。

“人像活了。”

“不好，有陷阱。”

“退，快退。”

仓促间的交手，巨型人像展现出了恐怖的实力，摧枯拉朽一般，将进入太皇殿的一众强者，宛如撵鸡捉兔一般一顿乱打，竟是没有人能够挡得住他的一击之力。

到最后，短短一盏茶时间里，各方强者的抵抗就彻底崩溃，在丢下了数十具的尸体之后，仓皇地逃出了太皇殿。

就连皮糙肉厚的小九，不信邪地在尝试吞噬巨型人像失败之后，被一巴掌拍了出来，糊在了外面地上，像是一团白色面饼一样。

李牧将它拎起来。

“汪，好强，不是对手。”

蠢狗夹着尾巴，甩着脑袋，有点儿怂了。

好在那巨型人像，并未追出太皇殿。

追到太皇殿大门口，它冷冷地‘看’了众人几眼之后，又返回到大殿中央，摆了一个姿势站定，那银色的光罩出现，似是又变成了雕像一样，静止不动。

各方仙道强者，站在太皇殿之外，惊魂未定。

这尊巨型人像刚才展露出来的实力，最低也是仙王境界，甚至有可能还在这一境界以上。

摧枯拉朽。

在场众人，不管实力高低，都无一人可以挡其正面一击。

眼看着仙髓现踪，却无法到手，各方都是有点儿傻眼。

“你们看出来了吗？这巨型人像的面目，分明是昔日的牧云仙主。”

一个须发苍白的老者，惊魂未定地道。

所有人的脸色，一下子变得比吃屎了还难看。

“呸，慎言，什么仙主？牧云老贼。”

有人立刻反驳道。

苍发老者反应过来，立刻点头道：“是是是，牧云老贼，我一时太过震惊，失言了……”

他看向仙庭一些强者，面色忌惮无比。

梁书情还有其他州府的几个仙主，都冷笑着，盯着苍发老者冷笑。

‘牧云仙主’这四个字，在万仙盟是禁忌。

哪怕是随便提一嘴，都不行。

万仙盟更希望这个名字，永远地湮灭消失在历史长河之中，而不是还有人记在心里。

苍发老者心惊胆战，连忙又极为诚恳地向几个小仙主解释，但都没有得到回答，仙庭兵将们，只是冷笑着看着他。

其他人也都用同情的眼神，看着苍发老者。

这个人完了。

就算是眼下几个小仙主都无暇动手，但等到四明仙府事了，苍发老者的亲戚族人，连同至交好友，只怕是都得被狠狠地清洗一遍。

万仙盟的手段，何其可怕。

刚才开口提醒苍发老者的那人，也立刻远远地与他拉开了距离，一副关系并不是很好的样子。

李牧看在眼里，心中略有所思。

“四明仙王的仙府中，为何会有当年牧云仙……牧云罪人的雕塑？”

“莫非四明老贼，竟然也是牧云老贼的余孽不成？”

“从未听说过这样的消息端倪。”

众人喘息着，议论，并不敢信就此退去。

李牧面带询问地看向夏静。

夏静悄悄地传音，道：“仙崩时代之前，仙界有共主，叫做牧云仙帝，曾经主宰着整个仙界，号令天下，莫敢不从，传闻仙崩大爆炸，就是牧云仙帝修炼某种功法导致的，之后便成为了仙界罪魁，凡是与其有关的人和势力，都被定位孽罪遗民，不为仙界所容，被万仙盟仙庭所追杀。”

因为时机场合不对，所以夏静也没有说太多。

但李牧却是一下子，明白了很多一直困扰在心中的疑问。

“这巨型人像体内，并无任何的傀儡阵法催动，乃是因为那两团仙髓，长年累月悬于其眼眸之内，令石像生灵，才会有如此可怕的实力，若是能够将仙髓取出，便可以使其灵气尽丧，再无战力。”

有人大声地道。

但话音未落，又有人嗤笑着道：“如何击败？这老贼雕塑，能量之源就是仙髓，只要仙髓在其眼眶内，便是无敌的，想要取仙髓，必先将其击败。”

这是个悖论。

想要击败巨型人像，需取出仙髓。

想取出仙髓，需击败巨型人像。

李牧在心里计算了一下，发现就算是自己和小九、袁吼联手，也未必可以将这巨型人像击败。

况且哪怕是不惜一切代价，侥幸成功，到那时，自己的战力，还剩下多少？

到时候，余力不多，别说是保护小辰皇和夏静，就连自己，能不能活着从这四明仙府中走出去，都是一个问题。

所以李牧很清楚地知道，现在不是逞强的时候。

只需要跟在大部队后面，划水摸鱼就行了。

最后关头，再出手也不迟。

于是一群人，在太皇殿外各种商议，陆续又有人提出了主意，先后进入太皇殿尝试，结果都以失败告终，又丢下十几具尸体，从里面逃了出来。

到了这个时候，李牧还未看到疑似方天翼等人的出现。

“只有大家一起联手了。”一个身穿青袍，脸佩面具的女子走出来，催声道：“两团仙髓，至少也有十滴左右，我们联手将仙髓取出，然后再分配，否则，等到混沌迷雾霾气卷土再来，我们就只能无功而返了。”

这女人身段窈窕玲珑，气质出尘，脸上的面具是青色的狐脸造型，脖颈和手掌裸露的部分，白皙如玉，散发莹光，自有一股慑人的美丽。

只看身段和肌肤，再听声音，就足以让人知道，这是一个风华绝代的大美人。

李牧有一种奇怪的直觉，这个女人的容貌风情，就算是比之自己身边的【极乐仙子】夏静，也是丝毫不遑多让。

至于这女人的实力，李牧没开法眼，所以暂时看不透。

“原来是青丘山的【青衣女仙】，呵呵，女仙说得对，事到如今，只有我们一起，齐心协力了，否则，到最后，大家都是竹篮打水一场空。”

一位面目儒雅的中年男子站出来道。

夏静传音道：“此人是寒星府顶级势力明灭仙门的掌教明步初，百年之前晋入仙将境界。”

李牧点点头。

这时，月川府小仙主梁书情淡淡一笑，道：“道理的确如此，但如今，太皇殿外，还有二十三家势力，若是联手的话，十余滴仙髓，可不够分啊。”

说着，目光有意无意地看向李牧。

李牧冷笑不语。

【青衣女仙】道：“这好办，以我的计算，若是诸位真正全力以赴出手、精诚配合、分工协作的话，只需要十大势力，就有击败那人像的希望，所以，我们只需要选出十大强者即可，至于其他的人，实力不足，只好往后退了。”

此话一出，众人面色，都是一变。

“哈哈哈，妙极妙极。”一个头戴方巾，读书人打扮的秀士，用折扇拍打着掌心鼓掌，道：“我与青衣女仙所见略同，呵呵，既如此，我夺命仙宗占据十方一席，没有人有意见吧。”

周围没有反对声。

夏静又暗中传音过来。

这个秀士叫做【笑脸书生】卢川，乃是州府顶级大宗夺命仙宗的掌教，夺命仙宗在其所在的金舟府内，杀戮无度，横行一方，手段残酷，但因为受到万仙盟的庇护，所以安然无恙，这卢川乃是出了名的心狠手辣之辈，凶名在外。

说话之间，又有极大势力的掌教宗主级人物，站了出来，占据十人名额中一位。

再加上梁书情等四个州府小仙主，最终有几个名额，已经确定，还剩下最后一个。

这九大强者，都是如今太皇殿之外，势力、修为最强者，地位最高，别人几乎都难以与之抗衡。

“呵呵，剩下的这最后一个名额，我一剑宗要了。”一名身着玄色劲装仙衣，面目清癯凛冽的年轻人站出来，笑呵呵地道。

李牧闻言，心中骤然一动，目光就盯住了这个中年人。

一剑宗？

这人竟然出身一剑宗？

之前还真是未曾注意到。

入侵混沌世界的仙道势力三十六部，一剑宗与皇极崖，东玄仙门一样，是其中五大三流势力之一，放在仙界，也算是州府级的大宗门。

这还真的时踏破铁鞋无觅处，得来全不费工夫。

“呵呵，一剑宗有什么资格，进入十大？”风雨谷掌门立刻就出声反驳。

一剑宗与皇极崖，东玄仙门相当，和甘霖山、东煌神朝这种州府顶级宗门相比，略差，想要占据十大之一，自然是会引起别人不服。

除了风雨谷，还有几个仙道宗门，亦是开口反对。

那位一剑宗的年轻人，微微一笑，道："我的名字，叫做剑无双。"

一切质疑之声，戛然而止。

风雨谷宗主等开口质疑的人，瞬间就紧紧地闭住了嘴巴，面色极其不自然，纷纷低头，拱手后退。

李牧心中的好奇，立刻就浮了起来。

有故事啊。

夏静传音过来，却不是在解释剑无双的来历，而是问道："你不争取十大名额？"

李牧还未开口，就听一边的蠢狗小九，已经破口大骂出声，道："汪，一剑宗算个卵子，老子还未开口，你们就私定十大？给你们十息的时间，自己踢掉一个，让出名额来，否则……呜呜呜。"

说到最后，它的嘴巴，突然被李牧捂住捏住了。

"不好意思，我家狗没有看好，跑出来胡说八道，十大名额，我们不争，不争，呵呵呵呵……"李牧拽着蠢狗往后走，一边笑嘻嘻地对梁书情等十大强者道。

"放开汪……呜呜，我想……"蠢狗挣扎着。

李牧连忙道："不，你不想。"

## 第1245章 吓疯了？

李牧倒拖着小九，将它往后拖去。

小九张牙舞爪地挣扎，但却挣脱不出去。

袁吼自然是一切都听李牧的，也往后退。

夏静有点儿无法相信，压低了声音凑过去，道：“真的要放弃仙髓？”

李牧一本正经地道：“是啊，对手太强，抢不过，没必要白白送死，反正我们这一次来四明仙府已经收获很多了。”

夏静将信将疑地看着李牧。

不对啊。

这不符合他的人设啊。

“呵呵，还算你有点儿自知之明。”梁书情一脸的鄙夷，看了李牧一眼。

夺命宗掌教卢川也轻笑道：“怪不得你实力明明最低，却可以活到现在……不过，这么怕死，不如回家去当你的帝师好了，丢人现眼。”

明步初并不怎么将李牧放在眼里，如对路边的蝼蚁一样，直接无视，转而对其他人道：“各位，事不宜迟，我们这就进入太皇殿，以免社长梦多。”

“好。”【青衣女仙】看了李牧一眼，收回眼神，声音清脆地道。

十大强者化作流光，再度进入太皇殿。

殿外剩下大约三十多名强者，只能在这里等候。

虽然眼热宝物，但若是违背了这十大强者的意志，后果会非常可怕。

因为这十人，不仅仅时此时所有人中实力最强者，也是背后势力最庞大者。

轰隆！

可怕的战斗爆裂之声，瞬间从太皇殿中传出。

远远地隔着大门，可以看到太皇殿之中，各种颜色的仙光，可怕的能量波动，以及呼啸着的仙器等等，在太皇殿中疯狂地碰撞着。

整个巨型大殿，似乎都在震动，如要坍塌。

所有人的目光，都被吸引。

唯有小九心中，还非常的不满意。

“人宠，放开我……你怎么突然之间变得这么怂？”

小九埋怨着。

李牧故意压低了声音，道：“反正我们已经得到了数十万斤的仙晶、现金和各种宝物，收获巨大，没有必要，再去蹚浑水争仙髓，人心不足蛇吞象，别到时候两手空空，反而得不偿失。”

但周围的各大势力强者，听力何其敏锐，顿时就将这话，都听了个清清楚楚。

数十道炙热的目光，一下子就落在了李牧的身上。

数十万斤仙晶？

这可是一笔巨额财富啊。

便是许多顶级势力，也不外呼是拥有这样的财富吧。

一些人的心中，瞬间就有了想法。

夏静一看气氛不对，连忙咳嗽了一声，暗暗提醒李牧。

李牧却像是没有听到一样。

顿了顿，他才似是反应过来一样，感觉到周围的目光不善，才感觉到了害怕，于是继续压低声音，凑到蠢狗的耳边，道：“别闹了……反正已经收获巨大，不如我们就此离开吧，万一被人盯上就不好了。”

小九呆了呆，似是被李牧说动了一样，脸上浮现出担心之色，道：“也好，知足常乐。”

说着，李牧一行，就准备离开了。

“呵呵，这位小兄弟，且等一等。”突然，一位明灭仙宗的长老，笑呵呵地抬手拦住了李牧等人。

“你是谁？拦我何事？”李牧警惕地道。

“老夫明灭仙宗明奇，木牧是吧？小兄弟，老夫最近手头略紧，需要一批仙晶过度，不知道小友能否借我五万仙晶，丁当感激不尽。”

这位明灭仙宗的长老，一脸诚恳地道。

妈卖批。

甘梨娘。

这不就是明抢吗？

李牧强忍着要笑出来的冲动，瞪大了眼睛，一脸无辜地道：“对不起，不认识，不借。”

“呵呵，这就是木小友你的不对了，”另一个同样也是一身书生装束的中年人，拍打着折扇，走出来，道：“借而已，又不是抢，何必不成人之美呢？”

“你又是谁？”李牧盯着他。

这中年书生淡淡地傲然一笑，道：“本座夺命仙宗天堂掌座顾伦，也想要向木小友借几万仙晶，当然，若是仙晶不够，仙金或者是其他仙器啊什么，也都可以。”

李牧道：“顾伦？也没听过，不借。”

“呵呵，借不借，只怕是由不得你了。”寒星府仙庭分部兵府统帅也笑了起来。

他轻轻一挥手。

嗖嗖嗖。

四名兵府主将扇形分开，将退向捉刀岭的路悄无声息地堵住了。

而其他十几位各大仙门的强者，也都笑了起来。

人群不约而同地散开。

李牧等人被包围在了最中间。

“你们……什么意思？”

李牧一脸的惊怒地道。

“呵呵，木牧，匹夫无罪，怀璧其罪，你身上既然有那么多的宝物，不如分出来给我们一些，否则，怕是很难走出这四明仙府啊。”月川府兵府统帅黄炎武淡淡地道。

李牧怒道：“你们……这是明抢，是抢劫。”

“崽种，抢你又如何？”一位仙道强者大声地冷笑道。

“可是……你们……”李牧眼珠子一转，道：“我身上是有些宝物，但你们这么多人，也不够分啊。”

“哈？哈哈哈。”明灭仙宗长老明奇像是看白痴一样，看着李牧，大笑了起来，道：“小家伙，收起你那点儿小心思吧，这种挑拨离间的话，太低级了，对我们没有任何作用。”

夏静斜着眼，看了李牧一眼，心中叹了一口气，红唇开合着，也不知道在向谁说着什么。

李牧看向其他一些无动于衷的人，似是哀求一样，道：“你们……难道你们就不站出来主持一下公道吗？我皇极崖也是万仙盟的一份子……”

“呵呵，公道？实力就是公道。”明奇冷笑道。

夺命仙宗天堂堂主顾伦冷哼了一声，道：“谁敢在老夫面前主持公道？除非他不想活了。”

“既然你不交出宝物，那我们就只好从你的尸体上，将宝物取出来了。”月川府兵府统帅黄炎武冷笑着。

这话，已经是杀机毕露。

李牧数次顶撞月川府小仙主梁书情，被其所恶，黄炎武有心将李牧斩杀，在梁书情面前邀功。

连身为月川府仙庭分部官员的他，都说出这样的话，那其他人，就更加无所顾忌了。

之前几个勉强克制无动于衷的人，一看这样的局势，顿时都冷笑着，加入到了拦截李牧的序列中。

说不定，还可以混一口汤喝。

李牧见状，一脸悲愤。

“你们这些前辈高人，四十多人，竟然联手对付我一个，我……我……我哈哈哈哈……对不起，不是我不配合……实在是……太高兴了，哈哈哈哈哈，忍不住了。”

说到最后，李牧脸上的愤怒悲壮消失无踪，几乎要捂着肚子大笑起来。

仿佛是遇到了天大的喜事。

其他人都是一愣。

怎么回事？

吓疯了。

就在这时，李牧踢了一脚小九的屁股。

小九嗷呜一声，尖叫着就冲了出去。

“汪了个喵的，忍很久了。”

它冲在半空中，身形骤然膨胀起来，瞬间就有数百米高，一爪子拍出去，就将首当其冲的月川府兵府统帅黄炎武，被拍飞了出去。

“汪汪汪！”

独特的怒吼声，然后月川府的四名兵府主将，就被这巨狗一口给吞掉了，只剩下几只腿在嘴角乱甩，但也很快被血红色的舌头一卷，咽了下去。

画面粗暴而又可怕，撼动人的神经。

袁吼也极有默契地在同一时间出手。

黄金战棍燃烧着金色火焰，轰向了夺命仙宗天堂掌座顾伦，轰鸣声中，后者被轰飞出去百米，手中一柄折扇直接被震散，双手虎口簌簌出血，手筋几乎全被震断。

而袁吼怒吼一声，直接现出本相，化作一尊浑身燃烧着黄金火焰的爆猿，黄金棍影重重，五六名金仙级的仙道强者，被他一棍横扫出去，像是稻草人一样飞跌！

“什么？”

“还敢反抗？”

“杀了他们。”

其他反应过来的仙道强者们，勃然大怒，纷纷出手。

“你照顾好陛下。”李牧扭头对夏静道。

夏静见了鬼一样看着李牧，道：“你……你想要干什么？”

李牧单手在虚空之中一抓，化作凤鸣神剑模样的诛仙神刀，出现在掌心里，他嘿嘿一笑，道：“当然是把他们统统都杀了。”

“什……什么？”

夏静的内心是崩溃的。

她难以置信地瞪大了眼睛，以为自己听错了。

原本以为李牧想的是如何逃脱，谁知道竟然是要反杀？

一个人，一只猴子，一条狗，就想要将出去十大强者之外所有的仙道强者，都斩杀在这里？

这是无知者无畏？

还是信心十足？

“呵呵，厦仙子，你也看到了，是他们心中贪婪，非要杀我，我迫不得已才自卫，不能怪我啊。”

李牧一脸无辜地笑了笑。

然后他身形一动，化作一道白色闪电般的流光，瞬间就飞了出去。

咻咻咻。

剑光破空。

一瞬间，五六颗仙道强者的人头就飞了出去。

李牧的强大实力，在这一瞬间，展现的淋漓尽致。

他的剑下，根本就没有一合之敌。

身形所过之处，仙道强者们不管实力高低，根本都难以接住他一剑之威——一些仙道强者，明明觉得自己挡住了那一道剑光，但是身影交错的瞬间，飞起的，还是他们的头颅。

“啊……”

“这是什么神通？”

“不好！”

局面瞬间的逆转，让一些仙道强者意识到不妙，亡魂大冒，下意识地后撤，想要避开李牧的锋芒。

但那里这么容易？

李牧心中存了杀意，出手再不留情。

他已经是金仙巅峰，半只脚都快踏入到了仙将境界，战力更是超越仙将的存在，而除了十大高手之外，太皇殿的各方强者，实力最强者，也不过是仙将中高阶而已，如何能抗？

剑光闪烁。

仙道强者们的身影，宛如割草一般纷纷倒下。

## 第1246章 开不起玩笑

“怎么可能？”

明灭仙宗长老明伦吓得手脚冰凉。

这一瞬间，李牧表现出来的实力，简直堪比宗主，绝非他所能抵。

该死的。

怎会如此？

一个小小的皇极崖帝师而已，竟有如此实力？

烂泥堆里竟然能够爬出真龙？

咻！

剑光刺至。

明伦抬手抵挡。

但瞬间，只觉得手腕一痛。

仙器长剑连同断手，已经飞了出去。

根本挡不住。

剑光再临体。

“不，你不能杀我……”

明奇惊恐万状，迸发出吃奶的力气，疯狂地后退，但一刀血线从他的左肩迸发出来，整个左臂直接被剑意斩掉。

李牧出手，犹如死神，根本不留情。

“我明灭仙门乃是大宗，你若杀我……”明奇尖叫着。

李牧一脚将他踹翻，踩着他的脑袋，道：“小老弟，我最近手头紧，需要一批仙晶过度，不知道明长老这一次在四明仙府中，有什么收获，能否借我五十万仙晶，丁当感激不尽。”

明奇惊怒愕然：“你……这是在敲诈我？”

李牧一剑刺入其眉心，冷笑着道：“你也知道这不是借而是敲诈？”

大日仙火迸发。

明奇尖叫一声，身形焚化，元神亦燃烧殆尽。

明灭仙门长老，陨落。

“汪，收获时刻开始了。”

小九如一道流光般闪过来，将明奇身上掉落下来的各种宝贝和储物器具，都吞进了肚子里。

李牧身形再动，直接杀向夺命仙宗的天堂掌座顾伦。

剑光一闪。

顾伦直接倒飞出去，身上崩血。

“崽种，你竟敢……”

顾伦又惊又怒，强压伤势，咬牙切齿地后退飞逃。

但李牧施展筋斗云再加小范围之内的时间错位奥义，速度何等之快，一瞬便追上了他。

“天堂堂主？呵呵，送你上天堂。”

李牧施展沧海派剑术中的杀招。

凤鸣神剑五色神光一闪。

顾伦的人头，带着一脸的不甘和狰狞，直接就飞了起来。

金色仙火焚烧，熊熊如日，瞬间这位夺命仙宗天堂掌座就化作了一团飞灰，消散在了虚空之中。

天堂掌座，真的去了天堂。

他身上储存着的各种宝物和器具，也哗啦啦下雨一样坠落下来。

小九飞射而至，张口全部都吞进肚子里。

而李牧身形再动。

他闲庭信步一样，看似不疾不徐地行走虚空，但实际上，身形闪烁之快，便是金仙巅峰也根本都反应不过来。

上一瞬还在这边，下一瞬间，就在千米之外。

许多仙道强者，四散而逃，但根本无用。

有些人本觉得已经逃出危险地带，但下一瞬间，只觉得脖颈间一凉，然后熊熊金色火焰，就从身体里冒了出来，吞噬了他们的肉身和元神。

当真如虎踏羊群一样，威不可挡，无一合之敌。

一步杀一人。

千里不留行。

转眼之间，四十多名各方仙道强者，纷纷陨落，所剩不足十个。

李牧身形闪烁，来到了寒星府仙庭兵府统帅跟前。

他连此人的名字，都不知道。

但，都该死。

长剑震动，剑意流转。

这人面带冷笑，极为托大，竟是不抵挡，盯着李牧，厉声喝道："吾乃仙庭之人，木牧，你好大胆，本帅倒是要看看，你是如何杀本帅的，呵呵呵呵……呃？"

话音未落。

人头飞起。

"傻逼。"

李牧骂道。

这个时候摆身份，有什么用？

要是忌惮仙庭的力量，他之前就不会出手了。

战斗到此时，各方仙道宗门的强者们，还剩下不足十人，其中实力最强者，便是月川府仙庭分部兵府统帅黄炎武。

"木……小友，快请停手，这是一个误会。"

黄炎武慌了。

慌得要死。

他做梦都没有想到，这个皇极崖的修士，竟然可怕到了这种程度，也狠辣果决到了这种程度，真的是丧心病狂啊。

打是打不过了。

只能求和了。

“误会？”李牧在虚空中倒拖着滴血的凤鸣神剑，似笑非笑地朝着黄炎武等人逼近。

“是的，误会，绝对的误会，本帅刚才，只是和你开一个玩笑而已……”黄炎武一脸的谄笑。

自从成为月川府仙庭兵府主帅之后，他何曾如此屈辱过？

“那我也和你开一个玩笑吧。”李牧道：“你去死好吗？”

“你……”黄炎武气结，又赔笑道：“呵呵，木小友开玩笑了，你我本可以成为同僚，皇极崖乃是月川府的仙门，我们两个人，可以说是同气连枝，呵呵……”

李牧淡淡地道：“可是你刚才，是要杀我的。”

“那是玩笑，真的是一个小玩笑。”黄炎武用自打娘胎出来以来最诚恳的语气解释着。

李牧道“是吗？那就抱歉了啊，我这个人，开不起玩笑。”

下一瞬间，他直接出手。

“你……”黄炎武的身上，浮现出一个淡黄色的球形光罩，将他保护在其中，挡住了这一击。

嘴上在求饶，但实际上暗中也在准备。

但李牧一剑之下，这淡黄色的护罩，也如琉璃一般破碎。

“退，逃到太皇殿，把消息传给仙主和各大掌教。”黄炎武大声地喝道。

他的身形，已经抢先一步，朝着太皇殿逃去。

这是唯一的生路。

往其他的地方逃，肯定会被李牧拦住。

唯有太皇殿中，有十大高手存在，才可以制止李牧。

但——

“此路不通。”

袁吼化身爆猿，手持黄金长棍，浑身上下都燃烧着黄金色的火焰，挡住了前往太皇殿大门的方向。

早就防着这一手呢。

“木牧，你可知道，你在做什么？”黄炎武厉声道：“你这是在于万仙盟为敌，你……”

嗤。

李牧的剑，已经略过了他的眉心。

一滴血珠，从眉心中沁出来。

然后是金色的火焰。

李牧收剑，一脚将他黄炎武尸体踹落到地面。

小九摇着尾巴飞一般地过来‘舔盒子’。

“木道友，饶命。”

“我们也是被逼不得已。”

“木道友，我曾去过皇极崖，认识皇极崖左中丞肖啸大人……”

剩下六名仙道强者，一看李牧连明奇、顾伦等人，都杀了个干干净净，知道逃也逃不掉了，一个个在半空中跪下来，磕头求饶。

李牧看着他们。

“我给过你们机会的。”

“可惜，你们做出了错误的选择。”

“任何人，都该为自己的选择承担代价，你们也不例外。”

李牧说完，直接出手。

剑光闪烁，剑意流转。

五色神光连续浮动。

剩下的六名仙道强者，纷纷化作了燃烧着的金色火焰，灰飞烟灭，形神俱散。

这是真正的杀人灭口。

若是一时妇人之仁，留下这些人，自己杀戮了仙庭强者的消息传出去，万仙盟震怒下来，李牧得吃不了兜着走。

“蠢狗，把东西都点一点，看看收获多少。”

李牧看向‘舔盒子’的小九。

小九此时兴奋的嘴角都快要裂开到耳根上去了，道：“发财了，这一次真的发财了，哈哈哈，我感觉整个四明仙府的仙晶财宝，是不是都到我们手里了？”

李牧也颇为兴奋地道：“这是天意啊，和该我们发财。”

夏静在一边，从呆滞的状态，渐渐回过味来。

木牧，这个男人实在是太阴险了。

不久之前，他不顾自己的提醒，看似小声地对小九说财宝的事情，其实就是为了让各方仙道强者们都听到吧，好引诱这些仙道强者的贪婪之心，对他出手。

这样一来，他就有理由反击，将在场的所有人，全部都杀掉了。

分明就是挖了一个坑，让黄炎武、明奇和顾伦等人往下跳。

结果这些人，一个比一个跳的快。

当然，这也不能怪黄炎武等人猪油蒙了心。

谁能想到，木牧的实力已经到了这种逆天的程度，尤其是在四明仙府这样的地方，杀人夺宝，不是再正常不过的事情吗？

夏静本以为，这一次木牧要栽一个大跟头。

谁知道，竟然一下子成了暴发户。

天知道最后能够走到太皇殿大门之外的仙道势力和强者们，身上到底有着多了庞大的仙晶和各种珍宝数量，他们搜刮了整个四明仙府的财富宝藏，最后都送到了木牧的手中。

几乎等同于，整个四明仙府藏在神隐小道、埋剑林，提刀岭，捉笔山等地的财富，如今几乎都落到了木牧的手中。

这已经不是富可敌国。

而是快要富的天怒人怨了。

当然，除了仙髓。

太皇殿中的战斗，还在继续，听其动静，无比激烈，正是在酣畅大战中。

“走吧。”夏静对李牧道。

李牧看向她，道：“走？走去哪里？”

夏静理所当然地道：“当然是赶紧离开这里啊，等到十大强者解决了那人形巨像出来，你想逃都逃不掉了。”

李牧笑了起来：“为什么要逃？”

“如果他们知道，你杀了所有人夺宝，一定会……”夏静说了一半，突然意识到什么，面色骤然变得惊骇无比，颤音道：“你还不走，难道你要……”

她被自己心中的猜测给惊呆了。

李牧哈哈大笑：“没错，宝藏是我的，仙髓也是我的，我就堵在这太皇殿的大门口，不管他们谁能够最终活着走出来，得到仙髓，但最后，都得交给我。”

他就是要拦路抢劫。

统统都要。

## 第1247章 一个打八个

夏静像是看着疯子一样，看着李牧。

她本来觉得，李牧将太皇殿之外的所有仙道宗门的强者都斩杀，已经是一件很疯狂的事情了，谁知道，这在李牧的计划之中，才仅仅只是一个开始而已。

太皇殿中的十大强者，每一尊都是仙将级的存在。

其中任何一个，跺跺脚，都足以让数大州府所有的仙道强者们，都要为之颤抖。

结果李牧竟然想要将这些人一网打尽？

这是何等的疯狂。

在此之前，夏静觉得自己已经非常非常高估李牧了。

但现在开来……高估？

呵呵。

不存在的。

夏静心里有一种无力感。

她觉得以自己正常人的脑回路，可能永远都无法弄清楚李牧的心中到底在酝酿着什么样疯狂的念头。

然后她开始思考另外一个问题。

自己……到底……要不要……陪着李牧一起疯？

“你……确定吗？木牧？”

夏静的表情，就像是一条上了岸垂死挣扎的鱼一样，还想要再确认一下。

李牧反而是用惊讶的眼神看着她，道：“为什么不呢？”

“你可能会死。”夏静道。

李牧道：“不，死的是他们。”

他指了指太皇殿，道：“你觉得这十大强者，在一场苦战，击败了巨型人像之后，战力还能剩下多少？能剩一半就不错了，到时候，都是一群没了牙的老虎，怕他们作甚？”

夏静犹豫了一下，道：“可是……”

“没有什么可是的。”李牧无比决断地摆摆手，道：“开弓没有回头箭，只能如此了。”

夏静无奈地摊摊手，道：“但就算是你得手了，要如何善后呢？”

李牧大笑道：“善后？统统杀光，杀人灭口，还要善后干什么？”

夏静：“……”

不在一个频道上。

没有办法交流。

不过，斩杀这十大强者，她倒是一点儿意见都没有。

除了其中的【青衣女仙】是青丘山新崛起的强者之外，其他人都是仙庭的走狗，手中沾满了乱军和无辜者的鲜血，早就该死一万遍了。

而夏静现在终于开始认真考虑另一件事情？

木牧不会真的将自己也灭口了吧？

毕竟他要将所有进入四名仙府的各方强者都一锅端的疯狂计划，绝对会将万仙盟给的得罪死，绝对的罪无可赦，一旦泄露出任何消息，都够得上木牧死一万次了。

时间流逝。

转眼一炷香的时间又过去了。

这时，小九和李牧，已经将‘舔盒子’的成果，点了个清清楚楚，整整十二万斤仙晶，十八万仙金，以及其他各种介于三品和五品之间的仙器数百件……

很可怕的一笔财富。

就算是一般州府的仙庭分部，都没有这样的底蕴。

小九笑的嘴都有点儿抽搐。

它给自己挑选了一套血红仙甲，人立而起，看起来像是一尊怪兽一样。

袁吼也得到了一套黄金锁子甲，履云靴，黄金冠，炼化之后，大小随心，极为趁意。

李牧倒是不用这些东西。

他很仔细地太皇殿的门口，布置下了诸多的阵法。

又过了片刻。

轰隆！

太皇殿突然剧烈地震动了起来。

轰轰！

似是有什么东西倒塌，然后持续不断的爆裂炸裂之声，从大殿门口传出宛如暗流寒潮一般的能量乱流。

“里面的战斗，好像要结束了。”

李牧心中一震。

机会来了。

“准备好。”他低声地道。

就在这时，太皇殿的大门口，又是一道道的可怕能量波动席卷出来，仿佛是飓风一样，席卷撕扯，澎湃而出。

一道身影，快如闪电，直接从大门中冲了出来。

“死。”

李牧一身仙元功法，彻底爆发，没有丝毫的留手，凤鸣神剑划过虚空，杀意迸发。

“啊……”

惨叫声响起。

那冲出来的人影，根本没有想到，大门之外会有人伏杀自己，猝不及防之下，瞬间就被斩杀为数十碎块。

黄金之火熊熊燃烧，焚烧元神。

一尊仙将直接就被李牧斩杀在当场。

“此人的实力，还剩下大约三成……咦，这是？”

交手一招，李牧的心中，已经计算出来了大战之后，仙将们的大致实力损耗，这时，他看到一团璀璨银光在这人的身形焚化的地方浮动起来。

奇异的生命气息之力涌动。

“仙髓！”

李牧瞬间反应过来。

怪不得这人疯狂地从太皇殿中逃出来。

原来他得到了仙髓，想要独吞。

可惜运气不好，遇到了李牧这个堵路煞星。

而同一时间，又有几道身影，从太皇殿中飞射出来，不计一切代价地朝着那银色璀璨的仙髓光团抓来。

“哈哈哈，我的……滚开。”

李牧大笑。

手中的凤鸣神剑绽放万道剑芒，似是剑刃风暴一样，席卷出去，将这几道身影都震的倒飞回去。

他一伸手，直接将这一团仙髓，抓到了掌心中。

到手了！

李牧也有些意外。

这第一团仙髓来的太轻松了。

“大胆，快将仙髓留下。”

“找死，竟敢虎口拔牙？”

“杀。”

那数个从太皇殿中冲出的身影，一看到李牧将仙髓据为已有，顿时都惊怒连连，厉声大喝着下令，同时不约而同地施展杀招。

数道致命的绝杀劲气，疯狂地朝着李牧绞杀而来。

“呵呵。”

李牧冷笑。

他正要反击。

就在这时，掌心里的仙髓中，突然涌动出一种诡异的力量，仿佛是一团鲜活的生命气息一样，要钻入到李牧的身体里，令他体内的大日仙元，都狂暴起来，隐隐有时空的危险。

不对。

李牧心中大惊。

时间错位奥义施展。

间不容发之际，李牧避开了这几大仙将级强者的绞杀。

而体内的力量，却被这团仙髓引动，走向了失控的边缘，又似是要被吸入仙髓之中。

“不对。”

李牧心念电转。

怎么回事？

这团仙髓绝对不假。

李牧之前进去过一次太皇殿，见到过巨型人像眼眸中的仙髓，气息和光泽，与此时手中的这一团一模一样。

且眼前这几个像是有杀妻夺子之仇的仙将疯狂抢夺的样子，不是作假，足以从侧面证明仙髓的真假。

但问题是，和所有人想象的不一样。

仙髓中蕴含着可怕的力量。

想要将其融合，并不简单，得费一番功夫。

李牧身形后退，掌心里一缕缕刀意和大日仙火之力流转，形成了独特的阵法纹络，尝试将这一团仙髓，暂时封印起来。

而袁吼和小九则是很有默契地冲上去，将这几名仙将级强者给挡住。

这时，太皇殿之中，又有几道人影冲出来。

【青衣女仙】、明灭仙宗之主明步初，夺命仙宗之主卢川以及梁书情等人，也都现身。

李牧一看，面色一变。

巨型人像真是个废柴啊。

十大强者竟然是一个都没死，全部都逃了出来。

而众人的眼神，一下子，也都落在了李牧的身上。

准确的说，是落在了李牧的右手掌心。

仙髓还未被完全封印，依旧有光辉和力量波动逸散出来。

“木牧，还不将仙髓交出来？”月川府小仙主梁书情厉声大喝道。

至于仙髓为何会落在木牧的手中，他都没有兴趣去计较了。

李牧一脸阳光地笑了笑，很直接地道：“做梦。”

“你……”梁书情心中杀意翻滚，还要再说什么，突然觉得哪里好像是不对，太皇殿外各方势力近百人，为何除了李牧几人之外，竟是一个都不剩，喝问道：“其他人呢？”

李牧掌心中的璀璨光华，终于逐渐消散。

仙髓被封印了。

他直接储藏起来，抬头道：“你猜呢？”

咻！

一道夺命厉光，骤然袭至。

夺命仙门之主卢川，竟是趁机出手偷袭，手中的折扇仙器，带着无匹的杀意，到了李牧的面前之前。

以堂堂一教之主的身份，出手偷袭。

卢川可以说是卑劣到了极点。

但事关仙髓。

只要能够得到仙髓，任何人都可以无所不用其极。

“死吧。”卢川冷笑着。

然而李牧根本没有丝毫的慌乱，手中的‘凤鸣神剑’震动五彩神光，沧海派的剑道神通席卷而出，剑刃爆发出大日一般的璀璨金光，一剑斩出。

嗤！

仙器折扇直接被削断。

“什么？”

卢川脸上狞笑，化作震惊。

他意识到不妙，瞬间抽身后撤。

但李牧岂会再给他任何机会？

大日剑法之中的杀招席卷而出，不给卢川任何机会。

身影闪烁，交错，碰撞。

一切都在电光石火的一瞬间完成。

画面戛然静止。

卢川与李牧相隔百米对视而立。

突然——

“呃……啊！”

这位夺命仙宗之主突然抬手按住自己的额头，但却挡不住眉心之间一道血线飙射出来，宛如鲜红的喷泉。

鲜血在半空之中燃烧起来，化作金色的火焰。

“不——我……”

卢川惊恐万状地嘶吼，但无济于事。

最终他整个人就被这黄金色的大日仙火焚烧殆尽，化作一缕黑色的飞灰，飘散在了虚空之中。

秒杀！

李牧提着剑，嘴角翘起，勾勒出诡谲惊悚的线条，看向剩下的九大强者。

梁书情本来还要再喷出来的喝骂，卡在了嗓子眼。

明步初、【青衣女仙】、剑无双等人，也都呆了呆。

卢川死了？

这个凶名在外的血腥屠夫，死了？

就这么死了？

一种不真实之感在每个人的心中泛滥开来。

虽然经过了与巨型人像的血战之后，卢川的修为还剩下一半左右，但也不至于被一个金仙级的后辈，用这么简单的方式给斩杀啊。

是不是……哪里不对啊。

这时，李牧屹立虚空，清了清嗓子，开口了：“呔，此山是我开，此树是我栽，要打此路过，留下买路财……还有一块仙髓呢，在哪里？交出来。”

他要一个打八个。

## 第1248章 你真的是方天翼？

如果不是看到了夺命仙宗的卢川被李牧一剑夺命，剩下的八大强者，听到李牧这样说，说不定真的失笑出声。

但是现在，他们笑不起来了。

“呵呵，隐藏的挺深。”月川府小仙主梁书情表情阴沉地起来，道：“这么说来，太皇殿之外的各方强者们，都被你杀了？”

李牧淡淡地道：“这不怪我，他们想要抢劫我身上的财宝，我苦苦哀求都不行，所以只好把他们都杀了。”

八大强者的脸上都是一黑。

这话说的。

无奈反杀吗？

“所以，仙庭的人，你也敢杀？”寒星府小仙主盯着李牧，难以理解这个跳脱的后辈，为什么作死到这种程度：“你这是在找死。”

李牧杀气腾腾地道：“别特喵的废话，仙髓在谁的身上，老老实实给我交出来。”

【青衣女仙】站出来，看着李牧，嘴角噙着一丝笑意，淡淡地道：“仙髓在我手中，但是不能给你。”

李牧呵呵一笑。

咻！

一道剑光，直袭【青衣女仙】。

“你……”【青衣女仙】剩下的话，全部都被这一剑堵在了喉咙里，手中一柄长刀，泛动滚滚妖仙之气，出招反击。

轰！

刀剑相交。

【青衣女仙】闷哼一声，直接倒飞出去。

她的身形狠狠地撞击在太皇殿的大门之上，殷红的鲜血从口鼻中喷出来，染红了面具和白皙的脖颈。

“不堪一击。”

李牧身形再动，剑势如狂潮席卷。

“拦住他……寒星降临。”

月川府小仙主梁书情怒喝。

他施展神通，一掌拍出，顿时虚空之中，涌动无数寒魄掌印，宛如星辰陨落，于无形中浮现，将李牧的身形覆盖在其中，无差别地轰击。

“太弱了。”

李牧头也不回，反手一拳轰出。

可怕的大日真炎拳劲涌动，一拳之间，直接将身后直径千米的范围轰爆，所有的寒魄掌印，瞬间就被打爆气化。

“什么？”

梁书情承受了余势拳劲，也被震飞出去百米。

这么强？

他心中掀起了惊涛骇浪。

这个木牧到底是何方神圣，竟然隐藏的这么深？

但已经没有时间给他去思考了。

咻！

李牧一剑，将【青衣女仙】直接钉在了太皇殿外壁上。

不过，同一时间——

嘭！

【青衣女仙】的身体在一团青色雾气中爆裂开来，瞬间消散，虚空之中，飘飞这一缕青色的狐毛。

“嗯？身外化身之术？”

李牧一怔，旋即明白过来。

原来【青衣女仙】在生死的瞬间，施展了神通秘术，以狐毛化作己身，代替真身中了这一剑。

有意思。

他竟然未能第一时间察觉。

百米之外，【青衣女仙】面具下的瞳孔中，露出了惊魂未定之色。

那一瞬间，若不是她反应极快，只怕此时已经真的被活生生地钉死在殿壁上了。

这个男人的实力、剑术，强悍到了远超想象的层次。

“联手。”寒星府小仙主大喝。

李牧才出三招而已，就让他们意识到，单打独斗，别说是如今他们仙元消耗的厉害，就算是全盛时期，都不是对手。

“呵呵，联手也是送菜。”

李牧此时，完全不掩饰实力了。

一身大日真元，以【先天功】的路线运转，【真武拳】和【八九玄功】锤炼出来的肉身，以及沧海派的剑术，施展出来，将超越仙将层次的战力，瞬间宣泄出来。

叮！

长剑刺出。

“啊……”天牛宗之主，直接被刺穿了手腕，惨呼着倒飞出去，脸上浮现出决绝之色，在大日金焰还未燃烧至肘部时，直接斩断了自己的右臂。

轰！

拳掌相交。

掌绝宗宗主惨呼一声，哪怕是在全力施展【掌绝天地】禁术，却也被李牧一拳，就轰碎了半边的身躯。

剑光闪烁。

噗噗噗！

三大顶级宗门的掌教，横飞出去。

挡？

根本挡不住。

不管是剑道神通，还是力量，都远超他们。

“杀。”

一剑宗的剑无双，手中一柄流转着幽蓝色鬼炎的仙器，撕裂天地，朝着李牧袭来。

李牧哈哈一笑，手中‘凤鸣神剑’毫无花哨地迎上去。

“哈哈，木牧，你上当了。”

剑无双大笑。

他手中的鬼剑，乃是罕见的近六品仙器，锋利无匹。

最可怕的，是其上的幽蓝色鬼炎，是仙界最为污秽的几种炎道力量之一，具有不可思议的腐蚀实力，一旦附着在对手的武器或者是肉身之上，瞬间便可以将其腐蚀污染。

“是吗？”

李牧轻蔑地反问。

‘凤鸣神剑’与鬼剑相交，叮的一声，一触即分。

“什么？”

剑无双惊呼。

李牧手中的长剑，并无丝毫破损，完全抵住了鬼剑之锋利。

虽然剑身上，也被沾染了幽蓝色的鬼炎，但旋即金色的大日仙火涌动，瞬间就将这污秽之火彻底祛除，未残留丝毫。

“不可能。”

剑无双狂呼。

他的鬼剑来历，极为显赫。

他的身后，亦是站着一尊可怕的大仙主，这也是为什么，其他诸大仙道势力的掌教，听闻他要争夺进入太皇殿最后一个名额时，都纷纷退避三舍的原因。

就凭这一柄鬼剑，他不知道越级越境斩杀了多少的仙道强者。

但现在，鬼剑之利，竟是被木牧的剑完全克制。

“你到底……你修的是大日仙火？你是沧海派的传人？”剑无双猛地意识到了什么，失声狂呼道。

师父传授他鬼剑士，曾提到过，鬼剑之火，普天之地，唯有少数几种仙火之力，才能完全克制，而其中一种，便是金色的大日仙火。

“剑不错。归我了。”

李牧却不回答，身形一次闪烁，便已经到了剑无双身前，‘凤鸣神剑’挥出一道五色神芒，刷地一下，就将剑无双劈成两片。

一探手，鬼剑进入到了他的手中。

“啊……”剑无双身形化作血雾，金焰焚烧，但却并不致命，流光闪烁中，在千米之外现出身影。

他颈间悬挂着的一枚玉诀，碎裂为粉末。

“哦？替死宝物吗？”

李牧眼眸中，精芒一闪，并不如何惊讶。

这个剑无双虽然只是一剑宗一名弟子，但之前的表现，令各大强者都颇为忌惮，想必是另有来历，所以身上有这种宝物，也是情理之中。

李牧低头看着手中的鬼剑。

剑身中，一股强大恐怖的意志涌动着。

这不是剑无双所能拥有的力量。

看来是赐予他鬼剑的那个强大存在的意识印记。

李牧直接以秘术，将这柄鬼剑暂时封印起来，也不去强行破坏摧毁那一道恐怖的意志，对于这种污秽之剑，他另有用处。

“木牧，你还我剑来，否则……”

剑无双丢失鬼剑，气的一佛出世二佛升天，眼神凶恶地盯着李牧，但却有踌躇不敢上前抢夺。

刚才若不是替死玉诀，他已经死了。

“好啊，过来拿。”

李牧淡淡地道。

剑无双窒住。

他怎么敢过去。

李牧再度出手。

他的目标，依旧是【青衣女仙】。

抢夺仙髓是第一位的。

“你……”【青衣女仙】又急又气，只能连连施展身外化身之术，躲避李牧的追杀。

其他七大强者，拼尽全力，但也只是稍微阻一阻，一触即溃，根本无法真正拦截李牧。

他们都曾高高在上，主宰一切。

他们不仅地位崇高，自身修为战力也是震硕四方。

但如今，他们引以为傲的一切，在李牧的面前，根本就是不堪一击。

李牧随手一击，都让他们感觉到排山倒海一样的毁灭力量涌来，根本不是他们所能抵挡。

“你……你竟已经是仙王境界？”

月川府小仙主梁书情白日见鬼一样盯着李牧。

只有仙王境界的强者，才有如此可怕的力量。

“你莫非就是那乱军剑神方天翼？”寒星府小仙主猛地反应过来什么，厉声大喝道。

其他人此时，也恍然大悟的样子。

年轻英俊的容貌，加上无匹犀利的剑术，这与传说之中的方天翼，几乎一模一样啊。

是了。

一定是如此。

所有人都在猜，方天翼会以什么样的身份进场。

但却没有想到，这个乱军剑神，竟是如此煞费苦心地经营了一个身份，从皇极崖切入，瞒过了所有人的搜寻。

李牧闻言，心中也不由得哑然失笑。

他也在找方天翼呢。

不过，这样也好。

方天翼也算是同一个战壕的战友了，背一次锅，应该也无所谓的吧？

于是，继续出手。

“呵呵，抓到你了。”

李牧冷笑一声。

法眼开启，射出一道紫色雷霆之光。

嘭！

虚空之中，涟漪闪烁。

【青衣女仙】的身形，在半空中跌落下来。

轰！

李牧一拳，直接将其轰飞。

一团晶莹璀璨的光芒，从【青衣女仙】的身上跌落下来。

仙髓！

李牧大喜，飞射过去抓取。

其他强者一看，也都疯了一般，施展出最强的力量，不惜燃烧生命，动用一切手段，疯狂地冲过去，想要争抢。

“滚。”

李牧一身力量爆发，剑势宛如狂潮，迸发出去。

“啊……”

“呃！”

惨呼闷哼声中，一个个身影，都倒飞出去。

仙髓已经近在李牧眼前。

李牧伸手抓去。

就在这时，一个淡漠的声音响起：“你真的是方天翼？”

可怕的力量涌动。

虚空之中，一只水银一般的三指手掌，探出来，轻轻一掌，拍向李牧的后背。

“嗯？”

李牧这一瞬间，心头警兆疯狂地涌动。

## 第1249章 仙王之上

这几日以来，李牧都在思考一个问题。

各大州府顶级宗门倒也罢了，但万仙盟的仙庭，难道真的就想要靠像是梁书情等几个歪瓜裂枣一样的小仙主，就抢夺到仙髓吗？

简直就像是痴人说梦。

在明知道有乱军支柱之一的方天翼进场的情况下，只依靠这些人争抢仙髓，简直就等同于放弃争夺一样。

那么仙庭会放弃这次四明仙府的争夺吗？

不会。

绝对不会。

哪怕是仙庭自己用不到仙髓，也绝对不会让仙髓落入到乱军的手中资敌。

所以，仙庭肯定还会有后手。

而仙庭最有可能的后手，就是让真正足以定乾坤的强者，隐藏在暗处，等待方天翼的现身，然后合而围之。

想通了这一点，李牧的心中，早就有所准备。

在那个淡漠声音出现的一瞬间，李牧就做出了反应。

他以不可能的角度和方式，反手一拳，轰击出去，正中那白银之手的掌心里。

轰！

可怕的力量爆发。

李牧只觉得宛如山洪宣泄一般恐怖的力量，顺着拳头涌来。

瞬间咔嚓咔嚓骨头碎裂的声音响起。

他的左拳，肉眼可见的速度瘫软下去，化作血泥一般炸裂开来。

剧痛涌来。

好强的力量。

不是对手。

李牧在这一瞬间，就做出了判断。

不过，他刚才出拳，可不是为了击败对手。

而只是为了争取拿了百分之一瞬的时间。

‘凤鸣神剑’一拍。

嗖！

银色璀璨的仙髓飞了出去。

袁吼与李牧之间的默契，可以说是已经超越了心有灵犀的程度。

在李牧出剑的瞬间，他就化身万千，腾跃而起。

真身隐藏在其中，千钧一发之际，将李牧拍飞过来的仙髓，拿在了手中。

“哈哈哈哈……”

李牧大笑着，身形急退。

先离开这里再说。

“走不了，留下吧。”

那清冷淡漠的声音再度响起。

虚空之中，法则骤然凝聚，似是一个仙道沼泽一样，将李牧凝滞限制在其中。

无形的压力狂涌。

似是要是一瞬间，就将李牧直接挤压成为肉酱一样。

然而同一时间，李牧的身后，四季流转的画面，飞快地轮转闪烁而过，一种奇异的力量涌动，瞬间就破解了那凝固的法则之力，脱身而出。

嗖！

他身形急退。

拉开了千米的距离。

“咦？”

那清冷淡漠的声音里，流露出一丝意外情愫。

李牧屹立半空，左手断裂处，一丝丝鲜红的血肉蠕动生长，转眼之间就生出一条新的手臂，肌肉之中的异力，也被大日金焰至阳之力完全祛除。

几大强者都是重伤，但此时却都面露狂喜之色，从四面隐隐将李牧几人，包围了起来。

一团极寒的银色光华，自虚空之中浮现。

光华渐渐内敛。

一个通体宛如白银铸就一般的奇异身影浮现。

这人身形修长完美，肢体比例达到了毫无缺憾的极致程度，身披银色紧身甲衣，面容五官也是达到了极致完美的程度，没有丝毫的缺憾，任何一个器官都似是画笔之下的模板一样。

“参见大帅。”

“属下拜见大帅。”

梁书情与寒星府两大小仙主，身份地位尊崇，但是一看到此人，顿时脸上浮现出了极度敬畏尊崇的神色，直接在虚空之中，双膝跪地参拜。

这白银之人的目光，并未在这两个人的身上，停留丝毫。

他看着李牧。

“乱军剑神方天翼，出身于丁浩星域，曾经与刀剑神皇丁浩身出同门，修炼的功法，并不是沧海派的传承，也从未听说，方天翼还掌握着时间奥义，你，不是方天翼。”

他缓缓地开口。

李牧感受着己身体内的状态，道：“你觉得呢？”

“本座东圣洲仙庭兵府统帅端木正武，”白银之人目光冰冷似是被忘却在时间长河之中的玄冰一样，淡淡地道：“所以，小家伙，你最好，认真回答我的问题。”

无形的杀意，悄无声息地流转。

一瞬间，仿佛是天地之间的每一寸空气里，都流淌着死神的气息。

身为东圣洲巅峰级人物的强大威压，即使是稍稍流转，也足以令所有人感觉到窒息。

“是吗？真是吓死我了。”

李牧轻蔑地笑了起来。

事实上，他一点儿都不害怕。

既然万仙盟的顶级强者出现了，那方天翼的现身，还会远吗？

果然——

“你……”端木正武刚刚开口要说什么。

话音未落。

咻！

一道剑光，自虚无之中亮起。

青色细剑。

剑尖如雷霆青芒，直刺端木正武的后心。

端木正武面色一变，一层银色龙鳞一般的光层，在他的身体周围浮现，间不容发地挡住了那一剑。

但他整个人，也被这一剑的力量，刺的踉跄向前。

“你终于来了。”

端木正武不惊反喜。

他银色的眸子里浮现出一丝厉色，掌心里仙道符文一闪，双手一扬，两条银色长鞭，从掌心纹路之中浮现，宛如可怕的银色毒蛇一样，反卷出去，朝着那银色细剑卷去。

叮叮叮！

青色细剑的主人，是一袭白色长袍的英俊年轻男子。

他身形不动，手腕连震。

无数道细雨般的剑意迸发开来，瞬间无数剑，几乎在同一时间，点在长鞭上，将这两道长鞭，直接粉碎在了虚空之中。

“方天翼，哈哈哈哈，你终于来了。”

端木正武狂笑。

“不错，我来了。”

白色长袍的英俊男子道。

他的身后，八名形态不一的护卫出现，犹如众星拱月一样，呈扇形将他的背后保护起来。

这八名侍卫，每个人的身上，都一处与常人迥异的体貌特征，身体里流露出来的气息，隐晦而又强大，每一个都远超梁书情等州府小仙主的级别。

“神剑八卫都来了，看来的确是方剑神本尊了。”端木正武目光在这八名护卫的身上一扫而过，点点头，道：“正好，方剑神和八神卫都葬在这里，才不负本帅亲至一趟。”

方天翼淡淡一笑，道：“凭你，还不够资格说这种话。”

端木正武嘴角咧开：“试试就知道了。”

他的身边，银色寒芒大作，一道道银色场边，宛如触手一样，浮现出了，转眼之间，足有千百条，浮动在了身体周围。

李牧远远地看着，视觉冲击感十足。

“触手怪啊……”

他在心里吐槽。

不过，李牧心中也清楚，那银色长鞭一样的触手，每一根都蕴含着可怕的仙王之上的强横力量，若是自己对上的话，并无胜算。

而千百跟触手一起席卷绞杀？

李牧觉得自己最多支撑一炷香吧，就得被捆绑SM了，端木正武想摆什么姿势就摆什么姿势。

这时，方天翼突然扭头看向李牧。

“离开这里。”

他道。

李牧一怔，看了看身边的夏静，然后回头，指了指自己，道：“对我说的？”

方天翼道：“还能有谁？带着仙髓走吧。”

“呃……”李牧本来还想要问一句‘你认识我？’，但想了想，还是很听话地转身就走。

端木正武冷笑道：“果然是罪孽移民余孽，今天，你们谁都走不了，都得死。”

方天翼道：“你做不到。”

他手中，那柄青色的细剑，横握胸前。

淡淡的吟唱声响起。

青色细剑虚实不定地震动起来。

先是一层迷蒙的青色光晕荡漾开来。

接着以方天翼为中心，半片天空都被青色氤氲所覆盖。

奇异的剑道意志力量涌动。

端木正武强横的气息，完全被压制。

梁书情、剑无双等人，在这样恐怖的剑道意志力量面前，连支撑片刻的力量都没有，纷纷咳血重伤，急速后退，到了端木正武的身后寻求庇护。

这就是真正的仙道强者。

超越仙王级别的存在。

还未真正出手，仅仅只是气息的稍稍绽放，就已经让州府顶级的仙道强者，如溺水的蝼蚁一样，别说是对抗，挣扎求存都很困难。

这种战斗，不是什么人都可以参与的。

李牧二话不说，带着袁吼等人，转身就走。

天塌下来有高个子顶着。

这个烂摊子，让方天翼去收拾吧。

自己留下来，也不过是徒增累赘而已。

这种级别和层次的较量，超出了李牧的能力范围。

然而，就在这时——

“呵呵，小家伙，还是留下吧。”

又一个威严可怕的声音在虚空之中出现。

一道足以媲美端木正武威压的力量，出现在太皇殿之外，强势介入到了端木正武与方天翼的对峙之中。

一下子，让场面的局势，发生了巨大的变化。

这人分出一缕气机，锁定了李牧几人。

一下子，似是天降囚牢。

李牧只能静止在原地。

他很清楚地感受到，可怕的仙道法则之力悬浮在自己的头顶，若是自己再往前走一步，不，哪怕是稍微再往前一寸，都会遭受这种力量毁灭定的打击，足以瞬间，将他从这个世界上抹除。

糟糕。

仙庭的后手，不止是端木正武一个。

又出现了一尊仙王之上的强者。

不知道剑神方天翼，能不能撑得住？

李牧看向方天翼。

方天翼却是看向那新出现的身影，眸光一闪，淡淡地道：“东圣洲仙庭六府之中的刑府之主东方夜刃也来了，呵呵，独孤安然还真的是看得起我。”

“呵呵，方剑神素来如神龙见首不见尾，我东圣洲仙庭上下，多次想要与方剑神亲近，都不得其门而入，今日好不容易能够当面拜谒，自然是要多来几个伙计，免得留不下方剑神仙驾。”

东方夜刃身形略胖，大耳垂肩，面颊丰盈。

他一双眼睛始终都是微微眯着，保持着一种奇特的表情，哪怕是愤怒时，依旧让人感觉到他似乎是在笑一样。

“独孤仙主可是极力想要方剑神能够驾临东圣山呢，哪怕是活人不能去，将方剑神的尸体葬在东圣山上，也是极好的。”

东方夜刃笑眯眯地道。

## 第1250章 真假方天翼

东圣洲万仙盟仙庭刑府之主东方夜刃是出了名的笑弥勒，传闻他哪怕是在面对杀妻夺子的仇人的时候，脸上都不会有丝毫的怒意出现，反而是笑眯眯地和仇人说话。

但他的一身修为，却绝对不容小觑。

五百年之前，就已经是纵横东圣洲的仙王巅峰级强者了，是东圣洲仙庭之主独孤安然的左膀右臂之一，深受信任。

在仙庭的资源和功法的供给之下，如今的东方夜刃的实力达到了什么程度，简直难以想象。

他的出现，让梁书情等人，顿时狂喜。

两大仙王之上的强者，对一个方天翼，绝对是胜券在握。

方天翼对于东方夜刃笑眯眯的挑衅，并无正面的言语回应。

他轻轻地一弹青色细剑的剑刃。

铮！

剑鸣之声清越响起。

一道青色剑光，划破虚空。

李牧只觉得笼罩在自己身上的强大威压，瞬间支离破碎。

“走。”

他没有丝毫的拖泥带水，带着袁吼、小九、夏静和小辰皇，飞速地离开。

独孤夜刃和端木正武两大强者，正欲出手拦截，却听虚空之中，铮铮剑鸣之声涌动，一道道的青色剑光，宛如乱星经空，劈头盖脸地朝着他们绞杀而来。

转眼之间，李牧带着几人，消失在了远处，不见踪影。

“方剑神托大了。”

端木正武水银一般的脸上，浮现出冷笑，背后千百条银色仙道符文光鞭骤然疯狂地蔓延涌动，似是一条条有生命的触手一样，将一道道青色剑光，统统都攫住，绞碎。

“呵呵呵呵，那条小鱼儿，逃不掉的。”东方夜刃也笑眯眯地道。

他并未去追击李牧。

斩杀方天翼，才是东方仙庭这一次最重要的目标。

至于李牧和仙髓？

掏出四明仙府又如何。

仙庭早就布置下了天罗地网，这种小角色，就算是逃到天涯海角，也会被挖出来。

东方夜刃掌心中沁出一滴鲜血，瞬间扩大，化作了数柄滴血的飞刀，划破虚空，在空气里留下数道鲜红色的弧光，席卷向方天翼。

方天翼手中的青色细剑，做了一个起手式。

身后半片虚空，青色剑意氤氲涌动，似是自成一片领域，铮铮剑鸣声之中，无数道青色剑影闪烁，似是漫天青色浮游一般，遮天蔽日，无差别地攻向东方夜刃和端木正武两人。

轰轰轰！

恐怖的能量波动流转。

一层又一层的能量爆裂光圈，朝着四面八方翻滚辐射。

“不好。”

梁书情等人大骇。

这种级别的战斗余波，足以瞬间让他们化作齑粉。

一个个立刻疯狂地抽身后撤，远离远离再远离。

方天翼以一敌二，竟是并不如何落入下风。

“分出两人，去暗中保护夏仙子。不容有失。”他传音吩咐道。

八神卫之中，身形瘦高宛如竹竿一般的男子风痕，和另一位身着暗青色长衫的面具女子雨迹，闻言躬身行礼，身形化作了流光，一闪消失。

八神卫之中剩下的六个人，也是徐徐后退，远离了战场。

其中两人，目光看向了梁书情等人。

梁书情心中一颤。

莫大的危机扑面而来。

该死。

他正要转身就逃，突然异变骤生。

一股奇异的能量，涌入到体内，瞬间之前战斗的伤势，彻底消失，所有的疲惫一扫而空，只觉得体内仙元充盈，修为境界仿佛是暴增了一个大境界一样。

“留下那六个。”

一个蕴含着不容置疑的威严的声音，在梁书情耳边响起。

梁书情一怔。

然后他才注意到，自己身边的寒星府小仙主，青衣女仙等人，竟是浑身都重新闪烁燃烧起了强大的力量气息，伤势也都消失不见。

显然，这几人与他的遭遇一样。

梁书情心中一颤，立刻就明白了什么。

这暗中说话的人，必定也是仙庭的高层，且其身份地位，只怕是还在东方夜刃和端木正武之上。

而在东圣洲仙庭之中，只有一个人的，符合这个条件。

大仙主独孤安然。

整个东圣洲广袤土地至高无上的统治者。

这位竟然也来了？

梁书情来不及多想，与其他人一样，运转体内的仙力，各展神通，朝着剩下的六神卫冲杀过去。

第二战场瞬间爆发。

得到了神秘力量加持的梁书情等人，战力暴增，竟是与六神卫站了一个旗鼓相当，丝毫不逊色。

四明仙府仙髓争夺战，进行到此时，已经完全变质。

“剑可通神。”

方天翼清喝，手中的青色细剑，悬浮在身前，铮铮清鸣之声中，突然分化出数百柄层层叠叠地在他身前展开，化作了一面浑圆的剑盘。

“去！”

他伸手在掌心之中一推。

咻咻咻！

青色细剑漫天席卷而出。

嗤嗤嗤！

一道道白银色的光鞭被纷纷斩断，在虚空中消融，坠落。

同时，他的掌心，突然涌出一团白玉色光泽，然后瞬间整个人的手掌，都化作了晶莹玉质，伸手在虚空之中一摘，就将东方夜刃的鲜血飞刀，直接摘在了手中扣住。

玉光一闪。

鲜血飞刀湮灭。

“玄玉生生掌！”

方天翼掌心一翻，一掌拍出。

玉色掌印脱手飞出，在半空之中瞬间膨胀变大，轰击在了东方夜刃的身上。

玉光一转。

东方夜刃竟是被这一掌直接封印，化作了一块玉色雕像，从半空之中坠落下去。

坠落到一半，表层玉皮破碎，东方夜刃挣脱而出，但神色委顿了不少，气息紊乱，很显然，他被方天翼这一掌重创了。

与此同时，漫天的青色细剑，将端木正武缠绕，剑刃风暴似是飓风一样，席卷缭绕在端木正武的身边，似乎转眼之间，就要将他吞噬一样。

“怎么可能。”

远处的梁书情等人，看到这一幕，都被吓到了。

乱军剑神方天翼的修为，竟然可怕到了如此程度吗？东圣洲兵府之主端木正武和刑府之主东方夜刃两大强者联手，竟然都被方天翼压制？

乱军中竟出了如此可怕的存在？

“方剑神果然是好手段。”东方夜刃张口喷出一道鲜血，在身前凝聚为一柄血月弯刀，双手握住，不断地劈斩。

以己身之血，化作武器。

这是东方夜刃的独家法门。

他最擅长的便是操控鲜血。

一刀一刀劈出。

劈面而来的【玄玉生生掌印】，被他以血月弯刀劈开，不敢再以肉身硬抗，显然也是忌惮到了极点。

而端木正武依旧未从青色细剑的风暴中冲出来。

“就凭你们两人，不足以困住我，仙庭的手段，如果只有这一点的话，那今日怕是又要损失两个仙王级的巨头了。”

方天翼以一敌二，大占上风，淡淡地道。

东方夜刃和端木正武两个人，又惊又怒，但的确是奈何不了对方。

这对于两个人，是一个巨大的打击。

他们本以为，以他们二人的身份地位，联手合击方天翼，就算是无法短时间之内手到擒来，但也绝对是可以将其压制。

没想到……

“还不出底牌吗？”

方天翼一手捏动剑诀，操控漫天飓风青色细剑风暴，另一手不断地拍出【玄玉生生掌印】，原地不动，彻底压制了两大强者。

就在这时——

“你不是方天翼。”

一个声音，在天穹之上响起。

方天翼的面色，微微一变。

同一时间，一道淡银色的剑光，自九霄之上俯冲下来，直刺方天翼。

这一剑，便是用肉眼，也可以看得清清楚楚。

不快。

也不如何璀璨夺目。

亦没有特别玄虚的弧度轨迹。

但刺下来时，方天翼连续拍出百掌【玄玉生生掌印】，都不能挡。

右手剑诀连变。

漫天青色细剑风暴舍弃端木正武，形成一道龙卷，宛如青龙一般，朝着那淡银色剑光卷去，但瞬间就被全部斩碎，宛如快剑切泥一般，未能阻挡丝毫。

方天翼面色连变，身形急速后撤。

但——

咻！

银色剑光一闪，瞬间便洞穿了方天翼的身躯。

“噗……”

方天翼张口喷出一道血箭，面色无比苍白，一头长发披散下来，秀发如云，体内的力量，瞬间宛如气球漏气一样，泄露出去……

“独孤安然！！！”

方天翼仰天大喝。

天穹之上，不知道什么时候，一个魁梧高大的身形。

此人身穿帝王袍，脚踏仙皇履，头戴仙皇冕，浑身银紫二色仙器流转缭绕，贵不可言，屹立在虚空之中，仿佛是一座其他任何生灵永远都无碍超越和企及的巅峰一样。

“方天翼的神通，都在一柄剑上，从未听说他也会掌法……倒是丁浩之妻李兰，曾经以掌法扬名各界，你但你也不是李兰，若是李兰出手，端木和东方两人，撑不住三招，所以，你是谁？”

这高大魁梧如帝王般的身影，缓缓地开口，俯视下来。

他目光宛如星辰深渊，似是可以洞彻天地之间的一切奥秘。

‘方天翼’仰头望天，喃喃而笑。

他体内的伤势正在疯狂地爆发蔓延。

他的身形，逐渐虚幻下去。

“想要见他吗？”

‘方天翼’笑了起来，在身形最后消失之前，他道：“既然你来了，那他很快也会到了。”

## 第1251章 有点儿真正了解了

“仙庭竟然没有在半路上安排阻截伏杀？”

李牧觉得挺奇怪。

难道是仙庭觉得东圣洲两大仙府的巨头联手，就可以搞定一切，所以根本没有在四明仙府外面，做一些补救措施。

蜜汁自信啊。

四明仙府之外，是茫茫四明山脉。

李牧从仙府中出来的时候，发现正值日暮时分，夕阳西沉，一轮血红的大日，悬挂在地平线上空，茫茫山脉之间，充满了沉沉暮色。

山高路遥。

恢弘的山脉，苍茫的天地。

前路茫茫。

暂时不能返回皇极崖。

至少要等到四明仙府之中，巨头们的战争结束。

知晓了战争的最终胜负，李牧才能决定是否返回皇极崖，或者是带着小辰皇母子亡命天涯。

这一次的四明仙府之行，到目前为止，李牧可以说是人生大赢家，赚了个彭满钵满，几乎是将整个四明仙府的财富，包括仙髓在内，都抢到了收。

一个人吃饱。

别人都饿死了。

“木公子，接下来，你准备怎么做？”

夏静看向李牧。

李牧看着这个女人的眼睛，想了想，坦诚地道：“先在附近找一个隐蔽之处，恢复修为，炼化仙髓，然后等仙府之战的结果，再做计议。”

夏静闻言，松了一口气，道：“好。”

一个时辰之后。

李牧几人，在距离四明山脉主峰四千米之外的一座高峰上，临时开辟了一处隐蔽山洞，暂时蛰伏下来。

李牧在山洞中，布置下了各种敛息隐匿的阵法，就算是有仙王级的强者刻意洞察，也很难发现。

李牧开辟出一处石室，开始争分夺秒地安静修养调息。

四明仙府一战，李牧又有所收获。

且体内真元消耗不轻——尤其是在最后，为了恢复被端木正武打爆的手臂，以及对抗东方夜刃的威压，体内大日真元，消耗了三分之二以上。

需得先吸收仙晶仙力，恢复了体内真元，调整到最佳状态，才能吸收仙髓。

一旦炼化吸收仙髓完毕，凭空暴增一个大境界，从金仙巅峰，直接晋入仙将巅峰的话，李牧的战力，将会直接超越仙王级，才能与东方夜刃、端木正武等仙王之上的强者一战，帮助到方天翼。

小九也罕见地老实了下来，吞噬了数万斤仙晶，调整自己的状态。

袁吼亦是如此。

小辰皇也在石室之中，认认真真地修炼。

这一次的四明仙府之行，他唯一的作用，就是以皇帝的身份，让李牧等人得到仙庭的认同，可以进入仙府之中。

但在此之后，他就毫无存在感了。

毕竟实力太低太低。

至于李牧的所作所为，小辰皇心中隐约明白什么，但却也不甚在意。

他对于皇极崖，并无太大的归属感。

自小就在那个小小的柴院中长大，没有从皇极崖皇室中得到任何的温暖，得到的都是刁难和辱骂，在他年轻的生命中，除了母亲尹侍女之外，得到的最大温暖，来自于李牧。

因此，只要是对李牧有利的事情，不管对皇极崖有多么的不利，他都会义无反顾地去做，毫不在乎。

他想要抓紧时间修炼，提升自己的实力。

哪怕是无法帮到李牧，但也不希望成为李牧的累赘。

倒是夏静，并无多少的修炼之心。

她坐在山洞门口，望着远处的四明仙府方向，吹着山风，嘴里低低地哼着某个不知名但很好听的小曲儿，修长的小腿弧度优美，悬空在峭壁上，像是一个单纯天真的邻家女孩一样。

山风清凉。

暮霭笼罩大地。

夏静轻轻地哼着小曲儿，一种恬淡的气息缭绕着她，与平日里截然不同，也不知道在心里想着什么。

时间流逝。

约一个时辰过去。

李牧的状态，调整了个七七八八，恢复的不错。

他正要继续汲取仙晶之力。

就在这时，石室外传来了敲门之声。

李牧感觉到，夏静的气息在门外。

而除了夏静之外，又有两道气息，极为强大，隐有熟悉之感。

李牧心中一动，起身打开了石室之门。

“木公子，这两位，是方剑神身边的神卫。”夏静微笑着，向李牧介绍道。

瘦高的男子拱手，淡淡地道：“八神卫风痕。”

身着青衫的面具女子也拱手道：“八神卫雨迹。”

“他们是奉命来保护木公子的，仙庭的后手，不会这么简单，方神剑命风痕和雨迹两人，前来保护公子，以免被仙庭所趁。”

夏静微笑着道。

她心中的确是松了一口气。

八神卫都是仙王境界的存在，彪悍强大，战力无双，是从中央乱域反抗军中挑选出来的最忠诚和强大的战士，有这两人来，李牧的安全，就提升了许多。

李牧看着两人，道："不知道方剑神与那两位仙庭巨擘的战斗，结果如何？"

雨迹言简意赅地道："我二人赶来时，大人与端木正武、东方夜刃的战斗，才刚刚开始。"

李牧道："既然如此，那边的战场，才是重中之重吧，两位何不留在战场中，助方剑神一臂之力。"

风痕淡淡地道："大人有命，不敢不从。"

好吧。

伸手不打笑脸人。

李牧拱手道："如此，那就要多谢两位。"

两人微微行礼，不再说什么，转身出去，在山洞门口，布置了一番，一个在山洞里，一个在山洞外，颇为专业的样子，开始防卫警戒了起来。

李牧看向夏静，道："你把他们领来的？"

夏静笑了起来："收到了他们的搜寻信号，所以将两人迎了回来，乱军之中，以一个秘密的特殊联系方式……怎么，你不放心风痕和雨迹？"

李牧道："说实话吧，我连你也不放心。"

夏静一怔，旋即风情万种地笑了起来，道："放心吧，我虽然说过很多的花言巧语，也欺骗过无数人，但对你，我可从来都没有想要坑你过。"

李牧道："我这么特殊？"

夏静白了一眼李牧，道："特殊只在于，你和其他人不一样。"

李牧当时就笑了起来："这话很暧昧啊。"

夏静一怔，旋即笑靥如花地道："我还以为你一点儿都不会撩女人呢。"

李牧道："这算撩吗？"

夏静眨了眨眼睛，道："你的表现，和平日里大相径庭，呵呵，说吧，你还想要知道什么？"

“当真？”

“嗯，小女子知无不言。”

李牧于是神色逐渐严肃了起来，道：“中央乱域的乱军，到底想要从我这里，得到什么？或者准确一点说，你背后的组织，想要从我这里得到什么？”

夏静又是一怔，旋即捂着嘴娇笑了起来，笑的前仰后合，似是看穿了李牧的心思一样，媚眼如丝地道：“放心吧，木牧帝师大人，反抗军和万仙盟可不一样，不会做巧取豪夺的事情，仙髓既然是你得到了，那就是你的了，反抗军就算是想要，也会拿出相应的等价物来交换，绝对不会让你平白损失的。”

“哦？”李牧心中讶异。

还有这样的说法？

如果是这样的话，那的确是不错。

不过，李牧倒没有想要敲诈方天翼一笔的打算。

仙髓固然贵重，但能够和反抗军联系上，才是重中之重，独木不成林，想要挽救地球、银河系和紫薇星域，就得与丁浩、叶青羽和孙飞等人联手。

且仙髓具有‘耐药性’，每个人一滴即可，多了也是无用，李牧原本的打算，就是自己留几滴，其他的都交给方天翼。

这一次他在四明仙府之中，如此顺利，暗中有反抗军的配合，起码是吸引了万仙盟的注意力。

否则，以李牧和袁吼几人的战力，早就被万仙盟仙庭按死了。

“反抗军的目标，就是打破这仙界之中的枷锁，掀翻高高在上压榨仙民的万仙盟，建立一个真正自由自在，有和平秩序的仙界。”夏静说起这个目标的时候，绝美的脸上，难得地出现了一种莫名的神圣和肃穆之感。

李牧听了，心中觉得怪怪的。

这个目标，听起来和建设社会主义一样。

这些反抗军，一群修仙者而已，竟然有这么伟大的志向了吗？纲领性很强大啊。

不过，看到夏静的表情，李牧倒也没有开口调侃。

他略显好奇地道：“你似乎很认可这个目标？”

夏静扭头看了李牧一眼，道：“不只是认可，我会为它奋斗终生，奉献出我的一切，就算是粉身碎骨，也在所不惜。”

说这句话时候的夏静，与李牧平日里所认识的那个夏静，完全不一样。

在这一瞬间，李牧觉得，在这个‘坏女人’的身上，流露出一种令人不敢逼视的光芒一样，让他有些自惭形秽。

如果不是知道这些年，夏静付出了什么，李牧也不会有这样的感触。

她，是一个知行合一的人。

她说的是自己能做的。

而她做的，则是自己说过的。

李牧点点头，道：“我似乎有点儿真正了解你了。”

夏静猛然一笑。

又是那种风情万种，充满了诱惑和娇媚的招牌式笑容，烟视媚行，风骚入骨，仿佛一下子就能够将任何雄性生物的神魂都颠倒了。

## 第1252章 背叛

“所以，木公子现在，开始爱上我了吗？”夏静娇滴滴地凑过来，吐气如兰地道。

李牧顿时无语。

之前那种神圣肃穆的气息，荡然无存。

仿佛这才是她真正的本来面目。

一张面具在脸上佩戴的太久了，就变成了真正的面皮的一部分，夏静这种转换自如的演技，的确是当得上一句【老戏骨】的评价。

“对了，你这一次进入四明仙府，到底是为了什么？”李牧有点儿受不了这个尤物的甜美吐息，于是后退一步，岔开了话题。

夏静依旧是风情万种地笑着，似是看破了李牧转移话题的尴尬，却也不揭破，道：“你觉得呢？”

李牧再后退一步，道：“看不懂啊，虽然你也分得了一部分的仙晶等财富，但是看得出来，你对于这些所谓的仙道财富，并不是很感兴趣，这就很奇怪了，因为在皇极崖时，你极为坚定地向我讨要一个进入仙府的名额，应该不是无的放矢，但真正进入了四明仙府之后，你好像什么事情都没有做。”

夏静就这样笑着，看着李牧。

她斜倚在山洞口，右手撩起拢了拢自己鬓间的长发，然后双手抱胸，笑着道：“恰恰相反，在这一次的四明仙府遗址开发中，我该做的事情，都做完了。”

李牧的眼睛里，浮现出问号。

夏静徐徐解释道：“我最大的任务，就是一直都跟在你的身边，随时准确地汇报你的位置。”

“嗯？向谁汇报？”

“方剑神。”

“哦？这算是在监视我吗？”

“如果你非要这么理解，我也不想纠正，但就算是监视，监视的目的也是为了确保你的安全，不让你被人阴了，若是你真的遇到了解决不了的麻烦，我的意义，才会彰显出来，但是很可惜，你自己解决了所有的敌人，才会让你产生了我毫无作用的错觉。”

一问一答，夏静的逻辑，没有什么问题。

而她说话的态度，更是让李牧觉得，并非是在说谎伪作。

“好吧，相信你了。”李牧笑了起来。

夏静回以微笑。

在这一瞬间，她终于感觉到，这个男人，对自己的那层隔阂终于如午后寒冰一样，逐渐消散。

她意识到，这是李牧开始把自己当成是朋友了。

李牧并没有再多聊什么，正准备回到自己的石室之中，尝试融化仙髓，就在这时，一直守在外面的女神卫雨迹，突然回到石室之中，道：“大人传回讯息，仙府之战已经结束。”

“哦？”李牧精神一振，忙道：“结果如何？”

雨迹脸上戴着绿色的面具，始终没有任何的表情，语调平淡没有波澜地道：“当然是大人全胜，两个王级之上的仙庭走狗，想要围剿大人，蚍蜉撼大树，可笑不自量而已。”

李牧松了一口气。

最好的结果。

雨迹又道：“大人传讯回来，让我等返回四明仙府，他想要见一见木牧帝师。”

李牧点点头，道：“好，我也正想要见一见方剑神。”

他招呼袁吼和小九走出石室，然后带着小辰皇，正要走出石洞。

就在这时，异变突生。

轰！

雨迹突然出手，狠狠一掌，轰击在李牧的后背。

咔嚓。

脊椎骨头断裂的声音。

李牧根本没有任何的防备，直接被这一掌，轰的飞出去，狠狠地撞在山洞石壁上，撞穿了数百米厚的岩石，撞飞到了半空之中。

“噗……”

李牧喷出一口鲜血，面色殷红如雪，唇如薄金，体内的仙道气息，紊乱似是暴雨后的山洪河道，难以约束。

而几乎是在雨迹偷袭李牧的同时，另一位八神卫之一的风痕，一柄燃烧着紫色离火的短剑，狠狠地刺入到了同样毫无防备的袁吼体内，左手化拳，轰击在袁吼的天灵之上。

袁吼与李牧一样，根本没有来得及做出任何反应，就连遭重创，被轰入到了石壁之内，撞出一道深不见底的漆黑深洞。

变生肘腋。

一直到两大神卫偷袭得手，夏静才反应过来。

“你……你干什么？”

夏静惊呆了。

她难以置信地看着风痕和雨迹两个人。

同时，下意识地拉开距离，运转仙元，随时准备反击。

而小九的反应，要比夏静快一步。

它一声也不吭，张嘴就将小辰皇吞进了肚子里，然后化作一道流光，快的超出了风痕和雨迹两个人的反应，冲出山洞，到了李牧的跟前，将李牧驼在了背上……

但是天空之中，有无形的阵法禁制，缓缓地弥散开来，勾勒出一层琉璃般的仙道护罩，将山洞，连同山洞所在的整个山头，都笼罩在其中。

周围都被封印了。

一时根本逃不掉。

“汪吼！”

小九脖颈里的毛炸起，锋利的牙齿亮出来，喉咙地发出低吼，盯着两大神卫。

“大人有命，斩木牧，夺仙髓，斩尽杀绝，绝不容情。”

雨迹眼神幽冷，说出来的话好似是冒着寒气一样。

“夏静，多谢你之前提供的消息，大人对你，重重有赏，还不推到一边，莫非你要抗命不成？”风痕也开口，瘦长的脸上，带着毫不掩饰的杀机。

夏静脑子里嗡嗡嗡作响。

“这不可能，大人给我下达的命令，绝不是这样，你们……会不会搞错了？”夏静还想要努力地理清楚什么。

“如果你敢抗命，我就连你一起杀了。”雨迹声音冷森，像是一条没有体温的冷血的毒蛇一样。

风痕也淡淡地道：“你是知道我们八神卫行事的规矩的。”

夏静的娇躯，微微一颤。

八神卫是剑身方天翼身边的‘执法利刃’，不但用铁血手段铲除那些为祸一方的万仙盟巨擘，也会对背叛反抗军的叛徒，展开无情的追杀。

他们像是幽灵，无所不在。

又像是死神，在暗中评判着每一个人的生死。

“我要联系大人，亲口印证。”夏静缓缓地后退。

雨迹反手在臀后拔出两柄弯刀，淡淡地道：“大人下的，乃是密令，你不知道很正常，为了围困木牧，此地已经全面封锁，你的通信资格，联系不到大人，等到杀了木牧，亲自去面见大人，大人会向你解释的。”

夏静眼眸之中，浮现出天人交战的挣扎之色。

她做梦都没有想到，会有这样的事情发生。

大人竟然要杀木牧？

为什么？

这一切，和一开始计划的，完全不一样。

“低贱的雌性生物。”

小九在半空中，发出愤怒的诅咒。

它尝试了几次，短时间之内，都无法从这封印禁制之中脱逃。

夏静有些木然地回头看了一眼。

李牧低伏在小九的背上，脸上一红一白两种色泽，在疯狂地闪烁，气息羸弱到了极点，坐都坐不稳。

这是雨迹所掌握的无上绝学【骤雨初歇掌】的致命迹象，一旦骤雨掌力轰入体内，别说是一个小小的金仙，便是仙王巅峰，也十死无生。

她看着李牧的时候，发现李牧也正在看着她。

“我……”

夏静想要开口解释什么。

但对上李牧的眼神，却不知道该怎么说。

“这是我来到这个世界之后，第一次相信别人。”李牧淡淡地笑着，笑意中带着自嘲。

夏静心中一紧，像是被什么东西给狠狠地揪住了一样。

“对不起。”

夏静一脸黯然地道。

她缓缓地后退，到了山洞之外，让开了空间。

“明智的选择。”雨迹满意地点点头，道：“不亏大人对你如此看重。”

夏静没有说话。

她低着头。

雨迹身形浮空，缓缓地逼向半空中的李牧，道：“交出仙髓，给你一个痛快。”

李牧嘴角翘了翘，道：“有本事，自己来拿。”

“死到临头，还不甘心。”雨迹双手握住弯刀，仙王级的强大气息流转开来，宛如潮水一般，涌向李牧。

刀锋一闪。

便有可怕的杀招，正要发动。

却在这时——

咻！

明亮的剑芒，在雨迹的背后，骤然闪烁，无情地袭向这位女神卫。

雨迹的反应极快。

本应袭向李牧和小九的刀意杀招，反手斩出。

叮叮叮！

瞬间无数次的刀剑交锋。

嘭！

剑刃炸裂。

鲜血迸射幻现。

夏静的双手双臂，皮肤被震开一道道缝隙血痕，鲜血淋漓，流淌下来。

和八神卫比起来，她的实力，终究还是不如。

但是她坚定不移地挡在了李牧和小九之前，眼神中，早就没有丝毫的犹豫和挣扎，而是怒火燃烧，有如星崩。

“你竟敢背叛大人？”夏静盯着雨迹和风痕，怒道：“你们两个，竟敢在这个时候，背叛剑神大人？”

雨迹微微一怔，道：“我们二人，遵从大人之命，斩杀木牧，夏静，你竟敢为了一个男人，对抗八神卫？”

夏静不顾手臂的伤势，冷笑着厉声道：“大人给我下达的命令，是保护木牧，从未说过要斩杀木牧，若是计划有变，大人也会通知我，而不是让你们两人，直接行动，这不是大人的行事风格……雨迹，风痕，你们是什么时候开始，背叛了大人的？”

## 第1253章 被猴耍了

瘦高男子风痕皱了皱眉，道：“夏静，你太过自以为是了，这一次的行动特殊，所以大人并未提前通知你，是怕你知道了之后，在木牧面前，露出端倪。”

“呵呵。”夏静冷笑了起来：“你忘记了，我是做什么的，所以你说的这个理由，根本就不成立。”

她是潜伏在万仙盟势力之内的‘奸细’。

这些年，她以【极乐仙子】的身份，不知道出色地完成了多少的任务，游走在刀尖上，带着面具跳舞，不知道欺骗了多少人，始终没有暴露自己的身份。

毫不夸张地说，在这方面，她是专业的。

一个如此专业的潜伏者，怎么会因为提前知道一些消息，就在木牧面前露出端倪？

“而你们也忘记了，自己是做什么的。”夏静鄙夷地道：“追缉杀人，是八神卫最擅长的事情，我不如你们，但是在掩饰潜伏方面，呵呵呵……风痕，告诉我，八神卫中，到底有几个人，背叛了大人？”

风痕叹了一口气。

雨迹也摇摇头，道：“明明可以心照不宣，让自己多活一段时间，却为什么非要点出来，自己找死呢？看来今日，也留不得你了。”

两人并没有要回答夏静问题的打算。

夏静继续冷笑道：“说得好听，若非是你们心有顾忌，你们早就杀了我，毕竟，我的实力，和身为八神卫的你们比起来，差的太远……呵呵，我可以坦白地讲，你们的担忧是对的，我的身上，的确有大人赐下的最后手段。”

风痕和雨迹闻言，面色都变了变。

这是他们最担心的地方。

也是为什么，他们刚才还尝试用自己并不擅长的拙劣的表演，想要骗过夏静的原因。

方剑神的手段，他们清楚地知道，有多可怕。

像是夏静这种人的身上，必定是有一些保命的依仗。

一旦夏静玉石俱焚，不说是伤到他们，就算是将这里的消息传出去，那日后他们的处境，比过街的老鼠也差不了多少。

“事到如今，我们已经无退路，所以，不管你手中有什么，我们都……”雨迹短暂权衡之后，心中已经有了决断。

但就在她一句话还未说完的时候。

突然——

轰！

一道金色的大日仙光，自地底爆发出来。

这仙光汹涌澎湃，带着凛冽的杀意和破坏力，从山腹中迸射出来，同时无差别地袭向雨迹和风痕。

很强大的力量。

也无比的突然。

饶是两大神卫都是仙王之境的强者，但在这一瞬间，也感觉到了威胁的存在，不得不同时运功抵挡。

“杀！”

数十个袁吼的身形，从乱世中射出，挥动黄金战棍，袭向风痕和雨迹。

“嗯？竟然没死？”

风痕颇为惊讶。

他之前出手偷袭袁吼，亦是全力施为，并未有丝毫的留手。

本以为一击之下，木牧的这个侍卫，已经凉透了，谁知道竟然未死，还能爆发出如此强大的反噬战斗之力。

小看了。

他心中，颇为惊讶。

但不懊悔。

没死？

再杀一次就行了。

而也是在这个时候，一直寻找机会的夏静，眼睛一亮。

就是这个时候。

她直接震破了自己的心口。

一滴鲜红璀璨的心头血飙射出来。

夏静双眸之中，有两团奇异的剑印符文闪烁，骤然飙射出来，在虚空之中，沾染了那一团心头精血，顿时化作一柄巍巍神剑。

“去！”

夏静大喝。

这一瞬间，她好像是被抽干了全身的力量和精神一样，整个人瞬间委顿了下去，就好像是一株正在怒放的鲜红玫瑰，在这一瞬间，突然干枯了一样。

但那柄虚幻的巍巍神剑，却大放光明。

轰！

随着夏静的手指，神剑直冲天空。

剧烈的震动声之中，封印住这一方面山头的阵法，终于崩溃，轰然破碎。

“快走。”

夏静扭头看向李牧。

小九在这个时候，没有任何的犹豫。

咻！

它带着李牧，化作一道不可思议的弧光，消失在了远处的群山之间。

“老袁，你自己保重。”

远处传来了小九的怪叫声。

八神卫的实力，太过于强大，仙王级的存在，宛如巍峨神山，无法潘越，只有逃命的份儿。

所以此时，不是它小九大人不够义薄云天，实在是能力范围之内，已经无法再顾及袁吼了。

“该死。”

雨迹眼中一寒，掌印如电，将眼前几个袁吼的分身，直接轰碎，身形化作电光，朝着小九消失的方向追去。

而风痕则是浑身弥漫紫色离火，数招之间，就将袁吼的分身，全部都打碎湮灭，又彻底压制了袁吼的真身。

“没想到一个小小的皇极崖臣子身边，竟然还有这样的侍卫。”

风痕颇为惊讶。

袁吼的战力，再一次让他意外。

而与此同时，袁吼一看小九带着李牧已经逃遁，自是不再死拼，又分出去几尊分身纠缠，自己催动筋斗云，朝着小九相反的方向逃走。

风痕淡淡一笑。

他的名字中有一个风字，就是因为他的速度，在八神卫之中，乃是最快的一个，最不怕的，就是和别人比速度。

有雨迹去追那条狗，相信很快就会擒拿回来。

木牧逃不掉的。

所以风痕的心里，起了一丝调戏戏谑之心。

他一把将已经丧失了反抗之力的夏静拎在手中，看着袁吼消失的方向，略微停顿之后，才追了下去。

夏静被拎敌人在手中。

她的状态极为糟糕。

她用方天翼赐下的最后底牌，轰碎了风痕和雨迹布置下的禁制阵法，给李牧创造了逃离的机会。

但动用这张底牌的代价也极大，一身仙元，几乎消耗一空。

如果将这底牌，换一种方式，她可以凭此逃走。

但她的选择，是救李牧。

李牧的那一句“这是我来到这个时候之后第一次相信别人”，触动了她的心。

当然，最重要的是，李牧是方天翼要保护的人。

看到去追李牧的是雨迹，夏静的心，略微放心了一些。

因为雨迹的速度，是不如风痕的。

李牧逃走的几率更大一些。

至于袁吼？

夏静在心里，默默地为这位强大的侍卫默哀。

她不认为袁吼能够从风痕的追击之下逃走。

抱歉了。

没有办法救你，想来只要你的主人能够平安逃出去，你自己就算是死了，也心甘情愿吧。

罡风呼啸。

夏静心里胡思乱想着。

她清楚地知道，落在风痕的手中，自己活不了。

这些年她凭借着姿色和花言巧语，混迹在各色人群之中，很多个醉态朦胧中，她甚至都快要忘记自己到底是什么人了，无数画面在脑海之中闪烁而过，最后李牧的面孔，越来越清晰。

一直到今天，她都看不透这个人。

这个男人的身上，有一种奇怪的魅力，仿佛是与这个世界，都格格不入。

也难怪方大人会对此人高看一眼。

胡思乱想了一会儿，夏静渐渐地意识到，好像有什么事情不太对。

已经数十息的时间过去了，风痕竟然还未追上袁吼？

怎么回事？

夏静心中一惊。

风痕是八神卫之中，速度最快之人，传闻单论速度一项，他甚至可以比肩一些仙王之上的存在，从来没有风痕追不上的人。

但是现在，追一只猴子追了数十息，竟然连对方的背影都看不到？

怎么回事？

很快，风痕颇为恼羞成怒的声音，也在夏静的耳边响起：“哼，一只臭猴子，我就不信，你能逃出我的五指山……”

他认真了。

一身仙元催动到了顶点，不惜一切代价，遥遥锁定了袁吼的气息，疯狂地追了下去。

终于在又一炷香之后，他才看到了袁吼的背影。

咻！

数道离火飞刃，袭杀而去。

袁吼也不回头，身形闪烁着变换位置，躲避袭杀。

这样一追一逃，转眼又是一炷香过去。

“不对！”

风痕的心中，骤然生出一丝警惕。

愤怒过后，理智开始恢复。

追了这么久的时间，以他仙王级的修为，追一个小金仙级的妖猴，且不说他是以速度闻名天下，就说明明是一个大境界的差距，却让其每次间不容发地闪避逃脱，这说明了什么？

说明这只妖猴的速度，远超他自己的想象。

他，被猴耍了。

这样追下去，根本追不到。

对方分明是在控制好节奏，引诱自己追他，为那条狗和木牧分担压力。

耻辱。

简直是奇耻大辱。

在自己最擅长的领域，被一个实力远不及自己的妖后碾压，这是风痕无法忍受的。

一念及此，风痕一狠心，将所剩不多的一枚‘神行符’催动，力量灌注在双腿。

嗖！

他的速度，暴增一倍。

袁吼立刻就感觉到了危机。

他不再有丝毫保留，将【筋斗云】催动到了极致，疯狂地逃跑。

风痕数次出手，在袁吼的身上，留下了伤痕。

金色的鲜血，飘洒长空。

之前被偷袭的伤势，也开始发作。

袁吼逐渐感觉到了体力衰竭，速度正在狂降。

麻烦大了。

袁吼知道，自己的逃走的希望，已经破灭了。

体内的幽蓝色离火异力，也因为他的仙元消耗而逐渐无法压制，开始疯狂地蔓延。

“公子，此生难再见，愿你平安，保重了。”

袁吼心中默默祈祷。

以飞升者的身份，来到了仙界，袁吼知道自己早晚有一日，会面对这样的局面，毕竟挑战的是如今统治者整个仙界的万仙盟，庞然大物。

只可惜无法看到李牧平安得脱。

不惜一切代价地燃烧自己的仙元，放弃了对于异力的压制，袁吼用最后的力量，朝着前方一片苍翠诡谲的山脉冲去……

能再多拖一息时间，李牧的安全就多一份希望。

然而此时的袁吼，却没有注意到，百米之外，眼看着就要追击成功的风痕，却是骤然停下了身形，放弃了追击。

“该死，这只猴子，竟然进入了这片区域……算了，这禁地他闯进去，绝难活命，和死了一样，可恨不能亲手宰了它。”

风痕恨恨地道。

## 第1254章 恢复

破碎的山洞上空。

风痕返回时，看到了面无表情但却两手空空的雨迹，心中顿时有一种不太好的感觉。

“人呢？”

他不由问道。

雨迹面具下的眼眸之中，闪过一丝尴尬之色，道：“那条狗的速度很快，虽然重创了它，但还是被它逃掉了……”她看着风痕脸上的表情，心中一动，道：“你……那只猴子不会也……逃掉了吧？”

风痕神色同样尴尬。

“那只猴子，掌握这一种极为诡异的身法神通，我耗费了一枚神行符，都未能将他追上。”风痕道。

“什么？”

雨迹这一下子，才是真正吃惊了。

风痕的速度，本来就是八神卫第一，再加上【神行符】，就算是仙王之上的仙君境界存在，都可以追上，那只猴子竟然在这样的情况下，都可以逃掉？

简直是不可思议。

风痕补充道：“不过，那猴子慌不择路，逃进了那头仙道兽王的领地，如今只怕是已经被吞掉了，倒也不足为虑。”

雨迹一听，倒也松了一口气。

四明山脉乃是吞云兽的聚集之地，那头仙道兽王盘踞于此无数年，这一次四明仙府开启，万仙盟出面，才让这位兽王收敛了凶性，允许各方强者进入，但它的老巢区域，却是绝对的禁地，就连万仙盟的人，也不敢轻易进入。

那只猴子进入这里，又死无生而已。

她看向被风痕拎在手中的夏静，道：“夏仙子，猴子身上的那块仙髓，是否已经交给了李牧？”

夏静淡淡地笑着，没有说话。

一抹寒光闪过。

嗤。

血花溅射。

雨迹直接斩掉了夏静的一条手臂，道：“你应该知道，八神卫的拷问手段，所以还是老老实实地交代了吧，毕竟同僚一场，我也不想折磨你。”

夏静面色苍白如雪，右臂的断裂处鲜血宛如泉涌。

她仿佛是没有听到雨迹的问话，只是淡淡地笑着，嘴唇宛如薄金一般，似是一朵随时都要凋零的鲜花一样凄凄可怜。

“算了，既然夏仙子不愿意回答这个问题，那换一个吧。”风痕淡淡地道：“夏仙子和木牧相处这么长的时间，想必可以猜出来，李牧去了哪里，如果你能够提供一些线索的话，那我就给你一个痛快，如何？”

夏静没有看这两个人。

“大人不会放过你们的。”

她淡淡地道。

“木牧也不会放过你们的，算计过的他的人，下场都很惨。”

夏静笑了起来。

像是一朵花，在生命的最后时刻，努力地绽放着自己的颜色。

雨迹冷哼一声，一掌拍在夏静的头颅上，嘭地一声，这个风华绝代的美丽女子，肉身瞬间化作血雾迸射开来。

真人大小的元神，无法逃脱，被雨迹直接以秘术拘住，打入到了一盏燃烧着的青色古灯之中，熊熊燃烧的青色烈焰，闪烁着诡谲的气息，时时刻刻都在炙烤着夏静的元神。

这种灵魂的剧痛，绝非是普通人所能承受。

夏静元神的面容扭曲了起来，然后打出了凄厉的哀嚎和嘶吼声，仿佛是频死的野兽一般，在灯芯里疯狂地挣扎，却无济于事。

“什么时候，你愿意开口和我们聊聊木牧的事情，什么时候，我就放你出来。”

雨迹的眼神中，充满了杀意和阴冷。

风痕补充了一句，道：“当然，如果你愿意探一探乱军在东圣洲的其他暗中部署，我也愿意听一听。”

从一开始，他们就没有打算彻底杀了夏静。

虽然一直都跟随在方天翼的身边，但对于乱军在东圣洲的诸多暗中布置，他们知道的，却还不一定比夏静多。

“你去皇极崖一趟。”风痕道：“也许木牧返回皇极崖也不一定，如果没有回来的话，那就做一点准备迎接他吧。”

雨迹点点头，道：“那你呢？”

风痕托着青色古灯，道：“我再四明山脉之中，再寻一寻。”

两人计议已定，各自分头行事。

……

小九载着李牧，飞速逃窜。

在确定彻底摆脱了那个该死的雌性生物之后，它大口大口地喘气，从半空之中直接跌落下来，狠狠地撞在了一片幽静的山顶石林中。

“哈哧哈哧……累死汪了。”

小九全身都在颤抖着，状如脱力。

它在速度方面有天赋，所以一直都懒得修炼筋斗云，被雨迹一番追赶，为了逃命，可以说是使出了吃奶的力气，几乎是在燃烧生命本源了。

到现在，虽不说是油尽灯枯，但也绝对是强弩之末了。

勉强将小辰皇从胃中的次元空间吐出来，它便昏昏沉沉地谁死了过去。

而在一边，身负重伤的李牧，也陷入到了昏迷之中，体内【骤雨初歇掌】的掌力，还在疯狂地肆虐，让他一时半会也无法苏醒过来。

小辰皇眼神有点儿茫然，手足无措地看着这一人一狗。

此时的李牧和小九，各自处于最为虚弱的状态之中，随便来一个奴仙级的仙人，都可以将他们杀死。

且李牧身上还带着仙髓，以及数量庞大难以计算的仙晶、仙金和其他种种宝物，对于任何人来说，都具备着致命的诱惑。

小辰皇坐在原地想了想，从怀中取出一柄三品仙器的长刀。

这是李牧赐予他的防身之物。

用长刀在岩石地面上，挖出了两个深坑，然后将李牧和小九，都埋在了里面，地面上重新用岩石和树木堆砌遮掩。

整个过程中，没有用丝毫的仙力，以免惊动追杀者。

填埋的深坑上面，用简单的敛息术，遮掩了下方李牧和小九的生机。

接着小心翼翼地摸去了周围有人存在过的痕迹。

这个少年，手握着仙器长刀，缓缓地走到了石林之外，斜倚着一块岩石，坐了下来，大口大口地喘气，同时紧盯着四周。

四明山脉是极端危险的。

哪怕是经过了李牧的教导和皇极崖皇室的‘催熟’，小辰皇的实力，不过是奴仙巅峰而已。

这样的修为，别说是遇到八神卫级别的追杀者，就算是遇到山中的一些凶兽，都难逃一死。

他心中唯一大定的主意，就是一旦发现有仙兽靠近的端倪，就主动跳出去，以自己为诱饵，将仙兽引开，确保李牧和小九的安全。

小辰皇不知道这样的策略是不是可以奏效，会不会有用，但这已经是他的小脑袋瓜里，能够想出来的力所能及的最好办法了。

时间飞逝。

转眼就是一夜时间过去。

在石林外，听着各种兽吼之声足足提心吊胆了一夜之后，天亮时，小辰皇又小心翼翼地去到埋人的地方看了看，见地面并无异状，眼眸一黯，小心翼翼地又会回去，没有在地面上留下脚印痕迹。

就这样，小男孩在这片荒芜的石林外，守了整整三天三夜。

不吃不喝，就安安静静地等待着。

连他自己都不知道，到底能不能等来那一刻。

也许师父和小九都已经重伤不治。

他每日看着晨曦和晚霞，想着远在皇城之中的母亲，怀中抱着仙器长刀，尽管已经很困，但没有一刻闭眼。

一直到第五日的时候。

嘭！

掩盖着深坑的泥土、碎石和树木被猛地推开。

李牧从坑里爬了出来。

“妈的，小狗这个蠢货，竟然把我活埋了？难道它以为我死了，所以草草收敛？”

李牧爬出来，哭笑不得。

剧烈的活动，让他一阵阵的头晕目眩。

身体的状况糟糕至极。

但体内的【骤雨初歇掌】的掌力，却是已经被完全消融掉了，没有剩下一丝一毫。

“想来是我昏迷时，【先天功】自动运转，所以将这最致命的伤势化解愈合了。”

李牧略微思考，便明白了背后的缘由。

这一次可是真正在黄泉路上走了一回。

是他从踏入修炼道路之后，大小数百上千战里，距离死亡最近的一次，也是最惨的一次。

八神卫之一的雨迹，仙王境界中的强者，出手偷袭，李牧根本没有防备，几乎当场就被杀。

若非是夏静和小九拼死守护……也不知道夏静如何了？

李牧内视己身，发现体内仙元，空空如也。

肉身破损也极为严重，就像是一个被人丢弃的破布娃娃一样千疮百孔，刚才从坑里爬出来，已经消耗了他不少的力气，让他一阵阵发晕。

“得先恢复一点儿修为，再作计较。”

顾不上其他，李牧运转【先天功】，小心翼翼地修复身躯。

自从仙崩时代之后，仙界法则不全，灵气也是极为枯竭，仙道强者想要修炼，必须得用仙晶，可是李牧现在，体内没有丝毫的仙元，那些存储在储物器具之中的仙晶，根本取不出来。

好在【先天功】神妙无双，勉强可以将空气中稀薄的灵气，吸收进入体内。

这样足足一个时辰之后，李牧的体内，才凝聚了一丝仙元。

终于可以开启储物空间，取出几块仙晶。

再汲取仙晶之中的力量，恢复速度，就快了很多。

两个时辰之后，李牧降临。

李牧的修为，隐约恢复到了飞仙层次。

他松了一口气。

这时，石林外面，传来了脚步声。

## 第1255章 融合仙髓

李牧抬眼看了看。

走进来的是小辰皇。

他之前实力未曾恢复，无法感应到是林外的气息，因此并不知道小辰皇竟然守在石林之外。

“师父。”

看到李牧，小辰皇呆了呆，旋即大喜，发足狂奔过来。

小男孩的脸上，挂着由衷的笑容。

“辛苦你了。”

李牧一看小家伙满脸的憔悴，再联系到深坑，大约就明白发生了什么事情，在这危险的荒山野林，也的确是为难他了。

“师父，您没事了？”

小辰皇松了一口气。

李牧摸了摸他的头，道：“没事了……我昏迷之前，发生了什么事情？”

小辰皇将自己知道，都说了一遍。

其实他也没有知道多少。

小九胃中的次元空间，与外界隔绝，他被吞进次元空间之后，就无法知道外面发生的事情了，最后时刻小九将他吐出来，之前的战斗，已经落幕。

“这样啊……”

李牧大约猜出来，小九拼死带着他逃出来，但也被累了个半死，至于夏静和袁吼两人，却是不知道下落如何了。

分出一缕神识，略微感应。

埋着小九的坑里，有一丝丝极为微弱的生命气息流转，就仿佛是地下藏着一只弱小的虫子一样。

把小九累、伤到这种昏迷的程度，可见当日逃亡，有多艰辛。

这一次真的是幸运。

若不是这条狗的话，李牧觉得自己或许已经是死尸一具了吧。

这蠢狗虽然平日里很不靠谱，但这一次，真的是尽力了。

感应到小九处于一种近似于冬眠的状态，李牧猜测大概也是一种类似于冬眠自我恢复的机制，这只蠢狗的来历有些古怪，体质特殊，倒也不需要帮忙，让它慢慢恢复即可。

李牧得先顾好自己，需要抓紧时间，恢复实力。

既然如今还在四明山脉之中，那危险依旧在。

八神卫的做事手段何其高明？

定会在山中一遍遍搜寻。

李牧思忖再三，眼前要做的事情，就是抓紧时间，恢复实力，然后再融合仙髓，提升境界。

只要跨入仙将先锋之境，实力提升，许多难题，就可以迎刃而解。

“你去一边好好歇着吧，不用再警戒了。”

李牧笑着道。

小辰皇非常懂事，没有再说什么，转身出了石林，依旧在外面，怀中抱着仙器长刀，但小脸上却是多了几分轻松。

小半日后。

李牧汲取了大量的仙晶仙力，修为终于恢复到了真仙巅峰境界。

他在石林内外，布置了一些敛息隐匿的阵法，隔绝了己身的气息，才又开始修炼。

时间缓慢地流逝。

第二日清晨，旭日东升。

李牧终于将一身仙元恢复到了巅峰状态。

金仙级巅峰境界的大日火焰气息，在体内一遍遍地周天运转，他开始修复受损的肉身。

李牧先后修炼【真武拳】和【八九玄功】，又有仙火锻体，肉身之强，可以说是到了超境界变态程度，但受损之后，恢复起来，也需要庞大的能量。

这个过程，又整整耗费了一天的时间。

李牧有些心惊肉跳。

恢复的速度，比想象之中的慢了很多。

而现在，他最缺的是时间。

一旦被风痕或者是雨迹之中的任何一个人找到，那都是一场败多胜少的恶战，就算是全盛状态之下的李牧，对上这两大神卫之中的任何一个，都并无赢的把握。

终于，脱离战场的第十日。

李牧在耗费了大量的仙晶和仙药之后，终于将仙元、精神和肉身都调整到了最佳状态。

“接下来……”

李牧将保存好的仙髓，小心翼翼地取出。

仙髓依旧处于封印中，但有丝丝缕缕的生机气息溢出。

一种很奇妙的能量。

与仙晶之中蕴含着的力量，截然不同。

“应该如何炼化仙髓呢？与仙晶不同，它是液体，莫非是要吞服，或者是……”

李牧仔细想了想，自己好像是没有炼化仙髓的具体法门。

这是个小难题。

正思考之间，哗啦一声，旁边的泥土碎石掀开，藤蔓交错，一只狗头，从深坑里探出来，有些懵逼地看着周围的环境。

“汪草，那个龟孙子把汪大人给活埋了？”

小九骂骂咧咧，一扭头，看到了李牧，然后看到了李牧手中的仙髓。

它的眼睛，一下子就移不开了。

“你醒了？”李牧看着小九，心里突然有了一个大胆的想法。

小九吞咽了一下口水，摆出了一脸的义愤填膺，道：“人宠，你这是什么意思，要把汪活埋了独吞仙髓吗？太不仗义了，本汪为你流过血，负过伤，你竟然……”

“别卖惨，直说吧，是不是想要仙髓？”李牧无情地拆穿它。

小九立刻用尽全身的力量，从泥土里钻出来，摇摇晃晃愤怒地道：“你这是什么意思？难道我是为了敲诈你的仙髓吗？啊？汪是那样的狗吗？”

李牧沉默了片刻，道：“本来准备给你一滴，既然你这么说……”

小九立刻打断，道：“停，不用再说了，我接受，本汪就是那样的狗。”

李牧黑着脸，从一团仙髓中，小心翼翼地分离出一滴，飘向这蠢狗。

“汪呜。”小九嘴巴一张，直接吞掉。

李牧一惊：“你……”

仙髓难道是用来吃的吗？

小九砸吧着嘴，道：“奇奇怪怪的味道，像是蛋清……再给我一滴。”

李牧没有说话，仔细地观察着小九的变化。

数息之后，小九的狗脸，就变了变。

“我感觉……肚子里热乎乎的，像是在地球时吃了变态辣火锅……欸？唷？好强大的力量，我好像要突破了，汪汪汪……美妙的感觉。”

这狗一扭头，沿着刚才爬出来的痕迹，重新钻回到深坑里，用前爪扒拉扒拉土，又把自己给埋了。

嗯？

这是什么骚操作？

李牧摩挲着自己的下巴。

仙髓的力量，在小九的体内起作用了。

蠢狗好像是去消化融合力量了？

难道说，这仙髓，真的是用嘴来吃的？

李牧揉了揉自己的太阳穴，再分离出一滴仙髓，漂浮在眼前，将其他仙髓重新封印，收了起来。

“时间紧迫，只能试一试了。”

他一张嘴，就将这一滴手指头大小的银色液体，吞入到了口中。

然后，李牧立刻就意识到，自己上了这个该死的蠢狗的当了。

什么暖洋洋热乎乎的感觉？

骗鬼呢。

仿佛是仙火炙烤一般的剧烈疼痛，顺着口腔中那一滴仙髓划过的地方，一直蔓延到食道，再到胃里，有那么一瞬间，李牧觉得自己的胃都要被融烧穿透了。

这股炙热的感觉，迅速地蔓延到全身。

最终，李牧感觉到，自己的骨头，尤其后后背的脊椎骨，仿佛是燃烧了起来，灼热而又奇特。

而体内的大日仙元也仿佛是被再次点燃一样，疯狂地涌动了起来。

银色的火焰，从李牧的体内冒出来。

火焰熊熊。

将他整个人的身影都笼罩其中。

如果小辰皇这时在旁边的话，就可以清楚地看到，此时的李牧，一身血肉仿佛是消失了一样，唯可看见白色的骨头骨架，在银色的火焰中被不断地炙烤着。

而在骨头最中间的骨髓位置，则是有鲜红色的某种光华，宛如小蛇一样，来回地窜动。

这红色小蛇原本是占据着李牧脊椎的部分，但随着时间的流逝，它仿佛是在生长扩大一样，顺着脊椎骨髓，响起全身每一处骨头骨髓中蔓延。

李牧只觉得眼前模糊。

不知道什么时候开始，有一幕幕奇特的画卷，宛如一台信号不好的老旧电视机一样，在不断地闪烁游动，成片成片的‘雪花’覆盖画面，只能隐隐约约地看到，似乎是在讲述某个人第一视角之中看到的故事一样！

李牧觉得，自己好像是变成了另外一个人。

他正在读取某一段模糊而又奇特的记忆。

他也感觉到，体内有一股强大的力量，正在四肢百骸之中散开来，疯狂地冲刷着自己的肉身。

而那一段时而第三，时而第一视角的记忆，却似乎又在提升着自己的元神强度。

“仙髓的效果，果然是神奇啊。”

李牧心中也忍不住赞叹。

他尝试运转【先天功】，归拢约束这种力量。

第一次尝试就直接成功。

强大的力量，宛如宣泄的洪水，终于找到了一个可以容纳和流淌的河道一样，渐渐变得温顺了起来。

这个过程比李牧想象的更加容易。

一种前所未有的强大感觉，将李牧笼罩。

许多玄之又玄的感觉，瞬间冲破了固有的思维，充斥着李牧的识海。

“这是仙将境界的奥义法则领悟！”

李牧狂喜。

他意识到，自己成功了。

这就有点儿奇怪了。

夏静曾经说过，一滴仙髓，是所有仙道强者的融合数量上限，就算是诸多天赋体质极佳者，也需要一定的时间，承受巨大的痛苦，才能完成融合。

而李牧这一次融合的过程，极为轻松惬意，肉身也未曾感受到要被‘撑爆’的迹象。

似是犹有余力。

李牧的心中，突然又有一个很大胆的想法。

如果自己再融合一滴仙髓，会不会依旧有效？

一念及此，他的心瘙痒难耐起来。

## 第1256章 冤家路窄

一般来说，一滴是一个很难精确量化的单位。

一毫升是一滴。

十毫升也可以是一滴。

所以李牧在脑海中，回忆了一下刚才炼化的第一滴仙髓的大小，然后尝试分离出一滴更小的仙髓，来实验一下自己的设想。

但很快他就发现，自己实在是太图样图森破。

因为分离出来的第二滴，和之前的一滴，大小几乎完全是一模一样——换句话说，仙髓的一滴，是无比精确的量化单位，想要分离更小的基本不可能。

好吧。

小聪明就此打住。

李牧并没有犹豫太久，就直接再度吞下了第二滴仙髓。

相同的经历，再度席卷而来。

身体开始燃烧银色的火焰。

暗红色的某种物质，在李牧的骨髓之中开始蔓延。

这是一种类似于伐毛洗髓的过程——不，准确的说，应该是将这种仙髓，融入到己身的血髓之中去，从而产生强大的力量。

基本上等于是换髓了。

大多数的仙道强者死去之后，修为归于天地，在仙界自然法则的作用之下，也会逐渐腐朽消散，就如同凡界的凡人一样。

但那些站在现代顶峰的强者们，死去之后，却能够将尸体保存很久。

尤其是屹立绝巅的大人物，一旦陨落，经历了漫长的岁月之后，哪怕是肉身的仙元散尽，但骨髓却可以保存下来，蕴含着生前强大的力量和法则领悟。

这便是仙髓的由来。

站在仙界巅峰的强者不多，陨落的概率更低。

所以仙髓的珍贵程度，可想而知。

在李牧的知识体系里，就算是地球上，换髓也是可以改变一个人的手段，诸多白血病患者，通过骨髓移植可以改变体质，治愈疾病。

仙道世界中，仙髓的威能，也在于此。

融合仙髓，之所以可以提升修为境界，就是在于继承了仙道强者生前的修炼结晶，血髓最难修炼，一旦改变，对于修炼者来说，带来的威力也是惊人的。

李牧感觉到自己的血髓，在燃烧一样。

并非是剧痛。

而是一种温润温暖到了极点的舒适感。

接着，强大的力量以骨骼脊髓为中心，散发开来，弥漫全身。

和融合第一滴仙髓时的感觉，一模一样。

李牧运转【先天功】，引导这种力量，在体内周天运转，冲刷肉身，将其炼化为自己的大日真元。

这个过程，速度也是极快。

但随着大量的仙髓仙髓能量转化为己身的大日仙火仙元，李牧渐渐地感受到，经脉、肉身、丹田有一种酸麻的肿胀之感。

“身体开始无法承受这种强大的力量了。”

李牧心中一跳。

夏静描述之中，强行融合一滴以上仙髓的可怕弊端，彰显了征兆。

李牧倒也不是特别惊慌。

他继续引导炼化骨髓中不断涌出的强大力量。

肿胀之感加剧。

但依旧在可承受的范围之内。

李牧不敢怠慢，全力引导。

随着时间的流逝。

从身躯之中冒出的银色之火，逐渐暗淡下去，但李牧的身体，却像是充了气的气球一样，膨胀了数倍，又像是被泡的水肿了一样。

“果然两滴仙髓有些危险啊。”

李牧不由得苦笑。

到最后，他的皮肤都龟裂开来。

一道道鲜红色的血纹，仿佛是神秘古老的仙道符文一样，弥漫在李牧周身，鲜红的血珠滚落下来，让李牧看起来，如同一个血人一样。

李牧真切地觉得，自己似乎是要被撑爆了。

仿佛只要再吸一口气，就会成为压倒骆驼的最后一根稻草，达到爆体的临界点。

但也就是在这个时候，骨髓中那种力量的散发，终于结束了。

撑过去了。

李牧缓缓地呼出一口气。

接下来便是将充盈在体内的能量，彻底的炼化。

随着能量炼化，身体也逐渐恢复到了正常形状。

体表的血色纹络愈合，龟裂痕迹消失。

肿胀之感消失。

李牧知道，这一次疯狂的尝试，算是成功了。

他缓缓地站起来。

这种骤然之间，修为大增，力量暴涨的情况，在他的身上，已经不是第一次了，但是，这一次无疑是涨幅最剧烈，力量增加最多的一次。

境界的提升，让李牧对于己身和周遭天地的认识感知，更加清晰。

“果然，一滴仙髓，足以让人凭空提升一个大境界，但是两滴仙髓，除了增加力量之外，境界的提升却是不明显了。”

他仔细地感知着。

一滴仙髓，让他从金仙巅峰，直接跨入到了仙将巅峰，直接证明了仙髓之力非同凡响，果然是如同传说之中那样，具有不可思议的威力。

而第二滴仙髓，却只是让李牧从仙将巅峰，隐约进入到了仙王初级境界而已，在境界提升方面的效果，可以说是微乎其微了。

李牧并不打算再尝试第三滴仙髓了。

哪怕是日后修为提升，肉身坚固之后，也不会再尝试炼化第三滴仙髓。

因为在融合第二滴仙髓的过程之中，李牧在那诡秘的第一视角里，又看到了不少奇怪的画面，有一些模糊晦涩的记忆，填入到了他的识海之中。

很显然，这是留下这一团仙髓的那位仙道强者生前的记忆画面。

李牧有一种直觉。

如果融合过多的仙髓，也许会直接触发这人的生前记忆，而一旦技艺融合，连血髓都随之改变，也许自己将不再是自己，而是会变成另外一个人了。

丧失自我。

这无疑是比死还可怕的事情。

李牧缓缓地活动着身躯，运转体内的大日金火仙元。

骤然的境界飙升和力量暴增，让人犹如行走在云端，每一步都虚浮不踏实，李牧在尽快适应这一身力量，以期可以彻底发挥相应的威力。

与此同时。

乱世林之外。

夕阳如血，将这片山脉，都染成了殷红色。

因为困倦而熟睡中的小辰皇，突然听到耳边传来一个女人凄厉的嘶吼哀嚎之声，猛然吓得惊醒过来，睁开眼睛，怀中抱着仙器长刀的握在手中。

一个瘦高的身影，出现在了他的视线中。

他逆光而立，如血夕阳从身后照来，身形轮廓被染红，像是流淌着鲜血一样，右手中托着一盏青色的古灯。

小辰皇无比警惕地后退。

他已经认出来，出现在眼前的这个瘦高身影，正是那日偷袭追杀他们的八神卫之一【风痕】。

风痕手中的那一盏古灯，此时正燃烧着青色火焰，灯芯焰光里，一个微小的女人身影，正在疯狂地挣扎哀嚎着，承受着难以承受的痛苦。

小辰皇刚才在睡梦之中听到的女声嘶吼，正是这个灯芯中的女人发出。

“我认识你，你是那个皇极崖的小皇帝。”

风痕脸上带着淡淡的微笑。

夕阳染血，笑容被衬托的有些惊悚。

“木牧在哪里？”

他问道。

小辰皇张了张嘴巴，没有说话。

他双手紧紧地握着仙器长刀，喉咙耸动，吞咽了一口唾沫，嘴唇微微颤动，要说不怕，那是不可能的。

这时，他终于才认出来，那个被囚禁在灯芯中祭炼虐待折磨的女人，正是【极乐仙子】夏静。

一股难以形容的愤怒，瞬间让小辰皇忘记了害怕。

他握着仙器长刀，一刀斩出。

用他最强的力量。

并不知道李牧恢复的如何，他只能用这种方式，来发出提醒，希望自己的一死，可以引起动静，让李牧闻讯，赶紧逃离。

敌人的强大和可怕，让小辰皇的心中，已经是一片绝望。

风痕嘴角浮现出一丝嘲讽，没有任何的动作，小辰皇连同手中的刀，一下子就凝固在了空气里，一动都不能动。

风痕的手掌，朝着小辰皇的脑门按下。

他懒得和这个小家伙再废话，直接要读取记忆。

虽然对方是皇极崖的皇帝，但这种三流小势力，对于万仙盟来说，可有可无，根本不会让他有丝毫的顾忌。

但，就在手掌快要按在小辰皇的头顶时，风痕的面色，骤然一变。

咻！

一道金色剑光，从石林深处，飙射而出。

风痕抬手一拍。

嘭！

剑光被拍散开。

同一时间，一道流光身影闪烁，小辰皇的身形，已经被带离。

石林边缘。

李牧牵着小辰皇的手："堂堂仙王，何必为难一个小孩子呢。"

风痕的瞳孔微缩。

他刚才，并未感应到石林中有人。

以他的实力，竟然未察觉到木牧就在附近，这有些诡异。

"仙髓呢？"

风痕盯着李牧，道："交出仙髓，赐你速死。"

小辰皇没有说话，扯了扯李牧的衣袖，指了指风痕手中那盏古灯。

李牧一看之下，心中的杀意，宛如狂潮。

夏静遭了毒手。

咻！

身形动。

剑光起。

‘风鸣神剑’出现在手中，李牧下一瞬间，已经到了风痕身前，剑光无尽，狂暴刺出。

风痕淡淡一笑。

冲动。

幼稚。

区区一个小小金仙……嗯？

不对。

感受到迎面一剑的威力，风痕的面色，骤然大变。

不对。

这不是金仙级的力量。

而是……仙王？

风痕立刻意识到了什么：“你竟然成功融合炼化了仙髓？”他怪叫着，手中一柄幽兰离火长刀浮现，刀招浮动，将这一剑架住。

叮！

火星溅射。

风痕的身形骤然后退。

剑尖处涌来的力量，让他感觉到了巨大的威胁。

“不对，你只是金仙而已，就算是融合仙髓，也不过仙将，为何会……”他猛然意识到，一滴仙髓，不应该让木牧拥有仙王级的力量。

然而李牧并不说话。

剑势如狂。

疾斩风痕右手。

夺古灯，救人。

夏静的下场，让李牧在一瞬间，彻底的出离愤怒。

## 第1257章 花落

风痕右手掌灯，左手握刀。

修为能够到达仙王境界，战技的修炼显然也是达到了巅峰，风痕的刀法，行云流水一般，高明，融于仙道，极为强势。

叮叮叮！

刀剑相交，铮铮而鸣。

触击的中心点，一团团青色和金色的能量圈层，不断地朝着四周辐射。

“嗯？不错，没想到皇极崖这个小小泥塘里，竟然能够走出如此剑术卓绝的天才，倒是可惜了。”

风痕自觉地胜券在握，居高临下地开口点评。

两人身形高速移动，宛如闪电流光，在虚空之中不断地闪烁，青色和金色的流光，肉眼几乎不可捕捉，时而撞击，轰鸣声中，可怕的能量圈层朝着四面辐射。

李牧面如怒虎，剑势狂卷。

沧海派的心法剑术，运转到了极致。

“看来，你也是有传承的人，怪不得方剑神如此看好你，想来也是乱军中的传承吧，呵呵，那就更留不得了。”

风痕手中刀势一变，幽兰离火大作，骤然汹涌了起来。

李牧一瞬间感觉到了压力。

他一身修为，如今正是仙王初阶，但是骤然得来，就如同普通人吃了一肚子山珍海味，尚未消化一样，还未完全将修为转化为战力，此时与风痕大战，暂时只能维持不败。

若是时间拖得久一点，等到体内的修为，尽数转化融合为实实在在的战力，那便可以将其击败。

但李牧现在的目的，并非是击败风痕。

而是救出夏静的元神。

他眼中厉芒闪烁，决定不再隐藏实力身份。

手中的‘凤鸣神剑’，猛地一变，不再是无色神光缭绕的神剑模样，而是化作了一柄暗金色刃口的长刀。

诛仙！

诛仙刀的本来面目骤现。

同时，李牧手中的招法也骤然变化，从剑法，化作了刀招。

飞升仙界之前，李牧以长刀横扫无敌。

晋入仙界之后，为了掩护身份，李牧修习沧海派的剑术，但对于刀法的修炼和领悟，却是从未忘却。

他将沧海派的剑术，融入到了刀术之中，刀法刀意的威力，更上一层楼。

此时刀招施展出来，瞬间化繁为简。

刀光一闪。

叮！

风痕的身影，被轰飞了出去。

“嗯？”

风痕稳住身形，面色一沉。

“你竟然还有隐藏实力？刀招？说，你到底是什么人？”他盯着李牧，眼眸中涌动着惊疑。

一个常年修炼剑术的强者，突然招法路数一变，化作刀术，且威力更强，这只能说明，此人之前，一直都在伪装。

风痕原本以为，方天翼对木牧如此看重，只是因为夏静的一些汇报，想要将此人，培养成为乱军份子，现在看来……

莫不是这个木牧，本就是乱军秘密培养出来，打入万仙盟的棋子？

刚才那一刀的威力之强，就算是风痕，也隐隐心惊。

化剑为刀之后的木牧，给他造成的威胁压力，骤然提升了一个档次，令他也不得不认真起来。

然而李牧根本没有回答风痕质问的意思。

咻咻咻咻！

诛仙刀的庞大的体积正在迅速缩小。

三十六柄燃烧着金色大日仙火的飞刀，犹如离巢的金翼鹰隼一样，从诛仙刀上分离出来，在虚空之中，划出一道道曼妙的轨迹，形成诡谲莫名的刀阵，卷向风痕。

这是李牧参悟沧海派剑术阵法之后，领悟出来的飞刀奥义。

沧海派以剑术、驯兽、阵法和炼丹为四绝，都是当世一等一的修炼法门，对于李牧启迪巨大，其中阵法一途，被李牧融入到了飞刀之中。

以飞刀布阵，千变万化，鬼神莫测，威力倍增。

风痕是识货的人，一看之下，心中惊悚。

这种飞刀阵术，他之前未曾见过。

“离离墟中火，冉冉意中驱……离火中墟刃！”

他低喝，施展禁招。

手中的离火长刀，骤然爆发出层层刀影，似是一朵瞬间绽放的蟹爪菊一样，花瓣怒放，形成浑圆，将他包裹在其中。

叮叮叮！

袭来的飞来，尽数被拦截，震飞回去。

但李牧新领悟的刀阵之术，岂是这么简单？

这些震飞的金色飞刀，在半空之中不断地相互撞击，改变着方位和轨迹，拉出一道道金色的火光弧线，去而复返，重新又朝着风痕袭来，绵绵不绝，无穷无尽一样。

密密的刀网，不断地卷向风痕。

风痕眼眸中流转出震惊之色。

他清晰地感觉到，随着时间的流逝，刀阵刀网的威力越来越强，造成的压力在不断地攀升，就像是被拦截住的洪水，越来越汹涌粗暴，仿佛下一瞬间，就要将堤坝彻底冲毁。

这是什么刀术？

风痕心中越发震惊。

不管是乱军，还是万仙盟，仙王境界能够有如此修为和战技的强者，不应该是籍籍无名，而且还如此年轻，到底是谁？

他心思电转，但却不影响招式的运转。

【离火中墟刃】无数道蟹爪菊花瓣一样的离火刀影，在承受了无数次金色飞刀的撞击之后，显得越发的怒放勃发。

组成了花瓣的每一道刀影，都吸收了对手力量，在酝酿，等待着风痕的引爆，夕阳下，闪烁着刺目的光辉。

“杀！”

风痕怒喝。

李牧的表现，让他意识到，不能再托大，一定要将这个潜力可怕的年轻人斩杀。

青色的古灯，悬浮在头顶上空。

他双手握住离火长刀，猛然劈出。

轰！

‘蟹爪菊’骤然绽放。

禁招的威力，在这一瞬间，骤然爆发。

闪烁着幽兰如梦般瑰丽色彩的花瓣刀刃，瞬间飙射出去，漫天的刀影花瓣，朝着李牧绞杀过去。

而李牧也是在同时，劈出了手中的诛仙刀。

风云六刀没有那么长的蓄势时间。

刀刃劈出的瞬间，虚空之中，肉眼不可见的涟漪微微一闪。

李牧的身形，似是鬼魅一样，不可思议地穿越了【离火中墟刃】的杀伤范围，来到了风痕的身前。

“什么？”

风痕大吃一惊。

这是什么神通？

那一瞬间，他根本没有反应过来。

这不是速度。

根本不是速度太快。

而是……某种奇异的断层？

李牧手中的诛仙刀，宛如匹练一般斩下。

血光飞迸。

一条手臂在血水中分离飞起。

风痕痛呼后退，右臂的伤口中，喷出大量的血水。

他做梦都没有想到，自己竟然会被伤到。

李牧如影随形，刀法狂暴飚进，一刀接着一刀，席卷而出。

风痕失了先机，疲于招架，不断地后退。

但竟是招架不住。

李牧的身形，每一次闪烁，不可思议到了极点，风痕竟是根本无从把握和捕捉。

转瞬之间，风痕身上又中数刀。

若不是有悬浮在头顶的古灯弥漫下来的青光守护，风痕的肉身，只怕是要被斩碎了。

“怎么会这样？”

风痕心中亡魂大冒。

“你……你竟然掌握着时间的奥义法则？”

他死死地盯着李牧，终于察觉到，李牧每一次的闪烁突进，并非是依靠疾速，而是一种时间流速的扭曲和变换，所以才会令他仙王级别的洞察力，都无法捕捉到丝毫的痕迹。

李牧也不说话，刀刀劈出。

风痕一看，心知若是再战，今日只怕是要陨落此地。

他大恨，咬牙转身就逃。

李牧刀势叠加到了极致，猛地一刀斩出，正好劈在了青色古灯之上。

轰！

古灯震荡。

一刀裂纹，便从灯罩上蔓延开来。

“你……我一定不会放过你的……你等着。”风痕消耗掉了最后一张仅存的【神行符】，不顾一切地注入仙元，疯狂逃走。

李牧没有追击。

第二刀劈在青色古灯上。

嘭！

灯罩终于破碎。

李牧熄灭了灯芯之火，将夏静的元神，从里面救出来。

微光一闪。

夏静元神恢复到了真人大小。

她神色委顿，面目苍白，身形微微颤抖着，能量极为稀薄，宛如一层淡淡的透明烟气一样，仿佛是一阵风吹过来，都会消散一样。

这个昔日风华绝代的尤物，此时萎靡到了极点。

“木牧，你……对不起。”

夏静元神目光复杂地看着李牧。

她心中，依旧在为当自己自作主张，引来了风痕雨迹这两大神卫，导致李牧一行损失惨重而内疚。

“不是你的错。”李牧安抚道：“你不用内疚……别说这么话，想办法恢复元神，重组肉身才是最重要的。”

仙道强者，一旦肉身被会，但若是元神完整的话，是可以通过一些秘术，重组肉身，修炼三五十年，彻底恢复也不是不可能的。

夏静元神摇摇头。

“我不行了，这盏灯，名曰【青魂炼狱盏】，被它收入其中的元神，祭炼五日以上，便再也不可能恢复……木牧，谢谢你，让我解脱了。”

青色古灯的灯芯之火祭炼，这种折磨，生不如死，痛苦万分，她原本以为，自己会被风痕无尽的折磨，没想到李牧竟然可以在这么短的时间里，击败风痕，将自己救出来。

终于可以解脱了。

“什么？”李牧心神一震，道：“别说这种丧气话，一定有什么办法……”

夏静面色惨白地笑了笑，打断了李牧的话，道：“木公子，我……能抱一抱你吗？”

李牧一怔，旋即伸手，将夏静的元神，揽入怀中。

元神乃是虚无之物，宛如影像一般，没有丝毫的触感。

夏静双手抱着李牧的胸膛，轻歪螓首，靠在李牧心脏的位置，听着那熟悉而又陌生的心跳声，苍白的脸上，浮现出一缕砣红，幽幽地感叹道：“真羡慕她啊……”

李牧一愣。

就听夏静又似是梦呓般喃喃地道：“我知你看不起我，但哪一个女人，不希望身边有良人相伴，被人保护，过完一生呢？乱世人如虫蚁，如果有来生，静唯愿生在盛世之时，为一普通女子……”

话音落，她的元神能量迅速稀薄下去，最终彻底消散。

李牧的臂弯中，空空如也。

他心中，也不知道是一个什么滋味。

## 第1258章 陷阱

初次见到夏静的画面，以及后来两个人之间的交集，陆陆续续都在李牧的脑海之中闪过。

“其实我的身子很干净呢。”

这句话让李牧尤其印象深刻。

再到后来，知道夏静乃是乱军安排在万仙盟中的棋子，才慢慢开始相信她。

一个实力并不高，只能依靠绝世容颜来游走于各色人物之间的小女子，想要做事，一路走来，想来是吃了太多太多的苦吧。

所以才在生命的最后时刻，会发出‘愿来生良人相伴’的祈愿和感慨。

李牧久久才收回自己的臂膀。

他将破碎的青色古灯收了起来。

“【青魂炼狱灯】吗？”李牧将它掌在手中，看着远方逐渐黑暗下来的天空，郑重地道：“夏仙子，我一定会将次灯修好，让风痕和雨迹，在这灯芯之中生生世世受苦，一直到魂飞湮灭。”

之前战斗时，还能听到夏静在灯芯中哀嚎。

以夏静如此心性，都忍不住发出痛苦的哀嚎和嘶吼，可见青灯炼魂的可怕和残忍。

以彼之道，还施彼身。

李牧将青灯收了起来。

“师父。”

小辰皇松了一口气，用崇拜的眼神，看着李牧。

李牧轻轻地摸了摸他的头，没有说话，转身朝着石林中走去。

到了石林里，李牧扒开土，将躺在坑里装死的蠢狗拽了出来。

“啊……你拽掉我一根头发。”蠢狗躺在地上，哼哼唧唧地道：“好疼，需要一滴仙髓才能起来。”

李牧踢了一脚，道：“你想第二滴仙髓把你撑爆？别装死了，你送陛下回皇极崖，我留在这里还有一些事情。”

他决定将小辰皇送到相对安全的地方。

四明山脉危机重重。

李牧要去寻找袁吼，再打探方天翼的下落，带着小辰皇在身边，终究是一个累赘，危急时刻，只怕是保护不了。

小九跳起来，道：“终于可以离开这个危险的鬼地方了……人宠，要不你也一起回去吧，别把命搭在这里，汪有一种非常不安全的感觉。”

李牧摇摇头。

此时绝对不能走。

“回到皇极崖之后，小心行事，不要暴露行踪，一切等我回来再说。”

李牧详细叮嘱。

最终，小九带着小辰皇离开了。

李牧略微思忖，决定再返回四明仙府一趟。

虽然十几日时间过去，方天翼与东圣洲仙庭两大巨头之间的战斗，可能已经结束，但也许留下了蛛丝马迹，至少有迹可循。

至于袁吼的下落，只能在找到风痕和雨迹这两人之后，再想办法探究了，贸然在四明山脉之中寻找，宛如大海捞针一样，根本毫无头绪。

李牧略略收敛形迹，化作一道微不可察的金芒，朝着四明仙府的方向飞遁而去。

他如今晋入仙王境界，又经过了与风痕一战，收获颇丰，战力突飞猛进，实力爆炸性增长，胆子大了许多。

很快四明仙府在望。

十多天的时间过去，混沌迷雾霾气还未重来。

一轮血月高悬。

猩红月色下的仙府，仿佛是浸染在鲜血中一样。

李牧没有丝毫的犹豫，身形一闪而过，直接进入仙府中。

神隐小道，埋剑领，捉笔峰一路行来，极为熟悉，也无比静谧，安静的没有一丝一毫的动静，仿佛是一片亡者的世界一样。

前方便是太皇殿。

李牧收敛了全部的行迹，小心翼翼地靠近。

隔着数千米远，李牧的面色，微微一变。

他能够感应到，在太皇殿的方向，有数道极为可怕的恐怖气息在弥漫。

哪怕是李牧如今已经是仙王境界，这数道气息，也依旧令她感觉到惊悚。

他化作一只飞虫，隐匿行迹，小心翼翼地靠近。

片刻后，到了太皇殿百米之外。

想象中的战斗画面并未出现。

太皇殿之外，已经被一场恐怖的战斗摧毁一空，山石树木，还有其他各种建筑的痕迹，都被彻底抹除，地壳掀起，深不见底的沟壑，还有各色能量灼烧辐射过的焦土随处可见。

就连太皇殿，也已经坍塌，化作了一片废墟。

这座恢弘的建筑，毁在了战斗之中。

可以想象，这里发生过一场何其恐怖的战斗。

但是，战斗好像是已经结束。

李牧四下打量。

突然，他的目光聚集在太皇殿废墟中的中心石柱上。

这石柱直径十米，冲天而起千米，像是一根神针一样，矗立在废墟中杨，并未倒塌，巍然屹立。

而在石柱的上方，有两道身影，被长枪死死地钉在柱面，创口处，有殷红的鲜血流淌出来，顺着石柱上的纹络，宛如粘稠的小溪，向下无声无息地流淌。

“是他们？”

李牧心中一动，认出来了被钉在石柱上的这两人的身份。

是方天翼身边的八神卫。

当日方天翼现身，站在身后的八神卫，李牧都有印象，除了风痕和雨迹两人之外，还有六人，李牧当时就记住了这几人的面孔。

被钉在石柱上的自然不是风痕也不是雨迹。

李牧轻微地震动翅膀。

略微靠近之后，他才发现，不是两人。

而是四人。

在石柱的背面，还订着两个身影。

也是八神卫中人。

他们显然都经历了一场艰苦卓绝的战斗，但不幸战败，最终都是被数根淡紫色的长枪，穿透了四肢和胸膛，活活地钉在了石柱上。

那淡紫色长枪，闪烁着令人心悸的威压，显然是出自于极可怕强者的之手。

李牧看着，暗暗心惊。

这四大神卫，实力与风痕、雨迹相当，都是仙王级的人物，战斗经验丰富，实力强悍，没想到今日，竟然一下子折损了四个。

而且李牧还察觉到，四人中，一个身形高挑，面容清秀的女子，并未彻底死去，还有一口气在，昏迷着，发出微弱的痛苦呻吟声。

李牧震动着小小的翅膀，绕着石柱飞了两圈。

他在思考，这四名神卫的立场，到底是乱军，还是万仙盟？

有了风痕和雨迹覆辙在前，李牧难以决断。

略作思忖之后，李牧决定现身，先将这女子救下再说。

微光一闪。

蚊虫化作了李牧的身形。

他来到石柱近前，抬手握住刺入清秀高挑女神卫身体的淡紫色长枪。

一股阴翳可怕的气息涌来。

如果是修为暴增之前的李牧，被这种气息侵入，只怕是瞬间就丧失一半战力。

但如今李牧已经是仙王级强者，自是不在话下。

太阳金火一闪，便将那种紫色的阴翳气息消除，如法炮制，将五根分别钉在四肢、心脏位置的紫色长枪，全部都拔了下来。

长枪拔下的那一瞬间，清秀高挑的女神卫体内，顿时弥漫出一股强大的气息，从昏迷中苏醒的她，睁开眼睛的第一反应，就是一拳轰向李牧。

陷阱？

李牧急速后退。

一拳击空，女神卫还要追击，猛然看清楚了李牧的面孔，动作一僵，猛地一呆。

“是你？快走……”

她猛地意识到了什么，大声地道。

话音未落。

“哈哈哈哈。”

“鱼儿咬饵了。”

“乱军余孽，竟然还真的敢出现。”

四周响起阴森的笑声。

接着太皇殿废墟周围，一道道阵法涟漪闪烁，瞬间就形成了合围，一个玄色巨碗般的护罩，倒扣下来，将整个废墟都封禁在其中。

密密麻麻的天兵天将，现身四周，如潮水一般，将太皇殿废墟包围了。

李牧一见，立刻就明白自己中计了。

“风痕和雨迹，不是去找你了吗？你怎么会一个人闯进来……”高挑清秀的女神卫面色沉重，无奈地看着李牧。

李牧仔细打量着这个女人的表情，不动声色地道：“并未见到这两位。”

女神卫一呆，道："他们没有找到你？"

李牧点点头。

女神卫叹了一口气，道："这一次，连大人都中了仙庭的阴谋，想来他们两个，凶多吉少……唉，小家伙，你命中有此一劫，今天能不能脱身，就看你自己的造化了。"

顽强坚韧的气息，在她的体内流转着。

没有了淡紫色长枪的封禁，重新掌握了修为力量，她的气息逐渐拔高，虽然无法恢复到全盛时期，但却已经有了一战之力。

"一会儿，我掩护你，你想办法逃掉。"

女神卫淡淡地道。

身经百战的她，哪怕是在面临如此绝境，依旧保持着百分百的冷静，并未有丝毫的慌乱。

李牧道："方天翼大人如何了？"

女神卫摇摇头，道："大人脱离战场，下落不明，不过，以大人的实力和修为，定然无恙，你无需担心。"

对于方天翼，她有着绝对的信心。

李牧目光一扫周围，道："你我分头突围。"

女神卫扫了一眼李牧，道："你这点儿实力，突围就是找死，一会儿，我会给你创造机会……"

李牧之前现身时，隐藏了修为，表面上看起来，依旧是金仙巅峰。

一张暗色的巴掌大玄符，飘飞过来，落在李牧的身前，她又道："这张【神行符】，可以助你一臂之力，找准机会，不要回头，离开这里。"

李牧将【神行符】握在手中，道："那你呢？"

女神卫的目光，从其他三名被钉死在石柱上的同僚袍泽尸体上掠过，悲恸黯然，旋即有淡然一笑，道："瓦罐难免井口破，战将终究阵前亡，我已经死过一次，再死一次又何妨。"

李牧低着头，心中在反复判断。

这个女人，到底值不值得信任？

## 第1259章 去而复返

因为有雨迹和风痕的背叛在先，所以李牧对于八神卫都有怀疑。

谁知道这个偏偏没有死的女人，会不会有事万仙盟留下来的死奸。

上了一次当，害的夏静陨落，袁吼不知所踪，他自己也差点儿身死，教训不可谓不大，所以李牧此时，绝对不敢轻易相信别人。

略微思忖，他道：“好，按照你的方法来办。”

女神卫点点头。

她眸光清冷，宛如冷电，发出一声低吼，体内有热血在燃烧，直接燃烧了自己的血髓，等同于消耗仙道本源一样。

顿时，一股强大的能量澎湃。

伤痕累累的体表，一层层密密麻麻的淡绿色仙道符文流转。

这是在强行催动自己的力量。

青色宛如深潭一般的光焰，从女神卫的双眸之中爆发出来，这是某种瞳术，扫视四周，显然是在观察废墟封禁阵法的破绽，寻找突围的契机。

不得不承认，方天翼身边的八神卫，实力之强，都是万中挑一的菁英级存在，战斗经验和实力兼备。

“东方。”

女神卫轻声传音。

下一瞬间，她直接运转某种秘术，将钉在石柱上的淡紫色长枪，拔下来，当做是武器，朝着东方，直接投掷了出去。

嗖嗖嗖！

十柄淡紫色长枪几乎是同一时间，撞击在阵法封印的同一个点。

咔嚓。

一片蛛网般的裂纹出现。

“阻止他。”

一位天将大喝道。

嗖嗖嗖！

各种仙道弩箭，宛如流星雨一般，隔着阵法护罩，朝着女神卫和李牧飙射而来。

其间还夹杂着仙道符文巨炮的轰鸣。

万仙盟天兵天将的战斗方式，有别于普通的仙道宗门。

这样的力量，足以在瞬间，就摧毁像是东玄仙门、皇极崖这样的三流仙道势力。

女神卫长发飞舞，宛如流瀑。

她清喝声之中，双手各握着一柄从同伴尸体上拔下来的淡紫色长枪，挥舞如雷电，闪烁之间，竟是精确无比地将那些弩箭和巨炮光束，统统都拒之门外。

强大、娴熟而又高明的战斗技巧。

李牧在心中做出了评价。

到最后，两柄长枪在她的手中，挥舞如浑圆，化作了两面紫色的镜子一样，不断地汲取吸收飞射而来的能量，然后反弹转转，射出去两道紫色光柱。

轰！

狠狠地轰击在了之前已经裂开了蜘蛛网裂纹的阵法护罩上面。

咔嚓咔嚓。

大片大片的护罩碎片龟裂。

一个磨盘大小的碎洞，瞬间出现。

“走。”

女武神大喝。

她冲在前面，硬抗所有轰击过来的劲气，李牧紧随其后，两个人一前一后，在阵法护罩重新愈合之前，冲出了阵法之外。

“噗……”

女武神口中喷出数道鲜血。

她本来就是重伤垂死，刚才不惜燃烧本源，强行催动力量，破开阵法禁制，遭受反噬，已经是伤上加伤，此时，气息越发高涨狂暴。

但实际上，整个人，已经是强弩之末。

只是为了保护李牧而硬撑着而已。

“你怎么样？”李牧面色大变，连忙道：“你可千万不要死，还要保护我冲出去呢。要死，也等我安全了之后你再死啊。”

女武神颇为无语地看了一眼李牧，来不及说什么，就鼓起余威，朝着冲过来的天兵天将杀过去。

“跟紧我。”

她低喝道。

喊杀声沸腾。

鲜血染红了虚空。

接触的瞬间，就分出了生死。

有无数的天兵，在女武神的双枪之下，瞬间被肢解，像是下饺子一样，伴随着阵阵血雨腥风，从天空之中坠落了下去。

惨叫声、呼喊声、嘶吼声、哀鸣声……

各种声音交织在一起，宛如一出死亡鸣奏交响乐！

为了在彻底力竭之前，杀出一条血路，女武神几乎是不顾一切代价地冲杀，不闪不避，硬抗各种轰击，宛如疯狂一样。

数大天将级的强者出手，就被她以伤换伤，强势逼退。

终于，数万天兵天将的合围圈，被这个女人生生地凿出一条稍纵即逝的缝隙。

“还不走？”

她头也不回地大喝。

李牧毫不犹豫，直接催动了【神行符】，沿着缝隙疾冲。

咻！

【神行符】的威力，堪比王级之力催动【筋斗云】的速度，流光疾电一闪之间，就冲出了天兵天将的包围圈，化作一道白痕，消失在了远处的虚空之中。

看到李牧消失，女武神松了一口气。

瞬间宛如潮水一般的疲倦感涌来，将她彻底淹没。

力量像是流水一样被抽取一空。

噗噗噗！

刹那间身披数创。

本已经残破的身躯，被刀枪剑戟洞穿。

本就已经不多的鲜血，流淌出来，顺着一柄柄冷森的兵器，滴落天空之中。

“呵呵，女武神流苏？命还真的是挺强。”

一位身披黄金甲的神将，到了近前，冷笑着道：“八神卫已经死了五个，算上你是六个，剩下的两个，与方天翼一起，也已经是网中猎物，呵呵呵，说吧，刚才跑掉的那个小家伙，是谁？”

他对于李牧，并无印象。

这些天兵天将，都是后续前来参与围捕乱军的力量，并不知道之前发生的事情。

女武神的生命气息，正在飞快地衰减下去。

在看到李牧成功逃离之后，支撑着她的那一口气，瞬间消失，甚至连抬手的力气都没有了。

体内的各种异力，在疯狂地涌动肆虐。

她没有回答这个金甲天将的问话，甚至连头都没有抬。

“本将乃是东圣洲仙庭兵府第七主将林傲，位高权重，只要你配合，便可以保你一命，呵呵，女人，你的伤很重，若是此时投降，召出你那个同伴的身份信息，我还来得及救你，否则，再耽搁一两刻，你就要死在这里了。”金甲天将声音中带着诱惑，道：“仔细想清楚，生命只有一次，死了，就再也不会活过来了。”

女神将嘴角浮现出一丝讥诮的弧度。

死？

她已经是死过一次的人了。

再死一次又何妨？

自从成为八神卫之一，身死早就置之度外。

只要死得其所，何足道哉？

金甲天将林傲一看，就知道对这种硬骨头的女人，再说什么，都是白搭，而且经此一战，想要在引诱叛军的力量来此，只怕是不可能了。

这个女人，也彻底失去了价值。

“杀了吧。”

他转身离去。

身后的佐将，长刀出鞘，就要斩下。

便在此时——

“等一等。”

一个声音响起。

从远处传来。

林傲扭头看去，骤然一怔。

却是刚才那个逃走乱军年轻人，竟是去而复返，在千米之外，遥遥地挥手打招呼，一脸古怪的神色。

林傲还以为自己看错了。

这人脑子坏掉了吗？

竟然还敢又回来？

其他天兵天将，也都是大出意外。

而原本已经低头认命的女神卫，听到这个有点儿熟悉的声音，也是难以置信地缓缓抬头，等她看到李牧的去而复返，顿时挣扎起来，想要骂娘。

“嗨，是我，我又回来了。”

李牧笑了笑，指了指女神卫，然后对天兵天将道：“是这样的，能不能先不杀她，用我来换她，怎么样？”

林傲似乎有点儿明白了。

呵呵。

乱军。

这就是乱军。

一群不知所谓的家伙。

很多时候，都会让人怀疑，这些乱军的脑子是不是因为在乱域之中的错乱法则给摔坏了，像是牺牲自己换取同伴安全这种事情，在乱军中经常见到。

他们以此为傲。

这个年轻人，大概也是被这种所谓的‘精神’给洗脑了，所以竟然在逃离之后，又返回来，想要用自己来换取女神卫的安全……但这可能吗？

“拿下他。”

林傲懒得多费唇舌，直接摆摆手。

他甚至都没有亲自出手的冲动。

因为这个小家伙的实力，太弱了。

不过是金仙级而已。

嗖嗖嗖！

数道天将身影，宛如流虹，朝着李牧略去。

这几尊出手的天将，都是仙将级，实力强大，战技高明，别说是对付金仙，就算是对付同级别的仙将，也绝对是手到擒来。

“蠢货。”

女神卫气的破口大骂。

唯一一枚隐藏起来的神行符，交给了这个蠢货，好不容易拼上性命，才创造机会让他逃脱，结果他竟然又回来了，所有的心血和牺牲，都白费了。

就算这个家伙，是来换取她的安危，看似好心，但都不可饶恕。

太蠢了。

如果时间倒流，女神卫绝对会选择自己逃走，也不让这个蠢货来浪费一个活下去的名额。

她气的眼前发晕。

不过，也就是在这时——

锵锵锵！

兵刃交锋的声音响起。

短暂而又急促。

不可思议的一幕出现了。

旋即那冲过去的数尊天将，以更快的速度倒飞回去，然后在半空中，直接炸裂开来，化作了几团熊熊火焰，顷刻之间，就变成了飞灰！

“什么？”

林傲瞳孔骤缩。

女武神脸上的愤怒，也瞬间一滞。

“刚才你救我，现在我来救你。”

李牧老远对着女神卫笑了笑。

身形一闪，他手中诛仙长刀一刀斩出，时间扭曲奥义催动。

所有人都没有反应过来。

李牧已经欺入到了林傲身前。

咻！

刀光闪烁。

林傲的人头，就直接飞了起来。

半空中，他飞旋的那张脸上，还带着错愕和惊讶，一切都发生的太快了，堂堂的东圣洲仙庭兵府第七主将，此时，甚至都没有反应过来发生了什么事情。

## 第1260章 真正的方天翼

李牧其实并未逃走。

他离开了众人的视线之后，很快又折返回来，暗中窥伺，直到看到林傲令人杀女神卫流苏，他才现身出来。

这么做，是为了确定女神卫流苏的身份。

至此，李牧基本上可以确定，流苏值得信任，和雨迹、风痕不一样。

一旦确认了流苏可信，那李牧当然会出手相救。

林傲的实力，比之风痕还略有不如。

李牧尚未完全消化新境界的修为之时，就可以与风痕一战，将其击败惊走，那对上林傲，以有心算无心，林傲将李牧当成是金仙级的对手，猝不及防，李牧自然是一击得手。

实力最强的林傲，做了刀下鬼。

其他的天兵天将，群龙无首，一时反应不过来，又被李牧连续施展时间错位的法则奥义，袭杀了数位仙将之后，这一支天兵天将队伍，就彻底兵败如山倒了。

李牧将女神卫流苏救下，并未停手，四处追杀，将这支万仙盟的军队，斩尽杀绝，一个都没有放走。

这样才能保证消息没有泄露出去。

“你……融合了仙髓？”

女神卫流苏难以置信地看着李牧。

李牧点点头，道：“先疗伤。”

他直接取出一滴仙髓，交到女神卫的手中。

女神卫震惊地看着他。

如此珍贵的宝物，就这么轻易拿出来了？

李牧面色平静坦然地道：“你的伤势太重，一般的疗伤丹药，只怕是已经无益，只有仙髓，其中蕴含着大量的生机之力，或许可以弥补你燃烧消耗的本源之力，恢复修为……不用谢我，毕竟你之前救了我，现在，抓紧时间疗伤，然后去找方剑神。”

流苏略微沉默之后，点点头，不再矫情，接过了仙髓。

原本仙髓需要在最佳状态下吞服炼化，才能起到最大作用，避免炼化过程之中的痛苦，但留给李牧和流苏的时间显然不多，女神卫直接张口吞服，然后就在太皇殿废墟之中，开始炼化。

这里刚发生过战斗，没有人逃出去，暂时算是最安全的地方。

女神卫浑身淡青色的符文光芒闪烁。

一簇簇银色的火焰，从她脊椎骨中爆发出来，最终吞噬了青色符文光芒，将她整个人都笼罩，直接烧掉了她身上衣甲，曼妙高挑的身姿，犹如白玉雕琢一般，腰腹和长腿，充满了爆发力，优美到了极点。

李牧转过身不看。

很显然，因为流苏的实力，比李牧当初炼化仙髓时，高了一个大境界。而且似乎还掌握着某种炼化仙髓的特殊法门，因此进境颇快。

所以事情比李牧想象的更加顺利一点。

约一个时辰之后，女神卫就结束运功，站了起来。

她换上一身轻甲，道："走吧。"

李牧转过身来，讶然道："这么快？"

流苏道："只是将伤势勉强恢复一些，祛除了体内的异力，仙髓的能量，十成中有九成，并未完全融合炼化，时间不允许，所以只能以后有时间再说了……总之……"

说到这里，她认认真真地向李牧行礼，道："谢谢。"

仙髓的珍贵，语言难以形容，她和李牧，认识也才不过短短时间而已，李牧却直接将仙髓给她，这份信任，语言难以衡量。

流苏本来就不是一个善于表达的人，她从来只会用行动证明一切，所以这简简单单的'谢谢'两个字，已经是她的语言能够表达的极限了。

李牧笑了笑没有说话。

两人不做停留，直接离开了四明仙府。

方天翼与麾下八神卫之间，有特殊的联系方式。

出了四明仙府，女神卫流苏很快就找到了一些方天翼留下的痕迹，循迹而去。

“当日我离开之后，到底发生了什么？”

李牧忍不住问道。

流苏看了他一眼，徐徐道来。

……

十五日之前。

“既然你来了，那他很快也会到了。”

‘方天翼’身形逐渐模糊下去，但脸上的笑意，却是毫不掩饰。

一直到他的身形，彻底模糊，仿佛是永恒地消失在了天地之间时，却在千米之外，另一个身影，渐渐地幻化出来。

依旧是‘方天翼’。

高居于天穹上身着帝王袍，脚踏仙皇履的威严身影，脸上浮现出一抹讶然之色，道：“真是让朕意外啊，方天翼竟然将他身上唯一一枚‘阴阳颠倒神符’，交给你了。”

一般的替死宝物，根本无法挡下他的一击。

而眼前这个‘方天翼’，一击之后身形消失，似是湮灭，却又从其他地方出现，只有传闻中，剑神方天翼身上的【阴阳颠倒神符】，才可以有如此效果。

“为了引你出来，当然是得付出一些代价，否则，如何击杀东圣洲仙庭的大仙主？”

‘方天翼’冷笑着道。

不错，这个浑身缭绕着贵极仙气，身着帝王袍的人，便是东圣洲万万仙人之上的万仙盟仙庭大仙主独孤安然。

一个站在整个仙界无数修士头顶，高不可攀的巍巍存在。

“引朕出来？”独孤安然淡淡一笑，道：“让朕现身又如何？”

话音未落。

另一个晴朗的声音，在太皇殿上空响起。

“既然你现身了，那便请你陨落吧。”

在‘方天翼’的身边，又出现了一个新的身影。

这个新出现的人，看起来也不过是二十岁左右的样子，极为年轻，身着青衫，黑发如瀑，剑眉星目，面容俊朗，是一个罕见的美男子，只是比之前那个‘方天翼’，更多出了几分硬朗，浑身上下，流转着一种高高在上的傲意，仿佛是天地之间，唯其最大。

更值得一提的是，这人身上的气息，雄浑强横，犀利至刚，远超八神卫和‘方天翼’，隐隐完全可以和大仙主独孤安然分庭抗礼，并驾齐驱。

“好。”

东圣洲大仙主独孤安然满意地点点头。

“传闻剑神方天翼，与刀剑神皇丁浩一样，都是出身于问剑宗，入门时，加入的乃是青衫东院，之后便一直身着青衫，你才是真正的方天翼，朕没有说错吧？”

独孤安然道。

新出现的年轻人，眉宇桀骜，目光凛冽，盯着独孤安然，缓缓逼近，道：“既见我，就请独孤仙主上路。”

他，果然才是真正的方天翼。

也未见他如何动作，周遭虚空之中，铮铮剑鸣之音大作。

所有人都觉得，自己仿佛是处于一片剑之汪洋之中，无所不在的犀利剑意气息，充塞天地，似是只要这个青衫年轻人一念之间，就可以将所有人都万剑穿心一样。

便是端木正武、东方夜刃这样的强者，也感觉到一阵阵发自于灵魂的惊悚惊恐，才明白，在真正的方天翼面前，他们其实弱小的不堪一击。

这样的发现，令他们惊怒，却更无奈。

一个方天翼，就已经如此可怕，那还在方天翼之上的刀剑神皇丁浩、御天神帝叶青羽，北域人皇孙飞等人，将是何其的强大与可怕？

且在这几大乱军支柱之下，还有如刀狂张凡，玉面修罗李兰，神凰谢解语，十二黄金圣战主神、宫商角徵羽诸大乱军仙主等等……乱军的高端战力，想一想，都让人感觉到惊悚和恐惧。

这也是为什么这么长的时间以来，明明占据着绝对数量和地域优势的万仙盟，始终不能将乱军彻底铲除的最主要原因。

而眼下，局势发展到这个地步，就已经不是端木正武这个级别的人物所能参与的。

接下来，将是真正巨头级的巅峰存在的博弈。

两大顶级巅峰强者交手在即。

恐怖的气息弥漫。

所有人都往后退。

便是八神卫和那位假的方天翼，也不例外。

大仙主独孤安然身形骤然高大深远起来。

他虽是原地未动，但给人的感觉，却像是在无限地拔高，银紫二色仙气缭绕，越发璀璨，随着他伸手一指，这两道仙气，就犹如神龙出海，直接朝着方天翼绞杀而来。

方天翼嘴唇微动。

天地之间，剑鸣响彻寰宇。

那银紫两道仙气，便被拦腰斩断，无功而返。

仙道绝颠的强者交手，已经是化繁为简，返璞归真，表面上根本看不出来如何惊天动地的能量波动，但其中的凶险和恐怖，非同境界的强者，无法窥视。

大仙主独孤安然的眼眸中，闪过一丝凝重。

刚才出手，并非是试探。

像是他们这种等级的存在，一交手便是赌上了全部的道行和气运，直接分生死，不存在丝毫的试探可能。

而刚才稍触即分的交手，已经说明了问题。

方天翼的实力，比独孤安然所设想的更强。

“你知不知道，其实这一次的四明仙府之事，连同仙府之中的仙髓，都不过是仙庭为了引出你这个钉子而设置的杀局而已，今日对你来说，就是必死的杀局，你以为是在钓鱼，其实你自己，才是那条真正咬饵的鱼。”

独孤安然没有再动手，而是突然开口道。

方天翼的面色，怡然不惧。

他傲意勃发地道：“很多时候，布局者最终都沦为棋子，大鱼跃起，连饵和垂钓者一起吃掉，渔人才会知道自己所为的一切在握，是多么可笑。”

方天翼震动剑意。

剑气凌天地。

## 第1261章 天塌地陷

言语的交锋，是意志和信心的撞击。

当独孤安然意识到，自己的实力，并不能稳稳地击败方天翼之后，不再急于出手，而是将四明仙府之争的真相，缓缓地抛出来。

哪里有什么突然出现的仙府。

这一切，都只是一个局而已。

四明仙府早就在仙庭的掌控之下，且已经暗中开发探索完毕。

只是为了将方天翼这个一直以来都活跃在万仙盟统治区域的眼中钉拔出，所以才策划了这样一场所谓的四明仙府突然出世，各方争夺四明仙王传承的大戏。

为了让这场大戏能够吸引到方天翼的注意，并让这位乱军剑神亲自下场，仙庭不但将曾经获取的四明仙府财宝，都重新放回去，甚至还不惜拿出了仙髓这样的至宝，来当诱饵。

真正的四明仙府中，根本没有仙髓。

这仙髓，乃是万仙盟所储藏的至宝，拿出来‘添加’到了四明仙府中。

各种造势和宣扬之下，方天翼果然亲自进场了。

虽然方天翼以真假身份的不变化，几乎骗过了所有人，将仙庭的底牌，基本上都骗了出来，但到了最后，他还是得现身。

而只要现身，今日就别想再脱身了。

独孤安然将这些说出来，是在攻心。

真正的顶级强者交锋，已经不仅是修为、境界、神通和战技的较量，更是状态、意志和信念的碰撞。

只要这些话语，能够削弱哪怕是一丝丝方天翼的意志，打开一道裂纹，那他的目的就达到了。

但方天翼安静地听完了独孤安然的话之后，意志没有任何的动摇，反而是用一种怜悯般地眼神，淡淡地道：“说完了？”

独孤安然眼眸深处，闪过一丝愠色。

方天翼道：“说完了，继续吧。”

神通催动。

他背后，虚空有规律地震动，大片大片的虚空碎片坍塌开来，似是有什么极可怕的凶器，从其中挣脱出来一样，还未真正出现，可怕的气息就汹涌澎湃，碾压而出。

大仙主独孤安然放弃了继续攻心的打算。

常年游走在生死之间的方天翼，心智的坚韧，显然要比他想象的更加可怕。

如此一来，只有用阳谋了。

他双手在身前一戳。

银紫二色仙气骤然膨胀，仿佛是一银一紫两条神龙一样，缭绕在他的身体周围。

这二色仙气，乃是独孤安然的仙道本源神通。

银紫双色，无坚不摧。

方天翼的背后，大片大片的虚空塌陷，旋即一柄数千米高的青色巨剑，缓缓地浮现出来。

这也是他的仙道本源神通，放逐之剑。

这柄剑，以元神和血肉温养，平日里放逐在无尽虚空之中，汲取虚空风暴之中的力量，一旦召唤的而来，瞬间爆发的杀伤力，可以说是毁天灭地。

两人都是沉默无声，并不存在开大招时用最大的声音吼出战技神通名称的中二表现。

银紫二龙席卷而下，张口吞噬。

青色巨剑迎面而上，斩入龙口之中。

吼吼！

一层层混乱的能量风暴，在这一瞬间，无法遏制地爆发，一圈圈肉眼可见的杂色辐射波，在短暂的收缩之后，报复性地膨胀。

轰隆！

坚不可摧的太皇殿，一瞬间就彻底坍塌了。

砰！

战场的中心，刺目的光辉闪烁。

每闪烁一次，毁灭般的能量辐射波，就爆发一次。

似是永无止尽。

终于！

轰隆！

最恐怖的一次震动，天穹高出的空间大片大片地碎裂，仿佛是天塌了一样，然后两道身影，各自朝后飞射，狠狠地撞在了大地上。

顿时大地地壳碎裂，板块裂开扬起，仿佛是地震。

天塌地陷。

这便是屹立在仙道绝颠的顶级强者交手时的可怕场面。

所幸这是在仙界之中，仙道法则存在，天地不像是下界那样的脆弱，若是放在混沌世界，或者是其他星域修炼世界，只怕是整个星系，都在刚才交手的瞬间，被彻底毁灭了。

双方强者的心，一下子都悬了起来。

突然——

咻咻！

天空中两道身影浮现。

独孤安然的帝王袍破碎，冠冕折断，身上鲜血斑斑，脸颊处一道剑痕裂纹。

方天翼发带碎裂，一头黑色长发，飘飞如瀑。

“剑身方天翼，果然是名不虚传。”

独孤安然面色凛冽，身边缭绕着的银紫二色仙气略显暗淡。

方天翼撇撇嘴，没有说话。

他身后的虚空，又开始极有规律地震动，大片大片的虚空壁障塌陷，旋即第二柄【放逐之剑】出现了。

独孤安然面色立变。

一柄【放逐之剑】已经令他感觉到棘手。

如果是两柄的话……

“杀。”

他选择先下手为强。

双袖一张。

无数道流光，从他的袖口中飙射出来。

都是六七品以上的仙器，被银紫二色仙气催动，泫然欲爆，化作漫天箭雨一般，朝着方天翼射来，欺近身前时，瞬间便爆发炸裂，仙器之中蕴含着的仙道灵力，形成了混沌潮汐，搅乱时空法则。

方天翼心念一动。

放逐之剑一剑斩下，就剖开了这能量潮汐乱流。

仙庭真的是家大业大，底蕴深厚，如此数百件之多的六品、七品乃至于八品仙器，就被用来当做是炸弹一样爆炸袭敌。

若是挡在反抗军中，这些可都是被奉若珍宝的东西啊。

咻！

乱流被剖开的一瞬间，独孤安然的身形就欺近到跟前。

银紫二色仙气在他手中，化作缚捆仙魔的鞭子一样，灵活无比，朝着方天翼绞杀缠绕过来。

“近战吗？”

方天翼笑了。

他双手在虚空之中一捞，两柄微型的青色放逐之剑，浮现在手中，精妙无方的剑术，骤然在他的手中绽放。

两道身影不断地交错，撞击。

顷刻之间，不知道交手多少次。

嘭！

战场中心能量爆炸开来。

浅灰色的能量乱流涌动，仙道霾气遮蔽了天空。

方天翼的身形，骤然霾气雾团中倒飞出来，跌向地面，嘴角有血迹溢出。

“大人……”

剩下的六神卫心脏快跳到了嗓子眼了，飞过去将方天翼身形托住。

胜负已分？

万仙盟各大宗门的强者，以及仙庭的府主们，心中一喜。

却在下一瞬间，独孤安然的身影，从霾气之中跌落下来，眉心和心脏位置，各插着一柄青色的放逐之剑，面色灰败暗淡，气机竟是隐隐有些涣散。

“什么？”

“仙主！”

人影闪烁，东方夜刃和端木正武两人第一时间冲上去，将独孤安然扶住。

胜负已分。

但却不是仙庭赢了。

就算是白痴都看得出来，独孤安然的伤势更重。

这位位高权重，掌握着东圣洲无数宗门、强者命运的仙庭大仙主，竟然是败在了乱军一位第二序列的强者手中。

无数人的心神震动。

这样的结果，影响绝对是深远的。

一直以来，仙庭在四洲的四位大仙主，都被认为是可以匹敌丁浩、叶青羽、孙飞等乱军第一序列强者的人物，对上方天翼、李兰、张凡、兰帕德等乱军第二序列的强者，绝对是稳赢。

但是现在，这一定律被打破了。

这个结果对于万仙盟仙庭来说，绝对是破坏性巨大的消息。

高端战力上的碾压，对于整个局势的作用，运用得当的话，可以放大到极限，可以直接左右和决定两大阵营最终的对峙结果。

【青衣女仙】等万仙盟宗门的强者，一下子面色都变得忐忑了起来。

而其他各大府的仙庭分部的小仙主们，亦是一脸震惊难言的表情。

机关算尽，没想到最终竟然还是仙庭败了。

“好一个方天翼。”

独孤安然以强横的修为，将两柄放逐之剑逼住，令其不能再近分毫，也令其中的时空错乱放逐之力，无法毁灭他的肉身，面色阴冷，一时也无法将两柄青色长剑拔出来。

方天翼五官中，鲜血汩汩溢出。

但气机却依旧可以维持。

他抬手一招，又是一柄青色长剑出现在手中，就要再出手。

却在这时，独孤安然突然大笑了起来。

同一时间——

砰砰砰砰！

四道奇异的声响。

方天翼的身形一颤。

他的眉心，左右胸腔和下腹丹田位置，各有一枚染血的钉尖凸出来。

事出突然，几乎没有人反应过来。

嗖嗖！

两道身影飞快地逃窜，从方天翼的身后拉开了数千米的距离，才停下来。

伴随着独孤安然的大笑声，这肘腋之变的原因，似乎得到了一些解释。

方天翼被偷袭暗算了。

而暗算他的人，是他最信任的人。

八神卫之中的两个。

方天翼皱了皱眉，回头看去："为什么？"

出手偷袭的是八神卫之中的名华和碧落，一男一女，而使用的武器，并非是他们惯常用的盾和镰，闪烁着银色和紫色光芒的芒钉，为仙庭特制，专门用来封印和灭杀巅峰仙道强者的刑具。

这种阴毒之物，原本只有堪比独孤安然这个级别的强者出手，才能打入方天翼的体内，但因为之前一场大战，方天翼虽然强势击败独孤安然，但自己也受了伤，加之对于八神卫太过于相信，以至于根本未曾防备，被名华和碧落两人，偷袭得手。

## 第1262章 仙府之战落幕

“他们本就是仙庭的人，哪里来的为什么？”

独孤安然的笑声骤歇，一抹得意的神色无法掩饰。

除掉乱军方天翼，这将会是近五百年以来，仙庭最大最显赫的战果。

四根【封龙印】打入方天翼的体内，他就算是有中央仙主级别的修为，也休想挣脱，实力被封印，今日之战，到此，算是彻底有了一个结尾。

“你们两个该死一万次。”

护卫在方天翼身边的另外四大神卫之一，名叫风卷的女子，一柄长枪穿梭如龙，直接朝着背叛的名华和碧落杀去，眼眸之中的愤怒，宛如烈焰火山爆发一样。

名华和碧落各自后退，并不还手。

两人心虚。

“回来吧。”

方天翼道。

风卷因为巨大的愤怒，表情面容扭曲，但听到方天翼的命令，还是退了回来。

“为我护法。”

方天翼道。

四大神卫面色一肃，各自燃烧力量，前后左右四个方位占据，强横的力量，蓄势待发。

方天翼盘膝悬空而坐，双掌在小腹位置，捏出剑诀，强行催动体内的剑意之力，想要将四根【封龙印】长钉直接逼出来。

这四枚【封龙印】，乃是仙庭为了对付乱军中的大仙主级强者而专门特制，一旦打入体内，外人绝难拔出，或有修为精深之辈，依靠己身的力量，可以尝试逼出，但难上加难。

独孤安然一看，面上浮现出冷笑之色。

“困兽之斗，垂死挣扎……来人，给我杀。”

他冰冷地道：“斩杀八神卫者，可得一滴仙髓，斩杀方天翼者，可得进入中央仙庭瑶池修炼百年的资格。”

重赏之下必有勇夫。

一听到独孤安然说出这样的话，【青衣女仙】、各大小仙主，端木正武和东方夜刃等人，一下子都疯狂了，直接朝着方天翼等人袭杀而去。

一场大战，再度开启。

独孤安然身中两剑。

放逐之剑的威力，并不比【封龙印】弱，强大的剑意之力，时时刻刻都在涌动，让他不得不全力压制伤势，需得将两柄放逐之剑，都从体内逼出，才能恢复一定战力。

所以此时他不能出手，只能依靠其他人。

方天翼的身边，四大神卫犹如扼住浪潮的堤坝礁石，组成一个阵法，将冲过来的人群，全部都阻挡在距离方天翼百米之外的区域。

万仙盟的一众高手，想要击杀方天翼，得先击杀这四大神卫。

狂乱的喊杀声响起。

残肢断臂飞舞。

流血和死亡，在第一时刻开始，就瞬间出现。

四大神卫将他们作为方天翼亲卫的实力，彰显的淋漓尽致，哪怕是端木正武和东方夜刃这种级别的强者，一时之间，竟然都束手无策，无法突进四人阵法。

方天翼面容静谧肃穆。

哪怕是危在旦夕，他的脸上，却是没有丝毫的急躁之色。

钉在体内的四枚【封龙印】，缓缓地颤动着，以肉眼不可见的速度，缓缓地拔出，但按照这样的速率，大概需要数日时间，才能完全将其逼出去。

即便如此缓慢，远处的独孤安然，面色也变了。

伤势如此之重的方天翼，竟然真的可以逼动【封龙印】？

到此时为止，东圣洲仙庭的手段底牌，可以说是已经尽数摆出了，好不容易将方天翼逼至绝境，结果竟还是不能彻底绝杀，被方天翼寻到了一丝翻盘的机会。

这个人，手段如此逆天吗？

他看向那两名叫做名华和碧落的叛神卫，下令道：“还不出手？”

一旦这两大神卫加入战局，瞬间就能改变局势。

碧落和风华闻言，都有些迟疑。

他们虽然是万仙盟的人，但这些年，跟随在方天翼的身边，颇受照顾，要说心中完全没有感情和忠诚，是不可能的，乱军剑神的人格魅力，自有其独到之处。

独孤安然冷笑了起来，道：“你二人既已经背叛了方天翼，除了一条道走到底，再无其他任何选择，难道你们以为，此时不出手，方天翼活下来后，会放过你们吗？”

他心中大恨。

若是自己未曾重伤，何须放下身段，费此口舌？

这两个人竟然还敢迟疑，同情方天翼，罪不容诛，等到此间事了，必定要将这两人斩杀，以儆效尤。

碧落和名华两人，相互对视一眼，都看到了彼此眼神中的些许悔意。

但真的是开工没有回头箭。

两人催动力量，飞射加入到了战圈之中。

骤然加入了两个同等级的敌人，且这两个敌人还掌握着四大神卫合击阵法的破绽，一瞬之间，风卷、流苏等四大神卫的阵势，就岌岌可危。

方天翼的脸上，终究是浮现出一丝急躁之色。

显然他也察觉到了局势危急。

噗！

风卷中了端木正武一掌，身形摇晃，却是硬撑下来，原地不退。

流苏等其他三大神卫情形与她如出一辙，瞬间受伤，形式摇摇欲坠。

“噗！”

方天翼猛地喷出一口鲜血，身上骤然爆发出一种之前未有的力量。

咻！

钉在后脑透出眉心的那枚【封龙印】，突然飙射出去，化作一道流光，直接射在端木正武的额头，嘭地一声，就将这位东圣洲仙庭兵府之主的脑袋射爆了。

血浆溅射。

端木正武的身形摇摇晃晃，旋即倒下。

突然死亡。

以他在东圣洲之位高权重，眼看着大功近在眼前，却这样突然之间死的不明不白，可以说是委屈指数满额。

这样的变故，令东方夜刃悚然一惊，背后一片冷汗，第一时间身形后撤，拉开了距离，同时运转仙元，将防御提升到了极点。

远处的独孤安然心中也是一惊。

“快，继续围攻，他在透支本源，已经是强弩之末，不足为惧了。”他真的是急了，大声地喝道：“胆敢临阵退缩者，罪无赦。”

恩威并施之下，各方强者，只能死命向前。

四大神卫瞬间就是伤痕累累。

四人护法之阵，更是层层缩小，不断地后退。

他们用能够想到的一切办法来为方天翼争取时间。

太皇殿废墟四周，流血漂橹。

终于，四大神卫的合击阵法被攻破。

一道刀光，奇快无比，宛如疾电，刺向阵中的方天翼。

却是早就蓄势以待的【青衣女仙】，发出了准备良久的一刀。

势在必得。

眼看着四大神卫已经阻拦不及，青色的刀刃，正要斩在方天翼的脖颈之间，却在这时，方天翼猛地睁开眼睛，抬手抓住刀刃，双掌血水淋漓，但却阻住了这一刀，反手一掌，将【青衣女仙】打的倒飞出去，半空中狂吐鲜血。

“保护大人。”

流速怒吼，不顾一切地燃烧本源和寿命，爆发出超越境界的强大力量。

其他三名神卫，亦是如此。

以方天翼为中心，这片区域，直接变成了一个可怕的绞肉场，无数的强者倒下，天兵天将仿佛是稻草人一样被收割，各大万仙盟宗门的强者，亦是前仆后继地倒下。

双方都已经是杀红了眼。

噗！

又一枚【封龙印】从方天翼的体内逼出，射过虚空，洞穿了十几名天将的身躯，带走了他们的生命。

此时，东圣洲仙庭的高手数量，也所剩不多了。

名华和碧落这两大叛神卫，此时也彻底放弃了心中最后一丝犹豫，猛攻昔日同僚。

“该死。”

独孤安然坐不住了。

再也无法维持高高在上的形象，不顾体内的伤势，强行催动仙元，也不得不燃烧本源和寿命，爆发出强大的力量，银紫二色仙气呼啸着，奔腾而出，将四神卫都击飞，直取方天翼。

方天翼发出怒吼。

他的身上，还有左右胸膛上的最后两枚【封龙印】。

但一身实力，却还是被封印了大半。

强行催动【放逐之剑】，虚空之中只有一片剑之虚影浮现，斩在银紫二色仙气长龙上。

这一次，只是微微一阻，剑影便消散。

银紫二色仙气略微黯然，但仍然狠狠地击在方天翼的身上，将其身形击飞，几乎打烂。

也就是在这时，一直都在外围游走观察的东方夜刃，眼睛一亮，爆发出最强的一击。

厉光一闪。

东方夜刃的身形闪过，手中一柄怪刃斩过方天翼的头颅，直接枭首。

“哈哈哈，我杀了方天翼，我杀了方天翼。”

一击得手，东方夜刃有种不真实之感，旋即反应过来，直接拎着方天翼的头颅，疯狂地大吼了起来。

众人都是一呆。

流速等四大神卫，之前已经被独孤安然出手击昏，并未看到这一幕。

东方夜刃怒吼几声，生怕方天翼死的不彻底，直接出手轰击方天翼的无头尸体。

就在这时——

咻！防止失联,请记住本站备用域名：８０８０ｔｘｔ．ｃｏｍ

一道剑光闪过。

东方夜刃心中一凛，连忙挥刀防御。

却见一个白色的身影，速度极快，抱着方天翼的尸体，疾驰而去。

“糟糕，是那个假的。”

他这才反应过来，之前大战时，那个假的方天翼，一直都未曾现身，以至于双方都几乎将此人忘记了，却在最后时刻，突然出手，将方天翼的无头尸体抢走。

“不用追了。”

独孤安然身形摇摇晃晃地走来。

他五官流血，气息孱弱到了极点，道：“方天翼中了【封龙印】，又中我双色仙气，一身神通所剩无几，宛如常人，断首之伤，必死无疑……传令仙庭各部，追缉这个假货和木牧，将方天翼的尸体和仙髓，都给我找回来。”

“遵命。”

周围幸存的仙庭高手，纷纷应命。

## 第1263章 大仙主之死

事情发展到这一步，独孤安然的心，算是彻底放到了肚子里。

方天翼也是人，不是不死不灭的神，那样情况之下，必死无疑。

假货带走了方天翼的尸体，也翻不了天。

万仙盟仙庭对于东圣洲的掌控，可以说是密不透风，对付方天翼这样的巅峰强者，可能没有什么作用，但是对于假方天翼，木牧这种级别的仙道强者，却不啻于天罗地网，追缉缉拿非常容易。

何况，他还安排有后手，落在木牧手中的仙髓，也会追回来。

除了自己重伤之外，其他方面，都可以说是完美结局。

东方夜刃走过去，连忙搀扶着独孤安然，甚至将方天翼的头颅，都交了上去，道："多亏大人，在最关键时刻，振威一击，将方天翼击毙，属下斩下他头颅之前，他就已经死了。"

这是要将功劳，让给独孤安然。

独孤安然点点头，没有再说什么，但对于东方夜刃的表现，却极为满意，道："东方府主功不可没，放心吧，朕会向万仙盟总禀告此事。"

东方夜刃一脸欣喜地道："属下多谢大人。"

独孤安然觉得有些眩晕，整个人前所未有地虚弱，身形有点儿摇晃，又对幸存着的其他人道："你们今日死战不退，立下大功，仙庭不会无视，你们都将得到万仙盟最大的奖励。"

身上伤痕累累的各方强者，一下子都兴奋了起来。

"多谢仙主大人。"

"仙庭万胜。"

"荣耀永存万仙盟。"

他们都恭敬而又激动地行礼，欢呼。

"至于他们……"

独孤安然的眼神，落在了那已经昏迷的四大神卫身上，眼眸之中，闪烁着毫不掩饰的杀意，今日虽是大胜，但方天翼让他重伤，这一口恶气，积郁心中实在是难受。

他眼睛一扫，看到了屹立在太皇殿废墟之中的那根千米高石柱，顿时心中一个念头闪过。

仙力涌动。

轰轰轰轰！

昏迷中的四大神卫直接被震飞起来。

独孤安然一抬手。

咻咻咻咻！

紫色仙气化作数十根紫色长枪，飙射而出，钉在了四大神卫的身上，穿透了他们的四肢和心脏，将他们都活活地钉在了石柱上，鲜血顺着石柱的纹络，汩汩流淌下来。

残忍。

冷酷。

众人心中猛地一惊。

反应过来时，四大神卫都已经被钉住。

尤其是名华和风卷两个叛神卫，看到这一幕，心中惊惧万分。

大仙主独孤安然对于方天翼和八神卫的憎恶，毫不掩饰，这让他们两个，极为不安。

“他们都得死，但是，朕要让他们在生命最后时刻，受尽折磨。”独孤安然冷森地笑，道：“来人，给我传令出去，让驻扎在四明山脉之外的兵府第七主将林傲，带兵进来，在此地布置下阵法，诱杀乱军后续有可能出现的接应者。”

“遵命。”

一位小仙主转身去传讯。

独孤安然这才满意，顿觉心中有块垒尽抒，前所未有的酣畅淋漓。

不过，也就是在这个时候，意外的变化出现。

在连续强行催动仙力出手，让独孤安然消耗过巨，对于身上插着的两柄放逐之剑的压制悄无声息之间松懈，反噬之力骤然如山洪暴发。

“呃……噗！”

他张口喷出一口鲜血，眼前一黑，头晕目眩的感觉传来，身体一软，几乎倒下去。

累积起来的伤势，竟是压制不住，终于要决堤爆发了。

“大人……你怎么了大人？”

东方夜刃大惊失色，连忙过去，再降独孤安然扶住。

独孤安然强行压住伤势，咽下去了一口逆血，强撑着道：“朕没有事……”

话音突然戛然而止。

独孤安然的面容，骤然一窒，瞳孔急骤收缩，难以置信地看向东方夜刃。

东方夜刃却是如若未觉一般，微微扭身，将独孤安然完全抱在怀中，也挡住了其他人的视线，同时越发关切地道：“大人，您连续强行催动功体，身体状况太糟……大人，大人？”

他大声地惊呼了起来。

而此时，独孤安然身形已经软软倒下，全身上下的力气，瞬间被抽了个干干净净，连一根手指头都动不了，眼神死死地盯着东方夜刃，但却说不出话来。

“不好，大人伤势太重，支撑不住了。”

东方夜刃突然像是察觉到了什么，大声地叫了起来。

众人闻言，都是一惊。

而独孤安然眼珠几乎从眼眶中爆炸出来，盯着东方夜刃，只觉得一种无边无际的黑暗就要将他吞没，东方夜刃扶着他的手掌中，一种可怕的毁灭之力，正在无声无息疯狂地灌注到他的体内，令他失去了一切反抗的能力。

他做梦都没有想到，竟会在这个时刻，以这种方式，被自己最为信任的属下，给暗算了。

终日打雁，今日却被雁啄瞎了眼。

仙元紊乱，插在身体上的那两柄放逐之剑的力量失去压制，骤然爆发开来，在身体彻底湮灭的那一瞬间，独孤安然心中浮现出的最后的疑问是，东方夜刃为什么会背叛自己?

为了东圣洲的仙庭大仙主之位吗？

如果自己死了，东方夜刃携着斩杀方天翼的功劳，是真的可以踏上大仙主之位的。

大意了啊。

死于自己人。

独孤安然满心的不甘和愤怒，但却已经无济于事。

轰！

插在他体内的两柄放逐之刃，最终彻底爆炸开来，将独孤安然的肉身连同元神，一起全部都吞噬湮灭。

东方夜刃的身躯，也被炸的飞了出去。

他大声地道：“大人，不……快救大人……”

看似是满身伤痕，鲜血淋漓，但实际上，他根本没有受太重的伤势。

正常大战之中，东方夜刃一直都保持着实力，到现在为止，他的实力绝对是在场众人之中最强。

等到众人反应过来，独孤安然，这位屹立在东圣洲之巅无数年的万仙盟巅峰巨头已经彻底凉透了，连一个完尸都没有保存下来。

所有人都瞠目结舌地看着这一幕。

谁都没有想到，在最后获胜的终极时刻，本该享受胜利果实，成就历史性功勋的独孤安然，就这样突然……暴毙了。

东方夜刃只捡回了独孤安然身上的一些储物仙器。

他并没有太纠结于大仙主的死，目光从众人的身上扫过，淡淡地道：“独孤大人苦战力竭而死，所幸他重伤了方天翼，才能让我找到机会，将方天翼斩杀，诸位协作，各有功劳，本座定会禀告万仙盟总部，予以表彰，诸位……辛苦了。”

众人闻言，都是一怔。

这些人一个个都是万年的狐狸，虽然东方夜刃的手法，似乎是符合事实，但最终斩杀方天翼的功劳，却是重新回到了他的头上，这意味着什么？

这位刑府之主，要露出峥嵘了。

随着独孤安然的死，这份天大的功劳，瞬间易主。

因为一个死人，是不需要功劳的。

“是是是，东方大人所说是极。”一位州府小仙主道。

其他人也都立刻加入到了附和的行列，纷纷表态，之前他们奉承独孤安然的话，重新说了一遍，对象是东方夜刃。

这个时候，谁说反话，谁就是想死。

东方夜刃不仅实力最强，地位也时最高。

东方夜刃满意地点点头，道：“独孤大人战死前的安排，诸位也都听到了，林傲会来处理这里的事情，诸位，请随我一起离开吧。”

众人不敢违抗东方夜刃的命令，只能随他离开。

名华和风卷两个叛神卫，此时也将洗白和活命的机会，寄托在了东方夜刃的身上，所以更是不敢怠慢。

……

“所以说，其实你也不知道，方剑神到底是生是死？”

李牧听完流苏的描述，顿时一阵头大。

不是说方天翼突围而去吗？

怎么听着，好像是已经捐了？

流苏没有看李牧，但她的表情，却是前所未有的坚定，道：“大人不会死，大人曾经遇到过无数比这一次更加危险的遭遇，但都活到了最后。”

李牧还想说什么。

流苏扭头，用恶狠狠的目光，看了他一眼。

李牧于是就不说话了。

他一下子就理解了女神卫的心理。

不管真像是如何，她永远都只相信一件事情——方天翼不会死。

这是一种信念。

也是一种执念。

更是一种祈求。

李牧在内心里叹了一口气，希望方天翼真的活着吧，但说实话，李牧并不抱很大的希望。

“对了，那位假扮方剑神的人，是谁？”

李牧好奇地问道。

流苏道：“是兰主母新收的一位弟子，一位很罕见的剑道天才。”

李牧并不知道兰主母是谁，所以也就没有多问。

“接下来，我们去做什么？”

李牧又问道。

按照他自己的计划的话，是要抓紧时间，返回皇极崖，找到小九等人，然后准备避难，最好是随流苏一起前往中央乱域，直接加入反抗军，毕竟他现在的身份已经大半暴露，消息已经泄露出去，万仙盟不会放过自己。

将小九、小辰皇等人送到安全地带之后，李牧会再回来寻找袁吼，顺便想办法，除掉风痕和雨迹这两个杂碎。

流苏道：“方大人说过，如果这一次计划，他遭遇到了危险的话，就去寻找一个人，他会告诉我们，接下来该如何做。”

## 第1264章 最大受益者

“哦？是谁？”

李牧好奇地问道。

流苏道：“我也不知道。”

李牧：“？？？”

这是什么操作？

流苏又补充了一句，道：“那位的身份保密级别非常高。”

李牧心中腹诽。

他对于反抗军的组织严密程度，已经无力吐槽，这样一次大型的破局行动，最后竟然是毁于自己人的背叛，八神卫之中，一半是叛徒，连方天翼都因此罹难，简直是一群猪队友。

“那我们如何找到他呢？”李牧问道。

流苏道：“到时候你就知道了。”

她自顾自地在前面走着。

李牧看着这个倔强敏感绝望又希望着的女人，犹豫了数次之后，最终还是跟了上去。

最后再相信一次反抗军吧。

就当是看在夏静的情分上。

带着小九、小辰皇和尹侍女等人跑路，那是最后不得已的选择。

如果反抗军方面，有更好的退局安排的话，不妨看一看，毕竟袁吼下落不明，寻找他要一段很漫长的时间——和流苏坚信方天翼没有死一样，李牧也坚信，袁吼不会出事。

两个人一前一后，出了四明仙府。

流苏向西而行，大约一个时辰之后，在距离四明仙府约四千多里的一座没有什么特点的山峰之巅停了下来。

“就在这里？”

李牧四下打量。

山峰周围一片原始森铃，并无丝毫仙道强者活动的迹象。

荒山野林，会有人等着？

法眼开启，亦没有察觉到任何的阵法或者是强者隐匿在附近的迹象。

流苏没有解释什么，用自己的鲜血，在峰巅一块岩石上，画下一个奇妙的符号之后，就开始盘坐在原地，争分夺秒地炼化仙髓的力量，恢复己身的伤势。

李牧见状，也就不问。

他在周围，布置下了一些手段。

约一炷香时间之后。

一道微光，无声无息地从远处浮空而来，朝着峰顶落下。

李牧精神一振。

来了。

流苏也站起来，目光凝重地看向来人的身影。

嗖！

风声轻微。

那身影落在峰巅，气息缥缈，一身淡青色的长衫，脸上扣着一张无脸的面具，落在那闪烁着鲜血符号的石块边，伸手一按，将石块上的符号抹掉，目光一扫流苏和李牧两人，眸子里的光芒平和。

“本以为看不到这个符号了，没想到，你竟然活了下来。”

神秘人对流苏道。

流苏其实也并不知道这人的真正身份，道：“阁下是？”

神秘人道：“你来找我，不知道我是谁？”

流苏道：“大人只是留下布置，说是用这样的方式，可以找到一位有能力收拾残局的人，接下来怎么办，就要委托阁下了。”

这是最后的希望。

神秘人没有再说什么，转而看向李牧，道：“是你折回四明仙府，救了流苏？”

李牧点点头。

他敏锐地捕捉到了一些讯息。

很显然，神秘人知道四明仙府中的事情——至少知道流苏被钉在太皇殿那根石柱上，几乎身死的事情。

“没想到，你的实力，竟然提升的这么快，林傲可不是一般人，竟是被你所杀，连消息都没有传出来。”神秘人打量着李牧，道：“你炼化了仙髓？”

李牧继续点头。

这个人知道的事情，太多了。

他到底是谁？

李牧的心中，开始怀疑了起来。

神秘人没有再问什么，转而向流苏道：“其实我本不该来，方剑神做出这样的布置，不过是想要为我留一条后路，但如今众人只能顾及生前事，哪里还顾得上身后身，你知道我说这句话，是什么意思吗？”

流苏摇摇头。

神秘人嘴角微微翘起，又道：“但你既然带来了李牧，那我这一次冒险前来，却是赚到了。”

流苏不明所以。

李牧心中，却是猛地一震。

他骤然无比警觉，整个人如一只炸了刺的刺猬一样，诛仙刀瞬间出现在手中，如临大敌一般。

这个神秘人，他竟然知道我的真名？

李牧心中的震惊，到了极点。

“别紧张，我并无恶意。”神秘人说着，缓缓地结下了脸上的面具，微微一笑，道：“我们又见面了。”

李牧看到这张面孔，心中的震惊，终于到了无以复加的地步。

而流苏也是一声惊呼，美丽的眸子睁大。

两人在这一瞬间，几乎快要遏制不住自己出手的冲动，要将这个‘神秘人’直接斩杀。

因为他赫然正是东方夜刃。

东圣洲万仙盟仙庭刑府之主东方夜刃。

那个亲手斩下了方天翼头颅的人。

如今整个东圣洲仙庭身份地位最高的万仙盟强者。

“为什么……会是你？”流苏毕竟是跟随在方天翼身边最长的女武神，反应也是极快，隐约明白了什么。

东方夜刃淡淡一笑：“当然会是我。”

李牧只觉得脑海仿佛是被从天而降的一道灵光劈中，一下子明白了什么。

东方夜刃，竟然是反抗军安排在万仙盟中的‘暗子’。

四明仙府这一战，收获最大的是谁？

东方夜刃。

他亲手斩杀了方天翼，获得了绝世功勋。

凭借着这个功劳，如果他能够再进一步的话，那就是东圣洲的大仙主了。

这种感觉，就好像是当年地球上，中国人民解放军安排了一个中国人成功竞选日本首相一样扯。

但这是事实。

万仙盟策划了一场所谓的四明仙府开荒盛事，不惜拿出仙髓，来诱杀方天翼，而反抗军则是借此机会，将东方夜刃这个本就已经在万仙盟位高权重的‘暗子’的地位，又往前推了一步。

“既然是你，那……方大人是不是还活着？”流苏反应过来，声音中充满了期冀地问道。

东方夜刃摇摇头：“我不知道。”

“怎么会？你不是……”流苏不愿意相信。

东方夜刃道：“我只是按照计划行事，并不知道方大人的后续，按照正常的逻辑推理来看，方大人应该是陨落了，当然，也不排除大人事先有准备后手。”

“所以你不确定大人的生命安全，就在那一瞬间，出手斩杀了大人？”流苏的眼睛，一下子红了起来。

东方夜刃沉默了片刻，才缓缓地道：“对不起，我只是遵从计划而已。”

流苏高耸丰满的胸膛，剧烈地起伏着，盯着东方夜刃。

东方夜刃苦笑了一声，道：“流苏姑娘，你现在要做的，是在万仙盟报复性的天罗地网还未彻底布置下之前，尽快通过秘密渠道，前往中央乱域，把这里发生的事情，都告知反抗军诸位柱神……这，才是我来见你的唯一意义。”

一旦方天翼真的死了，那流苏带回去的消息，就是向反抗军传递最后信息，也是向反抗军表明东方夜刃真正身份的唯一渠道了。

流苏不说话，盯着东方夜刃。

东方夜刃补了一句，道：“也许方大人早就返回了大本营也不一定，你应该回去看看。”

流苏紧紧地咬着牙齿，半晌才控制住了自己的情绪。

她指了指李牧，道：“那他呢？”

东方夜刃道：“他留下。”

“安全？”流苏又问道。

东方夜刃道：“安全。”

流苏扭头看了一眼李牧，没有再说什么，转身就真的离开了。

李牧没有离开。

并不是因为刚才东方夜刃要他留下。

而是他还有疑问未得到解答。

“你怎么知道我的名字？”

李牧盯着东方夜刃。

后者微微一笑，道："别紧张……反抗军中，有人认出了你。"

李牧脑海中过了一遍所有的可能人选，道："是丁浩？"

东方夜刃一听李牧竟然直呼刀剑神皇名讳，只觉得这些后辈真的是无知者无畏，不过他也不强调这些，而是摇摇头，道："丁大人自从前往仙界之核后，就再未现身过……传闻认出你身份的，是李主母的一位弟子，名叫叶无恨。"

什么？

李牧听到这个名字，心中猛地一震。

竟然是无恨？

她果然是来到了仙界。

而且还成为了【玉面修罗】李兰的亲传弟子？

李牧又想起了流苏说过的话，也就是说，之前一直都在假扮方天翼的那个白衣年轻人，竟然是叶无恨？

这绝对是李牧万万没有想到的事情。

两人早就有了夫妻之实，还有了一个孩子。

没想到夫妻两人在那样的场合之下见面，却不能相认。

再想到流苏说叶无恨带着方天翼的尸体逃离，也不知道她现在是否安全？

"看来你认识她。"东方夜刃观察李牧的反应得出结论。

李牧点点头。

说实话，今天跟着流苏来到这里，不管遇到任何人，李牧的心中，都会持怀疑态度，毕竟反抗军在这一次四明仙府战役中的表现有些辣眼睛。

但东方夜刃的出现，却让他极度意外之余，心里却并没有产生什么怀疑了。

东方夜刃的身份曝光，骤然成为了反抗军在这一役中的点睛之笔。

一切都得到了合理的解释。

方天翼的'牺牲'，也得到了价值最大化。

“接下来需要我做什么？”

李牧决定听一听对方的计划。

东方夜刃将面具重新佩戴上，道：“林傲的人都死绝了，哪怕是传回消息，我也会帮你解决掉，你还是皇极崖的帝师，不会有人找你麻烦，再等一段时间，你就是月川府的小仙主了。”

李牧皱了皱眉，道：“可是名华、风卷、风痕、雨迹这四大叛神卫，都知道我的身份，怎么可能瞒过去？”

东方夜刃的声音里，充满了说服力，道：“你错了，首先，他们只知道你是方天翼要保护的人，却不知道你的真正身份和名字，其次，就算他们知道又如何呢？他们的话，仙庭会信吗？”

李牧一怔。

“他们是仙庭的人，说的话，仙庭为何不信？”他反问道。

“哈哈哈哈。”东方夜刃笑了起来：“因为有我。”

## 第1265章 狭路相逢

李牧回到了皇极崖。

但看到的却是整个皇城都几乎毁于一旦，处处废墟，像是战争爆发过后的场面一样。

怎么回事？

难道东玄仙门、玄感宗等实力趁着他不在皇城，竟然来偷袭了？

这……不会是整个皇极崖都被人家一锅端了吧？

他有点懵。

进入了皇城，却见皇极崖的禁卫军战战兢兢地出来迎接，倒不像是皇室被人家一锅端的下场。

“陛下呢？”李牧道：“这里到底发生了什么事情？”

禁卫军首领，还有一众皇极崖的大臣们，看到李牧回来，顿时噗通噗通都跪了一地，几乎要冲过来抱着李牧的大腿，一把鼻涕一把泪地道：“木帝师，你们终于回来了……”

就差说一句‘恁咋才回来呢’。

一群犹如惊弓之鸟一般的臣子们，哭哭啼啼地将事情原委讲了一遍。

李牧这才知道，原来是叛神卫中的雨迹，竟是寻到皇极崖，捉拿李牧余党，一口气杀了不少人，好在皇极崖毕竟是万仙盟的成员，且雨迹身份暧昧，才未感大开杀戒。

当然，地球流氓虎是逃不了的。

小辰皇的生母尹太后，也是雨迹重点询问的目标之一。

最终竟是地球流氓虎暴起发难，与叛神卫雨迹一战，原本是送死局，结果不知道为何，地球流氓虎竟然爆种，击伤了雨迹，带着尹太后逃出生天了。

“尹太后和陛下，现在何处？”

李牧当真是吃了一惊。

一旦尹太后发生危险，那对于小辰皇，可是巨大的打击。

作为小辰皇的师父，李牧清楚地知道，在这个小男孩的生命中，母亲尹侍女无疑是分量最重的人，比他自己更加重要，就算是用整个皇极崖帝国，来换取母亲的生命，他也会毫不犹豫。

“这……下落不明。”

“那女贼子，已经追下去了。”

“臣等派出精锐斥候，前去寻踪，暂未有发现。”

“陛下不顾臣等劝阻，带人去追寻了，木帝师，你回来就太好了，一定要劝一劝陛下，应该保重龙体，当以社稷为重。”

一众臣子纷纷劝道。

李牧皱了皱眉。

对于皇极崖这群大臣，当真是无语，一群酒囊饭袋，胆小如鼠，些许真正有能力的臣子，在皇极崖当初内忧外患之时，基本上损失殆尽了。

而新的忠贞之士，多处于底层，尚未来得及培养和提拔。

“小九呢？”李牧问道。

“就是小九大人不顾反对，带着陛下去追寻太后行迹的。”一位大臣道。

李牧就有一些头疼。

这蠢狗办事不靠谱啊。

“行了，你等退下，修缮皇城，安抚仙民，我去寻找陛下。”李牧道。

众人一听，这才仿佛是有了主心骨。

平日里，这些臣子暗地里没少在背后腹诽诋毁李牧，把他当做是眼中钉，是阴谋颠覆皇极崖的权臣，是帝国的毒瘤，但是现在，才猛然感觉到，在帝国处于内忧外患时，只有这个帝国毒瘤，才能带给他们真正的安全感。

李牧问了一些线索，化作长虹，离开皇城。

须臾便是数百里。

只是这样的寻找，实在是太过于盲目。

李牧只好寄希望与小九脑子闪光，会留下一些线索和痕迹。

但显然，小九在让人失望方面从不会让人失望。

李牧毫无所获。

约在半日之后，李牧却是意外地察觉到了地球流氓虎留下的一些线索——虎毛和虎尿气息。

留下尿液，这分明是狗应该做的事情啊。

看来地球流氓虎是被小九同化了。

不过想来也正常。

地球流氓虎带着尹太后疯狂逃命，寄希望于李牧等人返回后去就他们，所以会留下线索，而小九炼化仙髓之后，实力暴涨，信心十足，无所畏惧，自然是不会再做同样的事情了。

想到这里，李牧倒是颇为放心了一些。

毕竟小九的实力暴涨是肯定的，对上叛神卫雨迹，就算是不能击败，自保应该是可以的吧。

之后一个时辰里，陆陆续续地又寻到了一些地球流氓虎留下的痕迹。

这只老虎简直就是属鼠的，左右逃窜，路线诡异，忽前忽后，忽左忽右，李牧都快被绕晕了，真的是一个天生的逃命高手。

约小半日后，李牧已经顺迹走出了皇极崖境内。

“这贼老虎，竟然逃到了玄感宗势力范围？”

李牧无语。

玄感宗在之前的宗门大战之中，始终保持着中立的姿态，但在四明仙府内，玄感宗的宗主却是旗帜鲜明地联手围杀李牧，这梁子早就结大了。

不过贼虎大概不知道，所以觉得玄感宗是皇极崖的盟友，相对安全？

李牧想到这里，又有点儿头大。

他决定直接前往玄感宗山门孝应玄感山一探究竟，总比胡乱寻找要强一些，顺便宰掉两个玄感宗的高手，以报当日被算计伏杀之仇。

不过，事情的发展，往往是出乎人预料。

李牧还未到孝应玄感山区域附近，迎面一道疾电流光飞射而来，慌慌张张，似是在逃窜一般。

定睛一看，赫然正是叛神卫雨迹。

这个女人的面具已经掉落，露出一张极为清秀清丽的脸，头发披散，无比慌张，右手残缺，血迹斑驳，一脸的慌张，仿佛是被狗撵一样。

李牧一怔。

什么情况这是?

不过，短暂的错愕并不妨碍李牧出手拦截。

咻!

数道剑气流转而出。

正在逃窜中的雨迹，猛然一惊，左手一抬，一片【骤雨初歇掌印】轰出。

轰轰轰!

掌印与剑气撞击，半空中一道道璀璨的爆炸光斑浮现，旋即一层层肉眼可见的能量波如浪潮一样辐射开来。

“什么人？”雨迹面色大变，看到李牧之后，瞬间又转惊为喜，道：“木牧？啊哈哈哈，竟然是你。”

李牧听她并不知道自己的真正的名字，于是心中松了一口气。

“风痕去了哪里？”李牧问道。

雨迹一怔，又道：“看来风痕并未找到你……嗯？你的实力竟然恢复了些许，不对……是更高了，你融合了仙髓？”

李牧道：“尹太后和那只老虎在哪里？”

雨迹眼中闪过一抹恨色，旋即又大笑道：“本以为这一次要无功而返，没想到，踏破铁鞋无觅处，得来全不费工夫，呵呵，待我擒下你，然后再带人去踏平皇极崖，把那条狗和那只虎抽筋扒皮，喝血食髓……给我过来。”

叛神卫直接出手，漫天掌印覆盖而下。

李牧心念一动，剑气迸发，如弯弓射鸟一样，将漫天掌印，纷纷射落。

“嗯？”雨迹心中陡然一惊，面色中，多了一些意外和惊讶，道：“没想到，当日你未死，实力还提升了不少。”

李牧道：“都是拜你所赐。”

当日他正是被这个贱女人偷袭，几乎当场身死，对于李牧来说，这是奇耻大辱。

“等我擒下你，带去仙庭换取功劳，呵呵，被我撞到，只能说你运气不好了。”雨迹冷笑起来，依旧对李牧的实力，不怎么放在心上，下一瞬间，骤然又出手。

李牧也懒得与这个女人纠缠，直接施展新近领悟的时间奥义，瞬间扭曲时空，一个闪烁，便已经无视一切攻击和防御，到了雨迹的身前。

咻咻咻咻！

指尖点出，剑气呼啸。

雨迹的四肢和丹田，各中一道剑气，惨呼声中，整个人顿时就委顿了下去，再也提不起丝毫的力量。

“不……”清丽而又秀美的面容，因为绝望而扭曲，雨迹无比震惊地看着李牧，道：“你……你的实力……怎么会？”

这个叛神卫，做梦都想不到，这才几天时间不见，李牧的实力，竟然强横到了这种程度，固然是因为她身上有伤，但按道理来讲，也不至于一瞬之间，就被李牧秒杀。

李牧没有说什么，直接一抬手，将这个女人凌空摄住，道：“尹太后和皇帝，如今人在哪里？”

他在融合仙髓之后，对于时间的领悟，又进一层，之后与风痕一战，与林傲以及仙庭大军一战，将这样的领悟完善，终于开创出来一门神通，可以瞬间扭曲时间，进而无视任何攻击和防御，俯冲欺近到敌人的身边袭杀。

李牧将这门神通，取名为【时空相位】。

刚才击败雨迹，施展的正是这一门神通。

就算是雨迹全盛时期，猝不及防之下，也难以招架，何况是她如今断手受伤。

雨迹强忍伤痛，眼珠子转动，心里急忙思忖着脱身之法，道：“木牧，他们都还安全，我受伤的伤，就是被你那条狗所伤……其实我不是乱军的人，我……”

话音未落。

远处突然传来一阵喊杀之声。

却见远处数十艘玄舸，犹如巨鲲一般悬浮而来，打着的正是仙庭的旗号，其上天兵天将如云如雨，数量极多，巍巍气势，远超大部分的仙道势力和宗门。

李牧心中一动。

这规模，应该不是月川府分部的仙庭兵马。

难道是来自于东圣洲大仙庭的天兵天将？

雨迹看到这一幕，顿时心中狂喜，正要张口呼喝什么，却被李牧直接封住了她的口舌，令她有口不能言。

很快那玄舸大队，就到了近前。

“本座东圣洲仙庭兵府第六神将沈万川，你是何人？”一员身着金色仙甲，手持大戟，身高两丈，面目威猛的仙将，站在旗舰舰艏，沈字大旗之下，双目放射神光，盯住李牧。

雨迹呜呜地挣扎着。

李牧脑海中飞快地构思着应对之策。

## 第1266章 打断你的狗腿

略微犹豫之后，李牧决定还是相信东方夜刃一次。

“在下皇极崖国师木牧，刚才遇到一个奇怪的女人，将其擒获，诸位仙庭的大人来此，不知是为了？”李牧报上了自己的名字，同时仔细地观察沈万川的表情，一旦不对，立刻就准备将这些天兵天将全部都斩杀了。

沈万川丝毫不知道，自己面对的是一个何等‘丧心病狂’的大魔王，性命都已经快不属于他自己。

他微微皱眉，道：“皇极崖？”

一个三流的万仙盟小势力而已，他并不是很清楚，但一想到自己此行，乃是奉了上面的命令，追杀几个乱军余孽，其中就一个女人，当下心中一动，不会这么巧吧？

于是道：“擒了什么人？送过来看看。”

李牧一看沈万川等人的反应，立刻就意识到，自己的身份，并未暴露。

看来独孤夜刃并未吹牛。

但是，雨迹却是不能落在仙庭之人的手中。

李牧一股暗劲送出，直接涌入雨迹的体内。

雨迹经验何其丰富，立刻就意识到了什么，但却是有话说不出，面目狰狞恶毒地看了一眼李牧，心中掀起了无限会很和不甘，奋力地挣扎着。

要知道四明仙府一役之后，她终于是可以洗白身份，脱离乱军，还能立下大功，成为万仙盟中位高权重的人物，可谓是前途无限，这一切都近在眼前，但却要以这种憋屈的方式死去，简直是委屈指数爆表。

但任她如何不甘，哪怕是以眼神向李牧求饶，最终还是被李牧无声无息之中，彻底斩杀，抹除了元神。

确认这个女人死亡，李牧这才将人送了过去。

登上玄舸。

周围天兵长枪指向他，无比警惕。

一位天将过来，看了看雨迹尸体的面孔形状，突然一声惊呼，道：“大人，是乱军余孽。”

“什么？”

“真的？”

其他天将闻言，也都是一阵惊呼。

沈万川自己，更是有点儿难以相信。

这一次要捉拿的乱军余孽，可都是穷凶极恶之辈，危险程度极高，哪怕是他这样的大队人马，遇到目标，都会头疼棘手，没想到竟然是被一个小小的三流势力的小高手给收拾了？

他有些难以置信，但还是过来仔细观察。

看了片刻，最终倒吸一口冷气，确认了雨迹的身份。

的确是乱军余孽。

而且是方天翼身边的八神卫之一。

已经被杀了。

“你怎么做到的？”

沈万川表情惊疑，目中凶光，闪烁不定地盯着李牧。

李牧道：“在下前往玄感宗寻人，经过此地，撞见了这个女人，本想问路，谁知道这疯女人竟然出手攻击在下，在下迫于无奈，出手反击，于是将其击杀。”

“你知道她是谁吗？”沈万川又问道。

李牧摇摇头，道：“在下并不知道，不过刚才交手时，她自称名叫雨迹，也不知道是哪里来的疯婆子。”

沈万川一直都仔细观察着李牧的表情，听他说完，又问道：“这个女人实力如何？”

李牧道：“很一般，不过也许是因为，她在与我交手之前，已经受了重伤，所以才会败于我手。”

沈万川心中的疑问，终于散去。

看来这个叫做木牧的家伙，说的是真话。

乱军余孽，人人喊打，想来是之前不知道在什么地方，已经受了重伤，强弩之末，所以才被木牧捡了便宜，一切都得到了合理的解释。

而现在沈万川犹豫的一点是，要不要将这个木牧，直接杀了灭口，这样一来，击杀雨迹的功劳，就是他的了，这份功劳，足以让他在仙庭之中的地位，飙升一个巨大的台阶。

反正一个小小的皇极崖的官员，在他眼中，犹如蝼蚁一般，无足轻重，随便捏死，就算是皇极崖的皇帝，也不敢追究过问。

想到这里，沈万川笑了起来。

“木牧，你可知道，被你杀死的人，乃是我仙庭的重要人物，你可知罪？”他眼眸里，杀意流转，语气不善地道。

李牧一听，立刻就反应过来怎么回事。

敲里马！

甘梨娘！

老子白送你一半功劳，你竟然还想要独吞？

这个万仙盟仙庭，恨的是从里到外都烂透了。

本来一切都在他计划中，现在沈万川非要玩骚操作，难道今天真的要把这些天兵天将都杀光吗？早知道这样，留下雨迹一条命，还可以逼问一下风痕的下落。

而此时，沈万川 挥手，犹如潮水一般的士兵，从玄舸甲板上涌来。

“大人，你们刚才不是说，此人乃是乱军余孽吗？”

李牧眼眸之中，凶光流转，大声地辩解。

沈万川冷笑了起来：“本将什么时候说过？你记错了……来人啊，将这个大胆凶徒，给我斩了，就地正法。”

这是不问青红皂白，直接杀人灭口啊。

李牧怒意涌动，但最终，还是没有选择出手，而是身形后撤，一个【时空相位】，直接脱离了玄舸的护罩，化作一道流光，消失在了远处，天兵天将追之不及。

“怎么会？这么快……”

沈万川等人，吃了一惊。

这个三流小势力的官员，实力竟然如此强？

不过，大概也只是掌握了某种比较高明的遁法神通吧。

略作犹豫之后，沈万川并没有派人去追击。

他倒是有心亲自前往皇极崖赶尽杀绝，但是想了想，还是先将雨迹的尸首带回仙庭表功最为重要，万一消息走漏，有人前来争功呢？这种不世功勋，眼红的人可是有点多。

“木牧是吗？呵呵，这个名字，我记住了，等定了功勋，本将随便找一个借口，都可以将你玩死，呵呵呵呵。”他心里冷笑着。

“今日的事情，你们都看明白了吧，到时候，该怎么说，不用本将再教你们了吧？”沈万川又看向周围的属下将领。

“大人神威盖世，亲自斩杀了乱军余孽雨迹。”

“我等被大人神威蛰伏。”

一种心腹天将，自是明白上司的想法，纷纷大声地道。

沈万川笑了笑，道：“下令，回程。”

这时，副将司徒荣突然过来，压低了声音，小心翼翼地拱手请命道：“大人，属下斗胆，愿意前往皇极崖一趟，为大人分忧。”

“嗯？”

沈万川看向他。

一股无声无息的力量释放，将两人所在位置隔绝，摒弃了声音。

司徒荣连忙解释道：“属下对大人忠心耿耿，绝无他意，只是想为大人分忧而已。”

沈万川点点头，拍了拍他的肩膀，道：“也好，你办事我放心，这件事情，做的干净一点。等本将荣升，到时候，少不了你的功劳。”

“大人放心。”司徒荣欣喜万分地道。

他知道，自己这一步，算是走对了。

当下带领一艘玄舸，看了舆图，朝着皇极崖的方向驶去。

……

另一边。

李牧脱身出来，哭笑不得。

这仙界，还真的是一个人吃人的世道。

他刚才隐忍，乃是处于其他一些考虑——至少可以再考验考验东方夜刃的能量和手段，看看他能不能化解，就算是搞不定，李牧自己也没有暴露出什么。

另外，如今毕竟和四明仙府时那种乱象不同，抹除一支东圣洲仙庭兵府主将级的舰队，必定引起轩然大波，仙庭追查下来，应付颇为麻烦。

李牧既然选择继续潜伏在‘敌人内部’，自然是得低调一点。

他未将这件事情，放在心上，继续前往孝应玄感山。

孝应玄感山乃是玄感宗的山门所在，方圆数十万公里，占地极大，只是略比四明山脉小一些，山势雄伟秀丽，风光优美，处处充满了仙道气韵，乃是月川府之中数一数二的福地，仙气浓郁程度也远超其他地方。

很快，玄感宗山门在望。

李牧原本准备潜入，但靠近了一看，不由得一脸意外。

只见一位巍峨绵延数百里的山门，竟然是处处狼藉，护山大阵被攻破，山门里标志性的建筑物倒塌大半，硝烟弥漫，无数垂头丧气的玄感宗弟子，正在修缮阵法，灭火救山。

难道是……

李牧心中，顿时浮现出一种奇异的预感。

而这个预感也很快就得到了证明。

片刻之后，在一位玄感宗长老的带领之下，李牧来到玄感宗的中央神殿，看到了正在数十位美貌弟子的伺候之下，大吃大喝的小九和地球流氓虎两个‘禽兽’。

“哈？人宠你活着回来了？哈哈哈，快来尝尝这玄感宗的万年药王，嘎嘣脆，鸡肉味……”看到李牧出现，小九兴奋地跳起来，前爪握着几根闪烁着紫光的老参，直接冲了过来，保住李牧，狗头在李牧的身上蹭了蹭。

李牧看到这蠢狗如此表现，心里倒也有些感动。

不过当李牧看到自己胸前的药汁和狗毛时，这种持续了不到三秒钟的感动，立刻就烟消云散，恨不得将这只蠢狗一脚踹死。

地球流氓虎也跳起来，一脸哀怨地道：“哇，太主人，您终于回来了，您可爱而又忠诚的小老虎，为了保护尹太后，奋不顾身，拼死一战，呕心沥血，竭斯底里……差点儿就一命呜呼了……”

这货变脸极快，瞬间就是一副鼻涕一把泪的样子，好像是受到了天大的委屈一样，冲过来就要抱住李牧的大腿献媚。

嘭！

李牧直接将这货一脚踢飞。

“死远一点，莫挨老子，鼻涕粘到老子衣服上，打断你的狗腿。”李牧骂道。

地球流氓虎挨了一脚，但脸上却是越发欢喜。

嗷呜，太主人果然还是和以前一样‘平易近人’。

这一脚挨的舒坦，久违的安全感一下子就回来了，他又连爬带棍地过来，蹲在李牧面前，哈哧哈哧吐着舌头摆尾巴献媚。

李牧直接就捂住了眼睛。

你特么的是老虎，不是狗，看看这样子。

一边的小九倒是不乐意了：“人宠，你咋说话呢，什么叫做打断狗腿，他只是一头低贱的老虎，身上能有狗腿这么高贵的东西吗？再说了，你是不是对我有意见，在指桑骂槐啊？”

## 第1267章 这里有你说话的地方

？

李牧懒得理会这个货。

狗腿是泛指，又不是特制。

也太敏感了吧。

很快，尹太后和小辰皇都被带出来。

两人的精神状态都很好，看到李牧，眼睛都是一亮，同时过来问好行礼。

尹太后对于李牧，感激之余，极为敬畏，从来不敢托大，以太后身份自居，而小辰皇名义上本来就是李牧的弟子，非朝会等正式场合，都执弟子之礼。

李牧点点头。

他已经弄清楚了状况。

当日地球流氓虎拼死急退了雨迹之后，带着尹太后逃离皇城，一路被雨迹追杀，不得不东躲西藏，竟是拖延了不少的时间，后来小九带着小辰皇迅即而至，在玄感宗的山门之内，大战一战，雨迹不低消化了仙髓的小九，被撕咬掉了右手，仓皇而逃。

小九不靠谱的特性再度发作。

它并未追击，反而是在玄感宗暂时落脚，一番作威作福，吃掉了好几个玄感宗的长老之后，玄感宗上下就将这条凶狗，当成是祖宗一样供着，不敢有丝毫的怠慢，就连中央大殿，也成为了小九和地球流氓虎饮酒作乐的地方。

一直到李牧赶来。

李牧了解了事情的经过，松了一口气。

雨迹竟然离开四明仙府找皇极崖的麻烦，这确是他没有想过的事情，好在地球流氓虎又一次在死亡边缘爆种，救下了尹太后，否则的话，只怕这个女人早就死了，到时候，也不好向自己的徒弟交代。

不过，地球流氓虎竟然能够在雨迹的追杀之下，带着尹太后逃亡十几天时间？

李牧真的是刮目相看。

他细问缘由。

“嗷呜，太主人，您忠诚可爱的小老虎，当时几乎要被杀死了，但也不知道怎么回事，关键时刻，那个女人的动作，慢了下来，小老虎我才能逃出来，后来我才发现，原来一旦小老虎我陷入特别恐惧害怕的情绪中时，竟然可以进入一种极速状态……”

地球流氓虎对李牧不敢有任何的隐瞒，连忙详细解释。

“极速状态？”

李牧眼睛一亮。

地球流氓虎道：“就是看别人的动作，反应，都特别忙，好像是慢动作一样，我可以轻易摆脱……那女人实力很可怕，追杀了我好多次，每一次，都是在最危险的关键时刻，被我逃脱了……”

李牧摸了摸自己的下巴。

听起来，有点儿像是子弹时间，或者是地球上那些大片里的闪电侠啊之类的超级英雄的技能。

但是很显然，这是一种天赋神通，可比电影里面的那些超级英雄强大太多。

以雨迹的修为和实力，秒杀那些所谓的超级英雄，只是一个念头的事情，而地球流氓虎却可以将这个可怕的叛神卫，都陷入到它的‘子弹时间’里，绝对是极为可怕的仙道神通奥义，不是与时间有关，就是与空间有关。

这可真的是没有想到啊。

就地球流氓虎这个扶不起来的烂泥，竟然还能拥有这样的天赋神通。

难道这个货的血脉，真的是大有来历不成？

而且机缘也有点儿强啊，阴差阳错就混入到了仙界。

当初吃了【梦醉神迷】都没有死。

看来，以后对这货还真的是要关心一点，仔细观察一下，也可以切片研究，反正这货恢复能力强，这算是具有培养价值了啊。

他满意地点点头。

“好了，此间事了，先回皇极崖吧。”

李牧道。

东方夜刃必然还有后手，按照两人的约定，李牧日后大概是要加入万仙盟仙庭了，如果顺利的话，用不了多久，他的身份，就要变成月川府仙庭的小仙主了。

这比较符合李牧的计划。

毕竟他还要找袁吼的下落，还要找王诗雨和花想容的下落，借助仙庭无所不在的势力，会更加方便，而中央乱域的反抗军，被压缩在一域，在找人的效率和速度方面，就差了很多。

当然，能够双管齐下，那是最好的。

心中计议已定，李牧几人就动身离开。

不过在离开之前，他也没有便宜玄感宗，直接放狗行凶，狠狠地敲诈了一笔财物，这才真的离开。

看着几个大魔头一起消失在远处的天边，玄感宗上下，终于是松了一口气。

这些个瘟神，终于走了啊。

这一次全宗上下，真的是一片狼藉，伤筋动骨。

“等到宗主从四明仙府回来，定要上报仙庭，为我们主持公道。”

“不错，这几个瘟神，乃是皇极崖的人，该死的，皇极崖不过是一个小小的三流势力，竟敢如此嚣张，到时候，一定要让他们付出代价。”

几个义愤填膺的玄感宗高手发出了愤怒的吼声。

倒是一些年龄较大，经验丰富的老人，脸上露出了深深地的忧色。

别的不说，光是那条凶狗的实力，就可怕的惊人。

玄感宗上下加起来，都不是那条狗的对手。

皇极崖有这条狗，日后的地位绝对会飞涨，玄感宗想要报仇，光靠自己的力量，肯定是不行。

哪怕是上报仙庭，估计也难以真正的报仇雪恨。

除非是上面的母宗愿意插手此事。

难啊。

……

回到皇极崖皇城，气氛有点儿不对。

李牧几人落在皇宫之外，立刻就有侍卫出来迎接，同时出来的，还有数十位大臣。

但就连小辰皇也感觉得到，这些大臣看向师父的表情里，隐约带着一些幸灾乐祸的神色，不复往日那么尊敬。

李牧神识放开一扫，略微惊讶之后，嘴角微微翘起一丝弧度。

还真的是阴魂不散啊。

竟然找到了这里。

在回来的路上，李牧一直思考的是，如何紧抓抓住另外一个叛神卫风痕，将其击杀灭口，根本没有想其他事，没想到，有人却是迫不及待地跳出来找死。

真是天堂有路不走，地狱无门偏来。

很快——

“哈哈哈哈，本将苦等了一日，你这个狂徒，终于现身了。”一个阴冷冷森的笑声响起。

周围瞬间数百个身影出现。

都是披坚执锐的天兵天将，形成一个杀机僧然阵法，将前后左右都为了一个水泄不通。

李牧的目光，落在了为首的天将脸上。

一张三角脸，白面无须，眼睛细长微眯，鹰钩鼻，长的就是一副奸人的样子，但实力却是不错，仙王初级修为，瞬间给人的感觉，像是一条阴狠欲择人而嗜的毒蛇一样。

他对这个人，略有印象。

当日东圣洲大仙庭兵府第六主将沈万川身边的一个将领，李牧在玄舸上，只是随意一扫，并未太在意，没想到这个人，竟敢追杀到了皇极崖。

他暗中传音给小九、流氓虎和小辰皇，令他们稍安勿躁。

“这位大人，这是何意？”

李牧面色淡然地道。

“本将大仙庭兵府司徒荣，嘿嘿，木牧，你杀了东圣洲仙庭的重要人员，罪大滔天，还敢负隅顽抗逃走，呵呵呵，真的是吃了雄心豹子胆，今日见了本将，你还有什么话说？”

司徒荣阴冷地笑着。

他觉得自己的运气不错。

来到皇极崖之后，并未见到这个木牧，不够随便一打听，就知道果真有这样一个人，所有的消息整理的干干净净。

不过木牧并不在皇城，而是外出去寻找皇极崖的小皇帝母子了。

司徒荣本来还非常担心，一旦这个木牧畏罪潜逃，那他短时间之内，根本无法将其缉拿到手，如果耽误的时间过长，等到东圣洲大仙庭开始论功欣赏分蛋糕，他人不在现场，很容易被无视取代，那这一次主动请缨来缉捕木牧，反而是会弄巧成拙。

最后，他只能一边在皇极崖皇宫设伏，期待木牧可以自投罗网，另一方面，也在大力地派出精锐斥候，四下寻找所搜，向月川府乃至于曹川府都发出军令，搜寻木牧。

没想到，各处的搜寻还未传来消息，结果木牧就主动自投罗网了。

运气着的不错。

杀了此人，拿着头颅，就可以去想沈万川邀功了。

“给我拿下。”

司徒荣兴奋地舔了舔嘴唇，大声地喝道。

周围的天兵天将缓缓逼近。

当日李牧在玄舸上，都可以轻松逃离，所以这一次设伏，司徒荣也是花费了心思的，提前布置好了合围阵法，四周虚空之中，禁制封印开启，就算是一阵风，也飞不出去。

李牧心中毫无惧意，淡淡地道：“你们这样，不分青红皂白就诬陷我，这就是仙庭行事的风格吗？竟敢置万仙盟的律令于不顾？”

如果不是为了配合东方夜刃的一些计划，李牧一个念头，就可以将这些天兵天将，全部斩杀，那些所谓的禁制封印，在他的眼中，太过于可笑。

司徒荣冷笑道：“对付你这种小人物，还用得着讲万仙盟的律令？呵呵，你以为你是谁？”

包围圈缩小。

皇极崖的一些大臣们，有人看着李牧的眼神里带着怜悯和可惜，还有人却是幸灾乐祸。

对于一些营营苟苟的阴谋野心家来说，如今皇极崖的局势已经稳定，要是李牧这个强权毒瘤死了，小辰皇翻不起什么波浪，神朝的权柄，就会重新回到他们的手里，否则，李牧若是活着，他们这一辈子，都难有东山再起的机会。

“我……朕乃皇极崖皇帝，吾师身犯何罪，你们为何要抓他？”小辰皇最先沉不住气，强忍着惊恐，为李牧说话，试图以自己相对特殊的身份，争取一下。

司徒荣眼神一冷，道：“不知死活的小杂种，滚开，那里有你说话的地方？”

## 第1268章 大仙主之旨

一个三流小势力的皇帝，在他的眼中，比蝼蚁强壮不了多少。

李牧轻轻地拍了拍小辰皇的肩膀，然后才看向司徒荣。

“我在四明仙府拓荒中刚回来，曾经面见过仙庭刑府之主东方夜刃大人，也已经拜入他的门下，你们做事，最好先调查清楚了，否则，到时候悔之晚矣。”李牧淡淡地道。

什么？

司徒荣顿时瞳孔一凝。

刑府之主东方夜刃？

这个名字，对于他来说，可谓是如雷贯耳。

他的上司沈万川，在兵府之中，排行第六，兵府真正主事的人乃是端木正武，那是真正巨头级的人物，司徒荣平日里连见都很难见到，而东方夜刃可是与端木正武并驾齐驱的大人物，也是他司徒荣可望不可即的存在。

虽然刑府并不直接管束兵府，东方夜刃不是他们兵府的顶头上司，但刑府专职缉拿之事，乃是仙庭标配六府之中的特权部门，直接向大仙主负责，有特殊行事、便宜的权利，专门对付仙庭内部触犯律令之人。

像他这种兵府中层的天将，最怕的就是刑府缉拿拷问，一旦进入刑府，尤其是进入刑府的名目堂，那基本上就别想活着出来了。

一听到木牧竟然与东方夜刃这种可怕的大佬有联系，司徒荣的心脏，就狠狠地跳动了一下。

不过，他转念一想，猛然反应过来。

不对。

不可能。

“呵呵，差点儿被你这个狂徒唬住，东方大人这一次，并未进入四明仙府，负责此次行动的乃是我兵府的端木……”说到一半，他猛地意识到了什么，立刻警觉地闭嘴。

四明仙府的行动，到现在为止，都还未解密，这不是能够对外面杂人能说的信息。

但这已经足够让他确定，木牧绝对是胡乱扯虎皮吓唬人。

也许是从哪里听说了东方大人的名字，然后在这里胡乱说。

真是找死。

他厉声喝道：“给我杀，胆敢反抗，直接就此正法。”

李牧一怔。

这家伙这么刚？

一个小小的天将，连仙庭大佬的面子都不卖？

这是脑子瓦特了吗？

不过，李牧旋即意识到了另外一层原因。

只怕是因为，这个司徒荣的身份职位太低，估计根本不知道四明仙府之中发生了什么，而且很有可能，四明仙府的真相，仙庭现在还在一定范围内保密着，眼前这个司徒荣，甚至连之前那个沈万川，都并不知道东方夜刃出现在四明仙府中，甚至都不知道他们的顶头上司端木正武、大仙主独孤安然这两大巨头，都已经挂掉了。

所以他才在听说了东方夜刃的名字之后，依旧有恃无恐。

看来眼前的情况，一时是解释不清楚了。

一念及此，李牧也就不解释了。

他体内力量稍微绽放，轰地一下，就将周围逼过来的天兵天将都震飞出去，那合击的阵法禁制，也在瞬间破开了缝隙。

李牧身形一闪，瞬间就带着小辰皇等人，进入到了皇级殿。

同一时间，皇级殿周围，一个肉眼可见的玄黄色波纹护罩流转，将整个大殿，都倒扣在了里面。

“四明仙府之时，很快就可以明了，到时候，一切都会水落石出。”

李牧的声音，在大殿里传出。

他懒得再和这些贪婪愚蠢之辈对话。

先在这里等一段时间。

等到四明仙府之战尘埃落定，仙庭内部消化的差不多了，消息传出来，这个司徒荣才会一直到，自己犯了多大的错误。

但见此一幕就，司徒荣却是瞬间大惊之后，又彻底暴怒。

这个木牧的实力，远超他的想象，合击阵法虽然是临时布置，威力有限，但也足以困住任何仙王境界以下的强者，没想到竟然被这个木牧给挣脱了。

难道他是仙王境界？

这绝对不可能。

这个人的有些古怪。

遁法惊人。

当日能够从玄舸上逃走，今日从阵法之中逃走也不意外。

千万不能让此人逃走。

否则，在沈万川那边，他交不了差。

暴怒之下的司徒荣，连连下令，让天兵天将围攻皇级殿，但竟是攻不破那层护罩，久攻不下。

这让他更是焦躁。

在确认了皇级殿中，并无其他什么暗道或者是传送秘门之后，司徒荣狠下心，直接在周围重修布置，禁锢空间，把原本用来对付乱军的手段，都拿出来，彻底封禁了皇级殿。

“给我炼，我就不信，他能撑得住。”

司徒荣令天兵天将不断地攻打，施展阵法，活活祭炼皇级殿，要将里面的人，全部都统统杀死，彻底灭口，才算是完美完成了沈万川交代的任务。

“陛下，您快请出来吧。”

“是啊，陛下，您劝一下木大人，千万不要和司徒将军作对啊，司徒将军乃是大仙庭的神将，地位崇高，不是我们皇极崖可以抗衡，他木牧要自己作死，可不能拖累皇极崖和陛下您啊。”

“木牧，你这乱臣贼子，你若是还有一点点的良心，就自己束手就服，不要连累我等。”

“木帝师，你素来忠贞，老夫钦佩的很，也许你和司徒将军之间，有什么误会，不如你先出来，好好和司徒将军解释一下，或许能够化干戈为玉帛。”

“是啊，这样对抗下去，你最终死路一条，也会连累皇极崖，木牧，你行行好吧，为我们这些无辜之人也考虑考虑啊。”

在司徒荣的胁迫之下，许多皇极崖的大臣，都在外面大声地呼喊着。

但李牧始终置之不理。

小辰皇此时，眼中也是一片悲哀。

堂堂皇极崖，仙道神朝，到了今日，竟然都是一群软骨头尸位素餐，一个个都胆小怕死如斯，这样的势力，就算是灭了，也不值得同情。

身为皇帝，他感到耻辱。

同时，这些日子的经历，也让他渐渐开阔了视野，更提升了格局。

如果说是在以前，他还会觉得，身为皇极崖皇位，有权力有地位，或许可以保护好自己的母亲，但是现在，他反而觉得这个皇帝的位置，是一个累赘和束缚，并没有好到那里去，反而是跟在师父的身边，才更有安全感。

在大殿之外一群大臣的呼喝咒骂劝说嘶喊声之中，小辰皇心中的一个念头，逐渐清晰了起来。

他稚嫩的脸庞，眼神逐渐坚定。

时间流逝。

转眼三天过去。

皇级殿依旧完好无损。

束手无策的司徒荣意识到，木牧比自己想象中的还难对付，若不是在大殿外，可以看到木牧等人还在里面，他真的以为这些人早就逃了。

“来人，给我把木牧的亲朋好友，都搜出来，押到这里，我就不信了，他会铁石心肠，狠心看着这些人受尽折磨而不出现。”

司徒荣决定采取一些其他手段。

但很快，皇极崖的大臣们回上来的答案，却让他傻眼了。

木牧在皇极崖并无任何的亲友。

身边的‘亲友’，就一条狗，一只虎，还有一个侍卫在身边，如今一虎一狗都在殿内，那侍卫不知所踪，若说还有亲近之人，便是尹太后和小辰皇，也在殿中。

皇极崖朝内野史传闻，木牧之所以一心帮助小辰皇，是因为他与尹太后之间有私情，尹太后身份特殊，且年轻貌美，被木牧垂涎，勾搭成奸，甚至还有传闻，说小辰皇实际上就是木牧的种，尹太后早就与木牧勾搭，就连之前的皇帝，其实都是被木牧谋杀之类……消息隐蔽地流传，摄于李牧的威压，并未泛滥。

但有急于献功讨好的人，就将这些内幕，都告诉了司徒荣。

司徒荣阴狠一笑，旋即命人，在皇级殿之外，大声地用各种下流的话语，辱骂尹太后，不断地泼脏水，先是谁尹太后与李牧之间不清不楚，之后又挑选出皇宫之中的数十名精装英俊卫士，令他们绘声绘色地描述自己与尹太后之间的奸情，言及各种下流情节，甚至还有数名侍卫，主动发挥，说尹太后欲望强烈，曾同时令他们数人一起应招侍奉种种，下流卑劣到了极点。

大殿里，小辰皇几乎被气疯了。

他数次冲到大殿之外，厉声喝骂反驳，但都被地球流氓虎战战兢兢地拉回去。

而尹太后受此侮辱，更是气的眼眶红了，数次差点儿失控哭泣，但最终还是强忍着眼泪，没有让泪水流淌下来，反倒是一遍遍地安慰儿子。

当年为了小辰皇，她忍辱负重近十年，含辛茹苦，受尽屈辱，日夜担惊受怕，锤炼了她的心境，外面的辱骂和那些年相比，根本不值一提。

反倒是偶尔心里念及，要是自己真的能够和木牧大人这样的人物，有点儿什么‘奸情’，也不是什么耻辱羞人的事情，别说是这样可以更好的让木牧为小辰皇保驾护航，就说木牧年轻英俊，一表人才，魅力无双，任何女子若是能够与这样的人发生点儿什么，都不会排斥的吧。

有了这样的念头，尹太后心中更是觉得坦然，对于外面的咒骂污蔑，越发地不放在心上，连眼泪都没有了。

倒是李牧从闭关调息中醒来，听到外面的这种辱骂，尤其是那些侍卫、大臣们的丑态，眼中闪过一丝寒芒。

对于小辰皇这个弟子，李牧还是挺看重的。

这孩子品性好，醇厚，资质虽然一般，但李牧教导弟子，早就过了看资质的时候了。

所以爱屋及乌，也颇为照顾尹太后的情绪。

他站起来，走出皇级殿，心中杀意弥漫，正要有所行动。

突然在这个时候，远处天穹之上，数艘巨型玄舸，欺云赶雾，宛如汪洋中的巨鲲大鱼一样驶来，在皇城上空落定，其中一艘旗舰，威武不凡，就连当日兵府第六主将沈万川的旗舰，都难以与之相比。

一个声音，从这艘奢华旗舰上传下——

“皇极崖帝师木牧何在？大仙主有旨，木牧还不快快现身接旨？”

声音清晰地响彻整个皇城。

## 第1269章 平步青云

突如其来的大仙庭玄舸，一下子引起了无数人的注意。

而那威严声音的内容，更是让整个皇极崖皇城都被惊动、震撼了。

大仙主的旨意？

大仙主是谁？

这个问题的答案，东圣洲没有人不知道。

那可是高高站在整个东圣洲万千生灵、无尽仙道修士的最巅峰处的身影啊，不论是权势地位，还是修为战力，都是整个东圣洲仰望的存在。

月川府的小仙主地位就已经够高了吧？

但在东圣洲，总共有三十六位小仙主。

而他们，也只不过都是大仙主门下的走狗而已。

这一次，大仙主竟然直接向木牧颁布旨意？

大仙主莫非认识木牧不成？

很多人，尤其是司徒荣的心里，一下子就浮现出一种不太好的预感，如果大仙主真的知道木牧这个人的话，那之前，木牧所说的他拜到了仙庭刑部之主东方夜刃门下的事情，岂不是真的？

坏了。

一念及此，司徒荣的腿都开始哆嗦了。

就看数道浮云，从巨型玄舸旗舰上涌动，数十位仙道强者的身影，随着白色的拂动祥云，缓缓地落下来，很快就到了皇级殿的上空。

司徒荣定睛一看，心中更是震惊。

为首那位手托大仙主法旨的人，赫然正是大仙庭刑部的大神将江渚。

此人是刑部之主东方夜刃身边，最为信任的左膀右臂之一，最受倚重，在刑部仅次于东方夜刃，在整个大仙庭中，也是赫赫有名的实权人物。

竟是此人亲自来宣旨？

不过……不对啊。

既然是大仙主的旨意，为何不是大仙主独孤安然身边的首席宣旨神将孟乙前来？

这个念头一闪而逝，司徒荣却是不敢有任何的怠慢。

他忙不迭地立刻率人迎上去，噗通一声，就五体投地地跪在了白色浮云下面，战战兢兢，大声地道：“属下兵府第六神将沈大人身边副将司徒荣，恭迎天使！”

他身后的其他天兵天将，也都是屏住呼吸，连大气都不敢出。

面对着江渚这样的大人物，他们就如巨龙脚下的虫蚁一样卑微。

而其他皇极崖的大臣、侍卫、高手们，则更是早早地就跪在了地上，额头抵着地面，丝毫不敢抬头，连看都不敢看，这种平日里只存在于神话之中的大人物，岂是他们所能目光冒犯的？

整个皇城之中，万千生灵，皆尽跪地。

东圣洲大仙主的威严，体现的淋漓尽致。

“木牧何在？还不现身接旨？”

江渚再度开口道。

李牧从皇级殿的台阶上走下来，抬手一道剑芒，震碎了覆盖皇级殿的阵法禁制，缓缓浮空，来到了江渚等人的身前，微微拱手，道：“在下木牧，前来接旨。”

态度不卑不亢，极为从容。

“大胆木牧，见到天使，还不赶紧下跪行礼。”一个尖锐的声音抢先响起，说话的却不是江渚，而是站在江渚身边的鹤辰子。

这位鹤发童颜，须发洁白的老头子，算得上是李牧的熟人。

四明仙府之战前，身为月川府礼府天师的鹤辰子，奉了月川府小仙主的旨意，来拉拢过李牧，结果却被李牧拒绝。

今日他伴随宣旨神将江渚来寻李牧，一路上察言观色，意识到天使对于李牧的态度是正面的，于是在江渚面前，倒也为李牧说了不少的好话，此时看到李牧竟然是如此大咧咧不通礼数，连忙抢在江渚之前，开口呵斥李牧，同时更是连连向李牧使眼色。

李牧却当做完全没有看到。

他此时大概已经猜出来大仙庭中发生了什么。

果然，宣旨神将江渚微微一笑，摆手道：“木兄弟不用多礼，呵呵，大仙主对你赞不绝口，颇为看重，所以才派我亲自来宣旨，本将在来时路上，还曾好奇，是何等的绝代天骄，能够入得了大仙主法眼，今日一见，果然是盖世英杰，令人羡慕啊。”

语气温和的简直让人以为他才是李牧的下属。

一边的鹤辰子听到这话，心中简直是掀起了滔天巨浪。

天啊。

我没有听错吧。

天使竟然与木牧平辈论交？

还说大仙主无比欣赏木牧？

这个木牧，果然不是无名之辈，而是过江猛龙啊，定是大有来历，怪不得之前面对月川府小仙主的邀请，竟是毫不动心。

瞬间鹤辰子又反应过来，如果这样的话，自己刚才自作聪明呵斥木牧，怕不是找死的行径？

他一下子惊出一身冷汗。

好在李牧根本没有看他一眼。

“大人谬赞了，木牧愧不敢当。”李牧道。

意料之中的事情，他心中无喜无悲。

江渚一看，对于李牧的评价更高。

他哈哈一笑，手中大仙主圣旨悬浮到虚空之中。

万道仙气威压流转。

一种难以抗衡的强大气息，从徐徐展开的仙旨中满溢出来，瞬间整个皇城都被这种可怕巍峨的气息所覆盖。

好在这种威压，更多的是一种精神上的震撼力，并不会对普通仙民造成损伤。

一个高大巍峨的投影，从仙旨中投射出来。

却是身着皇袍，脚踏云履，要悬神剑，头戴冠冕的大仙主。

李牧一看，心中了然。

不出所料，这人正是东方夜刃。

看来随着大仙主独孤安然陨落，东方夜刃最终还是凭借着斩杀了乱军剑神方天翼，以及追回部分仙髓的功劳，如愿更进一步，成为了东圣洲大仙庭的大仙主。

想来这数日以来，东圣洲大仙庭里的各种惊心动魄的明争暗斗，终于逐渐尘埃落定，随着东方夜刃的成功上位，一切都将进入一个漫长的修整缓和期。

“封木牧为月川府小仙主，执掌万仙盟月川府，重建月川府仙庭，决断大小适宜，即日上任，钦此！”

虚空之中的大仙主投影，开口说话，言简意赅。

简单地将旨意宣读完毕，投影重新化作仙气宝光，重新又回到了仙旨之中，仙旨虚空缓缓落下，回到江渚的掌上。

“哈哈哈，木小友，恭喜了，从此之后，平步青云啊。”

江渚爽朗地大笑着，将仙旨交给李牧。

李牧行礼，手下仙旨，又向江渚道谢。

他心中在琢磨，这位宣旨神将似乎是东方夜刃身边的红人，那他会不会知道东方夜刃的真正身份呢？

当然，在不确定之前，李牧是不会有任何表露的。

数位神将从江渚身后过来，抬着一个宝光汹涌的鎏金仙器大箱，放在李牧面前。

打开一看。

里面都是小仙主的战甲、兵器，小仙庭的官碟、文策，以及各种仙晶、丹药等修炼资源的赏赐，一看就知道不是凡品，极为丰厚。

这是一大笔令人炫目的财富，远超皇极崖、东玄仙门、玄感宗等三流万仙盟宗门数千年的积淀底蕴，令人咋舌。

李牧顿时心花怒放，毫不客气地笑纳。

当日东方夜刃要走了数滴仙髓，用于覆命，增加入主东圣洲仙庭的可能性，今日这些回报，都是李牧应该得的。

“呵呵，接下来，木小友就要抓紧时间，组建仙庭了，昔日月川府小仙庭的产业山门，可以再度利用，但是真正可靠的人手，却还是得小友自己选拔组建，尤其是几个关键部门……”

江渚有意向李牧示好，主动点拨道。

嗯？

李牧却是一怔。

竟然不是直接走马上任接手原先月川府仙庭的原班人马，而是要自己组建心腹核心力量？

这却是不好弄啊。

无他。

李牧手底下没人啊。

除了一只失踪的猴子，就是一条不靠谱的狗，以及一只更不靠谱的老虎，其他可以调用的人，只有皇极崖的仙道高手，但都是一群废物，支撑不起一个小天庭。

原先小仙主的势力就算是接收一些，用起来也未必顺手。

仿佛早就猜到了李牧的表情，江渚微微一笑，道：“小友不用担心，陛下不但赐下甲胄仙器和丹药宝物，还为小友精心挑选了一百名大仙庭的精锐，加入月川府，任由小友调遣使用……”

江渚笑着一抬手。

玄舸旗舰上，一艘小型飞舟，载着百多名铠甲森严的仙道强者，徐徐来到了李牧近前。

“属下何应鑫，拜见大人。”

为首的一名年轻天将，三十岁左右的样子，面目方正，五官棱角分明，锐气逼人，恭敬地向李牧行礼。

飞舟上的其他仙道强者，随同行礼。

这些人，便是东方夜刃安排给李牧的助力了。

“诸位远道而来辛苦了，不必多礼。”

李牧抬手道。

他暗中仔细观察这个叫做何应鑫的天将，竟然是仙王中阶的强者，实力不俗，更是有一种罕见的英气，一看就不是等闲角色，而何应鑫身后的其他百余名仙道强者，也无一不是万中挑一的精锐，平均实力约在仙将高阶左右。

这百余人，绝对是一股很可怕的力量。

他们足以横扫整个月川府。

“来之前，陛下曾亲自召见属下，令我等从今以后，唯大人之令是从，不管任何命令，只许执行，不许质疑。”

何应鑫声音铿锵地道。

李牧闻言，心中又是一动。

东方夜刃亲自挑选的人，还下了这样的命令，怕是这个何应鑫，才是他真正的‘同道中人’啊。

日后慢慢观察便是了。

“呵呵，小友，陛下对你可真的是青眼有加，还未见陛下如此厚待重用一个年轻后辈，直接打破了仙庭的惯例，让本将都有些羡慕啊。”各项交割事宜完毕，江渚笑着道。

李牧道：“大仙主陛下对我的确是任重如山，可是大仙庭中，有些人却恨不得将我立刻斩尽杀绝，唉，今日多亏江天使及时赶到，否则的话，我只怕是要被大仙庭的兵府神将大人，活活地炼死在皇级殿中了。”

“嗯？”江渚面色一变，道：“还有这事？”

他隐约明白了什么，目光一转，看向了跪在地上瑟瑟发抖的司徒荣等人，两道目光，就如同两道仙剑，仿佛是一下子将司徒荣的身体刺穿。

## 第1270章 悔之已晚

这个时候的司徒荣，几乎是已经被吓傻了。

他的脑海之中，一片空白。

怎么会发生这样的事情？

这个木牧的背景，简直大的有些恐怖。

大仙主亲自册封的月川府小仙主。

这个职位，按照万仙盟仙庭内部的品秩来讲，要比他这个大仙庭兵府副将，高了一级，并不可怕，但可怕的是，从江渚的话里话外传达出来的信息。

大仙主极为欣赏木牧。

大仙主对木牧赞不绝口。

大仙主亲自挑选高手作为木牧组建月川府仙庭的班底。

大仙主……

总之，如今的木牧，是大仙主眼中的红人。

可以毫不夸张地用四个字来形容——

简在帝心。

否则，像是江渚这样的大仙庭实权人物，怎么会万里迢迢地来到皇极崖，亲自宣旨。

这么作为什么？

还不是为了拉拢示好木牧，结一段善缘。

连江渚都如此放低身段了，那就意味着他司徒荣已经连放低身段的资格都没有了——他不配。

一想到这里，司徒荣就感觉到一阵阵的眩晕。

他知道，自己要完了。

这一次为了讨好主将沈万川，算是把他自己给搭进去了。

对了，沈万川？

司徒荣一想到这个名字，突然心中一个激灵。

天塌下来，有高个子顶着。

自己何不把锅甩到是沈万川的身上呢？

毕竟自己不过是‘奉命行事’而已。

“你叫司徒荣？”江渚目光一扫，盯着这个蠢货，道：“如果本将没有记错的话，你是沈万川的副将吧？”

司徒荣一个激灵，连忙道：“是是是，大人明鉴，末将正是沈将军的副将，此次前来皇极崖，也是奉了沈将军之命，军令如山，末将不得不从，末将对于木帝师，也是极为钦佩的，他亲手格杀了乱军神卫雨迹，立下了大功……”

“哦？”江渚淡淡地道：“你说说吧，到底怎么回事？”

司徒荣知道机会来了。

他于是将兵府第六军奉命围剿乱军余孽，半路上碰到了刚刚斩杀了雨迹的李牧，沈万川为了夺李牧的功劳，污蔑李牧为凶徒，并且不顾他的‘反对’，一意孤行，派他来皇极崖设局伏杀李牧的过程，添油加醋地说了一遍。

江渚是何等人物，一听就明白是怎么回事。

他转而看向李牧，面露抱歉之色，道：“让木小友见笑了，如今的大仙庭，积弊深重，没想到竟然会发生这样的事情，这件事，我一定会给小友一个交代。”

李牧道：“小事一桩。”

江渚又道：“说起来，还要恭喜木小友，不知不觉之间，斩杀了雨迹，这可是大功一件，仅次于斩杀方天翼这种乱军巨擘，哈哈哈，功劳报上去，绝对可以让小友你再升一级。”

李牧微微一笑，也不搭这一茬，转而指了指司徒荣，道：“江大人准备如何处置此人？”

江渚微微一忖，道：“此人可以算是一枚人证，证明小友你斩杀雨迹的功勋，也可以指证沈万川污你战功之事，我打算将他带回大仙庭……”

李牧皱了皱眉，道：“此人与我有深仇大恨，我想现在就看着他死。”

“嗯？”江渚一怔，没想到李牧如此决绝狠辣，犹豫了一下，道：“捏死他倒不是什么难事，但若是他死了，要证明小友你的功勋，怕是要多费一番周折。”

司徒荣此时胆战心惊，魂飞天外，连忙见缝插针地哀求道：“是啊是啊，木仙主，小人我有眼无珠，得罪了您，愿意戴罪立功，指证沈万川，木仙主，求求你，再给我一次机会，我一定会证明你斩杀雨迹的战功……”

李牧却是根本看都不看他一眼，只对江渚，说道：“战功什么的，对我来说，并不重要，我只要快意恩仇，念头通达，得罪了我的人，不管付出什么代价，我都要他死，不想留隔夜的仇人。”

他神态平静，语气平和。

但话语之中的决绝狠辣，却让江渚这等万仙盟的巨擘，都心中陡然惊悚。

好狠。

好绝。

这绝对是一个不可轻易招惹的狠人。

江渚在内心里，对李牧重新做了一番评价。

这个性格非常符合东方大人的脾气。

怪不得东方大人——不，应该是说东方大仙主，这么欣赏此人。

“既然如此，那这个蠢货，就由小友你来处置吧。”江渚呵呵一笑，道：“至于小友斩杀雨迹的功勋，放心，老哥哥我也会想办法帮你夺回来，这点儿能量，我还是有的。”

李牧一听，微微一笑，拱手道：“江老哥果然是义薄云天，小弟我钦佩万分，这份情，小弟记住了，日后必有回报。”

江渚一听，心中大喜。

他费了这么多功夫，从大仙庭跑到这鸟不拉屎的地方，放低身段，不就是为了木牧这一句话吗？

李牧指着司徒荣，看着何应鑫，道：“你知道该怎么做吧。”

何应鑫躬身应命，道：“属下明白。”

他转身朝着司徒荣走去。

司徒荣此时还哪里不明白自己的命运？

他惊恐到了极点，猛地怒吼一声，腾跃而起，就要化作一道流光拼死离开。

但何应鑫只是一抬手，一道金色流光闪烁而出，宛如一道金龙，瞬间缠住司徒荣的身体，就将他从半空拉了下来，死狗一样坠落地面。

“啊，不，木仙主，饶了我，我错了，给我一次机会。”司徒荣知道大限已至，疯狂地哀求。

但李牧的眼神中，没有一丝一毫的怜悯。

何应鑫一指点在司徒荣的额头，顿时点碎了司徒荣的元神和生机，将这位已经失去了抵抗能力的仙道强者，直接从这个世界上抹杀。

做完这些事，他像是杀了一只鸡一样面色平静，默默无声地退回来，站到了李牧的身后，如同一个影子一般。

李牧心中暗暗赞赏。

东方夜刃选择的人，果然是极为干练。

“还有他们。”李牧指了指这些日子跟着司徒荣闹得最凶、跳的最欢的数十个天将。

何应鑫一挥手。

飞舟上的仙将精锐出击，不顾各种哀求，瞬间将这些人也都杀了个干干净净。

空气中弥漫着血腥的味道。

一边的鹤辰子看到这一幕，吓得都快尿了。

那可都是大仙庭的天将啊。

说杀就给杀了。

比屠猪宰狗还简单。

这一瞬间，鹤辰子背后全是冷汗。

他突然觉得，当日自己去逍遥居拜见李牧，说话那么托大倨傲，自以为掌握局势，实际上根本就是在死神面前跳舞啊，最后能够安全离开去，真的是捡了一条命回去。

这个人，太凶了。

以后一定得小心伺候，绝对不能违逆。

“属下拜见大人。”

鹤辰子上去行礼。

他是月川府的礼府的天师，正好是李牧如今的直系下下属，自然是不敢失了礼数。

李牧淡淡地点点头。

然后他的目光，看向那些跪在地上，体如筛糠，战战兢兢的皇极崖大臣，还有那数十名卫士。

李牧对着皇级殿招招手。

尹太后带着小辰皇，从里面走出来。

李牧向尹太后打了一个招呼，然后摸了摸小辰皇的头，道："你曾经说过，要像是一个男子汉一样保护娘亲，我给你一次机会，过去把侮辱你娘亲的人，都杀了。"

小辰皇点点头，没有犹豫，拔下腰间的佩剑，走过去，一剑一个，将那数十名侍卫，全部都斩杀在原地。

鲜血弥漫。

小辰皇的表情，还算是平静。

如果实在四明仙府之行之前，让他杀人，他根本不敢下手，但是经历了仙府之行的锻炼，目睹了仙界丑恶的他，成长了太多，早就有了心理准备。

何况这些人，的确是该死。

那样侮辱母后和师父，这样痛痛快快地把他们杀了，还是便宜他们了，当时处于盛怒中时，小辰皇一度想要将他们千刀万剐。

杀了这些侍卫，小辰皇没有停下，他走到那些大臣中间，抬手又杀了几个，还废掉了几个大臣的修为，这才拎着剑，站到了其他罪不至死的大臣们前面。

目光平静而又淡漠地扫过。

小辰皇用一种前所未有的平静，开口说道："从今以后，我不再是皇极崖皇帝，世间也不该再有皇极崖这样一个势力。"

所有人都一愣。

尤其是皇极崖的臣子、皇室成员们。

他们愕然地抬头看着小辰皇。

小辰皇道：“你们对不起我师父，这个肮脏而又堕落的皇室，还有你们这些鼠目寸光的所谓大臣，皇室寄生虫……你们都应该消失，我不杀你们，你们都自生自灭吧。”

然后他摘下头顶的皇冠，斩去腰间的玉佩，脱掉身上的皇袍，统统弃在地上，犹如丢弃了一些臭不可闻的垃圾一样。

“不要啊……”

“陛下，您不能丢弃我们啊。”

“陛下息怒啊，你的体内，流淌着皇室的血液，您不能这样啊……”

一些大臣们痛哭流涕地哀求。

因为在这一瞬间，很多人突然无比惊慌地发现，如果失去了小辰皇，就等于是失去了木牧，而如果失去了木牧，如今的皇极崖，还剩什么呢？

没有木牧的扶持支撑，等于是灭顶之灾啊。

他们万分悔恨，苦苦哀求。

人就是这样，往往在失去了之后，才会懂得感恩和珍惜，可惜为时已晚。

## 第1271章 入主仙庭

李牧倒是没有想到，小辰皇会做出这样的决定。

看来是这几日，在司徒荣的撑腰下，皇室成员和诸多大臣们的表现，实在是让这个孩子太过于失望，原本就存系不多的对于皇极崖的感情，在这几天终于被彻底消磨，烟消云散了。

不过，这样也好。

这些日子，李牧也看出来了，这孩子并不适合做一个皇帝。

他的出身，和他一直以来形成的世界观，都不足以支撑一个掌权者的心态和手腕。

“好，以后你就跟随在我身边吧。”

李牧摩挲小男孩的头顶，点点头道。

小辰皇丢掉了手中带血的剑，道：“师父，徒儿能不能带着娘亲？”

李牧笑道：“当然。”

一边的尹太后听到这一句话，看着李牧，脸上露出了一丝笑容。

“木帝师，木大人，不要走啊。”

“我们错了。”

“求求你，留在皇极崖吧……”

一些大臣们还在哀嚎。

他们无法接受这样的结果。

如今的李牧，已经是月川府的小仙主，若是他不离开皇极崖，继续做帝师，那可以想象，不久的将来，皇极崖将会成为整个月川府的第一势力。

而他们这些人，身为皇极崖的大臣，身份地位也必定是水涨船高，风光无限。

可一旦小辰皇和李牧，以这种方式离开，不仅意味着他们无法借到李牧的势，更意味着以后连皇极崖都不存在了，而他们，将成为无主的野狗，秋后的蚂蚱，蹦跶不了几天了。

一个是天，一个是地。

天上地下的差距啊。

他们简直后悔的心都碎了。

但最终，李牧还是乘坐飞舟，离开了皇城。

一起离开的还有小辰皇和尹太后。

从此之后，月川府再无皇极崖，整个仙界都再无皇极崖。

这也算是为混沌世界死去的生灵们报仇了。

江渚带着玄舸巨舰离开了月川府。

作为新任大仙主最信任的人，他还有许多的任务要去完成。

权力的更迭终究是伴随着动荡，万仙盟内部不是铁板一块，东方夜刃需要尽快地将整个东圣洲三十六小仙庭的力量都掌握在自己的手中，难免会提拔新人，罢黜老人，有一番大动作。

江渚作为天使，宣布了李牧的任命之后，还要巡视整个东圣洲。

鹤辰子作为向导，带着李牧来到了月川府小仙庭的驻地。

是一座漂浮在虚空之中的巨大浮山——是被大神通者将山峦斩断，横截面朝上巨峰，倒三角状态悬浮，横截面上有一座巨大的城市，称之为【垂云之城】，名字的由来，就是字面上的解释。

早就收到了来自于大仙庭的消息，垂云之城的大小官员，都城外迎接信任仙主，一个个都心中忐忑。

一朝天子一朝臣。

昔日小仙主梁书情已经凉透了，新任小仙主木牧对于很多人来说，完全陌生，仅有的资料，也只是来自于大仙庭的信息和这些日子的搜集，并不完整，让很多人就算是想要投其所好地巴结李牧，都不知道从哪里入手。

欢迎的仪式盛大而又绚烂。

小仙庭六府的掌座，全部都出席，不敢有丝毫的怠慢。

因为小仙主对于分部的一切官员，不但具有任免的权力，在某些时候，甚至具有生杀大权，可以说是重权在手，谁敢不从？

鹤辰子在一边尽心尽力地介绍，道："大人，这几位便是兵府掌座任为之，刑府掌座焦晃，礼府掌座张文远，吏府掌座任方舟，户府掌座裴炜，工府掌座高旻……"

六人纷纷无比恭敬地在李牧面前低首行礼。

李牧目光一扫。

这些人都是仙将级，放在以前，在李牧面前勉强算是高手，但是如今嘛……不值一提。

李牧只是点点头，也不说话，起码的客套都省了，直接进城。

六大掌座心中纷纷都是一惊。

看来新来的小仙主大人，不好相处啊，心中越发地忐忑起来。

垂云之城面积不大，城中并未有仙民居住。

这在李牧的意料之中。

因为整个小仙庭，其实就是一个战争堡垒一样的存在。

天兵天将们从来都是不事生产，所有的物资都是州府内的大小宗门、势力来纳贡贡献，就像是地球上古代的地方向中央政府纳税一样，整个州府的无数仙民在恶劣的环境之中挣扎生存，同时养着仙庭。

城内的规划极为整齐，街道四方四正，建筑风格各异，但有一个共同的特点——厚重，以军事防御为第一考虑要素。

四方四正的城池。

四面城墙。

四座城门。

四条主干道汇集于最中央的凌霄殿，犹如四把刀一样，将整座垂云之城分割成为了四部大部分。

城内驻军约有十万，都是精挑细选的州府精锐，装备精良，甲胄齐全，训练有素，不容小觑。

这些驻军，都算是有‘公务员编制’的存在。

除了征战之外，他们的唯一任务，就是不断地修炼，提升战力。

仙庭对于在编的天兵天将是极为慷慨的，有充足的仙晶、仙金、神草、药材、丹药、功法等等修炼资源的支撑，在每个人职级允许的范围之内，会得到最大程度的满足。

这就是‘编制’的好处了。

当初鹤辰子信誓旦旦地去招揽李牧，觉得可以手到擒来，就是用这种‘编制’的好处来诱惑，谁知道李牧根本不吃他那一套，如今时移世易，鹤辰子也是感慨万千，不知道说什么好。

李牧入主凌霄殿。

高居仙主宝座之上，低头看去。

两侧文武官员分列，足足有数百人，皆尽低头，都是月川府天兵天将中的精锐。

众人轰然行礼跪拜。

就如臣子拜见君王。

李牧心中毫无波澜。

他眯着眼睛，在这样一个无数仙道强者梦寐以求的荣耀时刻，无暇去体会这种高高在上的权力每秒感觉，而是在心中思考，如何找到失踪了的叛神卫风痕。

雨迹已死，风痕的下落，就非常重要。

不只是风痕知道四明仙府一役中的某些‘真相’，更在于风痕应该知道袁吼的下落。

这才是李牧最为看重的。

必须尽快找到袁吼。

而他这样一副高居王座，面无表情，一句话也不说的姿态，更是令两侧的文武强者都不明所以，心中的忐忑，越发地剧烈，更觉得这位新仙主高深莫测起来。

许久，李牧收拢了思路。

他目光一扫众人，淡淡地道：“梁仙主战死，本座接掌月川府，众人各司其职，继续为仙庭效力，不可有怠慢。”

嗯？

什么意思？

各司其职？

没有罢黜和任命吗？

下方众人都是一怔。

新官上任三把火都没有吗？

这让很多心中忐忑的人，都松了一口气。

李牧接着又道：“动用所有力量，寻找乱军神卫风痕的下落，不管是谁，若是能够汇报风痕的下落，他就可以成为垂云之城权势地位仅次于我，一人之下，万人之上……你们，听明白了吗？”

声音在整个凌霄殿中回荡着。

众人一怔之后，旋即眼中都绽放出炙热的光芒。

关于乱军神卫风痕在四明仙府一战中逃脱的消息，大仙庭已经早就发布了悬赏通缉。

不过，月川府小仙庭不过是被动地敷衍和应付而已。

毕竟风痕这种危险到了极点的人物，不是一般人能对付，就算是六府掌座，遇到此人，只怕也是凶多吉少，没有人真的会不要命地主动追杀风痕。

但是现在不一样了。

小仙主大人需要的，只是找到风痕的下落而已。

只是寻找踪迹而不正面作战缉拿的话，危险程度就降低了很多。

回报则是成为小仙庭的第二人。

相对可以接受的风险，却能换回巨大的回报。

一下子，凌霄殿中的所有仙道强者，都不可知地动心了。

“退下吧。”

李牧挥挥手。

一众官员再度行礼，躬身后退，鱼贯而出。

每个人的脚步都走的很快，快速离开，迫不及待地要去发动一切自己可以发动的力量，去布置寻找风痕的任务了。

他们也都看出来了，这是个千载难逢的机会。

新任小仙主想要立功，想要将风痕拿下，进一步稳定自己的地位，向新的大仙主表功献礼，只有将风痕的行迹找到，才能得到小仙主的青睐。

好在之前传来的消息说风痕就在四明山脉之中，月川府的势力可以延伸到其中，调查起来并不困难。

“传何应鑫。”

李牧又道。

鹤辰子连忙命人去请。

他成为了李牧的临时传令近侍，表现的非常积极，希望得到李牧的认可，更进一步，毕竟如他这般的天师，在礼府中足足有二十人，正常途径想要脱颖而出难如登天。

很快，何应鑫来到凌霄殿。

“属下见过大人。”锐气逼人的年轻人始终保持着波澜不惊的表情，将锐意勃发和沉默如冰两种截然相反的气质，完美地结合在了自己的身上。

李牧道：“你的人也散出去，动用全部的力量，给我找到风痕。”

何应鑫道：“那关于城中兵力的接管……”

李牧摆摆手，道：“不用管。”

何应鑫呆了呆，道：“属下遵命。”转身出去了。

李牧坐在凌霄殿的宝座上，看着空荡荡的大殿，心里在思考着接下来该的每一步计划。

意外得知叶无恨的下落，是一个惊喜。

不过此时的叶无恨，应该是带着方天翼的尸体，回到了中央乱域，所以短时间之内怕是也见不到了。

眼下最迫在眉睫的事情，是找到风痕。

而必须筹划的远期目标，则是寻找王诗雨和花想容。

偌大仙界，危险重重，李牧实在是很担心他们两人，而现在他有了力量，也有了势力，可以开始寻找了。

另有一件事情，令他百思不得其解。

当日在神隐小道隐蔽藏宝点中，斩杀了炼妖阁之主，却见到了一枚手环，疑似是老神棍身上的东西，这手环是如何落在炼妖阁的手中，也是需要尽快搞清楚的事情。

想了想，他令鹤辰子前去炼妖阁，间接询问打探此事。

## 第1272章 难以置信

三天时间，足够许多消息传递出去。

月川府周边的数个州府，也都知道了李牧成为月川府小仙主的事情，一些心思灵活的其他州府小仙主，也都派遣使者，前来祝贺，送上一些贺礼，李牧亲自现身接待，并且准备了回礼，宾主尽欢。

演戏自然是要演全套。

维持眼前的人设，是非常必要的。

李牧既然决定潜伏下来，就做好了与万仙盟中各路人物交好的心理准备，也许关键时刻，这种所谓的人情和善缘，可以在某些方面，发挥微妙的作用。

而在第四天的时候，终于有了风痕的消息。

这个叛神卫，果然还是在四明山脉之中。

李牧闻讯大喜，亲自带着何应鑫等强手，前往四明山脉缉捕。

他第一次感受到，万仙盟权势带来的妙处。

……

风痕非常暴躁。

他的内心充满了愤怒和憋屈。

本以为这一场大战，万仙盟东圣洲仙庭半布置下了天罗地网，一定可以将方天翼等人一网打尽，到时候，有东圣洲大仙主独孤安然这样的大人物为自己做背书，不但可以轻松洗白身份，还可以凭借在这一役中的立功，从东躲西藏的乱军，摇身一变，成为万仙盟仙庭中的红人。

憧憬是那么美好。

但现实却是如此残酷。

方天翼的确是真的陨落了。

但东方安然竟然也死了。

这意味着，东方仙庭中已经没有人知道他的身份了。

如果独孤安然死前有布置的话，那一切还好说，如果没有，那他肯定不敢主动找上万仙盟，和送死没有什么区别。

但局势在不断地恶化着。

随着时间的流逝，风痕从各方面的信息来判断，万仙盟似乎并不知道自己真正的身份，因为针对他的通缉，从未停止，各方小仙庭都在到处搜寻他。

这几日，他为了确定万仙盟对自己的态度，估计泄露出一些踪迹。

结果令他心寒。

行迹稍泄，便有万仙盟的追兵杀至。

这让他得以确定，万仙盟并不知道自己的真正身份。

而随着独孤安然的死，他已经无法证明任何事情。

“没想到，有朝一日，我竟然变成了无家的野狗。”

风痕在无奈中发出自嘲。

他这几日，都藏身在一条深不见底、不见天日的深渊底部，周围是各种黑色的淤泥沼泽和腐殖质，充满了危险的仙道毒瘴宛如铅云一般凝固不动，宛如死寂的地狱。

叛军绝对不会放过他。

万仙盟也不接收他。

仙界之大，竟是再无他的立锥之地。

早知道如此，不背叛方天翼，起码比现在好。

他心中有一些后悔，但一切都已经不可能再回头。

“只能想办法隐姓埋名，改头换面，最好离开东圣洲，前往其他大洲，或许还有一线生机。”

风痕在心中筹划着。

突然，他察觉到了什么，眼中闪过一抹寒光。

咻！

身形一动。

极速闪烁之间，深渊上方的石缝中，一个暗中跟踪的月川府兵府仙将，只来得及发出一声低沉的闷哼声，就被风痕捏断了头颅，湮灭了元神。

“这里不能继续待下去了，形迹又暴露了。”

风痕身形浮空，没有催动仙元，怕仙道力量的波动被万仙盟的追兵发现，而是借助肉身的力量，在深渊山壁之间跃动。

他下定决心，要离开四明山脉了。

最近不知道怎么回事，追缉他的月川府天兵天将数量急骤增长，且表现的非常激进，这让他嗅到了一丝危险的气息。

但很快，风痕就意识到了不对。

因为暗中监视跟踪的仙庭高手，越来越多，且当他表现出离开四明山脉的迹象后，这些人竟然隐隐表现出一种阻拦的趋势，哪怕是明知道是送死，都会舍命相拼。

“不对，他们想要拖延我，一定是有绝对强者，正在赶来。”

风痕心中警兆狂跳。

他跟随在方天翼身边，一直游走在危险中，直觉非常敏锐。

“得快速来开。”

想到这里，风痕催动仙元，加快速度，化作流光，朝着四明山脉外冲去。

而在暗中跟踪观察的月川府兵府掌座任为之一看，暗叫一声不好，目标察觉到了危险，要强行离开，以他的速度，跟不上，这样下去，一旦被风痕脱离监控范围，那想要再找到，可就千难万难了。

绝对不能让到了嘴边的功劳肥肉，就这么眼睁睁地溜走了。

“别藏着了，吴岩，周末，带人给我冲，不管付出什么代价，都要给我拖住他，仙主大人马上就能赶到了。”

任为之面色狰狞地大喝道。

他身边两名天将，发出信号，咬牙豁出去，带着人冲了上去。

咻咻咻！

“杀。”

“别让这乱军贼子跑了。”

天兵天将从各处涌现，疯狂地朝着风痕围杀过去。

平日里他们享受‘编制’带来的各种好处，无尽的修炼资源和极高的地位，这个时候，就是他们付出的时候了，世界上没有白拿的好处，如果敢畏敌抗命，那直接就是一个死字，当做是叛逆处理，还会连累亲朋好友。

所以哪怕是知道拦截风痕危险，他们也得硬着头皮往上冲。

一场杀戮就此展开。

鲜血弥漫。

白骨飞溅。

惨叫声瞬间让这片原本静谧的山脉区域，变成了修罗地狱一般。

月川府仙庭兵府的常驻编制兵力是十万，这一次，兵府掌座任为之为了抢功，一口气将八成的兵力调配到了四明山脉，随着后续兵源的赶来，战场的局势更加白热化。

为了拖住风痕，任为之不惜一切代价，根本就是在拿命在填。

“疯了吗？”

天兵天将们的疯狂，让他惊怒难捺。

一开始，他还略有顾忌，毕竟杀太多的天兵天将，日后想要洗白就真的是无望了，但随着时间的流逝，他就顾不了这么多了，直接大开杀戒，天兵天将像是下饺子一样，血雨腥风之中，从天空中坠落下去。

到最后，兵府掌座任为之被逼的亲自出手，牵制风痕。

转眼，就是小半个时辰过去。

“怎么回事？不是说仙主大人很快就到吗？为何还不见踪影？”

眼看着自己的心腹属下一个个战死，任为之自己也受伤不轻，突然觉得不太对，这样再拼下去，别说是功劳，怕是自己都要搭在这里了，人死了，再打的功劳又有什么用？

他四下打量，心中悄然萌生退役。

但此时的风痕已经杀红了眼。

“都给我死。”

他犹如疯狂的死神，冲向任为之。

丰富的战斗经验，让风痕早就看出来，任为之是这一波天兵天将的核心，一旦将此人击杀，那天兵天将的都是就会溃散，群龙无首，自己才能脱出重围。

仙王级别的强者，起了杀心要斩杀一尊仙将，还是非常容易的事情。

不出几合，虚空之中剑光一闪。

兵府掌座任为之就身首异处了。

远处，一直都在暗中观战的李牧，嘴角划出一丝弧度，线条冷峻，淡淡地道：“是时候了，应鑫，带你的人，围上去。”

何应鑫道：“遵命。”

尽管是亲眼看到了李牧在暗中故意拖着不现身，眼睁睁地看着兵府掌座任为之战死，他的脸上，也没有任何表情，亦没有提出任何异议，并不觉得李牧这样故意让仙庭的高手送死有什么不对。

有了何应鑫带人出手，很快就将风痕围住。

何应鑫自己就是仙王级的强者，手段厉害，加上他手下那百多名精锐，绝非是普通的天兵天将可比，演练阵法，轻松就将已经消耗部分仙元的风痕围住。

再加上兵府的残军。

“是高手。”

风痕连续数次尝试，都被何应鑫急退，心中凛然。

这绝对不是仙庭分部的天兵天将。

怕是来自于东圣洲仙庭总部。

有麻烦了。

风痕的心，沉了下去。

“我要见你们的统帅。”风痕道：“我有话说。”

他决定还是将自己的身份抛出来，尝试解释一下，毕竟自己在乱军中还是有分量的，如果自己决定投降，全力配合的话，那仙庭也许会接收。

李牧徐徐现身。

风痕第一眼觉得此人眼熟，正要张嘴说话，脑海里猛然一道电光闪过，他双眼迸发出不可思议的神色，骤然抬头，难以置信地看着李牧，道："你……你……怎么会是你？"

他终于认出来了。

眼前这个身穿着仙庭高阶甲胄，无数仙道高手簇拥之中的人，赫然正是之前那个被他追杀的乱军份子木牧。

他一下子懵了。

这是怎么回事？

"袁吼在哪里？"李牧问道。

"袁吼？"风痕下意识地道："那只臭猴子？他已经死了。"进入到了四明山脉的禁地绝处，吞云兽的核心巢穴，等同于死了。

李牧的眼眸中，猛然爆发出凌厉的光芒："是你杀了他？"

"不是，你……"风痕终于渐渐回过神来，道："你这个卑贱的乱军，竟然混入了天兵天将中？他是乱军……"风痕看向其他天兵天将，大声地道。

"放肆，仙主面前，怎敢如此无礼？"刑府掌座焦晃正好赶来，闻言厉声大喝。

"属下等参见大人。"

无府掌座纷纷行礼。

风痕以为自己听错了，简直不敢相信自己的耳朵。

一个乱军份子，竟然成为了……仙主？

## 第1273章 复仇

风痕整个人是崩溃的。

明明一个乱军份子，与方天翼有着不清不楚的联系，被乱军拼命也要保护的人，竟然在这么短的时间里，摇身一变，成为了万仙盟月川府仙庭的小仙主。

这简直就是世界上最荒谬的事情。

李牧的眼神冰冷逼视过来，风痕立刻意识到，现在不是去琢磨对方身份变化之谜的时候，随着李牧成为小仙主，他自己的位置，就更加危险。

在杀了夏静，逼死袁吼之后，他并不认为，自己与李牧之间，还有和解的可能。

最关键的是，李牧很有可能是乱军埋到了万仙盟中的钉子。

这样一来，他就会成为李牧的眼中钉肉中刺。

就算是没有之前的仇怨，李牧也会想方设法地弄死他。

“你这个乱军份子，竟被你混入到了万仙盟中，呵呵，不过，我早晚都会把你的面具接下来，嘿嘿，今日你这些人，拦不住我，日后我会让你寝食难安。”

风痕阴冷地笑着。

他毕竟是无数次刀尖上跳舞的人，遭遇过无数的危险绝境，最终都活了下来，所以哪怕是今日的局面，他依旧并不绝望，他相信眼前这些天兵天将，并非都是李牧的绝对心腹，一定会有有心人，将他刚才说的话，暗中记下来，汇报给大仙庭。

就算是不能将李牧拉下马，也会给李牧造成麻烦。

也为自己日后彻底绝杀，扭转局面，先做一些细微的铺垫。

“放肆，你这个卑劣的乱军，竟敢信口开河，污蔑大人，你这是找死。”吏府掌座任方舟厉声大喝，第一时间在李牧面前表忠心。

“来人啊，将他给我拿下。”

“杀了他。”

“辱我家仙主大人，罪该万死。”

“呵呵，死到临头，还想着污蔑我家仙主，来人，给我杀。”

其他四府的掌座，也是同时开口，大声地呵斥。

不管他们自己心中真正在想什么，但是此时，却还是一副义愤填膺的样子，表达自己对于信任仙主大人的‘赤胆忠心’。

李牧不置可否。

他眯着眼睛，以一种戏谑般的讥诮之色，盯着风痕。

风痕有一种被猫戏老鼠一般的愤怒，继续冷笑道：“呵呵，我曾不止一次，在中央乱域中看到这位仙主大人，呵呵，他乃是御天神帝叶青羽麾下的记名弟子，秘密培养的钉子，你们竟然奉一个乱军为仙主，呵呵……”

这却是实实在在的污蔑和泼脏水了。

风痕的策略，就是让李牧百口难辩，黄泥抹到裤裆里，到时候不是屎也是屎了，故意给李牧造成麻烦。

一些城府较浅的天将，此时面色微变。

万仙盟对于乱军的绞杀，历来都秉承着‘宁可错杀一千，绝不放过一个’的原则，很多人不管地位如何显赫，身份如何高贵，一旦和乱军沾上关系，不死也得脱层皮。

一旦有任何的线索或者是痕迹，各种暗中的举报、揭发就会如同潮水一般涌上。

可以想象，刚才风痕说的这一段话，绝对会传出去，用不了多久，就会有无数封的告密信，送到东圣洲大仙庭刑府的大案上。

到时候，这位新任仙主可以安全过关吗？

气氛，在这个时候，突然变得微妙了起来。

风痕敏锐地察觉到了这种变化，无数次生死之间培养出来的嗅觉，让他瞬间就察觉到了原本严丝合缝的包围圈，因为人心浮动而流露出了的一丝松懈，并且第一时间，就察觉到了其中最大的一处破绽。

咻！

燃魂之力，极速催动。

他身形犹如疾电鬼魅，朝着那处破绽中飞射。

“安全了。”

他心中狂喜。

对于自己的速度，他非常有信心。

“什么？”

“不好。”

各府掌教反应过来，瞬间惊呼出声，想要阻拦，已经来不及。

何应鑫的脸上，也浮现惊容，他反应还在其他所有人之前，但风痕的速度，却超乎他的预料，因此失了先机，暗叫一声不好，浑身仙元闪烁，就要出手追击。

就在这时——

李牧脸上露出冷笑。

他身上仙力波动一闪。

【时间相位】一个俯冲。

瞬间就到了风痕的身前。

伸手一拳。

轰！

狠狠地击在风痕的腹部。

两人都是极速，而李牧的速度更是快到了不可思议，那幅画面看上去，就好像他不是在逃走，而是主动用自己的腹部，去撞击李牧的拳头一样，诡异而又可笑。

“噗啊……”

一口老血喷出。

风痕觉得在自己就像是一个充满了气的气球一样，突然被扎了一针，体内的所有力量，一下子全部都漏掉，再无丝毫的还手之力。

李牧捏着他的脖子，将他拎起来。

“你的实力，比你的伶牙俐齿比起来，简直不堪一击。”

他冷冷地看着风痕。

风痕想要挣扎，但李牧这一拳，将他体内的一切力量都打散了，一拳抽干了他的所有精气神。

他不是没有输给过李牧。

当日在四明山脉中，他被融合仙髓归来的李牧，正面强势击败，但那也是因为他心中记挂着其他事情，无心纠缠，受伤之后，直接退走了，如果整的要正面死拼的话，胜负还在未知之数。

但是今日之战，李牧简直就像是虎背熊腰的爸爸收拾刚断奶的儿子一样，完完全全的吊打。

短短数十日时间，李牧的实力，为何提升如此之快？

他挣扎着抬头，看向李牧。

李牧眼中的冷森，令风痕感觉到巨大的恐惧，犹如梦魇扼住了他的喉咙。

而同一时间。

何应鑫，以及各府掌座，还有数万天兵天将，却是被震撼到了。

他们都被李牧展现出来的实力，给吓到了。

风痕是凶名在外的乱军神卫，实力之强，给所有万仙盟的人都留下过巨大的恐怖印象，今日他杀天兵天将如同割草的凶威，哪怕是最后身处包围圈中依旧纵横捭阖玩弄人心几乎被他逃脱……

这样的狠人，却是被小仙主大人，一拳瞬败。

两相对比的颠覆性结果，狠狠地冲击着他们的认知。

本以为这位小仙主，就算是强，也强的有限。

但是现在看来，整个月川府小仙庭所有仙道强者和大军，都加在一起，只怕是也不堪小仙主的神通碾压。

所有的侥幸和异心，在这一瞬间，全部都随风飘散。

怪不得人家来到垂云之城之后，并未排除异己，提拔亲信，没有任何巩固自己权威的举动——根本就没有必要，在绝对的实力面前，其他任何弯弯绕绕的小心思和阴谋，都是苍白无力的。

何况李牧还占据着绝对的地位高度。

“还记得夏静是怎么死的吗？”

李牧眼眸冷漠的仿佛是在酝酿着冰封天下的寒暴。

风痕心中一紧，一片绝望。

他看到李牧的手中，浮现出一盏青色古灯。

一种深深的恐惧，瞬间将他的心脏攫住。

青魂炼狱灯。

要是元神被炼入这盏灯里面，绝对是生不如死，永生永世都难以解脱，那种痛苦，足以让顽石流泪，让金铁悲鸣。

“不，我……”

风痕挣扎着，想要自绝。

但已经身不由己。

李牧在前来缉捕风痕的时候，早就做了准备，避免此人被擒之后自绝自爆，一拳轰入体内的不只是力量，还有沧海派首屈一指的禁制【千丝紫薇天罗】。

以李牧如今的实力，施展出来，封印仙王级强者的修为，实在是容易。

“说，袁吼到底怎么样了？”

李牧声音阴沉地喝道。

风痕心智已破，彻底失去了反抗意志，道：“我说了，你给我一个痛快……”

“我从不和敌人讨价还价。”李牧冷声道。

他直接按在风痕的额头，简单粗暴地以秘术读取其记忆。

“啊啊啊啊……”风痕痛苦地哀嚎，手脚抽搐。

但毫无抵抗之力。

片刻之后，李牧知道了他想要了解的内容。

轰！

风痕的尸体，直接爆裂开来。

元神被收入到了【青魂炼狱灯】中。

火焰灼灼。

风痕的元神拼命地挣扎着，哀嚎着，发出野兽负伤一般痛苦的声音，一张脸不断地扭曲变形，难以形容的痛苦，令他发出了非人一般的哀嚎。

看着在灯火中煎熬的风痕，李牧的心中，并没有多少复仇的兴奋，心情反而越发地悲恸。

因为这样的痛苦，乃是当初夏静遭受过的啊。

夏静在【青魂炼狱灯】中，被煎熬折磨了足足十几日啊。

那该是一种什么样的痛苦经历。

李牧将灯收了起来。

“回去。”

他转身离开。

其他人看到仙主大人如此肃穆的表情，也都不敢再说什么，整顿兵马，返回垂云之城，不过对于他们来说，这个结果简直是完美的，风痕被仙主大人击杀，他们参与了这个过程，必定都有功劳，大仙庭会有赏赐下来，皆大欢喜。

回到垂云之城，李牧刚刚进入凌霄殿，正待动用仙庭的关系，与四明山脉之中的吞云兽之王进行接触，查探袁吼的生死下落，却在这时，一位礼府的天将，跌跌撞撞地跑来，焦急地汇报道：“大人，鹤辰子天师……他……被炼妖阁给扣下了……”

“什么？”

“他们竟敢如此无礼？”

李牧还未说话，凌霄殿上的其他月川府天将、掌座们，就已经像是炸了窝一样，都愤怒地大喝了起来。

炼妖阁竟然如此无礼？

连天庭的天师都敢扣留？

## 第1274章 挑衅

李牧在前往四明山脉之前，令鹤辰子前往炼妖阁，调查意思老神棍的手环，竟然出现在炼妖阁那位阴阳脸道士身上的原因，将手环交给鹤辰子随身携带。

炼妖阁是月川府的势力。

本以为，凭借着月川府仙庭的积威，调查这件事情，不过是水到渠成，没想到鹤辰子竟然是被炼妖阁给扣了？

不仅大殿里的仙庭将官们，感觉到愤怒。

李牧也非常意外。

炼妖阁虽然是月川府的一流势力，但是和仙庭比起来，却是远远不如。

更何况仙庭代表的是万仙盟官方，炼妖阁竟然敢反抗仙庭？

难道这炼妖阁，竟然也是乱军成员？

不对啊，要是那样的话，岂不是早就被剿灭了？

“到底是怎么回事？你慢慢说来。”李牧道。

经过了斩杀风痕一战，李牧已经在月川府仙庭内部，树立起来了绝对的威严，言语之间，气势自成，他一开口，凌霄殿之中，顿时都安静了下来。

那天将忐忑不安地跪地道：“炼妖阁说，怀疑鹤辰子天师与杀害他们宗主的凶徒有关，请大人您亲自前去解释此事。”

李牧眼中，闪过一丝异色。

事情有点儿不对劲。

他隐约感觉到，这炼妖阁扣下鹤辰子，其实是冲着他来的。

“大人，炼妖阁无礼，最五棵树，属下愿领一万天兵，征讨炼妖阁，让他们知道，违逆您的意志的下场。”刑府掌座焦晃有心讨好李牧，直接出列，主动请缨。

“属下也愿意前往。”

户府掌座裴炜也是抓紧时机表忠心。

转眼就有十几位天将官员，个个主辱臣死的样子，主动表态，愿意率兵征讨。

这就是成为仙主，掌握权势的好处了。

很多以前看似棘手的事情，如今根本不用自己亲自出面，就可以解决，有的是人争着抢着替李牧去做。

“好，很好，非常好，焦晃，张文远，任方舟，你们三人，各带一万天兵，征讨炼妖阁，将鹤辰子，还有炼妖阁长老以上的强者，都给我带回来，如有反抗，格杀勿论。不要让我失望。”

李牧下令道。

众人轰然应命，出去提点兵马。

其他人也都退下。

李牧独将户府掌座裴炜留下了下来。

户府掌管月川府各大宗门势力的规模、山门，真仙级以上强者的名册，以及月川府境内所有备案散修，还会记载登录如四明仙府吞云兽王等具有极大威胁的非万仙盟势力的信息，以及联系渠道。

李牧想要通过户府，来接触四明山脉吞云兽群，查找袁吼的下落。

在风痕的记忆之中，李牧得知，袁吼当日误闯进入吞云兽巢穴禁地。

这个地方非常危险，哪怕是仙庭也有所顾忌。

当初大仙主独孤安然要在四明山中设伏方天翼，都要提前和吞云兽王打一声招呼，可见以一个仙道凶兽群的可怕。

李牧虽然救人心切，但也知道，这事儿得徐徐图之。

否则，他自己贸然闯进吞云兽王的巢穴，非但查不到消息，反而很有可能把自己搭进去。

一番询问，结果并不是特别令他满意。

“大人，四明山脉中的那处吞云兽巢穴，在整个东圣洲的禁绝之地中，都可以排进前五，那头吞云兽王乃是仙崩时代之前的生物，寿元悠长，实力强大，性情凶残，曾多次与仙庭对抗，冥顽不灵，后来被前大仙主亲自出手，带兵征讨过一次，大战一场，才算是勉强达成了协议，双方各退一步，互不干涉，仙庭倒是的确有与吞云兽王接触的渠道，但并不掌握在我们月川府仙庭，而是在东圣洲大仙庭，以属下的职权，是无法调动相关却道的。”

户府掌座裴炜颇为忐忑地道。

李牧高坐于王座上，摸了摸下巴。

这样的话……

“你先下去吧。”

他摆了摆手。

裴炜有些胆战心惊地退下。

这本是一个极好的立功做事的机会，但可惜的确是超出了他的职权范围，只能无奈放过，只希望仙主大人不要因此记恨他，或者觉得他无能吧。

“应鑫，你亲自去一趟大仙庭，帮我去办这件事情。”李牧看向何应鑫，道：“我要知道一个叫做袁吼的猴仙的下落，是生是死，如果不幸罹难，是如何死的，都帮我调查的清清楚楚，能做到吗？”

何应鑫领命道：“属下全力以赴。”

李牧点点头，道：“很好，去吧。”

何应鑫领命而出。

李牧看着他的背影，若有所思。

到现在为止，李牧还未看出来，这个何应鑫是否如他所猜测的那样，是不是东方夜刃送来的‘自己人’，这件事情要谨慎，所以李牧决定还是再观察观察。

这件事情，就是李牧观察的手段之一。

何应鑫来自于大仙庭，想来是有一些人脉和手段，打听消息，或许不难。

如果何应鑫实在搞不定，那李牧只好亲自去大仙庭走一趟，求见东方夜刃这个崭新出炉的大仙主了。

李牧心念一动。

【青魂炼狱灯】浮现出来。

他催动灯中的阵法，祭炼风痕的元神。

整个凌霄殿中，回荡着风痕的哀嚎嘶吼声，犹如鬼蜮一般，让外面的天庭侍卫，还有天兵天将们听得胆战心惊，心目中对于李牧的敬畏，更是攀升到了顶点。

至于寻找王诗雨和花想容，李牧并不像如寻找袁吼一样大张旗鼓。

毕竟两女的身份都特殊，也不知道她们如今的处境，万一两人都已经加入反抗军，那他如果大张旗鼓地寻找，反而会招惹来麻烦。

“唉，真的是一不小心，就上了贼船啊。”

李牧坐在王座上叹息。

如今他和东方夜刃成了一条绳子上的蚂蚱。

若是他暴露了，自然也会对东方夜刃造成巨大的威胁。

抗军付出了方天翼的生命，好不容易才将东方夜刃扶上大仙土这样重权在握的位置，必须要在日后生死存亡的关键时刻，发挥逆转乾坤的作用，若是因为李牧的不谨慎，导致东方夜刃陷入危险，那这个责任，李牧可是真的有点儿担不起。

有了这一层顾虑，李牧做事，当真是束手束脚。

不能再像是以前那样随意了。

这种感觉，就像是一个老光棍单身狗突然结了婚，不再是一人吃饱全家不饿，而是要承担起整个家庭的责任了。

李牧哭笑不得。

一系列命令安排下去。

李牧耐心地等待各方的结果。

期间他抽空又去指导了小辰皇的修炼。

如今的小辰皇不再是皇极崖的皇帝，没有了其他束缚，李牧倒也可以放开手脚，真正传授他一些顶级的秘籍和功法。

年轻美貌的尹太后，在一边安安静静地看着，嘴角含笑。

阳光下，李牧教导小辰皇的一幕，像极了父亲和孩子的相处。

她的心中，有了一些说不清道不明的情愫，但却很小心地克制，不敢有丝毫表露出来，却又总是忍不住装作不经意，多看李牧几眼，都有一种叫做满足和幸福的感觉，将身心填满。

第二日一早。

垂云之城战警钟响起。

身负重伤的刑府掌座焦晃，跌跌撞撞地逃回，求见李牧。

凌霄殿上。

“大人，出事了，炼妖阁造反了。”

这位月川府仙庭的巨头，浑身是血，跪在大殿上，声音嘶哑地道。

李牧皱眉道：“造反？以炼妖阁的底蕴和实力，就算是造反，也不至于让你如此狼狈而归，其他人呢？数万天兵天将呢？”

焦晃惊怒未释地道：“是【镇妖阁】的强者出手了，强保炼妖阁的人，为首的是一位叫做【绝天教主】的人，击败了仙庭大军，杀了我们不少的强者，强扣下了任掌座他们，还……还……”

说到这里，他有些不敢说下去了。

“还什么？”

李牧问道。

焦晃一咬牙，心一横，道：“还让属下，带一件礼物给大人您。”

李牧眼睛微微一眯，道：“哦？什么礼物？”

焦晃战战兢兢地取出一个漆盒，双手捧上，道：“就此此盒之中，乃是……乃是……鹤辰子天师的头颅。”

李牧瞳孔骤缩。

打开的漆盒里，果然是一股血腥味传出。

李牧的‘新收小弟’鹤辰子的头颅，被站下来，毛发杂乱地摆放在盒子里，死前似乎经历了什么极为恐怖的事情，五官扭曲，眼睛睁大，死不瞑目的样子。

一股怒意，在李牧的心中涌动。

鹤辰子不是他特别亲近的人，但所谓大狗还要看主人，炼妖阁这样的做法，分明是在针对他。

这是一种故意的挑衅。

一种毫不掩饰的打脸。

“【绝天教主】还让属下，给大人您带个话，说是……说是……说大人您不过是小人得志，一个……一个杂种得到了机缘，侥幸坐上小仙主的位置，就迫不及待地对炼妖阁动手，简直就是蚍蜉撼大树，让你自己去炼妖阁请罪，否则……否则……”

焦晃的声音越来越小，最后甚至都不敢抬头看李牧，不敢再说下去了。

“继续说下去，否则怎么样？”李牧道。

焦晃只好继续道：“否则，他就会亲自来垂云之城，将你从王座上踢下来，让你求生不得，求死不能，生生世世都活在耻辱之中，永不得脱。”

他说完，本以为会等来仙主大人疾风骤雨一般的愤怒，但凌霄殿中却是没有丝毫的反应。

教皇下意识地抬头，却见仙主大人似乎正陷入深思之中。

## 第1275章 第一滴血

焦晃说完了，赶紧低下头，跪在大殿上，连大气都不敢出，生怕多说多做出了错，触怒此时心情不好的仙主大人，成为出气筒。

凌霄殿中，一片死一般的寂静。

李牧手指有节奏地敲打着王座的仙金扶手。

他的大脑，正在飞快的分析着。

炼妖阁是月川府的三大势力之一，但这并不是他们嚣张的底气。

哪怕是月川府境内的第一势力，也都没有资格，和仙庭对抗。

按照焦晃所说，炼妖阁的底气，应该是来源于背后的母宗势力，东圣洲顶级大宗镇妖阁。

镇妖阁与炼妖阁虽然只有一字之差，但却是两个截然不同的概念。

炼妖阁只是月川府的大势力，而镇妖阁，却是在整个东圣洲的万千宗门中，都排名前前列，是万仙盟中有名的大宗派，门人弟子众多，成千上万，天才强者无数，控制着广袤的疆域和富饶的资源。

在东圣洲三十六州府各处，都有镇妖阁弟子的活动痕迹。

传闻便是在东圣洲的大天庭，也有镇妖阁出身的仙道强者，身居要职，把握着诸多权柄部门，是一个底蕴深厚的万仙盟老牌派系，拥有着很强的能量。

而炼妖阁便是镇妖阁在月川府的支脉。

放在以前，炼妖阁面对小仙庭，绝对不会有这种对抗的勇气。

但是现在，得到了炼妖阁的支持，尤其是一位教主级人物的支持，就变得有些肆无忌惮了，连小仙庭的掌座级人物，都敢重伤和扣留。

莫不是觉得，自己刚刚上任，脚跟浅薄，所以要来立威？

还是说，自己调查老神棍手环的事情，引起了某些人的警觉？

李牧心中难以测定。

但是直觉告诉他，那个所谓的【绝天教主】，是针对自己来的。

“看来得去一趟炼妖阁了。”

李牧起身。

“焦晃，随我去炼妖阁。”

他朝着凌霄殿外走去。

才刚刚当上小仙主，就有人来找麻烦，要是不展现一下手段和脾气，只怕是日后会有更多不长眼的东西，前来挑衅。

更何况，这件事情，李牧占着理。

他丝毫不介意借此机会，斩杀掉一位镇妖阁教主级的人物，削弱万仙盟的力量。

……

炼妖阁的山门，坐落于莲花山。

莲花山是月川府境内的一处灵韵之地，山清水秀，因为主峰莲峰周围，又有四座伴山，四面围绕，仿若是七瓣盛开的莲花花瓣一样，因而得名莲花山。

坐落在莲花山主峰的炼妖阁，距今已经有五千年的历史。

传闻初代创宗真人【铁羽真人】途经此地，看重此地的山水灵气，于是创立了炼妖阁之后，经历了数千年的发展，逐渐兴盛了起来。

后来，原本只是镇妖阁弃徒的【铁羽真人】，得到机会，得以重返师门镇妖阁，于是炼妖阁便得到了镇妖阁的支持。

此后数千年，炼妖阁就一直处于一个飞速发展的状态，最终成为了月川府境内的三大顶级宗门之一。

这段历史，并不是秘密，月川府很多人都知道。

朝阳初升。

秀丽的七瓣峰和主峰，都尽然在瑰丽的鲜红光明之中，美丽不凡。

整个炼妖阁处于一种奇怪的忙碌气氛中。

三十六层炼妖塔，是炼妖阁的标志性建筑。

在炼妖塔的顶层，一位身披玄色道袍的赤眉仙人，凭栏而立，飘飘凌风，俯瞰整个山门。

他身形高大，面容方正。

眼眸之中，似是有星海沉浮，有大渊魔气流转一样。

“师祖，已经到中午了，那木牧怕是不敢来了。”

炼妖阁的台上长老，一位身穿黑白双鱼道袍的白发道士，恭恭敬敬地道。

身边还有其他身穿不同制式道袍的炼妖阁道士二十多人，宛如众星拱月一样，将那位赤眉仙人簇拥在最中间，小心翼翼地恭维着。

赤眉仙人淡淡地道：“由不得他。他不敢来，本座便去找他。月川府仙主的位置，不该属于他，拿了我镇妖阁看上选中的东西，就得付出代价。”

白发道士道：“那昨日擒下的仙庭各府掌座和天兵天将，该如何处理？”

赤眉仙人语气随意地道：“愿意降服的留下，要死忠木牧的，统统杀了。”

“这……”白发道人吃了一惊，犹豫着道：“祖师，徒孙并非是质疑您的决定，但就怕消息传出去，大仙庭震怒，毕竟这些人，都是仙庭的在编人员，尤其是各府掌座，权势地位不低，若是随意打杀，触犯了万仙盟的律令，到时候就难收尾了。”

赤眉仙人回头看了一眼白发道人，眼中有些失望。

“怪不得这些年，炼妖阁的发展是江河日下，你身居高位，却瞻前顾后，做事犹豫，没有丝毫的担当和手腕……从明日起，你就去后山打扫宗门祠堂吧，老了就退下去，让有能力和冲劲的年轻人上来。”

赤眉仙人道。

白发道人顿时面色惨白，嘴唇诺诺，最终一句话都说不出来，神色黯然地退下去。

倒是旁边数位年轻不大，虎视鹰顾的年青道人，闻言都脸上浮现出了兴奋之色。

自从绝天教主来到炼妖阁坐镇，他们从未像是这几日一样扬眉吐气过，就连小仙庭的天兵天将，都不放在眼里，直接打杀囚禁，一种前所未有的兴奋感，令他们感觉到了热血都在燃烧一样，有一种天地虽大，皆可去得的豪迈。

“祖师，孙儿们都愿意为炼妖阁而战。”

“炼妖阁早就该好好整顿一番了，暮气沉沉的老头子尸位素餐，我们这些真正愿意为炼妖阁抛洒热血的年轻人，始终得不到机会。”

“我等愿意以教主之命是从，哪怕是打到垂云之城，也绝对不会后退。”

十几个年轻的炼妖阁长老，纷纷表忠心。

赤眉仙人微微一笑，道：“很好……咦？”

他话说到一半，似是突然察觉到了什么，闭口不言，抬头朝着外面远处看去。

一道剑芒，撕裂天空。

剑光瞬息即至，落到了莲花山上空。

两个身影在剑芒散去之后出现，立在了莲花峰斜上方。

其中之一便是去而复返的焦晃。

另有一人，却是面目陌生，看着极为年轻，白色长衫，素洁如堆雪，纤毫不染，少见的漆黑短发，根根如针，浓密闪光，尤其是他面目俊朗，五官好似刀斧削砍一般，线条分明，充满了蓬勃的英气，身形修长，腰身笔直，犹如一杆标枪一般。

正是李牧。

他双手负在背后，面色冷峻。

一种难以形容的压力，便从这人的身上宣泄出来，顿时令莲花山上，无数的炼妖阁仙人们，都感觉到了一种如临深渊般的压迫感。

“呵呵，没想到这个小仙主，还真的有几分胆气，真的来了。”

赤眉仙人微微一笑，道：“随我去见他。”

仙气涌动。

炼妖塔上华光流转，载着赤眉仙人和数十名炼妖阁的仙道强者，腾空而起，与李牧两人，相隔百米而止，遥遥相对。

这一瞬间，整个炼妖阁山门之中，无数的仙人，也在抬头观望。

其中包括被俘虏了的仙庭大军。

很多人的心，都悬了起来。

山雨欲来风满楼。

大战和死亡的气息，萦绕在每个人的心中。

“你便是那不知死活，胆敢反抗仙庭意志的绝天道人？”

李牧目光一扫，最终落在赤眉仙人的身上，感觉到此人修为精深，气息犹如星河大渊一般，竟是不见深浅，站在虚空中，仿佛是与整片空间融为一体一样，流转着的仙道气息高明到了极点。

不愧是来自于镇妖阁的仙道巨擘。

怕是仙王之上的强者。

怪不得这么有胆气。

“本座正是绝天，你便是取巧窃夺了月川府仙主之位的小贼木牧？”绝天教主看着李牧的眼神中，充满了蔑视和轻慢。

李牧并不想多废话，开门见山地道：“将仙庭兵马放出，然后你自己自封修为，束手就擒，等候万仙盟律令裁决，我可以在月川府境内，留炼妖阁一脉一丝生机，否则，别怪本座不讲情面，今日就将炼妖阁彻底抹掉。”

“呵呵。”绝天教主冷笑了起来：“不知道天高地厚的小辈。”

李牧不想打嘴仗拖延时间，直接道：“本座给你十息时间，十息之后，后果自负。”

绝天教主的眼神，渐渐阴翳狠沉了起来。

“呸，木牧，你算是什么东西，得志便猖狂，不要以为你抢先坐上了小仙主的位置，我家祖师就不敢动你，你那点儿权势地位，在我家祖师面前，就是一个笑话。”

身穿镶金嵌银道袍的年轻炼妖阁长老冷笑道。

李牧扫了一眼：“报名。”

年轻长老一窒，旋即冷笑道：“本座炼妖阁血炼堂堂主高邑，木牧，你真是……”

“辱骂仙主，当诛……死！”

李牧眼眸一闪。

一道刀光闪烁。

刀光才闪起的瞬间，叫做高邑的年轻长老，人头就咕噜噜地滚落了下去，脖颈处喷出火焰，肉身连同元神，一瞬间灰飞烟灭。

近在身边的绝天教主竟是未来得及出手救人。

第一滴血，洒落莲花山。

## 第1276章 可怕的实力

谁都没有想到，这位小仙主说出手就出手，而且直接将一位金仙巅峰级的长老秒杀。

就连绝天教主也都没有反应过来。

他眼眸之中，凛冽的精芒闪烁，盯着李牧，愤怒之中，也有一丝警惕。

有点儿诡异。

他本以为，以木牧的修为，就算是突然袭击，自己也绝对可以拦得住才对，但刚才那一道刀光，太过于诡异了。

以他的修为，竟是出手的念头方起，高邑就已经死了。

拦都拦不住。

这是怎么回事？

他没看出来李牧出手中的奥义。

炼妖阁山门中，一片低呼声潮。

很多仙人也被这一幕给吓到了。

李牧抬手，那一抹刀光，烦你回来，流转在指尖，宛如淡金色跳动的舞蹈精灵。

他淡淡的道：“顺我者昌，逆我者亡。”

很反派的台词。

绝天教主怒极反笑：“狂妄！不知死活的后辈，本来只想夺你的位置，但现在，老夫改变主意了，留你不得……死！”

他掌心一展。

一道赤幡呼啸而出，化作两条鲜红的血蟒，疾电一般蜿蜒，穿越在空间壁障之间，朝着李牧卷缠而来。

这是他成名的兵器，绝天血蟒幡。

昔年，他费劲九牛二虎之力，斩杀的两条十万宰血蟒大妖之魂魄祭炼而成，伴随他不知道斩杀了多少名仙道强者，亦有无数的乱军仙人，死在这一对血蟒绞杀之下。

血蟒一出，天地之间，冤死的亡魂泣嚎，乱人心神。

李牧冷笑一声。

轰！

大日仙火燃烧，金色的火焰，仿佛是正午的烈阳一样，将李牧的身形笼罩。

诛仙长刀在手。

拔刀斩出。

两条金色火焰，化作长龙，呼啸而出。

轰！

天地震荡。

火龙和血蟒，不断地撞击，纠缠，绞杀，变换着位置，扭曲厮杀，似乎是要将天穹都缠灭一样。

轰隆！

最终血蟒胜出，将金色的火龙研灭。

绝天教主的脸上，才来得及露出笑容，下一瞬间，李牧的身形一闪，直接到了血蟒上方，闪电般地连出数道，犹如快到削泥一样，就将血蟒斩为数百断。

“不好。”

绝天教主心中一沉。

血蟒受损，仙器长幡会遭受反噬。

“不可饶恕。”

绝天教主怒喝，就要再度施展神通。

但李牧已经不再给他机会。

一个【时间相位】俯冲下来，瞬间无视一切防御和距离，就来到了绝天教主的身边。

咻咻咻咻！

刀光如同天河之水倒灌下来，连绵不绝，纷纷如飞雪，将绝天教主笼罩。

绝天教主大惊。

被对手如此轻易地突入到身边，是他万万都没有想到的。

镇妖阁出自于降妖天师一脉，擅长远攻，各种仙器、降妖幡以及阵法一出手，对手往往还未靠近，便已经被轰杀成渣。

且哪怕就是靠近，也无法突破法则力场，根本无从近身。

擅长远攻的天师一脉，深知自己的弱点，所以防御力也超强。

但李牧这种神通，却是直接不可思议地突破了绝天教主的防御，刀光闪烁，一刀一刀地将绝天教主淹没。

转瞬之间，绝天教主就不知道身中多少刀。

好在他毕竟是仙王之上，仙君级的修为，虽然不修肉身，强度一般，但生命力却是不可思议地强悍，哪怕是被李牧砍的血流如注，依旧能够快速的恢复。

“啊啊啊啊……你惹怒我了。”

绝天教主浑身浴血，怒吼咆哮。

众目睽睽之下，竟是被一个不值一提的后辈，逼的如此狼狈，风度尽失，让他几乎出离了愤怒。

惹怒？

呵呵。

老子是要你死啊。

李牧心中冷笑。

他占据先机，却是毫不停手。

攻势犹如汪洋澎湃，长江决堤一般。

诛仙长刀将风云六道发挥到了极致，一刀一刀，连绵不绝，刀势长虹贯空，虽然极简，但却有着任何精妙变化都不具备的威力，却是将都天教主的万千变换，都克制的死死的。

尤其是他修炼的太阳真火，大日金炎，更是炼妖血幡一脉的克星，专克绝天教主炼化妖物所得的一身神通，让绝天教主数次施展神通，想要扳回局势，但却被李牧的刀光压制了回去。

不擅近战的短板，暴露的淋漓尽致。

都天教主怒吼咆哮不断，却无法扭转局势。

最终——

咻咻咻！

刀光连续闪烁。

都天教主发出一声凄厉的吼叫声，身躯四分五裂，彻底破碎开来。

数道神光飙射而出。

这是都天教主的元神。

仙君境界的强者元神，强悍程度，远超仙王，其元神宛如真人大小，也极为凝视，甚至可以身外化身，变作数道，朝着不同的方向飙射。

李牧早就准备。

【青魂炼狱灯】漂浮而出。

青色的灯光，宛如氤氲，瞬间笼罩方圆数千米。

无形的力量涌出。

这盏灯，对付元神，最是灵验不过。

原本逃逸出一段距离的绝天教主的元神，立刻就如同遇到了磁铁的铁屑一样，不受控制地倒飞了回来，数个元神分身，都被吸入到了【青魂炼狱灯】之中。

“不……”

绝天教主发出了不甘的怒吼。

他做梦都没有想到，自己竟然会败在一个后辈手中。

从出手到结束，不过才半刻钟而已。

他就败了。

这是他做梦都没有想到的结果。

也是炼妖阁无数仙道强者没有想到的结果。

那些个热血翻滚觉得从此之后跟着绝天祖师可以横扫天下纵横睥睨的年轻长老们，一个个都瞠目结舌地待在原地，像是被吓傻了一样。

“啊，木牧，你竟敢如此对我，放我出去，啊啊，啊啊啊……”绝天教主的元神发出凄厉的惨叫，狰狞的面孔，透过青色纹络的灯罩，向李牧发出怒吼。

李牧面现冷酷之色。

在来炼妖阁之前，李牧从小仙庭户府资料中，查阅了关于炼妖阁的诸多信息。

这便是身为仙主的好处，可以提前了解对手。

令李牧惊喜的是，这些资料中就有一些关于镇妖阁教主级强者绝天道人的粗略信息，记载了一些往事，这位绝天道人不是第一次来到月川府，曾经也与前任小仙主梁书情打过交道，所以有所记载。

对于绝天道人的战斗方式和神通，李牧有所了解。

一路上，他早就构思好了战斗的计划。

李牧这些日子，融合仙髓的力量，越发深厚，修为骤增，已经是仙王中阶的修为，配合各种神通、功法和奥义，匹敌仙王之上的强者，也是有可能的。

逆行伐仙，一直都是李牧最擅长的事情。

绝天教主自持身份特殊，修为精深，一开始就未将李牧这个‘小小的州府仙主’放在眼里，结果被打了一个措手不及，失了先机，又被李牧揪着他的弱点破绽一顿狂攻，最终迅速败下阵来。

一切，都在李牧的掌握之中。

“木牧，你知不知道我是谁，你竟敢如此对我，镇妖阁不会放过你，就算你是……啊……就算你是州府仙主，也得付出代价。”

绝天教主难以忍受【青魂炼狱灯】炙烤痛苦，出言恐吓。

李牧根本不理会。

“还愣着干什么？”他回头看了一眼焦晃，道：“把我们的人救出来，给我踏平炼妖阁山门。”

焦晃如梦初醒。

他感觉真的像是在做梦一样。

绝天教主啊。

那可是一人之力，就足以横扫整个月川府的绝天教主啊。

就这样被击败了？

仙主大人也太强了吧。

这么强的实力，只是担任一个州府的小仙主，实在是委屈他了。

听到李牧的命令，他才连忙道：“啊……是，遵命，大人。”

焦晃俯冲而下。

炼妖阁士气已崩，根本不敢有任何人反抗。

须臾，被囚禁俘虏的天兵天将，都被救出。

就如同一群愤怒的老虎脱困一样，展开了对炼妖阁的报复，没有用多久的时间，炼妖阁的山门，就被彻底攻陷，完全处于仙庭的控制之下。

那位在后山宗门祠堂打扫卫生的白发道人，也被擒住，连同数十位年轻的长老们一起，押来跪在了李牧的面前。

“大人，如何处置？”

焦晃道。

若是一般的州府级宗门，这样的罪行，早就举宗上下，杀了个干干净净，连同山门也得彻底毁灭，但炼妖阁毕竟有镇妖阁的支撑，焦晃虽身为小仙庭六府之一的掌座，也不敢自己独断。

“大人，我们错了，我们愿降。”

“我们愿意赔罪。”

“木大人，这中间，可能有误会。”

一群之前还气势汹汹交横跋扈的年轻长老们，此时一个个都如霜打了的茄子一样，全部蔫了，痛哭流涕地哀求解释。

“焚灭山门，斩尽杀绝。”

李牧毫不留情。

他就是要立威。

“这……”焦晃略微犹豫。

李牧一眼看过去：“嗯？”

焦晃如坠冰窟般，猛地清醒，心生惊恐，连忙道：“是，属下遵命。”

天兵天将的屠刀举起。

“等一等，大人，请手下留情。”那白发道人连忙道：“大人，我知道那手环主人的下落，大人，我愿意交代一切，还请大人留我炼妖阁一丝血脉啊，大人，求你了……”

李牧抬手，制止天兵行刑，盯着这白发道人，道：“你说。”

他本是要拷问绝天教主，打听那手环的来历，没想到白发道人竟然是知道一些。

白发道人道：“小人是炼妖阁太上长老，一开始就不赞同绝天祖师对抗仙庭的做法，小人……”

李牧面现不耐之色，道：“说重点。”

白发道人心中一颤，连忙道：“是是是，小人从掌教口中得知，那手环乃是母宗镇妖阁赐下的一枚宝物，据闻是一个从下界擒来的鱼妖的随身之物，颇为不凡。”

李牧心中一震。

下界擒来的鱼妖？

不会吧。

老神棍这家伙，不是在遮天行动之后，遁到紫薇星域中去了吗，怎么会被擒到仙界来？

“什么鱼妖？”李牧冷哼一声，道：“据我所知，那手环乃是乱军之物。”

白发道人连忙道：“小人绝不敢欺瞒大人，真的是如此，听闻那鱼妖，乃是从一个叫做混沌世界的下界中擒来，强悍的很，被镇压在镇妖阁山门的雷狱之中，日夜祭炼拷问，却都不死。”

李牧听到这里，震惊之余，心中已经可以完全确定该，老神棍是真的被抓到仙界了。

最坏的结果。

## 第1277章 大波

老神棍这么深不可测、奸猾的一个家伙，竟然被仙界给捉住，还被关进了什么雷狱之中祭炼……EMMMM，真的是好惨。

不会已经变成烤鱼了吧？

“看来，得想办法去镇妖阁一次，起码把老神棍救出来。”

李牧的心中琢磨。

“大人，炼妖阁的人，如何处置？”

张文远上来请示。

李牧想了想，道：“参与屠戮对抗仙庭大军的，全部都杀了，留他一命。”李牧指了指白发道人。

“不，大人，您你刚才答应过我，要留我炼妖阁一线血脉，大人，你答应过我……”白发道人绝望而又愤怒地挣扎嘶吼了起来。

李牧道：“说先，我刚才好像没有答应你什么，其次，我留下你一条命，不是给炼妖阁留一线血脉吗？”

白发道人怔住。

李牧不理会他，又对焦晃下令道：“镇妖阁绝天教主私通乱军，对抗仙庭，已经被我诛杀，焦晃，你乃是刑府掌座，我不管你用什么手段，将证据给我收集齐了，明白吗？”

焦晃心中一凛，暗暗叫苦。

这是要让他去严刑拷打，搜索证据，将绝天教主彻底钉在耻辱柱上，永世不能翻身啊。

说实话，身为刑府掌座，对于这种事情，他实在是轻车熟路，在过去的近千年时间里，类似的事情，他不知道做了多少次，没有什么难度。

但问题是，这一次要针对的人，可是绝天教主。

是东圣洲大宗镇妖阁的教主级人物啊。

一旦镇妖阁追究下来，炮制证据的他，毫无疑问，将会首当其冲承受可怕的压力。

他只是一个小小的州府仙庭刑府掌座而已。

一旦被牵扯进入这种程度的风波，到时候怕是怎么死的都不知道。

但是，对上李牧那冷森的眼神，焦晃一下子就又清醒了。

如果此时违抗李牧的命令，不等镇妖阁收拾他，只怕是眼下就难过仙主大人这一关，立刻就要死无葬身之地了。

“遵命，大人。”

焦晃咬牙受命道。

李牧这才满意地点点头。

炼妖阁的山门中，燃烧起熊熊大火。

一座座建筑倒塌。

一个又一个炼妖阁仙人，被天兵天将指证，从人群中拉出来，直接就地正法，人头滚滚掉落，堆积如山。

而关于炼妖阁的各种武库、宝藏的搜刮，也在同时进行着。

突然，一道流光闪烁而来。

“启禀大人，炼妖阁山门之下，布置有数十座炼妖大阵和牢狱，其中囚禁着数万妖物，该如何处理？”

工部掌座高旻单膝跪地禀告。

“哦？”

李牧摩挲着下巴。

“都放了吧。”

他想了想道。

在知道老神棍被镇妖阁拿下祭炼的消息之后，李牧对于这些被关押在炼妖阁牢狱之中拷打压榨的妖仙，也颇为同情，将他们归为了老神棍同类，因此没有杀心。

高旻愣了愣，不敢质疑李牧的决定，大声地道：“遵命。”

他转身去执行。

很快——

轰隆轰隆！

大地的震动声传来。

整个莲花山都剧烈地震荡了起来。

然后很快，大地裂开一道道裂缝，莲花山的瓣峰都开始倒塌，烟尘冲天，一道道妖气冲天而起，宛如狼烟精芒，摇曳不散。

尖锐的呼啸声中，一个个妖仙千奇百怪的身影若隐若现，朝着远处逃遁。

“小仙主之恩，必不敢忘。”

“多谢小仙主活命之恩。”

“琉璃海青蛟王谢过小仙主。”

“没想到有朝一日，竟然会被一个人类所救……”

无数个声音从妖气光柱中传来。

被囚禁在大地之地的牢狱中无数岁月，时刻面临着炼妖阁的拷打和压榨，用他们的血、髓、皮、毛等等当做原料制造各种工具，这样黑暗而又绝望的日子，令每一个逃脱的妖仙都不寒而栗。

今日终于得到自由，尤其是从高旻的口中，得知释放他们的，乃是月川府高高在上的小仙主，意外之余，对于李牧，也有了感激。

恩同再生。

远远地留下了各种的允诺之后，妖仙们逃遁一空。

他们迫切地需要找个安静的地方，恢复伤势，然后了解这个世界。

即便是被李牧所救，感激也仅仅只是针对李牧一个人而已，对于其他的人族仙人，妖仙们依旧都保持着警惕。

李牧对此并没有什么特别的感觉。

他释放这些妖仙，也不是求回报。

只是一时兴起而已。

这种一念之间，决定无数人命运的感觉……爽。

半下午的时间，所有事宜都已经顺利完成。

大军踏上返程。

……

垂云之城。

李牧高坐在凌霄殿王座上，手中把玩着【青魂炼狱灯】。

上一次折磨风痕的时候，李牧就察觉到，这盏灯的功效不俗，尤其是对于元神，有着不可思议的克制功效。

而这一次，对上绝天教主的一战，可以证明，哪怕是仙君，一旦处于肉身被毁元神出窍的状态，也无法对抗【青魂炼狱灯】。

由此可见，当初【青魂炼狱灯】落在风痕的手上，实在是明珠暗投蒙尘了。

风痕只是将这盏灯当做是折磨人的工具。

【青魂炼狱灯】的真正作用，绝不止于此。

李牧这些日子摸索出来一些【青魂炼狱灯】的用途，越发觉得这件宝贝不简单，也不知道是怎么落在风痕的手中的。

不过，答案已经不重要。

“啊啊啊，啊……”

绝天教主痛苦地嘶吼着。

他的乃是仙君级的修为，定力心性远超常人，但是在青灯火焰的炙烤之下，依旧忍不住发出痛苦的叫声，可见这灯的恐怖。

“说说镇妖阁的事情，重点是那个被你们擒下来的鱼妖。”李牧单手撑着下巴，看着灯光中绝天教主不断狰狞扭曲变换着的脸。

“你做梦，别想从我这里，知道任何的信息……啊……啊啊。”绝天教主愤怒地吼叫着，透过青色的灯炎，看着李牧的眼神中，充满了怨毒和仇恨。

李牧淡淡地笑了起来，道：“不着急，我有的是时间，你早晚会想通的。”

【青魂炼狱灯】高高飞起，悬浮在凌霄殿的穹顶。

灯光闪烁。

青色的灯光铺遍整个大殿，让殿内的空间显得迷蒙而又诡异，仿佛是一片幽冥世界一样清冷森寒。

尤其是再配上风痕和绝天教主两个人的哀嚎二重奏，让昔日富丽堂皇，象征着权势的凌霄殿，如今似是变成了阴森的阎罗殿。

周围的天兵天将，听到这样的声音，总是禁不住心中惊悚冒汗，下意识地离得更远一些。

到后来，只要不是李牧召见，凌霄殿周围千米之内，都把不敢有天兵天将靠近，避之如避蛇蝎。

又三日之后。

何应鑫从大仙庭返回。

他急匆匆地来到凌霄殿求见李牧。

“大人，幸不辱使命。”年轻的仙王恭敬地行礼，道：“属下已经摆脱大仙庭户府，动用了隐藏力量，与四明山脉中的吞云兽之王对话，如果一切顺利的话，最多再有十日的时间，袁吼的生死下落，就会传回来了。”

十日时间吗？

李牧算算，倒也可以等。

“你做的很好。”

李牧对于何应鑫的表现加以赞扬。

四日之间，往返月川府与大仙庭之间，成功动用了大仙庭户府的力量，这个表现，可以说是超出了李牧的预期。

何应鑫欲言又止。

“还有什么事情吗？”李牧道。

何应鑫道：“属下在大仙庭中，得到了消息，说大人您灭了炼妖阁，还击败了绝天教主。”

“你的消息，倒是灵通。”李牧颇为意外。

消息传得这么快吗？

何应鑫道：“此事，在大仙庭引起了轩然大波。”

“大波？什么样的大波？”

“大仙庭各大巨头，都对大人表现出来的实力，感到难以置信和震惊，有很多人都已经开始调查大人的来历，另外，炼妖阁的母宗镇妖阁表现的非常激烈，尤其是都天教主，态度非常强硬，要向大仙主请旨，出手缉拿大人您。”

李牧听完，摸了摸下巴，道：“意料之中。”

何应鑫道：“大人莫非早就想好了对策？”

李牧摇头，道：“没有。”

何应鑫：“……”

“那大人何以如此行事？”他又问道。

李牧掰着手指头，道：“第一，当然是立威，我才刚刚就任月川府小仙主，就有人要拆我的台，我只好给他点颜色看看，第二，就算是我不杀绝天，绝天也早就计划好了要对付我，第三，我只是依照万仙盟律令行事而已，若是不这么做，等同于渎职，第四，我与炼妖阁有私仇，正好公报私仇了，第五……反正很多，你还想要继续听吗？”

何应鑫苦笑无语。

虽然才跟随在李牧身边不久，但是他对李牧已经有了一定的了解，最大的特点，就是绝度不肯吃亏。

“那大人接下来准备怎么做？”何应鑫道：“镇妖阁的能量，不容小觑，一旦发动起来，大人将疲于应付，陷入被动，应鑫自荐，再度前往大仙庭，为大人奔走，做一些准备。”

李牧摇摇头，道：“不用。”

何应鑫不解地看着李牧。

李牧稳坐钓鱼台，微微一笑，道：“我要做的事情做完了，有些人总归也要动一动，当老大的如果这点儿担当都没有，扛不住事，那还不如回家卖红薯呢。”

何应鑫微微一呆，突然明白了李牧话中的意思，顿时长大了嘴巴，不知道该说什么。

## 第1278章 暗中筹划

李牧一点儿都不担心镇妖阁对自己出手。

如果东方夜刃连这点儿事情都搞不定的话，那他这个大仙主真的就白当了。

如今谁不知道，月川府小仙主木牧是他的心腹，新官上任，连自己提拔的心腹都保不住，那他大仙主的威信何在？

更何况，李牧表现的还如此出色。

正说着话呢，外面刑府掌座焦晃求见。

“回禀大人，您要的东西，都已经拿到了。”焦晃单膝跪地，恭恭敬敬地呈上一块仙玉。

其中记载着的，便是炼妖阁攻击仙庭，杀害鹤辰子等数千名天兵天将的证据。

对于习惯了栽赃嫁祸泼脏水的焦晃来说，炮制这样一份证据，一点儿都不困难。

因为这些本就是事实。

绝天教主强势降临炼妖阁，本以为以他的实力，完全可以碾压整个月川府，所以行事肆无忌惮。

在他的计划之中，将李牧斩杀之后，完全可以用无数种办法，在李牧的身上泼脏水，甚至用刑拷问李牧，让李牧承认自己和乱军有关。

只要拿到了些许‘证据’，到时候，就算是大仙主东方夜刃要袒护自己的心腹李牧，在‘证据’面前，也改变不了局势。

但他做梦都没有想到，自己输在了最有自信的地方，在单对单的碰撞之中，竟是被李牧给正面击败了。

这样一来，那他之前那些肆无忌惮的行事，就落下了确凿的把柄，被李牧轻易捕捉，几乎和送人头没有差了。

李牧看完仙玉中储存的内容，非常满意。

这是实打实的证据。

“做的很好。”

李牧心情不错，夸赞了焦晃一句。

焦晃受宠若惊，大声地献媚道：“能够为大人效力，是狮属下的荣幸，大人但有驱策，属下定当竭尽全力，赴汤蹈火，在所不辞。”

李牧脸上露出一丝惊讶之色。

这老小子，之前吩咐的事情，总是推三阻四，怎么突然之间，就心甘情愿地跪下来舔了？

他却没有想到，焦晃被逼着炮制了这样一份证据之后，等于是彻彻底底的走上了和镇妖阁对抗的路，只能一条道走到黑，紧紧地保住他的大腿了。

“嗯，很好，我会记住你今日的话，下去吧。”

李牧满意地笑了起来。

焦晃起身，恭恭敬敬地退出去。

李牧拿着仙玉，想了想，脸上突然露出一丝诡异的笑容。

“小何啊，兵府掌座任为之已死，即日起，你先代职兵府掌座，整顿军务，替我出兵，征讨东玄仙门，东煌神朝和玄感宗，我要这三个宗门，从月川府消失。”

李牧道。

对于曾经危害过混沌世界的势力，以及对他起过杀机的实力，李牧不会有丝毫的怜悯。

大权在握，正是快意恩仇的时候。

何应鑫脸上露出无力的表情。

之前不是一直都叫人家应鑫吗，怎么突然就变成小何了？

这称呼的变化，是意味着信任更进一步了吗？

他想起自己来月川府之前，大仙主东方夜刃说过的一句话——‘不惜一切代价，取得木牧的信任’。

这个‘一切代价’，到底是包含哪些范畴呢？

何应鑫并未彻底把握。

至于剿灭东玄仙门等三大仙宗，对于焦晃、高旻、张文远等各府掌座来说，或许是了不得的大事，但是对于来自于大仙庭的何应鑫来说，却是不值一提的小事。

他行礼应命，转身离开。

“都退下吧，没有我的命令，任何人都不许进入大殿。”

李牧道。

殿内值岗的近卫，纷纷都退了下去。

李牧暗中传了一个讯息，令地球流氓虎和小九进入四明山脉，盯住吞云兽老巢，一旦有任何异动，第一时间前来汇报。

然后，阴森的凌霄殿中，就只剩下了李牧一个人。

没有任何的犹豫，他将【青魂炼狱灯】催动到了极致，不再保留任何的手段，疯狂的祭炼绝天教主和风痕的元神。

凄厉宛如杀猪一般的惨叫，在大殿里回荡着。

这种痛苦，超越了世间人的想象。

本就已经承受了数日折磨的绝天教主，已经处于即将崩溃的边缘。

他从未想过，世界上还有如此可怕的事情。

风痕的凄厉哀嚎，已经逐渐不可闻。

绝天教主甚至都听不到自己的惨叫声，只能确定一件事情——自己一定是在哀嚎，在无法遏制地哀嚎。

“希望你能坚持的时间久一点，我非常有耐心。”

李牧笑道。

然后他开始闭目修炼。

继续炼化体内的仙髓之力。

这些日子，他的修为境界，逐渐巩固在仙王中阶。

虽然境界没有显著的提升，但随着对于力量的熟练和技巧的掌握，李牧的战力，却始终处于一个飞速增长的状态中。

尤其是对于时间力量的掌控和理解，正在飞速地流转着。

除了【时间相位】奥义之外，李牧隐约体会到了关于时间奥义的另外一种利用可能。

隐隐约约之中，李牧已经感觉到，随着对于时间力量的掌握，他终于找到了属于自己的仙道之路。

之前修炼的【真武拳】、【先天功】和【观沧海日月求仙术】等等诸多神通，都将在时间的力量面前，彻底融为一炉。

一条崭新的路，在李牧的面前展开。

时间流逝。

转眼，竟是十日时间过去。

李牧从闭目参悟的状态之中苏醒过来。

“小九没有传回来消息，四明山脉的吞云兽王巢穴应该是没有什么动静，却不知道大仙庭的渠道，有没有消息传来。”

李牧算算时间，一切都应该有一个结果了。

【青魂炼狱灯】中，绝天教主和风痕的元神，已经彻底处于即将崩溃的边缘，仿佛是元神的嗓子已经嘶哑，发出了频死野兽一般的低吼。

看到李牧睁开眼睛，两个囚徒第一时间，都发出了哀嚎的求饶声。

“看来，你们都想通了。”

李牧微微一笑。

这笑容在绝天教主和风痕的眼中，宛如魔鬼般狰狞可怖。

李牧暂停了【青魂炼狱灯】的祭炼。

“啊……呼呼呼！”绝天教主大口大口地喘息，心有余悸。

风痕则是瘫软如泥一般。

“相信你们也看出来了，我并不是一个残忍的人。”李牧微笑着道。

两个囚徒心中诅咒。

信你个鬼。

你个糟老头子坏得很。

还不残忍？

世界上有比你更残忍的人吗？

但他们都是敢怒不敢言。

李牧又道：“只要你们配合我做一件事情，我就给你们一个解脱，不用再受这种苦难，否则……”话没有说完，但谁都听得出来，‘否则’两个字后面，是何等的可怕。

“说吧，你……你要我……做什么……”绝天教主已经彻底没有脾气了。

风痕更是瘫软地道：“只要你能让我……让我彻底灰飞烟灭，不管是什么事情，我……我都答应你。”

李牧笑了起来：“很好，早有这样的觉悟的话，何至于此。”

他把自己的计划说了出来。

“什么？你……好恶毒啊。”绝天教主听完，大惊失色。

风痕更是身体颤了颤。

李牧笑着规劝道：“死后万事空，只要你们解脱了，何必管他身后洪水滔天呢？”

绝天教主沉默了。

风痕则是没有什么犹豫，道：“只要让我痛痛快快的死，我什么都可以做。”

李牧欣赏地点点头，然后看向绝天教主。

绝天教主沉默许久，最终在李牧的眼神逐渐变得凌厉起来的时候，巍然长叹一声，点头答应了：“你……真的是一个魔鬼……”

“明智的选择，那么，开始吧。”

李牧的笑容，无比灿烂。

……

半个时辰之后。

何应鑫应召而来。

“大人找我，可是为了吞云兽王巢穴的事情？”何应鑫道。

李牧手中把玩着一块仙玉，道：“是，也不是……先说吧，大仙庭传来消息了吗？”

何应鑫道：“消息是传来了，但大人也许会失望，并不是您所期待的那样，大仙庭的渠道和吞云兽王联系上了，但对方并不愿意透露关于袁吼的消息。”

“嗯？不愿意透露？”李牧揉了揉太阳穴，道：“也就是说，它知道袁吼的下落，但却不说？”

何应鑫点头。

李牧道：“仙界的兽王，都这么强势吗？连东圣洲大仙庭的面子，都不卖？”

何应鑫不知道该说什么。

也有可能是这一次代表仙庭出面的人，分量不够，导致对方根本不在乎。

李牧揉了揉鼻子。

自己这么好说话的一个人，非要被逼着发飙。

“三大仙门的事情如何了？”李牧问道。

何应鑫连忙道：“幸不辱命，月川府从此之后，再无这三个宗门。”

小天庭剿灭东煌神朝、玄感宗和东玄仙门的事情，在外界已经引发了巨大的震动，令很多宗门势力都感觉到不安，也在大仙庭引发了阵阵议论。

“不过，镇妖阁借此事，向大仙主大人发难，联合了几个同盟宗门，一起施压，要求大仙主严惩大人您。”何应鑫道。

李牧冷笑了起来，道：“镇妖阁？呵呵，我这几日没有腾出手来收拾它，就跳起来了？”

既然如此，那就不客气了。

李牧将两块仙玉交给何应鑫，道：“小何啊，你说，我可以信任你吗？”

何应鑫心中一动，连忙道：“属下唯大人马首是瞻。”

李牧诡异地笑笑，道：“是吗？我还以为你只听从大仙主一人的命令呢。”

何应鑫面色一怔。

李牧就又笑了起来，道："好了，本座还是决定信任你一次，你替我去一趟大仙庭，办一件事情，这事情办好了，我们都不用留在这鸟不拉屎的地方，可以直接去大仙庭辅佐大仙主大人了……仙玉中的内容，你最好不要看，亲自交给大仙主即可。"

何应鑫行礼道："属下明白了。"

他转身往外走，走了两步，又停下来，道："大人接下来的计划是？"

何应鑫被李牧的大动作搞怕了。

上一次他去大仙庭，还没有回来呢，就听到了李牧击杀了绝天教主的爆炸性消息，他生怕这一次，再有同样的事情发生。

李牧长身而起，哈哈大笑："怎么？你怕我单枪匹马，杀到镇妖阁去？放心吧，我没有那么蠢……我只是想去吞云兽王巢穴之中走一趟而已。"

"什么？大人，不可啊。"何应鑫面色狂变。

## 第1279章 义薄云天

何应鑫有些抓狂。

仙主大人每每不按常理出牌，让他有些心力憔悴。

如果非要选择一个的话，他还是希望李牧单枪匹马去攻打镇妖阁，毕竟这个地方还在仙庭的规则之内。

而吞云兽王巢穴可是一个令大仙主也止步的地方，野蛮的兽群，才不会有任何的妥协和情面可讲，一旦陷进去，谁都救不了李牧。

“哈哈，好吧，那就不去了。”

李牧一看何应鑫反应这么大，于是出言安抚。

何应鑫觉得这样的话充满了敷衍，但还是松了一口气。

他有一种被调戏了的感觉。

“大人，属下告辞。”

转身离开凌霄殿，何应鑫心中总是有点儿不太好的感觉。

目送他离开，李牧又召唤出了【青魂炼狱灯】。

绝天教主和风痕两人的元神，无比紧张地看着李牧。

“放心，我说话算数。”

李牧并没有再折磨两人，直接将他们的元神粉碎湮灭，赐予二人解脱。

“安息吧。”

李牧在心里叹一口气。

这句话是对夏静说的。

终于彻底报仇了。

风痕死前，受尽了折磨，也算是罪有应得。

总算是了结了一段前尘。

李牧心中也没有多少复仇的快感。

就算是杀了风痕、雨迹，夏静也无法再复活了。

他缓缓地走出凌霄殿。

站在高高的台基上，可以俯瞰整个垂云之城，天兵天将如虫蚁般在城中来回，一种前所未有的严密有序迹象在城中萌发。

“参见大人。”

大殿外的侍卫，第一时间向李牧行礼。

眼中带着崇敬，也带着畏惧。

毕竟这些日子，李牧的战绩，实在是太过于惊世骇俗了。

李牧点点头。

咻！

他的身形，化作一道流光，消失在远处天穹。

侍卫们来不及问什么，李牧就已经不见了。

……

四明山脉，峰峦耸立，天地苍茫。

李牧很快就找到了山脉中心区域，吞云兽王巢穴的所在地。

“汪，人宠，你来了。”

小九跳出来。

“有什么动静吗？”李牧问道。

小九道：“没有……但是，汪能感觉到，在这巢穴深处，有一股极为可怕的力量，令汪毛骨悚然，不好惹，所以汪一直都很克制地没有进入这片区域。”

“是的呢。”地球流氓虎也跳出来，一脸郑重地补充道。

李牧大为意外。

地球流氓虎这个怂货就不用说了，但是小九可是一个天不怕地不怕的惹祸精，再作死的事情，从来都不会考虑第二秒，这一次，竟然也怂了？

“汪，你那什么眼神？”小九被李牧意外的表情刺激了，低吼道：“人宠，郑重警告你，别逞强，这里面的东西，不是你我所能对付的。”

李牧鄙夷地道：“你不是号称义薄云天吗？现在袁吼陷落在这片区域，生死不知，你作为袁吼的好兄弟，难道不该冒险去探索一下。”

小九理所当然地反驳，道：“正是因为本汪太过于义薄云天，所以才能不能进去，老猴子九泉之下有知，一定不愿意他的兄弟为他冒险，我这么做，正符合老猴子的想法，完完全全是在为他着想。”

神尼玛的九泉之下。

这是默认袁吼挂了吗？

李牧越发鄙夷：“切。”

小九气的直摇尾巴。

李牧道：“你们两个，在外面接应我，我进去看看。”

“汪？”小九一听急了，道：“人宠，别拿自己的命开玩笑，这里面真的很危险，我能够感觉到，你就算是再强四五倍，都未必能够匹敌巢穴深处的那个可怕存在。”

李牧道：“怕什么，我只是去探探路，又不是去砸场子，打不过溜就是了。”

“可是……”小九依旧想要说服李牧。

在它的实力逐渐恢复，尤其是融合了仙髓的力量之后，它已经膨胀的不行，但面对眼前这个仙道凶兽巢穴中的那个可怕存在，哪怕是隔着数千里，依旧感觉到发自于灵魂的颤栗和惊惧。

“行了，你和烂仔，在外面接应我就好。”

李牧道。

说完，他的身形如电，化作一缕流光，直接冲进了凶兽巢穴区域。

小九张了张嘴，想说什么已经来不及。

“主人，我们怎么办？”地球流氓虎一脸懵逼地道。

小九苦恼地揉了揉自己的胖脸，道：“等。”

还有一句话它没有说。

如果实在等不到李牧出来的话，那就真的只能冒险冲进去接应李牧了。

这个人宠，真是不让人省心啊。

地球流氓虎哦了一声，爬下来，舔着爪子，片刻，又道：“太主人真的是个义薄云天的好人啊，为了那只臭猴子，甘愿以身犯险，如果是我们陷入绝境的话，他也一定不会放弃的吧。”

小九哼哼唧唧地道：“你以为那？汪也是看上他这一点，不然我会收他做人宠？”

地球流氓虎没有品味到小九话中的傲娇。

它只是在心里琢磨着，既然李牧这么护短的话，那一定要紧紧地抱住李牧的大腿。

……

凶兽巢穴。

随着逐渐深入，李牧逐渐感觉到了空气中与外界不同的危险因子，仿佛是某种独特的原始兽性能量，嗅入口鼻之中，会让人感觉到焦躁，杀性渐起。

在巢穴边缘区域，李牧并未发现传说之中的吞云兽。

他小心地隐藏着行迹，变化做一只穿云雀，极速飞行。

这片区域，并未找到战斗的痕迹。

按照风痕记忆，袁吼就是从这片区域冲入凶兽巢穴，但或许是因为过去了一月多的时间，所以非但没有什么痕迹，连袁吼的气息都没有感知到丝毫。

“不过，没有大规模的打斗痕迹，总是一个好现象，说明袁吼当时并未遭遇到太大的危险。”

李牧只能这么安慰自己。

其实他心里非常的担忧。

不管是何应鑫还是小九，语气之中流露出来的信息，盘踞于此的云吞兽王，可怕的程度，远超想象，是可以抗衡大仙庭的存在。

随着逐渐深入，李牧渐渐地发现了一个奇怪的现象——

光线越来越暗。

大约在深入巢穴约百里的时候，这片区域已经彻底变成了暗无天日的黑夜。

“不对劲。”

李牧所化的穿云雀，落在一支树枝上，仔细观察四周。

他来的时候，外面刚刚到中午，这才过了一炷香的时间而已，就天黑了。

难道是……

李牧这个念头刚冒出来，周围一阵阵疾风涌动。

密密麻麻看不到边的人形黑影，在黑暗的掩护之下，从四面八方，朝着李牧包围了过来。

糟糕！

被发现了。

李牧心中一紧。

不过他很快就镇定下来。

既然被发现了，那就正面接触一下吧。

毫光一闪。

李牧恢复了本来面目。

“在下月川府仙庭……”

正要自报家门，谁知道数道犀利无匹的劲气疾风，已经是迎面袭来，强横无双，蕴含着毫不掩饰的凌厉杀意。

李牧只好抽刀。

叮叮叮！

黑暗中，溅起一簇簇刺目的火星。

明灭不定的光线中，李牧捕捉到这些黑影的外貌，顿时又被震惊了一把。

这些家伙，竟是一个个与自己面目一模一样的人影，手中握着的也是长刀。

就好像是……复制品。

幻术吗？

李牧眉头微皱。

某种镜像幻术，可以模拟他人的外形和部分能力？

难道自己不知不觉之中，陷入到了某种阵法之中？

风声袭来。

越来越多的黑色影子，朝着李牧冲来，手中的长刀，与诛仙刀一模一样，劈砍之间，竟是拥有着与李牧相似的力量和修为。

无边的黑暗中，李牧如同陷入沼泽的猎物一样，局势一瞬间变得危急无比。

容不得他多想，风云六道已经本能性地席卷而出。

刀光破开虚空。

冲在最前面的六个‘李牧’，就被劈飞出去。

嘭嘭嘭！

这六个‘李牧’在半空中，化作黑色的烟气，消散湮灭，融入到了无边的黑暗中。

“什么？不是血肉活物？”

李牧吃了一惊。

很明显，周围宛如狂潮一般汹涌而来的‘李牧’，是某种能量的复制品，并非是真真正正的活物生灵，被劈飞之后，重新回归原始能量状态。

而且，他敏锐地察觉到，这些复制品李牧，虽然具有和他相当的力量和仙元修为，但战斗技巧、意识，以及诸多神通，却是不具备。

“模拟不完整吗？”

李牧若有所思。

刷！

一道金色神光划破黑暗。

李牧眉心之间，法眼开启，眸光如剑，刺破黑暗。

他在寻找背后操控布置这一切的人。

但令李牧感觉到惊讶的是，法眼眸光所致，周围都是一片无尽的黑暗虚空，连他原本立足的那棵树，都已经消失，景色变化，脚下的大地是粗糙纹理斑驳的红色岩石，闪烁着诡异的肉色光色。

无数的复制品自己，从四面八方涌来。

李牧逐渐有些难以应付。

而且随着时间的流逝，李牧更是震惊地发现，这些复制品的战力，正在缓缓地提高，竟是可以模拟【风云六刀】招式。

且他们的眉心中，渐渐地也开启了一道竖眼。

“所以说，暗中布置这一切的存在，竟然是在随时解析我的战斗方式，并且将解析所得，赋予到了这些复制品的身上？”

## 第1280章 回到过去

李牧刀法如电，将靠近欺入近身的复制品，全部都劈飞出去。

一个个身影化作黑色烟雾消散。

但更多的复制品悍不畏死、前仆后继地围攻而来。

杀之不竭。

永无止尽。

“这样下去，我必败无疑。”

李牧心惊。

复制品的战力，随着他们逐渐掌握了【风云六刀】，急骤提升，且身形战法，也逐渐灵动了起来，不再呆板，似是有了属于自己的智慧和意识一样。

这说明什么？

说明对方的复制，越来越完整，越来越拟真了。

“我乃是万仙盟月川府仙庭仙主木牧，此次前来，并非是要与兽王为敌，而是需要寻找一位叫做袁吼的故人……”

李牧的声音在黑暗空间激荡出去。

回应他的只有复制品们的刀光劲气。

黑暗中，没有其他声音。

“我知阁下实力通天，但袁吼对于我万仙盟来说，非常重要，还请阁下仔细思虑，真的要因此，而与我万仙盟彻底翻脸吗？”

李牧直接扯虎皮，把万仙盟的招牌甩了出来。

“万仙盟？呵呵，真意玩仙门就可以主宰一切吗？”

终于，一个声音激荡在整个黑暗空间里面。

声音仿佛是同时来自于四面八方，让整个空间都剧烈地震荡，那些复制品李牧的身影被震的虚实不定。

这声音中，带着怒意和敌视。

“本座此来，并无敌意，只想要知道袁吼的下落……就是月余前，无意中闯入此地的那只猴子。”

李牧努力地争取着对话的机会。

那声音响起，怒意更加明显：“本王已经给过你们一次机会，那个生灵不是你们所能觊觎的，可惜，你们不懂得何为尊重，呵呵，万仙盟？是时候让你们知道，并不是所有人，都会臣服与你们……上，给我杀了他。”

随着这充满了敌意的声音落下，周围的李牧复制品，宛如潮水一般，疯狂地冲来，完全就是两败俱伤拼命式的打法。

一下子面对与自己实力相当的这么多‘疯子’，李牧终于是招架不住了。

“这人好像是对万仙盟充满了敌意。”

李牧大脑急速地运转着。

黑暗里，血花溅射。

李牧终于负伤了。

哪怕是在和绝天教主的交战之中，李牧都没有如此被动，这场战斗之中，数量的巨大悬殊，几乎完全抹消了战力的差距。

时间不多了。

李牧心中焦急了起来。

虽然感知到了对方对于万仙盟的排斥和敌意，但李牧无法袒露自己真正的身份。

因为无法确定这种敌意到底是真是假，而且从对方与万仙盟之间，显然是有信息流通的，李牧不确定自己这边说点儿什么，会不会最终流传到大仙庭去，所以他不能冒这个险。

可是这样一来，继续沟通交流似乎没有了什么余地。

噗噗噗！

刀刃入肉的声音不断地响起。

李牧感觉自己快要被一群‘自己’分尸了。

“不能再等了，时间截点快到了。”

李牧心中计算着时间，知道不能再拖下去。

“既然阁下不愿意多说，那本座就不追问了，不过，我还会再来的，要是让我知道，袁吼死在你们手中的话，那我发誓，必定穷尽一生之力，将吞云兽一脉斩尽杀绝。”

李牧厉声大喝。

话音未落。

空气中奇异的波动一闪。

李牧已经支离破碎的身躯，骤然不可思议地消失在了原地。

复制品一下子失去了目标，最前面的数十个出现了误伤，将同伴砍为飞灰黑烟，然后其他成百上千的复制品，突然像是短了电的机器人一样，瞬间静止不动。

“咦？”

那个奇异的声音响起。

他显然无比意外，一时间无法理解李牧是如何消失。

那不是遁术。

不是极速。

而是整个人突然就在这片区域消失了。

就仿佛他从未来过。

“有意思啊，维护小猴子的人吗？呵呵呵呵呵，真是有意思啊，月川府仙庭的小仙主，什么时候，万仙盟中竟然出现了这样一个有趣的人物。”

在那声音的呐呐自语之中，所有的复制品李牧全部都化作了黑烟消散。

同时，黑暗无边的奇异空间，缓缓地震动。

那粗糙无比的暗红色岩石地面，竟是缓缓地蠕动了起来，分泌出一些奇异的液体，开始流淌，地面变得柔软，仿佛是……肉？

……

滋！

空间骤然一阵扭曲。

李牧的身形出现在了空中。

他浑身萦绕着一种奇异的淡银色氤氲，一身触目惊心的伤痕，在氤氲的缭绕之下变得虚幻了起来，很快就全部都消失。

不仅伤痕消失了，就连身上衣衫、甲胄的破损，也全部都复原。

最终淡银色氤氲气息彻底消散。

李牧依旧处于最佳巅峰状态。

“呼……怪不得是连大仙庭都不愿意招惹的对象，吞云兽王，真的是太可怕了，无限制的复制敌人，还可以在战斗之中不断地完善复制，提升复制体的力量……简直是BUG一般的神通啊。”

李牧身影一阵扭曲，转身飞遁。

此时他依旧处在巢穴区域之内，危险依旧在。

先离开再说。

这一趟的冒险，让李牧清晰地确认了一件事情——

袁吼未死。

这是战斗时，与那奇异声音对话中，李牧敏锐地感觉到的信息。

当然，仅此而已。

想要将袁吼从这凶兽巢穴中救出来，却是不太可能。

那个黑暗之中的敌人，实在是太可怕。

至少以李牧目前的实力，绝对无法挑战这种级别的存在。

“幸好我将时间的奥义推进一层，掌握了【时间复原】神通，可以让自己回到过去，从而逆转发生在自己身上的一切。”

终于从巢穴区域逃出。

李牧回首再看，依旧是心有余悸。

“汪？”

小九和地球流氓虎第一时间冲过来。

“你还活着？”

小九围着李牧转来转去，鼻子嗅了好久，才终于确定，眼前的李牧并非是别人冒充，狐疑地道：“没道理啊……”

李牧敲打它的狗头，道：“什么意思？我死在里面才有道理吗？”

蠢狗惨叫着后跳，道：“之前有一段时间，我分明感觉到，你的气息消失了，就好像是不存于这个世界，快要死了一样。”

李牧心中一惊。

这货的感知力，真的是敏锐的可怕。

“恭迎义薄云天的太主人平安回归，定是找到了袁吼兄弟的下落，太主人神威无双……”地球流氓虎毫不犹豫地就是一连串的马屁拍上来。

李牧直接一脚就将这条没骨气的虎给踢飞了。

他化作一道流光，直接离开了四明山脉。

地球流氓虎悻悻地飞回来，看了看小九，委屈巴巴地道：“我刚才说错什么了吗？”

“可能是你用词太俗套，没有新意吧。”小九敷衍道。

“是吗？”地球流氓虎信以为真，琢磨着回头要不要好好花费一些时间，来研究一下拍马屁之术。

……

垂云之城。

李牧重新回到了凌霄殿。

【青魂炼狱灯】再度悬浮在大殿上空。

只是少了绝天教主和风痕两个元神的哀嚎嘶吼，总觉得大殿里好像是少了一点什么，让李牧有点儿不习惯。

“【时间复原】，可以让我回到半个时辰之前的过去，当然，这个过去，仅仅只是针对我一个人而言，对于外界，没有任何的影响，但这已经足以让我在绝大多数阵法、禁制和必死的局面之下逃脱出来，这一次，若不是之前闭关，掌握了【时间复原】的奥义，只怕是真的要陨落在凶兽巢穴中了。”

李牧单手撑着下巴，仔细思考，推敲着这一战的得失。

“【时间复原】神通，还有进一步提升的可能，而且，这只是对于时间应用的一个方面，时间的力量，拥有无尽的可能。”

作为一个受过地球科学体系教育的初中生，李牧对于时间在战斗之中应用开发，有着许多独到的见解。

接下来的几日时间，他再度闭关。

每日都要耗费大量的仙晶。

自从仙崩之后，对于仙王境界之上的强者来说，虚空之中的能量已经无法满足修炼的需求，仙晶才是支撑他们修炼的最佳日常补品。

这也造就了仙晶在仙界中的独特价值。

李牧如今是仙王中阶境界，再往前走每一步，都需要大量的仙晶支撑。

汲取仙晶中的能量，炼化为己身之力。

好在在四明仙府之战后，李牧一跃进入暴发户的行列，身上最不缺的就是仙晶，至少在突破仙王境界之前，都不用担心仙晶匮乏。

时间流逝。

转眼十日时间过去。

何应鑫神情麻木地从大仙庭回来。

跟他一起回来的，还有一个老熟人——宣旨神将江渚。

看到江渚的一瞬间，李牧就知道，自己策划的事情，成了一半。

李牧向何应鑫投过去一个赞赏的表情。

后者嘴角抽搐了一下，不知道是该笑啊还是该笑。

将两块仙玉送到了大仙主的手中之后，他才知道，仙玉中究竟蕴含着什么样具有爆炸性破坏力的内容——放在以前，就算是打死何应鑫，他也不敢相信，竟然有州府级的小仙主，将主意打到了镇妖阁这种大洲顶级宗门的头上。

结果呢？

自家大人不但这么做了，还成功了。

他真不知道，自家大人的脑回路到底是一个什么样的构造，这种事情都干得出来。

也不知道，大仙主大人如此器重木牧，到底是福是祸。

总觉得木牧是一把双刃剑啊。

“哈哈，木小友，没想到这么快我们就又见面了。”江渚手中托着大仙主的圣旨，道：“小友你还真的是官运亨通啊，才做了几天的封疆大吏，现在就又要平步青云，直入大仙庭了。”

李牧嘿嘿一笑：“江老哥是我的贵人，每次见到江老哥，就会有好事发生。”

## 第1281章 流星岛

“恭喜老弟，从今以后，你就是大仙庭刑府之主了。”

宣读完大仙主的圣旨，江渚大笑着恭喜李牧。

“哈哈，多谢老哥，同喜同喜。”李牧也笑着。

江渚由衷地感慨道：“纵观东圣洲大仙庭历史，如小弟你这般年轻，又迅速地坐上六府掌座位置的，绝无仅有，老弟你不仅实力惊人，运气更是好到爆棚啊，就连老哥我，都有些羡慕你了。”

李牧就很无耻地道：“呵呵，这多亏了大仙主的信任和青睐，小弟我也是感激莫名啊，日后定当鞠躬尽瘁，死而后已，为大仙主效力。”

江渚哈哈大笑，道：“老弟有这样一份觉悟，难怪乎大仙主对你青眼有加。”

两人说着没有营养的话，在凌霄殿之中坐定。

宴席铺开，宾主尽欢。

焦晃等五府掌座，得知自家大人，竟然突然一跃成为了大仙庭六府之中权柄极重的刑府的掌座，惊得不知道说什么才好。

这些日子，他们几人，心里都是战战兢兢。

毕竟自家大人好像是在玩火，与镇妖阁这样的庞然大物对上了，锋芒太盛，难免木秀于林被风催之。

个人实力再强，又岂能与那些万年底蕴的大宗门相抗？

但现在看这架势，这场没有硝烟的战斗，自家大人竟然是打赢了。

几个人再看向李牧的眼神中，不由得就带着谄媚，和深深的敬畏。

在他们看来，李牧的手段和背景，简直是通天了。

宴席结束。

江渚道：“时间紧迫，老弟布置一番，就随同我一起前往大仙庭赴任吧。”

李牧道：“并无什么要布置的。”

在月川府仙庭，他本来就没有什么心腹亲信之类的，随行只需要将小辰皇和尹侍女带着，然后一条狗一只虎，大概就如此了。

焦晃等人眼巴巴地看着李牧。

一人得道，鸡犬升天。

他们希望可以跟随在李牧的身边。

毕竟‘中央’和‘地方’可是有巨大的差别，若是能够跟着李牧前往大仙庭，哪怕是为一小吏，也是质的飞跃啊。

李牧看了看几人，道：“你们实力不够，去了大仙庭，各大势力的倾轧之中，只怕很快就会成为牺牲品，不如留在月川府，还可以作为一方豪强，自由自在，有多大的能力，就走多大的步伐，我若是带你们去大仙庭，反而是害了你们。”

这倒是心里话，不是在敷衍。

焦晃等人一听，心头好似是一盆冰水浇下来，顿时也冷静了不少。

是啊，实力不够。

一条小鱼，想要强行进入巨鳄驰骋的水域，等待他的只有死亡。

何况，以自家大人贯来作死的脾性，成为刑堂掌座，怕是少不了招惹各方势力，到时候自己保全或许可以，但想要保护他们，估计力有未逮。

“我等愿大人此去赴任，一帆风顺，前程高远。”

“祝大人青云直上，飞黄腾达。”

几个分府掌座纷纷行礼道。

李牧点点头，道：“应鑫啊，你卸了兵府之主的位置，随我一起前去大仙庭，可好？”

何应鑫对此早就有心理准备，点头应命。

他被派遣到月川府，本来就是为了辅佐李牧。

如今李牧高升，以何应鑫的能力，自然不会再留在月川府这样的小池塘中，必定是要跟随李牧一起，重返大仙庭。

何应鑫到现在都觉得好像是在做梦一样。

本来被大仙主选为辅佐李牧的人，何应鑫是做好了大概有那么一两百年，无法再回大仙庭的准备了，谁知道事情就是这么奇妙。

李牧又当着焦晃等人的面，对江渚道：“不知道新任月川府仙主是哪一位？”

江渚道：“呵呵，这件事情，大仙主还在考量之中，相信很快就会有决断了。”

李牧就知道，东方夜刃要在月川府安排亲信下来。

他点点头，道：“我在月川府，做了不少出格的事情，难免招惹到一些人，焦晃等人都是奉命行事，江老哥不妨对新任小仙主说一声，不要为难他们。”

焦晃等人一听，心中顿时也升起一丝感激和暖意。

没想到这么冷酷的大人，临行前，竟然也为他们着想了。

江渚哈哈大笑道：“此事，你放心，既然老弟你开口了，那新任小仙主会知道怎么行事的，毕竟，你乃是高升，就任刑府之主，普通的州府小仙主，如何敢违逆你的意思。”

李牧笑了笑。

妈的。

这种当大官的感觉，还真的是爽。

片刻后。

玄舸飞舰缓缓腾空。

焦晃、高旻等人，在垂云之城外，目送李牧等人离开，心中也不知道是一种什么样的感觉。

总觉得过去的这近一个月时间里，一切都特别魔幻，看着李牧乘舟远去，竟是有那么一丝丝的不舍。

毕竟跟着李牧，在月川府‘打家劫舍’，收拾东煌神朝、玄感宗等大宗时，感觉真的是很爽啊。

……

东圣洲三十六府。

大仙庭总部，位于云台府。

云台府是三十六府中面积最大的州府，位于东圣洲的核心地带，境内多汪洋，少陆地，岛屿星罗棋布，大大小小足有数十万个。

大仙庭总部，位于流星岛。

流星岛面积巨大，海拔极高，远远望去，在水面上呈半个浑圆状，传说当年，一颗天外流星坠落于无边汪洋，形成了此岛。

露出水面的部分，不过是冰山一角而已。

水面覆盖之下，流星的体积更大。

因为这颗流星的岩石之中，富含各种仙金、仙晶矿石，因此得到了各方的垂青和争夺，最终在万仙盟成立东圣洲仙庭的时候，选择此岛作为总部所在地。

万多年经营下来，如今的流星岛，已经是整个东圣洲，不，可以说是整个仙界都最为森严的地方了。

“下面就是流星岛了。”

一路跨越汪洋，在介绍流星岛的时候，江渚的脸上，不由得浮现出自豪之色。

没错。

流星岛是东圣洲大仙庭的骄傲。

每一个东圣洲仙庭的人，提起流星岛，脸上都会浮现出得意之色。

这座岛，是东圣洲仙庭的象征。

李牧站在玄舸飞舰甲板上，低头看去。

偌大的流星岛，植被覆盖茂密，色泽苍翠，仿佛是一头墨黑色的巨兽，露出一个背，蛰伏在无尽的汪洋之下一样。

在流星岛的周围，有大小数百个微型岛屿拱卫。

按照江渚的介绍，其上都有大仙庭的驻军和哨卡。

乘舰行来，一路上，李牧都能感觉到，大仙庭总部的强大。

虚空之中存在着无尽的阵法波动，还有来往巡逻的玄舸、飞舟，以及各种骑着仙兽的骑士……

这些手段，组成了前所未有的立体式的防护网，再加上外围明里暗里的斥候，足以保证哪怕是仙君之上的强者来袭，也无法突破这样的防御圈层。

虚空之中，一个巨大巨大的蔚蓝色阵法护罩浮现。

经过了一番盘查，阵法护罩上，开启了一扇魔法门，足以通过战舰进入，而在战舰进入之后，立刻关闭。

战舰缓降。

最终落在了流星岛的港口上。

又是一番盘查。

江渚在大仙庭中的地位极高，在他的带领之下，李牧先去中央神殿，觐见大仙主，领取绶印，然后才能前往刑府，接任刑府掌座之位。

“流星岛上，除了大仙主之外，其他人都不能御空飞行，否则，便是大罪，这一点，木小友你一定要铭记在心。”

江渚叮嘱道。

李牧点头记下。

他能感觉到，整座岛屿上，有一种很隐晦的威压存在，动用仙道力量的话，很容易被压制，强行动武，甚至会被反噬。

“肉体之力的跳跃和轻身术法是被允许的。”

何应鑫在一边补充了一句。

江渚又道：“岛上有仙兽驯化和饲养之地，木小友可以去购买喜欢的仙兽，作为代步，一般而言，飞行类的仙兽，要比疾驰类的仙兽更受欢迎，当然，主要还是看你自己的喜好。”

李牧沉默着记下。

他已经看到，类似于仙鹤、鸾鸟、地龙、翼虎、神犼等仙兽，在仙人们的操控之下，翱翔于天空之中。

这种天生具有飞行能力和疾行能力的仙兽，是被允许的代步工具。

“交通工具？不会有红绿灯吧？”

李牧在心里吐槽。

三人乘坐一只翅展二十米的成年青鸾坐骑，穿梭在山岭树林之间。

一路向上。

地势越来越高。

终于在一个时辰之后，来到了中央主殿的所在。

一片宫殿群，在青山绿水之间掩映成趣，极为美丽，水墨画一般的造型，完美地镶嵌在自然风光之中，与自然和谐融入。

主殿毫无疑问位于地势最高处，但造型外观却与周围的卫殿截然不同，金碧辉煌，宛如高居云云端的殿堂，在太阳光芒的照射之下，反射着刺目的光辉，犹如耸立在流星岛上的另一颗小太阳一样。

从流星岛的各处，抬头仰望，都可以看到中央主殿。

因此主殿的名称，叫做【太阳神殿】。

大仙庭最为精锐的军队，布控在太阳神殿周围。

哪怕是以江渚、何应鑫这样的身份，也都得经过重重检查，李牧是生面孔，检查的自然就更加详细。

这让李牧想起了，地球上影视剧中，那些觐见帝王的草民，不但全身上下要脱光光，就连头发，肛门，舌底，咽喉都部位，都要检查一遍，确保没藏有武器，才能通过。

“东方夜刃这么怕死啊。”

李牧内心里吐槽。

又折腾了一炷香的时间，李牧终于见到了这位新任的东圣洲仙庭大仙主。

该有的礼仪结束之后，东方夜刃摆摆手，道：“其他人都退下吧，朕要与木掌座密谈。”

江渚等人退下。

## 第1282章 南斗教

金碧辉煌的殿堂。

极尽奢华。

“你穿这一身……啧啧，像极了暴发户。”

李牧看着东方夜刃一身黄金色的皇袍、云靴和冠冕，不由得腹诽，为什么古今中外俗界仙界，站在顶峰的人物们，都喜欢这种屎黄色呢。

“放肆，竟敢和朕如此说话。”

东方夜刃站在高高的皇座前，俯瞰李牧，眼眸之中，雷云流转，尽显威严。

李牧双手抱胸，鄙夷地道：“行了行了，我都勘察过了，大殿内外无人。”

“你……”东方夜刃放下架子，哭笑不得，无奈地无助额头：“就算是没有其他人，但也不能太大意啊。”

李牧勉强行了个礼，道：“难道你这中央神殿之中，还不安全？”

东方夜刃笑嘻嘻地从皇座台阶上走下来，道：“放心，这里绝对安全，刚才不过是想要和你开个玩笑而已。”

身为大仙主，日常居所必定是重新勘察祭炼过，如果在这些地方，连隐私安全都不能保证的话，那真的是在开玩笑了。

“你小子，真的是胆大包天，小仙主的屁股还没有坐稳，王座还没有坐热，就找上了镇妖阁的麻烦，你说说看，你咋想的？”

东方夜刃说着，随手丢给李牧一颗水果。

“千年份的紫玉人参果？”李牧咬了一口，唇齿留香，心脾皆沁，一股淡淡的药力，在口舌之间融化开来，不由得咋舌，道：“真的是穷奢极欲啊，这样的仙药当水果吃。”

又狠狠地咬了几口，李牧才道：“这也不能怪我，是那个绝天主动跳出来，要找我麻烦，一言不合就要弄死我，我只好先下手为强了，话说，你都是大仙主了，谁都知道，我如今是你的头号马仔，为什么镇妖阁还敢对月川府仙庭动手？大狗还得看主人呢。”

东方夜刃很没有形象地往大殿台阶上一坐，道：“我的前任，出身于镇妖阁。”

“独孤安然？”李牧意外地道。

东方夜刃点点头，道：“镇妖阁在东圣洲，势力很大，盘根错节，底蕴深厚，独孤安然意外身死，镇妖阁被我打了一个措手不及，大仙主之位就落于我手，自然是不甘心，沉着我前往万仙盟总部履新述职，暗中对你动手，自然是想要从你的身上，搞出一些事情来，将我拉下马。”

李牧道：“那你也不厚道啊，这老大当得不合格，也不提前说一声，我差点儿就被绝天那老家伙给阴了。”

东方夜刃道：“不是给你派了何应鑫去吗？有他和那一百精锐在，保你一命无虞，再说了，再狡猾的猎手能够斗得过你这只好狐狸？从来只有你小子阴人，哪里有别人阴你。”

李牧连吃了三个紫玉人参果，道：“我就当你是在夸我了……对了，我要对镇妖阁动手，救一个人出来，有什么好建议吗？”

东方夜刃揉了揉眉心，颇为意外地道：“要对镇妖阁动手我猜到了，但救人？什么人？是……自己人吗？”

李牧道：“自己人，与叶青羽很熟。”

东方夜刃的神色，骤然变得严肃了起来，道：“当真？”

御天神帝叶青羽，反抗军三大巨头之一，与他相熟的人，那绝非是普通角色，很有可能是反抗军中的柱梁，方天翼一般的存在。

这样的人物，竟然陷落在镇妖阁？

可为何他却一点儿消息都没有得到？

李牧道：“当真，是一位妖修，被囚禁在雷狱之中。”

妖修？

东方夜刃脑海之中，浮现出无数个反抗军中妖修的名字，再加上与叶青羽相熟这个限制条件，一番筛选，竟是依旧没有什么头绪。

他想了想，道：“镇妖阁是万仙盟中坚力量，在东圣洲尤其活跃，迫害反抗军的力量，更是从不手软，我也有心，将这个宗门连根拔除，杀鸡给猴看，威慑其他势力，你送来的那份证据，倒是可以利用。”

李牧抚掌道：“那还等什么，不如你现在就点齐大军，我们一起杀过去，干翻他们吧。”

东方夜刃无语道：“怎么可能如此草率。”

李牧道："慢慢谋划可以，但是，救人的事情不能拖，如果你短时之间内，没有什么完美的加护，那就先救人，再灭镇妖阁。"

东方夜刃道："这个人，对你很重要？"

李牧道："是我的……算是师父吧。"

"你的师父？"

东方夜刃倒是真的有点儿吃惊了。

这个答案令他意外。

李牧的身世来历，一直都非常神秘，就连他也不知道，属于反抗军中的秘密，本来东方夜刃以为，李牧是三大巨头之一秘密培养的弟子，但现在看来……

他猜错了。

既然被镇压之人，是李牧的师父，那就很好地解释了，为什么李牧如此急迫地要救人。

"我会想办法。"东方夜刃道："不过，今日见你，却是有另外一件非常重要的事情，要你去做。"

"什么事情？"李牧道。

东方夜刃道："东圣洲三十六府的鹰扬府境内，有一个名为南斗教的宗门，被刑府的斥候，发现可能与反抗军有关系，你亲自去走一趟。"

李牧道："南斗教？与反抗军有关的话……是要我去将这个宗门暗保下来吗？"

东方夜刃道："南斗教也算是东圣洲的大宗，虽不如镇妖阁，但是却也底蕴深厚，是老牌的万仙盟成员，很难渗透，据我所知，反抗军并未在南斗教有什么布置，所以事情就显得很奇怪了。"

"不会是陷阱吧？"李牧道。

东方夜刃摇头，道："我仔细调查了刑府的案卷，证据确凿，虽然我已经用秘密渠道，询问了中央乱域，但消息还未传回来，继续等下去的话，时间上来不及了，若是中央乱域真的有一些布置在南斗教的话，我们不能坐视不理，所以需要你亲自去一趟，见机行事。"

李牧想了想，道："好。"

东方夜刃叮嘱道："记住，如今情况不明，以保护自己为第一，若是事不可为，就放弃返回，如今的你，对于反抗军的重要程度，仅次于我。"

“呵呵，老家伙你是在关心我吗？有点儿感动了呢。”李牧笑呵呵地道：“不过，别忘了答应我的事情啊，大仙主大人，抓紧时间救出我师父，才是对我最好的照顾，否则，等到南斗教之事结束，我只好亲自去镇妖阁救人了，毕竟谁都无法容忍自己的师父时刻遭受苦难对吧？”

东方夜刃道：“……”

这话听起来好像是威胁。

头疼啊。

这样的下属。

“话说，以后的生活，就是要不断地解决这种杂事吗？”李牧吃仙果吃的直打饱嗝，问道：“不断地各处救火？像是南斗教事件这样。”

东方夜刃摇摇头，道：“短期来看……是的。不过，这些只是顺带，从长远来讲，我们做一件更加重要的事情，一件足以改变仙界格局的事情。那，才是我们真正的目标和使命。”

李牧感觉到，东方夜刃在说这句话的时候，神态前所未有地肃穆，眸子深处，有一种近乎于神圣的光芒，一闪而逝。

好像是发现了什么了不得的事情呢。

李牧道：“什么事情？如果现在可以说的话。”

东方夜刃没有犹豫，道：“需要找到一件把钥匙，打开一扇门，才能彻底结束万仙盟的残酷黑暗统治，还仙界一片清明，将仙界恢复到仙崩之前。”

“钥匙？”李牧不由好奇道：“什么时候动手？”

东方夜刃道：“还很遥远，以我们如今的身份地位，还无法接触到那把钥匙锁在的层次。”

李牧这才真正的吃惊了。

东方夜刃如今已经是东圣洲的大仙主，地位之高，便是在整个仙界，都是巅峰层级的圈子，竟然还无法接触到那把钥匙的层次？

“现在说这些，为时过早。”东方夜刃道：“先做好眼前事吧，你我都需要再进一步。”

李牧点点头，他不是一个好奇心特别强的人，道：“好，我现在就出发前往鹰扬府南斗教。”

“这么快？据我所知，流星岛上有很多人，都想要摆下接风宴，欢迎你这位新任的新府掌座呢。”东方夜刃道。

李牧转身朝着大殿外走去，摆摆手，道：“我来这里又不是来交朋友的……等我办完事再说吧。”

东方夜刃的脸上，浮现出笑容。

李牧走了几步，停了下来，转身道：“对了，我感觉……你的实力较之四明山脉一战，有了巨大的提升，我好想已经有点儿看不懂了。”

东方夜刃道：“仙王之上，仙君巅峰。”

李牧心中一动。

绝天教主就是仙君级的人物，但远不是李牧的对手，同样是仙君级，但眼前的东方夜刃，却给了李牧一种极度危险的感觉。

四明山脉之战时，东方夜刃大概属于仙王巅峰。

这么短的时间里突破，大概是利用了仙髓？

“我会带着何应鑫一起去。”

李牧说完，已经离开了太阳神殿。

东方夜刃脸上浮现出笑容。

金碧辉煌的殿堂，象征着东圣洲至高的权利，流星岛也是东圣洲最大的权力中枢，他身处此地，本该一览众山小，但因为身份本质上的特殊，却始终有一种孤独感。

而李牧的到来，显然让他找到了朋友一般，感受到了温暖。

……

鹰扬府。

作为境内第一大宗门的南斗教，位于三水南斗山之中，万年的历史底蕴，门人弟子众多，高手如云，在鹰扬府内，堪称是一等一的巨无霸。

“花师妹，考虑的如何了？”

青竹峰上，一位身着华丽紫衫的美丽女子，面带冷笑，看着竹林边小湖边，一袭白色长裙，凭栏而立的曼妙美丽女子，开口催促道。

那白衣女子一袭白衣，简单质朴，墨云般的秀发，以粗布挽住，扎了一个简单的发髻，但却有一种惊世骇俗的美丽，尤其是缓缓回首转身，那张脸瞬间就惊艳了时光，璀璨了岁月，无法形容的美丽，仿佛一轮清月，在发着光，让整个竹林，都变得圣洁起来。

那身着华丽紫衫的女子，容貌原本非常清丽，气质优雅，但被这白衣女子的绝代风华一比，顿时普通的像是路边摘野菜的农妇一样。

“对不起，我不能答应你们。”

白衣女子缓缓开口，声音温柔的像是春日吹过池塘的微风。

华丽紫衫女子面色猛地一变，道：“花想容，师父待你如何，你心中清楚，如今师父有难，你竟如此无动于衷，不肯付出吗？”

## 第1283章 暗地里的算计

花想容面上闪过一丝为难之色，但还是坚定地摇摇头，道：“丁师姐，我已经告诉你们了，我早就成了家，是有丈夫的，怎么可以再嫁他人？师父的事情，我会再想办法，但这件事情，恕我不能答应你们。”

她的语气，始终保持的非常温和。

紫衫女子丁敏仪更生气，厉笑冷哼道：“嫁过人又怎么样？小仙主已经说了，并不在在意你有过道侣，如今，只有你答应了仙庭的条件，师父才能从天庭刑府之中被放出来，别无他法，花想容，你难道真的铁石心肠，见死不救？”

花想容沉默不语。

她的确是欠师父太多。

数年之前，花想容机缘巧合、阴差阳错地飞升到仙界，举目无情，人生地不熟，实力也不够，数次遭遇危险。

最危险的一次，花想容差点儿身死道消。

关键时刻，是身为南斗教太上长老的师父，及时出现，将她救下。

师父与她，一见如故。

后来，师父不但收她为徒，还替她隐瞒了从下界飞升而来的事实，帮她解决了身份问题，又带她进入南斗教，悉心培养和照顾。

到如今，花想容已经是南斗教三大圣女之一，也是鹰扬府的第一女神，阖府闻名，再也不用担心生存问题，甚至有希望角逐未来的南斗教掌教。

可以说，师父对她，恩同再造。

但即便是如此，花想容也无法忍受，用自己的身子，换取师父的脱困。

因为她已经是李牧的人了。

这一生，她都不可能接受别人。

她也不会让自己的身躯，被别的男人看到哪怕是一眼。

因为那是对李牧的侮辱。

她誓死，都会捍卫李牧的尊严。

不管付出任何的代价。

“我说过，我会想办法，但是丁师姐的要求，恕难从命。”花想容面色温和，神色却未有任何让步的意思。

“你……”丁敏仪恨声道：“你真是养不熟的白眼狼，枉费师父对你一片苦心，关键时刻，竟然……你对得起师父吗？”

花想容皱了皱眉，道：“事情总有解决的办法，丁师姐何必苦苦相逼？”

丁敏仪的身后，还有其他数名南斗教青竹峰的女弟子，都用鄙夷厌弃的目光，看着花想容。

“花师姐为何如此自私？”

“人心都是肉长的，但花师姐的心，莫非是铁石生成？”

“呜呜呜，花师姐，求求你了，救救师父，他平时最疼你了，天庭的牢狱，何其阴森可怕，师父他受不住那种酷刑，再拖延下去，就废了啊。”

有人咒骂。

有人哭泣哀求。

花想容叹了一口气，道：“我之所以不答应你们的要求，也是为了南斗教好，我的夫君，乃是人中之龙，仙中之王，我若依了你们，到时候夫君震怒，只怕是南斗教也保不住。”

她这番话，说的坚决有力，义正词严，让丁敏仪等人，都是愣了愣。

但旋即又响起数声冷笑。

“呵呵，别人不知道你的底细，难道我还不知道吗？”丁敏仪冷笑道：“当初，你也不过是师父从野地里捡来的一个小奴仙而已，所谓的夫君，到底有没有，还是一个问号呢，在这里吹嘘什么？”

“就是，花想容，你不愿意救师父也就罢了，却还编出这么蹩脚的借口，你以为我们的都是傻子吗？”

“呵呵，既然你的夫君如此厉害，那就让他来救师父啊。”

在丁敏仪的煽动之下，一些女弟子们，纷纷嘲讽讥诮花想容。

花想容失去了继续与他们对话下去的心情。

她转身，走进了竹林深处。

“你别走，你……”

丁敏仪不肯罢休，还要追上去再说什么。

但才踏出半步，绿色的苍翠竹林里，竹子哗啦啦抖动，所有人只觉得眼前一花，花想容已经没有了踪影。

一股沛然莫御的力量，在竹林中涌动出来，令她们跌跌撞撞跌出去，站也站不稳。

丁敏仪又惊又怒。

其他女弟子也都是面色惊惧。

直到这个时候，她们突然想起来，花想容虽然性格柔软，与世无争，鲜少参与宗门争夺，但并非是柔弱可欺，她的实力，却是师父之下，青竹峰绝对的第一强者。

一阵风吹过。

竹林外一群因为妒忌和愤怒而显得面容扭曲的女子，个个都咬牙切齿。

“师姐，这么办？”

“这个贱人，实在是太过分了。”

“实在不行，那就只能用点儿手段了。”

女弟子们恶毒的话语，与她们鲜花一样的面庞，形成了鲜明的触目惊心的对比。

“我自有计较。”丁敏君冷笑着，道：“这个小贱人，任不清楚自己的身份地位，还以为是往日哪？师父进了天庭刑府牢狱，哪里那么容易出来，这南斗教，已经没有人护着她了……先回去。”

一群女弟子转身离开。

路上，丁敏君遣散了其他人，自己则小心翼翼地朝着主峰后山的方向走去。

来到一片怪石耸兀的石林边，她调整了一下自己的神态，这才小心翼翼地道：“郭师兄，我可以进来吗？”

里面传出一个低沉磁性的声音，道：“就在外面说吧……事情办的如何了？”

丁敏君连忙道：“我已经去了三四次，按照郭师兄吩咐的方法，威逼利诱，但是花想容始终不松口，态度很坚决，与往日随波逐流的表现，截然不同。”

石林里，低沉磁性的声音道：“哦？是触碰到了她的原则底线了吗？呵呵，真的是有意思，这个柔软如水的女人，在这样的情况下，还如此坚持，呵呵，还真的是让人意外呢，果然与普通女仙不同，怪不得小仙主大人，会对她如此感兴趣。”

丁敏君沉默着没有说话。

在仙界，容貌从来都无法成为一个女修骄傲的资本，尤其是金仙之上的女修，容貌气质都可以用秘术变化，大多数女仙都是清丽脱俗的级别。

但花想容却是一个例外。

就算是同为女人，丁敏君也不得不承认，花想容的绝代风华，已经超越了‘漂亮’、‘美丽’这些字眼，而是真真正正的美到了极致，远超其他女子一个境界一样，已经难以用语言来形容。

尤其是这一年，随着实力修为的提升，花想容的容貌和魅力，越发惊人，自带一种摄魂夺魄的光华，稳稳地坐住了鹰扬府第一美人女神的位置。

“郭师兄，今日那贱人提起了他的丈夫，说他是人中之龙，仙中之王，若是南斗教逼迫于她，日后他丈夫知道了，将会屠灭整个南斗教。”

丁敏君故意说起这件事情。

石林里的声音淡淡地道：“小女孩的把戏而已，别说是在鹰扬府境内，就算是整个东圣洲，也没有几个人，敢说能够屠灭南斗教。就算是她真的有一个夫君，估计也是低贱的下等仙而已，你我任何一人，随手都可以捏死，不足为惧。”

“师兄说的对，我也是如此认为，但这贱人，始终不配合，拖下去，对我们的计划很不利。”

丁敏君道。

石林里的声音中，多了几分冷酷残忍，道：“时间紧迫啊……既然如此，那就只能用第二号方案了。”

一团淡粉色光华，从石林中飘飞出来。

“这一份【悲风酥】，乃是仙庭的圣药，以我教你的法子，一部分放置在竹林中花想容最常去的地方，另一部分，想办法加入到她日常服用的【清心丹】里面，用不了多久，她就会乖乖听我们的话了。”

石林里的声音淡漠冰冷地道。

一种惊悚的气息，在话语之中，弥漫开来。

丁敏君大喜，道："我会尽快办妥……对了，我师父他？"

"呵呵，怎么？你还舍不得那老家伙？"石林中的声音，音调一沉。

丁敏君面色一变，连忙道："郭师兄千万别误会，我不是关心那老东西，想我这么多年来，一直都是他座下大弟子，任劳任怨，战战兢兢伺候数百年，到最后，他却要将一身衣钵都传授给花想容那个贱人，还将这贱人推上了圣女之位，完全无视我的感受，我如今，恨不得这老家伙立刻就死透了……我只是担心，以我如今的所作所为，等于是彻底背叛了这老家伙，万一老家伙没有死在仙庭刑府牢狱，活着回到南斗教，那我可就真的要死无葬身之地了。"

"呵呵，放心吧，老家伙和乱军沾上关系，这辈子都别想活着回来了。"郭师兄道。

丁敏君神色一松，长长地吐了一口气，道："这样的话，那我就放心了，可以放手去做了。"

郭师兄的声音从石林里传出来，道："放心吧，事成之后，掌门会更进一步，我会成为南斗教的掌教，而你，则可以成为副教主，一人之下，万人之上。"

丁敏君掩饰着内心的狂喜，道："多谢郭师兄，其实我做这些，都是为了郭师兄您而已。"

"呵呵，该争取就争，不该争取的不要说，连这个念头，都压下去，否则，很容易弄巧成拙，明白吗？"石林里，郭师兄的话语之中，流露出淡淡的嘲讽。

丁敏君连忙低头道："是，敏君明白了。"

她转身离开了石林。

远离石林之后，丁敏君的脸上，露出了嫉恨愤怒之色。

她一直都暗中喜欢掌门座下第一天才郭毅，希望与之皆为道侣，不惜放下女子的矜持，数次明里暗里地表白心迹。

但可惜，落花有意随流水，流水无心恋落花。

郭毅对她，并无多少欲念。

她知道，郭师兄的心中，也在觊觎着花想容那个贱人——整个南斗教，但凡是有点儿天赋和地位的年轻男弟子，无一不为花想容的绝世容貌而疯狂。

“花想容啊花想容，你得意不了多久了，呵呵呵呵，很快，我就会让你明白，红颜薄命这个词的真正含义。”

丁敏君看着手中的【大悲酥】，脸上露出了狰狞的笑意。

## 第1284章 鹰犬走狗木牧

“姐姐姐姐，是姓丁的又来了吗？你没事吧。”

竹林外，湖泊边，临水小筑，安然静谧。

一身淡蓝色衣裙的小师妹文婧，看到花想容回来，蹦蹦跳跳地迎上去，好奇地问道。

花想容笑着点了点头，道：“放心吧，无事。”

文婧气呼呼地过来，道：“什么呀，我都听说了……哼，说起来，丁敏君这些人，现在是越来越过分了，师父被污蔑，受困仙庭牢狱，她们非但不想办法救人，反而是和仙庭那些家伙，一起联手，逼着花师姐你给那个小仙主当道侣，这是人干的事情吗？”

花想容清淡温柔地笑了笑，道：“大家都很担心师父的安危，难免想一些歪主意，这在情理之中。”

“大家？丁敏君还带人来了？不用说，一定又是她身边的那些舔狗……嘿，这个词是这么用的吧？”文婧一副义愤填膺的样子，道：“姐姐姐姐，你放心，咱们绿竹峰，除了她那个小团体，其他师兄妹，都站在你这边的。”

花想容哭笑不得：“什么舔狗啊……你这丫头。”

文婧笑嘻嘻地吐了吐舌头，道：“姐姐姐姐，你可千万不能答应丁敏君的馊主意，我听说，姓吕的小仙主，不是个好东西，残暴，还极为好色，后宫炉鼎三千呢，这不是把师姐你往火坑里推嘛。”

“她们也是为了救师父吧。”花想容笑了笑，轻轻地抚摸小师妹的头发，道：“你这个傻丫头，刚才那些话，千万不要再说了，仙庭岂是我们可以非议的，若是被人听了去，你又有麻烦了。”

文婧笑着吐了吐舌头，道：“这里不是没有外人嘛。”

花想容揉了揉太阳穴。

这是李牧的习惯动作。

不知道什么时候，她也学会了，一遇到压力的时候，她就会下意识地揉太阳穴。

“得想个办法，去救师父了。”

花想容脑海之中构思着可行的计划，缓缓地来到了湖边。

这是一个峰顶湖。

地脉之水被阵法引到地面，聚集起来，形成了一个小型湖泊，西面的边缘，就是悬崖，湖水荡漾着从悬崖上流淌下去，飞流直下三千尺，但轰鸣的瀑布声，只有在峰底才会听到，传到峰顶时，几乎不可闻。

这片湖泊和临水小筑，都是花想容的手笔。

幽静美丽，贴近自然。

湖边建筑临水小筑，也是花想容亲自搭建，诸多格局，还参考了神州星球太白山刀庐的布局。

这一切，都昭示着花想容在南斗教新生代弟子中的超然地位。

这很好解释。

在南斗教这几年，花想容的实力增长飞速，堪称是一个奇迹。

从一名小小的奴仙，到如今的南斗教三大圣女之一，她的修为，已经臻致仙将巅峰。

这样的修炼速度，打破了南斗教有史以来的最快纪录。

据说在整个鹰扬府境内，也是绝无仅有。

这也是为什么，花想容能够从在这么短的时间里，坐上南斗教圣女位置，成为整个鹰扬府公认的女神的原因。

容貌，气质，都不是最重要的。

在仙界，最重要的是修为和天赋。

曾有一位老仙王做出预言，以花想容的天赋，未来绝对可以在整个东圣洲，都掀起一场风暴。

而偏偏花想容自己，却并未如何勤修苦练。

师父传授她的乃是【南斗星辰经】，她以先天功催动这部经文的奥义，每日只是顺其自然，甚至都没有怎么消耗仙晶，修为自然增长。

“师父和乱军扯上了联系，恐怕很难从仙庭牢狱中全身而退，想要救他，只能武力救援，且还必须趁着大仙庭的鹰犬还未到来之前行动，否则，小仙庭的强者，加上大仙庭拍下的鹰犬，就更难从他们的手中，救出师父了。”

花想容看着微波粼粼的湖面，脑海中飞快地构思着。

跟在李牧的身边久了，她不自觉地就会模仿李牧。

不只是模仿李牧的动作，连李牧的做事风格，也都在模仿李牧。

很多时候，在遇到困难时，花想容都会将自己代入到李牧的角色中去，然后想象，如果是李牧，遇到这样的事情，会如何解决。

这样的办法，卓有成效。

在很长一段没有李牧的时间里，用这样的办法，花想容都觉得李牧好像一直都陪在自己身边一样。

小师妹文婧，站在一边，安静地看着花想容的侧颜，如痴如醉。

花想容的魅力，就连女性，都难以抵挡。

文婧是花想容在南斗教中最好的朋友。

这个小姑娘天赋也不错，但是出身极低，是南斗教种药仙奴家的女儿，在南斗宗，这样的出身是要被打入贱籍的。

文婧虽然天赋不错，但缺乏机会展露，很长一段时间，都也只是一个普通的药奴，哪怕是后来因为机缘巧合，得以成为了外门弟子，脱离贱籍，但境遇也非常不好。

两年前，花想容加入南斗宗不久，前往药田采药时，遇到了被人欺凌的文婧，出手相救，又见她可怜，正好自己身边，也缺一个丫鬟，于是便将她带到了绿竹峰。

后来两人相处极佳，脾气相投，花想容便请求师父收了文婧为弟子。

文婧这才算是一飞冲天，麻雀飞上枝头变成了凤凰，脱离贱籍，顺带着父母兄妹在南斗宗的日子，也好过了很多。

她心中对于花想容的感激，快要满溢。

只是此时，她也在苦恼，自己修炼日短，实力远远不如花师姐，想要帮忙，却不知道该从何入手。

小丫头的心中，也在苦恼着。

“我要出去一趟。”

沉思许久的花想容突然开口道。

她似是有了某种决断。

“啊？”文婧从苦恼中清醒，连忙道：“我陪你一起去。”

花想容摇摇头，道："你留在这里，我自己去就好。"

话音未落。

身形扭曲，化作一团白羽飘散。

花想容已经离开。

文婧着急，但以她的实力，根本跟不上。

她只好留在临水小筑，等待花想容回来。

打坐，修炼，打扫房间，浇花，钓鱼……

心不在焉的文婧，翘首以待，但一直快到日落时候，还不见花想容的身影。

"姐姐。"

远处一个身影缓缓地靠近。

是文婧的弟弟文君。

"你怎么来这里了？"文婧惊讶地道。

自己的弟弟天赋普通，但是因为她的关系，如今进入了南斗宗的外门，颇受照顾，但毕竟是外门弟子，像是临水小筑这样的地方，不是一个外门弟子该来的地方。

"姐姐，家里出事了，你快随我回去看看吧。"十二三岁的小男孩，文君的声音，带着哭腔。

文婧心脏陡然一缩，道："怎么回事？你别哭，慢慢说。"

文君拉着文婧的衣袖，哭泣着道："爹爹，爹爹被清灵蛇咬了，快不行了，你快跟我回去看看吧。"

"什么？怎么会？"

文婧一下子也慌了神。

清灵蛇齿间蕴有剧毒，就算是真仙也难以抵挡，她爹不过是一个半步飞仙而已。

她慌慌张张地取了一些祛毒药，跟着弟弟，飞速地往上下冲去。

……

“对不起，这件事情，我也无能为力。”

星月洞府的门口，同为南斗教太上长老之一的萧十一，面带愧色地道。

花想容眸子里闪过一丝黯然。

已经连续找了数十位平日里与师父关系莫逆的南斗教长老、巨擘级的人物，但无一例外，一听说求他们搭救师父，便都变了脸色，忙不迭地拒绝。

仙庭淫威，恐怖如斯。

但花想容还想要争取一下，又道：“萧爷爷，你乃是我师父的至交，应该知道，他并没有与乱军勾连，是被冤枉的……”

“傻丫头，到了仙庭刑府，还分什么冤枉不冤枉，他们有的是办法，把白的变成黑的，”萧十一叹息着，眸子深处的愤懑，无法释放，叹道：“这件事情，你不要管了，你师父知道了，也不会怪你，再管下去，怕是要把自己搭进去了……进了仙庭刑府的人，别想再活着走出来了。”

“可是……”花想容还想要说什么。

萧十一连连摆手。

花想容噗通一声，直接跪在了这位老长老面前，道：“萧爷爷，想容来到南斗教时日尚浅，很多规矩和内幕，都不知道，既然萧爷爷您不愿意亲自出面，那可否指点一下迷津，想容到底该如何做，才能有一线希望，将师父他老人家救出来呢？”

“没有希望。”萧十一绝望地摇头。

他痛苦地道：“如果真的有希望的话，那老夫岂能坐视不理，就是因为根本不可能做到，所以只能愧对多年老友了。”

花想容听完，叹了一口气，站起来道：“那就多谢萧爷爷了。”转身欲走。

萧十一一看，就知道这个倔强的姑娘，绝对不会放弃，这两年的相处，他太了解这个出色的惊人的丫头了。

“我知道，你还想要试试，但是，小花儿，听萧爷爷一句话，赶紧离开南斗教，离开鹰扬府，不要有任何的侥幸，我今日得知，大仙庭派遣的特使，已经到了鹰扬府，为首的乃是新任的刑府掌座木牧，此人出身低微，手段激进，为了稳固自己的位置，必定会借你师父之事，大肆搜捕同党，编织罪名，肯定不会放过你……丫头，你还年轻，天赋卓绝，未来还有机会，走吧，要是以后能够破镜进入仙君，或许可以为你师父报仇。”

萧十一说完，佝偻着身躯，转身进入到了洞府之中。

花想容在他的话中，听到了一丝死志。

仙庭!

这该死一万次的仙庭。

万仙盟!

黑暗窒息的万仙盟。

花想容的心中，恨透了这座大山。

“刑府掌座木牧吗？听起来，又是仙庭的一只凶狠恶犬……能不能在这个人的身上，做一些文章呢？”

她若有所思，转身离开。

## 第1285章 救人

回到临水小筑，花想容惊讶地发现，文婧不见踪影，看到文婧留在药室中的纸条，说家里有事，需要紧急回去一趟，于是也没有太在意。

她来到只有自己一个人才能进去的密室中，打开一块早就准备好的山水地形舆图，仙道纹络光影闪烁，正是鹰扬府以及周边的地形图。

山水河岳，宛如微型动态沙盘，展现在空中。

“萧爷爷说，大仙庭的刑府掌座，已经来到了鹰扬府，但还未进入小仙庭，这是我最后的机会了，想要救师父，就只能从这个刑府掌座身上做文章了。”

花想容的目光，盯着舆图，一遍遍地推衍，计算，最终心目中有了一些计划。

操控舆图缩小。

最终定位到了鹰扬府小仙庭的位置。

舆图不断地扩大，扩大，最终整个小仙庭得内部构造，建筑分布，阵法排列等等机密性的内容，全部都展现了出来。

如果外人看到这一幕，绝对会被吓一跳。

这些都是机密中的机密。

非小仙庭内部人员，绘制如此详细的仙庭地图，绝对是重罪，居心叵测。

花想容仔仔细细地看完，将整个地图，都牢牢地记载了脑子里。

然后，她心中仔细构思着整个计划的可行性，一遍遍地推敲每一个细节。

最终满意地点点头。

“那就……只能这样了。”

……

鹰扬府小仙庭。

一座倒悬在天空中的浮空山，横截面朝上，规模不小的城池，守卫森严。

大仙庭刑府掌座即将到来的消息，早就已经传开。

小仙庭上下，不敢有丝毫的怠慢。

东圣洲三十六府，三十六座小仙庭，在本州府内的地位至高无上，但是和大仙庭比起来，那就差的太远，别说是大仙庭刑府之主这样的顶级巨头，就连大仙庭随便派前来的一名特使，都足够让鹰扬府小仙主吕安跪地迎接了。

听闻这位新上任的刑府掌座，年纪轻轻，手段激进，风格强势，实力高深莫测，又深得大仙主的信任，曾在月川府境内，成为小仙主不到月余，就将数大宗门，一扫而空，连镇妖阁的绝天教主都斩了，简直是魔主一般的存在。

这位大人，可以说是如今东圣洲的大红人之一了。

鹰扬府小仙庭上下，不敢有丝毫的怠慢。

一群人才来到城外，远处一道流光疾驰而至。

“掌座大人到了。”

迎接的兵府天将，第一时间赶来汇报消息。

小仙主吕安，连同小仙庭内六府掌座，心中一凛。

来的好快。

这位掌座大人，还真是心急啊。

“快，快随我去迎接大人。”

吕安抖擞精神，吩咐了几句，就要前往迎接这位权柄极重的大人。

话音未落。

“不用了，我已经到了。”

威严清朗的呻吟突兀地响起。

眼前的虚空猛地一阵扭曲，然后一个身穿白衣，高大英挺的英俊年轻人，出现在了众人面前。

强大而又阴鸷的气息，流转而出。

吕安等人瞬间，就感觉到好像是有一座山岳压在了自己的心脏上一样，一种窒息般的压迫力迎面而来。

仿佛低等生物在面对着食物链最顶端的存在时那种惊惧敬畏，无法遏制地滋生。

这位便是新任的大仙庭刑府掌座？

众人一愣，旋即都反应过来。

一定是。

如此实力和修为，定是仙王级的存在，强大可怕到了极点，绝非是鹰扬府内的人物。

且面目陌生，年轻，气势强横。

这些特征都具备，除了传说之中那位刑府掌座，还会有谁？

“参见大人。”

吕安等人，连忙行礼。

“嗯。”

白衣年轻人漠然地点头，道：“本座木牧，谁是吕安？”

吕安连忙上前，道：“下官便是鹰扬府小仙主吕安，拜见大人，大人风采无双，令我等非常……”

木牧挥手，不耐地道：“好了，这种拍马屁的话，留着说给其他人吧，本座不喜欢这样，听说你抓到了乱军重要人物，关在哪里？速带我去。”

毫不拖泥带水，一点儿都不领情。

“这……”吕安略微犹豫。

木牧目光一凝，凶悍杀气流转：“嗯？”

“还请大人展示印信，确认了身份，下官好去安排……”吕安硬着头皮道。

木牧态度，骤然凌厉了起来，道：“怎么？你不相信本座？嗯？”

吕安忙道：“不敢，不敢，只是……规矩如此，下官……下官……”话未说完，他已经是满头大汗，只觉得对方的双目，似是神刀魔剑一样，压在他身上，沛然莫御的压力，几乎让他崩溃。

可怕的实力啊。

“规矩，是强者定的。”

木牧淡淡地道："本座的旗舰，很快就会来，到时候，你可以看到需要的一切，但是现在，本座没有时间和你纠缠这些繁文缛节，立刻带我去见那乱军份子，耽误了本座的大事，只好请你去流星岛刑府中坐一坐了。"

吕安心脏狂跳，几乎从嗓子眼里冒出来。

哪怕是身为鹰扬府的土皇帝，此时他也被吓坏了。

这位大人的风格做派，果然是和传说之中的一模一样，强势而又蛮横，得罪了他，怕是不死也得脱一层皮吧。

何况，这么多年以来，还从未听说过，有什么人，敢冒充大仙庭巨擘。

"是，大人，请随下官来。"

吕安怂了。

这位大人手段激进，急于稳定自己在大仙庭的地位，所以才会如此急躁，想要审出乱军的大案子来，到也在情理之中。

在吕安的带领之下，众多其他小天庭官员，追随木牧一样，进入仙庭之城，经过了层层的关卡之后，最终来到了小仙庭牢狱。

狱中阴森。

空气里浮动着长年累月的血渍腐朽的味道。

阴森的光线，潮湿，可怕的刑具。

穿越黑暗的廊道，一层又一层，一直到达最为危险的重型犯区域。

打开了一道道的阵法禁制。

最终来到了关押着南斗雄风的牢狱。

南斗雄风就是花想容的师父。

他之前是半步仙王的修为，可如今，一身修为，已经被废掉了大半，四肢以封元钉洞穿，手腕脚踝都锁着特制的镣铐，整个人悬空，伤痕累累，血迹斑斑，挂在牢房里。

"大人，这便是乱军份子，昔日的身份是南斗教的第一太上长老，骨头很硬，但各种证据表明，他绝对是乱军安插在鹰扬府中的重要人物……"

吕安亦步亦趋地跟在木牧的身后，详细介绍。

听到有人进来，浑身伤痕，形貌憔悴的南斗雄风眼皮掀起，看了一眼吕安，又看看木牧，见吕安对木牧如此恭敬，便猜测是大仙庭来人了，也不挣扎咒骂，重新缓缓地闭上了眼睛。

任何挣扎，咒骂，辩解，在这个地方，都毫无意义。

“你们出去吧，本座要单独审一审这个犯人。”

木牧道。

“是。”

吕安等人不敢违命，都撤了出去。

整个牢房之中，就只剩下了木牧和南斗雄风两个人。

无形的波动涟漪，以木牧为中心，流转出去，充斥了整个牢房。

木牧缓缓地走近。

“不要枉费心机了，关于乱党，我丝毫不知，就算是打死我，也问不出来什么……”南斗雄风听着靠近的脚步声，淡淡地道：“你们不是已经搜索过老夫的记忆了吗，难道还不能证明一切？”

木牧没有开口，静静地站着。

南斗雄风微微睁眼，气息羸弱，道：“阁下的样子，是来自于大仙庭吧，呵呵，该说的，我都说了，你们若是硬要诬陷我为乱军，我也认了，但若是想要让我胡乱攀咬，诬陷他人，配合你们邀功请赏，那就绝了这个主意吧，我南斗雄风不会做这种对不起朋友的事情。”

以一种虚弱的气息，说出了最强硬的话。

南斗雄风的喘息声，在静谧的牢房中，显得特别清晰。

木牧突然开口道：“对不起。”

南斗雄风一怔。

“对不起，师父。”

木牧的声音变化，成为了一个女声。

一个南斗雄风特别熟悉的女声。

“你……花儿？”

南斗雄风猛然抬头，已经浑浊的眼眸中，放射出难以置信的光芒，看向眼前之人。

微光一闪。

木牧的身影一晃，变成了一袭白衫的花想容。

“师父，我来救你了。你不要声张，也不要多问，回头徒儿会向师父说明一切，现在开始，按照我说的做即可，我们先离开这里。”

花想容道。

南斗雄风的内心里，掀起了惊涛骇浪。

任他想象力再丰富，也无法理解为何自己的徒儿花想容会出现在这里，而且此时，从花想容身上涌出的气息，竟是远超他的想象，强大而又神秘。

“好。”

毕竟是老江湖，南斗雄风很快冷静下来，点头答应。

花想容身上微光一闪，重新有化作那个白衣如玉，身形高大，面容英俊的男子。

他缓缓走出牢房，对等候在门外的吕安道：“南斗雄风是乱军的棋子，那南斗教肯定干净不了，派人押着南斗雄风，随我前去南斗教，让他指认同党。”

“是，大人。”

吕安不疑有他，完全遵从。

这在他的预料之中。

掌座大人为了立功，亟需扩大案子的牵扯范围，南斗教首当其冲，绝难幸免。

不过，他与南斗教教主，早就有安排。

接下来，南斗教当代教主，会推出一些异己来背锅，借刀杀人，既满足了掌座大人的需求，也排除了南斗教中一些分支派系，一箭三雕。

很快——

嗖！

一艘飞舟，从鹰扬府小仙庭中起飞，划破虚空，朝着三水南斗山方向，疾驰而去。

## 第1286章 又来了一个木掌座

三水南斗山。

外门驻地。

“文师妹，你是个聪明人，应该看得出来，你没有其他选择。”丁敏君脸上带着残忍的微笑。

文婧的身体地颤抖着。

她的父母，弟弟和两个妹妹，都被抓起来，刀刃加颈，只要她一句话说错，就会有生命危险。

文婧做梦都没有想到，会发生这样的情况。

她跟着弟弟匆忙回家，才知道父亲根本就没有被什么清灵蛇咬伤，而是丁敏君等人设下的圈套，要利用她，来对付花想容师姐。

“这两份【大悲酥】，投放之后，无色无味，一份洒在花想容常去的地方，另一份放在她修炼时用的丹药里面……对于你来说，这是很简单的事情。”

丁敏君掌心张开，两个粉色玉瓶缓缓地漂浮在空中。

“你……你们到底想要对花师姐做什么？”

文婧咬牙切齿地道。

丁敏君双手抱胸，淡淡地笑着，道：“你说呢？当然是为了救师父，花想容自私自利，明明只要小小的牺牲，就可以救出师父，却坐视不理，我这个做师姐的，只好亲自出手了，将她送到小仙庭，换出师父……文婧，你也是师父的徒弟，师父平日里待你不薄，你难道就不想为师父做点儿事情吗？”

“你们这是在害花师姐。”文婧吼道。

丁敏君冷哼了一声，道：“你还真的是被花想容洗脑的不清，我送她去小仙庭，又不是要她去死，给仙主大人做道侣，有什么不好的，门中无数女弟子想要去做，都没有机会，答应了吕仙主，一跃成为仙主夫人，还能救出师父，一举两得，有何不可？这甚至都不算是牺牲，我看啊，花想容一口拒绝，分明是故意要看着师父死，好早日成为绿竹峰之主，用心险恶。”

文婧脱口而出道：“不可能，花师姐不是这样的人。”

丁敏君的笑容，逐渐变得冷峻起来，直接打了一个响指。

“啊……”

凄厉的惨叫声中，文父的一条手臂，直接被斩了下来，鲜血横流。

“你们……住手，快住手。”文婧大急，拼命地挣扎要冲过去，却被两个女弟子扣住。

她天赋不错，但入门时间晚，修炼时间短，实力终究是不如众多师姐。

“爹……”

“爹亲……”

弟弟妹妹都挣扎哭泣着。

文母也吓得六神无主，哭嚎着扶住自己的男人。

除了文婧，他们都是南斗教的底层，何曾见过这样的场面，已经被吓得完全失去了主张。

倒是文父颇为硬气，断臂瞬间惨叫了一声之后，就咬着牙，再没有吭声。

“文婧，大家都是同门姐妹，我也不想把事情做绝，但是，你也别不识抬举，逼我杀人。”丁敏君缓缓地道。

文婧沉默着，心中纷乱如麻。

“还不松口吗？呵呵。”丁敏君摆摆手。

“啊……我的腿。”年龄最小，只有七岁的妹妹，倒在了血泊里，看着被斩掉的右腿，一张脸因为剧痛而扭曲变形，“爹，娘，我的腿……腿……掉了……疼，好疼啊……姐姐救我……”

剧痛之下，小姑娘昏死了过去。

“啊啊啊……”文婧发了疯一样地挣扎脱，将昏迷的妹妹抱在怀里，第一时间为她止血，厉声怒吼道：“丁敏君，你太残忍了，欺人太甚……”

好在仙界仙民，生命力旺盛，更有诸多仙术，断肢再续不是稀罕的事情，还有希望救回来。

丁敏君抬手就啪啪啪给文婧几个耳光，打的文婧口鼻流血，眼冒金星，这才停下来。

“贱人，好好和你说话，你不听，非要逼着我把事情做绝，我现在数三声，你若是还不答应，那你们一家，都给我去死吧，我有的是其他办法，对付花想容。”

丁敏君凶神恶煞地道：“一……二……三……”

她一摆手，道：“都给我虐杀了。”

“不，我答应，我答应你……”文婧几乎崩溃了，无法做到眼睁睁地看着父母弟妹都死在面前，尖叫着道。

丁敏君的脸上，这才浮现出一丝满意的笑。

她蹲下来，拍了拍文婧的青肿的脸颊，道：“早这么说，不是什么事情都没有了？真是犯贱。好好把你脸上的伤去掉，拿着【大悲酥】回去做事，别让花想容那个贱人，看出来什么端倪。”

刚才抽文婧耳光，丁敏君没有用仙力神通，只是肉身力量，造成的伤势，自然是只要稍微运功，就可以愈合，不会留下丝毫的痕迹。

文婧低着头，接过两瓶【大悲酥】。

丁敏君笑了笑，又取出一瓶药，令人强行塞到文婧父母和弟妹的口中。

“宗门第一秘毒【奇虫九毒丹】，这个名字你应该听过，如果不及时服下解药的话，定会肉身融化，元神碎裂而死，文师妹，你替我好好做事，我就给你家人按时服下解药，如果你耍什么心眼，呵呵……”

丁敏君笑着道。

文婧闻言，一声叹息。

……

鹰扬府小仙庭。

凌霄殿中。

“这位木掌座，做事真的是雷厉风行，马不停蹄就前往南斗教了。”

“少年心性啊。”

“就是太目中无人。”

“跋扈啊，根本不将我等放在眼里，也不将吕大人放在眼中，真是……”

“嘘，噤声。”

凌霄殿中，六府掌座和高位天将都议论纷纷。

除了刑府掌座陪同木牧前往南斗教之外，其他人，包括小仙庭的仙主吕安，都被留在了城中，禁止跟随。

这摆明了，就是要独吞功劳。

来自于大仙庭的这位大人，不但要一个人把肉吃光，还不允许他们喝汤，让吕安等人，心中不免生出了愠怒。

但只能是敢怒不敢言而已。

“好了，大家少说点吧，要是话传到了木掌座的耳中，到时候，可别怪我没有提醒你们。”

吕安没有好气地道。

他在大仙庭也是有一些背景的。

本来借助这一次炮制的南斗雄风案件，他想要更进一步，动用他在大仙庭的背景关系，能够高升，进入大仙庭就好了。

现在看来，这个新任的大仙庭刑府掌座，有点儿挡路啊。

可吕安并没有什么办法。

因为他在大仙庭的背景，比起木牧，差的太远，想要动木牧，就如蚍蜉撼大树，不自量力了。

正在郁闷之时，外面突然传来破空声。

一个天将，跌跌撞撞地冲进来，大声地道：“报……报告大人，木掌座……木掌座……”

这天将一脸的惊慌，犹如白日见鬼一样，结结巴巴话也说不清楚。

木掌座？

吕安心中莫名地浮起一丝不安，道：“木掌座不是前往南斗教了吗？到底怎么回事，慢慢说，给我说清楚。”

“大人，外面……外面又来了一个木掌座。”

天将哭丧着脸，如丧考妣。

什么意思？

凌霄殿中的众人，都是一怔。

什么叫做又来了一个木掌座？

吕方却是猛然意识到了什么。

他轰地站起来，惊怒之下，脑海之中一片空白，眼前眩晕，身形摇晃差点儿摔倒，勉强厉声道："人在何处？"

那天将颤巍巍地道："就在城外。"

此时，其他人也都反应了过来。

两个木掌座。

竟然出现了两个木掌座。

该死啊，怎么会发生这种事情。

如果是两个木掌座的话，那就一定有一个是真，一个是假，真是该死，那些蠢货竟然连仙庭六府掌座级的人物都敢冒充。

关键是，到底那个是真的？哪个是假的？

如果之前带走了南斗雄风的那个是假的的话？

凌霄殿中的所有人，都觉得一阵阵眩晕。

那后果，谁都承担不起。

"走，去看看。"

吕安率领着一群心腹和小仙庭的高层，极速来到了城门外，一眼看去，顿时心凉了一半。

一艘玄舸战舰，浮空而来。

华丽的大舰，旗帜高悬，装备精良的天兵天将站在甲板上，舰艏数道身影，都是气息强大充满了毁灭般压迫力的强者。

尤其是众星拱月般最中心的那位，一袭白衣，黑色短发，身形修长高大，面若白玉，眸若朗星，五官棱角分明，似是刀削斧砍一般的硬朗线条，看着非常年轻，也就刚刚二十出头的样子，一看就是所有人的中心。

这白衣年轻人给吕安等人的感觉，犹如高高在上、掌握一切的王一样，哪怕他只是站在哪里，没有刻意释放气息，也没有开口说话，都让他们胆战心惊，仿佛是命运已经不属于他们自己一样。

太可怕了。

尤其是眉宇之间，眼神流露出来的杀气，太过于冰冷，似是可以冻灭尘世间的万千生灵。

这才是真正的木掌座？

吕安等人顿时面色如同吃了死耗子一样难看。

真假似乎已经不用分辨了。

出大事了。

“木掌座驾临，吕安何在，还不赶紧来拜谒？”何应鑫站在玄舸上，大声地喝道。

吕安等人连忙上前行礼。

李牧从玄舸上下来，落在城外，目光一扫众人，道：“你们抓的乱军份子何在？快带我去。”

“这……大人，能否先请你出示官职印信，属下才好安排……”吕安强撑着道。

啪。

李牧抬手，直接一巴掌就将这位小仙主抽飞出去数百米，狠狠地撞在了城墙上。

“验本座的身份？你算什么东西。”

李牧毫不客气地厉声骂道。

其他人顿时都吃了一惊，更是惊惶万分。

“还不带路？找死吗？”李牧喝道。

说着，他直接大踏步地朝着城内走去。

各大州府小仙庭的城内布局都是大同小异，不用带路，李牧也能猜出牢狱在什么位置。

吕安从乱石堆里爬回来，半张脸肿的像是卤煮猪头，却是一点儿怨言都不敢说，亦步亦趋地跟着，心中惊恐到了极点，不知道该怎么开口解释，南斗雄风已经被一个冒牌货给提走了的事情。

## 第1287章 你为何会有这样的手段

？

快走到牢狱门口的时候，吕安一看实在是瞒不过去了，将心一横，噗通一声，就直接跪在了李牧跟前。

“大人，下官……有罪。”

吕安一副死了爹妈的样子，哭丧着脸道。

李牧停下脚步，转身看去，这是什么意思？

难道是所谓的乱军份子，其实是捏造的？

还是说，人已经被吕安给弄死了？

脑海中浮现出数个可能，李牧表面上不动声色，道：“吕大人，何罪之有？”

吕安已经快被吓死。

但还是老老实实将之前发生的事情，都说了一遍。

李牧听完，脸上的表情可就相当丰富了。

可以啊。

有人冒充自己，将反抗军的重要人物，给救走了？

他下意识地摸了摸下巴，心里琢磨着，这件事情对于他来说，也许是一件好事？至少省了很多功夫去救人。

不过，这样一来，却是没有办法和鹰扬府的反抗军搭上线了。

看到李牧久久不语，吕安心中的忐忑惊恐，已经到了极限。

他不由战战兢兢地辩解道：“大人，小人有罪，未曾目睹过大人天颜，所以被那贼子，随便变换了一个模样，就骗过了我等，小人……罪该万死。”

李牧并没有在听吕安的辩解。

这个突发事件，把他来时路上准备的计划，完全打乱了。

意味着一切都要推翻重来了。

头疼啊。

李牧开始揉自己的太阳穴。

而吕安看李牧还未说话，更加的惊恐，连忙道：“大人，请给下官一次机会，小人这就率领天兵天将，围攻南斗教，哪怕是掘地三尺，也要将南斗雄风和那个该死的冒牌货挖出来……”

砰！

李牧至极一脚将吕安踢翻在地。

“狗一样的东西，本座还没有来，你就把这么重要的人犯弄丢了？”李牧一脚踩在吕安的胸膛上，厉声喝道：“说，是不是你私通乱军，背后用计，将那乱军份子给放了？”

吕安一听，吓得魂不附体。

他也不敢反抗，连忙道：“不不不，大人，下官不敢啊，大人，如果下官要放乱军份子，又何必派人抓他呢？”

旁边其他各府的掌座，几十名高位天将，也被吓得魂飞天外，但却也知道，在这个时候，不是相互推诿的时候，连忙都哗啦啦跪了一片。

“吕大人绝非有意。”

“是那乱军份子太狡猾。”

“掌座大人明鉴啊。”

“吕大人为仙庭流过血，忠心耿耿啊。”

一群人眼见得兔死狐悲，纷纷开口为吕安求情。

李牧看着脚边跪了一地的仙庭强者，心中就好像是三伏天吃到了冰镇大西瓜一样美滋滋。

哈哈哈。

天上仙人三百万，见我也得全跪下。

这感觉，真他妈的爽。

他的脸上，不由得露出了些许笑意。

吕安等人一看，却被吓了个半死，还以为掌座大人这是怒极反笑，接下来又会是可怕的狂风骤雨。

李牧爽了一会儿，才发现自己竟然没有控制住表情……尴尬。

他轻咳了一声。

“吕安，你这狗东西，玩忽职守，被乱军用那么愚蠢的手段欺骗，丢失重犯，按照律令，罪无可恕，但本座念你这些年坐镇鹰扬府，没有功劳也有苦劳，暂不处刑……来人啊，给我将这狗东西，封住修为，拘押牢狱之中，等到本座收拾了乱军，再来处理。”

何应鑫一挥手。

几个大仙庭刑府的强者，过来就将吕安捉住，手铐脚镣戴上，封印了仙元修为，丢在地上。

小仙庭的刑府仙将，怎敢违逆李牧的意思，只好过来，扶起吕安，将他押往牢狱。

其他人吓得瑟瑟发抖。

这位刑府掌座大人，实在是太霸道了。

名不虚传。

“其他人的嫌疑也不小，都给我各司其职，留在城内，若是谁敢离开半步，就以私通乱军之罪论处，格杀勿论。”

李牧又补充了一句。

“我等遵命。”

“谨遵大人法旨。”

五府掌座和各大天将吓得魂不附体，怎敢有丝毫的忤逆。

“一群废物……来人，传令，改道南斗教。”

李牧到。

玄舸大舰浮空而起，上升千米，然后迅速朝着三水南斗山飞去。

鹰扬府仙庭城外，一群平日里耀武扬威，作威作福，横行四方的小仙庭官员们，此时如风暴雨中受惊了的小鸭子一样，瑟瑟发抖。

在真正的强权和实力面前，他们平日里的跋扈的本钱，实在是不堪一击。

……

噗！

长剑刺穿了赵森的身躯。

这位鹰扬府小仙庭刑府掌座，难以置信地看着握剑的人。

是木牧。

“大人，为……为什么……”

体内的生机迅速地流逝，赵森却仿佛没有感觉到丝毫的疼痛，而是被巨大的震惊和难以置信所淹没。

他跟随掌座大人前往南斗教，一路上各种讨好，就是希望可以得到这位大仙庭刑府掌座的认同，报上这条大腿，从而有更进一步的可能。

毕竟从某种程度上来讲，大仙庭的刑府与小仙庭的刑府，算是一脉相承，一个系统，他对于木牧掌座前往南斗教独独带上他，颇为兴奋。

但没想到，等待他的，却是夺命一剑。

花想容没有任何的解释。

突然偷袭解决掉了赵森之后，剑光如电，兔起鹘落之间，轻松就将其他近百名天兵天将击杀，没有漏掉一个。

南斗雄风心中的震惊，丝毫不比赵森少。

他本以为自己的徒弟，自己非常了解。

但现在，花想容所变化的这个男子，实力之强，剑术之精，出手之快之狠，完全超出了他的想象，和他所了解的那个花想容完全不同。

甚至远超出他这个师父。

他甚至都有些怀疑，这人到底是不是他的徒弟了。

“师父，我们先回南斗教，我在临水小筑，布置了后手，师父可以暂时在那里养伤，等到风波过去，再想办法离开鹰扬府。”

花想容收剑，转身道。

“南斗教吗？这样回去，岂不是自投罗网？仙庭很快就会发现赵森的死，到时候，必会大规模通缉搜查。”南斗雄风微微皱眉道。

花想容微微一笑，颇为自信地道：“最危险的地方，反而是最安全的地方，一则是仙庭不会想到，是徒儿救了你，二则徒儿在临水小筑的一些布置，仙庭应该也发现不了。”

南斗雄风看着已经变成了原本面目的花想容，突然就觉得有些陌生。

这个徒弟，虽然天赋绝佳，但素来温婉淡然，与世无争，很少与人争端，素来都是别人说什么，便赞同什么，颇有滔滔浊世，随波逐流的姿态，以至于有一段时间，南斗雄风都有些担心，花想容以后会被人算计或者是利用。

但是现在，冒充大仙庭掌座，孤身入小仙庭，救人，斩杀小仙庭刑府掌座赵森，安排退路，所有的行动和计划，一气呵成。

这是一个与世无争的小白花能够做出来的事情吗？

这是一个老谋深算的仙道巨头才能做到的事情吧。

略微的失神之后，南斗雄风道：“好，那就按照你的计划行事吧。”

花想容微笑道：“我知道师父心中，有很多疑问，等到了临水小筑，徒儿会解释清楚的。”

两人隐匿了行踪，很快就回到了南斗教。

山门内的一切，都太过于熟悉，没费多少工夫，就到了绿竹峰临水小筑。

小师妹文婧已经回来，正在丹房中忙碌着什么。

花想容两人，避开了文婧。

虽然她也相信这个小师妹，但师父回来的消息，越少人知道越好，以后万一事发，也不会牵扯到文婧。

进入主室。

花想容连续打出数道手诀印法。

奇异的能量涌动。

虚空之中，嗡嗡震动。

一道虚空之门打开。

“师父，请。”

花想容引着南斗雄风进去其中。

门后面，是一个颇为清净宽敞的空间，仿佛是在山腹之内一样，数个夜明珠悬浮在穹顶，光线明亮，有练功房、休息室，丹房等八个不同的房间。

“这是徒儿开辟的一处空间府邸，师父可在此安心静养，过个以半年，鹰扬府的风波平息，徒儿再送师父离开。”

花想容道。

南斗雄风心中满是震撼，眼神复杂地道：“徒儿，这一切，你都是如何做到的？难道你才是……”后面这句话，他没有问出来。

花想容微笑道：“师父是想要问，徒儿会不会才是真正的乱军份子吗？”

南斗雄风点点头。

花想容道：“算是，但也不算是。”

南斗雄风不明所以。

一时间，他也不知道该说什么。

今日的一切见闻，实在是太不可思议了。

自己的徒儿，有这样的神通手段和胸襟心计，是他做梦都没有想到的，现在回过头去反思，莫非当年，自己在险境之中，救下花想容，都是乱军的安排，好让花想容顺利地混入到南斗教？

花想容道：“我知道师父心中，在怀疑什么，但请师父相信，徒儿绝对没有利用过师父您，两年之前，荒野遇险，是真的生命垂危，若不是师父相救，我也许早就命丧荒野了，师父之恩，如同再造，徒儿铭记在心。”

南斗雄风听到这里，微微点头，相信了花想容的说法，又问道：“那你为何有这样的手段？师父从来未曾传授你这些，而且……你如今的修为，已经超越为师太多太多了。”

花想容微微一笑，道：“徒儿曾经说过，徒儿有一位盖世无双的夫君，徒儿这些手段，都是夫君传授与我的。”

## 第1288章 月下白衣

这倒不是南斗雄风第一次听花想容说起他的夫君。

过去两年，南斗雄风见花想容性格柔弱，又太过于惊艳，怕她引起一些大人物的觊觎，于是也曾提起过，为花想容牵线搭桥，将她许配给门中俊彦，可都是被花想容拒绝。

拒绝的理由，就是她已经有了夫君。

南斗雄风知道花想容是从下界飞升而来。

所以她那位夫君，怕也是下界之人。

纵然花想容将自己的夫君，说的如何盖世无双，南斗雄风都只是晒然一笑，并不怎么放在心上。

如今的下界飞升，何其困难。

除非是如花想容这样机缘逆天者，才有一丝丝的可能，而他那位夫君，想要从下界飞升到仙界，可能性太小。

况且就算是飞升上来，又能如何？

他能有花想容这般的天赋吗？

他可以在残酷黑暗的仙界有立足之地吗？

下界的天骄，在仙界不过是一棵草而已。

只是因为花想容一直坚持，所以南斗雄风后来才熄灭了为花想容介绍夫君的打算。

但是现在，南斗雄风内心震动。

难道自己真的错了？

或许徒儿的这位夫君，真的是了不起的盖世豪杰？

别的不说，单单是花想容此时表现出来的实力，就已经远超他这个老师。

而他可是在南斗教这样的大派之中，修炼无数年，才有今日的修为，花想容才到仙界两年多时间而已，就有如此修为，那她修炼的功法，可想而知是何等神祇不可思议。

“我的夫君，是位盖世英雄，总有一天，他会带着无敌的风采来找我。”花想容嘴角微微呼出幸福的弧度，面带憧憬，道：“我会在临水小筑，一直等着他。”

南斗雄风此时，也不好再说什么了。

他顿了顿，又问道：“那你为何，会与乱军扯上关系？”

花想容此时也不再隐瞒。

“师父知道徒儿乃是从下界飞升，却不知道，徒儿所在的世界，名为混沌世界，曾被仙界入侵，生灵涂炭，一界破灭，徒儿眼见得昔日故友，战死无数，同族袍泽，堆尸如山，恨万仙盟入骨，来到仙界，便是为了复仇而来，所以，徒儿如今虽然不是乱军，但一旦乱军……不，应该称之为反抗军，一旦反抗军有召唤，徒儿会毫不犹豫地加入其中。”

她这一番话，算是肺腑之言了。

南斗雄风一下子明白了很多。

他意识到，花想容之所以在仙崩时代之后，还能飞升到仙界，只怕是和当初，仙界入侵她所在的界域，打开了时空之门，花想容才会运气这么好飞升到仙界。

至于混沌世界这个名字，南斗雄风好像隐约中也听说过，约两年多之前，仙界的确是有过这样一次惯例性的入侵。

这样的事情，在仙界中，常有发生，无数仙人已经见怪不怪了。

一直以来，他真的是小看自己这个徒弟了。

花想容又道：“这两年，我都在暗中准备着，收集了诸多关于小仙庭的信息，这一次能够将师父救出来，也多亏之前的准备……各方绝对不会想到，是我假扮鹰犬木牧，将师父救出来，也绝对不会想到，师父还在南斗教，所以这里会很安全。”

南斗雄风苦笑。

不知道该说什么了。

“唯一奇怪的是，这两年，我行事非常慎密，从未留下马脚，不知道为何，小仙庭竟然会在南斗教追查反抗军，连累了师父。”花想容道。

南斗雄风摇头，叹道：“小仙庭那里是发现了什么乱军线索啊，分明是故意制造冤狱而已，只要是他们看不顺眼的人，统统打上乱军的印记，屠戮杀害……世道纷乱，这天早就变黑了。”

花想容道：“所以，万仙盟和仙庭，更改被推翻，被毁灭。”

南斗雄风慢慢也平静了下来，他看着花想容，道：“你就不怕我知道了这些，回头将你出卖吗？用你的命，换取为师我的清白和自由吗？毕竟，一年之后，哪怕是安全逃出去，我也只能成为一个亡命徒，亡命天涯了。”

花想容坦然一笑，道：“我所了解的师父，并非是那样的人，何况，我只是做了自己该做的事情，也不想隐瞒师傅，如果师父真的这么做了，那徒儿也不会如何记恨师父，只当是你我之间师徒的缘分，从此断绝，两不相欠，我会远走高飞，只不过是换一个地方，等待夫君罢了。”

南斗雄风听完，长长叹息了一声。

他发现，自己何止是小看了花想容的天赋修为，更是小看了她的气魄。

这个女子的心性气度，胸襟格局，依旧天赋、手腕，远远超出了自己见过的任何一个当世天才。

南斗教的年轻俊彦，整个鹰扬府的新生代天骄，根本就没有一个配得上花想容。

他越发地好奇，到底是一个什么样的人物，才能让花想容这样的女子，哪怕是飞升到仙界，也心心念念无法忘怀，愿意永生等待。

……

从空间密室中出来，花想容静静地坐在房间里。

计划顺利完成了。

接下来，只需置身事外，不碰风波，安静等待即可。

她坐在主室中，仔细思考所有的行动步骤，确认没有留下什么痕迹线索之后，才缓缓地松了一口气。

咚咚！

敲门声响起。

小师妹文婧拎着盒子，推门而入。

“姐姐姐姐，你终于回来了，找到救师父的办法了吗？”小姑娘着急地问道。

花想容摇摇头，道：“师父的朋友们，都不敢插手。”

她今日找了一圈门中的长老故旧，并没有抱太大的希望，主要还是做给其他人看，掩饰自己真正要做的事情。

文婧脸上也掠过失望之色，安慰道：“办法慢慢想，总会有的，我相信天无绝人之路。”

她打开盒子。

里面盛放着丹丸。

是花想容自己调配的丹药，名为【清心丹】，用来凝神养气。

花想容扫了一眼盒子里的丹丸，眉心间一抹微光闪过，瞳孔微微一缩。

她拿起丹丸，纤纤玉指捏在其中，看了文婧一眼，缓缓地朝着口中送去。

文婧抬手，拦住了花想容，道：“姐姐，这丹丸，不能吃。”

花想容微微一笑，道：“为何？”

“我在丹丸中，加入了【大悲酥】。”文婧低着头，像是一个犯了错的小孩子，根本不敢看花想容一眼。

花想容将丹药放回盒子里，道：“为什么要这么做呢？”

文婧眼眶中，有泪水涌动，将家里发生的事情，说了一遍，道：“我回来之后，按照丁敏君所说，在竹林、药圃各处，都撒了【大悲酥】，在你的丹药里，也加入了一些……姐姐，对不起。”

花想容抬手轻轻地抚摸文婧的秀发，道：“傻丫头，你都告诉我了，有什么对不起的……我相信，你从一开始，就没有想过要害姐姐，对不对？”

“你怎么知道？”文婧讶然地抬起头。

她的确是从一开始，就没有想过要害花想容。

花想容亲昵地刮了刮她的鼻子，宠溺地道：“因为你有一颗善良却不迂腐的心，我知道，你在竹林各处撒药，又在丹丸正中加入【大悲酥】，都是为了迷惑她们，避免打草惊蛇，你早就打定主意，要将这一切告诉我，提醒我防备那些人，对不对？”

文婧又是感动，又是兴奋，又有些担心。

感动的是，姐姐如此相信自己。

兴奋的是，自己的用心，能够被姐姐理解。

担心的是，家人的安全，还有丁敏君等人不会善罢甘休的后续行动。

花想容安慰她，道：“放心吧，叔叔阿姨他们，我会帮你救出来的。”

文婧眼泪扑扑落下，哭着道：“姐姐，可是丁敏君她们，不好对付，而且这件事情，肯定背后还有人指使……姐姐，你不用陷入这风波，我自己来解决就好了。”

“我的傻妹妹啊，说的这是什么话，”花想容笑着道：“放心吧，一切有我。”

一番安慰，文婧终于是放心了许多。

花想容算算时间，知道此事不能再拖，心中叹了一口气，开始筹划起救人之事。

最终，她说服文婧，在临水小筑等待，自己则暗中离开，前往外门区域。

文婧看着花想容的身影，消失在夜色之中，不由得真个人的心，都悬了起来。

她难舍家人，更不想花想容受到伤害。

其实，从被丁敏君挟持的那一刻开始，她就没有想过真的屈服，去谋害花想容。

小姑娘蕙质兰心，虽然涉世不深，但却不代表她傻。

她的心里很清楚，就算是自己完成了丁敏君的要求，自己一家人也很难活，心狠手辣的丁敏君绝对不会放过她，也不会放过她的家人。

横竖都是死。

早死晚死而已。

可若是当场拒绝，估计她一家当场就要被杀，而她连向花想容示警的机会都没有。

所以，才假意答应。

只是没想到，花想容如此相信她。

“姐姐姐姐，你一定要安全回来啊。”

文婧跪在房间里，跪在窗户中射进来的月色中，虔诚地祈祷。

她没有意气用事，那种跟随花想容去救人。

因为她知道，自己去了，反而会成为花师姐的累赘。

她的实力，终究还是太弱了。

不添乱，是如今她唯一能够做花师姐做的事情了。

月色渐浓。

时间并未过去多久。

大约一炷香之后，竹林外身影闪烁，一个身穿白色长袍的人影，竟是无视林中的阵法，速度极快，转眼间穿过竹林，来到了临水小筑庭院中。

文婧看到，心中一惊。

好快的身法和速度。

月色下，那人缓缓地朝着主室走来。

仔细看时，只见此人身形修长高大，身躯挺直，白衣如雪，黑色短发，面目英俊，五官棱角分明，竟是一个罕见的俊品男子，月光之中破有一种不食人间烟火的飘渺之感。

少见的美男子，令文婧瞬间有一点点的失神。

只是文婧却从未在南斗教中见过这个人，面目陌生的很。

这人是谁？

为何半夜来到临水小筑？

文婧警觉了起来。

## 第1289章 再度重相逢

因为最近诸多风波，文婧心中，对于花想容意外的任何人，哪怕是同门师兄弟，都保持着绝对的警惕。

这白衣人，趁夜而来，强闯临水小筑，只怕是来者不善。

她小心翼翼地藏在室内，收敛气息，暗中观察。

就见那白衣人，举止颇为奇怪。

他进入到了庭院中之后，并未有什么其他的动作，目光在庭院的建筑上仔细打量，神色似是有些激动，身形微微颤抖，眼眶里似是有泪光闪烁一般。

怪人!

文婧心中暗自评价。

旋即她又猛地警醒。

怎么回事?

自己好像是在不知不觉之间，对于这个白衣男子，产生不起来敌意，甚至隐约觉得此人，有点儿亲切?

啊，真是该死。

文婧啊文婧，怎么可以这样?

这都什么时候了，你竟然被一个陌生男子的容貌气质所迷惑?

小姑娘咬了咬自己的舌尖，让自己清醒一点，然后按照花师姐平日里的教导，无声无息之中，催动到了临水小筑的一些防御阵法。

庭院中，肉眼不可见的阵法纹络流转。

花师姐说过，这种阵法，足以让仙将级的强者，陷入其中，难以自拔，被困在原地。

但很快，文婧就震惊地发现，庭院中的白衣英俊男子，只是随手轻轻一挥，自己催动的阵法，就彻底没有了回应。

啊，这个白衣英俊男子这么强吗?

文婧意识到了事情的严重性。

接下来该怎么办?

小姑娘觉得有些头疼了。

这时，庭院中的白衣男子开口了。

“请问，此间主人去了何处？”

清朗的声音，带着一丝令人沉醉的磁性。

文婧躲在屋子里，不知道该如何回答。

那男子说话时所面对的方向，正是她所在的主室，很显然，对方的实力极强，已经察觉到了她的存在。

想了想，文婧推门而出。

“我就是这里的主人。”

俏生生的小姑娘，站在门口，月色下鼓足勇气道。

不管如何，先拖住这个人，如果能够支走他，那最好。

白衣男子笑了：“你不是。”

“你怎么知道……”文婧一句话还未说完，猛然意识到不对，哼了一声，道：“我说是就是，这里不欢迎你，你快走吧。”

白衣男子仔细打量着她，然后又笑起来：“她去哪里了？什么时候回来？”

文婧气呼呼地道：“都说了这里不欢迎你，你……你死了这条心吧，花师姐有夫君了，不会对你们这种自命不凡的所谓天才有兴趣的。”

银白如雪的月色下，白衣男子笑的更加灿烂了。

这时，文婧仔细看这个男子的笑容，才发现，他笑的好温柔，嘴角还有浅浅的梨涡，那笑容仿佛一下子，可以将天上的月亮光华都夺尽一般。

一个谪仙般的男子。

“你是来追求花师姐的？”

文婧恍恍惚惚地问道。

白衣男子笑着，点点头："算是吧。"

文婧掐了掐自己的掌心，告诉自己不要沉醉于男色，道："花师姐不会答应你的，你死了这条心吧。"

白衣男子呵呵笑了起来："她会的。"

文婧听到这话，一下子就烦躁起来。

为什么这些男人，都这么自命不凡？

没错，你是很英俊，实力很强，气质出尘，温文尔雅，态度柔和，彬彬有礼，笑容迷人，魅力不俗……但是，花师姐她是什么人，怎么会喜欢你，你以为你是谁？

文婧气鼓鼓的。

白衣男子也不逗她，道："花儿今晚会回来吧？那我在这里等她。"

"不许叫花儿。这个名字，不是你能叫的。"

文婧继续气呼呼。

白衣男子自来熟，在院子里的石椅上坐下，打量起整个临水小筑的布局，各种建筑，眼睛里闪烁着温柔的神色。

文婧发誓，自己对这个陌生的男子，绝对没有任何的好感，但不知道为什么，看着这个男子那种眼神，文婧觉得自己的心，好像也柔软起来。

她有点儿紧张。

不知道为什么。

就是觉得……好像……要失去什么。

时间流逝。

月色渐浓。

文婧猛然想起，花师姐去救自己的父母，到现在还未回来，莫非是出事了？

一念及此，她瞬间出了一身冷汗。

差点儿忘记了正事。

小姑娘陡然又焦急了起来。

就在这时，白衣男子突然站起来，朝着庭院外的竹林看去。

文婧一怔。

随着白衣男子的目光方向看去。

竹林中，什么都没有。

就在她疑惑时，过了片刻，就看几个身影，出现在远处的夜色中，很快穿过竹林，来到了临水小筑之外。

为首的身影，白衣曼妙，身形优美，不是花想容又是谁？

其后跟着的，是五个身影。

正是文婧的父母，还有弟弟，两个妹妹。

文婧心中狂喜。

成功了。

花师姐真的把人救出来了。

“姐姐姐姐，你回来了……”文婧冲了出去。

花想容笑道：“看把你高兴的，因为要找到【奇虫九毒丹】的解药，所以耽误了一点时间，放心吧，伯父伯母都无恙，再过几日，我炼好生机断续丹，手臂腿脚都可以重新……”

她话还没有说完，突然察觉到了什么，下意识地抬头朝着庭院里面看去。

“啊……”

花想容一声惊呼，整个人猛然像是石化了一样，呆在原地。

文婧正在安抚父母弟妹，听到这一声惊呼，猛然一惊。

看时。

却见花师姐从来都是风轻云淡的绝美脸盘上，露出极度震惊的神色，旋即化作狂喜，泪水在月色的照耀下宛如银霜，从眼眶中滑落……

“花师姐，你怎么了？”

文婧这一惊非同小可。

然而花想容仿佛是没有听到她的问话一样，痴痴呆呆地站在原地。

一直到，庭院中的那白衣男子，在明媚的月色之下，无比温柔地微笑着，张开了双臂。

文婧就看到了不可思议的一幕。

素来不食人间烟火，对任何男子都不假以词色的花师姐，冲了出去，风一样地冲到庭院里，扑入了那个白衣男子的怀里，紧紧地拥住。

文婧长大了嘴巴，连父母在身边说什么，她都没有听清楚。

花师姐……竟然……冲到了一个陌生男子的怀里？

这怎么可能？

难道这个男子，他的身份，竟然就是……

一个想法在文婧的脑海中闪烁而过。

她猛然之间明白，之前在庭院里时，自己为什么会觉得有点儿慌张。

因为从此以后，花师姐就属于另外一个人了。

……

月光如水。

今夜的月色，是温柔醉人的。

也不知道过了多久。

花想容依旧紧紧地依偎在李牧的怀里，不愿意片刻分开。

李牧嗅着妻子发间迷醉的清香，脸上是无法掩饰的笑意。

“我终于找到你了。”

他亲吻妻子的额头。

“我知道你会来。”

花想容安静地拥在李牧的怀里，好像是拥有了整个世界。

初见时的巨大惊喜，到此时，情到浓时，反而是细水长流。

此时无声胜有声。

两人坐在湖边的石椅上，看月色下湖水波光粼粼。

岁月一下子变得静谧而又美好。

文婧站在屋檐下，远远地看着两人的背影，心里也不知道是一个什么滋味，既为花师姐终于等到了她的夫君而开心，也……也有一种怅然若失。

“早就该想到，他是花师姐的夫君。”

“也唯有这样的男子，才配得上花师姐吧。”

“只是不知道，他到底是什么身份，能不能保护好花师姐。”

文婧在夜色下想着。

湖边。

夜风微凉。

李牧坐拥美人，将之前发生的事情，大概讲了一遍，嘴角噙笑。

“来南斗教的路上，我偶然听人鹰扬府小仙庭中的人说起，南斗教有一位鹰扬府第一美人，叫做花想容，本来是抱着一丝希望，前来看看，以为只是同名同姓，但到了临水小筑之后，兴奋的几乎跳起来，确定真的是你了。”

他道。

花想容甜美地笑着，道：“所以那位传说之中，行事激进，手段狠辣的大仙庭刑府掌座，新任大仙主最信任的鹰犬，竟然是夫君你吗？”

李牧点头，微笑着，将自己来到仙界中之后，大致的经历，都讲了一遍。

花想容依偎在李牧胸膛上，柔柔地道：“早知道，我就不费那么多的心思，去救师父，等着夫君你来就好了。”

李牧这才恍然大悟，道：“原来是你冒充我，去小仙庭救的人。”

两人卿卿我我，详叙别情。

时间飞快。

漫漫长夜，终于过去。

远处天边，晨曦微露，丝丝缕缕的仙雾，在湖面上升腾起来。

远山的天边，朝阳鲜红，如血一般，浸染出了山峦的轮廓。

湖边，竹林外，身影重重而来。

天空中，光华闪烁。

数十上百道的气息，从四面八方，朝着临水小筑包围而来。

李牧眼中，一丝无奈之色一闪而过。

这个时候，敢来打扰，真是不可饶恕啊。

“有不速之客来了，似乎是南斗教的高手，我的小娇妻，昨夜偷偷出去救人，是不是惹祸了，要不要为夫替你打发了他们？”

李牧笑着地道。

重逢花想容，他心情极好，所以杀心倒也不重。

花想容脸上也浮现出一丝无奈，道：“这些人真的是阴魂不散……不过，还是让我来解决吧，毕竟是同门。”

昨夜去救人时，她就已经想好了对策。

李牧站起来，道：“我陪你去。”

两人来到湖边竹林外。

嗖嗖嗖！

流光闪烁，人影落下。

除了丁敏君等数十个绿竹峰的女弟子之外，还有三四十名其他的南斗教强者。

为首一人，身穿紫色长袍，身形高大，国字脸，赤色长发，背负双剑，气息强大，双眸之中，有剑意光华吞吐不定，一看就是一个不可多得的高手。

“花想容，你这个贱人，竟敢杀我同门弟子，你疯了吗？”

丁敏君破口大骂。

## 第1290章 他就是我夫君

丁敏君此时的内心，是愤怒而又抓狂的。

可以说是急怒攻心。

她已经在郭师兄面前，打下了包票，一定可以在数日之内，让花想容乖乖就范。

为此，她以家人的安危，威胁了文婧。

本以为可以手到擒来。

没想到，昨夜她不在时，文婧的家人，竟是被花想容给劫走了。

这让她的如意算盘，彻底落空。

被郭师兄一顿臭骂，丁敏君此时简直活剐了花想容的心都有。

所以一见面，就破口大骂。

花想容皱了皱眉，但还是平静地道："丁师姐此话从而何来？我只是救了文婧小师妹的家人，并未杀人。"

"这么说，你也承认你昨夜去了外门？"

那位国字脸的高大声音，音调阴沉地开口质问。

花想容微微拱手，道："郭师兄。不错，丁师姐行事太过于荒唐，竟然挟持文婧小师妹的家人，逼迫她在我的饮食和居所，投下【大悲酥】，我只好出手救人，昨夜救出文婧小师妹的家人之后，我就回来了，并未杀人。"

"你还狡辩？陆师妹他们，都被你杀了，你这个心狠手辣的贱人。"丁敏君厉声呵斥道。

李牧忍不住了。

他刚要说什么，花想容轻轻地拉了拉他的衣袖，道："我来解决吧。"

往前走了一步，花想容道："郭师兄，诸位师兄师弟师姐师妹，我拜入绿竹峰这么久了，品性如何，大家也都知道，昨夜只是救人，并未杀人，不信的话，可以问文静师妹的家人。"

"可是，昨夜看守保护文婧父母家人的陆师妹他们，的确是被人杀死了，一共七位南斗宗弟子，每一个都身首异处。"

郭师兄沉声道。

他的全名叫做郭巍，当代南斗教掌门嫡传大弟子，在教内地位极高，威名赫赫，一直被掌门当做是接班人来培养，很早就参与教内事物的管理，平日里说话做事，独断专行，风格强势，不允许有人与他对立挑衅。

作为南斗教新生代的佼佼者，郭巍一直都觉得，教内上下，唯有自己，才配上的花想容这样的绝世美人，而花想容也只能倾慕他。

可是，他刚才却看到，花想容拉着一个陌生男子的衣袖，从竹林中走出来，显然是一起过夜，而且态度亲昵。

这让郭巍心中，妒火中烧。

他轻蔑地扫了一眼李牧，心中暗暗给这个人判了死刑。

盯着花想容，郭巍缓缓地开口，语气强硬，道："花师妹，我需要一个解释。"

花想容道："解释什么？我已经说了，人不是我杀的，既然那七个人死了，就去抓杀他们的凶手，来我这里做什么？"

"贱人，你……"丁敏君张口就骂。

啪！

一道响亮的耳光声。

丁敏君直接被抽飞了出去。

人在空中，一嘴牙齿全部都喷了出来，落在十几米外的地上，翻滚几个圈，半张脸肉眼可见地肿起，血水溢出，彻底变形。

"忍你很久了。"

李牧缓缓地收回手掌。

他掏出手帕，轻轻地擦了擦手掌，然后又略带歉意地对花想容道："对不起，这女人嘴巴太脏，我实在忍不住了。"

花想容不禁莞尔。

她是了解李牧的脾气的。

今日是夫君心情好。

换做是往日，就算是丁敏君是自己的师姐，凭她一口一个‘贱人’，只怕是也已经死了几十次了。

气势汹汹而来的南斗教诸人，一下子都有点儿懵。

很多人根本没有看清楚，李牧是如何出手。

而丁敏君更是被打傻了。

她只觉得脑袋好像是被铁锤狠狠地砸了一锤一样，脑子里嗡嗡嗡地响，眼前金星乱冒，半边脸都是木的，没有了知觉，躺在地上要起不来。

“放肆，你是何人，竟敢在我南斗教山门内，出手伤人？”

郭巍脸上的怒意，难以遏制。

他盯着李牧，杀机涌动。

“南斗教，很了不起吗？”李牧淡淡一笑，轻蔑地道：“若不是花儿不想伤人，就凭你们这些货色，也配在我面前叽叽歪歪？打的你妈都不认识你们。”

“你……这是找死。”

郭巍一字一句地道。

他浑身涌动强大的仙道气息，宛如暴怒的恐兽一样，缓缓地朝着李牧逼近，道：“今日，我要让你不知死活的狂徒，飞出代价。”

骇人的气息，以郭巍为中心辐射开来。

周围的南斗教弟子，纷纷面露惊喜之色。

“郭师兄要出手了。”

“仙将巅峰？”

“不，已经是半步仙王了。”

“郭师兄太强了，就算是比诸多长老，也有过之而无不及。”

“不愧是我们南斗教第一天才。”

“杀了花想容的姘头。”

周围的喝彩声和阿谀之声，不绝于耳。

李牧摇摇头。

这就是所谓的鹰扬府第一大派？

门内的菁英弟子，都如此嘴脸，哥哥阿谀奉承，万仙盟果然是一个腐朽到了极点的组织。

已经耽误了不少的时间，李牧要和花想容腻歪，心中渐感不耐，正要出手横扫这群蠢货。

花想容却是往前走了一步，护在李牧的身前。

“郭师兄，他是我的夫君。”

花想容的身体里，也散发出强大气息。

“所以……请你，对我夫君，放尊重一点。”

花想容再往前一步。

曼妙优美的身躯，白裙飘飘，衣袂猎猎。

这一瞬间，花想容释放出远超平日里她所表现出来的气势，仙元流转，骇人的压迫力席卷而出，占据半边天空，竟是与郭巍分庭抗礼，丝毫不落下风。

“你……”

郭巍瞳孔骤缩。

他首当其冲，在花想容的身上，感觉到了一种前所未有的可怕威胁，那看似柔弱纤秀的身躯，释放出来的威压，竟是比诸多太上长老都更可怕。

怎么可能？

郭巍的心中一惊。

但更多的是愤怒。

“你的夫君？”

他声音阴冷的像是要沁出雪花来，厉声道："我不管他是谁，私自闯入我南斗教山门，还伤了我南斗教的弟子，就是罪大恶极，今日，他要用自己的生命作为代价，来彰显我南斗教的威严，就算是你，也无法逆转。"

花想容面色平静。

"是吗？那就请郭师兄赐教吧。"

一柄长刀，缓缓地浮现在她的掌心中。

昨日刺杀小天庭的高手，她用的是剑，今日战斗，她选择用刀，这边是花想容的成长之处，心思细腻了太多，行事不会留下太明显的破绽。

郭巍的面色，阴沉难看："花师妹，念在你我同门一场，我最后给你一次机会，让开，否则，就别怪师兄不客气了。"

花想容淡淡一笑。

"你也知道同门一场，却指使丁敏君对我用【大悲酥】，逼我委身于小仙主，这种背后算计的卑劣之事，你都做得出来，现在明面拔剑，又算得了什么？你以为这些事情，我都不知道吗？只不过是懒得与你们计较而已，何况，就算是你不客气，又能怎么样？你以为……我真的怕你吗？"

说到这里，她眉毛一挑。

一股骇然至极的刀意气息，弥漫出去。

虚空之中，刀芒一闪。

花想容竟是主动攻击。

刀法凌厉。

一闪，便已经袭杀到了郭巍身前。

郭巍只觉得一股可怕到了极点的犀利刀意劈面而来，还未劈至，眉心便已经是剧痛，整个人仿佛是已经被劈开了一样。

这是什么刀法？

他心中惊骇到了极点。

手中的剑，比他的思维反应更快。

剑气迸发，剑芒流转。

格挡。

叮！

刺目的火光。

剑柄传来的恐怖撞击反震之力，终于让郭巍身形狂震之余，思维更是瞬间激活。

可怕的危险感觉涌来。

他疯狂地催动体内的仙元，就要反击。

却在这时——

咔嚓。

金属断裂的声音。

手中的长剑断裂。

犀利的刀锋掠过，抵住了他的眉心。

恐怖的气机，将他彻底锁定，令他不敢再有丝毫的动作。

花想容握着长刀的刀柄。

胜负已分。

她的眸光清冷而又平静，仿佛一瞬间击败南斗教新生代第一天才郭巍，并不是什么值得炫耀的事情，淡淡地道："郭师兄，承让了。"

抽刀，后退。

花想容回到了李牧的身边。

白裙飘飞，红颜如玉。

这一瞬间，竹林外一片死一般的寂静。

所有南斗教的弟子，都被震惊的说不出话来，一个个像是被吓傻了一样，待在原地，仿佛失去了思考的能力。

花想容她……竟然击败了郭师兄？

这怎么可能？

虽然花想容的天赋无双，极为惊人，但她入宗时间毕竟很短啊，这两年也极少出手，纵然修为强大，但战斗经验欠缺，绝对不应该是早就名震鹰扬府的郭巍的对手才是。

但这一战，郭巍师兄，却是如此不堪一击。

丁敏君刚刚才挣扎着爬起来，脸上一个清晰的巴掌印，正要为郭巍喝彩助威，就看到了这样一幕。

她也懵逼了。

这个贱人，她为何如此强？

丁敏君不愿意相信。

一直以来，她都觉得，自己的实力，远超花想容，而花想容之所以在南斗教，在鹰扬府中人气那么高，只不过是因为长了一张漂亮的过分的脸蛋而已。

但是现在……

丁敏君要崩溃了。

也不知道过了多久，郭巍才恍惚地回过神来。

一瞬间，巨大的耻辱感，宛如狂涛海浪一样，将他彻底淹没。

“贱人，你竟敢对我出手？”

他恼羞成怒地咆哮，道：“你竟敢以下犯上，对身为代理掌门的我出手？视门规于无物，狂妄至极，现在，给我立刻束手就擒，否则，今日南斗教不惜一切代价，都要将你们这对狗男女，埋葬在此地。”

花想容皱了皱眉，想要说什么。

李牧摸了摸她的头，笑着道：“好啦，他们都不打算和你讲道理了，再说什么都没有用。还是让夫君来解决这些不知死活的蠢货吧。”

## 第1291章 弱如狗

花想容知道，李牧是真的动怒了。

一个聪明的女人，在这个时候，就会给自己的男人面子，听男人的话。

花想容不聪明。

确切的说，她不善于这些小心机。

但她崇拜李牧。

所以她乖乖地退到了李牧的身边，然后伸手握住了李牧的左手。

用这个简单的动作，再一次表明自己的立场。

这是一种无声的表述。

郭巍的面色，更加阴沉了。

他内心里妒火在熊熊燃烧，狠狠地盯着李牧，道：“如果你还是一个男人的话，就不要站在女人的身后，敢不敢与我正面一战？”

刚才不可思议之间败于花想容，令他颜面大失，所以他迫切地想要挽回面子，所以将目标，盯在了李牧的身上。

如果可以击败——不，如果可以趁机击杀李牧的话，不但狠狠地回击了花想容刚才的羞辱，也可以击溃花想容的内心，重振他在众弟子之间的声威。

听到他这样的话，李牧微微一怔，旋即错愕了起来。

哈哈。

这是被当做软柿子了吗？

太久时间，没有被人如此轻视过了。

李牧伸出一根手指：“一招。”

郭巍一怔，道：“什么意思，你只敢抵挡我一招，呵呵，未免也太……”

李牧打断道：“如果你能挡住我一招，那我就可以宽恕你之前做的事情，饶你不死。”

“什么？”郭巍以为自己听错了：“你说什么？哈哈哈，就凭你？不要以为有花想容护着你，你就可以得寸进尺，这南斗教不是她说了算，而是我……”

李牧一掌缓缓地拍出。

“准备自卫吧。”

这一掌，就像是普通人打架扇耳光一样。

极缓。

极慢。

没有丝毫的仙元波动。

甚至连空气都没有掀起丝毫的波澜。

一点一点，像是蜗牛在空中挪一样，逼近郭巍。

郭巍冷笑，心中对于李牧更加的不屑。

他感受到这一击的随意和弱小。

他甚至都没有兴趣运功反击。

这种程度的攻击，连他的护身仙元力场，都无法攻破。

周围一些南斗教的弟子，错愕之余，甚至发出了哄笑。

丁敏君更是心中冷笑不已。

花想容的实力，的确是强大的令人震惊。

这个贱人平日里竟是隐藏了真正的修为。

但她的男人……呵呵，一个吃软饭的家伙而已，估计是被花想容这个贱人给宠坏了，不知道天高地厚。

他死定了。

丁敏君无比快意地想着。

她仿佛已经看到了这个白痴男人死后，花想容痛哭流涕懊悔万分的表情。

巨大的愤怒和嫉妒，让她下意识地忽略了，刚才被李牧一巴掌拍飞的事实。

而几乎是在下一瞬间——

啪！

响亮的耳光声响起。

一道人影飞了出去。

一定是那个白痴男人被教训了。

丁敏君下意识地想要欢呼。

但下一瞬间，周围一声声难以置信的惊呼声响起，丁敏君定睛看时，不由魂飞天外，才发现，飞出去的人影，竟是郭巍。

南斗教大师兄的身形，如断了线的纸鸢，翻滚出去十几米，狠狠地甩在了地上。

一口牙齿也都被拍碎。

白色的牙齿和鲜红的血浆，喷了一地。

巨大的疼痛，令他挣扎着，一时都无法站起。

李牧缓缓地收回手掌，摇摇头：“不堪一击。”

周围一片死一般的寂静。

如果说李牧之前一巴掌拍飞丁敏君，还无法说明太多的话，那这一巴掌拍飞郭巍，却证明了太多东西，彻彻底底的让聪明人都明白，他的实力，根本不像是表面上这样简单，而是深不可测。

“这就是你们南斗教的新生代最强者？弱如狗。”

李牧的声音，在所有人的耳边回荡着。

“今天我心情好，没有下重手，否则，就凭你们这些货色，也敢在我面前骄横跋扈，早就统统打死了。”

李牧喝道：“还不快滚。”

装逼虽然很爽，但哪里有双修重要？

好不容易找到了老婆，当然是要抓紧时间干该干的事情啊。

“啊啊啊啊，你给我死……”

怨毒到了极点的厉吼骤然响起。

半边脸肿的像是猪头一样的郭巍，满眼的阴狠之色，从地上弹射起来，全力催动修为，爆发出强大的力量，背后两柄仙剑绽放璀璨莲华，朝着李牧袭杀而来。

他无法接受自己的连续落败。

他认为自己刚才被抽飞，只是因为大意了，没有认真对待而已。

他……

啪！

又是一道响亮的耳光声。

现实无情而又残酷地击碎了郭巍的一切侥幸。

那汹涌澎湃的强大气息，还有那璀璨夺目的剑光，在李牧抬手轻飘飘的一巴掌之间，瞬间烟消云散。

郭巍以更快的速度，倒飞了出去。

这一次，李牧没有留手。

郭巍的身形，像是炮弹一样，狠狠地砸在了数千米之外的山峦上，直接轰入山石之间，一个人形的漆黑深洞呈现。

接着山石碎裂。

一道道蜘蛛网一般的裂纹，以那深洞为中心，在山峦岩体上开始蔓延，最终轰然一声，千米高的岩石山峦，瞬间倒塌，化作了一堆拳头大小碎裂的乱石。

一巴掌，扇塌了一座山。

郭巍不知所踪，生死不明。

丁敏君等南斗教的弟子，也不知道过了多久，才缓缓地从那倒塌的山峦上，收回目光，心中的震惊，让他们的大脑近乎于宕机，双腿不自觉地瑟瑟发抖。

实力稍低的一些人，只觉的膝盖酸软，已经吓得跪在了地上。

“不知死活。”

李牧面色不耐，冷声道。

刚才那一瞬间，他绽放出一丝符合自己修为的真正气息。

这种气息，仿佛是洪荒之怒，重创了每一个南斗教弟子的心神。

就仿佛一头原本在沉睡的猛虎，猛然之间睁开了眼睛，露出了独属于捕猎者的凶煞眸光。

当然，这种强大的气息，也惊动了那些隐藏在暗中，以及闭关中的南斗教老一辈高手强者。

“何方神圣，驾临我南斗教？”

“是谁，竟敢在三水南斗山如此放肆。”

“尊驾何人。”

“什么人在门中打斗，惊扰老祖我闭关？罪无可恕！”

数道或者愤怒，或者震惊的恢弘之音，从南斗教山门的各处响起，一道道原本处于静默状态的强大仙道气息，骤然爆发，一柱柱仙道精气，如撑天支柱一般，冲向天空。

竹林外，原本处于绝望之中的南斗教弟子，听到这样的声音，猛然间被注入了新的活力。

他们颓败的脸上，浮现出光彩。

“老祖们苏醒了。”

“长老们降临了。”

“真正的宗门强者被惊动了。”

事态已经演化到了一个最疯狂的程度。

这意味着对付眼前这一对男女，已经不仅是他们这些弟子的事情，而是整个南斗教，所有的宗门高层，共同的意志。

“哈哈，花想容，花师妹，你完了，闭关中的掌门都被惊动了……你们两个人，死定了。”

丁敏君癫狂而又阴狠地大笑了起来。

事已至此，宗门高层是绝对不会偏袒花想容的。

毕竟，这个贱女人带着他的男人，打了郭巍师兄，就等于是打了整个南斗教的脸，唯有用他们的血和泪，才能洗刷这种耻辱。

……

南斗教山门之外。

百里。

漂浮在虚空之上的巨大玄舸战舰，已经在这里静候了足足一夜的时间。

虽然无法理解为何掌座大人要匆匆单人前往南斗教，但这不是他们这些人应该去管的事情。

身为下属，他们唯一能做，唯一应该做的事情，只有一件。

那就是——

服从。

绝对的服从掌座大人的每一道命令。

一直到南斗教山门之内，突然数百道强大的气息爆发，其中伴随着仙王級、乃至于仙君级强者的怒喝声时，甲板上的刑府高手强者们，才微微变色。

“大人，局势不对，咱们要进入南斗教支援大人吗？”

一位大仙庭刑府的天将请示道。

何应鑫微微摇头。

只有他隐约知道，掌座大人匆匆进入南斗教，是为了什么——大人是听到了那个叫做花想容的鹰扬府第一美人的名字，才勃然变色，匆匆离去的。

这个女人，是大人的故旧。

甚至有可能，是大人的红颜知己。

因为自从认识这位大人以来，何应鑫还从未见到过，有什么事情，能够比‘花想容’这三个字，更能让掌座大人动容——哪怕是绝天教主和镇妖阁这样的名字，都不能。

既然大人要独自去见那个女人，说明他暂时并不想展露自己的身份。

一个男人，要在喜欢的女人面前，展现自己的魅力和能力，这是天经地义的事情。

雄性生物的共性而已。

如果在这个时候，有人不识趣地去打断这样一场游戏，那何应鑫敢肯定，不管这个人有多忠心，不管这个人曾经被掌座大人多欣赏，不管这个人出于什么目的，下场都只有一个——

找死！

因为你这是在抢戏啊。

“再等一等。”

何应鑫冷静地道。

他是知道李牧的真正实力的。

发飙起来，连绝天教主这样的人物，都难以抵挡李牧一击，南斗教中，没有人可以真正威胁到掌座大人，哪怕是寡不敌众，也不至于有性命之忧。

真正需要的时候，大人会发信号下令的。

……

令人窒息的气氛，笼罩在绿竹峰的竹林外。

“我不管你是谁，不管你的师父是谁，不管你出身于哪一个宗门，也不管你的父母是谁，今天，你若是能够活着走出我南斗教的山门，我南斗一行从此以后，就黥面挖眼，自废修为，永世为奴。”

人群的簇拥之下，南斗教掌门人南斗一行，盯着李牧，掷地有声地说出了这段话。

每一个南斗教的弟子，都觉得热血沸腾。

这才是当世大派的掌门，该有的威严和强势。

## 第1292章 依旧弱如狗

南斗一行有着绝对的底气说这种话。

南斗教是鹰扬府第一大宗，底蕴深厚，更是万仙盟中的重要成员，话语权不小，且小仙庭中的天兵天将，有很多都是出身于南斗教。

而且对于鹰扬府内，有身份地位的强者，他都了然于胸。

就算是东圣洲的顶级仙道强者的传承和来历，他也能够说出八九成。

而这其中，绝对不包括眼前这个白衣男子。

且从丁敏君等弟子的口中，他已经知晓了事情的来龙去脉，知道了李牧是花想容的夫君，心中基本上就已经断定，这个男人，没有什么来历和背景。

否则，这个男人就不会用这种偷偷摸摸的方式，来寻找花想容了。

更何况，此时，南斗一行已经处于极怒的状态。

被人打到了山门中，打死了精心培养的大弟子郭巍，等于是把他的脸，都打肿了。

这口气，如何咽下去？

就算是他自己咽下去，别人怎么看？

今日若是让花想容的男人，活着离开了南斗教，以后他和宗门上下的脸，往哪搁？将会成为鹰扬府内……不，成为整个东圣洲的笑柄谈资。

毁掉一个年轻仙王的代价，南斗教承担的起。

何况，这件事情，南斗教占着理。

“掌门师叔，请听我解释。”

花想容并不想彻底与南斗教撕破脸。

毕竟这个宗门，养育了她两年。

“掌门师叔，这其中有内情，是因为郭师兄连同丁师姐，迫害同门，用【大悲酥】算计弟子，弟子已经出手惩戒，夫君与郭师兄交手，一开始也是点到为止，但郭师兄恼羞成怒，骤然偷袭……”

花想容很努力地试图说服平日里行事颇为公允的掌门人。

然而——

“闭嘴。”

南斗一行厉喝。

他指着花想容，须发疾张，怒骂道：“你这贱人，与外人勾搭成奸，残害同门，这里那里有你说话的份？郭巍乃是本座的代言人，他让你做什么，你就该做什么，不就是去做小仙主大人的炉鼎吗？为宗门牺牲一点都不愿意，南斗教真的是白养了你这个白眼狼，今日，他要死，你也要死……”

花想容剩下的话，一下子都被憋了回去。

她是一个恬淡的性子，素来都不喜欢用武力来解决问题，哪怕是动武，也尽量不伤人。

但很多事情，往往都是事与愿违。

喜欢用武力解决问题的人，实在是太多。

实力越强，越是如此。

就好像是眼前的南斗一行。

李牧捏了捏花想容柔弱无骨的绵软滑腻手掌，道：“好啦，小花儿的好意，看来他们并不愿意领情，有些人，总觉得自己可以掌控一切，不见棺材不掉泪……让我来吧。”

他松开花想容的手，往前走了一步。

然后，又伸出一根手指。

“一招。”

“你要是能够接住我一招，我就可以放过南斗教。”

“若是连我一招都接不住，你就算是想要追随我为奴，哪也不配。”

李牧淡淡地道。

周围一片轰然喧哗，像是引爆了一颗深水炸弹。

丁敏君等见识过李牧一招击败郭巍画面的年轻弟子们，都睁大了眼睛，难以相信竟然会有人膨胀嚣张到这种程度，这个男人他是疯子吗？

至于南斗一行等后续赶来的南斗教顶级强者，都被气乐了。

世上还有这种不知所谓的后辈？

南宫一行仙元流转，气势绽放。

初级仙君境界的修为，弥漫开来。

恐怖的压迫力以他高大的身形为中心散发，瞬间仿佛整个世界，突然重量倍增，压在了每一个人的身上一样，令人窒息，颤栗。

南斗教仙道第一人的风采，徐徐展开。

“我倒是要看看，你怎么一招……”

南斗一行怒极反笑。

话音未落。

虚空之中，光华一闪。

【时间相位】。

李牧的身形一个俯冲。

无视了一切防御和力场，打破所有的仙道铁律和规则，鬼魅一般地出现在了南宫 行的身前。

同一时间，蕴含着万钧雷霆之力的拳头，已经狠狠地轰击在了南宫一行的腹部。

这是非典型的仙道战斗方式。

简单的像是街头斗殴。

但却直接奏效。

南宫一行的身形，瞬间弯曲犹如虾米。

他的肢体微微抽搐着。

南斗一行大概这一辈子都没有想过，有朝一日，会被人用这样的方式，一拳直接轰散了他全部的气势，也泄掉了他几乎全部的反抗之力。

更轰掉了，他数千年辛苦累积的威严。

李牧抽回拳头，身形一阵扭曲，下一瞬间回到了花想容的身边。

“依旧是……弱如狗。”

他淡淡地道。

南斗教的长老、护法们，难以置信地待在原地。

而那些年轻弟子们，甚至都还未明白过来，刚才到底发生了什么。

“保护掌门。”

不知道谁喊了一句。

南斗一行就被围在了人群中间。

他嘴角溢出血水，眼睛充斥着血丝，双眸猩红，口中发出‘嗬嗬’如野兽一般的怒吼声，好半天才缓缓地挺直了身躯，勉强运转游散的仙元，撑住了自己。

“杀了他，给我杀了他。”

“我要他死。”

“还有那个贱人，也给我杀了……”

南斗一行披头散发，毫无风度地怒吼着，竭斯底里，状若疯狂，再也没有了丝毫之前的刻意拿捏着的掌门风度。

掌门战令激发，一道道仙光冲天而起。

瞬间，整个宗门都动员了起来。

南斗教山门内的阵法启动。

密密麻麻的流光，从山门各处闪烁掠起。

一道道仙光似是过境的蝗虫一样，划破天空，朝着绿竹峰汇集而来。

南斗教数十万弟子，遍布鹰扬府，山门之内就有数万，都是精锐，齐齐出动，颇有遮天蔽日，欺山赶海的架势，令天地失色，日月无光，万灵震动。

这是一股可怕的力量。

“不惜一切代价，给我杀了他。”

南斗一行指着李牧矿吼道。

无数道剑光出鞘。

无数个身影逼近。

李牧挽着花想容的手，怡然不惧，淡淡地道：“真是自己找死，别说我没有给过你们机会。”

南斗一行满脸的怨毒，厉声咆哮：“老夫说过，今天不管你是谁，不管你的师门是什么，不管……你今天都要死！上天入地，天王老子都救不了你。”

李牧摇摇头。

“果然是上梁不正下梁歪，呵呵，徒弟什么德行，师父就是什么德行……这南斗教，已经从里到外都烂透了，看来，得好好清洗一番了。”

指尖一弹。

一点星光，飞射而起，绽放在虚空之中。

李牧已经不想继续这样纠缠下去了。

看到这一幕，南斗一行却是狞笑。

发信号？

搬救兵？

幼稚。

有用吗？

这鹰扬府内，有谁敢在这个时候，与他南斗教为敌？就算是仙庭的小仙主，也得给他南斗一行一个面子。

大战一触即发。

李牧却好整以暇。

花想容实不愿自己来到仙界拜入的第一个宗门，就这样自己找死。

她柔声开口道："掌门师叔，各位师叔长老，今日之事，确是郭巍师兄和丁敏君师姐的错，你们现在回头还来得及，只需要认一个错，我夫君便可以放你们一马，否则，你们就算是想挽回，也没有机会了。"

这一番话，用心良苦。

但此时的南宫一行和其他诸大强者，如何听得进去。

"哈哈哈哈……"

"这个女人也疯了。"

"她以为她男人是谁？小仙主大人吗？"

一张张脸上，带着嘲讽和鄙夷的笑。

丁敏君更是大声地道："呵呵呵呵，花师妹，死到临头，还说这种疯话，你真是没救了……"

话音未落。

轰隆！

一艘巨大的玄舸飞舰，轰隆一声，舰艏射出一道炫光，直接轰破了南斗教刚刚发动的护山大阵护罩，然后犹如游曳在汪洋之中的嗜血巨鲨一样，横冲直撞地进入到了南斗教山门上空。

"那是什么？"

竹林外，南斗教的长老们，猛地察觉到了不妙。

愤怒中的南斗一行，下意识地就要下令攻击，但眸光一扫，猛然之间，看到了那玄舸巨舰上所悬挂的旗帜，顿时猛地一个激灵，心头的滔天怒火，似是被万载冰水浇下了，彻彻底底的熄灭了。

玄舸巨舰！

那是大仙庭的战舰。

而且如此规模体量的战舰，就算是在大仙庭中，也唯有那些真正手握重权的大人物，才有资格驾驭和享有。

是哪位大人物莅临南斗教？

莫非是……

南斗一行的脑海中，闪过一道亮光。

他猛然响起，这几日从小仙庭中传来的消息，大仙庭刑府掌座木牧，似是要亲征鹰扬府，稽查乱军份子之事。

一个无比可怕的念头，瞬间在他脑海里浮现。

他迟滞地看向李牧，将李牧的外形和传闻中那位刑府大掌座的描述对比了一遍，然后一种难以遏制的惊骇和绝望，将他淹没。

“我……你……”南宫一行颤巍巍地问道：“请问阁下……尊姓大名？”

李牧嘴角翘起一丝好看的弧度。

现在明白过来了？

晚了。

嗖嗖嗖！

数百道天兵天将的身影，如流光般从玄舸战舰上俯冲而下，围聚到了李牧的身边，纷纷单膝跪地，声如朗钟齐刷刷地道：“属下参见掌座大人。”

李牧抬抬手，道：“免了。”

何应鑫起来，转身目光一扫南斗教众人，怒喝道：“大仙庭刑府掌座木牧大人驾临，尔等竟敢如此无礼，刀剑对向掌座大人，莫非南斗教是要叛出万仙盟，对抗仙庭，与乱军为伍，直接造反吗？”

南斗一行闻言，身子一软，眼前发黑，喉头发甜，一口老血就直接喷了出来。

完了。

彻彻底底的完了。

## 第1293章 还不跪下

丁敏君也傻眼了。

什么意思？

这个男人……他……

竟然是大仙庭的刑府掌座？

假的吧？

开玩笑的吧？

这不可能啊。

所有南斗教的长老强者们，也都吓傻了。

算来算去，想了一万种可能，但他们做梦都没有想到，这个不被他们看在眼中的男子，竟然就是最近一段时间，整个东圣洲都热议的强势人物。

大仙庭的刑府掌座啊。

真正的顶级巨头啊。

完了。

这下子彻底完蛋了。

得罪了这样的人物，哪怕南斗教在万仙盟中地位不低，也得脱一层皮了。

掌门人南斗一行的身形，摇摇晃晃，几乎站不稳。

他连吐了三口鲜血，如遭雷嗜。

算尽了一切，却没有想到，李牧的身份，竟然如此超乎想象的骇人。

大仙庭的六府掌座，都是东圣洲顶级巨头级的人物，而其中以刑府掌座权柄最重，缉拿要犯，刑讯叛逆，追查乱军，是货真价实的特权人物。

这些年以来，不知道有多少万仙盟内部的人，死在了刑府之中。

刑府大狱，对于无数仙人来说，就像是森罗地狱一样，竖着进去，横着出来，白的进去，黑的出来，一旦被抓进那个地方，不管你是不是无辜，是不是冤枉，都难以活着出来。

如果说对于乱军来说，威慑最大的是兵府大军的话，那对万仙盟内部的人员来说，刑府的特权侍卫们，才是阎王爷一样的人物。

平日里，巴结都来不及。

今日却招惹了刑府大掌座这样的人物。

这不是老寿星吃砒霜——活的不耐烦了吗？

饶是南斗一行这样的老狐狸，也失去了方寸。

“大人驾至，尔等还不参拜？”

何应鑫厉声大喝道。

对于这些南斗教的强者，他并不怎么放在心上，哪怕是南斗教的掌门，在他的眼中，也就那么回事而已。

呼啦啦！

周围跪了一地。

一些年轻弟子首先双腿发颤就站不住了。

接着那些长老、护法之类的人物，也都是成了精的，知道趋利避害，颤巍巍地跪在空中或者是地面，连头都不敢抬，生怕是被李牧给特别注意到。

丁敏君已经被自己内心的恐惧彻底淹没。

她悄悄地往后缩，藏在了一群弟子的中间。

噗通！

南斗一行也跪下来了。

以他的身份，原本不用在李牧面前，如此卑微。

但可惜今日他把话说得太满，把事情做得太绝，要是真的彻底撕破脸皮，各不相让，鱼死网破的话，那毫无疑问，输的人肯定是他南斗一行。

且不妨低低头，也无所谓。

“大人，我……”

南斗一行打落牙齿和血吞，准备求饶。

但李牧根本没有看他。

嗡嗡嗡！

【青魂炼狱灯】徐徐飞起。

悬浮在天空之中。

青色氤氲，竟是将远处山峰上冉冉升起的朝阳都给染成了淡青色，光潮如青色的流水一样一寸一寸地铺开，最终覆盖了整片天空。

一道元神身影，从大地之下被拘出来。

“不……”

正是郭巍的元神，发出凄惨的哀嚎。

他被李牧一巴掌扇碎了肉身，元神废了九牛二虎之力，才能地下碎石中钻出来，结果看到师父南斗一行被李牧一拳打爆，吓得他又钻回去。

没想到【青魂炼狱灯】一出，元神瞬间无法控制，被直接吸入了灯芯之中。

凄厉的吼叫声，从【青魂炼狱灯】中传出。

元神被炙烤的痛苦，没有人能够承受。

李牧眉头一皱，妙用催动，便将郭巍元神鬼哭狼嚎一样的凄厉惨叫给隔绝了。

但隔着灯罩，看到那元神扭曲的面孔不断地膨胀缩小，就算是傻子，也都看得出来，此时的郭巍，承受着何等可怕的酷刑。

南斗教没有人敢为郭巍开口求情。

“郭巍强迫我的妻子，去做吕安的侍妾道侣，辱骂本座，乱中偷袭，我如此处置他，不知道南斗教中的各位，可有意见？”

李牧缓缓地道。

“不敢。”

南斗教的众人连称不敢。

李牧淡然一笑。

“可是，有人比这郭巍，更加可恶，竟然胁迫南斗弟子，以【大悲酥】算计本座妻子，此事，当如何？”

李牧又道。

是时候秋后算账拉清单了。

李牧从来都不是什么宽宏大度的人。

人群中的丁敏君，听到这话，瞬间被吓得面色惨白，面无人色，颤抖筛糠一样爬出来，哀嚎道：“大人，掌座大人，饶命，饶命啊……”

她砰砰砰地磕头，如捣蒜一般，将脑门都磕出血来。

李牧冷笑。

“花师妹，饶了我，我再也不干了，花师姐，我好歹也是你的师姐啊，我还曾传授过你武功……”

她疯狂地哀嚎着。

花想容美丽的眸子里，闪过一丝悲悯之色。

但她终究还是未向李牧开口说情。

她不想让李牧为难。

“大人，饶我一命，我愿意成为大人麾下的一条狗，大人做什么都可以，我愿意付出一切……”

丁敏君痛哭流涕，惊恐万状地挣扎。

“给本座当狗，呵呵，你也配？”

李牧指尖一弹。

一缕刀意流转而过。

丁敏君肉身直接被瞬间大日真火焚化。

元神同样被吸入到了【青魂炼狱灯】中，承受着恐怖惊悚的痛苦，无声地哀嚎，挣扎，一张脸扭曲到几乎变形。

这个时候，所有人都看出来，那盏漂浮在虚空之中的青色孤灯，乃是一件罕见的残酷刑讯仙器，元神一旦被吸入其中，绝对是生不如死。

传闻中刑府大掌座手段狠辣酷烈，果然是名不虚传。

青光覆盖之下，南斗教上下战战兢兢，如临末日一般。

“丁敏君以下犯上，屡屡开口辱骂本座，本座如此处理，南斗教的诸位，可有意见？”

李牧又问道。

声音清晰而又冰冷。

“不敢。”

“我等不敢。”

“当如此处置。”

那些长老、护法们，谄媚着道。

李牧嘴角翘起。

“还有你，你，你们……”

李牧连续弹指。

丝丝缕缕的刀意流转。

在场十数个南斗教的年轻弟子，被刀光一扫，瞬间化作了屡屡青烟飞灰，消散在虚空之中。

这些都是之前追随郭巍和丁敏君，胁迫陷害花想容的人。

李牧一个都没有放过。

不过都是些从犯，所以李牧并未折磨他们的元神，直接将他们的肉身和元神都斩灭了，省却了诸多痛苦折磨。

有天将抬着刑府大掌座的神座，来到虚空。

李牧挽着花想容的手，身形浮空，坐在神座上，低头俯瞰跪在地上的数万南斗教弟子门人。

窒息般的气氛，弥漫天地。

青色凄冷的魂光无所不在，让人宛如身处地狱一样。

“南斗教中，竟然出了乱军份子，还是一位太上长老级别的人物，呵呵，真好啊，南斗掌门，你有什么要解释的吗？”

李牧缓缓地开口。

南斗一行心中一颤，连忙道：“大人，此事我已经令教中刑律堂严查，除了南斗雄风之外，还纠察出数百位疑似乱军份子，对于这些孽种，我们绝对不会姑息，愿意将他们交出来，请大人定夺。”

这是早就准备好的对策。

只是在如今这个局面下施展出来，还有几分功效，南斗一行自己也毫无把握。

“呵呵，你在和本座开玩笑吗？”

李牧嘴角呼出一抹冰冷讥诮的弧度。

“南斗教中查出数百乱军份子，你们南斗教，难道是乱军窝吗？本座有理由怀疑，整个南斗教，都已经孽化，沦为了乱军的秘密营地。”

李牧道。

南斗一行心脏仿佛是被铁掌攫住，暗暗叫苦，连忙解释道：“大人明鉴，实乃乱军太过于狡猾，防不胜防，但我相信，经次一役之后，整个鹰扬府的乱军，都已经被清除了，绝对不会再有乱军之祸，此事，鹰扬府仙庭小仙主吕安大人，可以作证。”

提到吕安这个名字的时候，南斗一行心中总算是有了一丝丝的底气。

只要有这位封疆大吏为自己作证，按照之前双方准备好的计划，就算是不求功劳，但将自己从这场弥天大祸之中摘出去，还是比较容易的。

但是，李牧却冷笑了起来。

“呵呵，吕安？这个废物，私纵乱军重犯，已经是阶下囚，在牢狱中，等待审判，他有什么资格，为你作证？”

李牧道。

“什么？”南斗一行心神狂颤。

小仙主竟然已经下狱了？

这是怎么回事？

刑府大掌座虽然权势熏天，但无缘无故，就缉拿一位小仙主，这也做的有点儿太过了吧？

“死到临头，还想着吕安为你掩护，南斗一行，你觉得可能吗？”李牧冷笑。

南斗一行面色惊恐。

这一刻，他才真正意识到了危险所在。

如果吕安没有出事，那他们两个人，相互配合，这一劫可以有惊无险地度过，毕竟他们才是最强的两条地头蛇，木牧纵然是强龙，也不能无缘无故就将他们拿下。

但是现在……麻烦来了。

他抬头，看到李牧的眼神，顿时感觉到了死亡的威胁。

“大人，我……”南斗一行还想要辩解什么。

但李牧却直接摆摆手，打断了他的话。

“别再说那些没有意义的废话，我记得，你刚才说过，若是我今日可以活着离开三水南斗山，那你就黥面挖眼，自废修为，是也不是？”

李牧俯瞰下来，饶有兴趣地问道。

南斗一行心里咯噔一下。

糟糕。

自己当时怎么就说出这种话来，现在该如何办？

见他沉默不语，李牧又笑着问道：“那你觉得，本座今日，能不能活着走出三水南斗山呢？”

## 第1294章 我没有那么可怕

南斗一行现在比吃了屎还难受。

但是怪谁呢？

只能怪他自己。

对着刑府大掌座说出那样的话，根本就是在找死。

且以他这样的身份和地位，说出去的话，如果就这样吞回来的话，那一旦传扬出去，势必成为整个鹰扬府的笑柄，以后如何自立？

对于仙道强者，尤其是掌握一方势力的仙道强者来说，一旦失去了威严，失去了威信，那简直比死了还惨。

南斗一行的心中，还在幻想着，拖过此劫之后，继续掌控南斗教，因此他的心中，是有后退的余地的。

这一次策划对付南斗雄风的诬陷暗算，南斗一行是冲着小仙庭仙主的位置去的，而小仙主吕安则想要更进一步，进入大仙庭。

他们二人是利益的交换和妥协。

本来一切都顺利无虞。

谁知道半路杀出来一个刑府大掌座，一切都变了。

如果吕安现在真的被下狱的话，之前的计划，无疑彻底失败。

南斗一行现在能做的，只有竭力自保了。

他缓缓地站起来，向李牧行礼，道："在下有眼无珠，不知道是大人当面，口出无状，大放厥词，以下犯上，罪该万死，不用大人发话，属下也应当为自己的莽撞行为负责……"

南斗一行先给自己定了一个以下犯上的罪名。

看似严重，实际上却是将更加严重的'私通乱军'的罪名，给悄无声息地摘掉了。

他猛地抬手，双指如二龙戏珠一样，朝着自己的眼睛插下。

噗！

血光飞迸。

南斗一行直接挖掉了自己的眼睛。

鲜血如泉涌，从眼眶中流淌下来。

周围一片惊呼声。

一些南斗教弟子的脸上，露出了悲愤之色。

毕竟是自家的掌门被逼到了如此一个耻辱地步，要说南斗教弟子们，心中没有愤怒，那是不可能的，偌大一个教派，必然是有几个忠心弟子的。

李牧却是面无表情，无动于衷。

对于仙道强者来说，这样的伤势，算什么？

一个念头即可复原。

嗤嗤嗤！

南斗一行手指在自己的脸上滑动，刻出一道道鲜红的血痕，瞬间就将整张脸都刻花了，一道道伤痕，深可及骨。

“大人，我南斗一行虽然地位卑微，但也知道手滑算数，挖目黥面，该受此辱，算是为之前轻慢的言行，一个交代，不知道大人可算是满意？”

南斗一行面目看似无比凄惨，大声地道。

一副慷慨悲壮的样子。

李牧呵呵一笑。

“是吗？本座记得，之前南斗教主，一共说了三项吧？莫非是本座老眼昏花，记错了不成？”李牧得势不饶人。

黥面。

挖目。

这是前两项。

而第三项则是废功，世代为奴。

南斗一行沉默了。

如果废功的话，那就真的和死了没有什么区别了，意味着失去一切，想要再卷土重来，基本上没有什么可能。

“大人说笑了。”

南斗一行淡淡地道。

他的语气之间，渐渐有了一丝强硬。

他的退让，是有底线的。

如果木牧真的要把他往思路上逼，那他只能鱼死网破了。

“说笑？”

李牧缓缓地站起来。

砰！

他直接一脚踩下。

仙道符文流转，大日金火组成的巨脚，如踩蚂蚁一样侮辱性地狠狠覆压下来。

“欺人太甚。”

南斗一行暴怒，浑身仙光流转，面部伤痕瞬间愈合，双眸也重新凝聚出来，强大的气息流转，不再忍让，出手反抗。

说破天，他不过是在李牧面前说了几句狠话而已。

罪不至死。

哪怕是闹到大仙庭，也不可能废了他的功法修为。

好歹他也是仙君级的强者，屹立在仙道金字塔上层的大人物，怎么会真的坐以待毙？

当他的愤怒爆发，亦是可怕的。

他并不认为，如果不看地位，只论实力的话，一个仙王境界气息的大掌座，可以在正面硬憾之中，对自己造成威胁。

但结果却是事与愿违。

那巨大的火焰金脚碾压下来，南斗一行才扛了数息，便立刻难以为继，轰隆一声，他身上的气机，直接被踩散，而他整个人则是直接被踩到了泥土中。

“啊……”

南斗一行发出难以置信的怒吼。

他的骨头一寸寸断裂，身体破碎。

李牧凌空俯视下来：“谁和你说笑？”

“我乃是一教之主，万仙盟成员，你怎敢如此侮辱我？”南斗一行挣扎着冲起，仰天怒吼，道：“我要去流星岛，面见大仙主。”

李牧毫不留情，又是一脚。

轰！

南斗一行再度被踩下去，被踩进了地壳中。

大地震动。

山峦摇晃。

李牧强横的战力，终于在这一刻，展现的淋漓尽致。

无数南斗教的弟子、长老、护法看的心神震颤，面无血色。

之前的李牧，震慑他们，依靠的是权势和地位。

而此时的李牧，却是用己身的实力，彻底击溃了南斗教上下的最后一缕信心和骄傲。

初阶仙君级的掌门人，在大掌座面前，都如同虚弱无力的破布娃娃一样，不堪一击，两者根本就不是一个级别的。

难道这才是大仙庭一府掌座的真正实力吗？

太恐怖了。

完全单方面的碾压。

士气犹如山崩。

愤怒冰消瓦解。

绝对的权力，加上绝对的力量，带给敌人的，只有绝望和窒息。

南斗一行拼命地挣扎，怒吼着，一次次从地缝中冲出来，向李牧反击，但很快就被李牧重新一脚踩了回去。

自家掌门被人如此凌辱，南斗教内却已经没有人敢生气愤怒了。

有的只是悲哀。

弱者的悲哀。

最终，南斗一行重伤，宛如死狗一样，瘫在原地，一身修为，尽数被费去，四肢抽搐着，似乎连说话的力量都没有了。

“来人，将这个私通乱军的罪魁，给我抓起来。”

李牧大手一挥，直接扣下一顶帽子。

何应鑫亲自上前，将南斗一行铐住，由一群如狼似虎的刑府精锐，倒拖向玄舸飞舰。

南斗一行心如死灰。

他知道，自己完了。

今日是将刑府大掌座得罪死了，再无缓和的机会。

“南斗教内，乱军频出，需要肃清，今日起，无我军令，任何人不得离开山门，若有违者，以乱军处，格杀勿论。”

李牧的声音，回荡在南斗教的山门中。

数万仙人，无敢不从。

最终，李牧回收之下，南斗教众纷纷退下。

绿竹峰的竹林外，就剩下了何应鑫等人。

李牧笑眯眯地看向何应鑫，道：“小何啊……”

何应鑫顿时心中一个激灵。

又来了。

每一次大人叫他‘小何’而不是‘应鑫’的时候，意味着都不会有什么好事发生。

果然，就听李牧继续道：“你且先带人回小仙庭，给我审讯拷问吕安和南斗一行，将乱军份子去向踪迹，给我调查清楚，本座今日连番大战，有些累了，需要在这临水小筑，休息几日。”

何应鑫一阵头大。

这是让自己去做恶人啊。

大人一句话，等于算是将鹰扬府小仙主和南斗教掌门，都打入了乱军份子的序列，已经彻底给这两个人定了性。

何应鑫明白，自己接下来的拷问，都只是一个过场而已，真正需要实现的目的，是让吕安和南斗一行自己开口承认自己是乱军。

屈打成招。

他犹豫了片刻，道：“属下遵命。”

李牧于是很开心地拍了拍他的肩膀，道：“好好干，应鑫，本座很看好你呦。”

很快，玄舸巨舰腾空而去。

李牧一抬手。

嗖。

【青魂炼狱灯】收回无数青光，逐渐缩小，重新回到了李牧的掌心里，一闪消失不见。

远处天边，一轮红日，已经腾跃到了半空。

清晨已逝。

正午未到。

绿竹峰的竹林外，骤然变得安然静谧。

大战的气氛消失一空。

“啊，有些累了，娘子，不如我们先歇息吧。”李牧拉着花想容的小手，朝着临水小筑走去。

花想容美面微红，似是娇艳的玫瑰。

她知道李牧什么意思。

两人来到临水小筑庭院中，才猛然响起，这里还有几个人呢。

小师妹文婧，神色敬畏复杂地看着李牧。

她做梦都没有想到，花师姐的夫君，竟然是这样一位翻手为云覆手为雨的大人物，偌大的南斗教，在她心目中是不可违逆的庞然大物，但是在他面前，如渺小犹如玩物。

“参见掌座大人。”

文婧低头行礼。

之前她在临水小筑中，看到了竹林外发生的一切。

李牧那强势跋扈的行事风格，令她有些敬畏。

那种状态下的李牧，冷酷的让人心颤。

“呵呵，都是自己人，小丫头，不用这么多礼。”李牧微微一笑，他当然明白是真么回事，道：“以后你会明白，我这个人，没有那么可怕。”

说完，拉着花想容的手，就进入了房间。

文婧松了一口气，拍了拍自己的胸脯，吐了吐舌头，突然间觉得，这位掌座大人，对待自己人，其实也蛮好的。

然后，看着关闭的房门，文婧突然间明白了什么。

她的脸色一下子变得绯红，忙不迭地转身离开。

临水小筑的白日，一股浪漫和旖旎的气息，不知道什么时候，渐渐地弥漫开来。

## 第1295章 一份大礼

春宵苦短日高起，从此君王不早朝。

一连十天，李牧都住在临水小筑，仿佛早就已经忘记了这一次来到鹰扬府的目的。

而南斗教内上下，也无人敢接近绿竹峰。

临水小筑成为了南斗教中的禁地。

别说是登山，哪怕是遥遥朝着绿竹峰看一眼，教众们都会勃然变色，难以遏制脸上的惊恐之色。

时间飞逝。

岁月如苍狗，从不停留。

第十一日清晨。

日出时，金灿灿的朝阳，将小湖泊染了颜色，仿佛是洒落了一池的碎金一样，在波光艳潋里浮动跳跃。

李牧和花想容两个人，在水面上起舞练刀剑。

白衣如雪，身姿翩翩，皎皎如仙，身子优美，似是神仙眷侣一般。

文婧站在湖边，眼中满是艳羡。

“只有姐夫这样的英雄，才能配得上姐姐这样的美人，只有姐姐这样的美人，才能配得上姐夫这样的英雄，他们注定就是会在一起的人。”

小姑娘在心里这么想着。

她的家人已经重新送到了外门。

从此之后，南斗教再也无人敢欺辱他们。

不过，父母和弟弟妹妹的修炼天赋都一般，无法再有多大的进步，所以并没有被特殊对待，就这样做个普通的外门弟子，无忧无虑，不受刁难已经不错了。

嗤嗤嗤！

空气里白色的刀线流转。

刀剑轻碰的声音，宛如编钟的乐章一样好听。

李牧与花想容都是一袭白衣，赤足，极为潇洒恣意。

李牧手握长刀，与花想容对招之间，只觉得神清气爽，体内仙力滚滚而流，圆融舒适，精神状态亦是早就达到了饱满的程度。

十天十夜，日夜双修。

小别胜新婚，且食髓知味。

夫妻二人，情感升华。

花想容的体质，让李牧大受裨益。

十日的时间，之前因为融合仙髓，以及各种大战进境太快留下来的瑕疵，尽数被消除，李牧的修为，更是有了增长，直入仙王高阶，距离大圆满只差一个小境界了。

须知一般的仙道天才，别说是跨越一个大境界，就算是跨越一个小境界，从仙王中阶到高阶，怕是也得需要数百年的时间，也未见得就一定奏效。

尤其是在如今仙崩时代，更是艰难。

但李牧的实力增长，简直就像是吃饭喝水一样随便。

仙王高阶圆融境界，毫无瑕疵，根基圆满，这意味着，李牧的真正战力，已经可以媲美仙君境界高阶以下的任何仙道强者了。

除了李牧之外，花想容的实力，竟也是突飞猛进。

甚至增长的程度，比李牧还要快。

她一跃直入仙王境，初阶小成。

这让李牧也觉得吃惊。

莫非真的是体质原因？

还是有其他因素？

花想容比自己来到仙界只早数日时间而已，且没有沧海派这样的昔古大派的传承，在南斗教的经历倒也算是际遇，但她的师父南斗雄风也就堪堪勉强算是半步仙王而已，传授给花想容的功法，又能强到那里去？

但花想容这修炼进度，却在短短两年多时间里，就超过了师父。

尤其是，李牧在从花想容口中，得知了她在这两年时间里的诸多布置，以及暗中救人，一番筹划之后，对花想容更是刮目相看。

当初的花想容，就像是滔滔浊世之中一朵小白花，一个浪潮过来，就刻意将她捻落尘土。

后来纵然是有诸多修为在身，但在经验和战斗上，始终是欠缺。

这也是为什么，李牧在王时雨和花想容之间，更加担心花想容的原因。

毕竟王时雨曾经化身王言一，在紫薇星域中掀起惊涛骇浪腥风血雨，有着极丰富的战斗经验和历史，自保能力更强。

李牧却忽略了，在经历了这么多之后，花想容的心态也变了。

她成长的速度，远超李牧的想象。

这个成长，指的是精神和心计上的成长。

知道了花想容在南斗教的所为之后，李牧简直是喜出望外。

在这阴郁诡谲的仙界，处处充满危机，李牧如今的身份，又时时刻刻都伴随着危险，花想容能够有自保的修为和手段，对于她来说，又多了一份保障。

原本李牧打算将花想容送到中央乱域。

这几日接触下来，李牧却是又有了一些新的想法。

叮叮叮！

一连串急促的刀剑撞击之后，两人的演武结束。

金色朝阳给两人的身形轮廓都镀上了一层金边，惊呼声中，花想容已经被李牧拦腰保住，凌空虚度，来到了湖畔。

“小师妹在呢。”

花想容羞红了脸。

李牧哈哈大笑，道：“又不是外人。”

文婧也红了脸。

十几岁的小姑娘，精致的五官，眸子里像是要滴出水来，羊脂玉一般的丰盈脸，颊上像是染上了一层红霞一样，煞是好看。

她连忙小碎步转身离开。

姐夫这个人，什么都好。

就是有时候，有些放浪形骸了，最爱无端捉弄人家。

文婧心里这么想着，很快就准备好了精美的小菜和米粥，端到了庭院中的石桌上。

李牧和花想容如今的修为，就算是数年不饮不食，都毫无阻碍，但李牧却偏偏坚持，每日都要一日三餐。

修仙容易太上忘情，不食五谷，不理尘寰，终究会变成绝情绝欲的石头，仙人喜欢这种境界，可以让己身契合仙道，但李牧却不喜欢。

他在内心里，更希望自己是一个有血有肉的人。

简单的餐食，李牧吃的津津有味。

吃完抹抹嘴，看见文婧去收拾餐具，李牧手指敲了敲桌子，道："时机差不多了，去把你师父放出来吧，让他去收拾南斗教的残局。"

"好的。"花想容道。

虽然如今的南斗雄风，依旧没有洗脱乱军份子的罪民，放出去有些不好解释，但既然李牧这么说了，那花想容不会去问为什么。

她相信李牧，更甚过相信她自己。

片刻之后。

兀自一脸震惊的南斗雄风，就被花想容带到了李牧跟前。

"见过……大人。"

南斗雄风精神状态倒也不错。

出来之前，已经听花想容说过了这几日的事情，也介绍了李牧的身份，南斗雄风此时心中的惊涛骇浪还未平息，但毕竟是老一辈的人物，近来有连遭巨大变故，此时表面上，倒也看不出来什么。

李牧站起来，郑重地行了一个大礼。

南斗雄风心中一惊，连忙道：“老朽如何当得起大人这样的大礼。”

知道了这几日发生的事情之后，他对于李牧这样的人物，极为忌惮，有实力又身具高位，绝对是东圣洲顶级的角色，更不敢怠慢。

李牧依旧感激地道：“若无南斗长老，就无今日的花儿，可怜我夫妻在仙界中离散，在下苦寻爱妻不得，心急若狂，要是花儿遭遇不测，我亦不能独活，长老之恩，牧定当厚报，不敢忘怀。”

这一番话，的确是真心实意，发自肺腑。

李牧对于南斗雄风极为感激。

滔滔浊世，黑暗仙界，也并非全都是阴翳之辈，终究还是有人心存善念，南斗一行的一时善念，让李牧悬着的心，终于可以放下来。

更何况在小仙庭天牢中，哪怕是严刑拷打，南斗雄风也都撑了下来，没有交代出花想容这个可疑的飞升者，足见他对花想容，是真心爱护。

当然，这并不意味着，李牧就会将所有的秘密都告诉他。

“南斗长老请坐。”

李牧笑着坐下来，指尖仙火流转，随手炼制了一个玉诀，交给南斗雄风。

后者被李牧这种不经意之间展示出来的修为震慑。

李牧笑着道：“南斗一行私通乱军，他的党羽也被连根拔起，如今南斗教群龙无首，不知道长老是否愿意出关，助我一臂之力，为大仙主分忧，治理南斗教呢？”

南斗雄风霍然一惊，旋即大喜。

他听得明白，这位刑府大掌座竟然是有意要提拔自己去做南斗教的掌门。

这……这可真的是一份大礼。

要说南斗雄风身为太上长老，对于掌门之位没有丝毫觊觎，那是假的。

否则，他也不至于在南斗教内外，交游广阔，盛名远传，让原先的掌门人南斗一行感觉到了威胁，最终不得不借刀杀人，以乱军的名义，想要将他除掉。

他本以为这一次身陷囹圄，侥幸得到徒儿的帮助脱困，从此之后，便要亡命天涯，能够活命已经是异数。

但没想到绝境之中，峰回路转，竟然有机会将昔日梦寐以求的权势，掌握在自己的手中。

这不是做梦吧？

抑制住自己的兴奋的心情，南斗雄风道：“愿为大人分忧。”

之前李牧问他是否愿意为大仙主分忧，但此时他却说的是愿为李牧分忧，看似不经意的一句话，却是在隐隐地向李牧效忠。

李牧微微一笑，道：“那就辛苦了。”

说完，不再说话。

南斗雄风人老成精，立刻就识趣地告辞离开。

花想容走过来，站在李牧的身后，为他轻轻揉肩捶背，道：“师父一直都想要成为南斗教掌门，今日终于如愿了，谢谢夫君。”

李牧拉着她的手，亲了一口，道：“你我夫妻一体，何必言谢。”

万仙盟内等级森严，仙庭中更是阶级如壁垒一般不可破，越是高位的人，才能得到更多的修炼资源。

仙崩时代，修仙艰难。

尤其是对于仙王境界以上的人来说，没有巨额的修炼资源，单凭吸收天地之间的仙气，哪怕是修炼一百年一千年一万年，也不可能有寸进。

这也是仙界为什么杀鸡取卵一般，屠戮攻占下界的原因之一。

南斗雄风只有成为南斗教掌门，才能利用宗门的资源，将修为提升一步，窥破仙王，进入仙君境界。

他在南斗教中，本来就极有威望，故交广阔，再加上李牧为他开具的玉诀印信，短时间之内，想必就可以完全将南斗教都掌握在手中。

至于他身上的乱军污名？

刑府大掌座都说他不是乱军了，还有谁敢说是？

## 第1296章 坐骑

南斗雄风行事迅速果决，整个南斗教很快就在他的掌握之中了。

半个月之后。

何应鑫登上绿竹峰拜访。

该做的事情，他都做完了。

很快整个鹰扬府都知道，是小仙主吕安和南斗教前掌门南斗一行，暗中私通乱军，栽赃嫁祸给南斗雄风，因为担心大仙庭刑府掌座木牧到来查清底细，于是命人冒充大掌座，从防备森严的天牢中提走南斗雄风，试图杀人灭口，死无对证，结果被南斗雄风死里逃生，最终遇到了真正的大掌座木牧，揭发真相，两人于是落网。

一个是鹰扬府仙庭仙主，一个是鹰扬府最大宗门的掌门人，这两个人，竟然是乱军，消息传出，天下震惊。

这两个乱军孽罪份子，最终被大掌座木牧下令，直接斩杀于小仙庭天牢之内。

同时还有其党羽数百人，皆尽下狱，或被杀，或受刑为奴，牵连极广。

最终被诬陷的南斗雄风，反而是逃出生天，收到了大掌座木牧的欣赏，成为了南斗宗的新掌门人，可谓是一步登天。

一件震惊天下的大案，就这样被新任刑府掌座以雷霆手段击破。

当然，也有一些质疑声。

但很快就大仙庭压了下去。

同时，何应鑫审讯得来的各种证据，也都送往大仙庭。

李牧却依旧留在了临水小筑。

一则是他要给东方夜刃时间，去收拾残局，选派新的鹰扬府小仙主、小仙庭六府掌座人选。

二则是想要多留在花想容身边一段时间。

李牧并未准备将花想容带到大仙庭去。

流星岛上风云诡秘，危机四伏，都是仙界的大人物，不好应付，不如将她留在南斗教内，有成为了掌门的师父照印，潜心修炼即可，无需分心去应付那些黑暗之事和战争。

鹰扬府距离流星岛不算是近，但也不太远，随着李牧实力提升，利用加速法器，来回一次也就一日时间而已，想花想容时，随时都可以看到。

李牧抽时间，重新修缮加持了临水小筑。

同时，在他的要求之下，南斗教擅长炼丹和炼金的弟子长老，都道竹林外服役，淬炼仙金。

李牧在四明仙府之行，得到了无数仙金粗胚。

将这些粗胚炼化之后，剔除杂质，便可以得到仙金金精。

这种金属，可以被诛仙刀所吸纳吞噬，不断地提升诛仙的品秩。

如今随着李牧修为的提升，诛仙仙器品秩的提升，已经是迫在眉睫。

有南斗教中的顶级炼金修士可供趋势，李牧完全甩自己费太多功夫，就可以将身上的诸多仙金，完全都炼化为金精。

这就是权势的好处。

接下来的三月时间里，李牧都留在鹰扬府绿竹峰临水小筑，不断地双修，修炼，祭炼诛仙，疯狂地提升着自己的实力。

而花想容的修为，也在飞快地提升着。

转眼，三月时间过去。

这一日，阴天。

大仙庭中派遣前来接任鹰扬府仙庭各项职位的数十位仙道强者，都已经到来，履职之后，不敢怠慢，第一时间前来临水小筑拜会李牧这个仙庭巨头。

如今的李牧，凶名在外，神威赫赫，还真的没有人敢在明面上与他作对。

哪怕不是与李牧一条道上的仙庭人物，明面上，都对于李牧表达出了足够的尊重。

李牧懒得应付，见了一面之后，都给打发掉了。

又过了一月。

第四个月的时候，何应鑫不得不苦着脸，由来催促李牧。

“看来是得回去喽。”

李牧伸着懒腰，从主室中走出来。

温柔乡是英雄冢。

这四个多月时间下来，李牧都快要被温柔蚀骨磨灭锐气。

他修为又有增进，且诛仙刀品级大涨。

“走吧，回流星岛。”

李牧终于松口。

何应鑫松了一口气。

他还真怕自家这位大人，爱美人不爱江山，那他之前做的一切，可都是白费了，大仙主大人估计得死气，好在这位爷终于肯动身了。

李牧笑着拍了拍花想容的手背，道：“过些日子，我再来看你。”

花想容微笑点头。

两情若是久长时，又岂在朝朝暮暮。

李牧与何应鑫两个人，浮空而起，进入早就等待在九霄上的玄舸战舰，破开虚空，离开了三水南斗山，消失在远处的天空。

花想容站在湖畔目送。

文婧站在一边，凭风而立。

如今，整个鹰扬府都已经知道，府内第一美人花想容，成为了刑府大掌座木牧的禁脔，早就没有人敢打这位姐姐的主意。

从此之后，绿竹峰上的日子，就会好过很多。

文婧心里，也放心了。

数日前，师父曾派人来到绿竹峰，问文婧是否有意进入宗门戒律堂历练，所提供的职位也颇有权柄，但被文婧拒绝了。

小丫头知道这是师父在向自己示好，想要在南斗教内安插自己的心腹，若是接受，日后自己在南斗教内的权柄地位必将大增，但是不知道为什么，她还是更愿意留在临水小筑，侍候在花师姐的身边。

行到水穷处，坐看云起时。

临水小筑的静谧，更能然文婧心安。

……

流星岛。

烟波缥缈，仙气浩瀚。

华灯初上。

灯火犹如星辰，点缀在岛屿之上。

一场所有仙庭大人物几乎都出席的规模浩大的宴席之后，李牧回到刑府驻区，等待着他的，又是一场刑府内部的欢迎宴。

两场宴席，他都是主角。

第一场宴席，乃是大仙主东方夜刃发起，为李牧介绍了兵府、工府、户府、礼府、吏府等于刑府并立的五位大掌座，都是与李牧平级的人物，各有神通和背景。

通过东方夜刃的暗示，其中兵府大掌座楚天阔、礼府大掌座曹炳怀两人，是东方夜刃的‘自己人’——当然这个自己人，只能说明二人是受东方夜刃的心腹，并不一定是指那种‘自己人’，其他剩下的工府大掌座云溪南，吏府大掌座徐清风和户府大掌座袁琴心，则与他这位大仙主并不是一条心。

宴席间，李牧与这几人，都有交流，感官不一。

回到刑府，下属们早就准备好的晚宴，席间又有各种献礼。

刑府一共有十位主事，都是修为精深，背景不俗的仙道强者，其中八人现身在酒宴上，对李牧颇为恭敬，另有两人，一人外出办案，另一位据说是另有要事，推脱了这次宴会。

李牧完全不在意。

一众属下的献礼，李牧毫不犹豫地就手下了。

当夜，刑府之内歌舞不绝，及至天明方休。

见此状，各方反应不一。

第二日，原本应该升堂点卯，整顿府内各项积压事物的李牧，竟是在寝殿内酣睡，错过了时间，并无主事之意。

府内堆积如山的各方文碟，悬而未决。

一众刑府主事和官员们，面面相觑。

一直到中午的时候，李牧睡眼惺忪，哈欠连天，才姗姗来迟，却依旧是全身酒气。

仙庭的仙酿，是连仙人都可以喝醉的，但如此放浪之态，还是让数百位刑府天将、官员都大跌眼镜。

“都散了吧，本座在鹰扬府，过于辛劳，日以继夜……咳咳，需要休息数日，再升堂点卯，诸位各司其职即可。”

李牧哈欠连天地摆手。

主事官员们无奈，只好退下。

恰巧此时，何应鑫逆流进殿。

“应鑫啊，事情办得如何了？”李牧哈欠连天地问道。

何应鑫苦笑地看着自家大人，只觉得一阵阵头疼，道：“镇妖阁拒绝了刑府要提人的要求，仙主大人申饬三次，最终镇妖阁的回复是，若是想要提人，需得大人亲自前往天狱万妖山才行。”

李牧浑身的醉态瞬间消失，眼眸之中，精芒一闪。

好你个东方夜刃。

老子把鹰扬府的事情，办的这么漂亮，让你可以随心所欲地将心腹安插在鹰扬府仙庭，结果四个月了，你一拖再拖，答应我的事情，竟是没有办到，没有把老神棍从镇妖阁雷狱中救出来……

这个大仙主，当得也太窝囊了吧。

何应鑫连忙道：“大人喜怒，仙主大人，委实是有自己的难处。”他掏出一封书信，全无能量波动，道：“是仙主大人所书。”

李牧手指一夹，将书信夹过来，打开一看，脸上的神色连续变化，最终指尖一抹金焰，将书信彻底焚烧了。

“小何啊。”李牧笑眯眯地看着他。

何应鑫心中顿时就是一个哆嗦。

又来了。

这个称呼。

李牧道："陪我去一趟天牢吧。"

何应鑫一怔，道："大人是要去刑讯审案吗？"

李牧长身而起，哈哈大笑，道："不，去找几条狗。"

"啊？"何应鑫一怔。

两人出了大殿，乘坐青鸾，朝着天牢方向飞去。

李牧突然记起，流星岛上禁止飞行，而自己还未来得及选择胯下坐骑，心中一动，道："先去户府，挑选几头代步灵禽再说。"

青鸾改道。

半个时辰之后，到了户府区域。

饲养仙兽灵禽的基地，乃是户府管辖。

听说刑府大掌座亲至，挑选坐骑，基地负责人葛无忧不敢怠慢，连忙亲自出来迎接。

"下官葛无忧，见过木大人。"葛无忧带着基地饲仙数十人，恭恭敬敬地迎接。

李牧点点头，道："本座初至流星岛，尚未有称心的坐骑，特来挑选一二，葛管事，你为我介绍一二吧。"

葛无忧不敢怠慢，立刻带着李牧进入了饲养基地。

整个基地共分为六大区域，每一个区域又分为不同的小单元，其内饲养的灵禽仙兽，各不相同，品级、血脉不同，自低至高共分为十级。

"不知道大人心中是都已经有了目标，要选择哪一科的仙兽？"葛无忧一边带路一边问道。

## 第1297章 鸽子王

“并没有，还请葛大人介绍一二。”

李牧颇为客气地道。

葛无忧一看，这位传说之中的活阎罗刑府大掌座大人，竟是颇为彬彬有礼，心中极为意外，也松了一口气。

刚才听说此人到来，葛无忧等人，倒是真的提了一口气，生怕什么地方出纰漏，平白招惹了此人。

但见面不如闻名。

挺好说话的。

“此间仙兽、仙禽，共分为十级，以第十级为最，十级仙兽共有三头，分别是五爪紫金龙，飞翼伽蓝和七羽孔雀，都是世间难得的神异灵种，一息之间，可越千里，不过，十级仙兽，只有大仙主大人才能驾驭，其他人，看都不能看……”

葛无忧娓娓道来。

李牧一听，这不是扯淡呢吗？

既然只有大仙主能用，那你向我介绍个毛线啊。

这不是在耽误时间吗？

玩我呢？

一下子掌座大人怒从心头起，恶向胆边生。

但仔细一看，却见这个葛无忧，面带笑意，像是刚捏好了泥人儿的小孩子，在向朋友炫耀自己的作品的那种表情，并无丝毫倨傲之色。

李牧心中一怔。

他忽而又猛然意识到，这个葛无忧怕是一个不通人情世故，养宠物养傻了的呆子，纯粹就是在炫耀自己养的灵禽仙兽，根本没有想其他的事情。

没想到，流星岛上还有这种人。

有意思。

“大人可用的灵禽仙兽，最高为品级为九级，下官这里共有三十六头九级灵禽仙兽，分别是白玉犰，清光虎，凰鸟，雪翼蝙蝠，三头蛟龙，雪羽鹤……”

葛无忧没有察觉到，自己在鬼门关上走了一圈，兀自在口若悬河的介绍着。

他带着李牧，将三十六头仙兽灵禽，一一看过去。

雪翼蝙蝠体大如船，一双羽翼银白似雪，其首如白鼠，绒毛雪白，血红眼睛，看起来凶恶之中，竟然带着一丝萌感，据说白日里一息之间可行五百，黑夜时速度更快，且在诸多特殊环境之中，飞行毫无阻塞障碍。

青光虎体如山峦，皮色皮毛，威风凛凛，背生四翼，最精巧的便是这翅膀，薄如蝉翼，泛青色，震动之间，青风随行，速度极快，振翅时，羽翼如神兵利器，可以切近碎玉，战力极强。

三头蛟龙则是一条生有红绿黄三色头颅的巨蛟，腰身为淡黑色，身有白鳞，三头之中，可以喷吐三昧真火，飞行速度虽然不如雪翼蝙蝠和清光虎，但它可以高频率穿梭空间，一次穿梭便是万里，适合于长途旅行！

在葛无忧的带领之下，李牧还真的是把东圣洲各种仙禽异兽给看了一个遍。

九极仙兽各个神骏，代步倒也不俗。

但李牧一圈看下来，也不知道怎么的，就是没有出手挑选，总觉得仿佛是这些仙兽，都与自己无缘。

明明都很好，就是不想选。

“可还有其他仙兽介绍？”李牧问道。

“啊，这……倒是有点儿麻烦，这里还有八级仙兽一百六十头，也都豢养的无比神异，哈哈哈，若是大人不嫌麻烦，我来领着大人全部都看一遍？”

葛无忧兴致勃勃地道。

李牧算是看出来了，这货真的是有炫耀癖，兼话痨，恨不得把所有的仙兽灵禽都拉出来，在人的面前展示一番。

摸了摸太阳穴，李牧道：“除了这些，还有什么其他比较特别一些的仙禽异兽吗？”

“比较特别一点的……没有了。”葛无忧摇摇头，旋即意识到了什么，才恍然大悟地道：“大人竟是一头都看不上吗？”

感情这位才反应过来啊。

李牧叹了一口气，正要在九极仙兽之中，随便选一头算了。

却在这时，葛无忧突然想到了什么，迟疑地道：“咦，差点儿忘了，话说起来，倒还真的又一头异种，豢养在基地，只是……只是……”

欲言又止。

李牧好奇地道：“只是什么？”

葛无忧道：“只是这头仙兽，来历有点儿奇特，还未完全驯化，野性难驯，而且到现在为止，还未彻底定下品级，而且外形还有点儿……奇怪。”

“哦？带我去看看。”

李牧没来由地有了一些兴趣。

葛无忧带着李牧等人，来到了一片奇特区域——阵法隔绝中的穿云杉树林，这片穿云杉足足数百米高，黑色枝干如铁一般，虬劲笔直，却是生长在一片碧绿色的水塘里。

葛无忧然后口唇轻启，发出一缕奇异的声音。

李牧一听，顿时心中微微一愣。

他不由得多看了葛无忧两眼。

没想到在这里，竟然还能遇到沧海派的驯兽手法，真的是让李牧无比意外——是的，这个葛无忧，刚才施展的驯养引兽之术，赫然就是沧海派四绝之中的御兽玄音之术。

这葛无忧，莫非是沧海派的传人不成？

但也不对啊。

沧海派明明是已经彻底作古，门人死绝，只剩下了一个破败的山门基地，李牧在皇极崖时，也打听过沧海派，据闻这个门派的高手，早在万多年之前，就已经不存于世了。

但葛无忧竟然懂得沧海派的驯兽玄音？

正在李牧思忖之间，哗啦一声，树叶声响起。

就看一颗直径十米多的鸟头，从密密的树林中伸出来。

白色的巨鸟头。

“好……好大一只……鸽子？”

李牧面色古怪了起来。

钻出来的大鸟头，分明是一只雪白鸽子头。

随着葛无忧的玄音不断，巨鸟的全貌展现出来，赫然是一头体高二十多米的巨型白鸽，嘴里发出咕咕咕咕的声音，一双猩红的眸子，宛如燃烧的星辰，白色的翎羽阳光下闪烁着淡淡的星辉，灵气四溢。

“这是一头洪荒雪鸽王，说实话，下官以前从未见过如此巨大的雪鸽，怕是创纪录了，雪鸽王飞行速度极快，不逊于那些十品仙兽，且具有识途认路的天赋，但凡却过一次的地方，会牢牢记住，哪怕是穿越无尽洪荒，也可以找回去，极难走失，性情温顺，体貌优美，但是战斗力也不俗，半年前，它被三头蛟龙激怒，吃掉了三头蛟的两颗头颅，要不是我发现的早，怕是这基地要少一头九级仙兽了……”

葛无忧看着这只巨型白鸽，眼里露出陶醉的神色。

显然在他的眼中，这种生物极为完美。

“唯一的缺点是……它喜欢喝酒，容易喝醉。”葛无忧叹息着。

说着，撤去阵法。

一股仙酿酒味，扑鼻而来。

李牧这才注意到，原来这穿云杉树林下方的水泊，根本就是酒池，这酒味就是从酒池里传出来，甘醇悠久。

雪鸽王咕咕咕地叫着，在酒池里啄酒。

一副酒鬼模样。

“它喝醉了会怎么样？”

李牧问道。

葛无忧道：“耍酒疯。”

鸽子王耍酒疯？

那要怎么耍？

放鸽子吗？

李牧摸着额头，想了一会儿，突然就觉得好笑，自己今天过来，只不过是随便挑选两头在流星岛代步的灵禽就行了，何必在这里浪费这么多的时间？

差点儿被葛无忧这个炫耀狂给带到沟里去了。

“算了，就定那头清光虎吧。”

李牧说着，就要离开。

却突然这时，那头鸽子王，翅膀一阵，生出风云，直接跳到了李牧面前，将李牧的去路给拦住了。

咦？

这时几个意思？

李牧抬头看去。

雪鸽王一双红日一般的眼睛，悬在空中，咕咕咕地叫个不停，然后低下头来，像是人在鞠躬一样，在李牧面前不断地点头。

“这是……它在邀请大人。”

葛无忧双眼冒出奇光，不可思议地道。

他养了这雪鸽王经年，深知这只奇禽的骄傲，从不肯让人登其头颈。

当初那只三头蛟龙，就是因为对着鸽子王的头部吐了一团火，就被这鸽子一嘴一个，啄掉了两颗头颅，若不是他发现的快，怕是整条三头蛟龙，都要被吃掉了。

平日里，他以驯兽秘术，驯养这只雪鸽王，都无法顺利登其头顶。

如今，只不过是见了一面而已，它竟然主动邀请木牧大人登首？

葛无忧完全无法理解。

李牧心中也极为奇怪。

他犹豫了片刻，见这雪鸽王将头颅低低垂下，邀请之意尽显，于是几步过去，就踏在了其头顶。

直径十米的头颅，踩上去，宛如一朵白云一样，上面极为宽敞。

“咕咕咕！”

雪鸽王看到李牧履顶，竟是极为兴奋，震动翅膀，有祥云自翅下生出，然后它竟是合上双翼，被这祥云托着，缓缓悬浮起来。

李牧瞠目结舌。

这鸟是这么飞的吗？

但站在雪鸽王的头顶，李牧只觉得一股奇异的亲切感传来，就好似这雪鸽王的气息，能够与自己体内的仙元，相互契合一样。

这可真的是怪事。

看着下方震惊的葛无忧，李牧心中一动，嘴唇微启，也是一串奇异的声音，自唇间流转而出。

雪鸽王越发乖巧起来，咕咕鸣叫声中，透着亲昵。

葛无忧更是如遭雷击一般，眼中爆射神光，死死地盯着李牧，身躯甚至都微微有些颤抖。

李牧心中了然。

他开口道：“这头鸽子王，是何时圈养？从何处擒来的？”

葛无忧深吸一口气，强压心中的震惊，连忙道：“一年多之前，不请自来，盘桓与此处不走，下官见其灵异，便收留下来，没想到今日，这鸽子竟然与大人如此投契。”

## 第1298章 战奴

来历不明的仙兽？

李牧心中大奇。

流星岛如此守卫森严的地方，一只鸽子，是如何随便能进来的？

身为刑府掌座，李牧虽然在流星岛居住时间不长，但也知道，在流星岛上，别说是修士强者，就算是仙兽灵禽，那也是要有身份鉴别登记才能进入。

何况这只鸽子王，体型如此巨大，还战力非凡。

李牧看了一眼葛无忧。

这个人，比想象中的还有意思。

李牧刚才故意展露了一手沧海派四绝之中的驯兽手段，正是与葛无忧的玄音类似，一下子，就让这位灵禽饲养基地的管事不经意间露出了异状。

这人私自豢养一头来历不明的灵禽仙兽，还故意在自己的面前说出来，这是在试探什么吗？

李牧笑了笑，道："好，就它了。"

他选择了这头鸽子王。

葛无忧此时已经彻底平静下来，道："好的，下官为大人半手续印信，很快就好。"

片刻后，一应手续全部齐备。

李牧盘坐在这只巨型白鸽头顶，何应鑫等侍卫则站在鸽子背上，一片祥云拂动，举行鸽子腾空而起，离开了灵禽饲养基地。

葛无忧站在基地门口，仰头目送李牧等人彻底消失，神色复杂，也不知道在想些什么。

……

守卫森严的流星岛上，有两处地方，可以堪称是固若金汤，密不透风，巅峰仙君也难以攻破。

一处是大仙主所在的太阳神殿。

另一处，则是李牧等人此行的目的地——天牢。

天牢之中，关押的都是极为危险的囚犯。

除了乱军份子，还有一些反抗仙庭的散修，以及因为各种各样罪名被抓来的仙道强者。

而天牢所在的位置，则在流星岛的地下。

流星岛传闻乃是一颗天外星辰陨落在汪洋中，裸露于水面之外的部分，这部分只是冰山一角，水面之下的部分更是庞大，其体积是流星岛的数百倍。

鸽子王降落在铁松山一线崖入口出。

李牧等人，从它背上下来。

他突然想到，以后自己在流星岛的坐骑，一直都是这只鸽子的话，会不会有点儿古怪，别人出行都是骑龙乘凤，或者是狮虎仙鹤，自己确实‘放鸽子’，以后不会一直都鸽别人，成为真正的鸽子大王吧？

鸽子。

EMMMM，这个寓意可不太好。

“在这里等我，别鸽我啊。”

李牧说了一句，然后带着何应鑫，沿着一线崖往里走去。

鸽子王咕咕咕地站在原地等待。

一线崖是由两片金石山对峙而成，仿佛是被大神通者从原本完整的一座山峦上一刀劈开一条缝一样，宽约一米的缝隙，一直朝着地下延伸，最后化作了一条朝着地下的甬道。

甬道深处，地下千米，便是天牢。

整座天牢，都是在流星岛地下开凿构筑出来，不见天日。

一路上，哨卡森严。

但李牧毕竟身份尊贵，天牢是刑府管辖之地，李牧来到这里，自然是有特权。

“刑府天牢，共分为地下十八层，每一层关押的犯人，各不相同，按照修为高低、罪孽深浅来划分……”何应鑫是一个很合格的助手，不断地为李牧介绍。

他此时，已经明白了李牧来天牢的目的。

这是来找战奴了。

天牢中关押的罪犯，就算是地下第一层的人物，都是极为可怕的存在，修为精深，战力卓绝，所以仙庭有惯例，一些特殊时候，会在这些囚犯中，挑选一些愿意配合的囚犯，作为死士战奴，为仙庭效力。

有些时候，就连乱军份子，也可以提出，制作为战奴。

若是战奴在外表现不错，回到天牢中，会得到奖赏，且有直接离开天牢，重回地面的先例。

当然，这个过程中，会做一些防备手段，避免犯人逃脱。

李牧想要去镇妖阁，亲自救人，但身边可以信任的人不多，而刑府毕竟不是像是兵府，可以调动大军，再加上其他一些特殊原因，所以大仙主东方夜刃，建议李牧到天牢中，挑选一些修为彪悍的战奴，来以防万一。

一路畅行无阻。

很快就来到了地下一层天牢。

这一层天牢像是一个小城市一样，空间极大，数十条宽阔的通道，如蜘蛛网一样四通八达，通道的两侧，都有密密麻麻的囚牢，在最中心有一座小城，其中除了看守的天兵天将之外，囚犯也可以自由活动，除了无法离开天牢之外，其他方面，就如同自由的居民一般。

“这一层关押的犯人，多为仙将级修为，且其中并无乱军份子，大多数是昔日仙庭成员，因为犯错，被打入这里，不过他们还有机会出去。”

何应鑫道。

李牧一听，就明白了他的意思。

这第一层中的人，想必都是仙庭内部派系斗争的失败者，但在外面，还有一定的影响力和背景，所以待遇相对较高，除了出不去，自由限制极少，也许有朝一日，所在派系再度崛起，他们是有机会走出天牢的。

这样的人，很难被招揽为死士。

除了第一层，前面六层，关押的基本上都是类似人物。

不过越是往下，被关押着的人，修为就越高。

到了第六层，区域面积缩小，总计九十九个监牢，其中关押着的，乃是昔年仙王至仙君两大境界内的仙庭失势重臣，就没有前面几层那么自由，都是单间关押，牢房内有重重机关和阵法，暗无天日。

李牧在第六层略作停留，就继续深入。

“再往下，七层到十四层，可就都是一些穷凶极恶之辈了，无一不是桀骜不驯，满手鲜血的仙界巨寇、大盗，魔头和散修了，他们纵横仙界，搅动风云，杀戮无算，虽然不与乱军为伍，但也对抗仙庭……”

何应鑫道。

“是吗？”

李牧一听，笑了起来。

“正好见识见识。”

李牧在第十二层天牢区域，停了下来。

这片区域，是八条宽阔的地下城街道，将整个区域分为八卦形状，每一卦中都有十座监牢，每座监牢中，都关押着一位穷凶极恶的人物。

刑府掌座到来，看守的天兵天将，自是不敢怠慢，赶快前来见礼。

“参见大人。”

十二层看守天将，名叫吴越，乃是一名仙王高阶的仙将，修为不俗，出身于夔州府一个名为黑牛宗的仙门。

此人实力极强，传闻体内有上古夔牛血脉，天生力大无穷，神通数种，但因为在大仙庭中，没有什么派系背景，因此熬了多年，只能做一个看守天牢的‘牢头’。

平日里，吴越难得见到刑府大掌座这种级别的仙庭高层，今日听闻李牧到来，心中也是惴惴，也不知道是好事，还是坏事。

“大人今日来提取战奴，吴将军对这一层天牢熟悉，可有什么好推荐的人选？”何应鑫大声问道。

李牧大马金刀字坐在八卦区域中央的校场空地上，等候回答。

吴越认真地想了想，再度行礼道：“却不知道，掌座大人是想要什么样的人选？是听话的，还是……”

李牧直接打断，道：“最狠的，最强的，听不听话无所谓。”

吴越听了，略微沉思，便有了主意，对身边的副将道：“乐天，去将十六号牢房里的犯人提出来。”

副将面色吃惊，看了吴越一眼，但还是转身领命而去。

吴越令人取来了这个十六号房间犯人的档案记录，双手高举，献到了李牧的身前。

李牧取过一看。

“巨寇赵影，疑似北乱域流亡而来，嗜杀成性，修炼【乾元造化功】，每至一地，屠戮一空，部分仙民抑或宗门，不分男女老幼，皆尽杀绝，以生灵之血练功，且兼好色，暴虐，曾一日攻陷灵田州女修宗门青花宗，凌辱戮杀女修六千三百余……”

档案玉诀上，清清楚楚地记录了这个叫做赵影的巨寇，来到东圣洲之后所犯的诸多血腥杀戮。

这人被仙庭捉拿之后，一番拷打刑讯，最终关入了天牢，永世囚禁，唯一的作用，在于有朝一日，会被仙庭所用，成为战奴，榨取最后一丝价值。

叮当当！

玄金锁链拖动的声音。

一个身上插着【封龙印】长钉，身形干瘦，看外貌约二十五六岁样子的人，被狱卒推上来，到了李牧二十米之外。

“赵影？”

李牧开口，上下打量。

“你是何人？”赵影一脸轻蔑地反问。

他的眉毛细长，宛如刀锋，眼睛也是斜长，大多数时候都微微眯着，就像是一柄刀藏在刀鞘里一样，但哪怕是微微睁开，也有一道寒芒闪烁。

“大胆，见了刑府大掌座大人，还敢不跪？”

吴越大喝道。

“哦？狗仙庭的刑府大掌座？”

赵影眯着的眼睛里，在黑暗中像是有毒火在吞吐一样，鼻子狠狠地吸了一口气，冷笑道：“让我猜猜，你是来寻找战奴的，对不对？呵呵，选中了我？”

李牧坐在大椅上，没有说话。

赵影鄙夷地笑了笑，道：“这么年轻的刑府大掌座，看着也就是二十岁左右，呵呵呵，撑死也就是仙王初阶修为而已，想要让爷爷给你当战奴，小家伙，你觉得你配吗？”

## 第1299章 太残暴了

李牧晃了晃手中的玉诀档案，将其中的内容，都念了一遍，问道："这上面的事情，当真？"

赵影傲然一笑，道："没错，都是我做的。"

"没有冤枉你？"李牧又道。

赵影哈哈大笑，道："老子做事，敢作敢当，别说是那上面的事情，你们没有查出来的事情，还多着呢……小家伙，你想要收我为战奴？呵呵，也不是不可以，只要你与我约法三章……"

李牧没等他说完，对吴越道："把他身上的镣铐和【封龙印】，都打开吧。"

吴越一惊，道："大人，此獠凶残，当初抓他的时候，废了不少兄弟，不可小觑啊。"

李牧道："无妨。"

见李牧坚持，吴越不敢再多说什么，一挥手，就有狱卒上去，将赵影手脚上的封印镣铐打开卸下，又将他身上刺着的五根【封龙印】，全部都拔了出来。

"呵呵，没想到，你这个小家伙，还挺识趣。"

赵影眼睛里，精芒闪烁，活动着手腕脚腕。

他的身体里仙元涌动，气息不断地提升着，转眼之间，就到了仙王初阶境界。

这还是因为他被囚禁太长时间，若是再过一些日子，他定能恢复到昔日仙王巅峰的修为。

李牧缓缓地从大椅上站起来。

赵影上下打量着李牧，冷哼了一声，道："我又三个条件……"

"条件你妈。"

李牧直接一拳打出。

呼！

拳印如龙。

赵影面色一变，冷笑道："怎么，要考较老子的手段，呵呵，我……啊。"

一声惨叫。

骨骼断裂的声音，在牢房里分外刺耳。

赵影的身形，直接被一拳出去，贴在牢房壁上，胸口一个印痕清晰宛然的拳印凹陷下去，五脏六腑，已经被这一拳打成了肉泥飞灰。

他双臂断裂如泥。

身形缓缓地从石壁上滑下，留下一道血痕。

“你……你……”

赵影表情，惊骇欲绝，盯着李牧，生机宛如泄气的气球一样，飞快地流逝。

李牧又出一脚。

气劲涌动。

轰！

赵影的残躯，被击出去撞在石壁上，四分五裂。

红白液体瞬间涂满了石壁。

吴越等人天将、狱卒看到这一幕，不由得心中一个激灵。

“想做我的战奴？你也配？呸。”

李牧转身回来。

他身上，未沾丝毫血迹。

坐在大椅上，李牧冷笑道：“这种天怒人怨的杂碎，直接斩了就好，关在天牢里做什么？浪费粮食吗？”

吴越等人，也不敢说什么。

刑府大掌座杀一两个天牢囚犯，根本不算什么。

但如李牧这样举手投足之间，就将一尊仙王初阶的强者，如杀鸡一般杀掉，新任大掌座的实力，让他们看不透深浅。

而且这种动辄打杀的做派，当真是残暴。

和外面传闻的一模一样。

天将和狱卒们，不由得更加恭敬，大气儿也不敢出，生怕哪里做的不对，又招惹到了李牧。

李牧坐在大椅上，用手帕擦了擦手，道：“再提。”

吴越不敢怠慢，令人去提八号牢房的犯人【裂龙手】。

同时，关于【裂龙手】的玉诀记录档案，也到了李牧的手中，他开始翻阅。

何应鑫站在一边，面色有点儿奇怪。

他本以为李牧要招揽那个赵影，以李牧的手段，稍微炮制一番，收下赵影应该不成问题，结果竟是被直接打杀了。

竟不是要收赵影为战奴。

莫不是这个赵影不知死活地约法三章提意见，惹怒了暴脾气的掌座大人吧。

想来也是。

和掌座大人谈条件？

找死。

很快，【裂龙手】被带来。

是一个外貌看起来四十多岁的中年人，身形瘦高宛如竹竿一样，不但戴着脚镣手铐，刺着【封龙印】，脖子里还锁着厚重的枷锁，唯有一颗头颅硕大，皮肤包在骨头上，杂乱的红色长发披散下来，遮住了大半张脸。

李牧将手中的玉诀记录丢在一边，道：“打开。”

吴越心中一惊，正想要说，这个【裂龙手】的威胁程度，可要比赵影可怕很多，但一看李牧的神色，不敢再废话，立刻让副将过去，将【裂龙手】身上的所有封印束缚，全部都去掉。

“啊哈哈哈哈……”

【裂龙手】大笑了起来。

他张口深呼吸，浑身仙道符文光络闪烁流转，原本瘦的皮包骨的身躯，立刻就像是吹了气的气球一样，快速地鼓了起来，几息之间，他就变成了一个又高又壮的小巨人。

“听说，你用一双手掌，撕裂了无数乱军的身体，也杀了仙庭十一位仙将，一位小仙主，还曾一寸一寸地撕碎吃掉了一万阴年阴时阴刻的一岁女婴？”

李牧看着【裂龙手】。

“不错。”【裂龙手】哈哈大笑，道：“这一双手掌，裂天破地，撕神杀魔，嘿嘿，小家伙，你最大的错误，就是解开了我所有的双手封印，看起来，你的地位不低，我抓住了你，作为人质，应当可以从这天牢中逃出去，哈哈哈。”

【裂龙手】狂笑着，大踏步地朝着李牧逼近。

这一层所有的天兵天将，他太熟悉了，都不是他的对手。

所以，根本不用急。

李牧站起来，五指一曲，宛如鹰爪，直接抓了出去，道：“那就让我看看你的【裂龙手】，到底有几分斤两。希望不要让我失望。”

“和我对掌？找死。”

【裂龙手】一看，顿时大笑，抬手也抓了出去。

“大人小心，不可……”

吴越等人大惊，想要阻止已经来不及了。

就算是仙君终结，徒手肉掌对上【裂龙手】，也要饮恨。

然而，下一瞬间——

“啊……”

惨叫声响起。

血雾溅射。

吴越刚想要说保护大人，结果一看，惨叫的人，却是【裂龙手】，一双横行仙界、堪比仙器的肉掌，竟是被捏成了肉泥。

“什么？”

天将狱卒们也都惊呆了。

“啊啊啊，你……你是谁？”

【裂龙手】看着自己被捏成了肉泥的双掌，凄厉地尖叫。

李牧没有说话，反手一巴掌。

啪！

【裂龙手】的脑袋就在脖子上，转了十几个圈，然后歪了下去。

砰！

一脚提出。

【裂龙手】的尸体狠狠地撞在石壁上，四分五裂。

“本事不大，口气不小……给我再提。”

李牧用白色的手绢擦手，冷笑着道。

滴答滴答。

冷汗从吴越等天将狱卒的下巴坠落。

太残暴了。

太可怕了。

新任大掌座的强悍和残暴，简直超乎想象。

“还不提人？”看吴越等人呆滞，李牧喝道。

“啊？哦，是是是……”吴越回过神来，立刻下令，道：“去把四号牢房，不，三号牢房的重犯，给我提过来……”

李牧一摆手，道：“不用这么麻烦，把一号到十号，还活着的犯人，都给我提出来……玉诀档案何在？拿过来。”

吴越听得心惊肉跳，但也不敢抗命。

片刻之后。

九名犯人，站在了李牧的面前。

身形体貌各不相同，有瘦小如孩童的老妪，有身高三米多的巨灵，有男有女，无一例外，都是凶狠之辈。

尤其是一号牢房之中的那个巨灵，浑身血色刺青，身体上足足钉着十二枚【封龙印】，凶悍的气息，依旧无法遮掩，流转开来，令整个牢房区域，都充斥着暴虐的味道。

李牧将所有的档案玉诀看完，丢在一边，站起来，活动着身体，道："吴越，你们都退出去吧，在外面候着。"

吴越欲言又止，最后还是带人，朝着外面退去。

李牧又摆摆手，又道："应鑫啊，你们也出去。"

何应鑫略微犹豫，就带着八位近侍，也从这一区域退了出去。

九位犯人一字排开，神色不一，打量着李牧。

"开阵，把这里给我封闭了。"

李牧的声音响起。

吴越不敢怠慢，立刻催动了布置在牢房区域的阵法。

周围的八卦石壁轰隆隆地转动，将中间小广场区域封闭住，在最后一道石缝即将闭合的一瞬间，吴越无比震惊地看到，大掌座大人竟然是将那九名凶犯身上的镣铐、枷锁和封龙印，全部都卸掉了。

"不好，这……"吴越大惊。

糟糕。

要坏事。

简直是疯了。

这九名重犯，可都是心狠手辣，实力可怕的魔头。

尤其是排名第一的【巨灵皇】、排名第二的【永夜罗刹】，以及排名第三的【白头老妪】这三人，都是仙君级的强者，当年为了抓他们，仙庭可是废了九牛二虎之力，付出了巨大代价的。

大人虽然实力恐怖，但毕竟还年轻，若是同时对上这样九名凶犯……凶多吉少啊。

这可如何是好？

“快，快关闭阵法，去救大人。”

吴越大声地道。

“可是……可是一旦阵法关闭，那些重犯，都会逃出来，不能冒险啊。”副将神色一变，立刻大声地道，下令制止了去关闭阵法的狱卒。

“掌座大人的安全要紧，其他的再说。”吴越大喝。

副将摇头，道：“不，大人，恕难从命，我虽是副将，却也要谨遵职责律令，这样的情况下，关闭阵法，乃是触犯律令之事。”竟是态度坚定地拒绝。

吴越眼中精芒爆射，盯着副将。

副将只是低着头，不敢与其对视，但态度却极为坚决。

而其他一些高阶天将狱卒，竟也是唯唯诺诺，一时之间，竟是没有人去关闭阵法。

“你们……”吴越突然意识到了什么。

也就是在这时——

轰隆隆！

闭合的八卦中心区域，传出了剧烈的震动声。

接着，隐隐约约中，似是有惨叫怒吼出现。

但这样的动静，维持了大约一盏茶的时间，很快就消失了。

## 第1300章 招揽

吴越看了一眼副将。

副将没有说话，低着头，肩头微微耸动。

吴越又看了一眼何应鑫。

他惊讶地发现，这位跟随大掌座而来的年轻天将，只是静静地站着，似乎也并无强行关闭阵法的冲动，仿佛对于里面发生的一切，丝毫都不关心一样。

吴越再也忍不住，冲过去关闭阵法。

轰隆隆。

石壁移动开启。

阵法护罩撤去。

鲜血。

鲜红。

刺鼻的鲜血味道，从八卦小广场内倾泻出来。

“大人，大人你……”

吴越冲进去。

他已经催动了全部的力量，仙器长枪擎在手，准备殊死一搏，将李牧从里面救出来。

但入目所看到的一切，却是让他呆在了原地。

“怎么可能？”

他难以置信地低呼。

九个恐怖无比的魔头，此时竟是只剩下了二号牢房之中的【永夜罗刹】和排名第五的【吞天童子】还活着。

这两个魔头，在一摊血泊之中，瑟瑟发抖，仿佛是看到了什么不可思议极为恐怖的事情，都是一脸的震惊和惊骇。

其他人，包括【巨灵皇】、【白发老妪】这两个仙君级的魔头，竟是全部都被活生生地打死，肢体四分五裂，躺在血泊中，连元神都被泯灭了。

而掌座大人，却是神色从容、好整以暇地坐在血泊中央的大椅上。

“吴将军，何事如此惊慌啊？”

李牧嘴角画弧，看着他。

“这，属下……属下……”吴越不知道说什么好了。

李牧道：“你是怕我被这几个废物打死吗？”

吴越连忙下意识地低头：“属下不敢。”

李牧笑了笑，没有说话。

这时，何应鑫以及第十二层牢房副将等人，都进来了。

副将等人狱卒，看到小广场上的一切，都震惊了。

空气里仿佛是游离着魔鬼的气息，残肢断臂和鲜血横流的画面，是如此触目惊心，周围仿佛还萦绕着几大魔头频死时挣扎和哀嚎的声音。

尤其是【巨灵皇】那硕大的身躯，直接被打断成为了几截，如朽木般横七竖八地丢在地上，就好像是被活生生撕碎一样。

在刚才关闭了区域开启阵法的时候，这里到底发生过什么样恐怖的事情啊。

副将几人瑟瑟发抖，连头都不敢抬。

李牧坐在血泊中的大椅上，一袭白色的长衫，素洁的像是冰山上的白雪，纤尘不染，一双眸子明亮，定格在【永夜罗刹】的身上。

这位二号牢房的重犯，却是一个外貌年方二八的明艳女子，身形火爆，凹凸有致，弧度夸张，一张美艳的脸庞充满了侵略性，长眉如刀锋，哪怕是纷乱的红发和破碎的皮甲，都难以遮掩她的美丽。

看起来尤物一般的女子，却是十二层牢房之中，仅次于【巨灵皇】的二号危险人物。

“怎么样？现在愿意做我的战奴吗？”

李牧的声音平淡。

【永夜罗刹】没有回答。

李牧淡淡一笑，道："我只给你二十息的思考时间。"

说完，他的目光，又落在了【吞天童子】的身上。

这位五号牢房的重犯，身形如一个六七岁的小孩子一样，黑色的短发密密麻麻，犹如一团黑色的火焰一样跃动着，面目白净清秀，虎牙极长，白皙锋利，从上下嘴唇中翻出来，犹如兽齿一般。

"你呢？"李牧问道。

小家伙喉咙里发出低吼，看着李牧，眼睛里明显带着畏惧和愤怒。

李牧缓缓地站起来，道："我的耐心，很有限。"

"我同意。"

【永夜罗刹】突然开口。

她盯着李牧，道："不过，你得答应我一个条件。"

吴越一下子就捂住了额头。

何应鑫的眉毛也挑了挑。

上一个和大人谈条件的赵影，尸体已经凉透了。

然而，下一瞬间，他们想象之中李牧暴起发难的画面并未出现。

李牧笑着点点头，道："好啊，你说。"

【永夜罗刹】道："帮我报仇。"

李牧道："我可以给你创造条件，但报仇，永远都是亲自动手更有快感。"

【永夜罗刹】一怔，刀锋一般的眸子里，闪过一丝奇异的光芒，道："好，我答应了。"

李牧满意地点点头："明智的选择。"

他又看向【吞天童子】，道："你呢？"

【吞天童子】喉咙里低吼着，道："我也要报仇。"

李牧走过去，抬手，轻轻地朝着小家伙的头顶抚去，后者拼命挣扎，但却无法逃脱那掌心，李牧的手掌按在他的头颅上，淡淡地道："小孩子家家，总是沉浸在仇恨中，可不太好……我给你的答案，和她的一样。"

【吞天童子】渐渐停止了挣扎。

李牧哈哈大笑。

他转身回来，道："吴将军，给他们办理战奴手续吧。"

吴越此时，对于李牧已经是又敬畏又害怕，连忙点头，道："遵命。"

李牧又看向那名副将，道："你叫什么名字？"

副将心中一颤，连忙恭恭敬敬地道："属下刘琦……"

咻！

李牧眼眸之中，一缕刀芒一闪。

副将的话，戛然而止。

他眉心一点金色火光浮现，然后口鼻五官之中，火光犹如液体一般喷涌出来，他难以置信地捂着口鼻，看着李牧，然后身形就在火光之中迅速化作飞灰。

"啊……"

"大人饶命。"

"都是刘大人指使，我们也是奉命行事啊。"

一群狱卒吓傻了，噗通噗通，纷纷都跪在了地上，小鸡啄米一般磕头求饶。

主将吴越更是吓了一跳。

"大人，您这是何意？"他惊怒交加地道。

李牧看向他，道："你不明白吗？"

吴越心中一颤，道："这，属下……"

他怎么会不明白？

刚才大阵闭合时，发生在外面的事情，副将刘琦故意不闭合阵法，甚至还传统其他狱卒，阻止他去闭合阵法，他看在眼中，也极为愤怒。

毫无疑问，这其中必然是涉及到了仙庭中的一些丑陋的权力争斗，有人暗中对新任大掌座不满，处处为难，甚至动了杀心，而副将显然是想要借此机会，达成目的。

只是吴越没有想到，掌座大人身在阵中，搏杀数大魔头，竟然对阵外发生的事情，如此了如指掌。

吴越的心中，一阵恍惚。

新任掌座大人的手段，真的是可怕。

他不敢再言语，连忙为【永夜罗刹】和【吞天童子】办理战奴的手续——是一种类似于契约的东西，一旦签订，会对战奴有绝对的操控，一旦有任何不服从命令或者是背叛的举动，主人只需一个念头，便可以令其灰飞烟灭。

咻咻咻！

数道流光闪烁而过。

跪在地上哀求的几个狱卒，纷纷化作火焰而死。

“背叛我的人，永远都得不到原谅。”

李牧的声音，仿佛是九幽之下死灵主宰的箴言一样，在残肢断臂之中回荡着，令在场的每一个人，都是心中一紧。

很快，一切手续办完。

李牧带着新收的两位战奴，走出了第十二层天牢。

吴越恭送。

李牧突然停下脚步，回头看着吴越，上下打量。

吴越不明所以，心中忐忑了起来。

突然，就听李牧道：“你的修为，只差一步，就到仙君境界了，这样的人物，为何却只是委就任，只是一个小小的天牢守将？”

吴越一怔，苦笑道：“属下……属下不善言谈。”

“不擅言谈？”李牧淡淡一笑，道：“是你没有靠山背景吧。”

吴越低头，不敢多言。

李牧微微一笑，道："如此人才，埋没可惜了，有没有兴趣跟着我？"

"啊？"

吴越愣住。

他完全没有想到，掌座大人竟然会说出这样的话。

这还是他自从加入仙庭以来，第一次有如此显赫的大人物，对他抛出橄榄枝。

自身价值被认同的那种感觉，一瞬间充斥着他的全身。

几乎是在一瞬间，吴越就要张口答应了。

但下一瞬间，他突然又想到了什么，心头的火热，一下子被冰水浇灭。

他深深地行礼，道："属下卑鄙粗浅，不敢当大人的青眼，能够成为天牢一层守将，已经是侥天之幸了，不敢奢求其他。"

说完，他的心中越发的忐忑。

拒绝了这位凶残如魔的大人的招揽，会不会被记恨，或者是……斩杀当场？

李牧嘴角露出一丝淡淡的浅笑，拍了拍他的肩膀，道："不用急着拒绝，好好想一想，什么时候想通了，就拿着这枚令牌来找我，在我明日离开流星岛之前，你还有八个时辰的时间，好好想想。"

说完，李牧转身离去。

叮当！

一枚淡金色的令牌，丢在了吴越的脚边。

等他吴越回过神来，捡起令牌时，发现掌座大人一行，已经早就离去。

"大哥，你刚才为什么不答应？"

"是啊，这可是千载难逢的好机会啊，掌座大人欣赏你，一旦拜入他的门下，以大哥你的实力，一飞冲天是早晚的事情。"

两个心腹狱卒，一看到这么好的机会没了，都不由得为吴越着急。

这两人是吴越在十二层天牢中，唯一的两个心腹兄弟，值得信任，与吴越脾气相投，因此才敢这么说。

吴越苦笑。

“如今的仙庭，大人物们争权夺利，相互倾轧，内斗厉害，贸然投在其中任何一位的门下，都难免成为炮灰，到时候，怎么死的都不知道，咱们这位新任大掌教，手段酷烈，心狠手辣，虽然不知道他的背景根基如何，但这种行事风格，与你我的夙愿，截然相反，只怕……并非是良主啊。”

对两个心腹兄弟，他也没有隐瞒，将自己心中的顾虑，都说了出来。

## 第1301章 16层，一号重犯

“吴大哥，你的话，虽然有道理，但我们这些仙道修士，若不能锐意进取，一直守成的话，何时才有出头之日啊。”

“是啊，吴大哥，你就是因为没有靠山，不能升职，无法得到足够的修炼资源，所以才卡在仙王高阶，修为无法再更进一步，如今仙崩时代，仙界的仙气不足，没有仙晶、仙髓、仙金这些修炼资源的话，想要再进一步，太难了。”

两个心腹兄弟，也都在叹息。

吴越微微一笑，道：“仙王境界已经有万年寿命，我已经满足，不求闻达显贵，只求这一生，能够平平安安和心爱的人一起度过，我愿已足。”

两个心腹一看，也就不再劝。

“哈哈，是啊，吴大哥有佳人相伴，自然是乐不思蜀。”

“嘿嘿，吴大哥，好事将近吧，呵呵，日子定下来了没有？兄弟们到时候过去喝一杯喜酒啊？”

两人都调侃起来。

吴越不由得嘴角露出笑容，道：“呵呵，颖儿不想太铺张，到时候，只请几个相熟的兄弟吃酒就行了，到时候，你们两个，可一定要来啊。”

几个人说着，又回到了八卦牢房区中央的小广场。

鲜血刺鼻。

残肢断臂，尸体堆积。

吴越和几个心腹，心惊之余，开始打扫战场。

他们必须尽快将这里收拾干净，然后还得将这里发生的一切，都赶紧报上去，不但要解释犯人的死，也要将副将刘琦等人的死，第一时间上报刑府。

“你们说，咱们这位大人，为何重手杀了【巨灵皇】等人，却偏偏留下了【永夜罗刹】和【吞天童子】两个，论实力，他们都不如【巨灵皇】啊。”

有狱卒好奇地道。

另一人道：“莫非因为【永夜罗刹】是一个美艳的尤物？咱们这位大人，好色？”

这话倒是不假。

第十二层天牢之中，二号牢房的【永夜罗刹】的确是一个美艳到了极点的尤物，哪怕是落难，依旧艳光四射。

曾有刑府和其他来路的大人物，看上了这个尤物，各种手段威逼利诱，想要收其为侍妾，但都被这个匕首一样锋利的女人嘲讽拒绝。

【永夜罗刹】的美貌，在整个天牢之中，也是一个传说。

“如果是因为好色，那【吞天童子】呢？这个小家伙，可是一头野兽，凶着呢，他为何也没有死？”又有狱卒随意地反驳道。

“慎言。都给我闭嘴。背后议论大人，你们获得不耐烦了吗？”吴越大喝制止。

狱卒们心中都是一惊。

一想到李牧之前狠辣酷烈的手段，顿时也都怕了，不敢再说什么。

但吴越自己的心中，却是忍不住地也做琢磨了起来。

是啊。

掌座大人为何在那么多凶残重犯中，偏偏留下了【永夜罗刹】和【吞天童子】这两个人？难道说，他们的身上，有什么共同特征不成？

吴越想着想着，突然之间，一道闪电一下击中了脑海。

他猛然之间，似乎是捕捉到了一丝痕迹。

令手下的狱卒们打扫现场，吴越回到了档案室，将在今日提出来的所有重犯的玉诀档案，全部都拿出来，又仔细地看了一遍。

看完之后，他的神色，复杂了起来。

今日被提出的所有重犯中，唯有【永夜罗刹】和【吞天童子】两个人，不是因为屠戮无辜，修炼魔功，残害仙民而被抓入仙庭，而是因为其他一些原因。

虽然这档案中，也将这两人，都描述为十恶不赦的凶徒，但像是吴越这种在天牢中干了这么长时间的老手，又怎么会看不出这其中的端倪——

这两位都是身负仇恨，被权术陷害的人。

“难道这位大人，竟然是一个嫉恶如仇的刚正之人，打杀邪魔屠夫，救下了无辜之人？”

吴越有点儿不敢相信。

如今的仙庭，早就漆黑一片，成了一潭腐臭的污泥，哪里还有当初的坚守和原则？

这片污泥中，太多人都堕落了。

他早年间，在一位长辈的招揽下，加入仙庭刑府，原本以为可以维持秩序，惩奸除恶。

谁知道那位长辈被奸人害死。

他却无力复仇，最终只能认命，以惊才绝艳之资，谢绝了各方的招揽，主动申请调入天牢，做了一个小小的守将。

说白了，其实就是一个混日子的小牢头而已。

这些年，见惯了太多尔虞我诈和争权夺利，见惯了太多的指鹿为马和颠倒黑白，吴越早就已经对这个仙庭失望。

他无法相信，竟然真的会有身居高位的大人物们，会秉持正义，心怀信念，匡扶弱小，为那些蒙冤无辜者站位发声？

吴越心情复杂地将玉诀档案都放回去。

“可能是我想多了吧。”

“怎么可能会有这样的事情。”

“怎么可能会有这样的人。”

他自嘲地笑着。

一个理想主义者，生活在这样一个黑暗腐朽的环境中，就如看不到前路的漫漫旅人被淹没在汪洋中，时时刻刻都有一种窒息要死的感觉。

片刻后，第十二层牢房里的一切，都已经整顿妥当。

档案也在第一时间报了上去。

“正好也到了下值的时间。”

吴越一看时间差不多，交值之后，就离开了天牢。

回家的路上，一想可以见到心上的她，将商量好的婚约定下来，吴越的嘴角不由地划出笑意。

……

三个时辰之后。

天牢第十六层。

刺鼻的血腥味弥漫在整个小校场区域。

守将和狱卒们，瑟瑟发抖，仿佛是看到了什么无比惊恐的噩梦。

李牧白衣如雪的声音，站在最中间。

四个身影，恭恭敬敬地站在李牧的身前，低下了他们平日里高昂的头颅。

“很好，识时务者为俊杰。”

李牧用白色的手帕，擦去了手上沾染的几滴血迹。

这四个低下头颅的身影，乃是妖修。

他们之中，有人曾经凶名无铸，纵横四方，后来被仙庭捉住，打入天牢，也有人原本是仙庭官将，因为各种原因，成为了囚犯。

而现在，他们成为了李牧的战奴。

不妥协没有办法。

因为就在旁边不远处，十几头异种巨兽的尸体，横七竖八地躺在血泊中，面目狰狞，刚死去不久，身上还弥漫着凶残暴虐的气息，无一例外，都是被人用重手法活生生地打死在当场。

这是八头妖修。

其中六个是被李牧直接打死。

五个是当面挑衅李牧而被打死。

还有三个……因为很奇怪的原因，被打死。

总之，这些交横跋扈，修为恐怖，凶名赫赫的妖修，在两个多时辰里，就死的剩下了最后选择屈服的四个。

“去给他们办手续。”

李牧道。

第十六层守将叶无良不敢怠慢，连忙安排。

李牧皱了皱眉，又道：“为何不见这一层一号牢房中的囚犯被提出？”

按道理来讲，牢房的号码，与囚犯的危险程度挂钩。

这一次，李牧要收服的就是最凶残的战奴。

叶无良连忙道：“回禀大人，这一号牢房中，囚禁的乃是一头妖祖级的可怕怪物，是当年前任大仙主大人，花费了颇多代价，才捉住的妖修，前任大仙主曾经留下口谕，任何人都不得去探视、提审这个重犯。”

“哦？”

李牧闻言，心中一动。

前任大仙主，出自于镇妖阁。

既然是前任大仙主捉拿的要求，那必定是和镇妖阁有一些联系，被镇妖阁废了九牛二虎之力，打入天牢的大妖……嗯，或许可以做一些文章。

“提出来吧。”

李牧道。

“这……可是，上任大仙主有命……”叶无良依旧有点儿犹豫。

李牧眼睛一眯，凶芒闪烁。

“前朝的死人，管得了今朝的事情？”

他盯着叶无良，冷冷一笑：“难道本座在刑府中说话，都不管用了？”

李牧很嚣张。

他就是要对付镇妖阁。

一个已经死去的镇妖阁出身的大仙主，何惧之有？

他现在是当代大仙主东方夜刃座下忠实的走狗，遇到与镇妖阁粘连的事情，自然是要表现的嚣张一些。

叶无良终究还是不敢违抗李牧的命令，令人去提一号牢房之中的犯人。

“大人，这是犯人的玉诀档案，绝密级，只有您，才有资格过目，其他人不能观看。”叶无良奉上玉诀，忍不住又提醒道：“这个犯人，危险程度最高，在整个天牢之中，仅次于第十八层天牢中的那位，所以，还请您……”

“废话，滚下去。”

李牧直接打断。

还是嚣张。

人设立住了，就要一直都保持下去。

叶无良一脸无奈地退下。

李牧扫了一眼玉诀档案，上面写的罪行，真的是罄竹难书，但赫然是针对仙庭的反抗和犯罪，他一扫就明白，这个一号牢房的犯人，只怕不是什么大奸大恶之辈。

他今日在天牢之中，大开杀戒，直接以重手斩杀数十犯人，都是穷凶极恶之辈，早就该死，杀之立威，心中毫无波动。

不该死的，基本上都收为战奴了。

眼前，就看这个一号牢房中的可怕妖修了。

过了片刻，一个全身插着无数封龙印，缠着仙纹镣铐，手腕脚腕戴着厚重镣铐，脖子里戴着重枷，眼睛以铁罩扣住，缠的像是一个粽子一样的人影，就被押道了李牧前面。

嗯？

李牧突然心中一动。

一种很奇怪的感觉。

他在此人的身上，感觉到了某种……气息相连的亲切气息？

怎么会？

他非常惊讶。

## 第1302章 第十八层

“卸掉枷锁镣铐。”

李牧道。

叶无良略微迟疑，被李牧的眼神一扫，顿时不敢再说半个不字，连忙过去，将这人身上缠的满满的锁链、镣铐和枷锁，都摘了下来。

倒是数十根封龙印，都还刺在此人的身上。

不过，这个时候，就能看清楚这人的真面目。

一袭青衫，身形修长瘦高，银白的头发，眉毛如刀，斜飞入鬓，面目清癯，口鼻端正，一派道骨仙风之貌，可以想象，此人年轻的时候，绝对是一个极为英俊的美男子。

李牧打量着这个凶犯。

对方也在打量着李牧。

和想象之中那种凶悍暴戾的气息不同，这个老人的脸上，带着淡淡的微笑，眼眸里似是有星辉流转，带着一丝丝温润的光亮，根本不像是一个令东圣洲天庭天牢都为之忌惮的恶魔，反而像是一个温文尔雅的长辈。

“大人提我出来，可是想要让我，做你的战奴吗？”

老人嘴角噙笑。

李牧点点头，道：“正有此意，不知道老人家意下如何？”

老人很温和地笑着，道：“好呀。”

李牧无奈地揉了揉太阳穴，道：“说实话，老人家答应的这么干脆，我都有点儿犹豫了。”

“呵呵，老夫与你一见如故，并非是毫无道理地答应你。”老人笑着，道：“若是换作别人，说出这种话来，老夫必然心里记了一笔，早晚就弄死他。”

一见如故？

李牧心中一动。

隐约中，他总觉得这位老人话中有话。

他活动着手脚，道：“不管如何，都要向老人家请教几招，彼此称一称斤两，看看合不合适啊。”

“哦？哈哈，小伙子，有勇气，我更欣赏你了。”老人以一种颇为托大的口吻道，仿佛他才是这座天牢的掌控者。

“那就请吧。”

李牧屈指抬手。

叮叮叮！

火星溅射之中，一根根的【封龙印】，从这老人的体内被激出来。

“大人，不可啊……”

叶无良也吓坏了。

这种魔主级的人物，有着镣铐、锁链和封龙印的镇压，每日都让人战战兢兢，不敢有丝毫的怠慢，若是将他的封印去掉，不啻于纵虎归山，如何挡得住？

要闯下滔天大祸的。

李牧哈哈大笑：“退下。”

最终，何应鑫带着叶无良等人，从中央八卦小校场之中退出去，催动八卦阵法和石壁，将整个小校场都封存在了其中，避免完全揭开了封印的一号囚犯逃脱。

阵内。

“哈哈哈，年轻人，你很有勇气，竟然敢完全拔掉老夫身上的封龙印，呵呵呵，真是让老夫刮目相看啊。”

老人大笑着。

随着他身上的最后一根封龙印被李牧拔出。

老人的气息，开始急骤攀升。

飞仙，金仙，仙将，仙王……

仙君！

仙君初阶……中阶……高阶！

强大恐怖的气息掀动空气，形成了无形的空气风暴，疯狂地拍打着周围的石壁，仿佛是汪洋洪流一样，可怕的妖仙气息，让整个牢房区的空气仿佛是某种凝固了的青色液体一样。

同时，他的容貌，也在飞快地变化着。

从衰老到中年，从中年到青年，从青年到少年……

最终定格为一个风度翩翩，气质儒雅的浊世佳公子，看起来十七八岁的样子，英俊如妖，美貌到了极点，只怕是连女人看不到他的容貌，都会嫉妒。

“哈哈，快活……小家伙，来吧。”

他对手李牧勾了勾手。

李牧一拱手，道：“还未请教，老人家高姓大名。”

佳公子道：“上穷碧落下黄泉，老夫的名字，就叫做碧落。”

“碧落？”李牧微微蹙眉，道：“我知道还有一个人，她的名字，也叫做碧落。”

碧落道：“这个世界上，只有一个碧落，也只能有一个碧落，那就是我……你说的那个人，下次见面，我会杀了她。”

李牧道：“那再好不过了。”

背叛方天翼的四个叛神卫，雨迹和风痕都已经死掉，剩下的一男一女，女的名字就叫做碧落。

轰!

李牧出拳。

拳印如龙，瞬间就打破了这片空间的青色妖气封锁，轰向碧落。

“好。”

碧落反击。

他一掌缓缓地拍出。

轰!

拳掌相交，恐怖的能量波动，令整个第十六层天牢，都轰然震动了起来。

站在阵法之外的叶无良等人，心急如焚。

“坏了坏了坏了，这样下去，魔头要逃脱了。”

身为第十六层的主将，叶无良又急又怒。

这时，一位下属匆匆而来，在他的耳边说了几句话。

“什么？”叶无良一听，脸都绿色，惊呼出声。

一边的何应鑫朝他看来，道：“叶将军，有事？”

叶无良连连摇头，道：“啊，没事，没事。”心中却是已经掀起了惊涛海浪，他终于知道了李牧在第十二层中，斩杀副将刘琦等人的事情。

杀星啊。

太可怕了。

新任大掌座当真是残暴酷烈无双，一言不合，连自己人也杀掉了。

叶无良想起自己之前，对于这位大掌座，也是由于反驳了好几句，不由得一阵阵的后怕，看来没有被弄死，真的是因为这位大人心情不错。

片刻后。

阵内的厮杀声，逐渐停歇下来。

“进来吧。”

李牧的声音从里面传出来。

阵法关闭。

一群人心情忐忑地进去。

就看李牧依旧是站在中央，一袭白衣外袍崩碎破裂，露出了精壮健美的上半身，由脸颊上，有一条浅浅的伤痕，血珠儿沁出来，在耳畔汇集成为一条血线，缓缓地滴落。

受伤了？

何应鑫心中一颤。

但再看一号牢房的囚犯时，却见他一双眼眶乌青，像是熊猫眼一样，嘴角也被打肿了，呲牙咧嘴，瘸着腿，站也站不稳，喘气漏风……比掌座大人更惨。

这样子……看起来掌座大人竟然是赢了？

叶无良等天将狱卒，腿弯子都颤抖了起来。

竟然赢了。

掌座大人竟然打赢了一号牢房之中的魔主？

这怎么可能？

一众人难以置信地看着李牧。

他们意识到，对于这位新任的刑府大掌座，真的是要重新认识和判断了。

是谁说的，这种狠人都坐不稳大掌座宝座的？

“叶将军，给他办理战奴手续。”

李牧道。

叶无良强打精神，变得恭敬顺从了很多，道：“是，属下立刻就办。”

如此一来，算上之前的【永夜罗刹】、【吞天佛子】，再加上那四位妖修，李牧一共有了六位战奴。

这个数目，已经差不多了。

“大人，要返回吗？”何应鑫开口问道。

李牧看了看他，问道：“第十七层，和第十八层中，关押的是什么人？”

何应鑫道：“十七层中关押的是乱军囚犯，第十八层……也是。”

李牧笑了起来：“去看看。”

何应鑫一怔，道：“大人，按照仙庭的律令，想要收取乱军作为战奴的话，需要得到大仙主的允许。”

李牧道：“呵呵呵，你觉得以本座在大仙主心目中的地位，还需要提前报备吗？先收了，等到出了天牢再去汇报即可。”

“可是……”何应鑫还想要劝说什么。

李牧直接道：“好了好了，你怎么变得婆婆妈妈的，去看看再说。”

何应鑫无奈地道：“好吧。”

“要老夫陪你一起去吗？”碧落笑嘻嘻道：“乱军份子可是一群执迷不悟的死硬份子，像是茅坑里的石头一样，又臭又硬，不好对付，尤其是十八层的那个家伙，当年老夫都不是他的对手。”

李牧道：“你还是留在这里，老老实实把伤养好吧，把你的老胳膊老腿，好好地养一养，还有，既然自称老夫了，就不要装嫩，变作一副少年模样，太变态了。”

碧落：“……”

……

吴越回到了自己的家。

作为仙王级高阶的强者，吴越虽然官秩地位不高，但实力修为在，所以在流星岛上，分到了一处属于自己的宅邸。

只不过因为吴越没有背景靠山，宅邸规模不大，如一个四合院一样，位于流星岛西部区域，这里是岛上仙庭天将们的住宅城区，就如同人间凡人的城市一样。

只有那些地位崇高的大权力者，才有资格在一些灵域之地选择洞府。

推开门。

“我回来了。”

吴越笑着道。

他的手中，拎着一个礼盒。

里面装着的，是他花费了不小的代价，‘省吃俭用’很长时间，从仙器坊中买来的一件【冰丝仙衣】，一柄名为【井中月】的五品仙器长刀，以及一枚四品辅助修炼的仙器玉簪。

这是他精心准备的‘彩礼’。

在流星岛上，仙道强者们的生活，也充满了世俗气息。

吴越早年间父母双亡，没有什么亲戚，在当年招揽他的那位长辈身死之后，他在流星岛上的生活就变得非常单调，纯正单身狗一个，一直到后来，他遇到了一个品性相投的女修，彼此之间，渐生爱慕。

男女仙道强者结为道侣的事情，在流星岛上很常见。

有人选择大张旗鼓，如凡人结婚一般，会摆下宴席。

也有人并不注重这些礼节，自己开心就好。

吴越在天将城中，算是‘穷人’。

但他特别喜欢这个叫做李颖的女修，爱到了心底里，两人虽然已经挑明了爱慕，且善解人意、贤惠温婉的李颖也不注重这种所谓的形式，但吴越还是决定在小规模内庆祝操持一下，让两人的结合，有一定的仪式感。

今日约好了在吴越家里见面。

他一下值，就在数个店铺中，取出了早就订好的礼物，决定给李颖一个惊喜。

但是推开门，院子里一片安静。

李颖并不在。

咦？

人呢？

## 第1303章 变故

吴越看了看日晷。

时间正好。

可是李莹没按照约定的时间来。

“莫非是有事耽搁了？”

他笑了笑，开始在家里布置起来。

今天是一个精挑细选的好日子。

正好趁着李莹还未来，在家里布置一下。

一会儿，还有几个平日里相交甚好的朋友，会过来见证今日的小礼仪，一想到这里，吴越心中，颇有点儿激动。

在理想已经被黑暗的现实吞没的残酷生活之中，只有心爱的人，才能给他以慰藉，这种现实生活之中的小情趣，是吴越生命中唯一的光明了，温暖着他的生命。

过了片刻。

约好的朋友们都来了。

有两个正是第十二层天牢之中的心腹下属张铭和陆羽。

“咦？嫂子呢？怎么不在？”陆羽手里拿着早就准备好的礼物，笑嘻嘻地道：“恭喜啊，吴头儿，今日终于得偿所愿，可以抱得美人归了。”

张铭将一枚四品仙器的金发带丢过来，道：“小小心意，吴头儿，别嫌弃啊，我老张官秩太低，能拿出来的东西，只有这个品秩了。”

吴越也没有客气，道：“自家兄弟，不说两家话。”

张罗之间，又有极为平日里相较不错的朋友到来。

吴越修为高，但官秩低，加上为人不懂得变通，所以真正要好的朋友，也就这么三五个，很快人就到齐了。

一起动手，整个院落很快就布置的温馨而又喜庆。

两个大红灯笼，挂在大门口。

院子里飘洒着酒香。

但这时，李莹还未到来。

怎么回事？

众人看向吴越。

吴越皱了皱眉头，道：“可能是在织女院的任务太忙了，我去看看，大家伙儿先喝酒吃肉，我去去就来。”

让陆羽和张铭帮忙招呼客人，吴越出了家门。

李莹是大仙庭六府工部中织女院的织女，负责纺织仙锦，裁剪仙衣，刺绣等等女红。

工部算是整个大仙庭的后勤部，掌管仙器打造、仙衣、仙粮栽种等等，五花八门，因此流星岛上，有诸多从事辅助类仙术修炼的仙人，如同网游中的生活玩家，许多术法精通，掌握着独门秘术的辅助仙人，受重视程度和资源待遇，甚至不必实力高深的战斗天将逊色。

吴越很快就来到了织女院。

他经常来这里，轻车熟路。

“李莹姑娘？”织女院的一位女管事听闻，面色惊讶地道：“她已经有数日未曾来织女院上值了，吴将军你竟然不知道吗？”

“什么？”

吴越一听就愣住了。

莹莹没有和自己说啊。

“可说是为了什么事情告假吗？”吴越问道。

女管事摇头道：“未曾告假，五日前，突然毫无征兆就不来了，还耽误了不少事情，大管事为此大怒，怕是要将他在织女院中开除了。”

吴越一听，立刻就着急了。

以他对李莹的了解，绝对不会发生这样的事情，除非……

难道莹莹遇到了什么难事？

“多谢。”

他转身狂奔。

和独居的吴越不同，李莹在天将城是有家人的。

她从小与父母相依为命。

父亲李振剑是一位岛内地下城的老矿工，而母亲林怡则是昔日织女院的一位资深织女，李莹之所以可以进入织女院，也是顶了母亲的名额。

一炷香之后。

吴越来到李莹家门外。

李家在天将城中相对偏僻的红柳区。

这个区域中居住的，多为一些辅修仙人，世俗生活气息更浓。

吴越站外大门外，惊讶地发现，李家院落竟然也是张灯结彩，里里外外都在张罗，门口也挂着两个大红灯笼，左邻右舍也都来帮忙，看这样子，分明是在准备女儿出嫁之事。

难道莹莹这几日没有去织女院，竟是全家人一起在为今日的事情忙碌吗？

看这架势，应该是在为女儿准备“添香”。

仙界很古老的一个规矩，若是家里有女儿出嫁，会在出嫁前一天，召集女方的亲友，一起来庆贺，顺便招待一番，谓之曰‘添香’。

吴越的心中一宽。

也有些感动。

莹莹的父母，素来对自己还是不错的。

他快步走到门口。

“张叔，你也忙呢？”

在门口看到邻居张友芳，吴越笑着打招呼。

张友芳看到吴越，面色微微一变，像是见了鬼一样，脸上闪过一抹尴尬之色，没有说什么，直接转过身就走了。

吴越心中微微一怔。

他也没有多想，直接进入到了院子里。

里面已经摆满酒席，正在开宴，觥筹交错，大话扬天，非常热闹，足足一百多号人，都是左邻右舍，以及李家的一些亲朋好友。

看到吴越进来，原本热闹喧哗的场面，瞬间一凝。

正在喝酒行令的人群，全部都像是被定了身一样，看着吴越，脸上的表情凝固。

喧哗声戛然而止。

“你……你怎么来了？”

正巧从前厅出来，端着酒盘为客人们斟酒的李英母亲林怡，看到吴越，神色猛地一变，手中的酒盘哗啦一声就摔到了地上，杯盘狼藉，神色巨变。

这个时候，吴越就算是再傻，也意识到事情不对了。

“伯母，这是……”他想要问什么。

林怡一语不发，立刻拉着吴越的手，转身就出了大门，低声道：“吴贤侄，此处说话不方便，你随我来……”

一直将吴越拉着，出了李家院落所在的巷子，林怡二话不说，噗通一声，就跪在了吴越的面前。

“啊，伯母，这是何意？快起来，快起来吧。”

吴越吓了一跳，连忙将林怡扶起。

林怡颤巍巍站起，还未说话，眼泪哗啦啦地就流淌了下来，道：“贤侄，是我们李家对不起你，莹莹不能嫁给你了……她……她另许人家了，今日就是她的添香之日，明日上午巳时，她就要嫁给工部郦主事之女郦元辰了。”

“什么？”

吴越一听，如遭雷劈，头皮发麻。

“这到底是怎么回事？”

他无法相信自己听到的。

林怡道：“莹莹他爹五日前，在地下城挖矿时，误闯禁区，盗窃紫极仙晶，被抓了一个人赃俱获，眼看着就要抽筋取髓，凌迟处死了……郦家开下条件，只有莹莹嫁给郦元辰做妾，才能将他爹救出来，否则……”

说到这里，林怡已经泣不成声，说不下去了。

她如何不知道，自己的女儿，心中的人是谁。

可是又有什么办法？

总不能眼睁睁地看着自己家的顶梁柱，被人抽筋取髓，活生生地折磨死吧？

该想的办法，李家都已经想尽了。

能做的，也都已经做了。

李家为此几乎将仅有的积蓄，都搭进去了，也无济于事。

最后，只能被逼嫁女。

“伯父怎么会去盗取仙晶？这不可能。”吴越握紧了拳头，大声地道：“伯父不是那样的人，一定是有人陷害他，伯母，这件事情，为什么不告诉我，或许我可以……”

林怡打盹吴越的话，道：“孩子，事已至此，纠结其他已经是无用，工部主事位高权重，也不是你能撼动的人，莹莹不想让你也牵连进入这种事情里，郦家势力庞大，要对付你的话……孩子，走吧，忘了莹莹吧，我们李家对不起你。”

“不。”吴越摇头：“事情一定还有转机，还有办法的，让我试试……”

话音未落。

“呵呵，这位便是吴将军吧？”

一个温和中带着沁骨凉意的声音传来。

林怡听到这个声音，顿时面色大变，露出惊恐之色，缓缓地转身过去，道：“钱管家，你别误会，我……”

“呵呵，林夫人说的哪里话，我只不过是郦府一个小小的管事而已，如何敢对您生气。”巷子口，站着一个灰袍中年人，双手拢在袖子里，表情不阴不阳。

吴越往前一步，道："不错，我就是吴越。"

钱管家皮笑肉不笑地道："呵呵，我家公子，早就知道，吴将军会来，他已经在李家等您了，请吧。"

林怡大恐，道："钱管家，你听我解释……"

钱管家瞥了一眼林怡，淡淡地道："怎么？我家公子的话，都不管用了吗？"

林怡一下子，什么都不敢说了。

几人回到李家院子里。

原先来参加宴席的近百亲友，都已经鸦雀无声地站在了院子两侧，一个个面色尴尬中带着一些畏惧，大气都不敢出，头也不敢抬。

前厅台阶中央。

一个身穿着紫色锦袍仙衣的贵气公子，面目白净，眼窝有些青，酒色过度的样子，老神在在地坐在椅子上，微微闭着眼睛假寐。

而在他的身边，两排铠甲森严煞气流转的带剑甲士，眼神凌厉。

一身霞冠凤披的李颖，鲜红的嫁衣，身姿窈窕，跪在年轻贵公子的脚边，低着头，似乎是在恳求着什么，但年轻贵公子嘴角带着一抹讥诮的笑意，毫无回应。

看到吴越进来，李颖转过身来。

美丽的眸子深处闪过一抹悲伤。

她依旧跪着，面色冰冷，厉声骂道："姓吴的，谁让你来的？不是说，别再来纠缠我了吗？今日是我大喜的日子，还不快滚？"

吴越一怔，刚要说什么，旁边的林怡连忙拉了拉他的衣袖，示意他赶紧走。

"呵呵呵，何必这样惺惺作态。"贵公子轻笑着开口，道："你们两个人的底细，我都调查的清清楚楚，呵呵，不怕明白告诉你们两个，今天我来这里，就是在等吴越来，这对苦命鸳鸯相见的，呵呵，很有趣，不是吗？"

## 第1304章 等着我，相信我

“郦公子……”李莹一身嫁衣，鲜红如霞，跪在地上，想要解释什么。

“闭嘴。”

贵公子眼眸一冷。

他，就是工部主事郦寅之子郦元辰。

随着郦元辰的翻脸变色，整个李家院子里的气氛，骤然死寂，犹如寒季突临一般，院子里的每一个人都觉得似是被冰锥刺股一样。

“郦公子……”林怡也想要解释什么。

郦元辰只是冷冷看了一眼。

林怡顿时一句话，都说不出来了。

吴越面色难堪至极，往前走了一步，厉声道：“为什么？”

“为什么？”郦元辰冷笑了起来：“呵呵，让我来想一想……啊，好像已经记不起来原因了，就是想要找个人玩弄一下吧，看到你们痛苦愤怒却又无能为力的表情，让我觉得有趣，弱者的哀鸣，呵呵，哈哈哈哈哈！”

阴冷且近乎于变态的笑声，回荡在每一个人的耳边。

吴越紧紧地握住了拳头，体内的仙元在流淌，沸腾。

他毕竟是仙王高阶的修为，不弱。

但郦元辰只是淡淡地笑了笑，道：“怎么？想动手？李振剑还在地下城矿坑的临时监牢里关着呢。”

吴越身上的气息，顿时散尽。

“废物。”

郦元辰轻蔑一笑。

吴越一时进也不是，退也不是。

看着李莹跪在郦元辰的身边，委曲求全的样子，他的心，都快碎了。

“我就不信，这仙庭中没有正义和公理了，矿坑中的事情，我一定会查清楚，李伯父一定是被冤枉的。”吴越咬牙道。

郦元辰哈哈大笑：“查吧，随便去查吧，哈哈哈，别说你查不出来，就算是能查出来，到时候，你的女人，早就被我玩烂了，哈哈，又能怎么样？”

这贵气年轻人，说话阴毒狠辣，宛如尖锥，直刺人心。

李莹母女的面色，瞬间煞白，如失魂魄，但却不敢有任何反应。

吴越心里的愤怒，宛如火山一般，就要爆发。

但他知道，自己一旦真的动手，就会落入此人的圈套。

“郦公子，做人留一线，不要把事情做绝。”吴越低头恳求道：“你到底要怎么样，才能放过莹莹一家？”

郦元辰双眼望天，笑了笑，道：“你这是在求我吗？”

“是。”吴越咬牙低头道：“我是在求你。”

“求人的话……呵呵，你这是求人的样子吗？”郦元辰从天穹高出收回目光，眼神戏谑残忍，看着吴越，嘴角微微翘起，道：“如果我去求别人的话，我一定会先跪下来求。”

吴越噗通一声，直接跪了下来。

李莹泪如泉涌，转身对着吴越厉声喝道：“姓吴的，这里没有你的事情，你滚，快滚吧，我就是下贱，就是愿意给郦公子玩弄，一切都与你无关，你给我滚远一点。”

她深深地知道，眼前这个男子，内心里，是何等的骄傲。

他不曾向权贵低头。

他不曾向权势屈膝。

他坚持着自己心中的原则，不管是遇到任何事情。

但是现在，为了她，却跪下了。

这种屈辱，不仅仅在于肉体。

更在于在就精神上几乎毁灭了一个男人的原则。

但吴越没有说话，只是跪着，道：“郦公子，这下你满意了吧？”

郦元辰哈哈大笑：“难道你求我，我就要答应你吗？”

“你……”吴越双拳紧握，几乎咬碎了一口钢牙，道：“郦公子，求求你，放过莹莹一家，你想要怎么样，我都可以答应，让我做什么都可以。”

郦元辰缓缓地站起来。

他一脚踩在吴越的肩头，道：“我的靴子脏了。”

吴越屈辱到浑身颤栗。

他死死地咬着牙齿，没有让自己爆发出来。

然后，缓缓地为郦元辰擦拭去鞋上的尘埃。

“呵呵，”郦元辰笑了起来，道：“人们都说，天牢十二层的吴越，乃是天将城中少有的硬骨头，谁都收服不了，宁死不屈，呵呵呵，现在还不是像一条狗一样，跪在我的面前，任我炮制。”

吴越的身体在颤抖。

最后的理智，强行压着他，没有暴走。

郦元辰哈哈大笑着，又指了指自己的胯，道：“钻过去，然后以仙道根基发誓，效忠于我。”

吴越瞬间一张脸，鲜红如血。

“如果我这样做了，你就放过莹莹一家吗？”他咬牙切齿，一字一句地道。

郦元辰淡淡地道：“你没有资格和我讲条件。”

吴越沉默了。

片刻，他缓缓地朝着郦元辰爬去。

胯下之辱吗？

为了莹莹……

突然——

“吴越，你给我滚。”

李莹再也忍不住了。

她疯了一样冲过去，将吴越推开，怒吼道："你不能这么做，他是个魔鬼，你做了，他也不会放过你的……快走吧，不要搀和这件事情了。"

吴越没有说话。

他依旧朝着郦元辰跪爬过去。

李莹掌心突然泛动玉光，一枚织造仙锦的飞梭浮现手中，尖锐的梭间，对准了自己的眉心，道："你再不走，我就死在你的面前。"

吴越的身体，一下子僵住了。

他抬手试图说什么。

李莹往后退了一步，道："别过来，走。"

吴越泪如雨下。

在这一声中，他从未像是这一刻一样，觉得自己如此无能和懦弱。

也从未像是这一刻一样，渴望强大的力量，和高高的权势。

郦元辰的脸上，浮现出猫细老鼠一样的戏谑，仿佛是看戏一样，拍掌大笑，道："哈哈，真是让人感动的一幕啊，我都快感动的留下眼泪了，呵呵，可惜，解决不了任何问题。"

他看向李莹，道："贱人，披上了我的嫁衣，心里还装着别的男人，你信不信，我很快就会让你生不如死？"

李莹美丽的眸子里，流转着绝望而又坚韧的光芒，仰头。

天鹅一般的脖颈美丽而又白皙。

这个年轻而又清丽的女子，咬牙道："郦公子，你要求的一切，我都答应了，你若是还如此苦苦相逼，大不了一拍两散，我救不了我爹，那就把这条还给他，你什么都得不到。"

郦元辰面色，微微一阴，旋即抚掌笑道："呵呵，好呀，本公子在意的，就是你这股子劲儿，和别的女仙不同，呵呵，玩起来才会真的爽……好，我答应你了，呵呵，不折辱这个窝囊废了。"

他看向吴越，道："听到了没有，滚吧，哈哈，你的女人，我替你收下了。"

吴越忽地站起来，双目通红如刀，道："姓郦的，你别逼我。"

郦元辰哑然失笑，道：“逼你，又怎么样？”

吴越道：“我吴越在这流星岛上，也不是没有朋友兄弟，兔子急了还咬人呢。”

“哈哈哈哈，笑死我了，你？”郦元辰狂笑道：“就你的那些狗屎一样的朋友兄弟？你以为，我没有调查过你吗？好，很好，不如这样，我给你时间，明日巳时，我娶这个贱人过门，巳时之前，我不动他，要是你能在这段时间里，找到能帮你，敢帮你的人，那我就向你磕头认错，然后放过李振剑一家，哈哈哈，如何？”

“好。”吴越抑制着自己的情绪，一字一句地道：“一言为定。”

然后他又看向李莹，眼神柔和了下来，道：“莹莹，等着我，相信我。”

说完，吴越转身大踏步而去。

李莹手中的飞梭，当啷一声掉在地上。

她整个人也跌坐在地上，霞冠坠地，青丝披散。

郦元辰冷冷一笑，道：“来人啊，将我的小妾，扶起来吧。”

……

吴越离开红柳区，心中的火焰，在疯狂地燃烧。

他没有回家去找陆羽等朋友。

因为他心中很清楚，这些朋友真的帮不上什么忙，哪怕是他们愿意两肋插刀，吴越也不会同意——那样做，是在害他们。

吴越清晰地知道，自己所有的朋友，都无能为力。

如今能够帮上自己的，只有一个人——

刑府新任大掌座木牧。

吴越的怀里，还揣着木牧丢给他的令牌。

他不是没有想过，刚才将这枚令牌拿出来，吓退郦元辰。

但最终没有付诸行动。

除了担心令牌威慑力有限之外，吴越坚持地认为，因为自己之前并未答应木牧伸出的橄榄枝，所以并无资格使用这枚令牌。

越是危急的关头，越是要遵守自己的原则。

若是自己刚才拿出了令牌，就算是侥幸吓退了郦元辰，也救出了李振剑，但此事万一最后被木牧大掌座知道，不计较倒也罢了，计较起来，这位可要比郦元辰可怕太多。

传闻中的大掌座，可是一个喜怒无常，手段酷烈的狠人。

天牢中发生的事情，吴越自己也亲眼看到了。

他不敢赌。

这块令牌，是他唯一的机会了。

必须正确使用。

而正确使用的方式，就是拿着它，去找木牧大掌座，坦诚一切，并且拜入他的麾下，求得大掌座的援手，那一切都可以迎刃而解。

现在他最需要的，就是时间了。

不敢有任何的耽误，吴越用身上最后的仙晶，租用了一头白鹤，赶往刑府，求见大掌座。

……

“大人，手下留情，这些可都是重犯，还有很重要的作用啊。”

第十七层天牢。

何应鑫苦苦地劝阻李牧。

两具尸体已经横在了血泊之中。

他们是乱军囚犯中的死硬份子，被李牧从牢房之中提出，毫不留情地以重手，击杀在了当场，元神寂灭，死的不能再死了。

而李牧显然并未就此罢手的意思。

另有九个乱军重犯，也被他提到了天牢广场上，眼看着就要悉数击杀。

何应鑫面色焦急，连连阻拦。

李牧神色古怪地看着何应鑫，突然一笑，好奇地问道：“应鑫啊，之前我杀其他重犯时，不见你阻拦，为何一杀乱军份子，你却如此紧张，苦苦阻拦，呵呵，莫非你同情这些乱军？还是说……你与乱军有什么牵连不成？”

## 第1305章 自请入狱的人

何应鑫面色不变，连忙解释道：“怎么可能，属下终于仙庭，恨不得将乱军贼子，屠戮殆尽，又怎么可能会同情他们，只是这些乱军份子，都是极有价值的，属下希望可以在他们的身上，拷问出更多的关于乱军的信息，或者是让他们成为鱼饵，可以钓出更多乱军份子。”

李牧看着他的眼睛，道：“是吗？”

何应鑫正色道：“属下之言，句句真实。”

“好吧。”李牧摸了摸下巴，道：“你的解释，听起来，倒是有几分道理。”

何应鑫松了一口气。

但是下一瞬间，李牧骤然出手。

轰轰轰！

被提到广场上的七八个乱军份子，还未反应过来，瞬间就被李牧直接出手，当场轰杀，一个都不留。

鲜血刺鼻。

残肢断臂飞落下去。

何应鑫一怔，又惊又怒，道：“大人，你……天牢之中的乱军份子，大仙主都很少斩杀，你为何……我会将此事，详细汇报大仙主。”

李牧轻轻地拍了拍他的肩膀，道：“小何啊，你还年轻。”

他目光一扫第十八层的看押天将，道：“把这些尸体，打扫了，再去，给我随便提一批乱军份子出来……”

看守天将名字叫做周龙，被委派看守十七层乱军份子，实力自然是不低，仙王高阶，此时也被李牧这样残酷的手段，吓得瑟瑟发抖，加之已经听说了发生在上面几层中的事情，周龙闻言，更是不敢怠慢，立刻派人去提。

何应鑫一看，这是还要再杀啊。

“大人，不能再杀人了，再这样下去，大仙主也护不住你了。”他忍不住再度开口，苦劝起来。

李牧哈哈大笑，道：“这些乱军份子，一个个都是茅坑里的石头，又臭又硬，留着他们也没有用，不肯悔改，不如统统都打杀了。”

“可是……”何应鑫都快疯了。

他万万没有想到，李牧竟然疯狂到了这种程度。

“本座最痛恨的，就是这些乱军份子，不服从仙庭管束，妄图颠覆仙庭，就该统统斩尽杀绝，留下他们都是浪费仙界的空气，杀了这些不知死活的乱军，本座有的是办法，再去中央乱域，收拾这些叛逆。”

李牧杀气腾腾。

周龙等人，此时根本不敢再说任何话，像是小萌新一样站在一边瑟瑟发抖。

太凶残了。

太暴力了。

新任大掌座，简直是疯魔。

何应鑫直接挡在了李牧的身前，大声地道：“大人，恕属下无礼，不能看着您犯错，今日不管如何，属下都要拦着你。”

李牧目光一扫，道：“应鑫啊，你可不要……”

话音未落。

“斩尽杀绝？”

一个声音，在天牢第十七层激荡了起来。

这不是普通的声音，而是蕴含着无尽威严和力量的音波，一瞬间，整个天牢第十七层的空间，仿佛是电闪雷鸣，充满了一种窒息般的威压。

李牧面色一变。

什么人？

何应鑫也猛地意识到了什么。

他神色大变，道：“不好，是十八层的那位，快走……”

十八层的那位？

李牧一怔，正要细问。

突然一道刀光，自远处的十七层天牢深处甬道中，劈斩而出。

极可怕的刀光。

宛如天上银河之水，骤然灌下。

刀光劈面而来，仿佛整个世界都在眼前消失了。

李牧须发疾张，不由得怒喝道：“好刀。”

当真是好刀法。

他从未想过，世间竟然还有如此不可思议的刀法。

李牧自己本身就是刀法大家，自认集世间刀法之大成，对于刀法奥义的掌控和领域，已经到了一个‘一览众山小’的境界，自从来到仙界之后，遇到的刀法一道强者，能给他形成威胁的，几乎没有。

但是此时，眼前这一道刀光，带给李牧的，已经不只是威胁了。

而是震撼。

李牧一身修为，瞬间拔高至巅峰，诛仙刀出现在手中，在脑哈里竟然冒出了想要横刀招架的念头。

这绝对不是李牧刀法的风格。

李牧风云六刀，讲究的是一刀既出，万山无阻。

每一招都是杀招，都是进攻的气势。

哪怕是碰到再强的强者，都是挥刀劈斩，以攻对攻。

但眼下，这突如其来的一刀刀芒，竟然让李牧产生出了抵挡的念头。

好在最关键时刻，李牧心神守一，最终还是瞬间将心头招架的念头剔掉，怒吼声之中，一刀挥斩而出。

叮！

一声轻响。

李牧手中的诛仙刀，脱手飞出，如一道流光，钉在远处的石壁上，直至没柄，兀自高频震颤不休。

他的身形，也是倒飞出去二十米，踉跄落地，张口一刀血箭喷出，咯噔蹬蹬后退十几步，才勉强稳住身形。

“噗！”

李牧张口喷出一道血雾，身形摇摇晃晃，几乎站立不稳。

“保护大人。”

“大人！”

周龙等天牢守将，见势不对，立刻都冲过来，簇拥在李牧的身边。

何应鑫等人，也赶过来。

李牧双臂一震，道：“闪开。”

他大踏步地走出人群，反手一招，诛仙刀飞出来，落入到手中，刀身嗡嗡震动，清越的刀鸣声，从刀刃上游离出来。

“何方高人，不妨请现身指教。”

李牧喝道。

“杀了你，又如何？”

之前那激荡澎湃，威压恐怖的声音，再度响起。

一抹明亮璀璨的刀芒，骤然浮现出天牢深处。

何应鑫一看不对，连忙冲上前去，大声地喝道：“前辈，木大人乃是我东圣洲仙庭新任刑府大掌座，虽然杀了你们的人，但你已经出手一次，伤及我家大人，若是再出手，就是破了规矩，到时候，这第十七层的乱军修者，都得为我家大人陪葬。”

天牢深处的那一抹刀光，骤然一凝。

何应鑫松了一口气。

但是下一瞬间，那一抹刀光却是骤然加速，如闪电一般袭来。

轰！

众人还未反应过来。

李牧的身形，再度被轰的飞起，朝后出去十多米，跌跌撞撞地落地。

不过这一次，他手中的诛仙刀，却是没有被震飞。

以刀拄地，他依旧站稳着。

一股无形的刀意，在他的体内，疯狂地游蹿着。

李牧还想要张口怒吼邀战，但却身躯仿佛是不受控制一样，根本张不开嘴。

鲜血，从他的嘴角、鼻孔，眼角和耳朵中，汩汩溢出。

伤势看起来无比吓人。

“下不为例，否则，鱼死网破。”

那声音回荡在天牢中，然后缓缓散去。

覆盖在整个天牢第十七层之中的可怕威压，也逐渐散去。

令人窒息的气息终于消失。

周龙等人，大口大口地喘气，好像是快要溺死的人终于爬上了岸一样。

何应鑫连忙冲过去，扶住李牧，道：“大人，您……没事吧？”

李牧不语。

半晌，他的皮肤毛孔中，一缕缕淡金色的火光冒出来。

手中的诛仙刀更是不断地嗡嗡震动。

“哇！”

一口黑色逆血喷出。

李牧才松了一口气，缓缓地站直了身躯。

略微活动身躯，除了肢体麻木酸软，感觉疲倦之外，并无其他太重的伤势——毕竟李牧如今的修为和肉身强度，恢复力极快，堪比仙君大圆满强者。

他缓缓地收刀，徐徐吐出一口浊气，道：“走。”

他转身朝着天牢外走去。

何应鑫终于是松了一口气。

他真怕李牧再砍杀下去。

周龙等第十七层天牢的看守人员，也松了一口气，连忙行礼，声音洪亮地道："恭送掌座大人。"

片刻后。

李牧就来到了第十六层。

碧落等七名已经签订了契约的战奴，正在看守天将叶无良的监视之下，耐心地等候。

一看到李牧出现，而且身上血迹斑斑，顿时都吃了一惊。

老妖修碧落是胆子最大的一个，见状，面色古怪地问道："怎么回事？掌座大人如此修为，竟然受伤，莫非是惊动了第十八层中的那个怪物？"

李牧身上的伤势，正在快速地恢复。

他扫了一眼碧落，道："你清楚那人的底细？"

老妖修嘿嘿一笑，道："看来，大人竟是真的与那人动手了，呵呵，据我所知，这些年，引得那人出手对付的人，几乎都没有活下来，大人您是第一个。"

答非所问。

"走。回去。"

李牧带着七名战奴，朝着天牢外走去。

其他几名战奴，都沉默地跟着李牧。

李牧转身看向何应鑫，道："你说。"

何应鑫犹豫了一下，道："天牢原本是没有第十八层，后来因为一位自请入狱的乱军强者，仙庭开辟了第十八层牢房。"

"什么？自请入狱？"

李牧一听，以为自己听错了。

何应鑫道："的确是如此。"

“这却是为何？”

“因为那人，自请入狱，乃是为了保护被关押在天牢之中的乱军同伴。”

“哈？”

“那人的实力之强，震古烁今，令人难以置信，即便是诸多封印，都难以将其的实力，完全封住，曾经差点儿掀翻了东圣洲仙庭，所以最后，仙庭妥协，将此人镇在第十八层，只要仙庭不滥杀乱军囚犯，那此人就永不出天牢，也不对仙庭的任何人出手。”

李牧听完，真的是听呆了。

竟然还有这样的事情。

他不由得问道：“此人叫什么名字？”

## 第1306章 对不起，我来晚了

“张凡。”

何应鑫道。

李牧心中一震。

张凡？

这是一个很普通的名字。

普通到世上很有可能会同时有成百上千个人，都叫这个名字。

但这又是一个不普通的名字。

因为李牧，听过这个名字。

在刀剑神皇丁浩的身边，除了【剑神】方天翼之外，还有一个人，修为实力和地位，不在方天翼之下。

这个人就是张凡。

【刀圣】张凡。

传闻此人，与丁浩师出同门，乃是问剑宗的弟子。

但是他在练剑一途，毫无天赋，甚至在武道一途，资质都极为有限，不过天生意志坚定，心志过之坚韧，超乎想象，最后竟是被他另辟蹊径，改练刀法，成为了传说之中的刀圣，大器晚成，修为惊人。

刀剑神皇丁浩，号称刀剑双绝。

而在他的身边，也有一刀一剑。

剑为方天翼。

刀为张凡。

如今方天翼已经战死。

没想到这个张凡，竟然是身陷囹圄，被关押在东圣洲仙庭之中。

不过自请入狱这是什么鬼操作啊？

都被关押在了监牢之中，还能保护同伴？

李牧一时搞不清楚这位大器晚成，大智若愚的【刀圣】的做法。

“既然是此人，为何仙庭不将其击杀，活着留在世间，终究是一大祸害。”李牧道。

何应鑫道：“此人修炼【十皇体尊功】，肉身之强，近乎于不死不灭，天庭也无法将其斩杀，他的刀法之强，当年大仙主都未能抵挡他三刀，因此……”

说到这里，何应鑫没有继续往下说。

这些都是昔年仙庭的黑历史啊。

李牧听了，心中一怔。

张凡竟然这么强？

他有点儿难以置信。

不过仔细想想，刚才此人身处第十八层天牢，只出了两刀而已，就将自己劈了个半死，若是他现身在第十七层牢房，估计一刀就可以劈死自己吧。

单单以刚才张凡表现出来的实力看，真的是很恐怖。

这样的实力，干翻东圣洲仙庭，不是没有可能。

这就让李牧更加迷惑了。

张凡和方天翼是同门师兄弟，后来也成为了丁浩身边的左膀右臂，可以说是并驾齐驱，何以张凡如此强大恐怖，而相比之下，方天翼在四明仙府之战中，表现出来的水准，可就有点儿差强人意了。

两个齐名的人，何以差距如此之大？

难道……

李牧的心中，突然有了一个大胆的猜测。

很快，一行人就来到了天牢之外。

顺着一线崖，来到外面，就看到了巨大的鸽子王，咕咕咕地等待着起落岗，瞧见李牧，竟是颇为亲昵的样子，蹦跳了过来。

别的不说，这么大一只巨型白鸽，卖相还是极为神骏的，丝毫不比仙鹤之类的飞行坐骑差多少，李牧心中，还是颇为满意的。

但让李牧意外的是，在白鸽的身边，还有一个人。

噗通！

吴越冲过来，跪在李牧面前。

他的手中，举着那枚令牌。

“属下见过大人。”吴越双膝跪地，无比恭敬。

李牧一看之下，已经明白了什么，将令牌接过来，道：“怎么？想通了？”

吴越以额头扣地，深深地跪下，道：“属下愿归附大人麾下，从此之后，刀山火海，赴汤蹈火，绝不推辞。”

李牧饶有兴趣地道：“看样子，你是遇到了什么麻烦，有求于我吧。”

吴越心中一颤，不敢有丝毫的隐瞒，连忙道：“大人慧眼如炬，属下走投无路，愿以这条贱命为酬，恳请大人出手一次。”

李牧一抬手。

一股无形之力，将吴越扶起来。

“大男人，动辄下跪，不是什么好事，起来吧，本座答应你了。”李牧说着，跳上了鸽子王头顶。

“啊？”

吴越一呆。

他本以为，就算是没有一番讨价还价，但掌座大人终归要问一句什么事情，才考虑答不答应自己，没想到，答应的如此干脆。

略微沉吟，吴越道：“大人，您就不问问属下求您半什么事吗？”

毕竟要对付的是工府十大主事之一，这绝对不是什么小鱼小虾，而是流星岛上真正有权势的人物。

李牧哈哈大笑：“这岛上，很少有刑府大掌座办不成的事情。”

吴越沉默了。

这句话，让他感受到了权势地位带来的自信和力量。

这正是他欠缺的。

白鸽起飞。

站在鸽子背上的吴越，将事情说了一遍。

他的心中，有些忐忑。

工府主事的地位，虽然比刑府掌座低一级，但毕竟不是直接隶属，且郦家在流星岛上经营多年，朋党众多，势力盘根错节，并不好对付。

然而李牧听了，却是不屑地一笑。

“我当是什么大人物，让你如此为难，不惜卖身，原来只不过是一个小小的杂鱼。”李牧盘坐在鸽子王头顶，背对吴越等人。

他淡淡地道：“以你的实力天赋，对付那个什么郦元辰，本该是手到擒来，可惜你怀才不遇，无权无势，只有一个虚职，所以这种阿猫阿狗，都敢跳到你的头上屙屎拉尿，呵呵，是不是感觉到很悲哀？”

吴越低头不语。

这件事情，对他的触动，的确是太大。

“放心吧，既然你遇到了我，那以后绝对不会再因为这种事情，向人低头了。”

李牧全身都流露出强大的自信。

他缓缓地站起来，道：“走吧，本座随你走一趟。”

吴越吃了一惊，连忙道：“怎敢劳烦大人亲自去，只需……”

李牧摆摆手，道：“我这个人，比较迷信，正好我明日，要出去办一件大事，吉凶难料，去参加一下你的婚礼也好，沾一沾你的喜气。”

吴越一听，大概就明白了怎么回事。

他虽然迂腐，但并不傻。

李牧这么做，摆明了是要亲自去给他站台。

心中感激之余，他恭恭敬敬地行礼，道：“多谢大人。大人之恩，山高水长，属下丁当结草衔环，以报大人的恩典。”

李牧摆摆手，道：“漂亮的话就不要再说了，本座看你的实际行动。”

于是，何应鑫带着几名战奴，返回刑府，准备前往镇妖阁之事。

而李牧则与吴越一起，前往天将城。

……

辰时。

按照地球时间划分的话，就是早晨七点到九点。

这个时候，暮霭缕缕。

天将城红柳区，天刚蒙蒙亮。

街道上行人不少。

流星岛上禁飞，所以仙民们也只能步行而走。

辰时下三刻。

距离巳时，还有一刻钟的时间。

也就是十五分钟。

李家的院子里，一片气死沉沉。

郦元辰当然不可能一整夜都留在李家，羞辱了吴越之后不久，他就离开，不过却留下了一个整队的天兵天将，将李家四周，都监视了起来。

前来参加昨日‘添香’宴的亲戚朋友，都被强行留了下来，等待看戏。

不过被昨日那么一打扰，事情揭开，欢庆的气氛，算是荡然无存，亲友们一个个坐在院子里，神情尴尬，也不好议论，就像是在坐监一样，气氛沉默中带着一丝悲凉。

李莹被安排在了后院闺房。

母亲林怡也没有再招待客人，而是垂泪安慰自己的女儿。

一夜过去。

林怡的头发几乎白了一半。

“孩子，要不你走吧，去找吴越，带着你离开流星岛，不要管我和你爹了，我们两个一把老骨头，认命了，不能拖累了你啊。”

林怡安慰着女儿。

李莹摇摇头。

泪已经流干了。

她心如死灰。

心底里最后一丝温暖，来自于吴越。

她知道，这个男人一定是正在拼命不惜一切代价地想办法，在求人。

她也知道，他无能为力。

如果抛弃了父母，跟他离开，等待着他们的，将会是另一次阴谋，另一次算计，郦元辰那种阴狠之人，绝对不会放过他们的。

这，或许就是命吧。

“娘，时辰快到了吧，您再为我梳一次头吧。”

李莹站起来，坐在了梳妆台前。

她已经决定，不再挣扎了。

认命吧。

当她看到镜子里那个清秀可人的姑娘，长长地叹了一口气，在心里默默地说着，对不起啊，姑娘，这一生没有能够照顾好你。

这时，脚步声从楼下传来。

林怡惊呼一声。

李莹在镜子里，看到了冲进自己闺房的吴越。

他终究还是又来了吗？

李莹没有回头，淡淡地道："你走吧，再这样纠缠下去，被郦元辰看到，我爹爹活不了，我们都活不了……"

然而，吴越直接冲过来，从身后紧紧地抱住了李莹。

李莹身体一颤，没有挣扎。

"对不起。"吴越道。

李莹听到这三个字，心中最后一丝侥幸烟消云散。

但紧接着，吴越却流出泪水。

他坚定地道："莹莹，对不起，让你担惊受怕，放心吧，我已经找到了能帮我们的人，你不用嫁给郦元辰，伯父也能安然无恙。"

身后，母亲林怡身体一僵。

李莹以为自己听错了："你……说什么？"

吴越道："有一位大人，愿意帮助我们，莹莹，放心吧，噩梦已经过去了，从此以后，我不会再像是以前那样浑浑噩噩，我会一辈子都保护在你身边。"

李莹呆了呆，缓缓地站起来，转身道："你说的那位大人，是谁？在哪里？"

吴越兴奋地道："就在前院，我带你去见他。"

## 第1307章 我也给你一次机会

李莹跟随吴越来到了前院，然后就看到了正蹲在檐下逗鸟入神的李牧。

年轻，英俊。

这是李莹第一眼看到李牧时的感觉。

就像是一个邻家清澈贪玩的小弟一样，看到站在屋檐上的小云雀，都忍不住要逗弄一下。

她忍不住回头看了一眼吴越。

虽然没有说话，但意思很明显——

这就是你带来的大人物？

太年轻了。

身上没有丝毫的气势，不见威仪。

这样的一个小年轻，就可以镇住工府主事级别的人物？

吴越却是丝毫不敢怠慢，带着李莹来到了李牧身前，一直都恭恭敬敬地等着，等到李牧逗鸟结束，才躬身行礼，道：“大人。”

李牧转身过来一看，微微点头，道：“郎才女貌，不错。”

吴越就笑了起来。

李莹知道吴越不是那种做事不靠谱的人，见他对李牧如此恭敬，心中不免好奇了起来，在大仙庭还未听说过这样一号人物，看着这么年轻，莫非是和郦元辰一样，是某位位高权重的大人物的子嗣？

“织女院织女李莹，见过公子。”

李莹行礼道。

李牧微微一笑，道：“不必多礼，呵呵，为伊消得人憔悴，衣带渐宽终不悔，李姑娘为了吴将军，当真是形神憔悴，不如先回去梳妆吧，一会儿可以开开心心地嫁给吴将军了。”

李莹俏脸一红。

被一个看起来如同邻家小弟一般的男孩调侃打趣，她羞红了脸。

大院里的其他亲戚好友，见李牧说话口气如此之大，也都不由得暗中好奇，到底这白衣短发的年轻人，是何等来历，言语之间，竟是丝毫不将郦元辰放在眼里。

“大人，小女子不知道，吴越是否将事情都告知您，此事并不简单，对方势力很大……”李莹很委婉地提醒。

李牧呵呵一笑，直接打断了她的话，道：“跳梁小丑，不足挂齿，李姑娘尽管放心便是。”

话音未落。

“哪里来的不知死活的杂碎，竟敢在这里，放这样的话。”一声冷喝传来，甲胄摩擦，一名身着赤红仙甲的天将，带着十名天兵，从大门走进来，冷笑着盯着李牧。

是郦元辰的人。

院子里的气氛，骤然紧张了起来。

空气仿佛是凝滞。

李牧看也不看，一道仙力无形涌动而出。

砰砰砰！

几名天兵天将根本还未反应过来，就被击飞出去，身形如沙包，不偏不倚正好飞出大门，跌落在了门外的尘埃中。

“啊……”

“呜！”

大院里响起一片惊呼声。

谁都没有想到，这个白衣年轻人，连一句话都懒得说，直接出手，就将郦元辰的人给打了出去。

李莹、林怡两人的心，一下子也都提了起来。

这一打，这等于是彻底和郦元辰撕破脸了啊。

彻底没有了退路。

唯一吴越的心中，却是一点儿都不担心，反倒是有点儿惊讶。

以掌座大人的脾气，刚才这种人，只怕是早就死了一万次了，但刚才只是将人轰出去，显然掌座大人并不想在婚礼上杀人，以免犯煞。

痛呼呻吟声，从外面传来。

那几个天将挣扎着站起来，刚要喊骂，就在这时，远处一头白鹤低空飞来，落在大门口，上面下来数个人影，其中为首之人，不是郦元辰又是谁？

“公子。”

天将行迹狼狈地过去行礼。

郦元辰原本脸上还带着一丝笑意，见状，眼眸里阴霾流转，道：“怎么回事？”

“是那个吴越，找来了一个帮手。”天将不敢隐瞒，也不敢添油加醋，将事情说了一遍。

郦元辰冷笑了起来。

不知死活的蝼蚁，垂死挣扎。

“走，进去，我倒是要看看，哪里来的野狗，敢与我作对。”

郦元辰带着数名亲随，进入到了李家院落里。

院子里的喧哗议论声，瞬间戛然而止。

就好像是有人猛然间按下了静音键一样。

数百名亲友瞬间都低下了头，一句话都不说，大气也不敢喘，发生了刚才那样的事情，郦元辰的心情绝对好不到那里去，这个时候，千万不要被注意到，否则万一成为出气筒，那才真的是得不偿失。

郦元辰目光阴冷，一扫院子里众人，视线最终定格在李牧的身上。

他不认识李牧。

说到底，他不过是一个仙二代而已。

而李牧自从就任刑府大掌座之位后，先是奔波鹰扬府，返回流星岛才几日时间，那日的高层欢迎宴席，别说是郦元辰，就算是他爹郦寅，也只是勉强有资格在末席参加一下而已。

郦元辰的圈子和层次，距离李牧，差的太远太远了。

在确定李牧并非是自己认识的‘大人物’之后，郦元辰的心返回到了肚子里。

他目光落在李莹的身上，阴狠一笑，道：“贱人，看来你是不见棺材不掉泪，给你脸你不知道珍惜，很好，我会让你知道，什么叫生不如死。”

他又看向吴越，道：“我给了时间，你却找来这样一个野狗？凭他想要对付本公子，很好，非常好，我欣赏你的勇气，嘿嘿，一会儿弄你的女人的时候，我会让你当面参观，呵呵呵呵……”

吴越面色一变，杀意沸腾。

李牧拍了拍他的肩膀，道：“记住，你以后是要随本座做大事的人，不要被这种蠢货随随便便一两句，就扰乱了自己的心境。”

吴越深吸了一口气，道：“是。”

李牧直直地朝着郦元辰走去。

郦元辰面带轻蔑的笑意，道：“在我的面前装腔作势，猪鼻子里插葱啊，呵呵，你也配？你算什么……”

话音未落。

啪！

李牧直接一巴掌抽在郦元辰的脸上。

将他剩下的话，全部都抽了回去。

数颗牙齿，从这位贵公子口中迸飞了出来。

不等他有任何反应，李牧反手又是一巴掌。

啪！

抽的郦元辰刚刚歪过去的头，迅速又歪了回来。

啪啪啪啪！

李牧正手反手、反手正手又是一连串巴掌。

郦元辰直接被打懵了。

他的实力不弱，仙将巅峰。

但在李牧的面前，却不够看。

被一巴掌接着一巴掌地抽，脑袋左右歪来歪去，偏偏身体却被钉在原地，他既不能躲避，也没有被抽飞出去，就像是一个木偶一样，眼睁睁地挨打。

而他身后的几名亲随，还有跟进来的天兵天将，惊骇之余，想要冲上来帮忙，却被一股恐怖到了极点的气机，直接锁定镇压，以至于他们连手指都无法动弹，甚至都无法开口说话，更别提是出手了。

于是，在院子里李家亲友们的震惊中，在天兵天将们的惊骇中，在郦元辰的痛苦中，这样响亮的耳光声，整整持续了二十息的时间。

也不知道抽了多少个耳光之后，李牧收手了。

“跪下吧。”

他反手在郦元辰的肩头一拍。

咔嚓。

膝盖碎裂一般的声音响起。

郦元辰直挺挺地就跪在了院子里，腿骨扭曲，触目惊心，骨头不知道断裂成为了多少截。

这个时候，郦元辰发现，自己终于可以开口说话了。

他体内的仙元并没有被禁锢，所以被打烂打肿的脸，瞬间恢复，他挣扎，却发现双腿失去了知觉，任凭他如何激荡气血，都无法恢复，于是仰头，面目狰狞地盯着李牧。

“你知不知道，你刚才做了什么？”

李牧听了，不由得失笑。

这种愚蠢的仙二代，他连一点点与之对话的兴趣都欠奉。

用白色的手帕，擦拭着自己的双手，李牧想了想，还是道：“你不是喜欢折磨人吗？呵呵，这样吧，我也给你一次机会，你派人去找，这座流星岛上，你能发动的关系，都让他们来，包括你那个蠢货爹爹郦寅，看看他们能不能保下你。”

郦元辰心中一震。

对方竟是知道自己的爹是郦寅？

这么说来，对方刚才并不是一时脑热发疯，而是有备而来？

“你……你到底是谁？”

郦元辰咬牙切齿地问道。

李牧并不理会。

郦元辰被李牧这种轻蔑的态度刺激到了。

他低吼道："好，本公子也是唬大的，有本事你就在这里不要走，我倒是要看看，你的本事和背景，到底有没有你嘴巴上这么硬。"

身后的亲随和天将，都被派出去。

李牧看了看已经惊呆了的李莹母女，也没有再解释什么，对吴越道："择日不如撞日，不如你们现在就完成婚礼，本座来为你们证婚，等到一会儿，那些家伙来了，正好留下点儿贺礼。"

吴越此时，心中已经对李牧感激到了极点。

他恭敬地行礼，然后在李莹的耳边，轻轻地说了几句什么。

李莹娇躯猛然一震，难以置信地看向李牧。

原来这个年轻人，竟是这些日子让整个流星岛都为之侧目的刑府新任大掌座木牧，这可是真正的顶级权贵啊。

一言一语，可以决定无数人生死。

大仙主之下，偌大的东圣洲，能够与刑府大掌座分庭抗礼的，也不过只有五人而已。

想通了这一点，李莹原本已经绝望的心，终于彻底火热了起来，重新燃起了希望。

如果是这位大人的话，那自己和吴郎终于是得救了。

爹爹也可以无虞了。

"小女子不知是大人驾临，方才多有失敬，还请大人恕罪。"李莹连忙再度向李牧行礼。

这一次，却是恭敬了数倍。

李牧呵呵一笑，道："快去梳妆吧，不要让吴将军久等哦。"

李莹红着脸，拉着还有点儿不明情况的母亲林怡，就朝着后院走去，这个时候，她是彻彻底底地放下心来，准备真正属于自己的大婚了。

院子里的气氛，却比之前更加凝固了。

亲友们不敢走。

郦元辰在心底里发狠，一旦自己的父亲被请来，那他今日不管是付出什么代价，都要将这个白衫年轻人弄死，以洗刷耻辱。

在这样的气氛中，时间流逝。

转眼，一炷香时间过去。

终于——

院子外面数道强大的气息，快速而来。

“何人竟敢羞辱我儿？”

工府主事郦寅愤怒的声音，从街巷外传来。

## 第1308章 我就这么一个儿子

……

听到父亲的声音，郦元辰一下子像是活了过来，在院子里大吼了起来，道：“爹，我在这里，爹，快救我。”

李家院子里的人，一下子都紧张了起来。

可以说是心脏都跳到了嗓子眼。

工府主事郦寅，这可是东圣洲顶级的权贵人物啊。

平常就算是随便一句话，都可以决定无数人的生死。

这样的大人物，竟然真的来了。

坏了坏了。

这种人物惊动了，带着愤怒而来，今日的事情，怕是要出大麻烦了。

咣！

大院门本就敞开的门，被直接砸破。

两列甲胄鲜明森严的工府天将，凶神恶煞地冲进来，将整个院子里的人，都围住，杀意沸腾，刀枪闪烁着寒光。

“都跪下，否则，死。”

一位身着黄金仙甲的仙将厉声大喝。

院子里的亲友们，吓得魂不附体，瑟瑟发抖，噗通噗通就跪了一地，连头都不敢抬。

唯有李牧和吴越两人，依旧站着。

天将们训练有素地控制住了场面。

“徐叔，我在这里，快救我……”

郦元辰看到为首的那位金甲仙将，像是看到了救星一样，大声地尖叫了起来。

这位金甲仙将名为徐震，乃是郦家的家臣，仙君级的修为，辅佐郦家已经有数百年，在整个流星岛上，也算是一号人物。

“啊，辰公子，你这是……”他过去扶起郦元辰，一看其腿部的伤势，顿时愤怒的身体都颤抖了起来。

不可饶恕。

在这流星岛上，竟然还有人，胆敢如此重伤郦元辰？

徐震一眼扫向李牧，道：“是你做的？”

李牧冷笑不语。

阎王好见，小鬼难缠。

“好，今日谁也救不了你，来人啊……”徐震冷笑了起来。

就在这时——

正主儿功夫主事之一的郦寅，终于在几个亲卫的簇拥下，从大门里走了进来。

工府主事的出行排场，自然是不小。

来的路上，郦寅心中的怒意和杀意一起沸腾。

已经有很长很长的时间，没有人敢这么挑衅他们郦家了。

这一次，竟然有人将他儿子打伤，还扬言等着郦家去动用关系，看看谁能压下去。

这哪里是打他儿子？

分明是在打他郦寅的脸啊。

别说郦元辰乃是他的独子，平日里百般宠着，就是他郦寅的脸面，也丢不起啊。

看来自己最近低调太长时间，流星岛上的一些人，都忘记了他郦寅的可怕。

正好展露一下爪牙，让那些政敌们，也知道他郦寅不是软柿子这么好捏的。

怀着这样的心态，郦寅进了李家大院。

“是谁打伤吾儿，今日……咦？”

怀着杀意和盛气而来的郦寅，在进入大院之中时，一句话还没有说完，就看到了站在院子里的李牧。

他的心中，猛地一怔，旋即心头的怒火，烟消云散。

别人不认识李牧，他却是认识的。

当日大仙主为李牧举办庆功宴席，郦寅有幸作为参加，并且与工府的其他主事一起，前去敬了李牧一杯酒，这已经是足以让他吹嘘的事情了，虽然当日他连说话的资格都没有。

一见李牧在这里，郦寅立刻就意识到了。

一种巨大的危机感，瞬间笼罩在他的心头。

刑府啊。

刑府是干什么的？

就是专门对外搜捕乱军间谍，对内镇压异己份子的凶狼啊。

仙庭中，除了大仙主之外，有那个人不怕刑府的人？

这位新任刑府大掌座，乃是大仙主东方夜刃面前的红人，更被许多人私下里称之为大仙主的忠犬，他的行动，往往都代表着大仙主的意志。

今日的事情……

难道大仙主盯上了郦家？

刑府要动人，坑定会编制一箩筐的罪名。

难道这是要动自己的先兆？

这些个可怕的念头，一瞬间在郦寅的脑海之中闪过，让他一下子就觉得有些腿软，巨大的错愕和惊恐之下，郦寅甚至忘记了上前向李牧行礼。

而他这样一副面色阴晴不定的表情，却让其他人都误会了。

徐震还以为自己大人郦寅是因为看到儿子重伤，心中的愤怒难以平息，当下不敢怠慢，大声喝道：“来人，将这两个不知死活的野狗，给我拿下，如有反抗，格杀勿论。”

天将们立刻就要出手。

这时，郦寅终于是一个激灵，反应了过来。

还动手？

这是找死吗？

“住手，快住手……谁敢无礼，找死吗？”郦寅惊慌失措地大喝着，连忙冲过去，将一个举剑对向李牧的天将，一脚踹飞，然后连忙向李牧行礼。

“卑职郦寅，见过掌座大人。”

郦寅毕恭毕敬地弯腰，行礼。

姿态谦卑到了极点。

一瞬间，气氛毫无征兆地扭转。

整个院子里的空间凝固了，时间静止了，空间冻结了。

除了吴越之外的所有人，都呆了。

一些人以为自己看错了，下意识地揉了揉眼睛。

但是，没看错。

的的确确是顶级权贵郦寅，如同一个卑微的奴仙一样，在那白衣年轻人的面前，弯下了他倨傲的脊背，低下了他骄傲的头颅，就像是奴隶参见主人一样。

徐震愣住了。

天将们愣住了。

院子里的李家亲戚好友们，也都呆住了。

他们的心中掀起了惊涛骇浪，但脸上的表情却是一致的凝固，定格于一种介于无法相信和极度震惊之中的表情，仿佛是雕像一般，肌肉僵硬，再无无法做出其他的变化。

李牧冷哼了一声。

这一声冷哼，让郦寅心脏狂跳。

“郦主事来的很快啊。”他淡淡地道。

郦寅心中发颤，连忙道：“不知道是掌座大人在此，卑职……卑职实在是罪该万死。”

他心里苦啊。

这事儿，他真是都无法解释和推脱。

“爹，你……”郦元辰这个时候，也意识到了不妙，好像是招惹上了什么了不得的大人物。

可是怎么可能？

这么年轻的家伙，竟然比他爹更加显贵？

啪！

郦寅反手就是一巴掌，拍在了郦元辰的脸上。

他其实不知道事情到底是怎么回事。

来的路上，郦寅根本就没有问自己的儿子到底做了什么。

反正这些年郦元辰的纨绔行径，他都已经习惯了，招惹一些不值一提的人，郦寅也无所谓，反正最后都能帮儿子摆平。

但是现在……

先打了再说。

“犬子无知，招惹了掌座大人，实在是该死，还请掌座大人恕罪。”

郦寅抽了儿子一巴掌，挤出笑容，向李牧求情。

李牧好整以暇地道：“你儿子得罪的可不是我。”

郦寅一愣。

李牧淡淡地道：“郦大人，你先搞清楚状况，然后再来和本座说话吧。”

“是，卑职遵旨。”

郦寅尴尬地赔笑。

然后他转身，目光一扫郦元辰，后者委屈巴巴地想要说什么，郦寅直接喝道：“你给我闭嘴。”他到平日里跟随在儿子身边的一名天将身边，询问原委。

那名天将此时，也已经慌了神。

眼见得这个白衣年轻人的身份地位，如此恐怖，他再也不敢有丝毫的煽风点火添油加醋，将事情的原委经过，都说了一遍。

郦寅听完，这才松了一口气。

看起来，并非是大仙主或者是其他政敌要对付自己。

还真的是这个逆子惹出来的祸。

郦寅也是一个极为光棍的人，到这时，心中大概有了主意，转身回来，对李牧道：“掌座大人，卑职教子无方，做出这种伤天害理的事情，实在是汗颜。”

李牧不语。

郦寅又到吴越的身前，道：“郦某也曾闻听过将军的威名，一直颇为欣赏，没想到，今日竟然以这样的方式见面，实在是惭愧，吴将军放心，此事，郦某必定会给将军一个交代。”

说完，直接按着郦元辰，就是一顿暴打。

“啊，爹，饶命，爹……”

郦元辰凄厉地哭着，仿佛是在遭受酷刑一样。

父子两个人的配合，倒是极好。

李牧斜着眼，在一边看着，也不说话。

拙劣的演技。

“好了。”李牧摆摆手，道：“这一套把戏，在本座的面前演，有用吗？”他直接丢了一柄仙剑，在郦寅的面前，冷笑道：“如果郦主事真觉得他伤天害理，何不替天行道呢？一剑下去，一了百了。”

郦寅的眼皮子跳了跳。

真不给面子啊。

“卑职就这么一个儿子，我……”郦寅挤出笑容解释。

李牧摆摆手，道：“李振剑也只有一个女儿，却差点儿被你儿子害死……本座懒得听你说这么多废话，你也知道刑府是干什么的，如今吴越已经是本座的人，这件事情，怎么了结，郦主事说个办法啊。”

郦寅想了想，连忙道：“卑职立刻就派人去请李振剑老爷子过来，并且提拔他为矿坑首席，日后不用下井了，李莹姑娘几日起执掌织女院，回去之后，属下会派人送来十万仙晶，作为恭贺吴将军和李姑娘的新婚贺礼，如果李莹姑娘不嫌弃，卑职愿意收她为义女，从今以后……”

李牧摆摆手，道：“义女就算了，你这样的爹，人家也不敢要……除了你刚才说的，本座还有一条，让你儿子，亲自为李莹抬轿送嫁，赔礼道歉，回去之后，闭关一百年，不许再出现在流星岛。”

郦寅如蒙大赦，连忙道：“是是是，卑职定当遵从。”

## 第1309章 升华了

“很好，郦主事如此深明大义，让本座很欣慰，”李牧的脸上，终于浮现出一丝笑意，道：“我这边没有什么问题了，吴将军，你呢？”

吴越一怔。

他没想到李牧会在这个时候问他的意见。

实际上，事情能够解决到这一步，已经超出了他最乐观的期待和想象。

“属下一切遵从大人您的安排。”

吴越无比感激地道。

郦寅闻言，内心里微微一笑。

吴越的反应，在他的意料之中。

一个小小的天牢守将而已，即便是一时得到了木牧的赏识，终归还是识趣的，若是在这样的情况下，还咬住不放，那就是真的作死了。

事情到了这里，郦寅总算是舒了一口气。

他的心中，还在盘算着，若是能够借此机会，和木牧这样的大人物，搭上关系，反而可以转祸为福，不啻为一次机遇。

但就在这时，李牧不满地看了一眼吴越，道：“以后你要跟在本座的身边做事，首先第一条，一定要有自己的主见，不要说一切都听从我的安排这种话，要是事事都需要本座做决定，那只需要仙器战斗傀儡就行了，要你们何用？”

吴越一怔。

他没想到，自家大人竟是这样的反应。

一时之间，吴越不知道该说什么了。

长久的往返与天牢和天将城之间单调的两点一线生活，让吴越丧失了揣摩上官心思的嗅觉，甚至变得有些木讷，面对李牧的强势，他有点儿手足无措。

李牧道：“还记得，当你被郦元辰羞辱，最绝望和愤怒的时候，那种感觉，和你心里的想法吗？”

吴越下意识地去回想当时的自己。

被逼跪在郦元辰的面前，忍受着他的羞辱，甚至要从他的胯下钻过去。

还用世界上最难听的词语，侮辱了李莹。

一想到这里，吴越心中本已经熄灭的怒火，再一次燃烧了起来。

那种一怒拔剑，再怒杀人的冲动，瞬间又填满了他的大脑。

身为小人物的悲哀，让他在之前，克制着自己内心的愤怒，在李振剑一家终于可以得到解救的情况下，他觉得这样的结局已经完美，但被李牧用话一挑，他终于又意识到，自己这样的满足，是何等的卑微。

李牧拍了拍他的肩膀，道："有的时候，道歉和赔礼并不能解决所有的事情，如果你觉得不开心，那就去做点儿事情，让自己开心起来，有道是'以德报德，以直报怨'，任何时候，都不能委屈自己。"

吴越眼睛里有红光，看着李牧。

李牧道："做我的属下，就要有点儿气魄，不要让我，看低了你。"

吴越觉得，这一次，他是真正的理解了李牧的意思。

他转身，看向了郦元辰。

郦寅一下子觉得情况不妙，事情好像又超出了自己的掌控。

他连忙挤出笑容，道："木掌座，这是……"

李牧看了他一眼，淡淡地道："别说，别问，别动，看着。"

郦寅的表情，一下子就凝固了。

他意识到，事情没有办法如他想象的那样轻松解决了。

吴越走到了郦元辰的身前，低头俯视下来。

郦元辰心中一阵惊惧，道："你……你想干什么？"

吴越抬起脚，一脚踩在这位贵公子的肩上，道："我的鞋子，好像是有点儿脏了。"

郦元辰一下子就反应了过来。

他难以置信地看着吴越，道："你……你竟也敢这么对我？"

吴越没有说话，只是低头俯视。

他的眼神，仿佛是两柄从地狱烈火之中磨砺出来的利刃，盯着郦元辰，随时都可以将其刺穿刺死一样。

这种愤怒的眼神，让郦元辰感觉到一阵阵无法遏制的心悸。

他扭头看向郦寅，道："爹，我……"

郦寅心中，对吴越大恨，却没有表露出来，转而看向李牧，拱手行礼，刚要谄笑着为儿子说一两句话。

李牧却是似笑非笑地看了他一眼。

只是这样一个简单的表情，让郦寅心中一个激灵，顿时一个字都不敢再说出来，只好将头扭在一边，不看儿子。

郦元辰见状，知道今日是躲不过去了。

他内心里怒火灼烧，却也只能用衣袖，一点一点地擦去了吴越鞋子上的尘埃。

吴越收回脚。

后退两步。

然后指了指自己的胯。

他没有说话，但意思却很明显。

郦元辰一下子，只觉得大脑充血，快要忍不住了。

"姓吴的，你想清楚，你真的要这么做吗？"他怕李牧，但是不怕吴越，巨大的羞耻感，让郦元辰近乎于咆哮，他在内心深处发誓，这件事情过后，一定要让吴越付出代价。

吴越并没有因为这样的威胁而退却。

他内心里非常清楚，不能再让李牧失望了。

啪！

抬手一个巴掌，狠狠地抽在郦元辰的脸上。

"我乃是仙主册封，仙庭仙将，你不过是一个小小的贵家纨绔而已，我为何不敢这么做？"

吴越目光直视，冷漠而又坚定，没有一丝一毫的波动。

不知道为什么，郦元辰突然就恐惧了起来。

这样的吴越，和之前那个跪在自己面前，疯狂求饶的吴越，完全不一样，就好像是换了一个人一样，那种由内而外的强大气势，让郦元辰一下子就软了。

“还在等什么？”

吴越看着郦元辰。

啪。

又是一巴掌。

郦元辰捂着脸，瞬间就崩溃了。

他所有的依仗和底牌，在这一瞬间，完全不管用了，哪怕是他爹就在旁边，也无法给他带来丝毫的安全感。

当外在的背景优势丧失殆尽的时候，遇到比他父亲更狠更强更具有权势的时候，当他只能靠他自己的力量的时候，郦元辰猛然间察觉到了自己的可怜、可笑和无能。

他哭了。

流着泪，一步一步地爬过去。

在无数道目光的注视下，郦元辰从吴越的胯下，钻了过去，然后直接匍匐趴在地上，禁不住嚎啕大哭。

吴越看了他一眼，道：“希望你记住今日，记住刚才的感觉，我只是把你加诸在我身上的屈辱，返还给你而已，这还不算你侮辱莹莹的言语。”

说完，他转身，来到了李牧的身后，如影子一般，安静地站着。

这一刻的吴越，身上的气息，变了。

从以前那个怨天尤人，埋首退缩，怀才不遇的天才仙人，这一刻，终于展露出了属于他的真正的锋芒，整个人的心境，彻底升华。

李牧满意地点点头。

“好，从今日起，你便是刑府主事了，以后别给本座丢脸。”李牧道。

“谢大人。”

吴越面色平静地行礼。

从一个普通的天牢看守天将，一跃成为刑府主事之一，可以说是一步青云了，跨越了别人需要数十数百年，才能走完的路。

一边的郦寅，心中哀鸣了一声。

他知道，从这一刻起，自己想要报复吴越，是再也不可能了。

刑府本就是具有极度对内威慑力的仙庭权力机构，吴越一跃成为主事，其身份地位，已经与他这个工府主事平级，而且因为刑府的特殊性，吴越日后在流星岛上的威慑力，会比他更高。

这样一个人，他已经没有资格和能力去报复。

至于一句话决定了吴越命运的李牧，则更是郦寅难以望其项背的人物了，他觉得，自己可能一生，都无法达到李牧这种高度。

这或许就是命运吧。

郦元辰还在崩溃地大哭。

“有点吵。”

李牧看向郦寅。

郦寅默不作声地走过去，一掌将儿子击晕，然后转身向李牧行礼，道：“之前说过的话，卑职一定会尽快完成，逆子无知，触怒大人，一切都是他罪有应得，属下带他回去，定当严加管教，告退了。”

李牧道：“好，我会在这里等着。”

等什么？

当然是等李振剑被送回来。

郦寅点点头，带着天将们，转身离开。

“等一等。”

李牧突然开口。

郦寅脚步一顿，心中一颤，转过身来，道：“大人还有什么吩咐？”

李牧指了指徐震，道：“我记得，你这个家臣，刚才说什么来着？哦，对了，下令要将本座击杀，呵呵。”

徐震的脸，瞬间惨白。

他咬咬牙，没有丝毫犹豫地就挥剑斩掉了自己的一条手臂，道：“小人有眼无珠，当面不识真佛，自斩一臂，向大人赔罪。”

李牧淡淡一笑，道：“呵呵，你倒是干脆……滚吧。”

徐震如蒙大赦。

郦寅一行人，仓皇离去。

整个李家院子里的气氛，却没有丝毫的放松。

众人依旧跪在地上，不敢抬头看李牧。

有了郦寅的衬托，他们总算是明白，李牧是何等人物了，心中本能地畏惧惊怕。

李牧叹了一口气。

“明日来刑府报道履新。”

说完，他也转身离开了。

本想在这里等着李莹的父亲被送回来，但一看这气氛，自己若是留着，只怕是连吴越和李莹这对新人，都会战战兢兢，还怎么结婚欢庆？

吴越一直将李牧送出街巷，才返回来。

重入院子里时，感觉瞬间就不一样了。

李家的亲戚们，一个个用热切的目光，盯着这位崭新出炉的刑府主事，表情里带着谄媚和讨好，心里更是艳羡无比，李振剑这一家子，还真的是走了一个狗屎运，找到了一个这么好的女婿，以后怕是要发达了。

若是当初，将自家女儿嫁给吴越，现在‘一人得道，鸡犬升天’的人，会是自己吧？

可惜了。

迟了。

却不知道，吴越对于纳妾，有没有兴趣？

各种杂念和讨好，纷至沓来。

不出半个时辰，李振剑也被工府客客气气地送回来。

## 第1310章 你不知道这个人的可怕

李振剑其实是有点儿懵逼的。

他先是被人诬陷偷入矿坑禁区，盗窃紫极仙晶，直接被打了个半死，关在了矿坑中私设的监牢里，等待着被处死的残酷命运，可谓是叫天天不应，叫地地不灵。

本以为死定了。

谁知道，今日突然就被客客气气地请了出来。

然后有大医仙来为他治疗伤势，之后更是被当场提拔为矿坑首席，就连平日里凶狠跋扈的矿长，对他都礼敬三分，还派人将他送回家。

而他的出现，无疑是一下子就点燃了院子里的气氛。

昔日的亲友，纷纷上来恭喜，一个个脸上都带着艳羡的表情，言语之间，恭敬道了极点，就算是平日里几个趾高气昂的亲戚，也都面带谄笑，一口一个李老哥，亲热的不得了。

等到他弄清楚了怎么回事，惊喜之余，不由得倒吸一口冷气。

他这才明白，自己在怎么样的悬崖边上，走了一圈。

若不是吴越结识了顶级贵人，只怕是他已经死在了矿坑里，而自己的女儿，也被那贵公子给糟蹋了吧，必定是一个家破人亡的下场。

李振剑背后一身冷汗。

他来到后院，闺女的阁楼中，一家三口想见，就差抱头痛哭了。

“哭什么，如今吴越一月冲天，成为了刑府主事，深得大掌座的信任和器重，从今以后，我们一家人，再也不用看别人眼色行事了。”

林怡一个妇道人家，倒是看得开。

“哈哈，说的也是，大掌座让莹儿与吴越今日完婚，这是大喜事，哈哈，正好亲友也在，赶紧准备吧。”李振剑回过神来，不由得也是喜上眉梢。

各项事宜操办起来。

李家大院的气氛迅速地热烈欢腾。

眼看着婚礼即将开始，院子外面的街巷里，却是又传来了一阵阵的脚步声，似是有大量的人涌来。

众人吓了一跳，还以为郦寅父子去而复返，带人来报仇了。

“哈哈，请问是李老爷子家吗？在下刑府天将莫文，听闻李老爷子嫁女，冒昧前来恭贺。”

“在下工府裴主事亲传弟子，奉家师之命，前来恭贺李老爷子嫁女，奉上贺礼一万仙晶！”

“哈哈，老夫是天将城守备天将蒋英，李老爷子嫁女，怎么也不通知一声，呵呵，老夫不请自来，讨一杯喜酒喝。”

许许多多平日里难得一见的大人物，来到了天将城红柳区这样的‘贫民区’，一个个表现的仿佛是和李振剑一家有多熟一样。

院子里的亲戚们都被震惊了。

这些人……还真的是无孔不入啊。

但转念一想，这才是真正的人物啊，眼看着吴越就要一飞冲天，日后必定会成为仙庭的大人物，此时不过来巴结拉关系，结一个善缘，更待何时？

随着时间的流逝，整个巷子外面，已经是挤满了人。

这里的消息传出去，各方人物都来祝贺。

许多八竿子打不着的人物，总能找到各种理由和借口，前来参加这场婚宴。

送来的各种珍贵礼物和仙晶，在李家的后院里，堆积如山。

李振剑两口子先是惊讶，后是惊喜，再到忐忑，到最后简直有些惶恐了，感觉好像是脚踩在棉花里一样，轻飘飘站也站不稳，一点儿都不真实。

“要不，咱们谢绝了吧，不能再收礼了，我怕出事情。”李振剑脸色不淡定地道。

林怡也道：“是啊，别影响了贤婿你的前程。”

这两口子生怕眼前的这一切，转眼就是黄粱一梦，瞬间消失，已经开始患得患失了起来。

倒是吴越，这个时候，心态已经完全转变。

“无妨，他们要送，咱们收就行了。”他很淡然地道：“若是被掌座大人知道，我连贺礼都不敢收，那才会让他失望呢，何况咱们收的礼越多，掌座大人的脸上，就越有面子。”

他现在是看明白了，这就是如今仙庭之中的生存规则。

想要生存发展，就必须适应这样的规则，让自己变得强大起来，然后再试图去改变这种规则，就如同掌座大人一样，只有自己强大了，才能掌握自己的命运，决定其他人的命运。

见到金龟婿这么说，老两口逐渐放心下来。

整整一天的时间，李家大院门口，贵客不绝，车水马龙，人流如织，来往者皆是显贵身份，态度恭敬随和。

吴越调整了心态，强迫自己一一去招待，应酬。

以后要跟随在大人的身边办事了，除了修为和战力之外，还应该帮助大人分担更多的事情，流星岛上，各方势力错综复杂，明里暗里的争斗，手段诡谲，吴越决定从现在开始，就融入到这种生态之中去，逐渐时间适应，日后才能为掌座大人遮风挡雨。

一直到深夜。

贵客散去。

吴越和李莹两个人，在洞房中，隔着圆桌，相对而坐，彼此看着对方，眼睛里都闪烁着光芒。

此时无声胜有声。

……

同一时间。

郦府。

“大人，就这么算了吗？”

徐震的手臂已经重新长出来，他的脸上，有不甘之色。

郦寅看着他，道：“不这么算了，又当如何？”

徐震道：“这个木牧，实在是欺人太甚，就算是他是刑府大掌座，但毕竟不直接管辖工府，竟然如此其他大人您，这是没有将整个工府放在眼里，想必咱们工府大掌座国林麒大人，知道此事，必然心生不满。”

郦寅面无表情，道：“你的意思是，借助国大掌座的手，对付木牧？”

徐震道：“属下在想，这木牧虽然位高权重，但他毕竟才来到流星岛多久时间？根基浅薄，手边并无多少可用之人，所以才会对吴越那种落魄天才，如此重视，正面硬抗的话，咱们的确是不占神算，但若是用其他一些手段，那就不一定了。”

郦寅听完，缓缓地站起来，来到窗前，朝外看去。

郦府地势颇高，从窗台往外看去，一览周围的大好风光。

夜色中，远山如墨。

“老徐啊，你来我郦家，多少年了？”郦寅淡淡地问道。

徐震连忙道：“仔细算来，已经有三百一十五年了。”

“这么长时间了啊，这些年，真的是辛苦你了，为我忙前忙后，还要为元辰这个纨绔做的那些烂事擦屁股。”郦寅道。

徐震道：“这是我应该做的。”

郦寅没有回头，双手负在背后，道：“你知道吗？你刚才说的那些话，有多可怕？如果老夫真的按照你说的去做，只怕是不出十日，你我的头颅，就要挂在流星岛的断恶崖上了。”

“啊，大人，我……”徐震心中一惊，连忙想要解释。

郦寅没有回头，轻轻地摆摆手，道：“你不用解释，你的身份地位不够，所以不知道，那日在大仙主举办的宴席上，木牧是何等身份地位，也不知道，这位刑府大掌座在月川府和鹰扬府，都干了什么可怕的事情……你不知道这个人的手段和恐怖，所以你才敢说刚才的那番话，如果你知道的话，那今日就算是木牧要将元辰斩杀当场，老夫也只能捏着鼻子认了，事后依旧不敢有半分报复的念头，就当以前没有过这个儿子，以后想要儿子的话，再生一个就好……老夫这么说，你明白了吗？”

徐震额头冷汗簌簌而下。

他今日被逼斩掉一臂，心中多有不服。

所以刚才，用言语来劝说郦寅，报复李牧。

就算是不能将李牧怎么样，但造成一些麻烦，让李牧一段时间笑不出来，总是好的。

但是听郦寅这么一说，他也深深地恐惧了。

“若是一般人，就凭刚才那些话，老夫直接将他打死，尸体送到刑府，也不为过。但你毕竟是我郦家多年的家臣，劳苦功高，老夫这一次，不与你计较，你自己回去，闭关十年，好好参悟吧。”

郦寅挥挥手，有些心灰意懒地道。

徐震根本不敢再辩驳什么，连忙应命，转身出去。

郦寅站在窗户前，看着外面的夜色，久久无语。

他总感觉木牧这个人，身上有一种奇特的东西，与如今这个仙庭，显得格格不入，倒更像是那些乱军多一些，这样一个人，身居高位，手握重权，也不知道日后会给仙庭，给东圣洲带来什么。

远处，一道雷霆闪过夜空。

“要下雨了啊。”

郦寅自言自语。

……

第二日一早，李牧带着七名战奴，以及何应鑫等百名近侍，乘坐玄舸，踏上了前往镇妖阁的道路。

吴越新婚，李牧并未带着随行，而是让他留在流星岛上，逐渐适应刑府的各项事务。

提拔吴越，李牧当然是为了培养自己的心腹。

他身边的这些人，何应鑫是东方夜刃塞过来的，几个战奴则是强收的，虽然能用，但却终究不是亲自提拔起来的人，不能长久。

李牧想要在仙庭站稳脚跟，更好地配合反抗军，发挥出更大的破坏力。

玄舸急速行驶。

一日之后，进入到了天星府境内。

镇妖阁就坐落于天星府，是天星府的第一大宗门。

## 第1311章 狂徒

天星府在东圣洲三十六府之中，是疆域面积排名第一的大府，也是灵气最为充裕的州府之一。

原因很简单。

镇妖阁坐落在天星府。

而东圣洲前任大仙主独孤安然，正是镇妖阁一脉出身。

有独孤安然撑腰，镇妖阁的实力，在去过几千年的时间里，疯狂地增长，原先的天星府，也算是宗门林立的仙道昌盛之地，后来逐渐被镇妖阁蚕食，一个个仙道宗门，不是被镇妖阁吞并，就是被驱逐。

到如今，偌大的天星府，仙道宗门已经所剩无几，镇妖阁独领风骚，一家独大。

曾经的天星府，妖修众多，堪称是妖修乐园。

镇妖阁势大之后，无数妖修被杀，或者是被镇压，被驱逐，导致曾经在这片土地上繁衍生息的妖修们，只能亡命天涯，命运悲惨到了极点。

如今的天星府，顶级大城，共有七座。

这七座大城，分别以天枢、天璇、天玑、天权、玉衡、开阳、摇光这北斗七星的名字命名，居于大地之上，且都归属于镇妖阁直接统治，汇集仙民众多。

很多时候，镇妖阁的教令，甚至都可以取代仙庭的律令。

仙庭在天星府的大城，名为东阳城，仅仅位列第八，且居于附属位置。

可以毫不夸张地说，东圣洲三十六府之中，唯有天星府的小仙庭，是最没有存在感，也没有尊严的一个了。

这一日，李牧的玄舸飞舰，降临在了东阳城。

天星府小仙庭小仙主古剑飞，带着六府掌座，以及各路天兵天将，早早就在东阳城外迎接，仪式极为隆重，没有丝毫的怠慢。

到了城内凌霄殿，李牧居于上座。

古剑飞对于李牧的到来，可谓是欢迎之至。

这些年，他这个小仙主当得窝囊，被镇妖阁压得死死的，毫无尊严。

很多时候，随便一个镇妖阁的长老天师，都可以呵斥他，镇妖阁的诸多活动教令，小仙庭都需要配合，反倒是小仙庭的诸多政策和律令，执行起来，屡屡被镇妖阁所排斥和阻碍。

以至于不仅仅是古剑飞这个小仙主，仙庭之中，所有的人几乎都在镇妖阁面前，抬不起头。

整个天星府中的仙道修士、仙民们，也逐渐都习惯了，一切都听从镇妖阁意志行事，渐渐都快要忽略了小仙庭了。

听说新上任的刑府大掌座木牧，乃是一位狠人，且与镇妖阁不对付，古剑飞接到了来自于大仙庭的内部通知之后，早就翘首以待，盼星星盼月亮一样，等待着李牧的到来了。

宴席上，古剑飞表现的非常热情。

六府的掌座，也都是喜笑颜开。

“我等盼大掌座到来，犹如久旱之地盼甘霖啊，今日终于一睹大掌座的英姿，我们这些人，可以松一口气了。”古剑飞敬酒，无比感慨地道。

李牧微微一笑。

他并不急于表态，而是要先观察一阵。

这一次来到天星府，主要就是为了找镇妖阁的麻烦，把老鱼精从雷狱之中救出来。

但怎么救，救出来以后怎么安排，却是一件需要仔细考量的事情。

李牧的心中，隐约有了一些计划，但并不完整。

关于天星府中，小仙庭与镇妖阁之间的微妙对立关系，李牧在来的路上，就已经看过了何应鑫准备的各种资料，大致上了解的很清楚了。

这让李牧意识到，天星府的小仙庭，还有妖修们，或许可以为自己所用。

所以他才将进入天星府的第一站，选择在了东阳城。

不过，李牧并不会天真地以为，小仙庭中所有人，都亟需掀翻镇妖阁的统治，恢复该有的权威和权力——镇妖阁在天星府经营这么多年，难保没有对小仙庭进行渗透。

李牧相信，自己来到小仙庭之后的一举一动一言一行，都会第一时间，传到镇妖阁中去。

如今镇妖阁的掌教，名为都天教主。

此人乃是独孤安然的师弟，一位极为强势的人物。

以都天教主的行事风格，哪怕是独孤安然已经陨落，他也绝对不会向大仙庭让出本该属于镇妖阁的权力地位，再加上李牧在月川府斩了绝天教主，双方之间，早就已经是敌对关系。

只怕是在李牧还未到达天星府的时候，针对他的计划，已经悄无声息地展开了。

“诸位这些年，坐镇天星府，为仙庭尽忠，实在是辛苦了。”李牧站起来，举起酒杯，道：“本座敬各位一杯。”

大殿里一片恭维之声。

仙乐飘飘。

仙姬们正在献上优美的舞姿。

一片宾主尽欢之中，外面却突然传来了不和谐的声音。

“呵呵，古仙主，今日真的是好兴致啊，如此大张宴席，为何却偏偏没有通知我这个驻城天师啊。”一位身着黑白阴阳鱼道袍，瘦三角脸，下颌三缕稀疏寸许胡须的中年瘦高道士，大踏步地闯进了凌霄殿。

略显刺耳的声音，让大殿里的舞乐之声，一下子中断。

小仙主古剑飞的脸色，微微一变。

其他六府掌座之中，也有几位，脸色变得稍显难堪起来。

李牧端坐在高处，端着酒杯，并不说话。

“呵呵，这位莫非就是大仙庭刑府大掌座木牧大人了吧？”三角脸瘦高道士一对死鱼眼，大剌剌地来到舞池中间，仙姬们各自面色惊恐地退下，他呵呵一咧嘴，皮笑肉不笑地拱拱手，道：“久仰久仰。”

小仙主古剑飞连忙也站起来，道：“木大人，这位便是镇妖阁派驻在东阳城的驻城天师徐明远道长。”

“驻城天师？”

李牧淡淡地道：“那是什么东西？”

这话一出，大殿里顿时死一般寂静。

瘦高道士徐明远的脸上，闪过一丝凌厉之色，盯着李牧。

气氛骤然冷森。

古剑飞眼眸深处，闪过一丝喜色，但却连忙解释道：“只因天星府之内，妖修作祟，残害生灵，所以镇妖阁特选派了门中修为精深的道长，讨伐镇压妖修，天星府境内的每一座大小城池之中，都有一位道长坐镇，以防止妖修害人，徐明远道长，便是东阳城中的驻城天师。”

李牧道：“原来如此，这么说来，镇妖阁在天星府之内，当真是鞠躬尽瘁啊，呵呵，派出这么多的弟子，讨伐妖修，呵呵，厉害啊。”

徐明远嘿嘿冷笑一声，道：“这是自然，我镇妖阁坐镇天星府万年，斩杀妖修无数，维持仙庭统治，有的是各种手段，对付一些不听话的妖邪。”

面对李牧，徐明远并没有丝毫的畏惧。

除了是因为镇妖阁在天星府之中骄横太长时间，门人皆有了惯性之外，另外一个原因，是他本来就是为了找事儿前来，要杀一杀李牧的威风，让小仙庭中的一些人看清楚现实，不要以为来了一个刑府大掌座，就能把整个天星府的天都翻了去，就算是大仙主东方夜刃亲自来，也不可能。

李牧放下酒杯，道：“话虽如此，你一个小小的驻城天师而已，未有古仙主的征召，也未得到六府掌座的邀请，竟敢如此无礼，闯入凌霄殿，呵呵呵，你可知这等行为，无异于以下犯上，已经触犯了仙庭律法？”

“啊？哈哈，哈哈哈。”徐明远大笑了起来。

他不无嘲讽地看着李牧，道：“木大掌座，你初来乍到，可能还没有搞清楚状况，在天星府，驻城天师的职权，可不像是你想象的那么简单，闯一闯凌霄殿，又算得了什么？不信，你可以问问古仙主。”

李牧缓缓地站起来。

他看向古剑飞，道：“是这样吗？”

古剑飞面色尴尬，不无羞愧地道：“驻城天师劳苦功高，的确是……的确是有这样的……权限。”

李牧叹了一口气，道：“真是律令崩坏啊。”

大殿之内的小仙庭诸人，一时之间，都不知道该说什么才好，有人面色羞愧，也有人无动于衷，仿佛已经彻底习惯了这一切。

“来人，将这个狂徒给我拿下。”

李牧的语气一转，猛然疾言厉色，一指徐明远。

大殿外，甲士涌来。

但一看到李牧所指的是徐明远，顿时小仙庭的仙将和甲士们，都犹豫了起来，摄于镇妖阁的积威，畏畏缩缩不敢上前。

徐明远呵呵冷笑，道："木掌座，所谓强龙不压地头蛇，你在你的大仙庭，老老实实作威作福宣示官威就好，跑到我天星府来，想要展示你的力量？呵呵，那你却是选错地方了，我奉劝木掌座你，老老实实按照我们镇妖阁的规矩来，否则，呵呵呵呵，勿谓言之不预也。"

李牧道："怎么？你难道要抗命拒捕不成？"

徐明远淡淡一笑，道："本天师给你三分面子，你就是大掌座，不给你面子，呵呵，在这天星府，你算是什么东西？也配说这种话？"

李牧点点头。

"好，很好。"

"都说镇妖阁在天星府，已经无法无天，倒行逆施，我还不信，毕竟是独孤安然大人的出身之地，没想到，竟真是如此……应鑫，给我将这个狂徒拿下。"

何应鑫应声出列。

他不是没见过作死的，但还真的没有见过如徐明远这般作死的人。

在掌座大人面前说这种话，只有三个解释。

## 第1312章 手段

或者蠢。

或者不想活了。

或者受人指使。

但以何应鑫对于李牧的了解，不管是哪一种，这个徐明远，今日都死定了。

别人不知道，何应鑫心中却是隐约知道，李牧这一次来天星府，是为了什么。

所以他出手，就没有丝毫的犹豫。

徐明远的修为，也是仙王级，但和何应鑫这种大仙庭精心培养出来的战斗类天将比起来，却是差了许多，数招之间，就被何应鑫制住，封印了修为。

“你……木牧，你安敢如此？”

徐明远厉声大喝。

李牧道：“退出去，斩。”

何应鑫二话不说，拖着徐明远就朝着外面走去。

“你敢，木牧，你这是找死，你敢……”徐明远厉声大喝，脸上也终于出现了慌乱之色。

他终于看出来，李牧这是真的要弄死他。

大殿里的古剑飞等人，也都是勃然变色，之前那些看似镇定的人，也都面色大变，谁都没有想到，刑府大掌座大人，竟是如此杀伐果决，丝毫不给镇妖阁面子。

李牧高高站起，疾言厉色地喝问道：“堂堂小仙庭，代大仙主巡牧州府，守护万民，竟是被一个宗门，欺压至此，简直是耻辱，我仙庭的脸面和尊严何在？尔等在天星府，就是如此尸位素餐吗？啊？”

古剑飞等人，一时双股战战。

李牧目光落在古剑飞以及六府掌座身上，道：“今日，本座给你们机会，古仙主，还有各位掌座，行刑徐明远，就由你们亲自来做，以正仙庭之威。”

啊？

什么？

古剑飞等人大惊。

“大人，这……”

“我们……属下……”

一片唯唯诺诺的声音。

李牧面色阴冷了起来，整个凌霄殿中的温度，骤然下降了数十度一样，所有人都觉得一阵沁骨的寒冷。

“嗯？怎么？本座的话，都不管用了吗？”李牧眼睛眯了起来。

古剑飞心中一凛，猛然想起了这位大人的传说，再一想这些年自己在天星府的窝囊日子，也不知道哪里来的一股戾气，将心一横，道：“下官遵命。”

有了古剑飞带头，其他几个大人物，威压之下，也纷纷低头。

唯有一位面色阴鸷的中年人，坐在自己的座位上，沉默不语，无声地对抗。

“这位大人，身居何职？”李牧道。

那人起身，面带冷笑，拱拱手，道：“下官户府掌座林远志。”

李牧道：“怎么？你不愿意出手捍卫仙庭的威严？”

林远志道：“下官认为，大人手段太酷烈，只是擅闯凌霄殿而已，稍微训诫，予以惩罚，就可以了，何必要赶尽杀绝呢。”

“你在指责我？”李牧嘴角咧起一个如刀般的弧度。

林远志道：“下官只是就事论事而已。”

李牧冷笑一声，道：“怪不得天星府小天庭，被镇妖阁欺压至此，原来六府掌座之中，也有如此无视仙律仙归，无有血性之辈，说尸位素餐，都是夸奖你了，简直是渎职。”

林远志被劈头盖脸一顿臭骂，顿时面色羞怒了起来，道：“大人，振兴小仙庭，可不是只用嘴巴说说而已，再说了，镇妖阁也是万仙盟一员，代管些许仙庭的只能，理所应当，大人岂能如此颠倒黑白？”

李牧厉声道：“好一个理所应当，好一个颠倒黑白，来人啊，将此人给我拿下。”

妖修战奴碧落身形一闪，犹如鬼魅，瞬间就扣住了林远志的肩膀，令其一身修为烟消云散，提不起半点。

“大人，这是合意？”林远志色厉内荏地道。

李牧淡淡地道：“拖出去，斩。”

碧落拖着林远志就往大殿之外走去。

林远志厉声大喝道：“你这是滥杀，这是在排除异己，这是在倒行逆施，我不服，木牧，我不服，我乃是大仙庭任命之天将，你怎可如此轻易杀我？”

李牧一抬手：“慢。”

碧落停下来。

李牧冷笑道：“你不服？呵呵，好，今日就让你死的明明白白，来人……”

他一摆手。

啪啪啪！

一堆玉诀、信笺丢在了大殿里。

一位玄舸亲随随便催动仙元，启动其中一个玉诀，其中记录着的东西，投影在了虚空中，却是这个叫做林远志的户府掌座，巧取豪夺，阴谋杀戮，违背仙庭律令和仙规，所做的种种阴沟里的事情。

这种事情，大小仙庭诸多官员都在做。

毕竟万仙盟从根子里就已经快烂透了。

但毕竟是拿不到台面上的事情。

一旦真的揪出来问责，却是一问一个准。

林远志的脸色，一下子变得比死了亲儿子还难堪。

他没有想到，木牧初来乍到，竟然就将自己的底细，摸了个干干净净，这让他猛然意识到，木牧执掌的，可是刑府，刑府的特卫，最擅长的可不就是这个吗？

甚至很多时候，哪怕是你清白无辜，刑府的特卫们，也能随便捏造出来许多，轻轻松松给你泼脏水，让你有口难言有苦说不出。

“大人，我错了，我愿意出手，为仙庭正威。”

林远志心胆俱裂，立刻就认怂了。

李牧冷笑一声：“你当本座时间这么多，任你出尔反尔？拉出去，与徐明远一同皆斩，古仙主，劳烦你们出手了。”

古剑飞等人，早就被吓得魂飞天外，战战兢兢，此时还哪里有丝毫敢迟疑和犹豫。

他们的屁股，不比林远志干净。

想来大掌座的手中，也掌握着他们的‘罪证’。

大掌座斩徐明远，是为了向镇妖阁表明态度，那斩杀林远志则是在‘杀鸡儆猴’。

猴是谁？

不就是他们吗？

若是再不识趣的话，怕是大掌座也直接杀猴了。

一群人连忙领命出去。

很快，大殿之外，就传来了徐明远和林远志两个人的痛呼怒骂之声，但很快就变成了哀嚎求饶，到了最后，声音逐渐消失。

然后古剑飞等人，个个像是吃了死耗子一样的表情，手上、身上还沾染着一些鲜血，进来向李牧回礼。

何应鑫也进来，向李牧点点头，表示一切都完成，这些人的确是都出手了。

李牧哈哈一笑，面色由阴转晴，道：“诸位不愧是忠诚为大仙主，都是肱骨之臣，从今日起，你们便是本座值得信任的兄弟了，放心，有什么事情，本座不会不管你们，诸位，满饮此杯，为天星府小仙庭的振兴辉煌而贺！”

古剑飞等人回坐，纷纷举杯。

事到如今，他们也明白，和李牧成为了一条绳子上的蚂蚱，没有了退路，想要逃避躲避，已经不可能了。

既如此，不如所幸一条道走到黑，跟随在李牧的身边，拼一把，也许真的可以拼出一个美好的未来？

“我等愿追随大人，赴汤蹈火，在所不辞。”

“愿为大人马前卒。”

“唯大人马首是瞻。”

转变了心态之后，这些人倒是适应的很快，一个个立刻就拍着胸脯效忠保证了起来。

李牧来到东阳城的第一个夜宴，就这么过去了。

他毕竟是身居高位，自上而下做这些事情，再简单不过。

当夜，李牧就以徐明远擅闯凌霄殿的理由，直接查抄了镇妖阁在东阳城的驻城天师府，带队的人正是古剑飞这个小仙主，李牧麾下七大战奴协助，斩杀了不少的负隅顽抗的镇妖阁弟子之后，轻松拿下。

府内查抄出来大量的仙晶、仙金、矿石、丹药、秘籍、阵图、仙器、仙丹、甲胄等等修炼资源，令古剑飞等人都连连咋舌。

早就想到天师府很富有，但没想到，会富有到这种流油的程度。

缴获的所有仙道资源和财富，都上交到了李牧的手中。

李牧将这些资源，都从储物空间里取出，摆放在了凌霄殿中。

刺目的仙道宝气，耀花了人眼。

古剑飞等人被召集前来，看到堆积如山的仙宝，眼中闪过艳羡之色。

说起来，他们也都是一方封疆大吏，是仙庭的地方大佬，但长年处于镇妖阁的压迫之下，身上的油水少的可怜，一个徐明远的财富，就将他们轻易比了下去。

“呵呵，诸位，这些仙宝，你们自取一半。”

李牧笑着道。

“什么？”

古剑飞大吃一惊。

其他五府掌座，以及一位临时提选的代理户府掌座，听到李牧这话，顿时都心脏狂跳。

“这……大人，还有我们的份？”

古剑飞以为自己听错了，吞了吞唾沫。

李牧道：“怎么？不想要？”

“不不不，大人厚赐，属下们怎敢拒绝，只是……”古剑飞不知道该怎么说。

以前，像是这种事情发生，收缴的财富宝藏，必然都是全归仙庭所有，实际上暗地里，必定是上官吞没，是早就浮出水面的潜规则，大家心知肚明。

没想到今日，李牧竟然愿意分给他们修炼资源。

“呵呵，昨日本座就说了，只要你们跟着本座，为大仙主效力，本座绝对不会亏待你们，你们以为，本座说的空话吗？”

李牧淡淡地笑道。

“大人英明。”

“我等愿为大人马前卒。”

“大人恩德，永不敢忘。”

一群人又是意外，又是感激，纷纷向李牧行参拜大礼。

昨夜被被逼，今日被利诱。

一个大棒，一个甜枣。

他们心里对于李牧的抵触，终于消散的差不多了。

一切，都在按照李牧的计划行事。

第二日，李牧就离开了东阳城。

他‘微服私访’，打着七大战奴，前往镇妖阁占据的七大城寻访，先暗中摸一摸情况。

和月川府、鹰扬府不同，天星府中，镇妖阁的势力太过于庞大，即便是李牧的身份地位，也不能不徐徐图之。

## 第1313章 四等

摇光城。

天星府的七大巨城之一。

李牧带着七名战奴，还有小九、地球流氓虎来到城外的时候，城门外已经排起了长长的队伍，都是一些等待进城采买的仙民和修士。

巳时，晨钟敲响。

八道城门同时开启，才开始放人入城。

摇光城规模巨大，绵延的百米城墙，宛如山峦一样，将方圆数百平方公里的面积囊括在内，在城墙外，约千米的真空地带后，便是巨大的‘贫民区’，像是一条灰色的环带一样，缠绕着光鲜的摇光城。

一墙之隔，两个世界。

之所以会出现这样的情况，是因为镇妖阁垄断了整个天星府的修炼资源，以及其他各种生活资源，并且在整个天星府之内，实行政策封禁和保护，外府的资源，很难进入。

所有诸多仙道修士和仙民们，只能聚集在大城外面，通过辛苦而又低廉的劳动，来换取必要的生存和修炼资源。

可以说，镇妖阁对于仙民的压榨，已经到了一个极度可怕的程度。

不出李牧所料，入城的时候，被收取了入城费。

仙民和修士们，对于这样的规矩，显然已经适应麻木，并无什么反抗抵触之类。

进入到城中，李牧等人信不而行。

他也没有什么特别的目标，只是随意到处看看。

摇光城在天星府的七座顶级大城之中，排名第七，但这规模，已经不容小觑，除了流星岛的规模之外，李牧在仙界见到过的其他任何一座大城，都难以和摇光城相比。

一墙之隔，两个世界。

摇光城内，街道干净，建筑宏伟，布局合理，景色优美，仿佛是世外桃源一样，空气里的灵气也无比充足。

显然是以聚灵之类的阵法，将周围数万里之内的天地灵气，都抽取到了城内的缘故。

这也是为什么这么多修士仙民，不去那些山野中隐居，反而是如贫民一样，寄居在城外周围娇躯——可以吸收和汲取从城中溢出来的仙气，便于修炼。

城内的仙民和修士数量也不少，大多衣着光鲜。

走在街道上，大部分时候，哪怕是你第一次来到摇光城，也可以一眼就分辨出来，哪些人是城外人，哪些人是城里人，不论是衣着气质，还是精神状态，差距太明显了。

老妖怪碧落还算是轻车熟路，很快就在城内找了一个‘导游’，带着李牧等人到处逛。

“诸位贵客，一看就是第一次来摇光城，呵呵，那可要好好看一看了，不是在下自夸，摇光城中，各种仙道资源，修炼秘术，符录，仙丹，甚至是仙姬、美女炉鼎，应有尽有，只要您有钱，这里什么东西都能买到，什么样的享受都可以获得。”

‘导游’是一个城内人。

这人自称是镇妖阁的外门弟子，三十岁左右，看着伶俐精明，虽然修为只是真仙级，但一看就是一个见风使舵，谗言观色的好手。

“不知道几位贵客，想要在摇光城住多久，采买什么东西呢？”‘导游’嬉笑着探问，顺便道：“对了，在下名叫李明，城里人都叫我小李子，诸位贵客这么称呼我就可以。”

李牧扬手丢给他一块高品仙晶，道：“我们的事情，别打听太多，随便带我们走走看看就行了。”

“哎哟，多谢贵客。”李明把仙晶捧在手里，确认无误之后，不由得眉开眼笑，抵得上他平常半月的收入了，小心收好，然后道：“贵客可否方便告知您来自哪里？我看你似乎并非是天星府的人，莫不是外府来的客人？”

李牧随口道：“哦？这你都能看出来？”

李明嘿嘿一笑，道：“在下就靠这一双眼睛和一只嘴巴来讨生活，您的仙衣风格，话语口音，还有您走在街上的目光、举止，显然是第一次来，因为在天星府，七大城的规矩相似，您若是去过其他地方，那自然不会用这种好奇的目光，来打量街道上的风物人情。”

李牧道：“哦，那你倒是说说，摇光城中，有什么规矩？”

李明一边引路，一边笑了笑，道：“在咱这天星府啊，各方生灵，共分为四等，这贵客您总该知道吧？”

李牧一怔。

还有这种说法。

他摇摇头，道：“不知。”

“那看来您真的是头一次来天星府，可得注意了。”李明连忙道：“因为不同等级的修士，在城内是有不同的权力地位的，若是下等的修士，贸然闯入高等修士的区域，或者是做了只有高等修士能做的事情，那可是触犯天师律法的事情，会被抓起来判刑的。”

李牧皱了皱眉。

这种事情，他还真的是第一次听说。

他道：“你来说说，是如何来分等。”

李明道：“一共四等，第四等是妖修，地位最低，形同没有自由的奴隶，任何人皆可以大骂，哪怕是杀死，也不用承担太大的责任，而一旦妖修伤人，甚至是骂人，都会被判刑。”

妖修地位竟是如此之低？

虽然李牧知道，镇妖阁对于妖修，素来仇视，但却没有想到，仇视到了这种程度。

李明又接着道：“这第三等，便是散修，万仙盟主流势力之外的小宗门的修士，这类修士的地位，比妖修高，有人身自由，但在天星府内做生意，需缴纳高额的赋税，也要谨遵镇妖阁的律令。”

李牧点点头。

如果妖修的地位是奴隶的话，那这些修士的地位，就像是平民了。

“第二等的人，则是万仙盟主流宗门势力的亲传弟子，以及仙庭中的天兵天将，具有一些豁免权，享受诸多特别待遇。”李明道。

这一下，李牧可是真的有点儿吃惊了。

仙庭的天兵天将，竟然才只能算是二等？

虽然听起来算是贵族一类的角色，但有什么人，要比天兵天将还地位高？

李明继续道：“一等便是镇妖阁的亲传弟子，天师长老等人，这才是我天星府真正的人上人，不受仙归律法束缚……”又说了这一等人的特权和地位。

李牧听了，也不由得为之失笑。

有意思。

这镇妖阁真的是把自己当成超然物外，超越律法的存在了？

这还真的是自己作死啊。

就算是当初独孤安然的权势再煊赫再熏天，也不能这么玩啊，把仙庭其他的人当是什么？把万仙盟总盟和中央仙庭当成什么了？

怪不得当初，他会那样莫名其妙地就死在四明仙府遮掩一个本该是他收获的大局中。

而且死了之后，被东方夜刃这么轻易地就摘了桃子，攫取了大仙主之位，中央仙庭和其他三洲的大仙庭，甚至都没有任何的表示。

这一轮权力交换如此平稳，绝对和独孤安然长久以来，放纵镇妖阁这么作死有原因。

“不知道客人您的身份……”李明小心翼翼地试探。

因为他必须确定李牧等人的等级，然后才能决定带李牧等人去哪些地方，否则，一旦去错了地方，或者是说错了话，被镇妖阁执法队发现，或者是被贵人们抓住，那就得不偿失了。

李牧看了他一眼，道：“你觉得我像是妖修吗？”

李明连连摇头。

李牧又问道：“那你看像是散修或者是小宗门的人吗？”

李明还真仔仔细细地打量了一下李牧，又回想了一下接触的全过程，笑了起来，道：“虽然贵客您刻意低调，乍一看穿着普通，但您的气质，还有你说话之间不经意之间，流露出来的威仪，足以说明，你来历非凡。”

李牧哈哈大笑，道：“你只管带路就是，这摇光城中，无有我去不得的地方。”

李明眼睛一亮，连忙恭维道：“果然是贵人，小的明白了。”但他心里，也留了一个小心眼儿，也未全信李牧的话，大致将李牧归为二等人的范畴中去了。

接下来的小半日时间里，这个导游，就带着李牧等人，在偌大的摇光城中逛哒。

李牧没有太大的采购欲，但看到一些精致的玩意儿，或者是稀罕的东西，都会出手购买，包括给花想容和叶无痕挑选了一些小礼品，下次见面，或许都用得着。

而小九一路走来，可就不管那么多，但凡是看上什么东西，直接扫货一样买买买，暴发户一样的嘴脸，尤其是诸多适合栽种植物的原料、仙土等等，更是不管三七二十一，买了再说。

这可把李明给吓了一跳。

“明兰犬舍出产的犬类妖修，耳聪目明，量大从优！”

“极品猫女……”

各种喝卖之声，不绝于耳。

一个个妖修，分明都是智慧生物的形状样子，但却像是货物一样被贩卖，没有丝毫的尊严，稍有反抗，就是一顿毒打。

李明在市场上关了一圈，兴冲冲地回来，道：“哈哈，贵客今天真的是好运气啊，竟然真的有妖祖血脉的妖修在拍卖，要不要去看一看？”

李牧道：“妖祖血脉？那是什么？”

“呃……贵客竟然不知道？”李明一愣，旋即道：“也是，贵客是来自于外府，这位妖祖，乃是传说之中，东圣洲妖修的始祖，一个极为可怕的妖修，仙崩时代之前，就大有名气，被整个东圣洲妖修所尊崇，传闻如今天下诸多妖修流派，还有一些大妖，都是此人传授，留下道统，后来仙崩时代到来，妖祖趁机作乱，最终被万仙盟所擒，镇压在了镇妖阁之中，而他的道统后人，以及血脉后人，尽管稀少，但依旧存在于这个世界上，偶有被抓到，会引起各方震动，因为这妖祖血脉具有神秘的力量，取其血，用以炼丹，种药，铸器，甚至修炼，都有奇效，甚至还可以延长寿元，若是以妖祖血脉为炉鼎双修，更是妙处无穷。”

说起妖祖血脉，李明显然颇为亢奋，滔滔不绝。

李牧听完，扭头看了一眼跟在身边的碧落。

这个老妖修，刚才在听李明说这段话的时候，明显体内气机一动，流露出丝丝杀意。

“嘿嘿，大人，不妨去看看热闹。”对上李牧的目光，碧落咧嘴一笑。

李牧点头道：“也好啊。”

一行人朝着奴隶市场中间挤去。

最中间一块大型展台周围，站了一圈身着玄甲的镇妖阁道兵，其上数十个道士占据方位屹立，小心警戒着什么，而最中间却是一个大型囚车，用黑布遮住，也不知道里面有什么。

但显然引起了奴隶市场上很多买主的注意。

且随着有妖祖血脉的妖修即将拍卖的消息传出，越来越多的人朝着这边涌来，有很多是从奴隶市场外专程而来，就是为了能够拍得一位具有妖祖血脉的奴隶。

展台周围变得拥挤了起来。

李明倒也有些手段，很快就弄了一个前面位置的特殊席位，李牧带着七大战奴，最靠近展台的席位上坐下，静静等待着拍卖的开始。

他很好奇，所谓的妖祖血脉，到底会是什么人。

大约一炷香之后，拍卖正式开始。

大型囚车上的黑色幕布被拉开。

周围响起一片惊呼声。

囚车里面，是一身浅绿色纱裙的妙龄女子。

这女子实在是太漂亮太惊艳了，宛如一个完美的艺术评一样，全身上下每一处弧度，每一处线条，都堪称是完美，而她的五官，秀气美丽到了极点，没有丝毫的瑕疵，美丽的不太真实，仿佛是存在于传说故事里的人儿一样。

而在这个美丽惊人的女子的怀里，抱着一个还在咿呀学语的绿色头发小婴儿。

小婴儿大概是七八个月的大小，在李牧的整个角度，正好可以看到她的脸，应该是一个女婴，粉雕玉琢，肌肤如羊脂白玉一样，烦着光辉，躺在男子的怀里，正在沉睡，时而嘴角露出一丝笑容，好像是在做着天天的美梦。

一个须发皆白的老道士，缓缓地走到台中央，介绍了起来。

“诸位，有眼力见的，都应该已经看出来，此女不但是妖祖血脉，还有可能是妖祖血脉之中的王族，血脉纯度极高，身边可是有妖修高手保护，号称青莲公主，我们镇妖阁，可是费了九牛二虎之力，才将此女捉捕而来，且她刚刚产下一女，经过我们的检测，血脉纯度甚至比她母亲还高，买一送一，呵呵，起拍价十万仙晶，每次加价不得少于五千仙晶，各位，请吧。”

老道士是奴隶市场的金牌主持，见过了太多大风大浪，说话言简意赅，好不拖沓，直接开始了拍卖。

从第一刻开始，拍卖会就进入了高潮。

就连李明也是颇为兴奋地道：“这样的气氛，一年都难得一见啊，贵客您真的是有运气，一来就碰到这种大场面，等着看吧，城中的大人物们，估计都要出手了，这一对母女，可是极品啊。”

李牧没有说话。

他虽然没有回头，但实际上，却是在关注碧落的举动。

所以李牧可以确定，碧落绝对是认识展台上那个绝世美丽的妖修，因为在黑色幕布被拉下来的一瞬间，碧落的身躯颤抖了数下，然后体内的气机几乎都要失控，最后很小心地控制了下来。

莫非碧落也是妖祖血脉不成？

李牧心中暗暗琢磨。

这时，或许是因为周围的喧哗加价声太吵，女婴突然就哭了起来。

青莲公主面色柔和，轻轻地拍打女儿的后背，然后脸上露出一丝微笑，解开了衣襟，开始喂奶。

她完全无视周围的一切，仿佛不是在喧闹鼎沸的展台上，而是在自己的闺房中一般，神色平静柔和地给女儿喂奶，也并没有什么顾忌。

天上淡金色的阳光落在这个女人的身上，一种神圣的色彩，令人瞠目。

她轻轻地哼着小曲，哄女儿睡觉。

仿佛除了女儿之外，这个世界根本不存在。

恬静。

淡美。

犹如仙女一样。

李牧心中，也是微微一动。

展台周围，甚至出现了一瞬间的安静。

所有人都被这种惊世美丽的母性光辉所打动。

但很快，各种加价和叫喝之声，越发沸腾，坐在特权席位上的各个大人物们，开始脸红脖子粗地叫喝竞价了起来，挥舞着手中的标牌，几乎就要唾沫横飞了。

“这个女人，老子要定了。”

“呵呵，原来是秦长老，想要奴隶，就得出钱，不知道秦长老的积蓄可够啊……呵呵，加价，本座直接加一万仙晶！”

“今日谁和我抢，就是补给我面子！”

各种争吵声，仿佛是让这个拍卖会，变成了菜市场抢菜一样。

“贵客，咱们要不要出价？”李明忍不住问李牧。

李牧摇了摇头。

此时，这个身体里流淌着妖祖血脉的青莲公主，身价已经涨到了八十一万仙晶，这个数字，令人瞠目，李牧就算是再有钱，也不会把钱这样砸出去。

何况，救人不一定非要砸钱。

就在李牧思忖之时，突然旁边不远处，最后两个还在疯狂加价竞拍的‘大人物’，突然就动手打了起来。

“和我抢？老子杀了你。”紫衣青年厉吼着，突然出手，攻击对手。

“该死，给我拦住他，打死他。”挨了一击的肥胖中年人，杀猪一样凄厉地尖叫着。

他身边的护卫，冲了上去。

紫衣年轻人的身边也有护卫。

一场毫无征兆的战斗，瞬间开启。

周围人下意识地避开。

战斗的双方，才转眼间就把战场转移到了展台上。

同时——

轰轰轰！

整个奴隶市场都突然震动了起来。

奇异的烟尘，从人群中间弥漫开来，转瞬之间，竟是彻底笼罩了整个奴隶市场，四方无法辩物。

李牧猛地站了起来。

不对劲。

## 第1315章 出手

果然，下一瞬间，展台上突然响起了惨叫声。

接着血腥味道弥漫开来。

“拦住他们，该死的要求，他们来抢人了。”之前主持拍卖的老道士，愤怒地大吼，强大的气息和力量波动，从他的身上涌动起来。

接着便是仙器兵刃交接撞击声，以及仙道力量的轰鸣之声，在展台周围疯狂地响起。

惊慌失措的尖叫声，痛呼声，怒吼声，以及咒骂声，从四面响起。

而在那奇异的烟尘的笼罩之下，周围不可视物，也不知道有多少人在厮杀。

鲜血喷溅。

局面混乱到了极点。

李牧竖眼一开，神通施展，便可以无视着奇异的烟尘。

就看在展台上，原本相互争斗的肥胖中年人和紫衣年轻人，竟是在联手围攻那个老道士，两人身上的妖气翻滚，赫然都是妖修。

同时，他们的护卫也都冲上去，去维护展台秩序的镇妖阁道士捉对厮杀。

而在整个奴隶市场之中，也有许多妖修，几乎是同时出手，击杀身边的镇妖阁道士。

这些妖修，竟似是可以在奇异烟雾之中视物，一下子打了镇妖阁修士们一个措手不及。

“啊……”

老道士一不小心，中了紫衣年轻人一剑，身形踉跄，接着又被肥胖中年妖修一掌排在前胸，顿时喷血倒飞出去。

两个妖修没有去追杀老道士，而是冲向了大型囚车。

看到这里，李牧终于明白了。

这些妖修，是来救青莲公主母女的。

这场发生在奴隶市场中的动乱，显然是青莲公主的余部所策划，是为了救人，看起来准备的也颇为充分。

只是，这里是镇妖阁统辖的巨城，就算是将人救出来，又怎么可能逃得了？

李牧并不看好妖修们的行动。

这时，他也终于发现，原来在展台四周的人群中，隐藏着数头人身、鼠首的妖修，正在不断地喷吐烟气，遮掩了周围众人视线，模糊镇妖阁道士们感知的奇异雾气，正是这六头奇异的鼠族妖修制造的。

因为事出突然，所以镇妖阁的道士们反应不及，吃了一个大亏，很快就死了不少。

叮叮叮！

紫衣年轻妖修的长剑，刺在囚车铁栅栏上，火星四溅，竟是无法将其破开，只在留下了淡淡的白痕。

“我来。”

矮胖中年人双掌化作金玉之色，猛地拍在铁栏杆上，但整个囚车竟是纹丝不动，原本可以连四品仙器都捏碎的双掌，竟是未能扭动栅栏。

这是怎么回事？

两个人都大吃一惊。

囚车里，美丽不可方物的青莲公主，缓缓地抬头，叹了一口气，道：“唉，之前就说过，不要为了救我，做无谓的牺牲，这分明就是一个陷阱……”

话音未落。

“哈哈哈，妖修孽种，人人得而诛之。”

一道大笑声，赤红色的流光从远处瞬息即至，落在了展台上，化作一个浑身闪烁着妖冶鲜红火焰的年轻道士，看起来二十多岁的样子，面目白皙，英俊妖邪，也未见他如何动作，砰砰两声，紫衣年轻人和矮胖中年人，同时都飞跌了出去。

“御天真人？”

“不好，是这个贼子……”

两大妖修同时发出惊呼。

披散长发的御天真人目光一扫两大妖修，道：“紫麒麟，白猪皇，呵呵，没想到只来了你们这两个小杂鱼，本真人布下的手段，真的是浪费了……”

紫衣年轻妖修便是紫麒麟。

而矮胖中年妖修则是白猪皇。

这两个人，都是天星府妖修之中有名的人物，仙王境的修为，在如今阖府追杀大环境之下，这个境界，都算是妖修之中的顶级强者了。

“我和你拼了。”

紫麒麟怒吼着又冲上去。

但那御天真人乃是仙君级的修为，一招之间，又将这位妖修击飞。

周围的战斗还未停止。

但场面已经重新回到了镇妖阁的控制之中。

李牧看到这里，猛地察觉到身后有异动。

他反手一按。

就将老妖修碧落的肩头按住。

“你想干什么？”李牧问道。

“大人，我……”碧落只觉得体内的妖气，被李牧这么一按，瞬间完全凝滞一样，身体不能动弹分毫。

李牧盯着他，道：“是不是忘记了自己如今的身份？”

“大人，属下有不得不出手的理由，只此一次，若大人允许，从今以后，我这条命就是大人您的，愿意为大人做任何事情。”

碧落急了。

眼看着场面就要重新被镇妖阁控制，一旦更多的镇妖阁高手，以及城中的执法队、天师们迅速赶来，那一切都无法逆转了。

李牧道：“说说看，你的理由，能不能说服我。”

这样的局势下，碧落再也无法隐瞒，道：“青莲公主是我的妻子，她怀中的孩子，是我的女儿。”

李牧一怔，然后内心里有一种啼笑皆非的感觉。

你都在大仙庭的天牢中关押了这么多年，就算青莲公主是你的妻子，但她怀中那个看起来只有数月大小的婴儿，未必就时你的儿子吧？

这样的话，在地球上说出来，会被笑死。

但李牧猛然也反应过来，妖族与人族不一样，有诸多秘术，或许这其中，有什么隐秘也不一定，以碧落仙君级的修为，不至于连自己的女儿血脉都感觉不到而说错。

李牧点点头，道："这个理由不错。"

碧落心中一松。

但李牧紧接着却又道："但是，你不能出手。"

"大人……"碧落急了。

李牧道："我来吧。"

说完，李牧身形一晃，如一道闪电，直接朝着展台上袭去。

这一瞬间，他已经变身成为了一个身形削瘦的黑面年轻人，长发披散，手中一柄长刀，气势犀利，抬手一道刀光，化作银白匹练，直斩御天真人。

"什么人？"

御天真人原本以为大局已定，没想到暗中竟然还有人出手，刀光迎面劈来，一种前所未有的危机感令他毛骨悚然，想也不想，立刻抽身后退。

"杀你的人。"

李牧冷喝。

刀势不绝，犹如天河之水倾泻而下，锁定了御天真人。

御天真人怒吼着，抽剑还击。

但李牧如今的修为战力，何其恐怖，对付仙君级的强者，基本上是有赢无输，且他存心要对付镇妖阁，遇到这种斩杀镇妖阁顶级强者的机会，如何肯放过，一出手，便是极致杀招。

时间相位！

一次俯冲。

彻底无视了御天真人的剑圈防御，入侵到了身边。

“不好。”

御天真人顿时感觉到了莫大的危机。

但刀光一闪。

一切都已经结束，画上了句号。

“嗬嗬……你……到底是谁？”御天真人身形凝固，死死地盯着李牧，道：“天星……天星府什么时候，出了你这一号人物，你……”

李牧收刀，用只有御天真人才可以听到的声音，说了一句：“妈的，忘记先想一个拉风的外号了。”

轰！

火焰燃烧。

瞬间御天真人就化作了一团火焰飞灰，肉身瞬间消散。

而他的元神，则是被李牧瞬间收入到了【青魂炼狱灯】之中，暂时囚禁祭炼，回头在慢慢拷问关于镇妖阁的诸多信息。

这时，紫麒麟和白猪皇两大妖修，才反应过来。

本已是绝境，剩下的唯有死命一拼而已，谁知道关键时刻峰回路转，天将救星，看起来，这个突然出现的黑衣年轻人，似乎是自己人？

“还愣着干什么？”

李牧清喝一声，身形一阵扭曲，瞬间就到了囚车跟前。

挥刀一斩。

就如钢刀斩泥一样，紫麒麟和白猪皇两大要求，不能撼动丝毫的栅栏，就如腐泥一样，无声无息之中断开。

“快走。”

李牧道。

他一转身，化作流光。

流光闪烁之间，奴隶市场之中的镇妖阁道士，尽数被斩杀，包括之前在卖力叫卖、侮辱妖修的奴隶主们，更是一个不留，纷纷中刀，化作了飞灰消散。

青莲公主坦然平静的脸上，也浮现出了震惊之色。

“不只是何人出手相助？”

她开口问道。

李牧摆摆手，道：“还不快走？”

“殿下，快走吧，不然来不及了。”紫麒麟大声地道。

远处，数道强横的能量波动涌动，显然是此间发生的战斗，被摇光城之中的镇妖阁强者发现了，正在急速赶来。

“此恩必报。”

青莲公主向李牧的方向行礼。

然后带着场中来救她的妖修，急匆匆而去。

逃出奴隶市场只是第一步而已，接下来如何从已经封闭的摇光城中逃出去，才是最关键的一步。

李牧解决完了麻烦，变回原来的样子，也带着几个战奴，还有昏迷中的李明，离开了奴隶市场。

摇光城上空，各色防护罩开启。

全城戒严。

八道城门完全封闭。

“啊，发生了什么事情？”李明从昏迷中醒来，面色疑惑地看着而李牧等人。

李牧道：“奴隶市场发生了妖修救人的大战，你被战斗波及，昏迷过去了，我们把你救了出来。”实际上，是李牧提前将这个导游给击昏了。

但他的手段何等高明？

李明根本就未察觉。

听到李牧的解释，李明连连致谢：“多谢贵客，您救了我一命。”想一想就觉得心有余悸，谁能想到，在摇光城这样的巨城之中，竟然还有妖修敢作乱？

## 第1316章 出卖

此时众人已经置身于一家客栈中。

李明一番感谢，心有余悸。

“好了，你回去吧，明日再来这客栈，今日你带我们逛得不错，表现很好，明日继续。”李牧随手又丢给李明一个中品仙晶。

“啊，多谢大人，小人明日一定会及早赶来的。”

李明大喜，接过仙晶，连连道谢，转身离开。

院落里安静了下来。

李牧一抬手，布置下了数层禁制，隔绝外面的探视。

“知道为什么不让你出手吗？”李牧看向碧落。

碧落道：“大人是担心，我出手是的气息，会暴露了行踪，导致镇妖阁追查到我们的身上。”

李牧摇头道：“不是，是因为你的实力太弱，急切间拿不下那御天真人，耽误时间。”

碧落：“……”

他被关押在天牢中太长的时间，经受了各种的拷问和折磨，身体虚弱，到现在还未恢复到鼎盛时期的修为，所以李牧这么说，倒也不是没有道理。

但这话听起来，还真的是很伤自尊啊。

其他几名战奴，不由得都笑了起来。

尤其是几名妖修战奴，此时对于李牧，大有改观。

以大仙庭刑府大掌座之尊，却肯为了妖修青莲公主出手，当场击杀了御天真人和数十名的镇妖阁高手，不管是出于什么目的，但都赢得了他们的尊重和认可。

如果说之前他们服从于李牧，只是因为战奴契约，生死存亡都捏在李牧一念之间的话，那现在他们多少都对李牧有了感观上的认同。

【永夜罗刹】是七大战奴中唯一的女性，一个浑身上下都熟透了的尤物，冷若冰霜，艳若桃李，此时对于李牧，也有了一丝丝的认可。

唯有吞天童子，低着头，不说话，也不知道在想些什么。

“好了，去吧。”李牧摆摆手道。

“啊？”碧落一怔。

李牧道：“呵呵，别告诉我，你一点儿都不想见自己的妻女，去吧，我给你一晚上的时间，去见见自己的妻子和女儿也好。”

碧落身体一震，大为意外。

成为战奴之后，他们的生死存亡都掌握在李牧的手中，完全不要想自由这种事情，何况大仙庭对于战奴的管控极为严格残酷，等同于奴隶，绝对不能向主人提出要求。

碧落今日已经触犯了一次规矩。

再犯，那就是自己找死了。

这也就是为什么碧落之前并未主动提起去看妻女的原因。

但他没有想到，李牧竟然主动提出。

“这……多谢大人。”

碧落感激之余，也没有说其他太多话，行了一礼，便转身离开。

李牧没有再说什么，转身回到了自己的房间里，又布置下数层禁制，祭出【青魂炼狱灯】，开始审问御天真人的元神。

房间外面，六大战奴小心戒备，全神护法。

李牧并不担心碧落或者是其他战奴把今日发生的事情，泄露出去，因为他们的生死，都控制在李牧的手中，有任何异动，都会第一时间察觉，一念之间，就可以让他们痛苦而死。

某种程度上来，战奴就是有智慧的傀儡而已。

一切，都操控在他手中。

哗哗！

青色的灯光流转。

御天真人已经在灯芯中，被折磨了半个时辰，求生不得求死不能，李牧稍微再施展一点儿手段，御天真人就彻底认怂服软，有问必答。

李牧将他的口供，和当初绝天教主的口供两相对比，基本上相差不多，于是确定应该为真，御天真人并没有耍什么手段。

得到了大部分想要的结果之后，李牧并未将御天真人的元神毁灭，而是暂时囚禁在了【青魂炼狱灯】中。

入夜。

摇光城中，气氛更加的紧张。

在城最中央的镇妖府中，城主刘东元召集了城中所有的天师，商议御天真人之死，以及如何缉拿凶手。

御天真人乃是镇妖阁中有名的强者，与都天教主，以及前些日子死去的绝天教主，都是师兄弟关系，只是此人年幼，所以还未到教主级的地位，但在教中的长老一级中，却是绝对的实权派，在镇妖阁中具有极大的影响力。

他的死，非同凡响。

消息一旦传回到妖狱山的镇妖阁山门中，将会引起何等轰动和震怒，刘东元都不太敢想。

为今之计，唯有赶紧抓住凶手，或许才能平息绝天教主的愤怒。

然而，从事情发生到现在，已经足足过去了三个时辰的时间，竟是还未有任何消息传来，被就走的青莲公主一行人，也毫无踪迹线索，这让刘东元更是暴躁。

“大人，今日之事，不简单哪，现场没有留下什么有用的线索，唯一可以肯定的是，御天真人乃是被敌人速杀，几无反抗之力，这出手之人，实力之强，手段之狠，简直恐怖，只怕是仙君之上的人物。”

业火天师武商道。

莲火天师朱砂也点头赞同地道：“是啊，出手之人恐怖，只是，令人费解的是，天星府内，何时出现了如此可怕的一尊妖修，且妖修中既然有这种人物，那为何不早些出手，何以让青莲公主这样的妖祖血脉，都落入到御天真人的手中……只怕这个出手之人，也是最近才来到天星府，或者是最近才出关的老怪物。”

刘东阳闻言，猛地已经一亮，道：“有这种可能。”

莲火天师朱砂道："而且，摇光城如今全面封闭，这些妖修孽种，必定没有来得及逃出去，他们无处潜藏，必定是化身隐藏在城中某个地方，遮盖了身份，我们应该立刻加大搜索范围，不要只限于四等、三等的下民，就算是二等，乃至于一等属民，也该作为搜查对象，同时，重金悬赏任何一切可疑的线索，相信会有一些端倪出现。"

刘东元道："不错，天师言之有理，就这么做。"

一连串的命令颁布下去。

整个摇光城都发动了起来。

无数天师营的甲士，镇妖阁的弟子，以及城中的仙道驻军，开始每一条街道，每一家每一户地搜索起来，哪怕是一等仙人和一些权贵的宅邸，也没有被放过。

同时，刘东元等人也开始调集高手，开始为那个有可能存在的仙君之上的妖修强者的出现做准备。

一张张仙道告示，贴满了摇光城大街小巷。

诸多悬赏栏中，光华闪烁，之前所有的一切信息都被抹掉，以最紧急和最危险光泽自己出现的，是关于搜寻悬赏妖修及城中一切可疑人物的悬赏令。

"可疑人物？什么样的才算是可疑人物？"

今日收入颇丰的李明，站在酒楼前的告示栏面前，带着酒气看完悬赏令，嘴里嘟囔着。

他今日接了一单大活，收入颇丰，下工之后就迫不及待地来到酒楼中，买了几坛烈火酿，喝了痛痛快快。

炙热的酒劲仙力，融入四肢百骸，将他体内一处十多年之前所受的寒毒暗伤，压了下去。

结着往下看，他发现悬赏令上，关于'可疑人物'的描述，颇为详尽。

"初次到摇光城者，身份不明者，来历神秘者，出手阔绰者，今日去过南城区奴隶市场者……嗯？"

李明念到这里，突然心中一动。

他猛然意识到，自己今日伺候的那位贵客，似乎是……有点儿……符合这悬赏告示上关于'可疑人物'的描述？

而且，这位贵客的身边，的确是带着数位妖修，似乎是奴仆，但他们身上的妖气，却非常明显，这一点李明可以确定。

悬赏告示的最下面，写着悬赏金额。

“提供详切线索者，赏仙晶一百，协助缉拿者，赏仙晶五百，若找到奴隶市场屠杀真凶，直接伤仙晶一万……天，这可是一笔巨额财富，城主府这一次，是真的下了血本了。”

李明看完，不由得大为心动。

他越想，越觉得今日招待的那位贵客，身份可疑。

莫非真的是奴隶市场屠杀的凶手？

就算不是，也无妨。

因为这悬赏令上说了，只要提供线索，不论对错，都有仙晶可得。

李明略作犹豫，就直接朝着最近的天师府走去。

……

夜已深。

碧落还未回来。

李牧在客栈中，闭目养神，不断地参悟时间奥义。

他如今走的是火道和时间这两大法则双修的道路，其中火道的参悟和提升，需要一定的环境，以及各种珍罕火焰，条件相对苛刻，倒是时间的参悟，却在于心境的修为和领悟，毕竟时间时时刻刻都流淌在我们的身边。

而且时间的奥义，极为罕见，所以威力更大。

李牧每次对敌，只要一次【时间相位】的俯冲，就可以解决对手，除了那次在四明山脉吞云兽巢穴中遇险之外，其他时候甚至都没有用过【时间复原】。

所以这段时间，李牧将自己的主修奥义，调整成为了时间一系。

突然，他睁开了眼睛。

可以感觉到，从四面八方，有大量仙道强者正朝着客栈的方向包围过来，虽然小心翼翼，但瞒不过李牧的感知。

怎么回事？

李牧颇为惊讶。

难道今日在奴隶市场的事情，被发现了？

不可能啊。

当时，他根本就没有留下丝毫的线索。

又或者，是碧落泄露了消息，出卖了自己？

李牧摇摇头。

也不可能。

碧落这么做对他没有丝毫的好处，而且战奴契约也没有任何特别反馈——其他六尊战奴的契约，也是完全正常。

李牧微微皱眉。

他起身走出房间，来到了院落里。

“主人。”

六大战奴，纷纷行礼。

李牧点点头。

这时，就连六大战奴也都察觉到，客栈周围，大量的仙道强者包围靠近，同时更有数千镇妖阁的道军，悄无声息地从四面街道中压近。

而且毫无疑问，是冲着李牧等人来的。

因为很快，他们所在的院落，就成为了包围圈的中心。

客栈里其他的院落都被放过，唯有这个院落，院墙之外，天空之中，仙道强者环伺，道军布下阵法彻底包围，可怕的压力，席卷而来。

## 第1317章 大水冲了龙王庙

“镇妖阁追查凶犯，无关人等，一律回避。”

身着仙甲的天将，吐气开声，在天空之中大喝。

一艘艘飞船，将整个客栈院落都封闭了，舰艏甲板上的能量巨炮，一排排一束束，对准了李牧所在的院落，仙道能量的微光若隐若现，仿佛随时都要咆哮倾泻毁灭般的能量一样。

居住在客栈的人，都被吓了个够呛。

等到搞清楚如此大张旗鼓的行动，不是针对自己以后，所有修士都在第一时间，心有余悸地退出了客栈，将地方腾出来，生怕一旦爆发战斗，波及到自己。

“大人，怎么办？”

【永夜罗刹】问道。

六大战奴仙力运转，蓄势待发。

只要李牧一声令下，他们就会施展雷霆手段，出手攻击。

李牧摆摆手，道：“退下。”

轰隆轰隆！

尘土飞扬中，有阵法加持的院墙，直接被推倒。

刀枪剑戟如林，暗夜中闪烁着森白的寒光。

一位首领模样的镇妖阁天师，来到院落之外，目光一扫，落在李牧的身上，道：“尔等何人，报上名来。”

李牧淡淡地道：“不过是路过此地的过客而已。”

“什么过客不过客的，谁和你打哑谜？速速报上名来。”镇妖阁天师冷声道，话语之中，充满了针对的意味。

李牧皱了皱眉，道：“在下左路意。”

他报上了一个曾经神州世界故人的名字。

“没听过这一号人物，做什么的？”镇妖阁天师神色凌厉：“说，从何而来，今日为什么去奴隶市场？青莲公主被劫一案，和你有没有关系？”

李牧这时已经看到，白天里的向导李明，正站在几个镇妖阁的道士身后，畏畏缩缩的样子，神色闪烁，目光躲闪。

“是他举报的在下？”李牧指了指李明。

李明猛然一惊，下意识地又往后退了两步。

镇妖阁天师冷笑一声，道：“怎么？我镇妖阁天师府做事，还需要向你解释？”

李牧淡淡地道：“在下从流星岛而来，今日去奴隶市场，却是他带我去的，说是有一场大戏，带我去看。”李牧指了指李明。

流星岛？

镇妖阁天师心中一怔。

流星岛可是东圣洲大仙庭所在，莫非此人竟然是大仙庭的仙官？

他回头看了一眼李明。

李明这个时候，知道没有办法再躲了，只好咬着牙站出来，指着李牧，道：“没错，的确是我带你去奴隶市场的，但当时情况大乱，妖修突袭，我被人击昏，后来发生了什么，只有你自己知道。”

李牧淡淡地笑了笑。

没想到此人竟然出卖了自己。

不对，也算不上是出卖，毕竟只是雇佣关系，而非是从属关系。

但这也给李牧暗暗提了个醒。

身处险地，还真的是不能掉以轻心。

妖阁是他来到仙界以后，遇到的最不容小觑的一个对手。

谁知道这群邪教一样的道士，会不会丧心病狂到就算是明知道他是大仙庭刑府大掌教，也会毫不犹豫地干掉。

“你也说了，当时妖修突袭，场面混乱，你自己也被妖修攻击，若不是我的人救下了你，你只怕是成为一具死尸了，没想到非但不知恩图报，还诬陷举报我，呵呵，真是让我失望啊。”

李牧冷声道。

“这一切都是你说的，谁知道我昏迷过去的时候，到底发生了什么，你有没有骗我。”李明被指责之后，恼羞成怒，大声地反驳道。

李牧只是冷笑，不再说话。

李明一副豁出去了样子，又恶狠狠地道：“呵呵，何况，你的身边，还带着数位妖修，嫌疑非常之大，你就是那个隐藏在幕后的人，我身为镇妖阁外门弟子，举报你何错之有？”

李牧点点头，道：“很好，我记住你了。”

镇妖阁天师冷笑道：“我是否可以理解为，你在威胁我镇妖阁的弟子？”

李牧也懒得再说什么，掌心一展，一道铭牌浮现，虚空送了过去。

镇妖阁天师将信将疑地接过铭牌，一看之下，目光一变，又看了李牧一眼，然后催动铭牌之内的阵法，仔细核对，片刻之后，徐徐松了一口气。

他拱了拱手，道：“原来是左大人，这还真的是大水冲了龙王庙，呵呵，自己人，真是得罪了，在下摇光城业火天师武商，不知道做大人要在摇光城盘桓几日？若是有空，不妨来业火天师府做客。”

说着，将铭牌送还了过来。

他说话的语气，已经是改变了很多，变得客气了起来。

李牧微微一笑，道：“呵呵，武天师客气了，配合天师府捉拿犯案妖修，乃是我应该做的事情，在下行程尚不确定，若是有时间，一定到府上拜会叨扰。”

这身份铭牌，是他早就准备好的。

来摇光城之前，李牧就有了一些计划，给自己弄了一个假身份。

毕竟他如今和镇妖阁公开撕破了脸，一旦身份暴露，有些事就不好了。

武商一看这个左路意也不是得理不饶人的主，态度柔和，当下心中就再无丝毫怀疑，更是起了几分结交之意，道：“既然如此，本座公务繁忙，就不打扰左大人了，今夜之事，非常抱歉。”

李牧拱手：“武天师言重了。”

两个人从之前的剑拔弩张到现在的谈笑生风，哪里还有丝毫的对峙气氛？就如同两个多年老友一样，周围的众人，都看傻了眼。

这转变的也太快了吧。

“撤。”

武商一挥手。

周围的镇妖阁道军，还有天空中的强者，飞舟，纷纷朝后退去。

“可是，大人……这……他身边真的有很多妖修，这……”李明意识到了不对，还向武商焦急地解释着，试图挽回一点儿什么。

但业火天师武商只是冷哼了一身，一脚将李明踹开，道：“以后把你的狗眼擦亮一点，想要骗赏金，也不能这么蠢。”转身带回到了一艘飞舟之上。

李明趴在地上，欲哭无泪。

这时，远处天空中，一道流光急速而至。

却是一位中年道士，落在武商所在的飞船上，附在武商的耳边，说了几句什么。

武商面色一变，立刻下令，带着所有的道兵和天将，急匆匆地离开了。

李牧缓缓地收回目光。

李明这个时候，后悔的肠子都要青了。

完蛋了。

彻底完蛋了。

这一下子，不但悬赏令的赏金没有拿到手，后续几天的‘大活儿’也没有了。

他从地上爬起来，带着谄笑，看向李牧，道：“呵呵，贵客，这是个误会，天大的误会，呵呵，我再也不敢了，您绕过我这一次，明儿一早，我提早来，我降价，对对对，降价，我……”竟是还想着在李牧的身上赚钱。

啪！

李牧直接一巴掌将其扇飞。

李明的身形像是漩涡中的树叶一样，打着漩儿飞出去，满脸满嘴的血。

李牧转身朝着房间内走去。

“我要闭关，任何人都不许来打扰。”

“遵命。”

六大战奴齐声道。

李牧进入到了房间里。

偌大的客栈，逐渐又恢复了平静。

【永夜罗刹】等战奴，犹如幽灵鬼影一样，站在院落房间周围。

远处。

李明捂着肿脸，一脸阴狠地爬起来，身形消失在了夜色之中。

也几乎是在同时，【永夜罗刹】原本笼罩在阴影中那张风华绝代的脸上，突然出现了表情的变化。

“杀了他。”

李牧的声音，在她耳边响起。

【永夜罗刹】没有回话，然后身形一动，就像是一道黑色的阴影融入暗夜一般，消失在了原地，朝着李明离去的方向，追了下去。

而几乎是在下一瞬间，完全收敛了气息的李牧，隐匿了身形，从【永夜罗刹】护法的位置离去，也进入到了茫茫夜色之中。

……

“竟然真的查到了那些妖修的踪迹，消息准确吗？”

武商一边催促飞舟加速行驶，一面忍不住再次确认消息。

站在身边的中年道士说：“绝对准确，是内线传回来的消息，刘城主和朱天师已经带人赶过去了，我们的人，在那处山岭中，发现了青莲公主的踪迹。”

武商一听，更加急迫了。

这是摆在眼前的立功机会啊，千万不能错过。

但他心中，也有担心。

万一遇到那个可怕的妖修高手，城中真的有人可以挡得住他吗？

“大人，刚才客栈中，那人到底是什么来历啊？”一位心腹凑过来，好奇地问道。

武商瞥了他一眼，道：“你说那个左路意？”

“是。”

“大仙庭户府的一位主事，身份铭牌和信息都没有什么问题。应该是被大仙主派遣来城中调查户府事宜，这种人对咱们没有什么威胁，不像是刑府那群吃肉喝血的野狗，交好一点，没有坏处。”

“不过，此人的身边，何以会有这么多的妖修？会不会……”

“放心吧，我看了铭牌，那些妖修，是他从流星岛天牢里提出来的战奴，就算是妖修，也与城内作乱的那帮妖人，没有瓜葛。”

“大人果然是高明，这个左路意，竟然能从天牢中调出战奴，只怕是另有背景，不是一般的主事，交好倒是极有必要。”

对话之间，前方一片巍峨的青黑色山岭，出现在夜色中。

摇光城占地面积极大，城内有城，也有湖泊山岭，眼前这片荒野山岭，平日里并不怎么引人注目，今夜却成为了整个摇光城关注的中心。

轰轰轰！

可怕的战斗之声传来。

一道道仙器波动、妖气光焰，在山岭之中闪耀。

喊杀之声不断。

到了。

这就是摇光城中妖修的暗中大本营。

无数道兵密密麻麻从四面将这片方圆数十里的山岭围了个水泄不通，不断有镇妖阁的高手，犹如蝗虫过境一般，冲入山岭中，展开攻击。

远处，大小飞舟百余艘，似是群鲨，游曳虚空。

其中，一艘暗红色的玄舸，规模最大，悬浮在虚空。

摇光城主刘东阳、莲火天师朱砂以及其他数十位摇光城中的大人物，此时都站在玄舸舰艏的甲板上，关注这场战斗。

妖修在山岭中的力量，超乎想象，之前的数次进攻都被打退，所以刘东阳等人，并未亲自加入战场，而是不断令道兵和天将攻击，消耗妖修的有生力量，等待挫灭了妖修们的锐气之后，他们再出手，斩杀重要人物，攫取功劳。

看到这一幕，业火天师武商松了一口气。

还好。

功劳还在。

还来得及。

他笑了起来。

## 第1318章 内奸是谁

“到底是谁，出卖了我们？”

紫麒麟愤怒的咆哮声，在整个地下洞穴之中回荡着。

偌大的地下洞穴，犹如一个巨型宫殿一样，大约有数千大小妖修聚集在这里，其中就有青莲公主，碧落，白猪皇等人，此时众妖修的脸色，并不好看。

这个妖修聚集地，极为隐蔽，已经在摇光城中潜伏了足足半年，从未发生过意外，但今夜却被镇妖阁侦知。

而且显然并非是偶然被发现，因为等到一众妖修反应过来时，整个聚集地已经被团团围住，水泄不通。

外面的大战声，清晰地传来。

至少有数万的妖修，在拼死战斗，阻拦着疯狂用来的镇妖阁道兵，在为这个聚集地的众人，争取时间。

但这里被攻陷，只是时间问题而已。

很显然，镇妖阁早有准备。

只有一个解释。

有内奸。

内奸将这里的消息传了出去，以至于镇妖阁可以有充足的时间调兵遣将，让妖修们根本没有坑能再逃出去。

紫麒麟发出了愤怒咆哮。

气氛一度非常诡异。

一直到，那个坐在上首，一直都没有开口说话的白发老者，将目光定格在碧落的身上。

“你成为了别人的战奴？”白发老者开口道。

碧落点了点头，道：“风老怀疑我吗？”

白发老者乃是一头万年洪荒遗种的风隼得道，仙君级的强者，虽然已经处于寿命的末期，但实力依旧很强。

他是摇光城中的反抗妖修首领，德高望重，在这里主持大局一年多时间，这处隐蔽的聚集点，也是他开辟的，在要修之中，具有极高的威望。

“按理来说，我不应该怀疑你。”风老的声音，永远都是不疾不徐，缓缓地道：“毕竟你的体内，也流淌着妖祖的血脉，但毕竟你已经成为了大仙庭鹰犬的战奴，身份不由己。”

碧落摇头道：“我追随的那位大人，对于妖修，根本没有任何敌意，所以用不着如此费尽心思地怀疑我。”

“如果不是你的话，为何以前什么事情都没有发生，你一来，我们的聚居点，立刻就暴露了？”紫麒麟猛然盯着碧落，声色俱厉地质问。

“我不知道。”碧落苦笑道。

紫麒麟冷声道：“你必须做出一个解释。”

碧落摇摇头：“这件事情，我解释不了。”

“你是如何知道青莲在这里？”紫麒麟道。

碧落沉默了。

关于他自己的事情，他并不想说太多。

因为这会牵扯到李牧。

李牧是秘密来到摇光城私访。

他的行踪一旦泄露，会给接下来的计划，造成极大的阻碍。

妖修中有内奸，已经是确凿的事情。

谁能保证，他一旦把李牧的行踪说出来，内奸会不会立刻就传出去?

“怎么？你心虚了？”

紫麒麟冷笑着质问道。

旁边的石椅上，青莲公主怀中抱着女儿，轻轻地哼着不知名的小曲儿，并未参与到这样一场争吵之中。

她的目光甚至都没有丝毫在碧落这个丈夫的身上停留，仿佛其实历尽千辛万苦回来的是一个与自己和自己怀中的孩子并不相干的人。

“说说吧。”白猪皇也开口，道：“碧落大人，你为什么会找到这里来？”

碧落沉默了片刻，道：“其实今日，我也在奴隶市场上。”

青莲公主的眉毛轻微地跳了跳。

“我看到青莲和怜儿被拍卖，然后看到了紫麒麟和白猪皇化作富豪去竞拍，看到了你们策划的行动。”碧落接着道。

“那你竟然未出手相助？”紫麒麟厉声质问。

碧落道：“当时情况不明，我无法在第一时间出手，没有绝对的把握，后来突然动手，我想要出手相助的时候，却被我家大人所阻拦。”

“果然是仙庭的鹰犬，他不让你出手，你就眼睁睁地看着自己的妻子女儿受辱？”紫麒麟咄咄逼人。

碧落道：“虽然我没有出手，但是我家大人却亲自出手了。”

“哦？”风老面现异色，接话道：“所以说，今日奴隶市场上，那个斩杀了御天真人，救下所有人的神秘强者，就是你家大人？他到底是何方神圣？”

碧落道：“是他，但是他的名字，我不能说。”

紫麒麟冷笑道：“藏头露尾？呵呵，谁知道，当时你们是不是在演戏，故意放我们走，然后在背后跟踪，才找到了这里，碧落，任你说一千道一万，今日这里，你的嫌疑最大。”

碧落沉默。

从各种迹象上来讲，的确是如此。

他一来，聚集点就出事了。

紫麒麟又道：“你知不知道，你不禁出卖了摇光城聚集点的兄弟们，更是破坏了整个天星府妖修的反攻之计，你……”

“慎言。”风老突然开口。

紫麒麟一怔，旋即面色又黯然下去。

他盯着碧落，像是盯着杀父仇人。

其实在场的大多数妖修，都非常理解紫麒麟。

在碧落被抓失踪的这些年里，天星府妖修基本上将他当成是一个死人了。

而紫麒麟一直都暗中仰慕着青莲公主，在碧落‘死’后，他甚至不止一次地向青莲公主表达爱慕之情。

妖修在这方面的风气比较开放。

紫麒麟自己也是天星府妖修中的奇才，总觉得只要自己坚持下去，终有一日，精诚所至金石为开，一定可以感动青莲公主。

在知道青莲公主失手被擒之后，紫麒麟差点儿发疯。

他终日吵闹着要去救青莲公主，并数次付诸行动，可惜未能成功。

这一次在奴隶市场营救青莲公主，乃是紫麒麟最后的殊死一搏，是他违背了风老的命令，善左主站，煽动了白猪皇等数百名妖修，私下行动。

若是能够将青莲公主救出来最好，若是救不出来，那便搭上这条命，死在青莲公主的面前又何妨?

紫麒麟，是一个痴心种子。

好在结果完美。

有神秘强者相助，青莲公主被就回来了。

但紫麒麟还未来得及高兴，消失许久的碧落，竟是也回来了。

这意味着，他再也没有机会和青莲公主在一起了。

多年心思，一朝破灭，如何能不愤怒?

虽然这愤怒其实有点儿不太绅士，但毕竟是年轻人嘛，城府浅，可以理解。

“我想我知道，你家大人的来历了。”

风老缓缓地开口。

众人心中一怔，目光都聚焦在这位话事人身上。

风老慢慢地站起来，目光在众人的身上掠过，清了清嗓子，道：“好了，现在不是追查这些问题的时候，我们得想办法从这里突围出去，尽最大的可能，保存摇光城妖修的火种，这样才能配合小妖祖的‘夜光计划’……”

紫麒麟道：“可是，如果不查清楚谁是内奸的话，我们如何突围，很容易被内奸出卖，各个击破。”

众人不语。

这话的确是有道理。

风老看向碧落，道：“得委屈你一下了。”

碧落叹了一口气，道：“我受点儿委屈不算什么，只是，在天亮之前，我得回去，否则我家大人震怒下来，我死了不算是什么，怕是会牵连到诸位。”

“哼，谁怕。”紫麒麟冷笑道。

正说话间——

轰隆！

整个地下洞穴，剧烈地震动了起来。

土石滚滚而落。

风老的面色变得凌厉了起来。

“没有时间了，在场的各位，都是老夫挑出来的精锐，立刻按照平日里的演练，准备突围，老夫去拦住那些镇妖阁的杂碎……”

说话之间，他的身上，一道道淡淡的风息流转起来。

苍白的头发，以肉眼可见的速度变得乌黑。

原本有些佝偻的身躯，猛然挺拔了起来。

脸上皱纹皮肤也消失。

他逐渐从一个垂垂老矣的耄耋老者，变成了气血方刚的年轻人。

强大而又惊悚的气息，在他的身体周围流转。

妖修们并未因为风老的气息、状态的变化而出现喜色。

反而是用一种悲壮的眼神，看着风老。

因为谁都明白，垂垂老矣的风老，只能最后一次振动体内的妖力，最后一次升华本源，恢复到最强状态。

而一旦升华结束，不管风老在战斗中是否受伤，等待着他的，都将是死亡。

这位摇光城最传奇而又坚韧的妖修前辈，就要燃烧完自己的最后一丝光亮了。

所有人心中悲戚。

唯有风老，眸光明亮。

作为摇光城妖修中的最强者，也是最高领导，出了这样的事情，他必须负责。

而且，能够在生命的最后时刻，为了自己的种族和袍泽，倾情一战，燃烧一次，总比如凡人那般死在岁月时光的侵蚀中要璀璨的多。

“诸位，按照计划行事，我……噗！”

风老一句话还未说完，突然脸上露出了极度震惊之色，旋即张口喷出一道墨黑色的血液，整个人骤然委顿下去，身上的气息，如雪崩一般跌落。

“风老……”

“怎么回事？”

“不好！”

众人惊呼。

青莲公主身形一晃，扶住了风老。

“我……中毒了？这……什么时候？”

风老一脸的愕然，感觉到体内有一道道炙热的奇异毒力，在他刚才升华己身的最后时刻，突然爆发，一下子抽走了他所有的力量。

这分明是中毒症状。

极为阴狠的仙道剧毒。

紫麒麟呆了呆，突然一下子暴怒一般地冲向碧落，道：“是你下的毒，一定是你……我杀了你。”

碧落身形闪避。

他原本只是想来看看自己的妻女，再续前情。

但万万没有想到，竟然连续碰上这种事情。

到底是怎么回事？

内奸是谁，竟然连风老都会不知不觉之中中毒？

## 第1319章 局势突变

紫麒麟像是疯了一样，不要命地猛攻碧落。

碧落没有办法解释，只能不断地闪避。

这个时候，反抗的话，那就是火上浇油了。

饶是他‘老奸巨猾’，一时之间，也无法证明自己的清白。

青莲公主单手抱着女婴莲儿，一手扶着风老，白猪皇等人簇拥在周围。

场面变得混乱，不可控。

风老只觉得头晕目眩，想要说话时，张开口却又难以吐字，体内的奇异剧毒，令他的生命就像是被扎破了的气球中的空气一样，快速度流逝着，他连说话的力气都快没有了。

青莲公主略微犹豫，将小女婴莲儿的指尖点破一道细微的痕迹。

哪怕是轻微的刺痛，也让婴儿猛地从熟睡中惊醒，发声大哭起来。

青莲公主将婴儿指尖沁出的一滴碧绿色鲜血摄起，单手在虚空之中，划出了一个古老而又神秘的符号，包裹了这一滴碧绿色的鲜血，然后直接将其按入到了风老的眉心之上。

下一瞬间，风老骤觉疯狂流逝的力量和生机，似是重新回到了身体中。

他长长地吐出一口浊气，看了一眼青莲公主，道：“唉，不应该啊，我这条贱命，如何抵得上那一滴血……”

青莲公主没有说话，只是赶紧双手抱着女婴，轻声地哄起来。

女婴的哭声渐止，又进入了睡眠状态，肌肤晶莹，如白玉无瑕。

风老站稳身躯，怒喝道：“好了，给我助手。”

这一声断喝，却是针对紫麒麟的。

紫麒麟只觉得耳边一震，一股无形的力量横扫过来，将他从战斗中击飞，踉跄落地之后，他心头的怒焰猛然被消散。

看到风老和青莲公主同时看向自己，紫麒麟也知道，自己犯了错，冷哼一声，狠狠地瞪了一眼碧落，这才停止了攻击，但嘴上依旧道：“一定是他，他一来，事情就乱了，他没有来的时候，一切都好好地……”

话音未落。

轰隆！

整个地下洞穴，突然剧烈地震荡了起来。

地穴石壁上，一层层一圈圈妖仙符文疯狂地闪烁，色泽也急骤地变化，这是加持的阵法在瞬间达到了承受攻击峰值的表现，周围岩石滚落，一道道裂缝，在石壁上飞速开启。

怎么回事？

镇妖阁这么快就攻进来了？

不应该啊。

要知道这里的阵法厚度，可是可以承受……

轰隆！

一道赤色雷光，突然轰破了地穴的穹顶。

可怕的力量，灭世的雷霆，骤然降临。

恐怖的威力，让在场的妖修有六分之一瞬间化作飞灰，死都不知道怎么死的。

贯穿了地穴顶壁，甚至将地穴地面凿穿一道不知道有多深的地洞，雷光伴随着地底的寒气，宣泄出来。

“呵呵呵，一群鬼鬼祟祟的妖邪，躲在这里苟且偷生，今天，你们一个都走不了，哈哈哈哈。”

流光闪烁。

摇光城主刘东元等数百位镇妖阁的舔舐级强者，瞬间降临。

而在刘东元等人的身后，巨大的地穴裂缝之中，密密麻麻的镇妖阁道兵也在犹如海水倒灌一样汹涌而来。

妖修们不断地后退，后退，再后退。

最终，妖修们被一层又一层地包围，挤压在一个小范围之内，就似是孤立无援的礁石被海水即将淹没一样。

局势急转直下。

妖修们的脸上，浮现出了震惊、悲壮和愤怒的表情。

这处聚集地，不仅隐蔽，更是投入了大量的物力财力，布置了无数的阵法和防御圈层，为了能够在摇光城中有一个安全且长久的落脚点，妖修们付出巨大，才有今日。

按理来说，就算是摇光城的所有高手齐聚，也不可能在这么短的时间里，就将外围的全部防御圈层攻破。

之前他们之所以纠结并且试图找出叛徒，就是因为不论如何，都应该有绝对充足的时间撤退，聚集点的防御，可以拖延很长的一段时间。

但是现在……麻烦大了。

风老的心，一点一点地沉入了深渊。

他立刻意识到，妖修们在摇光城中这么多年的辛苦耕耘，就要化为泡影了。

而更加严重的是，在场有一些地位颇高的妖修，是知道‘夜光计划’内幕的，一旦被镇妖阁抓住，打探到了苗头，那对于整个天星府妖修来说，将是致命的打击。

小妖祖的计划，一旦泄露出去，天星府的妖修，将再也无法翻身。

最重要的是，被囚禁在镇妖阁雷狱之中的妖祖，将再无脱身之日。

“哈哈哈，没想到，你这头老风隼，竟然还活着。”

刘东元看到青莲公主的时候，眼睛一亮，等他再看到风老的时候，眼睛就更亮了，忍不住心中的狂喜，哈哈哈大笑了起来。

这可真的是意外之喜啊。

只是来捉拿青莲公主而已。

没想到，竟然还有意外的收获，镇妖阁的【必杀妖邪榜】上排名第五的大妖风隼，竟然也在这里，这一下子，可真的是天上掉仙髓的泼天大运啊。

风老阴沉着脸，没有回答。

对方一句话，让他意识到了很多信息。

刘东元不知道自己在这里，也就是说，内奸并未将自己的消息，传递给镇妖阁。

那么问题来了。

如果这个内奸是在自己身边潜伏了很长时间的话，这个消息绝对早就传出去了，这意味着，内奸真的是一个新来者？

而今夜，出现在这处秘密聚集点的妖修，除了碧落一人之外，其他人都是出入这里多次的人。

风老目光复杂了起来。

纵然一千个、一万个不相信内奸是身体里流淌着妖祖血脉的碧落，但事实如此。

看来紫麒麟没有说错。

他略显痛苦地闭上了眼睛。

这种心理上的痛苦，远比身体上的伤痛更加折磨。

“碧落，你过来吧，我们联手对敌。”

风老没有理会刘东元的叫嚣，而是对着碧落挥挥手。

碧落在这一瞬间，其实早就明白了风老的想法。

但他没有犹豫，缓缓地朝着风老走去。

轰！

风老猛地出手。

两柄风刃，刺穿了碧落的胸膛。

碧落甚至躲都没有躲，任由风刃刺穿自己。

他脸上带着一抹惨白的微笑，坦诚而又淡然地道：“我不是内奸。”

风老顿时怔住。

他本想瞬间引爆碧落体内的风刃，将其彻底杀死，但是对上这样一句话，这样一个笑容，接下来的一切计划，都根本无法再贯彻下去。

碧落知道自己要做什么。

但是他没有躲。

难道自己真的错了？

风老一时间，心乱如麻。

无数念头纷杂，额头和背后，冷汗骤然就冒了出来。

青莲公主叹了一口气。

她终究是走过来，伸手按在了那两道风刃上，微光一闪，就将风刃消弭。

碧落脸上一喜。

她是相信自己的。

她果然是相信自己的。

她还是愿意相信自己的。

碧落一瞬间，觉得整个人生都命没了起来，正要说什么。

但青莲公主已经重新退了回去。

碧落眼眸深处，闪过一丝黯然。

刘东元莫名其妙的看到妖修内部自残这一幕，不明所以，但还是大笑了起来："真是一群茹毛饮血的畜生啊，哈哈哈，死到临头，还在窝里斗，哈哈哈，来人啊，给我杀……"

战斗在瞬间开启。

镇妖阁道兵宛如潮水一般涌上来。

"杀。"

"为死去的兄弟们报仇。"

"和他们拼了。"

"哈哈，杀一个够本，杀两个赚翻。"

人数处于绝对劣势的妖修们，也在绝境之中爆发出了疯狂地怒吼，宛如困兽一般，毫不示弱地冲上去厮杀。

灵魂中的野兽之性，在这一瞬间，骤然爆发。

死亡。

鲜血。

惨叫。

残肢断臂。

一切如修罗炼狱一般可怕的画面，骤然降临。

妖修们虽然人数处于劣势，但修为更高，战力更强，聚集于此的妖修，都是摇光城区域附近的菁英，意志坚定且斩法凶狠，以瞬间，不知道倒下了多少镇妖阁的道兵。

而妖修这一边，暂时未有一人死伤。

但刘东元根本一点儿都不心疼。

道兵就是炮灰。

死多少，都可以在仙民中重新招来。

“杀，一名要修的头，换一千仙晶，若是能活捉一个，五千仙晶，哈哈哈，今日，我要这群野兽，全部都给我留在这里……”刘东元哈哈大笑。

他身边的天师级强者，也瞬间出手。

场面越发惨烈。

随着镇妖阁的天师级高手进场，妖修们的优势，荡然无存，很快就出现了伤亡。

“杀。”

紫麒麟怒吼一声，加入战圈，直冲莲火天师朱砂。

“我也去帮忙……”白猪皇开口道，浑身的妖修真元涌动。

但他下一刻，他金玉色的手掌，却是同时狠狠地击中了风老和青莲公主。

砰砰！

闷响声传来。

风老本已受伤，这一掌之下，再也支撑不住，身形迅速委顿下去。

而青莲公主猝不及防之下，身体巨震，怀中的女婴脱手飞出，朝着战场中落去，她向来淡漠的脸上，顿时浮现出极度惊慌之色，但想要抢回时，身体骤然僵住，竟是一丝力量都提不起，连动一根手指都难。

## 第1320章 我什么时候有你这样一个故人

?

好在下一瞬间，碧落身形一动，抢先一步，将孩子抱在了怀里。

“都给我住手。”

白猪皇拎着风老的脖颈，一柄弯刀架在青莲公主脖子上，大声地喝道。

妖修们做梦都没有想到，竟然会发生这样的事情。

投鼠忌器之下，只能住手，后撤。

刘东元也摆摆手。

道兵止步。

战斗暂时停止了下来。

“老猪，你……你在做什么？”

紫麒麟与莲火天师一战，受伤不轻，勉强抵挡，看到这一幕，简直不敢相信自己的眼睛。

最好的朋友和袍泽，竟然是内奸？

是的。

这个时候，就算是傻子，也都明白了。

真正的内奸，赫然正是白猪皇。

“做什么？如你所见啊。”白猪皇笑着，道：“都把手里的武器放下吧，乖乖束手就擒，否则，我就一点一点地割碎他们两个。”

妖修们愤怒的表情，足以融化仙金。

但是并没有任何的妖修，在第一时间就放下手中的仙器。

谁都不是傻子，这个时候放下武器，就是白白送死，而且就算是他们真的放弃了抵抗，也救不了风老和青莲公主。

一眼就洞穿了众妖修的想法，白猪皇冷声道：“你们现在束手就擒，的确是救不了人，但是可以救他们的命，至少他们被擒，不会被杀，而是下到雷狱中，经受折磨而已，日后或许还有机会重见天日，否则，我现在随手就可以将他们都杀了……呵呵，你们平日里，一个个不都是号称要忍辱负重吗？怎么？现在做不到了？”

风老和青莲公主连张口说话都做不到，只能听着白猪皇攻心之言，无法反驳。

碧落怀中抱着女婴怜儿，处于沉默的状态。

紫麒麟性格暴躁，依旧怒吼道：“老猪，你为什么要做这样的事情？我们认识这么多年了，你……这到底是怎么回事？”

他无法相信自己看到的。

白猪皇是他最好的朋友。

值得信命托付的朋友。

一夜之间，爱情和友情，似乎都要离他而去了。

“呵呵，蠢货。”白猪皇看着紫麒麟，像是看着一头蠢猪，眸光里，尽显不屑。

紫麒麟又急又怒，道：“老猪，我知道你不是故意背叛我们，你一定有什么难言之隐对不对？老猪，你说出来，没有解决不了的事情……我可以原谅你。”

白猪皇看着紫麒麟，像是看着一个傻子。

这回，就连碧落，也都有些无语了。

实际上，碧落一直都怀疑，急躁暴怒，不断地朝着他身上泼脏水的紫麒麟，才是那个有可能的内奸，没想到此人只是头脑简单愚蠢，真正的内奸竟是看似忠厚，寡言少语，没有什么存在感的白猪皇。

“老猪，你说啊。”紫麒麟还在咆哮。

碧落叹了一口气，道：“你是真蠢还是假蠢，刚才我被你冤枉的时候，为何不见你给我机会辩解，现在却要让一个已经揭下了面具的真正内奸去辩解……”

“闭嘴。”紫麒麟竭斯底里的怒吼，道：“你知道什么，我了解老猪，他不会无缘无故这么做的，他今日还冒死陪我去奴隶市场救青莲，那是送死的行为，他都陪着我去了，我为什么不能给他机会辩解？”

碧落再叹一口气，道：“如果我没有猜错的话，白猪皇加入你们的时间，并不是很久，而在今夜之前，你们还没有完全认可他吧？”

“是又怎么样？”紫麒麟怒道：“你知道什么，老猪他立下过大功，他救过我们很多人，他……”

碧落道：“唉，你是真的蠢，对于一个一门心思要取得你的信任的镇妖阁强者来说，立功很难吗？就算是救你们一百次，又能如何？只要镇妖阁愿意配合他，他什么样的功劳立不下来？”

紫麒麟一呆。

碧落又道：“让我再来猜一猜，到现在为止，白猪皇应该还不知道风老口中的‘夜光行动’，也没有见过所谓的小妖祖吧？”

紫麒麟再呆。

碧落道：“想一想，白猪皇陪着你去奴隶市场救人，你死不死都无所谓，只要他‘机缘巧合’活下来，或者将青莲公主，不，哪怕是怜儿救回来，他不是就可以一下子得到风老和你们所有人完全绝对的信任？嗯？”

紫麒麟的面色，变得惨白了起来。

碧落又道：“我还可以猜出来，其实你们这次不顾一切的私下救人行动，其实是白猪皇一力怂恿你去的吧？呵呵，其实你一开始，还是有点儿犹豫的，因为带着那么多兄弟去送死，你怕坏事……”

紫麒麟的身体，不可遏止地颤抖了起来。

“从头到尾，他都在利用你这个蠢货而已，呵呵……”碧落有些无语地摇头。

紫麒麟看向白猪皇。

他的眼神，带着绝望，以及最后一丝丝的侥幸和期冀。

白猪皇却是看向碧落，道：“呵呵呵，倒是嘀咕了你，不愧是才曾经搅动过整个天星府风云的妖神碧落，只是可惜了，在天牢中折去了太多的锋芒，已经与这个时代逐渐落伍，知道这一切，已经晚了。”

碧落叹了一口气，道：“是啊，已经晚了，其实，我本不该出现，今日那奴隶市场上，若是没有我家大人出手，不出意外的话，也许今晚针对这里的围剿，就不会发生了，对吗？”

白猪皇道：“不错，本来我的计划很完美，和你在的猜测一模一样，紫麒麟和其他人都死在那里，一身重伤的我带着小女婴回来即可，风隼这老东西，一定会彻底相信我，到时候，我就可以搞清楚‘夜光行动’，也能摸到小妖祖到底是何方神圣……”

碧落道：“其实就算出现变故，你依旧可以继续潜伏啊，相信经过了奴隶市场的事情，风老他们已经正式相信并接纳了你吧？”

白猪皇叹了一口气，道：“不怕神一样的对手，就怕猪一样的队友啊。”

他狠狠地扫了一眼刘东元。

后者顿时一脸尴尬，又有些羞怒。

“今日奴隶市场上出现的那个人，让我很忌惮，于是我破例传递了一次消息，让刘东元调查一下此人，没想到这个蠢货，擅作主张，带着人来围剿这处妖修基地，怀了我的大事。”白猪皇恼恨地道。

“住嘴，你不过是一个小小的暗探而已，竟敢对本城主这么说话？”当着这么多的属下和道兵，被骂为‘蠢货’，让他有点儿恼羞成怒。

白猪皇没有理会刘东元。

他看着碧落，道：“不过，也无所谓，只要撬开了风隼和青莲的嘴，很多事情，就都能知道了，可惜终归不够完美，呵呵呵……不过，话说回来，你故意引导我说了这么多，是在拖延时间吗？”

碧落呵呵一笑，道：“所以，你到底是谁呢？我很好奇。”

“真是生硬而又没有技巧的转化话题拖延时间方式啊。”白猪皇道：“我猜，你应该是在等待今日白天出手的那位大人吧？哈哈，大仙庭新任刑府大掌座木牧，对不对？”

碧落瞳孔微缩：“你怎么知道？”

“你说过，你家大人，对妖修没有排斥之意，而正好前几日，莅临了东阳城的刑府大掌座，斩杀了驻城天师徐明远，无所畏惧地表达了对于妖修的支持，呵呵，能够让你这位昔日妖神，成为战奴的人，也就只有他了吧？”

白猪皇戏谑地笑着道。

碧落眉头皱起，道：“真的是小看了你。”

白猪皇道：“其实，我与你家大人，是见过面的，呵呵，也算是故人了。”

碧落一惊。

白猪皇又笑了起来，道：“我很了解他，呵呵，所以啊，我是知道他的实力的，你所寄托的这人，就算是来了，又如何？能翻天吗？他的修为还远远不够啊，他若是来了，那正好，我镇妖阁的心腹大患，正好今夜也可以一劳永逸地解决了。”

碧落这一下子，其实才是真正的吃惊了。

他对于李牧，具有绝对的信心。

但是这个白猪皇，竟然知道这么多的事情，还如此了解李牧，显然是真的有所对策，如果大人今夜真的循迹而来的话，岂不是正中了白猪皇的下怀？

那可就遭了。

碧落利用战奴契约的微妙联系，早就尝试向李牧求援了。

虽然这种求援，有可能毫无意义。

因为战奴契约的主动权，从来都是掌握在主人手里。

而且，碧落也不能完全确定李牧对于今夜之事如何看待，但好歹他对于妖修是真的没有敌意，或许可以是救星，寄希望与万一，所以碧落才一直都拖延时间，等待着李牧赶来。

但是现在，碧落却不希望李牧真的来了。

这个白猪皇，实在是太可怕了。

连这都算计在内。

怎么办？

碧落才真正急了起来。

而也就是在这个时候，一个晴朗飒爽的声音，在整个地穴之中，回荡了起来，清晰地响起在每一个人的耳中。

“哦，故人？我怎么不记得，有你这样一个故人了？”

李牧的身形，缓缓地浮现在虚空之中。

## 第1321章 恐怖如斯

声音如此突然的出现，以至于在场如此之所的高手强者，竟是听到声音之后，才发现了李牧的出现。

白猪皇的表情，骤然阴沉了一瞬。

然后他就笑了起来："呵呵，木牧，你终于来了。"

李牧身形悬浮在空中，道："是啊，我来了，你不是在等我吗？"

白猪皇冷笑道："很好，你出现在这里，足以证明你和妖修有勾结，今日，就算是将你斩杀在这里，也是你活该。"

李牧像是听到了什么笑话一样，笑了起来，道："勾结妖修？那又怎么样？仙庭律令中，有这方面的禁令吗？你不但外形像猪，脑子也是猪啊。"

白猪皇冷笑道："勾结一般的妖修当然没有什么，可眼下这群妖修，却是要谋逆，对付仙庭的，他们……"

"蠢逼。"李牧冷笑，道："老子是刑府大掌座，我说他们没有谋逆，他们就谋逆，你算什么东西，我做事，难道要你教我？"

白猪皇大怒，冷笑："你这刑府大掌座的位置，能坐多久，还是未知之数，且不说这个，前几日你斩杀徐明远，今日又在奴隶市场上，斩杀御天真人，单单这份罪状，就足以让你无法翻身。"

李牧哈哈哈大笑了起来："说你蠢，你还真的是蠢，御天真人谋逆，我将其诛之，何来罪状？大仙主知道了，也只会为我请功而已。"

"谋逆？御天真人谋逆？信口雌黄。"白猪皇怒声反驳。

李牧一脸的鄙夷和轻蔑，一字一句地道："我乃刑府大掌座，掌管大仙庭刑律，说他谋逆，他就谋逆，你奈我何？"

白猪皇一下子就说不出来话了。

哪怕是对上碧落这种智士，他也可以纵横捭阖言语应付，但是对上李牧这种根本不讲道理的对手，他真的是……好像说再多，都只是在对牛弹琴。

顿了顿，他又冷笑道："你是刑府大掌座又如何？这里是镇妖阁的天下，你若是摆明车马，大张旗鼓而来，或许我们还不敢动你，但你既然是私自潜入，呵呵，若是今夜就死在哪条阴沟里尸体泡臭了，那也是白死了。"

李牧点点头，道：“早把你这一份臭不要脸的无赖劲儿拿出来，不就完了，非要哔哔这么多。”

眉心竖眼开启。

两道神光流转出去，眸光笼罩白猪皇。

白猪皇的身体迅速地变化，就像是被融化了的白蜡一样，开始扭曲变形，最终肥胖的身躯化作了一个全新的，颇为修长高大的身影。

“果然是你。”

李牧冷笑了起来。

这人的相貌，李牧记得实在是太清楚了。

名华。

在四明仙府之战中，背叛了方天翼的八神卫之一。

八神卫之中，共有四位背叛，成为了叛神卫，其中风痕、雨迹两个，已经被李牧除掉，而名华和碧落两个，则在四明仙府之战结束后，就处于失踪状态。

哪怕是大仙主东方夜刃，费了一些功夫，都未能找到这两个人。

留着他们在，总归是两颗定时炸弹。

不知道什么时候就爆了。

没想到今日，竟然在这里遇到了。

“果然是你这个反骨仔，呵呵，乱军份子，人人得而诛之，竟然投靠潜伏在了镇妖阁，看来这镇妖阁还真的是藏污纳垢之所啊。”李牧冷笑着。

名华厉声反驳道：“你才是乱军份子，你……”他的内心有些震惊，李牧眉心之中的那一道竖眼，竟是一眼就破掉了他的幻化神通，到底是什么神通？

两人几句对话，气氛剑拔弩张。

妖修们眼神复杂地看着李牧。

这位算是援军吗？

听起来好像是。

但只有一个人，如何对抗摇光城如此之多的镇妖阁强者？

只怕是有心挽狂澜，但无力回天吧？

碧落则是悄无声息地朝着周围观察，想要确认，【永夜罗刹】等其他六大战奴，是否也已经隐藏在了暗中，如果只有大人一个人的话，那局势依旧不容乐观。

“呵呵，原来你就是今天白日里出手的那人，呵呵呵，我还以为是那个妖修大能来到了这里，没想到是你，身为刑府大掌座，与妖修为伍，真的是自甘堕落啊。”

耀光城主刘东元上下打量李牧。

“你算什么东西，也敢指责本座？”李牧直接一句话就怼了回去。

刘东元面现愠怒，旋即冷笑了起来，道：“不知死活的后辈，今日你是自闯地狱之门，活该送死，哈哈哈，本来是为了对付妖族大能的手段，正好用在你的身上……”

镇妖阁与当今大仙主一脉本就不对付，加上李牧先后数次针对镇妖阁，已经结下了死仇，所以刘东元对于李牧这个刑府大掌座，并无该有的尊敬。

反正双方都已经撕破脸皮。

李牧闻言，像是看白痴一样，看着他，随手一丢，一颗带血的头颅，丢在了刘东元的面前。

“这就是你的依仗吧？可惜，已经死了。”

李牧道。

刘东元原本一脸‘一切尽在掌握’的表情，但看到这颗头颅的瞬间，表情瞬间扭曲，就连声音都变了，道：“是猎天长老，你……你杀了他？”

他见鬼了一样看着李牧。

李牧道：“不只是他，还有你留在外面的所有强者……呵呵，我跟踪武商来到这里，要不然，你以为我为什么会这么迟才现身？”

刘东元等人，立刻就看向业火天师武商。

武商这个时候，再也忍不住。

他厉声地道：“你竟敢骗我？你不是什么户府主事左路意，你是……木牧这个该死的屠夫，老夫和你拼了。”

他像是受辱了的野狗一样，怒吼着，催动一身修为，绽放到极致，朝着李牧扑来。

摇光城中的天师，实力最低，也是仙王级的修为。

李牧凝滞虚空，身形不动，屈指一弹。

一道剑光一闪。

轰！

业火天师武商瞬间化作了一团火焰，惨呼一声，像是一朵凌空盛开的鲜艳怒菊一样，骤然绽放，然后迅速湮灭消失。

秒杀！

“什么？”

叛神卫名华忍不住失声惊呼。

四明仙府之战中，他是见过李牧出手的。

那时候的李牧，最强也就是仙王级的修为而已。

哪怕是后来传出，李牧击败绝天、御天等人的战技，在他看来，此人多以诡计见长，怕是用了什么其他手段，就算是实力有所增长，但终究有限。

但此时一见，屈指之间，秒杀仙王。

这是什么实力？

这是一念破万法的实力啊。

糟糕了。

名华心中，瞬间就萌生了退意。

但李牧怎么会给他机会？

手握两个人质的名华，心中突然涌起一种非常诡异的危险警觉，才勉强做出一个下意识的后退动作，一抹血光，就从名华眼前冒起。

一抹刀光骤然亮起。

他握着弯刀的手臂已经被斩落。

若不是退得快，这一刀怕是已经将他的人头斩落了。

李牧脸上浮现出一丝异色。

叛神卫不愧是曾经跟随在方天翼身边的百战护卫，这种战斗直觉和经验，实在是太很可怕，哪怕是修为不如，但竟然躲过了自己这近乎于势在必得的暗袭一刀。

不过，效果也达到了。

风老和青莲公主，却是从名华的掌控之中被救出来。

李牧身形来到了两人身边，无形的掌力一送，将两人送到了紫麒麟等幸存妖修的身边。

“啊，保护我……”

名华此时已经知道，自己严重误判了李牧的战力，大势已去，根本不敢再站，厉声狂呼着，朝着刘东元等镇妖阁高手冲去。

刘东元根本不想理会此人，见势不妙，已经要逃跑了。

但名华一只独臂扬起，手中高高举着一枚令牌，道：“都天教令在此，你们难道要抗命不成？快保护我。”

“什么？教令？！”

“是都天教主的令牌。”

“此令在手，如教主亲临。”

“保护他。”

城主刘东元和一众天师级强者，不敢怠慢，冲上前去，将叛神卫名华保护在其中，就要后撤。

但一层无形的阵法涟漪闪烁。

他们被阻住了。

李牧身边，一百二十柄飞刀流转而出。

咻咻咻咻！

死亡刀线流转。

一簇簇的淡金色刀光，化作刀刃风暴一样，席卷整个地穴空间，所过之处，宛如死神请帖一样，一个个镇妖阁的强者，纷纷陨落，化作火焰，如火莲般在虚空之中绽放。

无情收割。

唯有刘东元等顶级仙王，以及仙君级的强者，才勉强在这样的飞刀风暴之中支撑着，冲向天空，试图凿破阵法，逃出去。

只要从这里逃出去，发动摇光城中的诸多布置，就算是无法击杀木牧，但保命却是可以。

他们已经被吓破了胆。

李牧身形冲天而起。

一百二十柄淡金色的飞刀，如乳燕归巢一样飞入他的右手掌中，化作一柄巨型长刀。

进化版诛仙刀。

“杀。”

李牧挥刀。

片刻后，刘东元等人，包括叛神卫名华，皆尽被斩杀。

【青魂炼狱灯】祭出，刀光一闪，将这片战场之中所有残存虚隐着的元神，尽数都纳入到了这盏古灯之中，一个不存，没有留下任何活口。

做完这一切，他缓缓落下。

风老、青莲公主、紫麒麟等人，用颤栗而又敬畏的目光，看着李牧，宛如看到了传闻之中仙界战神的归来。

这个男人，恐怖如斯。

## 第1322章 小妖祖

摇光城主等人被全灭。

被一个人全灭。

这样的事情，放在一刻钟之前，就算是打死风老等妖修，他们也绝对不会相信。

但是现在，实实在在的发生了。

而且是在这么短时间里发生了。

众人看着李牧的目光，充满了震撼和敬畏。

就连碧落，也被狠狠地震惊了一把。

当时在天牢中，他和李牧打过一场，当时李牧也只是略占上风而已，碧落本以为李牧的实力，也就是那个水准，但是现在看来，当日一战，李牧根本就是留手了。

“大人。”

碧落连忙向李牧行礼。

李牧点点头，看着碧落身上两个触目惊心的风刃伤痕，道：“怎么搞的这么狼狈？”

碧落苦笑，道：“发生了一点小意外。”

李牧看他这样子，也不再多问。

风老等人在妖修的搀扶之下，也过来向李牧行礼。

青莲公主在李牧面前，颇为尊敬，道：“多谢大人援手之恩，段段时间里，大人连续两次施以援手，青莲感激不尽。”

李牧道：“我救你们，也只是看到碧落的面子上而已。”

必要时候，维持高冷人设还是很有意义的。

青莲公主道：“是，小女子知道了。”

风老不顾身上的伤势，向李牧行礼，道：“大人之恩，不啻于再造，我天星府妖修上下，永感大人今日之恩德。”

李牧扫了一眼，道：“你中了毒？”

风老惭愧地道：“一时不查，误信了内奸。”

李牧掌心一展，一枚小玉瓶出现在手中，柔力推送过去，道：“你中的是仙庭奇毒【大悲酥】，这是解药。”

风老一怔，将玉瓶接在手中，道：“多谢大人。”说着，打开玉瓶，倒出一粒宛如龙眼大小的碧绿色丹药，一股沁鼻的药香顿时弥漫开来。

风老想也没想，直接将丹药朝着口中送去。

旁边有人惊呼：“风老……咳咳咳。”

显然是在提醒他，小心别中计了。

因为镇妖阁多年以来的荼毒和镇压，天星府的妖修，对于仙庭的感观极为不好，且有着一以贯之的敌意和不信任。

风老将丹药服下，道：“呵呵，若是木大人要对我不利，弹指之间就可以让我这把老骨头灰飞烟灭，怎么会如此大费周章？”

说着，哇地一声，直接喷出一口绿色鲜血。

“风老……”

“不好……”

周围的妖修都惊了。

不过风老摆摆手，道：“我没事……”

说话之间，他的面色，肉眼可见地红润了起来，整个人的气息，骤然拔高，迅速恢复着，数十个呼吸之间，竟是又变成了那个英气魁梧，气息逼人的仙君级大妖，睥睨四野的霸气流转开来。

可见体内的剧毒，是真的瞬间被清除了。

众妖修这才放下心来。

有人立刻一脸惭愧地向李牧道歉。

李牧也不与这些人计较。

妖修们打扫战场。

风老毕竟是整个摇光城妖修的首领，之前被名华算计，看起来好像是昏庸无能，但真正发号施令的时候，却是有条不紊，赏罚分明，显然是一个极有运筹帷幄之才的统帅及人物。

李牧拱手，道：“此间事了，本座先回去了，风老若是有兴趣和我聊一聊的话，可以来客栈找我。”

说完，不等风老回答，他就转身离去。

碧落将怀中的女婴，交给青莲公主，转身也要随之离开。

说来也奇怪，平日里除了青莲公主之外，谁也不让抱的小女婴怜儿，之前在碧落怀里时，竟也是不哭不闹。

青莲公主抱着孩子，看着碧落的背影，神色微动，但也没有再说什么。

紫麒麟却是突然开口，道：“且慢。”

碧落停下，转身去看他。

面目英俊的紫衣年轻妖修，满面通红，半天才道：“之前……我……我……错了，对不起。”

碧落愕然，旋即微笑。

他没有说什么，转身化作一道流光，追随李牧而去。

一个年轻后辈而已，耿直激烈了一点，但对于妖修一族却是满腔热血，有什么计较的？

风老目送李牧和碧落离开。

他的脸上，露出了思索之色。

尤其是李牧最后一句话，他可不认为李牧只是随口说说而已。

……

回到客栈，李牧悄无声息地进入到了房间里。

今夜，在那天将向业火天师武商汇报讯息的时候，被李牧以超绝的耳力听到，所以才悄无声息地跟了下去。

他不过是想去救个人而已。

所谓好事做到底，送佛送到西。

谁知道这一去，就是杀戮千万。

罪过。

李牧回到房间里，把猎天真人，刘东元以及各大天师身上的储物器具都被他拿出来，一番‘拆快递’之后，颇是发了一笔小财，都是仙晶、仙金、矿产、秘籍等资源，以及其他一些信册之类的私人物品。

之后，祭出【青魂炼狱灯】，开始拷问镇妖阁诸大真人、长老、天师的元神，询问一切关于镇妖阁，雷狱，以及老神棍被关押的消息。

这盏刑讯元神的古灯，实在是审问利器。

如绝天，御天，猎天等镇妖阁的仙君真人级强者，也都是心性坚韧，心智如铁，但在【青魂炼狱灯】下，最多坚持数个时辰，最终都如竹筒倒豆子一样，全部都说了出来。

李牧对于镇妖阁山门的了解，在逐渐加深着。

他这次来到天星府，就是为了营救老神棍。

想来想去，唯一的办法，就是悄悄潜入救人，救完就跑，如狗是强攻的话，别说李牧没把握，就算是有把握干翻整个镇妖阁，万一这些假道士们气急败坏之下撕票，直接把老神棍弄死咋办。

想要悄无声息地潜入，就得对镇妖阁山门内部的禁制、地形，布局，以及各项口令、防御了如指掌。

所以李牧就从这些城主、长老、真人入手。

一个一个拷问，一点一点核对。

一旦遇到不老实的，立刻施展以辣手。

时间流逝。

李牧拷问进行到一半的时候，门外响起敲门声。

咚咚！

“进来吧。”

李牧收起【青魂炼狱灯】。

门打开。

碧落在门口道："大人，风老来访。"

李牧起身迎出去，换了另外一间密室。

"风老，来的很快啊。"

李牧一边泡茶，一边笑道。

风老的面容略显苍老了一些，气息也在不断地流逝降低着，他接过李牧手中的茶杯，道："已经是风烛残年，即将身陨，所以必须得抓紧时间了……大人留话请我来，不知道有何事要谈？"

李牧微微一笑，开门见山地问道："夜光行动，是指什么？"

风老面色微变，没想到李牧竟是如此直接，略微犹豫了一下，道："是天星府妖修联合对抗镇妖阁暴政的一次行动，酝酿已久，至于具体的……还请大人抱歉，我不能透露太多。"

李牧呵呵一笑，道："风老既然来找我，就说明，你们想与我合作，为何不开诚布公呢？"

风老略微沉吟，道："非是不愿开诚布公，只是镇妖阁毕竟是仙庭的成员，影响力极大，在未知大人的立场情况下，老朽不敢冒险。"

李牧摇摇头，道："我若是说，自己立场与你们一致，风老就会相信吗？"

不等风老接话，李牧又道："其实，看一个人的力场，不能听他说什么，而是要看他做什么，风老只是关心则乱，所以没有细细推敲，但若是仔细想一想，你觉得我会用数位镇妖阁真人、城主和天师的命，去做局对付天星府妖修吗？"

风老面现惭愧之色。

沉吟片刻，他终于似是下定了决心，道："天星府中，出现了一位绝世妖王，修为惊人，被妖修们称之为小妖祖，这几年，小妖祖整合妖修，声威如日中天，他联合天星府和周围各大州府的妖修，准备围攻镇妖阁，救出困在雷狱之中的妖祖，自立一州。这就是【夜光行动】，在茫茫黑色之中，寻找光明。"

李牧大致了解。

虽然风老说的还不是很详细，但其中的内容，已经让李牧非常满意了。

这个小妖祖，倒的确是一个人物，值得关注。

李牧留了一个心思。

"这就更好了，我也要从镇妖阁雷狱中，救一个人，这样说来，我们就更有合作的必要了。"

李牧笑了起来。

风老颇为惊讶，道：“大人也要救人？”

以刑府大掌座的身份，竟也要从镇妖阁中救人，而且还采取的是如此激烈的手段……不过，想一想坊间传说中，木牧和镇妖阁之间的对立关系，似乎一切也都解释的通了。

其实在来之前，风老通过一些特殊的渠道，专门详细了解了木牧的信息和事迹，而且来见李牧，也是经过了组织的同意的，原本以为这我刑府大掌座，是因为大仙主授意，专门对付镇妖阁，要消除昔日前任大仙主的影响和势力，没想到，竟然是出于这个目的。

“不知道，大人要救的是什么人？”

风老忍不住问道。

李牧淡淡地道：“也是一位被镇压在雷狱中的大妖……所以说，我们很有合作的空间，不过，我也知道，想要具体谈合作内容的话，风老可能做不了主，所以我就不问你的具体的行动内容那个为难你，不过，你可以回去，和那位小妖祖谈一谈，如果他有兴趣的话，就来找我，我相信，如果合作的话，对你们大有益处。”

风老点头道：“大人所言，的确是已经超出了老朽的权责范围，我会尽快向上面汇报，一有消息，必定第一时间反馈，只是不知道，大人还会在摇光城停留多久？”

李牧道：“马上就要离开了，刘东元等人身死，摇光城已经陷入混乱，镇妖阁很快就会反应过来，留在这里，也没有什么意义了。”

风老道：“我们也要离开这里了……下该如何联系大人呢？”

李牧道：“在东阳城里，找碧落就行了，我想你们应该有办法联系到他吧。”

风老起身行礼，道：“明白了。”

他转身就要离去。

李牧突然开口，道：“等等。”

风老停下，转身疑惑地看过来。

## 第1323章 疑似故人来

李牧抬手丢出一道绿光。

风老接住，握在手中。

仔细一看，却是一枚碧绿色的丹药。

乍一看，视乎与之前【大悲酥】的解药相似，但入手立知不一样，宛如山岳般沉重，里面也不知道蕴含多少神药，表皮一层冰种翡翠一般的外皮，上面密密麻麻布满了淡银色的细丝纹络，镶嵌进入表皮中。

一股宛如生命波动一样的气息，从这丹丸里若隐若现。

“生生造化丹？”

风老极度震惊，不由得惊呼出声。

他当然认得这丹药。

事实上，自从他的寿元所剩无几的时候，他就在开始寻找这种丹药，利用个人的力量，甚至是组织的力量，费尽心思，但却连一枚【生生造化丹】的残次品都找不到。

妖修一脉人才凋零，资源匮乏，就体现在了这些地方。

如他这般的仙君级大妖，都如此尴尬。

可想而知那些普通妖修。

没想到今日，木牧随手一丢，便是一枚可以弥补他生机寿元，可让他多活十年的【生生造化丹】。

震惊和欣喜之余，风老心中，颇多悲哀。

这就是为什么，万仙盟和仙庭能够在整个仙界如此强大、恐怖、无法摧毁推翻的原因之一——他们占据了太多的资源，别人梦寐以求的东西，在仙庭高层的手中，就如大白菜一样，随手可赠人。

当然，即便是如此，风老还是万分感激李牧。

“是给老朽的吗？”

“呵呵，不错，这只是对合作伙伴的一点点小关怀，毕竟咱们才刚刚认识，我不想下次见到风老，是给你坟头献花。”李牧淡淡地道。

“多谢大人。”

风老转身离开。

大恩不言谢。

李牧段段时间里，已经连救了他们几次，此时说再多都是无用，风老在内心里，记下了这一份恩情，日后必定会报答。

片刻之后。

李牧带着几大战奴，也离开了摇光城。

此时的摇光城，随着城内一众高层的战死，已经彻底乱套，行政体系崩溃，各大天师府都陷入了瘫痪，就连许多普通仙民，也都感觉到了一种混乱的气息。

李牧路过城内街道的时候，发现妖修几乎已经绝迹。

显然是风老等人，担心镇妖阁反应过来，迁怒于城中的妖修，于是趁着全城戒严刚刚结束的清晨，将可以顾及到的城内妖修，全部都通知撤离了。

离开摇光城，李牧没做再前往其他城的意思，直接返回天星府小仙庭所在的东阳城。

半路上，【永夜罗刹】向李牧汇报了行动结果。

叫做李明的那个向导，自然是死的不能再死。

李牧点头表示知道。

半日后。

李牧回到东阳城。

小仙主古剑飞立刻带着人来迎接。

凌霄殿中。

“大人，您安排的一切，都办好了。”古剑飞此时已经彻底堕落为李牧的马仔，屁颠屁颠地就来汇报，奉上了一大堆资料，都与镇妖阁有关。

“你去帮我查一下，天星府妖修的动向，重点关注一个叫做小妖祖的妖修。”

李牧道。

古剑飞立刻答应。

李牧又补充了一句，道："对了，切记，不要和妖修发生冲突，如果对方发现的话，就大方承认是小仙庭的人好了。"

古剑飞一愣，但还是领命而去。

片刻，何应鑫应召而来。

"怎么样？"李牧问道。

何应鑫道："古剑飞挺老实，没有出什么幺蛾子，但小仙庭毕竟被镇妖阁渗透日久，其中有一些人，不太老实，按照大人离开之前的吩咐，并未动他们，只是暗中监视了。"

说着，呈上来一个名单。

李牧没有看，摆摆手，道："应鑫啊，你办事，我放心，这个名单上的人，杀三分之二，留三分之一，同时给我放话出去，妖修也是仙庭子民，受仙庭庇护，天星府内，废除一切妖修奴隶。"

何应鑫怔了怔，道："大人，您这是要彻底和镇妖阁决裂吗？"

"决裂？"李牧反问道："本座和镇妖阁关系好过吗？"

何应鑫无言以对。

他转身出去办事。

李牧又让人去将小九和地球流氓虎找来了。

"啊，人宠，你终于回来了，这东阳城实在是不好玩，没意思，抢也不能抢，打也不能打……人宠，你不是说过，我们来天星府是要做一票大的吗？什么时候动手啊？汪都等不及了。"

小九一脸的迫不及待，跳过就把自己的尾巴摇的像是电风扇一样，哈哧哈哧地道。

地球流氓虎也道："是啊，太主人，闷了这么长时间，什么时候可以放开手脚大干一票啊？"

李牧鄙夷地道："说的好像你放开手脚，就真的能大干一场一样，你这个废物虎。"

地球流氓虎立刻委屈巴巴地缩回去，就像是一朵被开水浇了的臭绣球花一样枯萎了。

小九哈哧哈哧地道："这不是有汪呢吗？"

李牧道：“一个废物，一个脑残……唉，放你们出去祸害人也好啊，说起来，你们两个也算是妖修一脉的吧，这天星府妖族地位不高，久被迫害，你俩出去救苦救难去吧，放开了玩，给镇妖阁找点儿麻烦就好。”

一虎一狗听了，顿时大喜。

这几日被李牧强行要求留在东阳城，简直像是坐牢一样，终于可以放出去撒欢儿了，顿时有一种野狗脱缰一般的爆棚自由感和幸福感。

两个家伙结伴冲出了东阳城，也没有人敢阻拦。

刚出了城，小九突然反应了过来，道：“对了，我好像记得……呃，刚才人宠说的那一句脑残是咋回事，在谁说？”

流氓虎想了想，眼珠子滴溜溜一转，求生欲很强地道：“啊，有说过吗？”

“算了，先出去玩，为了自由。”

小九也放弃了。

与回去和李牧吵架相比，它还是觉得眼前广阔无垠的天地更能吸引它。

当日。

摇光城被妖族袭击，城主刘东元等数十名镇妖阁高手，尽数战死的消息，就在天星府周围传开了。

天下震动。

整个东圣洲，已经有很长很长的时间，没有发生过这种事情。

之前木牧在月川府剿灭了东玄仙门、玄感宗等数个宗门，已经足够震撼，但那些毕竟只是万仙盟中的二三流宗门而已，摇光城可是超一流宗门，治下的一座大城，也比得上一个一流宗门的实力，竟然被妖修给攻陷了。

四方哗然。

流星岛的大人物们，也是各种震惊。

第二日，镇妖阁的报复降临。

愤怒的天师们，在全府范围之内，展开了对天星府妖修的血腥报复，其他六座大城之中，不知道有多少的妖修沦为屠刀之下的亡魂。

天星府的局势，骤然紧张了起来。

第三日。

东阳城中，一处隐蔽的茶楼中。

碧落带着一位神秘的客人，来到隐蔽的包房之中。

“大人，人到了。”

碧落道。

神秘人一身变异，头戴斗笠，将面容遮住，身形魁伟修长，气质颇为潇洒，大步进入房间，一句话也不说，坐在李牧对面，声音平和地道：“你要见我，我来了。”

李牧摆摆手，示意碧落在外面守候。

一道无形的禁制涟漪，荡漾开去，隔绝了一切的窥视和监听。

“小妖祖？”

李牧问道。

对面的人点点头。

大大的暗青色斗笠的边缘，随之上下起伏。

李牧泡好茶，推过去一杯，道：“来的挺快，不过，既然来了，为何不以真面目示人呢。”

“呵呵，你确定要看吗？”小妖祖道。

李牧点点头，道：“当然。我从来不会和一个看不清楚脸的人谈判。”

“哦，好啊。”小妖祖轻笑。

然后他摘下了斗笠。

李牧差点儿噗地一声将口中的茶喷出来。

因为眼前这个货，摘下了斗笠之后，脸上竟然戴着半张面具，正要将鼻子以上的部位，都罩住，之露出一对眼睛，眸光清亮，宛如秋泉。

问题是，这他妈的还是遮住了脸啊。

“这个玩笑，可一点儿都不好笑。”李牧道。

小妖祖呵呵一笑，道：“我只是怕掌座大人，看到了我的真面容之后，会太吃惊而已。”

李牧淡淡地道：“不会。”

他隐约觉得，眼前这个人，似乎是那里有一些熟悉。

直觉告诉李牧，自己应该是在哪里见过这个人。

到底是哪里呢？

应该是很久很久以前了。

李牧记忆力不错，一时竟想不起来。

“好吧，如你所愿。”

小妖祖笑了笑，缓缓地摘下了脸上的半截面具。

噗！

李牧这一次，是真的把口中的茶水都喷出来了。

“……”

他有一种打人的冲动。

因为面具下的那张脸，剑眉星目，口阔鼻直，顾盼生辉，竟然与李牧自己，长的是一模一样，丝毫不差。

“你真的是来谈正事的吗？”李牧忽地一下子站了起来。

小妖祖摸着自己的脸，哈哈哈哈大笑了起来，道：“我说过你会吃惊，你非不信。”

李牧道：“开玩笑可以适可而止。”

小妖祖呵呵地道：“当年初见面，我也是这幅面孔啊，呵呵，后来，你还叫了我一声二师兄，哈哈哈，杀人者【乱刀】李牧是也……我到现在，还记得这一句话。”

李牧眼中闪过震惊之色。

“竟然是你？源晶里面解出来的……那头……猪？”李牧难以置信地道。

这就是小妖祖的真正身份？

## 第1324章 谋成

“哈哈，没想到吧？刺不刺激？意不意外？”小妖祖裂开嘴笑了起来，一副得意洋洋的样子。

李牧真的是没有想到。

“先变回来再说吧。”李牧道：“你变成这个样子，我怕我一会儿忍不住要打你。”

“……”小妖祖无语。

但考虑到这一次的确是为要事而来，不能太激怒李牧，所以他还是变回了自己的样子。

一头肥胖肥胖粉红色肌肉的猪。

李牧摸了摸下巴，道：“嗯，还是这个样子看起来顺眼一些。话说你不是在紫薇星域吗？怎么竟然来到了仙界？”

小妖祖道：“小小紫薇星域，岂能困的住我？呵呵，我本就是仙界的人，自然是要回来。”

李牧道：“不对啊，我记得，你是我从源晶中剖出来的啊。”

小妖祖道：“这不重要……你怎么会来仙界？而且竟然成为了大仙庭的刑府大掌座，你这个小土著，竟然混得这么好，你不会是大仙主的私生子吧？不对，你不会认大仙主做干爹了吧？”

李牧笑了起来：“看起来你也很意外嘛。”

两人相互伤害一阵，话题终于进入正轨。

“我要弄死都天教主，灭掉镇妖阁，重占天星府，拿回属于我们妖族的荣耀，听老风隼说你要救人？咱们目标一致，不如联手起来，做一票大的，怎么样？”

小妖祖兴致勃勃的提议。

一看到是李牧，他心中的怀疑也就彻底消散，把自己的计划，和盘托出。

李牧道：“你有把握攻陷妖狱山？”

小妖祖道：“以前没有把握，现在遇到你，也许就有了。”

李牧认真观察一番，发现小妖祖的气息修为，竟是深不可测，犹如无底深渊一般，以他的修为和目力，竟是看不出深浅，给他一种‘不明觉厉’的感觉。

这头猪的实力，增强的有些变态。

他刚才说自己是仙界的人，或许并不是吹嘘，否则，这么短的时间里，他不可能有如此修为，竟然要在仙界中，成妖做祖了。

“你我联手，也未必能攻陷妖狱山，镇妖阁经营数万年，镇压一府，底蕴之深厚，难以想象，如果攻陷妖狱山有那么容易，我也不会亲自来天星府，费心心思周旋了。”李牧道。

小妖祖道：“呵呵，这你放心，除了你我之外，我还邀请了一些妖族不世出的妖族高手，仙古巨兽，镇妖阁这么多年，虐杀压迫妖族，早就惹起了众怒，这一次，群妖汇集，镇妖阁必亡。”

“哦？”李牧摸了摸下巴。

还有外援？

这么说来，似乎还真有点希望？

顿了顿，李牧问道：“你说的这些人，大概都在什么境界？”

小妖祖嘿嘿嘿地笑了笑，道：“仙君级二十人以上，一尊先皇，还有几大兽王，正在争取之中，一旦出手的话，我们的赢面就会大增。”

李牧倒吸了一口凉气。

可以的。

这样一股力量，真的是恐怖。

仙君级还好说，先皇级竟然也有，这就有点儿吓人了。

“有一个问题。”李牧道：“你们如此大张旗鼓地进攻镇妖阁，就不怕触怒万仙盟吗？就算是东圣洲仙庭无法奈何你们，但整个仙界万仙盟的力量，怕是远超过你聚集的这一股力量。”

小妖祖哼哼唧唧地笑着，道：“这就是我来见你的原因，嘿嘿，说实话，在见到你之前，我也没有想到，堂堂东圣洲大仙庭的刑府大掌座，竟然是你，呵呵，本来我是想要说服你，与我们结盟，向东圣洲大仙庭传达我们的善意，我们这次行动，只反镇妖阁，不反大仙庭，就算是灭掉镇妖阁，在天星府建立起妖修自己的乐园，也愿意遵从万仙盟的律法，接受大仙庭的号令，没想到竟然见到了昔日故人，嘿嘿，那就更好合作了，我想，你加入大仙庭，应该不是为了这仙界的荣华富贵吧？”

李牧没有理会小妖祖话语之中的调侃，而是仔细地想了想，道：“为什么你觉得，万仙盟和东圣洲大仙庭，会接受你们这样的提议呢？”

小妖祖道：“首先，东圣洲新任大仙主东方夜刃急于消除上任大仙主独孤安然的影响力，第一针对的对象，自然就是镇妖阁，打掉镇妖阁，他才能坐稳大仙主的位置，所以他也想要对付镇妖阁，这也是他为什么派遣你来天星府的原因之一吧，毕竟谁都知道，你是他一手提把起来的新人，是出了名的忠犬。”

李牧道：“有点儿道理，继续。”

小妖祖又道：“其次，镇妖阁这么多年以来，不但是在天星府横征暴敛，更是在周围其他州府，恣意横行，妄自尊大，树敌无数，而且这些敌人，还基本上都是万仙盟内部的成员，这些人，也想要镇妖阁从这个仙界中消失。”

李牧点点头，道：“也有一些道理，继续。”

小妖祖喝了一口茶，示意李牧再泡一杯，然后又接着道：“再次，呵呵，如果说早年间的万仙盟，的确是一个严密而又强大的组织的话，那么经过了这么多年的发展，无数成员攫取到了自己的利益，早就开始堕落沉沦，相比起所谓的同盟之契，他们更喜欢实实在在的利益，不管是东圣洲大仙庭，还是万仙盟仙庭总部的人，只要能够得到满意的利益，那他们未必会在乎镇妖阁的死活，你觉得呢？”

李牧第三次点头。

他不得不承认，小妖祖分析的非常对。

尤其是第三点，可以说是将万仙盟如今黑暗腐化的内部现状，把握的非常透彻。

“据我所知，天星府的妖修们，穷的都快瓦块刮屁股了，哪里来的利益，可以收买这些大人物呢？”李牧问道。

小妖祖大笑了起来，道：“镇妖阁经营这么多年，横征暴敛，压榨仙民和各大宗门，他们的山门武库之中，各种仙宝和资源，堆积如山，本身就是一座价值惊人的财富，我妖族攻破妖狱山，只取一成，其余都任由这些所谓的大人物们来分赃，你觉得如何？”

李牧将泡好的茶，送到小妖祖跟前，抚掌道：“妙极，杀别人家的猪，分给主人家肉吃，呵呵，空手套白狼的本事，你倒是学了个百分百。”

小妖祖一口饮尽，又道：“还有第四点，这一次万妖集结，妖族和巨兽一族联盟，展现出来的实力，足以令万仙盟重视，若是要完全剿灭，所谓杀敌一千，自损八百，如今的万仙盟和四洲大仙庭，已经没有了当年的血性和原则，呵呵，联盟已经松散，各人自扫门前雪，不管他人瓦上霜，所以我算定，他们绝对不会强行镇压。”

李牧点头道：“不错，一边是瓜分镇妖阁数万年以来积累的巨额仙宝财富，一边是为了所谓的万仙盟尊严而大开杀戒损失惨重，就算是傻子，都知道怎么选。”

小妖祖道：“在见你之前，如何和东圣洲大仙庭搭上线，一直都是令我极为苦恼的一件事情，因为这需要一个足够分量而且愿意配合的大仙庭内部的人去操作，我们有过几次尝试，都不算是太成功，而现在，我们计划的最后一环，终于具备了，镇妖阁必亡。”

李牧双手抱胸，道：“你为什么觉得我会答应你呢。”

小妖祖道：“感觉吧，呵呵，毕竟你曾经教了我一声二师兄呢，我有一种直觉，我们的利益是完全一致的。”

李牧道：“利益的确是一致，但是，呵呵，价钱还是得谈一谈。”

小妖祖一怔，旋即明白过来，道：“你想要在镇妖阁的巨额财富中分一杯羹？”

李牧道：“天与不取，反受其咎，既然有发财的机会，为什么不呢？”

小妖祖淡淡地叹了一口气，无比忧伤地道：“原本我以为，凭我们之间的交情，是不用谈钱的。”

李牧坚定地道：“得谈。”

小妖祖道：“谈钱伤感情。”

李牧道：“谈感情伤钱。”

“这么说来，必须谈钱？”小妖祖道。

李牧点点头：“绕不开。”

小妖祖道：“多少？”

李牧道：“两成。”

“什么？两成？”小妖祖一下子跳了起来，道：“你疯了？不怕撑死？最多一成。”

李牧道：“好，成交。”

“欸？”小妖祖呆了呆：“我好像上了你的当了。”

李牧笑而不语。

条件谈好了之后，接下来的事情，反而变得简单了很多。

李牧与小妖祖一番商议，很快就决定好了进攻镇妖阁的时间。

在此之前，小妖祖会尽量去争取更多的隐居妖族强者和巨兽之王的支持，而李牧则需要返回大仙庭一次，与大仙主东方夜刃面对面商议一番。

李牧希望可以在这件事情中，利益最大化，让反抗军可以获得利益。

他当然是乐见妖族在天星府自立。

这就像是在万仙盟的心脏里，插了一根针一样，总有一天，万仙盟会感觉到疼。

半个时辰之后。

小妖祖离开。

李牧坐在房间里，又将整个计划，都重新捋了一遍，差不多完全理清之后，也起身离开。

碧落站在门外，看到李牧出来："大人。"

李牧笑了笑，道："是不是想知道，谈得如何？"

碧落沉吟，然后点头道："是。"

毕竟事关妖修一脉的千秋大局，说不关心，是假的。

李牧哈哈大笑："不告诉你。"

碧落："……"

不说你问个锤子啊。

回到凌霄殿，李牧一番安排，对外放话，他依旧坐镇在东阳城，暂时闭关，按兵不动，实际上却是暗中返回了流星岛。

五日之后，李牧重回东阳城。

在相同的茶楼里，再次见到了小妖祖。

"如何？"小妖祖一见到李牧，就急切地问道。

李牧点点头，道："大仙主答应了。"

小妖祖长笑一声，砸了砸手，道："好啊。"

他是真的有点儿激动。

万事俱备。

东风也起。

终于到了这一日了。

## 第1325章 修罗地狱

“如此一来，大事可成矣。”

小妖祖无比振奋。

他来到仙界，为了推翻镇妖阁的暴政，建立一片属于妖修自己的乐园，可谓是呕心沥血，付出了无数的时间和精力，无数次游走在生死存亡的关头，长路漫漫，今日终于看到了光明和希望。

李牧道：“另有一事，我需要和你商议。”

“你说，哈哈哈，只要不是要多分钱就有的商量。”小妖祖原本准备完全答应，突然想到李牧这货贪婪的嘴脸，于是灵机一动，连忙把分钱这条路给堵住了。

李牧诧异地道：“你是不是对我有什么误会？我岂是那种张口闭口要钱的人吗？”

小妖祖道：“就是。”

“友谊的烂船翻了，没了。”李牧很语无。

他道：“你们想要从妖狱山雷狱中，救出妖祖，我要去救我的朋友，但是，我们必须意识到，救人可要比灭镇妖阁难多了，要是只依靠正面进攻，只怕是等到真的攻入雷狱，黄花菜都凉了，所以我们必须想办法，潜入妖狱山，混入镇妖阁，等到大军攻山之时，里应外合，趁乱先把人救出来。”

小妖祖嘿嘿一笑，道：“这件事情，我也有考虑，做了一些安排，但还不完善，不知道木大掌座有何妙计？”

李牧道：“把你们对镇妖阁的所有了解和情报，都交给我，我要亲自进入镇妖阁救人。”

小妖祖倒是一怔，道：“你要以身犯险？”

李牧道：“别人去做的话，我不放心。”

小妖祖摸着下巴，考虑了许久，道：“说实话，我的计划，也是准备自己亲自去，毕竟我擅长变化，混进去比较方便。”

李牧颇为意外地看了一眼这头猪，想要一句英雄所见略同，但还是忍了，道：“妖族大军需要你统辖，你还是留在外面吧，毕竟大仙庭的力量不可能加入到攻势中，我去救人好了。”

小妖祖认真地看着李牧，道：“你有几分把握？”

李牧道：“肯定比你的把握高。”

“呵呵。”小妖祖不屑地笑笑。

然后他就同意了李牧的提议。

这样一来，万事俱备。

两人约好，六日之后，进攻妖狱山，大仙庭方面会给予一些暗中的配合，主攻的力量，还是需要依靠妖族和巨兽一族自己。

小妖祖匆匆离开，去安排具体事项。

李牧则将何应鑫、古剑飞等人，召集到凌霄殿中，一连串的命令，迅速地颁布了下去。

尽管心中有疑问，但古剑飞等人，也不敢置喙疑问，连忙就去执行，算是彻底抱紧了李牧的大腿，要一条道走到黑了。

众人离去之后，何应鑫则是略有疑问。

李牧直接丢给了他一份大仙主东方夜刃的手令，何应鑫就在没有任何的迟疑了。

“这几日，我要离开一段时间，东阳城里面的事情，都由你来负责，妖修一脉与镇妖阁的大战一起，该怎么做，我都已经安排的很清楚了，你还有什么要问的吗？”

李牧起身，朝着凌霄殿外走去。

何应鑫道：“属下都明白。”

李牧在凌霄殿门口停下来，转身拍了拍何应鑫的肩膀，道：“小何啊……”

何应鑫顿时一个激灵。

来了。

这个称号。

又来了。

每一次李牧换成这个称号的时候，何应鑫就一阵阵后背发凉，准没好事。

“小何啊，其实我与大仙主的关系，你应该已经猜出来了一些吧？”李牧笑眯眯地看着他。

何应鑫一时不知道该如何回答。

李牧又道："我们都是自己人。"

何应鑫一怔，旋即眼睛里爆发出异样的光辉。

"这段时间，你就是我，明白了吗？"李牧道。

何应鑫道："属下明白了。"

李牧又拍了拍他的肩膀，身形闪烁扭曲，然后消失在了原地。

……

天星府风起云涌。

四方云动。

短短五六日时间里，原本相对和平的广袤疆域上，突然之间战争爆发，随着摇光城一战之后，愤怒的镇妖阁四处掠杀妖修，原本以为这样的血腥报复，可以将妖修们吓破胆，谁知道却迎来了妖修更加疯狂的反抗。

硝烟弥漫。

战火燃烧。

妖修们神出鬼没，多潜伏于山川之间，极少攻打城市，这让镇妖阁的清剿行动，效率极低。

而且随着时间的流逝，一尊尊并不在记录范围之内的大妖，现身天星府，给了镇妖阁的天师和道兵军队重创。

局势并未按照镇妖阁预想的方向发展。

随着时间的流逝，镇妖阁的力量，反而是只能龟缩在大城之中，据险而守，不再敢小规模出城，否则必然遭受无所不在的妖修们的偷袭和伏杀，一时之间，可谓是风声鹤唳。

尤其是，传闻中有一条狗和一只老虎，丧心病狂地到处伏击镇妖阁的人，连仙王境界的镇妖阁天师，都被吃掉了六七人。

很多人都嗅到了空气中一种诡谲的味道。

三日后，李牧则终于进入了妖狱山，混进了镇妖阁的山门。

山门位于妖狱山主峰上。

妖狱山占地面积极广，以巍峨主峰为分界线，整个山脉被分成为了阴阳两部分。

阳面部分植被茂密，山水清秀，处处都是福地，仙气缭绕，是真正罕见的仙境，在整个东圣洲，也是数一数二的修仙圣地。

而主峰往南所在的阴面部分，则是焦土千里，大地龟裂，河流干枯，植被石化，一道道地缝中灰色的烟气时隐时现。

这种灰色烟气，丝丝缕缕，升到天空中去，让阴面的天穹上，长年累月地都笼罩着魔鬼一般的铅云，就像是来自于地狱的恶魔吐息一样，充斥着绝望和死亡的气息。

令人奇怪的是，阳面和阴面是去吃的泾渭分明，仿佛天地之间，有一道线，将整个妖狱山分开，一面为生人世界，一面为亡者之所。

李牧来到妖狱山的第一眼，就觉得，这片山脉有点儿诡异，似乎蕴含着仙界的大秘密一样。

不过，这不是他所关心的。

李牧通过仙庭的一些隐蔽渠道，顶替了一个倒霉的镇妖阁六代弟子，幻化做他的模样，进入到了山门中，算是完成了第一步。

“陆蛮子，时间到了，天雷堂的木天师来了，药草和火虫准备好了吗？快点去收拾，别耽误了木天师的大事。”

一位师兄模样的人，大声不耐烦地催促道。

李牧道：“啊，好的，林师兄，已经准备好了……”

是的，他顶替的这个六代弟子，名叫路蛮子。

这是一个身份卑微的杂役弟子，隶属于内门地位最低的百草园，是种植、收割、储藏、配制仙草和一些初级丹药的地方。

之所以选择这样一个人顶替，是因为百草园的弟子，每日都要前往牢狱之中，送一次仙道丹药，名义上是用来治疗那些被折磨的即将咽气的妖修犯人，但实际上，这些东西，基本上都被牢房的看管们侵吞盘剥了。

当然，这些都与李牧无关。

他只是想要找到机会，混入牢房，靠近传说之中的雷狱而已。

保持着陆蛮子自卑内向的性格人设，李牧非常入戏，一边回答，一边慌慌张张地冲到旁边的一座阴房中，将早就准备好的数十大份的药材，牵引出来。

而毫无疑问地，李牧再一次地被当做是廉价劳动力。

他只能赶着飞蚁车具，载着仙草丹药，跟随着姓木的天雷堂天师，苦力一样，巴巴地前去送药。

没有人愿意做这种杂事。

因为在仙界，除了资源之外，时间也是一种很珍贵的修炼条件。

像是陆蛮子这样，活着的时候，大部分的时间都被各种繁杂的事务所占据，忙完这个忙那个，根本没有什么时间修炼，经常被同门欺压，可谓是凄惨。

镇妖阁的牢房，设置在后山。

从阳面进入阴面，一股奇异的阴冷，瞬间扑面而来。

牵引车具的巨型飞蚁，进入这片区间，都会显得焦躁不安，发出吱吱吱的怪叫声，两对前鄂不断地碰撞，迸发出火星溅射，但是在炼妖符的镇压下，最终还是乖乖地继续往前走。

这种飞蚁，也是妖修，不过被镇妖阁的道士，打散了神智，化出原型，除了体型庞大，身体强悍，飞行速度快之外，几乎不具备其他任何的神通，所以才能被陆蛮子这样的低级弟子所驱使。

姓木的天师，阴沉着脸色。

最近他在门中的日子不好过。

因为与镇妖阁作对的大仙庭刑府大掌座，也姓木，这让木天师时不时地饱受调侃和为难，憋着一股子的邪火没处发泄，一路上骂骂咧咧，对李牧横挑鼻子竖挑眼。

片刻后。

到了牢房区域。

李牧放眼看去，心中不由得一沉。

就见视线可及之处，宛如鬼蜮一般的大片焦野之中，数以万计的妖修，衣衫褴褛，形如枯槁，或者戴着镣铐，或者缺胳膊少腿，或者身上纹满了镇妖符文，几乎没有一个正常的，在镇妖阁道士的鞭打之下，犹如古代修建金字塔的埃及奴隶一样，流血又流汗。

大骂之声，不绝于耳。

妖修本体各不相同，其中一些看似是保留了智慧，另外一些直接被打出原型，筛选、清洗、搬运矿石，以及其他诸多繁杂辛苦的工作，脚下白骨森森，都是死去的妖修尸体！

一副修罗地狱一般的惨状。

## 第1326章 仙皇

李牧曾经想象过，被抓到了妖狱山的妖修，会非常的悲惨。

但等到真正见了，才会知道，现实的残酷，远远比想象更加残忍。

不，准确的说，应该是镇妖阁的手段和心术，要远比想象的更加残忍。

除了被当做奴隶一样对待压榨的妖修之外，还有很多的要求，被当做是修炼原料，来支持镇妖阁的天师们的修炼，大规模用【乾元造化功】来修炼和提升修为，李牧来到仙界之后，还是第一次见到。

一个个具有特殊血脉和一定修为的妖修，被用最残忍的手段，加以折磨，令其在巨大的痛苦、恐惧和愤怒之中，将个体最大的能量释放，然后被道士们吸收，最终直接榨取成为干尸一样，在枯骨到处堆积！

“看什么看？又不是第一次来，手脚麻利点。”

木天师呵斥道。

李牧没有说话，低着头，驱赶着飞蚁车具，深入牢狱区。

越是往里，所见的场面就越是阴森、血腥和恐怖。

一座座石柱刑架上，枯骨悬挂，还有死去不久，刚刚死去，还未死去的妖修，被钉在上面，鲜血顺着石柱流淌下来，留下黑色的斑驳痕迹。

还有一些铸着倒刺的石笼里，囚禁着一具具的干尸，死状极惨，半人形的尸体，带着兽类的特征，显然是用最残酷的手法，活生生地折磨死，生前所经受的痛苦，令他们的面目狰狞的像是要从地狱里爬出来复仇的魔鬼一样。

一座座数百米高的骨山，连绵起伏。

都是由妖修的白骨堆积而成。

不同种类、不同生物的骨骼堆积，淡蓝色和暗紫色的鬼火，在骨堆之中，若隐若现。

有阴风吹拂呼啸而过的时候，骨堆发出奇怪的风鸣声，就像是无数愤怒而又不甘的冤魂在齐齐低吼诅咒一样。

李牧觉得自己的三观都被颠覆了。

虽然镇妖阁一直都在压榨妖修，这是众所周知的事情，但是李牧却没有想到，其中的黑暗和残酷，竟然到了这种程度。

而这还只是牢狱区的外围而已。

越过了一道道的白骨城墙，李牧跟随木天师来到了真正的重囚区。

密密麻麻的囚牢堡垒，像是一尊尊蹲伏在焦土大地上的恶兽一样，巍巍不动。

每一座囚牢堡垒中，都有妖修强者被不断地折磨。

李牧按照木天师的吩咐，将一份份的仙草和丹药，送到不同的囚牢堡垒之中，内部的凄惨和可怕画面，令李牧都感觉到一阵阵的头皮发麻。

他看到一个个妖修高手，被像是树木一样，束缚固定栽种在刑架上，不断地被折磨，获取能量，鲜血被不断地抽取出来，炼制成为血丹。

为了防止他们死去，狱卒们会不断地给他们疗伤，注入能量，用仙药和神草吊命。

这让李牧想起来曾经地球上引起一片哗然的活熊取胆事件，医药企业将活熊固定在牢笼中，用胶管插入熊的胆囊，不断地抽取胆汁入药……曝光之后，舆论一片哗然，最终被取缔。

而现在，镇妖阁的手段，如出一辙。

更加残忍。

这一次的送药行程，很快就结束。

李牧将所有的丹药和仙草送完之后，操控着飞蚁车具离开。

这是他第一次来到牢房区，可惜并未接近传闻之中的雷狱，这在意料之中，距离万妖攻山，还有两天的时间，李牧并不着急救人，现在最主要的是，将整个牢狱区的地形、阵法禁制和巡逻人数、规律弄清楚，动手的时候，就会顺利一些。

回到了百草园之后，李牧毫无疑问地再次被驱使着去干各种杂活，没有喘气的时间。

一直到夜幕降临。

李牧才得到了三个时辰的休息时间。

将自己关在房间里，让外人看起来似乎是在争分夺秒地修炼，然后留下一道幻影分身，李牧第一时间离开百草园，再入牢狱区。

轻车熟路，以李牧如今的修为和手段，很快就潜入到了牢狱深处。

越过那一道道白骨城墙，李牧来到了一具巨大的骷髅头骨面前。

数千米高的骷髅头，大致类似人头骨，但额头上却有三个隆起，像是犄角一样的骨质物，独眼，一对鼻孔，血色的牙齿宛如一根根数十米长的弯曲龙枪一样，布满黑色的口腔，牙齿交错，锋锐如仙器。

按照绝天、御天和裂天等镇妖阁强者的口供，李牧知道，这个骷髅口腔深处的通道，便是通往传说之中的雷狱。

李牧深吸了一口气，进入其中。

越过骷髅的牙齿，进入口腔，一片漆黑，宛如泼墨，脚下的地面凹凸不平，黑暗中一条甬道直通地下。

虽然没有镇妖阁的强者巡逻，但这里的禁制和阵法，却是一层又一层，按照唯一正确的路线走，才不会触发禁制。

以陆蛮子这么卑微的地位，自然是不知道正确路线。

但李牧根本不怕。

在【青魂炼狱灯】中的几个元神的指导下，李牧一点一点地走过了这段漆黑漫长的甬道。

然后，来到了一处地穴空间中。

这里应该已经是深入地下六千多米的深度。

一片岩浆的火焰世界。

甬道的尽头，是一片看不到边际的火焰汪洋，橙黄色的岩浆犹如海水一样起伏澎湃，一股炙热扑面而来，空间似乎都是在微微扭曲一样，有肉眼几乎微不可察的氤氲，在无声无息地弥漫。

第一道关。

李牧化作一条大鱼，直接跃入岩浆，潜行前进。

他修炼的是火道。

在这种火焰之中，自然是如鱼得水，并不畏惧。

约过百里，李牧鱼跃而出。

前方是一片黄色的陆地，风沙席卷。

奇风卷着沙粒，足以在瞬间杀死仙王级的强者。

而越过这片陆地，却又到了一处汪洋——是真正的汪洋，蔚蓝色的液体澎湃，赫然正是李牧曾经在仙府之中遇到过的弱水，连武道大帝都可以腐蚀，鹅毛不浮，万物皆沉。

李牧化作青鸟，振翅而飞。

越过汪洋，却是一片一望无际的金属世界，奇异的金属光泽闪烁，一座座金属山峦漂浮，不断地相互撞击，迸发出刺目的火星和光辉。

这样的撞击力量，几乎足以瞬间让一位仙君级的强者，死无葬身之地。

李牧极速而行，不断地避开金属山峦撞击，以免变成夹心饼干。

“之前遇到了火，之后是土，之后是水，现在是金，难道是金木水火土五行？”

李牧猜测着。

果然，在越过金属世界，就来到了一片奇异的森林世界。

飞跃而过。

森林世界的尽头，是无数巨大的藤蔓，宛如千万米长的绿色大蛇一样，不断地蔓延，不断地分裂出去，然后似乎是到了整个世界的尽头，一片无尽的虚空出现在。

藤蔓向下坠落，宛如流瀑一样，朝着下方的无尽深渊蔓延，也不知道一直延伸到了何处。

“我曾经修炼过五帝长生经，炼化五脏之力，暗合金木水火土之力，所谓五气朝元，心藏火气，肝藏木气，肺藏金气，肾藏水气，脾藏土气，刚才这五行世界，莫非正是应了人体的心肝脾肺肾五脏之气？”

李牧心中暗暗琢磨。

但很快，他的注意力，就聚焦在了眼前的一片虚空中。

虚无空间里，一片片的星屑流转。

淡紫色的雷霆粒子，在星屑之间若隐若现。

极远处，大片大片的紫色‘星云’遍布整个虚空。

那就是传说之中的雷狱了。

紫色的星云，乃是无尽的灭世雷霆组成，因为距离太远，所以看起来，才像是云层一般，但实际上，距离近了才会知道，那是何等汹涌澎湃，毁灭无限的雷云。

按照御天真人等俘虏元神的说法，所谓的雷狱，并不是镇妖阁创造出来，而是先天就存在，只不过是被镇妖阁的开宗祖师发现，加以改造利用，才有了如今的雷狱。

之所以李牧一路行来，并没有遇到任何的看守，是因为这里到处充斥着危机，便是镇妖阁的强者，一般也不敢来到此处。

但若是触发了暗中布置的阵法，那便瞬间有无数的镇妖阁顶级强者降临了。

李牧不怕战斗。

却担心被牵扯了精力，无数顺利救人。

这也就是为什么，一定要等到万妖攻山，镇妖阁的顶级强者被引出去之后才动手救人的原因。

镇妖阁的开宗祖师，有经天纬地之才，他能将这里改造成为一个囚禁仙道顶级强者的监狱，那也能利用这个世界的五行之力和虚空中的雷霆之力，布置下连仙皇都瞬间抹杀的阵法。

永远都不能小瞧一个超一流仙界宗门的底蕴。

不管是从绝天等人的口供中，还是李牧自己的处事原则，都应该是如此。

李牧仔细观察。

就在这时，突然，身后远处，那个森林世界里，传来了两道极为强大的能量波动，朝着李牧所在的方向，急速而来。

嗯？

难道被发现了？

李牧心中一惊。

他身形下沉，悄无声息地隐藏在了下坠深渊的藤蔓之后。

下一瞬间，两道身穿金玉道袍的中年道士，来到了李牧刚才所在的位置。

“好强的力量威压。”

李牧暗暗心惊。

他的这个角度，看不清楚两个道士的面貌，但他们身上不经意之间流露出来的恐怖气息，却令李牧都感觉到一阵阵的心悸，背生寒意。

不好。

这是两个仙君之上的强者。

怕是……仙皇？

镇妖阁中，竟然有两尊先皇级强者？

李牧头皮一阵发麻。

## 第1327章 变故

仙皇是什么概念？

就算是东圣洲大仙主东方夜刃，也不过是仙君级巅峰修为而已。

当然，这是数月前，按照万仙盟的传统和规矩，大仙主是要前往万仙盟总部，去‘进修’的，以东方夜刃的天赋，进入仙皇境界应该也是迟早的事情。

而这已经代表着东圣洲的顶级战力。

可是现在，镇妖阁中竟然出现了两尊仙皇级的强者。

在这个顶级战力几乎可以决定一切，逆转乾坤的世界里，两尊仙皇几乎意味着，小妖祖的万妖攻山大战，怕是得泡汤。

只要妖修联盟敢来攻山，怕是瞬间就有去无回。

按照小妖祖所说，妖修联盟也不过是一尊妖皇级强者而已。

李牧想一想，就觉得头大。

计划出现了变故。

很致命的变故。

“必须尽快将这个消息，传给小妖祖那货，让他调整进攻计划，否则要出大乱子。”

李牧在心中飞快地思考着。

这时，两个气息可怕的道士，在眺望远处的雷狱半晌之后，其中一个相对年轻的道士，突然长长地叹了一口气。

“闭关三千年，一出关，竟然是因为这种事情。”年轻道士道。

然后，他又道：“那条鱼，真的还没有死吗？”

李牧闻言，顿时心中一紧。

这说的怕不是老神棍？

他仔细侧耳倾听。

“没有死。”

另一位看起来容貌更加苍老一些的道士，看起来对着年轻道士，极为恭敬，略微落后那年轻道士半个身为，拱手弯腰道。

“为什么没有死呢？”年轻道士道：“就算是你我，进入雷狱之中，坚持数十息，也就会变成焦炭吧，那条鱼，不过是下界来的小妖而已，为何连雷狱都无法将其杀死？”

老道士面色茫然，道：“师祖有所不知，这条鱼虽然来自于下界，但来历怕是有些不简单，当初我们用尽各种办法，镇妖符，斩妖台，炼妖炉，雷剑，风刀，霜冻，风吹，火炼，都不能将其杀死，反而被他借助外力，提升修为，像是一个怪物一样，最终只好将他投入到雷狱中，可是按照我们的监测来看……他真的还活着。”

“这是雷狱之中第二个不死生物了吧？”年轻道士问道。

老道士道：“是的。”

“雷狱无法杀死的生物，都不应该存在于这个世界。”年轻道士叹了一口气，道：“都天啊，你知道为什么天星府的妖修们的脊梁，一直都打不折吗？”

他称呼老道士为都天。

李牧心中警觉，再根据【青魂炼狱灯】中俘虏们的描述，立刻就反应过来，这个年龄稍大的道士，竟然是镇妖阁的掌门人都天教主。

如此一来，都天教主口中的师祖，也就是年轻道士，莫不是传说之中，镇妖阁的开创者，那位曾经威震东圣洲的镇魂天尊？这可是一个从仙崩时代之前，就活下来的老怪物啊。

李牧暗暗心惊。

他意识到，自己很有可能猜对了。

这特么的。

他连忙无声无息地运转先天功，收敛自己的气息，更加小心，避免被发现。

都天教主听了镇魂天尊的问话，仔细地想了想，道：“因为这些妖修的心中，还有希望。”

年轻道士镇魂天尊点点头，道：“不错，因为妖祖没有死，妖修们总觉得，有朝一日，妖祖会破封而出，或者他们总是想要把妖祖从雷狱中救出去……人啊，只要是有希望，并且在心中坚信，那他就永远也无法被打倒。”

老道士都天教主道：“妖祖的确是很强，当年若不是……只怕我们也无法奈何它。”

年轻道士镇魂天尊淡淡地道："当年？呵呵，过去的事情了，再强，他也永远都无法从雷狱中出来了，这么多年的煎熬炼化，他就算是出来，又有几分当年的实力？呵呵，那些愚蠢的妖修们，想法太天真了。"

都天教主道："当年多亏师祖您神机妙算。"

镇魂天尊不说话，施展法眼，看向远处虚空之中的雷电星云。

过了许久，脸上浮现出一丝失望之色，然后道："我出关之后，神游天星府，感觉到气氛似乎有点儿不对，好像是要起风下雨了。"

老道士都天教主道："弟子令观星堂再开了一次天地盘，占卜天象，也极为不利，为三万年以来最凶险的卦象，我镇妖阁将有一场大劫，弟子一人，独木难支，所以才不得已，请始祖您出关。"

年轻道士镇魂天尊道："废物。"

都天教主不敢有丝毫不悦，躬身受教。

镇魂天尊道："不是说你，而是那个坐上了大仙主之位，却因为急功近利而被乱军杀掉的独孤安然，竟然狂妄到以为自己可以杀掉方天翼，呵呵，如果方天翼那么好杀的话，早就死了，哪里还轮得到他来领这一份功劳。"

都天教主忙道："独孤师叔，也是为了镇妖阁……"

"错，是为了他自己。"镇魂天尊打断，道："他想要从棋子变成棋手，进入那个地方，呵呵，哪里有那么容易……蠢货，反而是被人算计了。"

都天教主道："都怪那东方夜刃，此人算计多时，终于被他坐上了大仙主之位，犹如疯狗一样，一上来，就针对我镇妖阁下手，师祖，请你出手，除掉此人。"

镇魂天尊道："这次是个好机会，我会邀请两位老友，亲自出手，将天星府和东圣洲上的事情，全部都解决掉，一劳永逸。"

都天教主脸上出现一丝喜色，道："如此一来，弟子终于可以松一口气了。"

镇魂天尊道："马上就要一甲子时间了，新一批的大药，准备的如何了？"

都天教主连忙道："这件事情，弟子不敢怠慢，日夜催促，已经炼制出九枚，还差一枚……"

镇魂天尊的面色，顿时一变，那张淡漠的脸上，第一次浮现出不满之色，道："还差一枚？你知道，这意味着什么吗？"

都天教主面带惧色，连忙解释道："本来一切顺利，只是那东方夜刃麾下的第一疯狗木牧，连接针对我们出手，绝天身死，御天在摇光城中，本来已经找到了一个原血种子，还是一对罕见的母女，可以炼制为子母大药，可是最后关头，却被那木牧暗中作祟，破坏了大事……"

李牧在暗中听着，心中一怔。

这说的莫非就是青莲公主母女？

只是他们口中的大药，到底是何物？

李牧心中顿时浮现出一丝恼怒，御天和刘东元这几个废物，竟然还敢隐瞒了这种事情，等到回去，一定要将他们的元神好好祭炼，看他们还敢不敢隐瞒。

除此之外，李牧的心中，还有一丝丝的疑问。

摇光城中的事情，他做的很隐蔽，为何竟然还是被都天教主知道，杀御天、猎天等人的是他，看来妖修一脉之中，也有镇妖阁埋下的钉子奸细啊。

这事儿，也得让小妖祖查一查。

李牧心中想着，不自觉露出了一丝气息。

镇魂天尊猛地面色一变，猛地回头。

这一瞬间，李牧看到了镇魂天尊的面目，竟然并非是人族，而是……一张独目獠牙的面孔，似是传说之中的地狱异鬼一样，狰狞而又可怖。

其独目之中，一道淡青色的死亡之光猛地射出，朝着李牧藏身的方向射来。

轰！

藤蔓飘飞。

枝叶炸裂。

"嗯？"

镇魂天尊一怔。

没有人？

怎么回事？

他刚才明明感觉到了一丝有人藏匿于此的气息，但为何出手之后，竟是没有丝毫活物的痕迹，这个地方，根本没有人存在。

难道感觉错了？

镇魂天尊有点儿莫名其妙。

他从未遇到过这种事情。

元神威压展开，朝着四周搜查，也没有任何的线索。

以他的修为，如果真的有人藏匿周围的话，绝对不可能瞒得过他，所以一阵搜索之后，镇魂天尊选择了放弃，可是刚才那古怪的一缕气息是怎么回事？

“师祖？”

都天教主面色不解地看过来。

镇魂天尊摇摇头，道：“可能是我感知错误了……这雷狱的法则，越来越不稳定了，算了，其他事情都不重要，重要的是大药的炼制，我不管你付出什么代价，都需尽快炼制出最后一枚大药，否则，我就用你来炼药，明白吗？”

“弟子知道了。”

……

虚空之中，毫无波动。

李牧的身形，出现在了巨型骷髅头之外。

“好险。”

李牧长出了一口气。

若非是在那一瞬间，他利用【时间复原】，直接穿越时间，离开了雷狱，只怕是就要被镇魂天尊给留下来了。

以两尊仙皇境界强者的战力，李牧就算是再自信，估计也得印痕当场。

何况雷狱之中，还有镇妖阁布置下的诸多手段。

幸亏及时溜出来了。

希望这一次的抽身而退，没有引起镇魂天尊的防备，否则，若是雷狱之中的守卫和阵法加强的话，到时候救人，就有点儿麻烦了。

李牧不敢停留，立刻隐身离开了阴面牢狱区。

回到百草园陆蛮子的小静室，时间才过去一个时辰。

李牧想了想，直接暗中悄悄离开了镇妖阁山门，下山去寻找小妖祖，关于镇魂天尊复出，以及会邀请两位老友前来助阵的消息，必须尽快送出去。

镇魂天尊本身就是仙皇级强者，他的老友，境界绝对不会差到那里去，对于要修联盟来说，这无疑是一个晴天霹雳般的消息，一旦准备不足，迎接他们的，有可能是全军覆没。

前景，并不乐观啊。

## 第1328章 节外生枝

“你……不是在开玩笑吧？”

小妖祖听李牧说完，脸色顿时就变得很难看。

两尊仙皇已经在镇妖阁中，而且还会有其他至少两位仙皇到来。

这个消息，不啻于宣判了妖修联盟攻打镇妖阁行动的破产。

四尊仙皇，像是一座永远也无法翻过去的山。

“怎么办？”

小妖祖跳起来，来回踱步。

李牧道：“如果实在不行，就得放弃这次攻打行动了。”

小妖祖搓了搓手，来回踱步地想了想，道：“不行，箭在弦上，不得不发了，各方妖修汇集妖狱山，此时已经是为山九仞，若是后退一步，从此以后，妖修再也无法组织起一次如此团结的攻势联盟了。”

李牧面无表情地道：“但如果强攻的话，很有可能会导致妖修一脉，从此覆灭，全军覆没，一蹶不振。”

小妖祖道：“那也只是求仁得仁。”

李牧撇了撇嘴，道：“无谓的牺牲啊。”

“不，你不懂。”小妖祖摇摇头，道：“牺牲对于妖修一脉来说，已经不算是什么，每时每刻都有妖修死去，真正重要的意义在于，为何而死，如何而死。”

他的脸色，突然变得激动了起来。

李牧脑海中，闪过妖狱山阴面牢狱区之中，那尸骨如山，万千正在遭受折磨的妖修，叹了一口气，就不再说什么了。

小妖祖道：“妖修们已经忍够了，再也不想忍下去了，不想被镇妖阁当做是牛马，不，是不想在被当成是野草一样随意欺辱杀戮压迫，如果上天注定妖修一脉，在仙界之中就该永世沉沦的话，那就让一日后的这一战，来为这样的悲剧命运，画上一个最终的句号吧。”

这头猪的神色，前所未有的激动。

也前所未有的神圣。

就像是那些狂热的殉道者一样。

李牧大概能够理解这种心情。

但他还是很无语地撇撇嘴，道：“光喊口号有什么用，现在最关键的是，想办法解决目前的困境，其实根本不用这么悲观，我们可以稍微调整一下战略目标，降低期望值。”

小妖祖道：“什么意思？”

李牧道：“原本我们的计划，是直接攻山，一举覆灭镇妖阁，既然现在难度有点儿大，不妨将真攻改为假攻，覆不覆灭镇妖阁不用强求，只需引开镇妖阁的注意力，让我去把人从雷狱中救出来就行了，只要我师尊和妖族都被救出来，那我们的战略目的就达到了，可以暂时与镇妖阁周旋，等到这两位修为恢复，应该具有与妖皇一战的资格，到时候再卷土重来，鹿死谁手，尚未可知。”

小妖祖若有所思。

片刻，他道：“问题的关键在于，一旦无法攻灭镇妖阁，那我们允诺给各方大人物的财富，就无法兑现，一旦得不到这些吸血鬼的支持，那变数就更多了。”

李牧哈哈大笑：“你这头猪，什么时候变得这么信守承诺了，管他那么多，先把大饼画出去，将这些大人物内心里的贪婪引出来，到时候，也许他们反而会比你们更加迫不及待。”

小妖祖看了看李牧，瞠目结舌地道：“你真是个魔鬼。”

李牧微微一笑：“我就当你是在夸我了。”

小妖祖没有理会李牧的得瑟，想了想，道：“只能如此了，如果是这样的话，倒是可以避免很多牺牲。”

李牧道：“其实还有一个更加完美的办法。”

小妖祖眼睛一亮，道：“什么办法？快说，能不能一次性说完啊。”

李牧嘿嘿一笑，道：“想办法再去拉几个助拳的啊，要是你再能拉来两个仙皇境界的妖修，那就更加完美了。”

小妖祖眼睛里的亮光顿时黯淡了下去，无语地道：“你以为仙皇是路边的大白菜呢，随便就能薅几个过来。”

李牧摸了摸下巴，道："我记得，在四明山脉之中，有一个吞云兽兽群，其中的兽王，实力可怖，不亚于仙皇，而且难得的是，这位兽王，乐善好施，为人好客，勇于助人……你不妨去找找这位，也许可以出手助拳。"

"嗯？吞云兽王？"小妖祖狐疑地道："我倒是也听过这位的名头，据闻连大仙庭都对他退避三舍，如果他能出手的话，那的确是可以让我们的赢面翻一倍，但问题是，传闻这位兽王，脾气暴躁，喜独不喜闹，很难沟通啊。"

李牧故作不知，道："是吗？没有吧，和我的感受完全相反，当初我去过吞云兽的巢穴，受到了热情的招待啊，你可以去试试，毕竟是一份希望呢。"

小妖祖仔细想了想，道："也好，时间上来得及，我就让人再去跑一趟，万一那位愿意出手，我们的阵营中，等于多了一位仙皇。"

李牧起身，道："这就对了。"

两人又商议了一些配合的具体事项，精确到了具体的时间步骤之后，这才分开。

李牧并未回去，然后找到了在附近接应的战奴【永夜罗刹】和【吞天童子】，让他们将镇妖阁内消息变化，传递给何应鑫，然后第一时间传回到东方夜刃的手中。

做完这一切，等李牧返回镇妖阁山门的时候，正好三个时辰过去。

"陆蛮子，死在里面了吗？还偷懒？快滚出来干活。"

外面又传来了喝骂声。

李牧化作陆蛮子的样子，从小静室里走出来，脸上赔笑，连忙就去药园中劳作。

距离要修联盟攻山，大约还有十个时辰。

李牧明显地感觉到，镇妖阁内部的气氛，紧张了起来。

那些普通的弟子可能没有察觉到什么，但诸多菁英弟子，长老，天师等等，神色之中，明显有一些或者紧张，或者跃跃欲试的姿态。

山门中，一些因为耗能太高而平日里并不运转的阵法，也已经悄无声息地运转了起来。

李牧知道，镇妖阁也已经察觉或者是知悉了一些端倪，有所防备。

这很正常。

妖修联盟本就是一个松散的联盟，组织起这批人不容易，小妖祖已经将他自己能做的事情，发挥到了极致，但消息的泄露不可避免。

永远不能小看对手。

这是仙界的第一活命法则。

时间流逝。

转眼六个时辰过去。

毫无意外地，李牧再度成为了那个苦逼的人选，驱赶着飞蚁车具，又是哪位苦大仇深的木天师，带着李牧和一车的药材丹药，前往牢狱区送药。

这在李牧的计划之中。

一路上，木天师又骂骂咧咧。

心情不好的他，像是一个怨妇一样，看任何人都带着浓郁的敌意，像是李牧这样身份地位不如他的小弟子，动辄打骂，呵斥李牧就像是呵斥自己的重孙子一样。

李牧像是个傻子一样，一路上，只是咧着嘴傻笑。

哪怕木天师一个不顺心，在李牧的脸上，抽出两道皮开肉绽的血痕，他都只是傻笑着。

“妈的，一个傻子。”木天师吐了一口唾沫。

到了牢狱区，阴冷死气扑面而来。

李牧在木天师的驱赶下，前往一座座牢狱堡垒中送药。

“哥哥……”虚弱的声音响起。

一个被困在刑架上的小女孩，白色的衣裙被鲜血浸透，血斑已经变成了黑褐色，小手小脚被钉在刑架上，一根金属细管，插在她的心脏位置，神智有点儿昏迷，看到李牧时，突然挣扎着开口。

李牧怔了怔。

然后他才意识到，这个妖修小女孩，在长期的折磨和酷刑之下，应该是已经意识有点儿模糊，刚才那一瞬间，错把送药的自己，当成是了她的哥哥。

阴森的堡垒，血腥的空气，惊悚的画面。

李牧叹了一口气。

他看得出来，这个妖修小姑娘，最多也就是十几岁而已，想来她的身份地位，血脉血统绝对不低，否则，也不会放置在这样的堡垒之中，被如此折磨，直接取心头血。

“哥哥，我……疼。”

小姑娘面目憔悴，瘦的几乎脱相，但可以看出来，她以前应该是一个美丽如精灵般的小仙女，如今却已经是人不人鬼不鬼的样子。

李牧不是一个心软的人。

但是在这一瞬间，他却忍不住驻足。

“如果把她从刑架上放下来的话，会不会有人发现？”李牧扭头看向木天师。

木天师道：“不会，她已经被摘取了仙髓本源，差不多是一个废人了，只不过是在榨取最后一点儿能量而已……嗯？你什么意思？”

木天师说到最后，猛地反应过来，眼神不善地看向李牧。

他惊讶于，这个傻子一样的百草园弟子，刚才说话时的语气，竟是那样的从容镇定，宛如一个久居上位的大人物一般，语气姿态令他不由自主之间，竟是下意识地会回答，根本没有呵斥。

然而李牧并没有再理会他。

李牧看着这个小姑娘，叹了一口气，道：“本来大战之前，我不该再节外生枝，但是……算你运气好吧。”

他一抬手。

叮叮叮！

刑架上的倒刺，还有禁制阵法，瞬间被破掉。

然后将小女孩从刑架上扶了下来。

李牧知道自己这个时候，做这种事情，非常不理智。

但不知道为什么，一种强烈的直觉告诉他，一定要这么做。

或许是因为，小姑娘明显支撑不了太多的时间，眼看着就要如花朵凋零一般死去了吧。

木天师的身体，剧烈地颤抖了起来。

他终于意识到了不对。

一个百草园的小弟子，怎么可能在举手投足之间，就破掉门中铸器大宗师精心打造的刑具，还没有触发任何的禁制和警讯？

## 第1329章 大战爆发

木天师整个人瞬间被巨大的恐惧所淹没。

他下意识地就要转身逃跑。

但身体根本不听使唤。

无形的气机压在身上，令他别说是逃跑，就连眨眼动手指，都变得无比困难。

他看到‘陆蛮子’脱下衣服放在地上，然后将那妖修放在上面，帮她治疗了伤口，缓解疼痛。

再然后，木天师只觉得黑暗扑面而来，冰冷将他淹没。

死亡，在这一瞬间降临。

木天师连求饶都来不及。

生命消失的最后时刻，木天师百思不得其解的一个问题是，这个扮作陆蛮子的人，到底是何方神圣，如此可怕的修为，一个念头就能让他无法动弹，却在来的路上，挨了他两鞭子，抽的皮开肉绽都不还手。

他混进来要干什么？

一个可怕的念头，在意识的最后一瞬间浮现，然后消散。

李牧杀了木天师之后，治疗了妖修小姑娘的伤势，没有多做停留，转身离开了这座堡垒。

被长久的折磨，小姑娘已经是奄奄一息，估计也活不了多久了，生命的最后时刻，李牧能做的就是给她一点点的尊严。

妖修的命运之殇啊。

李牧隐匿着身形，速度极快，朝着雷狱的方向赶去。

在万妖攻山之前，李牧必须赶到需尽虚空那里，等待着镇妖阁中的高手注意力被吸引，然后混入雷狱，把老神棍和妖祖救出来。

计划就是这样的。

因为之前来过，所以进入巨型骷髅头，跨越金木水火土五行世界，最终来到无尽森林藤蔓边缘时，不过才耗费了半个时辰而已。

这一次，李牧很小心。

好在镇魂天尊并未改变这里的禁制和阵法。

李牧小心翼翼地隐匿行踪，等待着出手时机的到来。

时间飞逝。

转眼数个时辰过去。

约定的时间，终于到来了。

……

轰隆！

剧烈的震动传来。

数十道可怕的毁灭光柱，瞬间从虚空高出轰落，狠狠地砸在镇妖阁的山门上空，一层层无形的涟漪仿佛是水纹般荡漾开来。

妖狱山主峰距离地震荡。

然后，在无数镇妖阁弟子惊骇莫名之中，就看到原本晴空万里的天穹上，突然阴云密布，宛如浊浪恶龙一般翻滚的云气，转瞬之间，就把整个妖狱山都遮蔽了。

黑暗，瞬间降临。

无数狰狞的妖物，在黑色云气之中翻滚，若隐若现。

轰隆！

一条巨大无比的黑色鳞甲的蛟尾，狠狠地砸下来，拍在主峰的防护罩上，顿时天地巨震，然后一道道裂纹绽放，舒适层防护罩，一瞬间破碎。

黑色的妖气，像是汪洋一样，朝着山门内倒灌进去。

“杀。”

“复仇。”

“为了妖修。”

无数的妖气光芒流转闪烁。

一个个妖修状若疯狂一般，朝着山门内杀去。

镇妖阁的外围防御，顷刻之间就冰消瓦解。

一些外围的镇妖阁弟子，猝不及防之下，根本没有来得及做出什么抵抗，就被黑色妖气大潮所淹没，瞬间被杀。

战争，在这一瞬间毫无征兆地降临。

喊杀声瞬间弥漫了整个妖狱山。

不只是镇妖阁的山门被攻击，周遭诸多的镇妖阁哨所，兵营，站点等等，也都在第一时间遭受了毁灭性的打击。

轰！

那只巨大的黑色蛟尾再度狠狠地砸在地面。

巍峨高耸宛如撑天支柱的妖狱山主峰，狠狠地颤动，仿佛是有什么可怕的怪兽，从地面之下钻出来，将整个大地都撕裂一般。

“吼，杀，杀光他们。”

黑色蛟尾的主人现身，是一头数千米长的虎蛟，传说之中的洪荒异兽，身如蛟龙，首为猛虎，背生双翼，吼声雷音，有猛虎的四肢，浑身妖气翻滚流转，似是燃烧着火焰。

这虎蛟大妖张嘴一喷，妖火流转，瞬间将数十名冲过来的镇妖阁天师，直接少成为了灰烬。

“是【虎蛟王】，那个仙君巅峰的大妖，小心啊。”

“不好，拦住，不要让这畜生进入山门。”

数位镇妖阁的长老，第一时间惊呼出声，催动仙元，联手迎了上来。

【虎蛟王】乃是一头仙君级的大妖，威名赫赫，平日并不在天星府，手底下大妖、妖修无数，是一方不可小觑的势力，但不知道为何，这次竟然偷袭镇妖阁。

数十位长老，联手挡住虎蛟王。

也就是在这时，一声刺耳凄厉的长嗥声响起，数条血红色火焰的狐尾，从黑色妖气浓雾之中蔓延出来，快如闪电，瞬间将四名长老级镇妖阁强者卷住，发力一勒，顿时漫天血雾。

凄厉的惨叫声中，这四名仙王级的镇妖阁长老，被秒杀在当场。

元神还未来得及溢出，就被狐尾上的火焰，直接焚化。

形神俱灭。

“九尾狐，是青丘的老祖……”

“这头老狐狸，竟然也来作乱，该死。”

一位教主级的镇妖阁天师面现惊怒之色，怒吼道：“青丘老祖，我镇妖阁并未侵犯你青丘山，为何来犯我？”

“嘻嘻嘻……”魅惑妖娆的女声响起，游走不定，似是从天地四面八方传来，道：“我妖修一脉，久受镇妖阁屠戮，今日定要血仇血报！”

一条条可怕的狐尾，宛如索命的死神镰刀一般，在黑色妖气之中穿梭搅动之间，就有一个个仙王级的镇妖阁强者，被屠戮。

“蠢货，天堂有路你不走，地狱无门你偏偏闯进来，找死，本不想对付你青丘一脉，今日，本座弥天教主，就彻底镇压了你。”

那位教主级的镇妖阁强者，自号弥天，怒喝一声，浑身万丈神光绽放，背后三柄长幡树立起来，浩荡神威流转，朝着青丘老祖九尾狐碾压过去。

两大顶级强者撞击在一起。

小妖祖的身形，出现在了黑雾之中。

他的身边，站着一位一袭红色战甲，红眉红发，连胡须都是赤红色的年轻人。

“我什么时候出手？”年轻人一脸的暴戾杀气，跃跃欲试地道。

小妖祖摇摇头，道：“火兄且不忙，先看看镇妖阁的应对，眼前这些人，都不配让火兄你出手，等到真正的绝顶强者现身，火兄再出手也不迟。”

“哈哈，说得好，”红发红甲的暴戾年轻人傲然大笑，道：“我火炎焱之所以愿意加入妖修联盟，就是你朱路意识英雄重英雄，知我者，朱兄也。”

“嘿嘿，好说，好说，火兄毕竟是毕方一脉万古以来的第一天才，我怕火兄你一出手，镇妖阁的这群牛鼻子直接被吓跑了。”小妖祖不要钱的马屁不要钱的疯狂拍过去。

红发年轻人火炎焱摇头，道：“你错了。”

“啊？”小妖祖一怔。

火炎焱道：“我只能算是万古以来，毕方一脉的第二天才。”

“呵呵，火兄谦虚了。”小妖祖朱路意道。

火炎焱正色道：“不，第一天才，是我的妹妹炎炎焱，她的名字，比我多了一个火字，毕方一脉的传统你是知道的，多一个字，就意味着多一份血脉和认同。”

小妖祖原本是一边观战指挥，一边随便拍马屁敷衍一下火炎焱这个中二青年，但听到了这里，还是起了一丝好奇心，道：“哦？令妹竟能压住火兄一头，如此绝世天骄，为何我从未听说过？”

火炎焱的眼中，闪过一丝黯然，道：“她失踪了，不知道去了何处，我毕方一脉，多年寻找，未有线索……不过，终有一日，我一定要找到她。”

小妖祖张了张嘴，不知道说什么。

这倒是一则辛秘。

毕方一脉，乃是仙界火系妖修中的绝对皇者，仅次于传说之中乱军中的火系妖修【仙凰宫】，传说刀剑神皇丁浩的结发妻子之一的谢解语，乃是仙凰转世，精通世间无上火系之力，不过火凤凰一系和毕方一系，从未有过交手，到底谁高谁低，还无法有确凿的证据。

但无论怎么说，毕方一脉的传承和底蕴，不容小觑。

这一次，小妖祖也是费了九牛二虎之力，才将毕方一系的小天才火炎焱给忽悠来助战。

没想到却得到了这样一则消息。

火炎焱是一个极度骄傲的人。

骄傲到近乎于自负。

他很少承认别人比自己强。

哪怕是他的父母和师父，他也只是重于亲情，并不觉得他们比自己强大。

没有想到，这样一个近乎于狂妄的人，竟然也有亲口承认天赋不如别人的一天。

那个叫做炎炎焱的少女，到底会恐怖到什么程度，才会让火炎焱这个货，如此推崇？

只是，失踪了是怎么回事？

难以想象，以毕方一脉的势力，竟然搞丢了自己种族的万古第一天才，这事儿就有些离奇了。

不过，小妖祖没有纠结这些。

“相信令妹一定会找回来的。”

他随口安抚着火炎焱，心中却在想另外一件事情。

这个时候，李牧那边，应该已经开始动手了吧。

……

“时间到了。”

李牧从藤蔓中走出来。

远处的紫色星云流转，遥遥不知道多少光年。

李牧从储物空间之中，取出一叶斑驳不堪的破烂小舟，跳上去，划动小舟，犹如泛舟汪洋一样，朝着远处的星云划去。

看似速度很慢，但转瞬之间，就已经划出数百万里。

## 第1330章 我不是妖祖

小妖祖想要从雷狱中救人，自然也是打探好了救人的方法和手段，这段从五行木系森林世界，接近到雷狱雷云之前的距离，从仙道法则上来讲，是无尽远，被称之为无尽之墟。

想要跨国无尽之墟，单纯靠肉身飞度，哪怕是仙君级的强者，都很难完成，需要漫长的岁月。

这本就是雷狱囚禁强者可怕的方面之一。

李牧原本的计划之中，是依靠【筋斗云】和时间奥义的极速，来跨越这片无尽之墟，达到雷云近前。

但小妖祖早有准备，找来了一艘残破的‘天道方舟’，一件仙崩时代之前的九品仙器，虽然有残缺，但却是横渡无尽之墟的神器，甚至要比李牧的筋斗云更快。

有了这艘【万道方舟】，李牧的计划，执行起来，就方便了很多。

约一炷香的时间之后。

李牧已经距离紫色星云区域很近了。

他感受到了虚空之中，游离着的雷电因子，带着致命的威胁，不断地跳跃，雷电法则变得狂暴，极不稳定，仿佛随时都有雷电风暴会诞生，席卷这片虚空。

好在李牧本身对于雷电之力有所了解，以【先天功】将一身火系真元收敛，仅依靠肉身之力，硬撑这种雷电的威压，再加上【万道方舟】的保护，一时之间，没有太过于致命的危险。

但是越靠近，这种危险感觉就越是清晰。

再过一炷香的时间。

李牧停了下来。

站在森林世界的藤蔓边缘看时，雷狱仿佛是巨大的星云，也只是一片云朵而已，但靠近之后，画面又有所不同，李牧觉得自己仿佛是处于一片宇宙风暴的风眼之前，己身渺小的仿佛是一片尘埃。

“老神棍和妖祖，就被困在这片区域之中吗？”

李牧深吸了一口气。

这段时间以来，他花费了诸多的心思，再加上小妖祖的情报，大致推演出来，在雷狱面前，该如何救人，但是一切毕竟都是理论，要真正实行的话，需要根据实际情况来进行推衍。

没有任何的犹豫，李牧眉心开启。

这一次，他催动的是紫霄神雷法眼，分析雷狱雷云的组成和法则运转规律。

一眼看去，只觉得眼前景象全变。

视线可以透视了。

眼前的雷云氤氲仿佛散去，可以看到其内核心中。

那宛如汪洋一般澎湃汹涌的液体雷电，紫色的电浆起伏澎湃，隐约看到，在那雷电汪洋的最中间，仿佛是有一个巨大无比的物体在缓缓地动弹着。

李牧心中一动。

从镇魂天尊的话中可以得知，雷狱之中，自古以来，只有两个生物活了下来。

一个是妖祖。

一个是老神棍。

“这个影子，是老神棍？还是妖祖？”

李牧正想要将目力催动到极致，看个清楚。

就在这时，那在雷浆汪洋之中，正在缓缓动弹的物体，仿佛是猛然之间，察觉到了李牧，微微一动，一颗模糊的头颅转过来，超着李牧看来。

李牧心中陡然一惊。

那模糊的头颅，看起来像是……

“喵？”

一个猫叫声响起。

李牧以为自己出现了幻觉。

他竖眼开合，炸了眨眼，仔细看时，最终确定，那个模糊的头颅，竟然是……是……是……是一只猫？

“喵喵？”

猫叫声响起。

李牧还未反应过来，那雷云之中，突然伸出来一直巨大的紫色猫爪子，像是抓老鼠一样，将李牧抓在掌心里，带入到了雷狱之中。

卧槽！

李牧心中狂呼，但反应过来时，已经来不及了。

他已经被这只猫抓进了雷狱中。

糟糕了。

难道是镇妖阁设置在雷狱中的陷阱？

不对。

这只猫是妖。

它不可能和镇妖阁有什么PY交易。

难道，它是……

李牧脑海之中，猛然闪过一个念头。

“喵？”巨大的白色猫头，一双银色和紫色的鸳鸯眼，仿佛是毫无瑕疵的宝石一样，好奇地盯着李牧，道：“你竟然能来到这里，难道是镇妖阁的小虫子？看起来很好吃的样子。”

说着，它咧了咧嘴，一口雪白锋锐宛如龙枪般的牙齿。

李牧本能地感觉到了一阵阵危机。

这只猫要吃他。

但是，他也无法从这猫的爪子里逃出去。

猫爪的指尖有一丝丝奇异的寒光流转，释放出的气机，仿佛是一个囚牢，压制着李牧，以李牧的修为，竟是不能有丝毫的反抗。

况且，若是他真的从猫爪中逃出去，那外面雷狱中的雷云，瞬间就可以将他炼成为飞灰。

李牧可不是能够在雷狱之中生存的怪物。

他只好一动不动，尽量露出和善的笑容，道：“伟大的妖祖，您可能误会了，我不是镇妖阁的人，是来救你们出去的……”

这特么的是什么事儿啊？

李牧欲哭无泪。

自己是来救人的，结果还没有来得及施展计划，没有来得及开口，就被这个妖祖给带进了雷狱之中，和他想象中的计划，完全不一样啊，现在自己也成为了雷狱中的囚徒，这还怎么救人？

“喵？妖祖？谁是妖祖？喵不是……”

巨型白猫好奇地打量着李牧。

这是一只非常奇怪的巨猫。

它的头颅雪白，但是脖子以下的部分，竟是一片纯净的紫色，紫的耀目，说实话，李牧很少见到过紫色的猫，好像是用颜料染色的一样。

李牧听到了巨猫的话，不由得一怔。

不是妖祖？

开什么玩笑？

难道这雷狱之中，竟然还有第三个生物活着不成？

“那您是……”李牧尝试着问道。

巨猫道：“喵乃是伟大的邪月大人，至尊的神兽，尘世和仙界，无尽的世界之中，最为美丽、高贵和凶残的生物，呵呵呵，我的人宠无数，都是一方霸主……”

李牧眼角抽动了一下。

邪月？

一只叫做邪月的猫？

问题是，这说话的口吻，怎么听都怎么不靠谱，有点儿事蠢狗小九的风格。

他不知道这只叫做邪月的猫，到底是来自于哪里，但他知道，这回有大乐子了。

“喵？邪月大人在你的身上，嗅到了一种熟悉的味道，好像是……地球的味道？你竟然是来自于地球？”

邪月狐疑地道。

这也是它为什么没有第一时间展现自己的凶残，把李牧直接吞掉的原因之一。

但是这句话，落在李牧的耳中，却犹如一道雷霆霹雳一样，响彻李牧的耳边。

地球？

这只猫，竟然知道地球？

这是李牧做梦都没有想到的事情。

他一下子，不知道说什么好了。

倒是巨猫邪月仿佛是想起了什么，道：“喵，你要找妖祖？嗯，我明白了，难道是那一条滑不溜手的鲤鱼？你是他的人？”

鱼？

这是在说老神棍了吧。

李牧摇头，又点头，道：“他不是妖祖，但我也是来救他的，你知道他在哪里吗？”

“救他？喵喵喵？”邪月的语气里，流露出前所未有的滑稽干，道：“这只狡猾的肥鱼，还用得着你救？他想出去，随时都可以出去。”

哈？

李牧看着巨猫。

眼神对视。

李牧脸上流露出来一种‘我读书少你别骗我’的表情。

邪月眼神里流露出戏谑的表情，然后一扭头，冲着雷狱深处，大吼一声，道：“肥鱼，有个小家伙来找你了，快来看看，是不是你的马仔？”

下一瞬间。

雷浆汪洋哗啦啦地分开。

一条全身闪烁着金色鳞光，宛如鲲一样的巨型鲤鱼，优哉游哉地在雷浆汪洋中游了过来，随口吐出几个雷浆泡泡，唯有尾部似乎是还未进化完全一样，但这一种奇异的乌黑色。

“咕嘟咕嘟……小牧仔？”鲤鱼嘴巴张开，惊讶地道：“你竟然这么快就找到了这里？”

颇为惊讶的样子。

李牧一听就知道，这是老神棍。

声音一模一样。

这才是老神棍的真正本相吗？

“哎呀呀呀，小牧仔，你来的有点儿早啊，不过，也难为你一片孝心，为师非常欣慰，哈哈哈哈。”

巨型鲤鱼摇身一变，化作了一个面目猥琐的老道士。

不是老神棍，又是谁？

李牧松了一口气。

老神棍不但还活着，看起来还活的非常滋润。

哪里像是坐牢受折磨的样子。

更像是在度假吧？

李牧道：“外面快打翻了天，我们得赶紧离开这里。”

老神棍道：“离开？不行，我还得再留一段时间，现在不能离开。”

李牧道：“为何？”

老神棍美滋滋地道：“好不容易，找到了这样一片原始的雷道天海，正适合祭炼我的肉身和元神，让我找到了一丝成就无上大道的契机，如何能够在这个时候离开？”

李牧捂住了自己的额头。

他现在终于可以确定，自己这一次的营救行动，根本就是抛媚眼给瞎子看，毫无意义。

很显然，老神棍此间乐不思蜀，根本不想离开雷狱。

他哪里需要人来救？

完全就是自己不想离开。

否则的话，早就走了吧。

镇魂天尊等人知道这个消息，怕是得气死。

老神棍嘿嘿地看着李牧，一脸得意地转而向邪月炫耀，道："哈哈，你看看，我的徒弟，都知道费劲千辛万苦来救我，你的那个传人呢？怎么不见他的踪影？哈哈哈，不得不说，你教徒弟就是不行啊，早就把你给忘了吧。"

## 第1331章 过来给你看个宝贝

李牧算是看出来了，邪月和老神棍之间的相处，并算是和睦，这一猫一鱼之间，互怼已经成为了一个必备曲目。

等等？

一猫一鱼？

李牧突然明白了什么。

连幼儿园的小朋友都知道，猫咪最喜欢吃鱼，这俩人本来就是死敌啊。

李牧突然忍不住在内心里为老神棍抹了一把同情泪。

想当初，老神棍刚刚被丢进雷狱的时候，应该是差点儿被邪月给吃掉吧，那是怎么样一段可歌可泣斗智斗勇的岁月啊。

“喵了个咪的，等本大王出去，一定找到那头肥猪，将他切成五花肉，烤腰子，爆肝尖，酱猪肘，猪头肉，溜肥肠……”本来很愤怒的邪月，说着说着，突然之间嘴角就有口水流淌了出来。

李牧很无语。

果然是一个吃货啊。

和小九一模一样。

等等？

肥猪？

李牧脑海里，适逢其时地闪过一道亮光。

“邪月前辈……”李牧道。

“嗷呜，恶龙咆哮，叫我大王。”邪月恶龙咆哮道。

李牧只好道：“邪月大王，你的弟子，是不是叫做朱路意，是一只……嗯，一头……呃，不，是一个猪族的天才。”

朱路意算天才吗？

算吧。

李牧很违心地想着。

“朱路意？他还在坚持这个破名呢？我不是给他赐名猪八戒，法号无能了吗？”邪月听了，顿时很不满地道。

李牧：“……”

猪八戒？

猪无能？

邪月大王你确定不是在开玩笑吗？

联想到之前，邪月说从李牧的身上，嗅到了地球人的气息，现在李牧已经百分之百可以确定，邪月一定是地球生活，或者是去过地球了。

“不对，你怎么知道？你见过那头猪？”

邪月后知后觉地道。

李牧想了想，道：“他此时，正率领妖修一脉联盟，在进攻镇妖阁，吸引镇妖阁的注意力，所以我才能抽出时间，来救……找两位。”

邪月用紫色的爪子，摸了摸自己的下巴，突然哈哈哈大笑了起来：“本大王不愧是优雅而又残暴的君王，培养出来的弟子，也是继承了本大王的有点，老肥鱼，你看看，你的弟子，只能一个人鬼鬼祟祟地到处乱跑，而我的弟子，却是带领着千军万马，哈哈哈，你能比吗？”

李牧顿时风中凌乱。

见了你的鬼啊。

什么叫做鬼鬼祟祟？

老神棍吐着雷浆泡泡，道：“呵呵。”

“呵呵？”

“嗯，呵呵。”

“嗷呜，你呵呵是什么意思？要打架吗？”

“咕噜咕噜，来啊，谁怕谁？”

这一对冤家要打起来了。

李牧吓了一跳，连忙道：“等一等，这种事情不重要，重要的是，赶紧离开这里，镇妖阁有防备，数位仙皇坐镇，再耽误下去，外面的妖修大军，可能要全军覆没了。”

“切，仙皇算个球。”邪月不屑地道：“要是我能出去，一口咬死一个。”

李牧道：“那你能出去吗？”

“嗯……”邪月舔了舔自己的爪子，很果断地道：“不能。”

李牧：“……”

老神棍道：“这雷狱乃是罕见的绝佳成道之地，世上罕有，好不容易来到此处，若是不彻底铸下大道之匙，就此离开，岂不是暴殄天物？”

邪月左前肢叉腰，仰天大笑，也道：“喵哈哈哈，不错，需得等我的全身，都重新化作雪白之色，才能离开，到时候，哈哈哈，本大王神功大成，天下无敌，哈哈哈，就算是丁浩，也得跪在本大王的面前叫爸爸。”

丁浩？

刀剑神皇丁浩？

李牧一怔，旋即意识到，这只猫的来历，怕是和丁浩有关，怪不得……所谓上梁不正下梁歪，难道传说之中，英明神武，所向无敌的丁浩，竟然是一个瓜皮的性格？

呸。

现在是想这些问题的时候吗？

李牧摇摇脑袋，觉得有些头大。

现在可以确定，小妖祖和众多妖修口中，无所不能，英明神武，宛如创世伟人一样的妖族，就是这只自大且充满了喜剧气息的白猫邪月了。

但是它不出去。

咋整？

李牧有点儿不会了。

他看向老神棍。

还未开口，老神棍直接摆摆手，道：“别问，问就是不出去。”

李牧：“……”

这还玩个蛋啊。

这么多人，辛辛苦苦，呕心沥血，舍生忘死地策划的营救行动，现在外面估计已经死了不少人，结果竟然是两个家伙都不出去。

虽然李牧也很能理解，但问题是……

接下来怎么办？

“算了，也不能让你白来。”老神棍想了想，伸手到自己的怀里，使劲地搓了搓，道：“过来给你看个宝贝。”

李牧一阵恶寒。

就看老神棍也不知道是从咯吱窝还是从胸口这种奇奇怪怪的地方，搓出来一个黑乎乎的泥垢，放在掌心里，道：“我记得你修炼的是火道吧，雷与火乃是属性相同的能量，这个大螺旋雷丸送给你，拿去融合吧……”

李牧强忍着呕吐的冲动，道：“这玩意儿要怎么融合？”

老神棍道：“当然是吃下去啊。”

李牧顿时勃然大怒，道：“太恶心了，我就算是死外面，饿死，从仙界跳出去，我也绝对不会吃你这种东西啊啊啊啊。”

老神棍道：“你可别小看它，乃是为师我这数年祭炼的雷狱天雷精华，只要你融合炼化它，彻底掌握它的力量，绝对可以提升一个大境界。”

李牧顿时一把将那大螺旋雷丸抢过来，道：“你怎么不早说。”

老神棍：“……”

李牧又道：“不过，你只给一个，事情不好办啊，毕竟你也知道，小九那边也心心念念地等着你，我不好交代啊。”

老神棍很无语地又将手塞到了自己的裤裆里，搓了起来。

卧槽。

李牧顿时眼珠子差点儿爆掉。

我的眼睛。

李牧在心里哀嚎。

很快，老神棍从自己的腹股沟里，搓出来又一大坨。

李牧接过来，用专门的储物器具封存，标了记号，这玩意儿绝对不能弄混了，一定要交给蠢狗小九——他彻底熄灭了将这一刻大螺旋雷丸贪污的念头。

轻咳了一声，李牧又试着道："其实，还有地球流氓虎，还有袁吼……"

老神棍睁大了眼睛。

李牧理所当然地道："大家都是有福同享，有难同当嘛，它们为了找你，也是出了死力气的……再说了，大家的实力一起提高了，以后才能一起快乐的玩耍，干一票票大的。"

老神棍于是很无语地双手在自己的前胸后背搓来搓去，终于又搓出来两个大螺旋雷丸，道："先说好，就这么多了，再要就要死人了。"

李牧屁颠屁颠地接过来。

然后，他又看向邪月。

邪月的那宝石一样的大眼睛瞳孔缩了缩。

几个意思？

这个愚蠢的人类，还想要敲诈自己？

邪月难以置信。

李牧道："你看，你的徒儿朱路意，为了救你，把命都拼上了，拉着一票人，来妖狱山送死……伟大的邪月大王，你是不是也奖赏一下他？"

邪月毫不犹豫地拒绝道："他也配？"

李牧："……"

这么糟糕的师徒关系吗？

李牧在内心里，不由得为朱路意流了一滴同情泪，然后一本正经地道：“伟大的邪月大人啊，这不是配不配的问题，你想一想啊，如果我拿着师父所赐的仙宝，出去炫耀，而您却连一点儿赏赐都没有的话，朱路意固然不会对您有埋怨，但是其他妖怎么想？我们都会觉得，邪月大王您是个穷鬼，在雷狱里面的日子，过不得好……”

“喵？行，别说了。”

邪月打断了李牧的长篇大论，依依不舍地从自己的脖子里，拔下来三根银白色的毛发，道：“这个交给他，绝对比老肥鱼身上的泥垢强很多。”

李牧嘿嘿一笑，接过来，道：“两根就可以了吗？”

邪月睁大了眼睛，难以置信地道：“三根。”

李牧很无辜地道：“难道不包括跑腿费吗？”

邪月沉默着，沉默着，最终，又拔下来一根毛，交给李牧，道：“本大王岂能一毛不拔，拿着滚吧。我现在对你小子，非常有意见，你给我等着。”

李牧也是松了一口气。

毕竟敲诈妖族这种技术活，一旦弄不好，可能就是‘请全村人来吃饭’的结局了。

得到了足够的报酬，李牧的心情，终于好了很多。

他想了想，道：“两位什么时候，才能彻底神功大成，出去力挽狂澜？”

老神棍和邪月，异口同声地道：“半年。”

李牧头皮发麻。

半年？

半年以后，这两位祖宗出去，怕是能够赶上给自己和小妖祖收尸吧。

老神棍道：“你们先潜伏起来，低调一段时间吧，半年之后，东圣洲的天，就要变了。”

邪月道：“嗷呜，木错，到时候，本大王将会现身救世，不仅是东圣洲，整个仙界的天，都将因喵而天翻地覆，喵哈哈哈哈哈。”

“可是……”李牧还想说什么。

“去吧。”

邪月抓起一伸，就将李牧送出了雷狱，丢在了【万道方舟】上，轻轻一弹，嗖，方舟瞬间就被弹到了虚空的尽头，无尽森林世界的边缘。

李牧站在森林世界边缘，想了想，叹了一口气，转身就走。

我真傻。

真的。

竟然把希望寄托在两个这么不靠谱的家伙身上。

一条鱼，一只猫。

李牧飞快地离开了雷狱。

等他到了妖狱山阴面牢狱区，就发现，整个妖狱山已经彻底乱成了一锅粥。

惨烈的战斗，正在进行中。

## 第1332章 小姑娘

整个妖狱山都被黑色的妖雾笼罩，不见天日，仿佛是世界末日降临一般。

喊杀声从四面传来。

牢狱区虽然没有被战斗波及，但依旧是重点守护区，镇妖阁的弟子和天师们，第一时间将所有的阵法禁制都开启，防止妖修们冲进来救人。

恐怖的能量波动，不断地从天穹上方传来。

李牧感受到了仙皇级强者交手的气息。

“果然是已经到了这种程度吗？”

李牧心中暗暗惊讶。

好在之前与小妖祖定下的战略，就是吸引镇妖阁强者的注意力，而不是不惜一切代价的攻山，否则的话，一旦救不出来老神棍和妖族，这次计划最终将迎来毁灭性的失败。

心中默默地计算了一下时间，距离约好的撤退节点，还差大约半个时辰。

这半个时辰里，做点儿什么好呢？

一定要将这一次佯攻的价值最大化。

李牧目光扫过戒备森严的牢房区，心中顿时有了一些计划。

他暗中以法眼观察，很快就发现了牢房区实力最高的一位教主级人物，乃是一位仙君高阶的天师，除此之外，还有四位仙君中阶的强者，这便是整个牢房区目前驻守的最高战力了。

其余的，便是二十多位仙王级的强者。

这样的一股力量，真的是令人震惊。

镇妖阁的底蕴，强大到几乎可以媲美大仙庭的地步。

怪不得都天教主这么膨胀，在独孤安然死去，东方夜刃执掌大仙庭权柄的前提下，依旧敢和李牧叫板。

李牧计议已定，继续潜行。

他来到了那位仙君高阶天师附近，化作了一位镇妖阁弟子的模样，然后大步地冲过去，一副慌慌张张的样子，大声地道：“师叔，不好了，雷狱，雷狱里面……”

这位天师一听到雷狱两个字，顿时心中一紧，下意识地一把抓住李牧，急忙就问道：“雷狱里面怎么了？快说。”

话音未落。

胸口剧痛传来。

一柄暗金色的长刀，洞穿了他的胸膛。

长刀的刀柄，自然是握在李牧的手中。

一击得手，李牧直将天火真气，疯狂地朝着这天师的体内倾泻浇灌而去。

“啊……”这天师反应也是极快，怒喝一声，一掌拍出，正排在李牧的肩头。

他想要将李牧击飞出去，来开距离。

但是怎么可能？

咔嚓。

骨头断裂的声音传来。

李牧硬生生地承受了这一击，整个肩膀都快化作肉泥，身形却是未动，直接又是连续数刀，仙火之力疯狂地灌入到了这天师的体内，诛仙刀一震，便将此人的肉身，直接轰碎，四分五裂地炸开。

青魂炼狱灯悬浮在李牧头顶。

清濛濛的灯光辐射开来。

这位仙君高阶的天师，元神才刚刚溢出，根本来不及逃走，面色骤然一变，似是遭遇大恐怖，一句话都没有喊完，就被古灯所摄，直接囚禁在了灯芯火光之中。

成了。

李牧大喜。

解决掉了这个实力最强的敌人，李牧强忍肩头伤势，施展筋斗云之术，身形不断地扭曲闪烁，拼得一身伤，将牢狱区其他几个仙君级的天师，都干掉之后，牢狱区终于乱了起来。

李牧身形犹如疾电，掠过一座座堡垒囚牢。

斩杀狱卒，释放被关押的妖修。

不断地重复，重复，重复。

李牧如今能做的，也只有将这些被封印禁制的妖修们，释放出来，让他们能够自己做出选择，或者战斗，或者自我了结，给他们一个重新选择自己命运的机会，至于保护他们逃出镇妖阁，李牧没有那么大的本事。

无数妖修，不管之前实力多么可怕，修为多么惊人，但是被关押在这里，这么多年之后，已经被折磨的遍体鳞伤，虚弱不堪，战斗力所剩不多。

但，依旧有无数的怒吼声，在牢狱区咆哮了起来。

这样的怒吼和战斗，从牢狱区深处爆发，然后开始蔓延。

李牧化作死神一般，不断地收割镇妖阁弟子的生命。

牢狱区彻底混乱了。

尤其是在牢狱区前部分区域。

那些被强制做苦力的妖修们，在被李牧释放之后，疯狂地朝着镇妖阁的弟子们冲去。他们还保留着一定的战斗力，在这种疯狂意志的爆发和加持下，完全抱着和镇妖阁弟子同归于尽的姿态，彻底暴走了。

李牧做完这一切，又直接破掉了牢狱区的禁制和阵法。

他就像是一个纵火犯一样，将这熊熊烈火点燃，迅速席卷燃烧了整个牢狱区。

李牧并没有急于就此离开。

而是隐身在混乱的牢狱堡垒中，缓缓治疗伤势。

他看着无数犯人宛如潮水一般冲出牢狱区，冲向前山，自己反而是缓缓地后退，想要等等看，如果有镇妖阁的顶级强者前来镇压的话，他不介意出手解决掉，借此削弱镇妖阁的实力。

约半炷香时间之后。

整个镇妖阁山门，已经彻底混乱。

烽火点燃，硝烟弥漫。

并未有镇妖阁的顶级高手来到牢狱区镇压犯人的暴乱，看起来前方山门的战斗，已经彻底牵扯了镇妖阁的所有力量，一时半会，抽不出什么精力来对付这些逃亡的犯人。

李牧的如意算盘落空了。

他准备离开。

刚刚从藏身之地走出来，突然眸光一凝。

远处一座燃烧着的堡垒囚牢墙角下，一个削瘦的有些过分的少女，缓慢地，挣扎着，朝着牢狱区大门，朝着前山的方向，一寸一寸地爬着。

“她竟然还活着？”

李牧大感意外。

这不就是之前自己杀木天师时，救出来的那个可怜妖修少女吗？

当时她已经是剩下最后一口气，迷迷糊糊地将李牧当成了自己的哥哥，出动了李牧的恻隐之心，救下这个小姑娘之后，李牧用自己的衣服，将他包起来放在地上，只是想要让这个可怜的小姑娘，在生命的最后时刻，不再遭受痛苦，不再被当成是原料，可以有尊严地死去。

没想到，这个小姑娘的生命力，竟是如此顽强。

她竟然活了过来。

虽然气息依旧羸弱，但她的身体里，流露出强大的对于生命的渴望，看向远处那牢狱区大门的眼神里，有着前所未有的坚定和向往。

李牧叹了一口气。

缓缓走过去。

小姑娘终于感觉到有人靠近，猛地回头，看向李牧，眼神中的凌厉的杀机，一闪而逝，但虚弱的身体，让她根本无法做出任何的动作。

“走吧，我带你离开。”

李牧伸手去扶她。

虽然无法带着所有人都离开，但带一个人，问题不大。

小姑娘的身体，挣扎着，似乎并不理会李牧的好意。

那一双清澈如秋水的眸子里，带着明显的警惕和排斥。

李牧把手伸过去的时候，她张嘴，一下子咬住了李牧的手背，发出呜呜呜如兽类一般的声音。

“放心，我不会伤害你，我带你离开这里。”

李牧温言安抚。

他把小姑娘扶起，然后背在了后背。

小姑娘突然停止了挣扎。

她像是发现了什么，突然非常顺从地趴在李牧的背上，甚至用脸颊紧紧地贴住了李牧的后颈，仿佛一下子从凶残的小兽，变成了乖巧的白兔。

李牧笑了笑。

他带着这个小女孩，隐匿行迹，朝着牢狱区外面遁去。

镇妖阁的山门内外，已经是一片大乱。

很显然，这一次妖修联盟的攻势，超出了镇妖阁的想象，都天教主这位仙皇级强者亲自出手，都无法彻底瓦解妖修们的攻势，一个时辰的时间过去，双方竟然还处于一个诡异的攻守均势中。

到处都是一片混乱。

李牧要带着小姑娘离开，所以就没有再浑水摸鱼，而是一路小心隐藏行迹，直接朝着山门外飞遁而去。

……

“时间差不多了。”

小妖祖看着镇妖阁后山的方向，眼中流露出来一丝丝的焦急。

距离约定好的一个时辰时间，已经过去了。

李牧还未传来消息。

雷狱的方向，也依旧没有任何的动静。

怎么回事？

难道营救失败了？

李牧遭受到了伏击，还是说，之前的推衍是错误的，李牧无法打开雷狱的禁制，将妖祖放出来？

如果是那样的话，乐子就大了。

镇妖阁的底蕴和反扑，比想象之中大了很多。

妖修联盟的损失，也比预计中惨烈了许多，已经损失了六分之一的人手。

如果不是之前有李牧带来的消息，还是按照之前的计划，那损失会更加严重，此时只怕是剩下不到一半人马了。

“大人，火公子疯了，冲进了山门，我们拉也拉不住。”紫麒麟过来，一脸焦急的道。

“什么？”小妖祖被吓了一跳。

这是发什么疯？

他忽悠火炎焱来攻打镇妖阁，只是为了走个过场啊，扯虎皮树大旗嘛，而且火炎焱也说了，只是来玩玩而已，现在怎么这么拼？

“火公子说，他感觉到了妹妹的气息，一定要冲进去找人，拦都拦不住……”紫麒麟道。

他妹妹？

炎炎焱？

号称毕方一族万古第一天才的少女？

在镇妖阁中？

小妖祖一阵阵头大。

Milton Keynes UK
Ingram Content Group UK Ltd.
UKHW051312061024
2029UKWH00022B/79

9 798330 439669